国家出版基金资助项目
“十三五”江苏省重点出版规划项目
国家社科基金重大项目海外藏中国宝卷整理与研究
(2017ZDA266)阶段性成果

国家出版基金项目
NATIONAL PUBLICATION FOUNDATION

中国活宝卷调查

黄靖 著

河海大学出版社
HOHAI UNIVERSITY PRESS
·南京·

图书在版编目（CIP）数据

中国活宝卷调查 / 黄靖著. -- 南京 : 河海大学出版社，2020.10

ISBN 978-7-5630-5572-2

Ⅰ. ①中… Ⅱ. ①黄… Ⅲ. ①宝卷(文学)—文学研究—中国 Ⅳ. ①I207.7

中国版本图书馆CIP数据核字(2018)第160004号

书　　名　中国活宝卷调查
书　　号　ISBN 978-7-5630-5572-2
策　　划　孔庆茂　吴劭文
责任编辑　易彬彬　吴劭文
特约校对　高　峰
装帧设计　张育智　吴晨迪
出版发行　河海大学出版社
地　　址　南京市西康路1号（邮编：210098）
电　　话　（025）83737852（总编室）
　　　　　（025）83722833（营销部）
经　　销　江苏省新华发行集团有限公司
排　　版　南京布克文化发展有限公司
印　　刷　南京工大印务有限公司
开　　本　787毫米×1092毫米　1/16
字　　数　770千字
印　　张　30.25
插　　页　8
版　　次　2020年10月第1版　2020年10月第1次印刷
定　　价　286.00元

靖江讲经（一）▲

靖江讲经（二）▲

▲ 无锡宣卷（一）

▲ 常熟讲经

◀ 无锡宣卷（二）

◀ 吴江同里宣卷

◀ 浙江嘉善陶庄宣卷
在昆山锦溪舞台展示

下乡途中(甘肃永昌) ▶

炕头采风(甘肃岷县) ▶

现场记录(吴江同里) ▶

作 者 简 介

黄 靖 江苏靖江人，与共和国同龄。中国俗文学学会理事、中国民间文艺家协会会员、江苏省作家协会会员、泰州市民间文艺家协会副主席、靖江市民间文艺家协会主席。

1968 年 3 月入伍，随铁道兵某部转战祖国的大西南、大西北，先后参加过成昆、襄渝、青藏等大动脉的建设。1983 年 1 月转业。长期从事军队和地方的宣传文化工作，曾任中共靖江市委宣传部副部长、靖江市文联主席。坚持业余写作，已出版散文随笔集《山的况味》《铁色年华》《遥望昆仑》。

2004 年 2 月“赋闲”，致力于弘扬宝卷文化。参与编辑《中国靖江宝卷》《靖江宝卷研究文献资料》(第一辑)。2009 年在《靖江日报》开设《讲〈讲经〉》专栏。2011 年应邀在南京艺术学院人文学院开设“宝卷知识讲座”。出版研究解读靖江宝卷的专著《宝卷笔记》《宝卷民俗》《善化人生·靖江民间讲经》《解读靖江宝卷》。《宝卷笔记》入选泰州市建市二十周年二十本好书，《宝卷民俗》获评古吴轩出版社“2013 年十本好书”，《解读靖江宝卷》荣获“江苏省文艺大奖·第五届民间文艺奖·优秀民间文艺学术著作奖”。近年来走出靖江，行走于大江南北，奔波于大河上下，调查考察各地活态传承的宝卷，艰辛探索现代文化语境下中国宝卷保护传承的规律。

序

段宝林

我在《中国民间文学概要》教材中谈到民间文学的研究工作时，首先就谈到描写研究。为什么呢？因为民间文学和作家文人的书本文学不同，是活的文学——立体文学，具有立体性。要研究必须先调查搜集、科学记录。这就是描写研究。

这是根据民间文学的特点提出来的。在书中我是这样说的：

“民间文艺学的描写研究是它的研究工作的第一道工序，是有巨大的必要性和迫切性的。”“如何进行描写研究呢？首先，在调查搜集民间文学作品时，要有严格的科学态度，搞好立体描写。这就要求对民间文学作品全面收集，并进行一字不动的忠实记录，保持作品的本来面貌；还要全面记述各种不同的异文和作品的流传情况（包括：流传的时代和区域，创作者与演唱者的基本情况，作品如何产生、如何演变、如何传授、如何演唱、如何影响人民生活和社会发展等等有趣的情况）；也要记述与作品有关的地理、历史情况、风俗习惯、宗教信仰；此外，还要交代清楚搜集整理的情况。这些情况的记录保存了作品的原生态，是进一步进行研究的重要根据。”“要准确地记述下这些情况，绝不是轻而易举的事，没有脚踏实地的、深入的调查研究，没有严谨的科学态度，没有必要的文化科学素养，是绝对做不好的。早在1964年胡乔木同志即已提出这一问题”，他当时对中国民间文艺研究会秘书长贾芝同志专门谈民间文学的收集整理问题，尖锐地指出：“搜集民间文学作品不记录有关的民俗资料，后人看了作品就不能全面地了解它，也像我们今天看《诗经》一样了。这样的记录当然是不符合科学要求的。”

“其次，除了对作品进行描写研究外，还要对某个地区或某种民间文艺活动、某些歌手、艺人等情况进行描写研究。在深入调查研究的基础上写出科学的调查报告、传记和民间文学志。当然，调查报告不只是对现象的描写，在描写的基础上可以进行一定的理论探讨，因本质存在于现象之中，二者是辩证统一的。所以调查报告也可以具有一定的理论性。毛泽东的《湖南农民运动考察报告》就是一个很好的例证。但是不少人看不到这一点，认为民间文学的调查报告没有什么学术价值，这对描写研究太隔膜了。事实上，调查报告常常具有很高的科学价值，像语言学中的描写语言学就是一个独立的科学部门，方言调查报告等也受到很大的重视。

“如此全面的描写研究就会使民间文学的原生态活的形态再现出来。我们看到的就是鲜活的‘水中之鱼’，而不是‘鱼干儿’，和‘鱼画’的变形之物。”①

民间文学是“活的文学”，是“水中之鱼”。搜集记录就应该把它活的原生态保存下来，不仅对作品本文一字不动地记录，而且要对它的活动形态和环境进行立体描写。不然，就是不忠实的记录。

所以，这种对民间文学的立体描写，本来应该是一切研究的基础，是应该引起人们特别重视的。为此，我在 1963 年初写了一篇《重视民歌的注释说明》的文章，向《民间文学》月刊投稿，一直压在编辑部，直到胡乔木同志讲话之后，才在 1964 年第 3 期加了编者按刊登了出来。1979 年，我又写了一篇《加强民间文学的描写研究》，在少数民族文学学会的学术讨论会上发表。当时，西南民族学院的党委书记冯元蔚同志，还请我到学校做了一次专题报告。1984 年中国民研会三套集成办公室主任贺嘉同志，把立体描写的具体要求正式写入民间文学调查的技术规范之中。但是，后来我们看到三套集成的成果，在作品记录文本上，除广西、云南等少数省区外，大多缺少立体描写，没有达到集成办公室的技术规范的要求。

这就说明，立体描写的理论和方法，作为一个新事物，还没有普及开来，更没有深入人心。

不过在宝卷的研究中，不少学者注意了它的立体性。一些记录文本，已经有了立体描写。并且一些立体描写的专著已经问世。

黄靖的《中国活宝卷调查》就是一个突出的成果。作者不仅对靖江宝卷的生态情况进行了立体描写，而且对江南宝卷、甘肃河西宝卷、青海宝卷、山西宝卷、云南宝卷、江西宝卷等的活态情况，进行了一定的立体描写，洋洋大观，内容极其丰富。

最为可贵的是，作者不仅广罗博收各种活宝卷的资料，而且不止一次亲自跑到各地去观察调查，进行全过程参与研究。作者对宝卷的生态情况，进行了立体描写，具体生动地记述了宝卷演唱的过程、仪式、神灵、民俗、艺人、听众、文本、环境、非遗保护以及历史发展等微观与宏观情况。这是非常可贵的学术成果，值得我们注意。

这本书对宝卷、讲经的调查是全面丰富的，使我们对宝卷的活态有了具体的了解，使得读者有深入其境的感觉。它把宝卷这种非物质文化遗产的活态情况记录下来，供研究参考，并可留传至后代。这是很可贵的，也是非常令人高兴的。

从讲经宣卷的目的来看，书中无锡宣卷佛堂的对联说得很清楚：

清香缭绕宣扬妙典增福延寿

红烛辉煌礼颂经卷招财进宝

横批是“集福迎祥”。这就是说，宣卷的目的就是健康长寿（增福延寿）和发财致富（招财进宝）——这是幸福吉祥的具体内容。书中记述：宣卷的环境是佛堂，一般就在住宅的堂屋里布置，神像挂在北墙上。有彩印的“全堂佛像”，包括玉皇大帝、天地三界、释迦牟尼佛祖、观音菩萨、韦陀关公二将、土地正神等。还有 12 个非常精美的“纸马”神像，有十二宫辰星君、紫微长生大帝、28 宿星君……神像下面是祭祀的长条儿，条儿上面放香炉、蜡烛台以及盘装的糕点、水果等供品；边上有一个装满大米的笆斗，插一杆秤，因为秤杆上的刻度都是闪闪发光的小星，故寓有星斗和称心如意之意。另外还有一面镜子——照妖镜，一把剪刀——是除厄运的武器，一个苹果——代表平安甜蜜；长条儿的前面放两三张方桌，是为经桌，佛头

① 段宝林著：《中国民间文学概要》，北京：北京大学出版社，2009 年 4 月，第 346-348、339 页。

面对神像而坐，两旁坐6～8个和佛奶奶，还有敲打木鱼、云板和铃铛的助手领钟人、装香人。如佛堂较小，斋主磕头的拜垫不能放在条几和经桌之间，就放在佛头之后。在另外房间里也可以另外设一个诵经台，根据佛堂的大小来定。佛头、领钟人、装香人与和佛者人数一般在18人以内。整个佛堂布置得花花绿绿，还有许多手工制作的宝塔、宝莲船、青龙、莲花、莲子等宗教工艺品，神圣非凡。这是宣卷的环境。过去还没有人记述过。这是第一次记录。

从书中我们还知道：宣卷的宗教仪轨有固定的仪式，根据宣卷讲经的不同性质，可以分为大佛会和小佛会。大佛会是在寺庙、乡镇集体举行的佛会；小佛会则是一家一户在喜庆日子请佛头讲经的小型活动。活动从上午8时开始，从头到尾有一二十种仪式。如无锡为喜迁新居而演唱的家庭宣卷仪式活动有如下18项。

上午

(1) 7:30　早课——与佛家早课相同，念大悲咒、十小咒、楞严经、观音经、圆通章。

(2) 8:05　请佛——佛头念“请佛谒”，斋主放鞭炮2～8响，请诸佛降临。

(3) 8:20　宣讲《灶王卷》——灶王为一家之主，首先敬灶王。

(4) 8:47　宣讲《香山卷》——先放鞭炮请观音老母降临听卷，然后佛头宣卷，一唱众和；上午只宣三卷(亦称“三时”，每一时间歇念一卷)。

(5) 9:30　奉香塔——用130股线香扎成7级或9级的香塔。诵经奶奶以佛珠串向香塔“撒经”。斋主夫妇各捧一座香塔放在大门两边。点燃香塔，感应三界，使功德直达天上。

(6) 11:00　三解结——佛头念“饭经”，以饭菜供奉神佛，求神佛解结消灾。佛头念《三解结》。

11点半，会众吃素斋午饭。

下午，直到晚间，活动更多。(也有简化的，下午5：30就结束了)，这里不一样，是加了晚间一段的：

下午

(7) 佛头念《金刚经》一部。

(8) 续宣《观音卷》，至3时半收卷。

(9) 送卷——把《香山观世音宝卷》(慈悲香山妙典)装入黄色封套，重新还回供奉到神像前面(有的仪式在此时加入祭祖，但是正月不行，因为一个月里不能祭两次祖)。

(10) 念“六时六经”——将宣卷时穿插念的《高皇经》《金刚经》《弥陀经》《心经》《大悲咒》《观音经》重念一遍，叫“回向”。

晚间

(11) 做夜课——内容与寺庙的夜课相同。念八十八佛名号、放猛山(超度孤魂野鬼)、念《忏悔文》。

(12) 斋佛，念疏文——佛头摇铃斋佛，念给上天的疏文：奏明年月日、何人、何事举行佛会，祈求神佛保佑。对家中所有人都有祝福的偈语，有的是佛头根据不同的职业即兴编唱。

(13) 转塔——在佛头和会众的念经声中，男主人将宝塔转12圈，以示一年12个月平安吉祥。

(14) 宣《长寿卷》《发财卷》，祝福主家健康长寿、发财致富。

(15) 开关——为小孩渡关，安然免灾过关。

(16) 顺星——在念经声中，焚化黄纸所画的星图，祈愿众星辰保佑斋主消灾幸福。

（17）散花解结——佛头带领大家念偈文："解结圆满再散花，散花解结免冤家。"做法将鲜花供奉天上众多神佛。

（18）送佛——佛头用米在桌上写一个"寿"字。放一个碗在寿字上，把家中的钥匙和手机等物放入碗中，佛头念《送佛偈》，众人躬身行礼。最后把星斗、神佛的牌位，扎制的塔、花、船、龙等物请到大门外，再把纸折的金锭、元宝堆在一起，点火烧化。同时，爆竹齐鸣，送佛上天，并喻示主家功德圆满，金银成山，兴旺发达。

各种不同的宣卷，都有自己的特点，科仪大同小异也有所不同。如女孩的"开关"宣卷，经桌上放一盆纸扎的荷花，供品有童装、铜锁和一束红头绳。佛头念《开关科》，一领钟人在诵经声中反复开关铜锁，每开一次，在童装上绕一圈，表示顺利过关，而后把锁用红头绳挂在女孩的脖子上。这些象征性的动作，都是为了女童能够顺利过关，长命百岁。

大佛会——庙会讲经的仪轨，如靖江孤山的三月三就有庙会讲经，无锡还有大老爷庙庙会宣卷。大老爷是唐代安禄山造反时的平反英雄，死后成神，受到民众的信仰。下面是无锡惠山七月二十五的大老爷庙民间庙会念佛的仪轨。

佛堂布置与小会差不多，有"全堂佛像"、十二佛马，还有圆形佛图。祭坛上供有星斗牌位、宝莲船、子孙塔、七级宝塔、香炉蜡烛台、三茶三酒、水果、点心、宝卷封盒、香塔、聚宝盆等。

其对联是：

志诚可以感天必有祯祥吉兆；

为善则能乐佛自然福寿齐来。

这是一座江南社庙，供奉着无锡地方保护神。旧时的江南庙会通常由乡绅、庙管发起组织，这次庙会由当地的道士和佛头联合主办。讲经则由 5 个佛头和 30 名和佛奶奶参加，信众近百人，老年妇女居多。其一天的活动如下。

上午

8:05　五个佛头开始做早课。

8:20　请佛。

8:40　开卷，宣《延寿卷》。

9:00　12 名道士，身穿黄缎苏绣道袍，手持法器，引导舞龙队（青龙、黄龙均由老年妇女舞龙）、舞狮队、腰鼓队、军鼓队、彩旗队，由大老爷庙出发，浩浩荡荡，向东岳庙游行。

10:20　解结。

12:00　续宣《延寿卷》《香山卷》。

14:00　结束。

这是简化了的大佛会，因为是初恢复的，所以就因陋就简了。

从以上讲经宣卷的仪式可以看出，在整个活动的过程中，佛教的内容是比较多的。即使道士参加，佛头仍然念许多佛教的经文。当然，只是一些短小的经文，并且已经有了变化，而佛头宣卷的主要内容已经是世俗宝卷了。①

从整个仪式的内容中我们还可以知道，整个活动的宗教性是比较强的，老百姓把它看成

① 书中《古浪宝卷总目录》有 113 种河西宝卷的题目，其中佛教的内容 15 种，道教的 12 种，而民间故事的则有 86 种，说明民间故事在宝卷中的重要性。

是一种宗教活动。其目的就是求得神佛保佑平安幸福、发财致富。和佛奶奶参加一整天的活动，也是为了“功德圆满”。如果没有这种宗教内容，只把它完全变成一种文艺活动，可能许多人家就不会请佛头讲经了。但是，张掖市文化馆把22种宝卷改写为故事，印成《国家非物质文化遗产保护项目〈河西宝卷〉精品故事集》，作为乡土教材发到中小学；还把根据民间传说采编的《仙姑宝卷》改编成情景剧《仙姑传奇》，载歌载舞进行公演。这是一种活态传承的方法，值得推广。

总之，这是活态宝卷描写研究的一种新成果，对于我们理解宝卷的内容，无疑是很有帮助的。

黄靖同志对宝卷情有独钟，长期进行深入的调查研究，曾经出版过《宝卷笔记》(2011)、《宝卷民俗》(2013)、《善化人生：靖江民间讲经》(2015)、《解读靖江宝卷》(2016)等调查研究宝卷的专著。如今，又奋力写成了《中国活宝卷调查》这部巨作。这确实很不容易，其精神令人钦佩。

当然，如果从描写研究的科学规范来看，这种写法也有其缺点，主要是把活动与文本结合得还不够紧密，虽然也有个案调查，但是描写研究还不够完整系统。

是否可以把一整个讲经活动：从准备到开始活动、宣讲宝卷、宝卷文本和各种活动按时间顺序统一进行记录，这种完整的描写研究可能更加科学深入。因为活动是一种外在的现象，它的目的和内容才是本质的东西。所以描写研究应该深入，就需要把整个宣卷过程和活动的目的、文本的内容结合在一起进行系统完整的描写纪录。现在书中对靖江、江南、江西、山西、甘肃、青海、云南许多地方的宝卷演唱进行了活态的研究与散文式的记述，是很可贵的。如果能够进行完整的系统描写纪录，则会更加深刻、易懂，从而具有更高的科学性。当然，这种完整的系统纪录，需要深入的调查，是非常困难的。作为第一次的尝试，黄靖同志的纪录已经洋洋大观了。希望以后能有更加完整、系统的描写研究成果出世。

这是一个创造性的成果。创造性的成果都是非常艰难的。谨以此序表示对此书出版的祝贺和对作者的敬意，不妥之处敬请大家指正。

注：作者系北京大学中文系教授

宝 卷 之 缘
——自序

某时某刻，注定某人与某事结缘，或许这便是宿命。不然，赋闲如我者，乐得清闲，乐得自在，或含饴弄孙，或养花种草，或寄情山水……何苦挑战自我。明知自个儿"麻布袋绣花——底子差"，非得硬闯宝卷文化殿堂。忙碌似蜜蜂，飞西又飞东……

这就是"命"！打娘胎里便赋予的文化使命。

1949年，农历四月初四，戌时。在一间破旧的茅屋里，我带着父母钟情、痴迷靖江讲经的遗传基因呱呱坠地。自那一刻起，我的命运便与宝卷联系在了一起。似有神示，我自幼便对讲经特别感兴趣、特别有感情，少不更事，能给乡亲们讲好多宝卷故事，年过半百，仍致力于弘扬宝卷文化。

2009年6月24日晚七时许，"2009江浙沪宣卷交流演唱活动"的帷幕开启，便预示着我这个偏居一隅的草根学人，与当下中国活态传承的宝卷结缘。

宝卷自宋元走来，风尘仆仆，历经千年。假如真能穿越时空隧道，原路返回，虽然也常见"肩背褡裢滔滔走，手担卷包慢慢行"①的民间艺人，但他们大多三两成群，游走乡村"讨"生活，其足迹呈不规则扩散状态，绝无从四面八方朝一个点集聚的道理。21世纪的今天，不拘一格的江苏昆山锦溪人，高扬"千年宝卷，锦溪传唱"的旗帜，召唤散居于江浙沪乡间的宝卷家族的传人，欢聚一堂，同台献艺，开宝卷交流联谊之先河。

相逢相聚皆是缘。2009—2016年，前后四届活动，十几支风格各异的宝卷宣演队伍，在锦溪的舞台上争奇斗艳，让笔者大开眼界，心灵为之震撼。

不知是挚爱而生偏见，还是才疏学浅、孤陋寡闻。笔者之前一直以为，普天下的宝卷宣演都和靖江一样："一人讲唱，众人和佛。"尽管也知晓江南流行丝弦器乐伴奏的"丝弦宣卷"，但心里依旧固执地认为，万变不离其宗，终究脱不了"讲、唱、和"的传统模式。

锦溪的精彩展示，让我如梦初醒。各地的宣卷竟是那样的异彩纷呈，有的甚至离经叛道，新奇怪异。

且看浙江嘉善的陶庄宣卷。

自古以来，从僧尼、民间宗教信徒到民间艺人，宣演宝卷从来都是凭桌（坛）而坐，以铃具、木鱼为基本道具。而陶庄宣卷对此实行颠覆性变革——撤桌，民间艺人可以在舞台上自

① 李林著：《梵国俗世原一家·汉传佛教与民俗》，北京：学苑出版社，2003年7月，第181页。

由走动；用木鱼、响铃二合一的自制手拿道具替代铃具、木鱼；伴唱（和佛）者在台上甚至可以载歌载舞……

新奇、兴奋、困惑，我胸腔里激荡着莫名的冲动……

有位哲人说过："存在的就是合理的。"何不实地探访那些传统的，尤其是更新改良的活宝卷？其时，恰逢《宝卷民俗》出版发行。

2013 年 11 月 8 日，笔者在"《为小弟请安》《美味人生陈士荣》《宝卷民俗》首发式"上发言，公开宣告：

在深入研究靖江宝卷的同时，计划用 3～5 年时间遍访山西介休宝卷、甘肃河西宝卷以及江浙沪各地的江南宣卷，对当今中国的活宝卷进行全面调查、系统分析，揭示其在现代化、城镇化条件下传承发展的规律和趋势。

寥寥数语，恰似行动宣言，昭示寻访的对象、宗旨、时间。此前，我肩背行囊，行走江南。所到之处，在锦溪结交的同道们无不安排得妥妥贴贴。若远行千里，赴山西、甘肃、青海、江西、云南、河北等地，就得看缘份了。

这"缘"自然是宝卷之缘。

宝卷已列入国家级非物质文化遗产保护名录，有关省份的相关部门必然关注其保护传承、交流研讨，经江苏省文化厅"非遗处"牵线搭桥，笔者的甘肃、云南之行便涂抹上"官方"色彩。

然而，我的考察毕竟是民间行为，应尽可能通过民间渠道。山人自有妙招。笔者首先想到，检阅论著，拓展视野，寻觅同好。我在青海生活战斗多年，但笔者竟不知海东农业区有宝卷，偶然淘得《青海宝卷研究》，不禁喜出望外。得知作者刘永红教授曾在青海师范大学学习、工作过，立马想起他的校友、我的战友，西安二炮工程学院教授韩怀仁。韩教授从青海师范大学毕业多年，根基尚在，很快便觅得刘教授的电话。建立热线，奉上拙著，人未谋面，意气相投。刘教授特地从贺州学院赶到西宁与我会合，并邀请同门师弟、青海师大教授李言统驾车同行，深入乡间考察。

笛子有眼可奏乐。没眼咋办？设法钻眼呗！

一个偶然的机会，在某刊读到江西于都宝卷的调查报告。惊异的是，此乃明清民间教派宝卷的遗存，算是珍稀之宝。怎奈山高水远，人地生疏，无人引荐，难以成行。好在天无绝人之路，小儿浩有位战友是于都人，其兄还是当地的一个"人物"……

有道是，有缘千里来相会，无缘对面不相识。几年间，宝卷犹如一块巨大的磁石，为我营造了极其宝贵的人脉磁场。令人感奋的是，与几位博学而有建树的宝卷学者因此结为良师益友。凡有求教，他们都会真诚而无保留地为我解疑释惑。青海宝卷乃历史上宝卷西行的"休止符"。"当宝卷向西进入青海，受当时严峻的生存环境所迫，受当地浓厚的藏传佛教文化的影响，地域化为貌似当地藏传佛教的一种形式而顽强地生存了下来。"这种形式便是富有地域特色的本土文化嘛呢经。于是，"肇始于华北大地的，产生于农耕文化土壤上的宝卷及宝卷念卷，在青海东部这个具有浓厚藏传佛教的文化氛围中，'伪装'了自己，使自己适应当时严峻的生存环境，吸收了藏传佛教文化的因子，这样青海一地的宝卷念卷就具有了多元文化——农耕文化和藏传佛教的双重文化特质①"。相较于内地的宝卷，青海宝卷有其独特

① 刘永红著：《青海宝卷研究》，北京：中国社会科学出版社，2013 年 9 月，第 42 页。

之处。为准确把握、深入发掘其文化意蕴，调查考察期间，我不失时机地向刘永红、李言统请教。开笔为文时，我又请刘永红发来若干文献，同时将搜集的“嘛呢经干本”(卷本)发扬州大学文学院副教授陆永峰、山西大学文学院副教授尚丽新，请他俩考证“嘛呢经与宝卷的联系”，两位均及时回复。仅以尚老师的短信为例：

所列几种嘛呢经应为科仪卷和小卷。

《韩湘子哭五更》《三公主劝善经》《莲花经》可能是小卷，其余是科仪卷。

这些宝卷的使用场合，具体可参商文娇《青海民和妇女念唱嘛呢经的调查研究》(《青海社会科学》2010 年第 4 期，第 121-124 页) 一文。商文指出：初一、十五那天念唱的经文，一般除了各种《登科经》《敬香经》《王母经》《六字真言经》以外，还有《上香经》《观音菩萨降经文》《修心经》等。农历九月初九重阳节一般会选择念唱《交灯经》《敬香经》《观音拜灯科》《十拜灯经》等，内容多是赞颂菩萨、观音或者玉皇、龙王的。清明节的前一天晚上念唱《灶王小真经》《三公主经》《金花仙姑词》或《佛说大乘经》《熬茶经》等。亡人超度念唱《亡灵登科经》《阳五更经》《往生经》《给亡人点灯经》《五更鼓儿天》以及《阴五更经》《三奠茶》《奠酒歌》等，也要念一些真经如《地母真经》《十柱香经》《十王宝卷》《六字真言经》等，念经的同时还要点灯。

《韩湘子哭五更》《三公主劝善经》可能是从流行的“大卷”中摘录或剥落出来的。由于韩湘子、妙善三公主的故事极度流行，民众会把“大卷”中最为动人的段落截取下来，以便在各种不同的场合中演唱。

(“小卷”相对于有故事情节、讲唱结合的“大卷”而言，大多为短小精干的唱本。——笔者注)

尚老师用“摘录”“剥落”“截取”之说，回答了部分嘛呢经文本与宝卷最为本质的联系。

树老根多，人老话多。絮絮叨叨地讲这么些，实为表达本书的缘起与体悟。无论谁，想为民族文化做点事儿，矢志不渝，笃诚而行，必然有志同道合者铺路架桥、摇橹撑篙，默默地助你由此岸渡向彼岸。

人生若渡。目标一经锁定，划桨不止，毋论晨昏。

尔今，古稀之年，抚摸厚厚的《中国活宝卷调查》文稿，感慨系之。正所谓“有志不在年高”“老有所为”绝非妄语。倘与某事有缘，定然“潜能”喷涌，即便古稀、耄耋，照样意气风发，扬帆启航……

人生就是出发！人在途中，方显生命张力。

目　　录

绪　言

“中国宝卷是在宗教(佛教和明清各民间教派)和民间信仰活动中,按照一定的仪轨演唱的一种说唱文本,宣演宝卷称作‘宣卷’(或作‘念卷’‘讲经’)”。车锡伦先生在对宝卷作出经典定义的同时,明确指出,“宝卷及其演唱活动,既是古老的,也是现实的”①。中国活宝卷,自然是“现实的”,迄今仍在民间以各种方式宣演,与底层民众生活相融的活态传承的宝卷。

一、中国活宝卷的地理分布及其形态

宋元以降,中国宝卷经历了兴起、繁盛、衰落的历史过程。其鼎盛期曾布遍大江南北、大河上下的广大地区,而今主要集中在江浙沪沿运河、环太湖地区和甘肃的河西走廊。此外,在甘肃南部的洮岷地区和青海东部的河湟地区以及山西介休和永济、河北南宫、陕西榆林、江西于都等地亦有零星分布,呈现“一片”(江浙沪吴方言区)、“一线”(甘肃河西走廊)、若干点的格局。

当下流传于各地的活宝卷,其主体是清康熙年间开始兴盛的世俗宝卷一脉。同时,在甘肃岷县、河北南宫、陕西榆林、江西于都等地,还保留着明清民间宗教宝卷的遗存。不管何种类型的宝卷,因受各自流传地的人文环境的影响,其生存发展方式多姿多彩,形态各异。

(一)江浙沪吴方言区宝卷。在沿运河、环太湖的广大区域,因地缘相近、人文相亲,生机勃勃地活跃着既相联系又相区别的三种类型的宝卷。无锡宝卷、常州宝卷、常熟宝卷以及地处江北但以吴文化为主导的靖江宝卷,因坚守“一人或两人讲唱众人和佛”的“古讲经”传统,笔者称之为“讲经类”。以苏州宣卷(具体以同里宣卷)为代表,包括浙江、上海的绍兴宣卷、嘉善宣卷、周浦宣卷、金泽宣卷等的江南宣卷为“宣卷类”。前者无器乐伴奏,仪式繁复,艺人随机组档,以铃具、木鱼、佛尺为基本道具,宣演传统宝卷,一人或两人讲唱,众人和佛。后者以江南丝弦器乐伴奏,仪式简约,宣演的卷本既有传统宝卷,也有新编现代宝卷,艺人结为班社,宣演时按故事情节的需要起角色。张家港宝卷介于二者之间,它不但冠以“讲经”之名,而且一些科仪与“讲经类”宝卷相似,但它又像“宣卷”那样有乐器伴奏。江浙沪吴方言区

① 车锡伦著:《中国宝卷研究》,桂林:广西师范大学出版社,2009年12月,第1页。

宝卷的共同点是，民间艺人如同乡村的手艺人，凭技艺挣钱吃饭，以庙宇、民居为平台，实现宝卷的信仰、教化、娱乐功能。

（二）甘肃河西宝卷。从武威至敦煌，千里河西走廊，在相同人文地理背景之下，河西宝卷次第展开，有些如敦煌宝卷已淡出人们的视野，其他如古浪宝卷、永昌宝卷、凉州宝卷、山丹宝卷、张掖宝卷、酒泉宝卷等仍存活于民间。其特点是：①仪式简单。念卷人洗脸、净手、漱口，烧三炷香，向佛像或西方拜三拜即可念卷。②念卷人非职业化，独来独往，上门义务为邻里念卷。③一人讲唱众人应和。④以娱乐、教化为主，亦承载一定的信仰功能。

（三）甘肃岷州宝卷。以岷县宝卷为代表，其组织活动形式虽然承袭了民间宗教的某些特征，比如“龙华会”“善人堂”之类的民间组织相沿成习，堂主世袭，但早已顺应历史潮流，消解了民间宗教色彩，衍变为民间民俗信仰活动。有的善人堂堂主之位不再世袭传子，但宣演宝卷的技艺仍然衣钵相传，其子孙以民间念卷人的身份宣演宝卷时，也还遵循民间宗教的某些仪轨。岷县宝卷民间信仰的成分重，宝卷地位神圣，被尊为“佛爷”，在家里或庙宇享有神一样的供奉。宣演宝卷被称为“念佛爷”，仪式庄严，无伴奏，有应和。被呼之为“经长”的念卷人，上门“念佛爷”在主斋家吃饭，象征性地收取“香油钱”。

如果说以上自立门户、自成体系的三大系列的宝卷为中国活宝卷的常规形态，那么，以下四种零星分布的宝卷便是特定形态：一是文本烙有明清民间教派宝卷的印记，而宣演活动则完全世俗化的河北南宫宝卷；二是与当地强势民俗民间文化相融合的山西永济道情宝卷和青海嘛呢经；三是与常规形态的河西宝卷既相联系又相对独立的凉州小宝卷；四是被陕北说书和云南保山民间唱书作为“底本”的宝卷。

（四）河北南宫宝卷。明清年间，南宫地区有民间教派活动，受其影响，一些宝卷文本至今仍刻有明清民间教派宝卷的痕迹。但就传承发展的方式、路径而言，则纯粹是世俗行为。以村庙为依托，每年农历二、三月举行庙会，村民自主自为，祭祀、许愿、宣卷，仪式繁缛，气氛隆重。

（五）山西永济道情宝卷。宝卷流传至山西永济地区，充分彰显其适应性，融合于当地广为流行的河东道情。宝卷与道情在同一个班社生存、表演，但“因其具有的宗教性、仪式性”①，它又相对独立，每有演出，均安排在上午。同时又保持着与道情的交互影响。文本上道情借用宝卷文本，表演上宝卷被道情化，“结果是永济宝卷被纳入河东道情之中，在民俗信仰之中发挥着与河东道情相同的功用”②。

（六）青海嘛呢经。清康熙年间，民间宗教宝卷屡遭朝廷和正统宗教的围追堵截，为生存而向大山深处和边远之地流徙。“当宝卷向西进入青海，受当时严峻的生存环境所迫，受当地浓厚的藏传佛教文化的影响，地域化为貌似当地藏传佛教的一种形式而顽强地生存了下来。在这个过程中，肇始于华北大地的，产生于农耕文化土壤上的宝卷及宝卷念卷，在青海东部这个具有浓厚藏传佛教的文化氛围中，‘伪装’了自己，使自己适应当时严峻的生存环境，吸收了藏传佛教文化的因子，这样青海一地的宝卷念卷就具有了多元文化——农耕文化和藏传佛教的双重文化特质。”③青海宝卷的表现形式主动融入本土文化——嘛呢经，适应宣演形式的需要，在保留许多科仪卷的同时，从长篇的讲唱结合的卷本中截取部分适宜歌唱

---

① 杨永兵著：《山西永济道情宝卷及音乐研究》，北京：中国社会科学出版社，2012 年 12 月，第 1 页。

② 尚丽新、袁野著：《山西永济宝卷与河东道情》，《文化遗产》2015 年 04 期，第 117 页。

③ 李言统、刘永红著：《宝卷与青海嘛尼经流变的关系》，《青海社会科学》2015 年 04 期，第 171-175 页。

吟咏的段落，从而成为宝卷的变体——嘛呢经干本（文本）。信众只知嘛呢经不知宝卷，以老年妇女为主体，组成松散的组织"嘛呢会"，以村庙、民居为场所，定期、不定期开展活动。

（七）甘肃凉州小宝卷。流行于甘肃省武威市凉州区的凉州小宝卷，俗称"道歌子"。因其篇幅短小、一唱到底，且与河西宝卷的支脉凉州宝卷血脉相亲，故被命名为"凉州小宝卷"。凉州小宝卷劝人修身养性，深受老年妇女的喜爱，颇具活力。

（八）作为陕北说书和云南保山唱书"底本"的宝卷。陕北说书和云南保山唱书与宝卷虽分属两个文化类型：具有民间特性的说书和唱书与具有宗教特性的宝卷，但相互间因文本文体、表演模式、接受对象、社会功能等元素相似，许多反映民间爱恨情仇的宝卷在流转中被采借为陕北说书和保山唱书的"底本"。这种采借并非简单地照搬照抄，而是"二度创作"的改编、移植，甚至同化。因此，宝卷一旦以陕北说书书文和保山唱书唱本的面目进入表演状态，就再不是本来意义上的宝卷，而是货真价实的书文和唱本。只有将其置于宝卷文化视域观照，才不失为宝卷的一种存在方式。

（九）江西于都斋公。这是个特殊的宣演宝卷的群体，甚或可视为宝卷活态传承的另类。他们原本信奉罗教创教祖师罗梦鸿（尊称为"罗祖"），常年吃斋，家庙合一，娶妻生子，父子相传。庙藏罗教经典宝卷《五部六册》，且时常在民间宣演。20 世纪 80 年代后，受当时宗教政策影响，有的斋公改变信仰，改信佛教；有的依旧坚守原有信仰，在庙里悄悄供奉罗祖；有的以种种方式融入世俗生活，一些年轻的"斋公"，虽以庙为家，但照样像农民那样下地侍弄庄稼。

二、中国活宝卷传承发展的前提和标志

综观当下中国活宝卷，不管以何种形态，也不论其处于何种人文环境之中，只要活泼泼地传承发展，便表现为一个结构稳定、功能完善的民俗民间文化系统。以江苏靖江宝卷为例，其系统构成如下图所示。

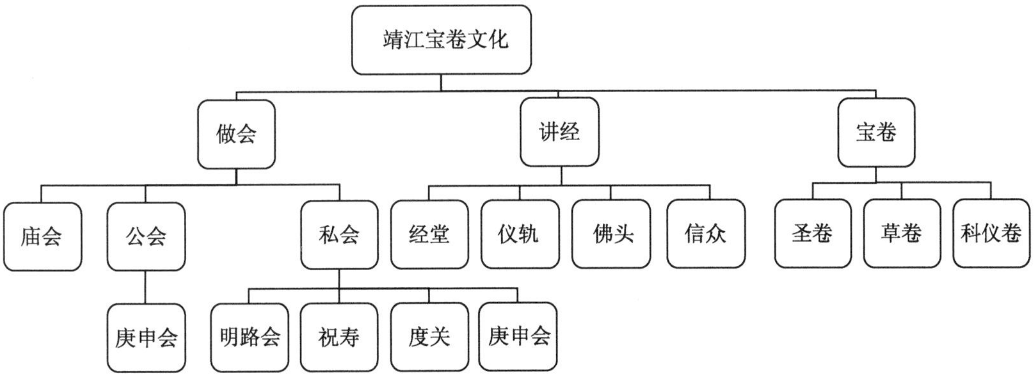

靖江宝卷文化构成示意图

做会、讲经、宝卷，是靖江宝卷活态传承的三大要素，笔者在拙著《解读靖江宝卷》中，对三者的基本定位是：

做会——寻常百姓的仪式生活；

讲经——民间艺人的精彩宣演；

宝卷——靖江人的人生教科书。

笔者以靖江宝卷为参照，审视各地活态传承的宝卷，发现只有具备以下条件，其方能焕发生机。

首先，要有一个笃信而可观的信众群体，喜欢甚至痴迷宝卷。通俗地讲，“要有市场”。信众在人群中的比例愈大，发展前景愈好，否则便凋零、萎缩，甚至消亡。

其次，要有一支充满活力的民间艺人队伍，在满足信众信仰、娱乐的同时，实行劝善化俗。他们像乡间走村串户的手艺人一样，凭技艺赚钱、吃饭。信众愈多，业务愈“火”，传承的活力愈明显。

再次，要有一个活动平台，亦即风俗习惯。比如，为菩萨圣诞宣卷敬神的庙会，为种种喜庆、祈祷活动或为超度亡灵举行的公会、私会。此类活动愈频繁、普遍，宣演宝卷之俗便愈牢牢扎根于乡土社会。

最后，要有一定数量内容丰富、生动有趣的宝卷文本。“剧本，剧本，一剧之本”，这些富有地方特色的脚本，既是民间艺人的“衣食饭碗”，也是广大信众的“人生教科书”。

以上几点，是宝卷活态传承的前提和标志。当然，此为一般规律，具体到宝卷在某地的生存发展状态，则表现出巨大的差异，从形式到内容，均显现出丰富性和多样性。

三、 中国活宝卷调查的方法

正是异彩纷呈的宝卷，激起笔者的好奇心，决计遍访中国活宝卷。限于知识学养，无法遵循和运用“文化人类学调查”的方法，只能从经验出发，“土法”上马，或者说采取自己惯用的“草根之法”。

（一）面对面交流

民间艺人是宝卷传承发展的主体，也是调查考察的主要对象。是“请”上来，还是“走”下去，这不仅仅是尊重的问题，更重要的是，只有走进乡土社会，切身体验民间艺人生产、生活环境，才能深刻领悟宝卷生存发展的文化生态。甘肃岷县有位老艺人，“念佛爷”能唱几十种曲调，受其熏陶，女儿成了“花儿皇后”。我们驱车几十里，来到一积雪斑驳的沟道深处，盘腿坐在炕上，翻阅其家藏宝卷，欣赏那天籁般的歌唱，那份愉悦与享受无法用语言来形容。在江西于都，我们的小车行驶在山间简易公路上，受尽颠簸之苦，当我面对三个境况、个性迥异的斋公，顿时觉得不虚此行。

从民间艺人那里所获取的，大多是宣演技艺、科仪及其活动方式的信息，至于这些信息所蕴含的文化内涵，则要虚心请教当地的文化人和专家学者。无论走到哪里，我都会与当地的宝卷同行进行广泛的交流。同时，只要有机会，便登门造访大专院校的宝卷学者。

民间艺人、乡土文人、专家学者便成了笔者寻访的三种对象。无论谁，我都尊其为师，以虚心好学的态度，与他们进行平等、坦诚的交流，力争在最短的时间内获得人家的信任，使其乐意有问必答，知无不言。同时，我力求将这种面对面的交流，发展、延伸为“自媒体”交流，互加微信，随时咨询。有时现场注意到某个细节，但未深究，写作时可发微信刨根究底。甘肃岷县岷阳镇北门街有户王姓人家为“先人”三周年“念佛爷”，我发现先人祭坛既无灵位，也无遗像，而供奉的是纸钱。个中缘由不得而知，于是发微信向那天念佛爷的念卷人裴陆平请教。

我:请问裴老师！那个纪念三周年的祭坛上,怎么没看到先人的灵位,而只看到纸钱?

裴:黄老师您好！过三周年一般不设灵位,只供纸钱,在(再)就是供先人遗像以代灵位。

我:那供的纸钱是当天到坟头烧掉,还是在家烧掉?

裴:有送到坟头烧掉的,也有等太阳落山在家门口烧掉的。一般三周年必须要去坟头烧纸。

(二)全过程跟踪

有道是:百闻不如一见。在许多地方,宝卷宣演的仪式感极强,不去现场感受那庄严肃穆的氛围,难以体悟其意蕴。无锡念佛与靖江讲经属同一类型,只有亲临现场观察体验,才能分辨其差异。无锡将宝卷当"经"念,靖江则当"故事"演绎。同是《香山宝卷》,无锡将其划分为六个时间单位,形成六个间隙用于念《高皇经》《金刚经》《弥陀经》《心经》《大悲咒》《观音经》等"六经",称为"六时六经";而靖江则依照故事情节的展开,绘声绘色、一气呵成地讲唱。还有许多细微的区别,只有在现场才能发现。我想奉献给读者的是"中国活宝卷调查",不深入生香活色的现场,何以体现写作的主旨和追求!

那么,是不是当面访谈不重要呢?当然不是。调查考察,进庙入户采访是第一位的,它能了解许多珍贵的第一手资料。再说,所谓"现场",是指斋主出于某种心意民俗的需要,请民间艺人择日设坛宣演宝卷敬神、娱人。相隔千里,若非机缘巧合,极少巧遇原生态现场。因而,更多的还得面对面交流。

这种交流的缺陷是,民间艺人的介绍往往大而化之,容易忽略细节,尤其是富有地域特色和文化内涵的细节。在甘肃岷县,笔者曾两次采访同一个念卷人。头一回在一座庙里,他带了两个"搭佛"(和佛)者为我演示,并详细描述了佛会的过程。第二次在一个超度亡人的佛会现场,我发现他的描述仅为框架,而真正令佛会神圣、厚重的是一连串生动、鲜活、神异的细节。因而,只要条件许可,我尽可能争取深入宣演现场,实行全程跟踪。一是全程参与。将自己当成民间艺人的徒弟,师傅进场我进场,师傅收工我收工,师傅念卷我学习。当然,师傅吃饭,我也入乡随俗,在主家用餐。二是全程记录。依照时间顺序,将佛会程序一一记清,精确到几点几分。同时,佛堂布置、科仪表演以及主家经济、文化、信仰状况,乃至院落的方位、格局,都作实时实地描摹。三是全程录音、拍照。每临现场,相机、录音笔便满负荷工作。

(三)多方搜集文献资料

宝卷并非孤立的存在,它必然与一定地域的人文背景相联系。因而,各地的方志及相关文化典籍,便成了笔者搜集的重要文献。当然,最有价值的文献资料,当数民间艺人家藏的稀有卷本和各具特色的法会文书。这些,能索取到原件当然求之不得;不能,则拍照、复印、抄录。

搜集文献资料,最难、最珍贵的莫过于想方设法激活深藏于民间艺人脑海深处的卷本。上海周浦宣卷自二十世纪五十年代便取消了"请佛""送佛"仪式,由民间信仰活动演变为曲艺类口头说唱。但旧时的《请佛偈》《送佛偈》依然贮存在某些老艺人的记忆里,长期处于"休眠"状态。引导老艺人"唤醒"这些行将消亡的卷本,确为名副其实的抢救。同时,也为研究地方宝卷文化发展史挖掘出可信度极高的原始资料。

还有一种资料笔者也十分珍视,那就是专家学者对某地宝卷调查、研究的成果。"青海嘛呢经”甚为特殊，一两天的调查走访很难深入其中。于是，笔者恳请《青海宝卷研究》的作者贺州学院教授刘永红搜集了多位学者研究“青海嘛呢经”的论文，这些对笔者的思考、写作助益良多。

细心的读者会发现，有些资料似乎与宝卷无关，比如，岷县寺沟乡禄沙村董兄兄家墙上的神位，在文中似显多余累赘。殊不知，当我头一眼见到它，心灵便受到莫大的震撼，“早晚三叩首，诚心一炷香”，能享此膜拜者，不仅是“天地三界万灵十方诸神”，还有被尊之为“佛爷”的“宝卷”，在这样的家庭、家族、乡里，宣演宝卷必然成为神圣之举。可见，此类能深刻反映宝卷生存发展历史文化土壤的资料理应多多益善。

上述各点，或许难以上升到“方法论”的高度，但于我却简便易行，实用有效。

四、本书的定位及内容

数年间，邀一两同道，一路行走，一路考察，一路思考，同时不失时机地向专家学者咨询、讨教，将所见、所闻、所思、所学敷衍成文，一地一篇或数篇，积水成潭，汇编成书。

本书虽是调查研究的产物，但并非严格意义上的田野调查报告，而是纪实性的文化散文和口述史。写作者以满腔的热忱，率性而真实地记述五方面的内容：一是当下中国宝卷活态传承的基本状况；二是各地宝卷生存发展的文化生态；三是宝卷从文本到宣演模式的差异性和多样性；四是现代语境下宝卷面临的挑战；五是写作者对宝卷保护传承的思考。为突出本书的文献价值，笔者将从各地搜集的原始资料，尽可能“原文照录”地收入正文，或附于文后。

全书共十一章，第一至四章为当今中国活宝卷两大群落的调查纪实，第五至七章如实记录各地零星分布的活宝卷，第九、十两章分别考察了巍山说善书及陕北说书和保山民间唱书与宝卷的关联，第十一章乃靖江讲经现场的全过程观察实录。所有篇章均着力从宏观和微观的结合上对当下中国活态传承的宝卷作整体描述。但并不意味着涵盖所有活宝卷，或者说，因信息等诸多因素的制约，还有许多流播，甚至深藏民间的宝卷有待发现、调查。

调查与研究如同孪生兄弟，往往孕育于同一母体。研究与调查相伴，思考与写作同步，由感而发的粗陋之议，散见于全书。这些零碎的浅显之见，试图对中国活宝卷进行形态比较和生态研究，虽尚未形成系统而深刻的观点、理论，却也不失为一种成果。

中国活宝卷的调查研究是一项宏大的系统工程，笔者所为，限于学养、功力，或许还不尽“科学”，同时也不全面，仍有许多地方宝卷未作调查考察。因而，与那些自谦“抛砖引玉”之著相比，本书不过是投入水中的一颗小小的石子，希冀激起微波涟漪，引起专家学者、草根学人和实际工作者对宝卷前途命运的关注，共同探索现代化、城镇化条件下宝卷保护传承的方略和路径。

第一章

江苏活宝卷调查

无锡宝卷印象

倘非亲目所睹，谁能相信，太湖之滨、惠山脚下，无锡宝卷竟是那样兴盛。其流传于无锡市的滨湖区、惠山区、梁溪区、锡山区、新吴区以及宜兴市、江阴市与无锡毗邻的地区。佛头逾千，其中不乏年富力强的中青年，且一个佛头一年“念佛”百多场。尤其值得一提的是，无锡宝卷洋溢着宋元时期佛教宝卷的气息，无论是生存状态，还是文化风骨，在当下中国活态传承的宝卷中均独树一帜。

这是中国活宝卷园地不可多得的瑰宝，值得深入调查研究。

2013 年 11 月 20 至 21 日，应著名宣卷艺人张敏伟先生之邀，笔者实地考察无锡宝卷，留下深刻印象。

印象之一：高档小区也能宣卷

无锡人将为满足心意民俗的需要，按一定的仪规宣卷，称为“念佛”，称宣卷艺人为“佛头”。

这天的宣卷在一个名为“龙湖月澜山庄”的高档小区举行。斋主姓王，新居刚刚装修完毕，择吉“进宅”，礼敬神明。

进门便是一副对联，道明宣卷主旨：

清香缭绕宣扬妙典增福延寿；
红烛辉煌礼诵经卷招财进宝。

横批：祥迎福集。

楹联由佛头精心装饰，红色为主，上饰黄下缀绿，下端用绿纸剪成三角形的两只“脚”。横批独字成幅。张贴要求：“（联）四脚着地；（批）八脚腾空”。

佛堂设在客厅，东墙上挂着所有佛神的彩印“全堂佛像”圣轴，下面贴有 12 个“佛马”（神的纸相），自左至右依次排列：

合座一切威灵　香花供佛
十二宫辰星君　消灾解厄
皇姥寿星二仙　共献蟠桃
玉皇天地三界　人杰地灵

本师释迦文佛　佛教至尊
紫微长生大帝　保身护命
当生本命无辰　一方之主
观音势至能仁　寻声救苦
二十八宿星君　志心奉供
护法韦关二将　降妖伏魔
大王土地正神　一境之主

这是为保家宅平安奉请的神佛，若因别的喜事“念佛”，比如祝寿，则稍作调整。传统的佛马为纸马，因折叠后较长，会遮挡圣轴神像，张敏伟便用黄表纸自制。

倘佛堂设在传统民居的堂屋，或者说常规的佛堂布置，圣轴挂于北墙，下方是用于日常祭祀的长桌，挨着长桌是半桌（相当于八仙桌一半大）。半桌前设拜垫，其后是由三张八仙桌拼成的经桌。因套间客厅面积所限，省去半桌、拜垫，经桌亦有小方桌组合。

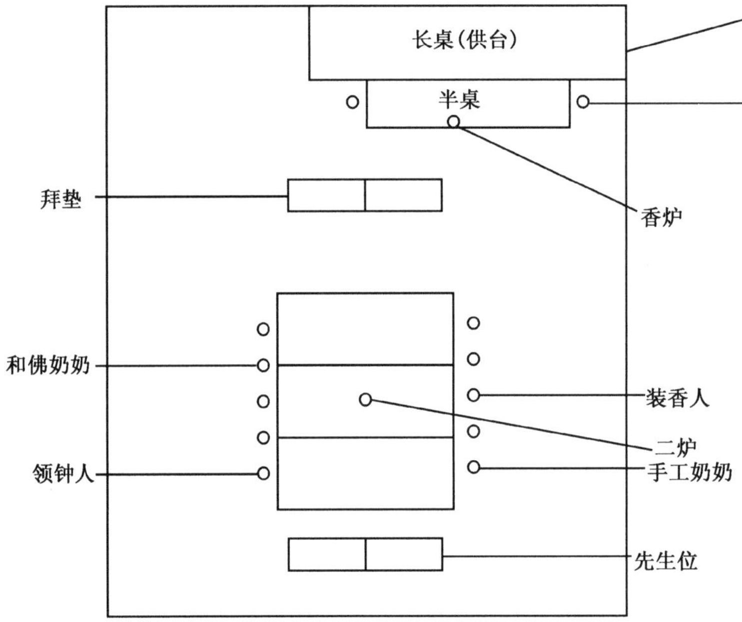

无锡念佛传统民居佛堂平面示意图

长桌设烛台、香炉，供面、糕、果品。下首有一装满米的“星斗”，内有一杆秤（意为“称心如意”）、一面镜子（代表去邪镇妖之“白虎”）、一把剪刀（代表“朱雀”有去除厄运之意）、一颗苹果（代表“平安顺意”）与一把度尺（有“节节高升”之意）。星斗牌位奉于中央。黄表纸制成的星斗牌位十分精美。上方印有日月，往下有“左辅”“延寿宫”“右弼”的忏语。中间主体部分红底黑字：“移下一天星斗月”，两侧是二十八宿名号，最外侧缀一联：“吉曜常临。凶星退散”。下方有“星图”二字坐底。星斗牌位的上方贴着疏壳（放“疏文”的信封）和封盒（内填经文、锡箔），供送佛用。

本应供奉于半桌的“慈悲香山妙典”的黄色封套，供于经桌的最前面，供果品、设烛台香炉，有专门的“装香人”，将香插成“塔型”。随着仪式的进行，先后将两座子孙塔、九层或七层宝塔及“荷花”、宝莲船等呈现于经桌。

佛头面对圣轴而坐。依据仪式需要一人或两人照本宣科地诵经、宣卷。两侧坐 6～8 个和佛奶奶，紧挨着佛头左右的奶奶为敲击云板、小木鱼和响铃的领钟人。

因不设拜垫，斋主一家只能站在佛头身后躬身礼佛。

因经桌较小，客厅的西侧还设一桌，四个奶奶围坐着边和佛边折锡箔。此桌同时为“文案台”，供佛头写“疏”用。因不坐夜，一些功课必须与客厅的仪式同时进行，故在别的房间另设“诵经台”，有五六个奶奶诵念《高皇经》《金刚经》《弥陀经》《心经》《大悲咒》《观音经》。每诵一卷经，拨一粒佛珠串上的佛珠，意味着功德凝结于珠。

在厨房的“灶台”一角，供奉“东厨赐命灶君 · 一家之主”的佛马，三双筷、三杯酒，干果、香、烛、灯(万年灯)一应俱全。

整个佛堂布置得花花绿绿，令人眼花缭乱。因笔者是外行，只见其“热闹”，不懂其“门道”，只能择要而记，无法一一详述。笔者一直以为，宝卷是农耕时代的产物，是传统农民精神文化的宠儿。随着现代化、城镇化的快速推进，一个个传统村落悄然消失，活动空间严重挤压；生产、生活方式改变，人们不耐烦慢条斯理的吟诵唱和；年轻人热衷、沉溺于时尚文化，冷落、疏远宝卷……这一切的一切，必将给宝卷传承带来巨大的冲击。面对挑战，无锡宝卷的传人不是退缩避让，而是主动应时更新，并由此出现“城派”“乡派”之分野。后者坚守传统，前者适当简约仪式，变旧时的一天一夜为一个白天，以免影响斋主第二天上班。虽然两派并无根本区别，却为宝卷适应社会变迁，进军现代城镇开辟了路径，竖起了旗帜。因此，无锡市区宣演宝卷的活动依旧活跃。

印象之二：祈福是仪式的最高任务

无锡“念佛”有大、小之分。大佛，亦称“大家佛”，由信众出资合办，佛堂或设于寺庙宫观，或设于村镇民宅，或搭台(篷)于广场。张敏伟说，超过 25 人参与的“大佛”才挂“全堂佛像”，以示庄严隆重。小佛，亦称“私佛”，信众为进宅、祝寿、开业等喜事而举办，此为“延生佛”。也有为超度亡故亲人而举行的“往生佛”。小佛仅限于家人和至亲参加，一般不邀请邻里。同时，就规模而言，佛头及和佛者少于 18 人为“小佛”，达到 18 人或更多为“大佛”，最多可达千人。

2014 年 2 月下旬，滨湖区华庄菜场遭火灾，所有建筑化为灰烬，人员无一伤亡。民间信众因此于农历三月初三自发组织千人念佛，请佛头、道士祈福禳灾。道士在露天以十张八仙桌为祭坛，斋天、行文、拜表；佛头搭三个佛台，宣《香山卷》《延寿卷》《开关》《顺星》，共同祈求神佛为民消灾降福。

规模不论大小，“念佛”的内容主要是祈福禳灾，以满足信众渴求平安幸福的需要，宣演宝卷只是心意民俗活动之一。旧时，白天宣演讲述菩萨身世的正卷，晚上宣演反映民间爱恨情仇故事的小卷。如今的佛会不坐夜，小卷日见衰落，而正卷以《香山观世音宝卷》和《金本钟宝卷》(又称《延寿宝卷》)为主。

在龙湖月澜山庄举行的这场“念佛”活动属私家“小佛”，规模为“大佛”。由两名佛头领着 16 位奶奶举行。早晨 5:30 来到斋主家，下午 6:00 结束，共举行仪式 18 项。

上　午

(1) 早课。与佛家寺庙早课相同。

(2) 请佛。佛头率众念请佛谒，斋主鸣炮两响(亦可 4、6、8 响)，恭请诸佛降临，共享香火。

(3) 宣《灶王卷》。民间俗信，灶王为一家之主，进宅自然得宣演《灶王卷》。

(4) 斋主鸣炮。佛头开《香山卷》。上午宣三本(亦称"三时")。每一"时"间歇诵经一卷，斋主上香、礼佛。

(5) 奉香塔。用 130 盘线香扎成七层(或九层)香塔。九时许，诵经奶奶以"凝聚功德"的佛珠串"撒经"于塔。斋主夫妇各捧一塔奉于大门(单元入口处)两侧。点燃香塔，感应三界，功德"直达"天庭。

(6) 三解结。佛头念饭经。斋主以饭菜供奉神佛，求佛解结消灾。佛头念《三解结》。

11:30 会众吃素斋。

下　午

(7) 诵《金刚经》一部。

(8) 续宣《香山卷》。至 15:30 左右收卷。

(9) 送卷。

(10) 念《六时六经》。即将宣卷时穿插念的《高皇经》《金刚经》《弥陀经》《心经》《大悲咒》《观音经》重念一遍，谓之"回向"。

(11) 做夜课(内容与寺庙夜课相同)。念《八十八佛经》(又称念八十八佛名号)、《放猛山》(超度孤魂野鬼)、《忏悔文》。

(12) 斋佛、通疏文。佛头一边摇铃，一边行斋佛科仪、读疏。领钟人左右伴奏。疏文相当于上奏天庭的奏章，奏明某年某月某日某地某善人因何事举行佛会，祈神明佑护降福。疏文不仅写明家庭成员的年庚八字，而且佛头针对每个人的职业现编偈语表示祝福。

通疏

(13) 转塔。在佛头及会众的诵和声中，男主人将宝塔转十二转，以祈一年十二个月安康吉祥。

(14) 宣《长寿卷》《财神卷》，祈祷斋主长寿、发财。

(15) 开关。为小孩退度灾星。

(16) 顺星。佛头在唱颂声中焚化黄纸所绘"星图"，祈众星照耀斋主，保佑消灾降福。

(17) 散花解结。表示功德圆满，法事已终，鲜花供养佛如来。最后佛头领众念道："解结圆满再散花，散花解结免冤家。念乞与君轮流散，两人共散一盆花。散仙花、散名花，遍十方家散仙花。""此花供养释迦仙，供养文殊并普贤。供养观音并势至，再供罗汉与诸天。"

(18) 送佛。佛头用米在经桌上写"寿"字，一盛满米的碗内供奉星斗牌位，置碗于"寿"

字中央，新房钥匙及家人常用的手机等物件放于碗内。佛头念《送佛偈》，众人躬身礼佛。最后将星斗牌位及塔、荷、船、龙等送至大门外，以塔为中心，将折好的"元宝""金锭"堆在四周，积"锭"如山，在爆竹声中焚化。寓示主家堆金积银，功德圆满。

在丰富多彩、生动玄奥的仪式面前，文字显得苍白无力。唯有身临其境，才能深切地感知无锡宣卷仪式的繁复多姿，意味深长。每项仪式都富有鲜明的个性，每项仪式均蕴含一定的寓意。比如开关，通常以 16 岁以下儿童为对象，这家女儿都十八岁了，出落得如花似玉，婷婷玉立，就读于无锡卫校。或许正是疼爱宝贝女儿，虽然其已成人，但是斋主仍视之为怀中娇娃，生怕遭遇三灾六难，特为其举行仪式消灾祛难。

仪式开始前，由一位奶奶手工制作一盆"荷花"奉于经桌，花前放一木盘，盘里有糕点、糖果、苹果、硬币，其上是"童装"，最上面是一把铜锁和一束红头绳。

佛头念《开关科》，一位领钟人以红头绳穿锁，在诵和声中反复开关铜锁，每开一次在衣服上绕一圈，象征"儿童"顺利度关、平安顺达。尔后将锁用红头绳挂在"开关童"的脖子上。佛头撒钱、果，众抢。有位奶奶为笔者"抢"得五枚硬币、数粒糖、两块云片糕、一个苹果。这一"撒"一"抢"，象征"灾星"散尽"吉星"来。那衣服成为"吉服"，避邪趋吉；那锁有了"灵力"，牢牢"锁"住"小心肝"，保佑其"长命百岁"……

上午举行的"三解结"仪式同样为消灾祛难，笔者别的都没听清，只听佛头反复念："解结、解结、三解结……""结"指代斋主及家人的冤结、罪业。佛头念《解结科》，以示为主家解脱冤结、退尽罪业。2014 年 3 月 11 日笔者二访无锡才弄清：一解（念斋主名字，下同），祈求佛力保佑福寿绵长、财源茂盛、生意兴隆、四季平安、吉祥如意。二解，祈求福如东海、寿比南山、男增百福、女纳千祥、四季平安、吉祥如意。三解，祈求春多喜庆、夏季平安、秋免三灾、冬无八难、四季平安、吉祥如意。下午"送佛"前又举行"散花解结"，两名佛头念经诵课，两边的和佛奶奶身着统一的粉红色"宣卷服"，手捧挂有一束红头绳的花篮，应和着佛号，时而捧篮起舞，时而打结解结，载歌载舞，气氛热烈，将仪式推向高潮。尔后，男主人将所有解过结的红头绳都系于颈，鲜艳夺目，喜气洋洋……

在所有仪式中，"送卷"最为庄严肃穆。连同亲戚在内，男女老幼一律面色凝重地拈香肃立，伴随着声声佛号，一遍遍虔诚地鞠躬礼拜，然后男主人手捧"慈悲香山妙典"的佛马，在众人的簇拥下恭送至大门外，鸣炮焚化……

九九归一，所有的仪式都服从服务于一个最高任务：祈福！而且，许多细节都强化这一主旨，比如，佛堂东南角两根扎有红绳的甘蔗，寓意主家生活节节高、节节甜……

印象之三：宣卷艺人张敏伟的宝卷情缘

作为民间艺人的佛头，自古多为文盲半文盲，宣演的宝卷或由师傅口耳相传，或由读书人诵读强记。20 世纪 50 年代以来，随着全民文化水平的提高，识字的佛头日渐增多，但能有高中文化算是有"水平"的。张敏伟是笔者结识的最有"文化"的佛头，毕业于上海财经学院，怀揣"硬通货"——"会计资格证"，坐过办公室——某企业会计。

有一张正规文凭，有一份体面工作，有一份稳定的收入，这是当下许多年轻人的人生追求。可张敏伟偏偏冲破世俗观念，以巨大的热忱，全身心投入一个属于"三教九流"的行当——佛头，岂非怪事？

怪与不怪，只有以诚相识，方能释疑解惑。

初识张敏伟是在“2011 年江浙沪第二届宣卷交流演出活动”的现场。我正专心致志地欣赏无锡宣卷的精彩表演，忽听身旁的年轻人以手叩桌轻声和唱，音色是那样的纯正，曲调是那样的典雅，演唱是那样的忘情……我不由得扭头望了一眼，他嗔怪而又不无歉意地笑笑说：“不好意思，我从小就喜欢。”说完便又自顾低吟浅唱。

在我的眼中，这位个头不高、身材匀称的年轻人，文质彬彬地透着书卷气，腕上的那串佛珠暗示着与佛有缘。当时，我为别具一格的无锡宣卷所吸引，无暇与其深谈，仅互留了手机号码。

今年在锦溪再次相遇，他主动找到我的住处，索要拙著《宝卷民俗》，邀我赴无锡考察。言谈间，他十分羡慕靖江宝卷的生态环境，抱怨无锡宝卷官方认同度不高，未被列入第一批无锡市非物质文化遗产名录，经奔走、呼号，境遇虽明显好转，但仍不理想，不得不自我门路出版《无锡宝卷》。当我得知此书由著名宝卷研究权威车锡伦主编、商务印书馆编辑出版，钦佩之心油然而生……

好一个为抢救、保护宝卷而乐于奉献的人！

也难怪，张敏伟与宝卷的情缘实在是太久太深。

9 岁那年，做佛头的奶奶不识字，让他代读《心经》。念了几遍，奶奶没记住，他倒背如流。不经意间，奶奶将一粒古老的文化种子深深地埋进了他那幼稚而纯真的心田。他从此与佛教和宝卷结下不解之缘。

13 岁拜师学艺。十八九岁读大学期间，每逢寒暑假他都像分文不取的“志愿者”那样热心“念佛”。21 岁自立门户，牵头组档，上门为斋主“念佛”。其时，他供职于某企业，老板既是亲戚，又热爱宣卷，只要他不影响“做账”，便听之任之。

老板放任不管，父母却严加干涉。在二老眼中，体体面面的大学生，成天与一拨老太太“厮混”，成何体统，颜面何在？再不收心，怕是连老婆都找不着。父母和风细雨的规劝，他丝毫不为所动，照样我行我素。无奈之下，父母一次次声色俱厉地呵斥，将宝卷、法器扔出大门……

他心地善良，不忍父母动怒伤身，同时也虑及婚姻大事，主动将宝卷等一应物件装箱藏进阁楼。

会计小张人在企业，心系佛堂，账本上的阿拉伯数字看着看着便幻化为宝卷的韵白……实在煎熬不过，婚后不久他便重操旧业。1998 年他请无锡著名工笔画家彩绘“全堂佛像”，翻拍塑印，使之成为“大佛”必备圣轴。一时间，名动乡里，佛事繁忙，他干脆辞职，做专职佛头。因“念佛”忙闲不均，有“季节性”，为生存计，他同时兼几家企业的“总账会计”。

自学生时代起，张敏伟就爱逛古玩市场、古籍书店，经常光顾上海城隍庙、北京荣宝斋、南京十竹斋，但见古旧的手抄本，佛道不论，均不惜重金购买，淘得明清及民国年间的宝卷抄本两百多本。非学术的民间收藏，如此之丰，实属罕见。

张敏伟还是个佛门居士。13 岁拜镇江焦山定慧寺方丈茗山法师为师，皈依而不剃度，照常过结婚生子的世俗生活，同时自觉遵奉佛门诸多清规戒律：

农历二月十九、六月十九、九月十九，相传分别是观音的生日、成道日、出家日，吃素；

农历十二月初八，释迦牟尼成道日，不杀生；

严格忌嘴，不吃天上飞的及牛肉、河虾、鳗鱼、黑鱼等。

张敏伟虽非佛门弟子，但佛在其心中，他将在民间弘扬佛法视为圣洁之举。

这就是佛头张敏伟，因其笃诚、敏慧，声名日隆，竟有一位花甲老人慕名投入其门下。此公姓翁名国汉，大专学历，初中语文老师，曾当过农中校长、初中教导主任。其姑父是佛头、母亲是领钟人，自幼耳濡目染，钟情宣卷。退休数年，无所事事闲得慌，决定学佛头。于是，66 岁的老教师成了 25 岁“小”佛头的徒弟。

无锡人称佛头为“老师”，语文教师翁国汉虽变身为佛头，但民间称谓没变，连小张师傅都尊称其“翁老师”。此“老师”非彼“老师”，但“育人”之责如出一辙。翁先生到底是科班出身，对宝卷尤其是《香山宝卷》的理解颇有见地。他说：“《香山宝卷》文学性强，寓意深长，故事曲折动人，摄人心魄，是劝人为善的好教材。”真是三句话不离老本行，念念不忘“教书育人”，只不过所用之书由官方教材变换成民间宝卷而已。

一位奔“古稀”的老者，每“念佛”便披星戴月地骑电瓶车赶路，风雨无阻，遑论寒暑，旁人都心疼其辛苦，他却乐哈哈地不觉苦：“在家没趣，出来大家开心。”而且，他宣演宝卷常常进入角色，感人处还热泪盈眶呢。似先生这般敬业，其职业操守亦能“劝善化俗”。

是职业自然得有酬劳。无锡民间将付给佛头的报酬及和佛奶奶的酬金统称“倸钱”。当然，还有“喜钱”。此两项均由领头的佛头与斋主讲定，当日结清。其倸钱的分配方式颇有“按劳取酬”的味道。

佛头：　　400～500 元/日；
领钟人：　150 元/日；
装香人：　130 元/日；
手工制作：120 元/日；
和佛折元宝：100 元/日。

领钟人、装香人、手工制作者乃“业务骨干”。领钟人、装香人的地位仅次于佛头。领钟人既能代替佛头宣讲一些宝卷，又能带领信众齐诵经文，是佛头最得力的助手。装香人负责佛坛和经桌上的香火，凡在佛头唱诵菩萨名号、宣卷结束或重要的仪式环节，装香人均会指导斋主焚香供奉。“骨干”相对固定，普通和佛奶奶随机搭配。所有奶奶皆六十岁以上，张伟敏作为“佛头”，他经常联系的和佛奶奶有五十多名。这些老太太抛开家务，辛辛苦苦地早出晚归，非为区区百元，而是为诚心礼佛，须知，“和佛”亦功德。

无锡宣卷和佛，有一句一和，也有两句或多句一和的，一般是佛头先生提上句，和佛奶奶接下句。现以《香山宝卷》选段为例：

[先生念白]你看看青山绿水年年常在，为人在世，所有几年。你年方十九岁，好似鲜花开的时光，正是招亲安享快乐时。你为何要执志一见，违逆父王，若然被父王笞死末，你岂不想想——

[先生提]未明有说皆成谤，
[众接]明了无言亦不容。
[众和]南无观世音菩萨。
[先生念]男女鬼囚无万数。
[众和]阿弥陀佛。
[合]号啼哭泣如鹅鸣。
　　阿弥陀佛。
[起赞。一起念。]

印象之四：佛堂手工拙中见雅

奶奶们自进入佛堂，一刻也不得空闲，嘴固然闲不下来，手更是忙碌，一边诵经和佛，一边折元宝做道具，姑且称之为“佛堂手工”。

兴许江南富裕，对神明“出手大方”。奶奶们从早折到晚，折了满满十大袋锡箔、黄钱，那超级塑料袋比箩筐还“藏载”。

将锡箔、黄钱折叠成“金银元宝”，虽说“迷信”，恰也“艺术”，是一种普遍传承的民间工艺。但与那些构件繁多、有模有样，且具有象征意味的佛堂道具相比，简直是小巫见大巫。佛堂里最吸引眼球的是“五大件”：子孙塔、宝塔、荷花、宝莲船（又称“观音船”）、青龙，由心灵手巧的奶奶现场制作，造型生动，拙中见雅，其基本技艺有六项：

佛堂手工・宝莲船

一曰“折”。把彩纸折成形态各异的构件，以便拼装宝塔之类的成品。

二曰“剪”。将江南民间剪纸艺术用于佛堂道具的装饰，几位奶奶均自备剪刀。

三曰“扎”。用灯草制作龙、藕，得绑扎成形。

四曰“沾”。用糨糊粘连构件。

五曰“贴”。将剪纸作品贴在道具上。

六曰“糊”。裱糊日常用品，令其为某道具所用。

这些佛堂道具，均为“供品”，有的源于古之巫术，而更多的是劳动人民的艺术想象，工艺虽然粗糙，但力求形似，是和佛奶奶们参照实物仿制。那高达二尺的宝塔，从基座、塔身到塔刹无不与佛家之塔相近相似。为观音“造”的宝莲船，几乎是江南水乡乌篷船的缩微版，其形与真船无二，船头还有纸剪的锚链。不同的是，生活中的船色调单一，而“宝莲船”则装点得色彩斑斓。还有那条青龙，虽灯草为骨、纸片为鳞，但龙头、龙尾、龙爪、龙角、龙须……应有尽有，形态逼真。“荷花”更有意思，两根竹梢插于基座，缀以“绿叶”“红花”“青莲”“白藕”，效果足以乱真……

“真”，不在外形，而在意蕴。这些精心制作的“工艺品”，粗陋质朴的外表之下，无不蕴涵

佛堂手工·龙

着深厚的文化底蕴。

“龙只是传说中的神异动物,并非实有的东西。龙,仅仅存在于人们的观念之中。人们对于这种传说中的神异动物是持崇拜态度的,并由此形成了许多习俗。”①龙崇拜是中国古老的习俗。无锡民间俗信,人们以为青龙嬉水,吉祥如意,四季发财。凡企业做佛事,必悬青龙于堂,以祈财源滚滚而来。新宅飞龙,亦讨大吉大利之兆。

塔随佛教传入中国,不仅形制变化多端,由单一的覆钵式,而演变为方形、六角、八角、十二角、圆形等,而且用途除保持南亚次大陆“坟”的功用外,还用作藏经、瞭望。中国世俗社会则将“塔”视为佛门圣物。无锡人置塔于经桌,一方面表明“念佛”的隆盛,一方面藏经于塔,以求功德。

佛堂手工·香塔

① 吉成名著:《中国崇龙习俗》,哈尔滨:黑龙江教育出版社,2012 年 12 月,第 17 页。

莲子是民间的吉祥物，含多子多福之意。因而，“荷花”便成了“开关”的必备道具，希冀“壅根”。人们以为经过“开关”，小孩便能百病消灾，根深叶茂，开花结果。

神明从来都是云里来雾里去，而佛堂里的善男信女更乐意大慈大悲的观世音菩萨乘坐他们“造”的“宝莲船”，保佑斋主和会众流年大吉，福寿绵绵，如同船篷后角插的两面旗帜上所写明的：“慈航普度”“一帆风顺”。

正是这八个字，明明白白、清清楚楚地指出了斋主、会众的良苦用心。制作这许多道具，乃至诵经、宣卷、和佛，其最终目的由此一言道破！

可见，“佛堂手工”实际是用于祭祀的民间工艺美术品，送佛时焚化奉神。它能装点佛堂、烘托气氛，让“念佛”美不胜收，愉悦会众、取悦神灵。它是信众表达情感和情绪的载体，成为“念佛”的必需品，以此表达百姓祈福禳灾的心声，此乃“雅”之本质。

印象之五：笃信而隔膜的无锡人

毋庸置疑，愿请佛头“念佛”者均为笃信之人。花五六千元且不说，会前三天吃素、禁房事，其诚可见一斑。男女主人从早到晚都守在佛堂里，时不时按仪式的要求，拈香礼佛。下午，女儿也请假回来与父母一起礼敬神明……

据佛头介绍，男主人 49 岁，是一名公务员，某单位“一把手”；女主人是一名中学教师。对于我这位不速之客，夫妇俩似乎不大欢迎，但碍于情面，不便拒之门外。当我采访男主人时，他表现得十分冷漠，淡淡地回答了房子面积，便再不多言，一整天都不苟言笑，没听他说几句话。当我郑重其事征求意见，介不介意将他的姓名写进文章，其妻子抢过话头，连连摇手，说：“不可，不可。”显然，他们有所顾忌。

怀有如此复杂心态的不乏其人，社会上有多少，我没有做过调查，不敢妄言，佛堂有一人堪称典型。他是女主人的表哥，自称是靖江女婿，听说我来自靖江，便主动搭讪。匪夷所思的是，这位“局外人”，却将“念佛”讲得头头是道：“‘念佛’的目的是请观音进宅保平安……”他侃侃而谈，我引为同道，意欲深入采访，当请问其尊姓大名，他立马刹车，三缄其口，判若两人。直至晚上陪我喝酒，也没露半点口风……

这表兄妹仨的言行，从一个侧面反映出无锡人的矛盾心理，一种普遍存在的既笃信又隔膜的社会心理。在内心深处，许多人对“念佛”的效力深信不疑。诚如无锡民间文艺家协会主席阴岭山所言：“生活的富裕令人们愈来愈追求平安幸福。这种追求不仅表现在物质层面上，更体现在祈求神灵庇佑的精神层面上。同时，信仰的缺失，也促使一些人，包括一些党员干部向虚幻的神祇世界寻求精神慰藉。”但在行为上，或者说在表面上，又假意疑惑，尤其在我这个摇笔杆子、写文章的陌生人面前，更是避之不及，唯恐将他家“念佛”之事公之于众。

在许多人心目中，“念佛”是一种“迷信”，甚至斥之为“封建迷信”。公务员和党员领导干部，对此应“禁”而远之，不然，会被人笑话，甚至被批评。因此，很多人认为关起门来“念佛”无可无不可，但不能让外人知道，更不允许见之于报端。

诚然，无锡“念佛”，有着浓重的迷信色彩，但不属于“封建迷信”，而是具有宗教意味的民间信仰活动。“所谓封建迷信，主要指神汉巫婆、占卜算命、揣骨相面、风水阴宅、驱鬼治病、神水仙药、扶乩降神等。社会上从事这些活动的人，多用它来谋取钱财”，“是一种诈骗、剥削现象”[①]。“念佛”与“封建迷信”不同。佛头，既不是迷信职业者，也不是宗教人士，而是民间艺人，他们与乡间走村串户的手艺人无异，傺钱如工钱，是一种正当的报酬。

退而言之，即便将“念佛”定性为“迷信活动”，那也只是一般的、自发的“民间迷信”。因为，“有些群众在婚丧嫁娶、建宅迁居的时候也搞些迷信活动，这种自发的迷信活动，由于不存在诈骗剥削的问题，因此属于一般的迷信思想迷信活动，与封建迷信活动是两码事[②]”。这就好比这位王姓斋主，穷半生之积蓄买套房，请佛头举行“进宅”仪式，既求吉祈安，也合家喜庆，说到底这只是一种仪式生活，是陈陈相袭的民俗活动。就斋主本人而言，不过是生活于某地域、某族群的一分子，自觉不自觉地遵循一定的民间俗信和行为范式，乃人之常情。人非圣贤，难免流俗，他人不应苛求、责难，自己无须忸怩、羞涩。

遗憾的是，不是每一个人都能正确地把握和领悟无锡“念佛”的文化内涵，人们往往只看到表面现象。加之“左”的观念的影响，一些人习惯于“左”的思维定式和社会心理，下意识地做出误读误判。就连翁国汉这样的“老秀才”，一度也陷入两难之境，一方面热爱宣卷，一方面畏惧舆论。开头一阵子，最怕“念佛”时碰见学生，感到难为情。

可见，这不是某一个人或几个人的问题，这是全社会对无锡宝卷的认知、认同的问题。

好在无锡宝卷已列入市非物质文化遗产名录，有了一个正式的“名分”，但真正从思想上、理论上认清其文化价值，将民间的自发行为变成政府和民间共同的文化自觉，将其作为一种宝贵的文化资源，予以保护弘扬、开发利用，还有一个过程……

结 束 语

兴许无锡宝卷风格独特，笔者虽蜻蜓点水，一知半解，却感触良多，愿以一孔之见，就教于同道。

1. 迄今为止，宝卷有三种类型：佛教宝卷、民间宗教宝卷、世俗宝卷。无锡宝卷形态上更多地承袭了宋元佛教宝卷的遗风。今天的人们可由此揣摩、推测早期佛教宝卷的品格特征。同时，无锡宣卷虽冠以“念佛”之名，但在秉承佛教文化的基础上，融合了道教和民间俗信的文化元素，比如“顺星科”便由道教的有关科仪移植而来。综合考察其形式和内容，无锡宝卷属清康熙年间兴盛的世俗宝卷一脉。

2. 无锡宣卷以仪式见长，连宣演宝卷也以仪式为中心，因而它所承载的是民间信仰，体现的是底层百姓的心意民俗，它是流行地域民俗民风的文化标识。信仰是它的灵魂，是它历经风雨劫难而不衰败的生命之核。

3. “照本宣科”的宣演模式，是无锡宣卷古风犹存的重要标志，令其数百年风骨依然。同时也制约其变异重构，一些过于艰深、晦涩的佛教经文及遗轨，在“世俗化”过程中未经脱胎换骨的改造，显得“泥古不化”。

4. 同样由于“照本宣科”，只要有抄本、嗓音好便能宣卷，为“佛头”的大众化、非职业化开了方便之门，这是无锡宣卷广为流传、民间抄本众多的一大缘由。

---

① 赖永海编著：《宗教学概论》，南京：南京大学出版社，2004 年 6 月，第 335 页。

② 赖永海编著：《宗教学概论》，南京：南京大学出版社，2004 年 6 月，第 335 页。

续《无锡宝卷印象》

经张敏伟及其同好的不懈努力，无锡宝卷的保护传承在不长的时间内取得突破性成果。

（1）无锡宝卷被列入江苏省非物质文化遗产保护名录。

（2）张敏伟成为无锡市非物质文化遗产（宝卷）代表性传承人。

《中国民间宝卷文献集成·江苏无锡卷》书影

（3）由车锡伦主编、钱铁民分卷主编的《中国民间宝卷文献集成·江苏无锡卷》，2014 年 10 月由商务印书馆出版。这套皇皇十五册的影印本，“立足于无锡本地，发掘各方面收藏的民间宝卷抄本”，“共搜集到一百六十余种、三百多部宝卷”，“最后入选宝卷七十八部”①。其卷目如下：

第一册

香山宝卷.林钰棠记旧抄本

香山卷妙偈文.民国殷祖培抄本

未婚宝卷.清光绪二十四年（戊戌，一八九八）邓林（裕昌）抄本

第二册

济公宝卷.二〇一一年（辛卯）佳文抄本

天曹宝卷.清光绪三十三年（丁未，一九〇七）宋彦盫抄本

东平王宝卷.一九九九年（己卯）朱文超抄本

五福财神宝卷.民国华云斋记抄本

发财卷.清宣统二年（庚戌，一九一〇）圆通庵莲池花主抄本

孝子财神宝卷.民国十七年（戊辰，一九二八）毓记抄本，附抄《猪婆偈》《焦花女子孝妇偈文》《十穷十富偈文》

① 车锡伦主编，钱铁民分卷主编：《中国民间宝卷文献集成·江苏无锡卷》，北京：商务印书馆，2014 年 10 月，第 8279 页。

第三册

六神宝卷.清光绪二十七年(辛丑,一九〇一)蒋晓山抄本

增福延寿百岁古卷.清末徐寿贞藏抄本

八宝延寿.清光绪十五年(己丑,一八八九)徐自修藏抄本

洛阳桥宝卷.一九九二年(壬申)佛头杨义廷抄本

解辰星.一九八一年(辛酉)冯茂卿(冯金林)抄本

第四册

殉节烈义卷.民国三十六年(丁亥,一九四七)百忍堂张裕卿抄本

梁祝姻缘.清光绪三十一年(乙巳,一九〇五)顾德润抄本

双蝴蝶.清光绪元年(乙亥,一八七五)寿记藏抄本

访师救母.清光绪二十五年(己亥,一八九九)佚名抄本

弃子得金.民国十四年(乙丑,一九二五)蒋仲英抄本

舜哥宝卷.二〇〇二年(壬午)无锡杨桥朱文起改编稿本

第五册

养亲宝卷. 民国三十六年(丁亥,一九四七)张文明抄本

尖刀宝卷.民国十一年(壬戌,一九二二)徐锦鸿抄本

姑嫂同修.清同治十二年(癸酉,一八七三)张嘉猷、朱琪抄本

周方孝子. 清同治十二年(癸酉,一八七三)朱云佩(朱琪)抄本

蓝大宝卷.清光绪二十九年(癸卯,一九〇三)高峻馥藏抄本

蓝衫卷.民国二十六年(丁丑,一九三七)张寿根抄本

第六册

金簪宝卷.民国三十三年(甲申,一九四四)佚名抄本

金不换宝卷.民国二十八年(己卯,一九三九)李锡洲抄本

自爱自宝卷.民国燕诒堂黄氏抄本

头香宝卷.二〇〇二年(壬午)无锡宣卷艺人殷效舜抄本

八仙缘宝卷.清光绪十六年(庚寅,一八九〇)过洪逵抄本

琵琶记宝卷.清光绪二十四年(戊戌,一八九八)顾德润抄本

第七册

白兔宝卷.民国三十五年(丙戌,一九四六)王俊生藏抄本

金锁宝卷.清光绪三十二年(丙午,一九〇六)余庆堂抄本

忠烈卷.民国二十八年(己卯,一九三九)佚名抄本

十五贯宝卷.一九四四年(甲申)佛头殷效舜抄本

渔家乐.民国抄本

第八册

碧玉簪宝卷.清光绪十五年(己丑,一八八九)佚名抄本

庵堂相会.二〇〇五年(乙酉)佛头吴效舜抄本

黄糠卷.民国三十五年(丙戌,一九四六)张余卿抄本

龙图阁宝卷.民国十四年(乙丑,一九二五)蒋茂荣抄本

玉带宝卷.清光绪十六年(庚寅,一八九〇)蒋建章抄本

斋僧宝卷. 清同治十一年(壬申,一八七二)毓记抄本

第九册

抛彩球宝卷. 民国二十一年(壬申,一九三二)王廷桢抄本

翠莲宝卷. 民国佚名抄本

珊瑚宝卷. 清末佚名抄本

珠塔宝卷. 清同治八年(己巳,一八六九)佚名抄本

第十册

麒麟豹. 上集民国三十二年(癸未,一九四三)魏荣锦抄本

下集民国十八年(己巳,一九二九)陆凤石抄本

刁奴宝卷. 民国蒋愿修藏抄本

三搜茶蘼阁. 民国十七年(戊辰,一九二八)蒋茂荣抄本

一餐饭宝卷. 民国十七年(戊辰,一九二八)毓记抄本

香球宝卷. 清宣统三年(辛亥,一九一一)蒋锡兰抄本

第十一册

兰香阁. 民国三十七年(戊子,一九四八)张裕卿(伟记)抄本

玉连环. 民国八年(己未,一九一九)蒋仲英抄本

九丝绦. 仁德堂旧抄本

黄金印. 仁德堂旧抄本

第十二册

合同记宝. 民国三十四年(乙酉,一九四五)佚名抄本

放鹤炉宝卷. 清末抄本

赠金钗. 民国二十八年(己卯,一九三九)蒋茂荣抄本

寻父卷. 清光绪二十一年(乙未,一八九五)佚名抄本

刺心宝卷. 清光绪十五年(己丑,一八八九)钱子祥抄本

第十三册

盗金牌. 民国三十年(辛巳,一九四一)高阳许峻抄本

雕龙扇. 清光绪三十四年(戊申,一九〇八)白云堂殷鹤皋藏抄本

九更天宝卷. 一九五〇年(庚寅)抄本

金蝙蝠卷. 民国二十五年(丙子,一九三六)邓高重修抄本

第十四册

真烈宝卷. 清光绪九年(癸未,一八八三)吴亭山抄本

显应宝卷. 清末佚名抄本

钻戒宝卷. 二〇〇一年(辛巳)无锡杨桥朱文起改编稿本

十贫十富. 清光绪十六年(庚寅,一八九〇)佚名抄本

小卷偈文集(一),清末佚名抄本

收《勤俭妇人》《懒惰妇人》《金笆偈》《卖生姜偈》《斋观音偈》《周斋娘偈》《太白星偈》《化斋饭》《庚申偈》《怀胎宝卷》《目连卷》《采茶偈》《娑婆木偈》

第十五册

小卷偈文集(二),民国佚名抄本

收《观音菩萨偈》《好字偈》《如意经》《十结缘》《虫蜍偈》《哭七七》《十张台子》《多字偈》《惠山景致》《公花园偈》《杭州景致》《古古怪怪》《劝人为善偈》《十把铜钱》《十串菩提》《十叹空》《十句弥陀》《十个忙》《方卿见姑娘》《十月怀胎偈》《九龙偈》

偈文众等.清光绪三十三年(丁未,一九〇七)李寿贞抄本

中堂散集.清光绪三十三年(丁未,一九〇七)李寿贞抄本

请送课本.清同治十年(辛未,一八七一)高良琛抄本

庆王科仪.民国佚名抄本

斋天科.民国二十九年(庚辰,一九四〇)杨鉴(耀培)抄本

2014年10月,在扬州举行的"中国宝卷国际研讨会暨中国俗文学学会2014年年会"上,《中国民间宝卷文献集成·江苏无锡卷》首发,张敏伟率队在会上做无锡宝卷宣演展示。

(4) 2016年2月8日,无锡宝卷研究会成立,张敏伟被推举为会长,在滨湖区文体活动中心设有专门的办公室。江苏省非物质文化遗产保护中心拨补助金10万元。

在短短三年时间内,无锡宝卷的保护传承有如此不俗的表现,着实令人刮目相看。

那日,当我置身于由滨湖区文广新局提供的宽敞明亮的办公室,第一印象便是民间组织"无锡宝卷研究会"享有"官方待遇"。可见,向来自生自灭于民间的宝卷,不但有了合法的地位和名分,而且得到地方政府的重视和尊重。而《中国民间宝卷文献集成·江苏无锡卷》的出版发行更是意义重大。首先,它是无锡宝卷民间藏卷的集大成;其次,它忠实地保留了民间抄本的原始风貌;再次,也是最重要的,它为中外学者全面系统研究无锡宝卷提供了文献资料。笔者坚信,以此为契机,无锡宝卷的保护传承将会一步一个脚印,坚实地走向未来。

无锡佛会二题

无锡人将按一定仪轨宣演宝卷称为“佛会”。而主持佛会并宣演宝卷的民间艺人，其称谓与靖江、张家港、武进相同，均为“佛头”。

那日，无锡著名佛头张敏伟来电话，邀我3月20—21日参加当地的两个佛会，应邀者还有俄罗斯学者、复旦大学副教授白若思。巧了，瞌睡有人送枕头，我正想对中国活态传承的宝卷做全面深入的调查，有人邀请，何乐而不为？无锡虽去过几次，但仅考察了一个“进宅佛会”。而这回是“庙会佛会”“祝寿佛会”，同中必有异，值得考察。

庙会佛会

庙会，其本义是“设在寺庙里边或附近的集市，在节日或规定的日子举行”。[①] 而在宗教信徒和民间信仰者那里，庙会的内涵被引申，即因菩萨圣诞或地方祭祀习俗，举行礼敬神明的宗教或民间信仰活动。其时，寺庙宫观举行法事或佛会，四乡八里的民众纷纷赴会，伴之以商贸、游艺等活动，相沿成习，成为乡土社会的民俗盛会。

旧时的靖江，每逢某位菩萨圣诞或“三月三上孤山”这样的岁时风俗，地方上的头面人物或庙里的主持便会出面组织庙会，邀请当地有名望的佛头到庙里做会讲经（亦称“庙会”）。乡间善男信女带上香烛钱米去“上会”、敬菩萨，同时听讲经。佛头替信众写上一家老小的姓名、生肖、生辰，统一写成疏表焚化，上奏天庭，祈福禳灾。20世纪50年代，随着庙宇的拆毁，庙会日渐衰落。如今，虽然新建、重建了不少庙宇，以商贸、敬神为内容的庙会也日益恢复，有的甚至还相当兴盛，但做会讲经的庙会仅孤山一处，且远非传统意义上的讲经庙会：(1)仅为点缀，会期三天，前后热闹一周，讲经仅一天（三月初三）；(2)政府主办，不烧香、点烛、设供；(3)老百姓只听经，不“上会”，自然也不写疏，无“功德”，变为纯粹的文化娱乐。

感谢张敏伟，让我有机会第一次亲身体验“传统庙会”。

这是恢复中的“张中丞大老爷”春祭庙会。

“唐御史中丞张巡，……南阳人，唐开元二十四年（736）进士，安史之乱时守雍州（今河南

---

① 中国社会科学院语言研究所词典编辑室编：《现代汉语词典》（2002年增补本大字本），北京：商务印书馆，2002年8月，第882页。

杞县)，后任河南节度使、御史中丞。至德二年(757)，与太守许远守睢阳(今商丘)，城被围，不屈被杀。各地立庙祀之。北宋崇宁二年(1103)，塑成厉鬼杀贼状像，因用铜铸，故称'铜大老爷'。"①每年春、秋两祭，二月初一为"大老爷庙会"，七月廿五，纪念大老爷诞辰。数百年相沿成习，积淀为无锡重要的民俗活动。

张中丞大老爷属民俗神，与其同时供奉的，除太守许远外，还有九个地方神的行坛像(神坛形似轿，可抬着走)。左有延祠大老爷、王其勤南水仙、刘王伟西水仙、老城隍(老城区城隍)、新城隍(新区城隍)；右有圣帝老爷、张大帝(张巡大老爷)、贤圣老爷、纪信府老爷。四月初八惠山庙会，十位大老爷巡游，故张巡有两尊神像，一为大殿的坐坛像，一为巡游的行坛像。

本次庙会是"大老爷庙"修缮一新、重新开放后的第一次民间公祭，也是中断许久的"大老爷庙会"的当代复苏，纯属民间行为。由佛头张敏伟等人发起，自发组织，自筹资金，张敏伟捐款三千(连同招待费，实际支出四千多元)，共募集善款万余元，邀请道士 12 人及舞龙队、舞狮队、腰鼓队、军鼓队各一支。道士傺金 8000 元，舞龙等队伍各 1000 元，供品及上述人员中午素斋数千元。

公祭的仪式由道士唱主角，故而道家忏堂设在正殿，宣卷佛会的佛堂设在偏殿。

佛堂布置与私佛大体相同。偏殿东墙正中挂着"全堂佛像"，下面贴着十二个"佛马"，中间靠着一圆形"佛图"，右侧贴着疏壳和封盒。两侧贴一副精心装饰的佛联：

志诚可以感天必有祯祥兆吉，

惟善则能恪佛自然福寿并正。

与之相呼应，进门的两根柱子也贴一副佛联：

春暖花香宣扬妙典增福延寿，

莺歌燕语礼颂经卷招财进宝。

佛台(祭坛)由三张活动方桌拼成。右角是星斗牌位、观音船；左角竖着两个圆筒状"锭缎"(象征神用绸缎布匹)。桌面供奉及设置由里及外依次为：

1　六只茶盅(三茶三酒)；

2～3　十样果品(两排)；

4　烛台、香炉、烛台；

5　子孙塔、子孙塔；

6　七层宝塔；

7　两个佛像封盒；

8　宝莲船；

9　香塔、聚宝盆、香塔。

与私佛相比，仪式程序大大简化，仅四项：

(1) 8:05 功课。

(2) 8:20 请佛。

(3) 8:40 开卷，宣《延寿卷》《香山卷》。

(4) 10:20 解结。

12:00 续宣《延寿卷》《香山卷》(两卷均未宣完)。

---

① 无锡市地方志编纂委员会编:《无锡市志》，南京:江苏人民出版社，1995 年 10 月，第 582 页。

14:00 结束(未举行“送佛”仪式)。

仪式虽简,但氛围肃穆、隆重。佛头来了 5 个,在无锡个个是“名人”。他们是张敏伟、周敏妹、谢峥嵘、翁国汉、章佳文。上午,念佛奶奶 30 人,下午信众超百人,几乎全是老年妇女。有位老人,银丝冠顶,拄杖而行,颤颤巍巍在佛前跪拜,一脸凝重地轻声和佛……

中央电视台在无锡拍摄“惠山古镇祠堂群”,自然不会舍弃“张中丞大老爷庙会”,主动前来摄像……

天下着蒙蒙细雨,赶会者仍络绎不绝,达千人之众。

9 时许,12 个道士身着黄缎苏绣道袍,手持法器为前导,舞龙队、舞狮队、腰鼓队、军鼓队、彩旗队紧随其后,浩浩荡荡地由老爷庙巡游至东岳庙。一路上鼓乐齐鸣、龙腾狮跃,观者如堵。

庙会不仅仅可修复宝卷存续生态,培养、吸引信众,更利于民俗文化的复兴与重建。

据《无锡市志》(1995 年版)记载:

旧时无锡城区的庙会与迎神赛会、节场同时进行。以十庙最著名,即夏历二月初八祠山庙会(祠山庙全称为祠山广惠行庙,俗称张王庙、张大帝庙),三月初九清名桥松滋王侯庙会,三月二十八惠山东岳庙会,四月十五北门外府城隍庙会,五月十八北门外梨花庄延圣殿庙会,五月二十八旧城隍庙会,六月十一西门外太保墩刘侯庙(俗称西水仙庙)会,七月二十五惠山张中丞庙会,八月十八东门外延寿司殿庙会,九月十九新城隍庙会。在这些庙会中,除七月二十五惠山“张大老爷”不出会外,其他各庙的“大老爷”都出会。出会时,把“大老爷”抬出,前有旗伞仪仗为导,并有执事隶役簇拥,随后有高跷、臂锣、大刀、马叉、茶担、轮车和扮演各种戏文的队伍。

无锡城区的庙会,盛于二十世纪二三十年代。日军侵占无锡期间,仅民国三十三年(1944)三月二十八“府殿老爷”出过一次会;抗日战争胜利后,仅民国三十五年三月二十八惠山东岳庙“东岳大帝”出过一次会,以后庙会停止。[①]

以上所载,透露如下信息:

(1) 旧时无锡城区的庙会与迎神赛会、节场同时进行;

(2) 著名的庙会有十个,其中有九个庙会举行盛大的“出会”巡游;

(3) 太平年岁庙会兴,战乱岁月庙会衰;

(4) 旧时无锡庙会,止于 1946 年。

据张敏伟介绍,20 世纪 80 年代以来,逐步恢复的无锡庙会有:

正月初九,泰伯庙会;
二月初一,大老爷庙会;
三月初三,西高山庙会;龙寺庙会;
四月初八,惠山庙会;
七月廿五,大老爷圣诞。

上述庙会,数四月初八的惠山庙会规模宏大、隆重热烈,为无锡地区唯一的“十老爷巡游”的旧俗再现。

值得一提的是,也许与民俗相关联,庙会上几道“风景”令笔者耳目一新。先是两支舞龙队引起我的注意,黄龙、青龙的舞龙人清一色为中老年妇女,惟领队为男性,见我打听,一老者

① 无锡市地方志编纂委员会编:《无锡市志》,南京:江苏人民出版社,1995 年 10 月,第 2897 页。

还热情地递上名片。他姓冯名复兴，名片上印有三个头衔：(无锡市惠山区)钱桥镇南水渠村体育协会、钱桥镇体协钓鱼协会主席、无锡市龙狮运动协会会长。不曾想，我俩的亲切交谈，让另一位领队发现了，他以为我是庙里管事的，怕我先入为主，冷落他们，特意找到偏殿，自报家门，说他是扬市演唱队队长，非得让我记下他的姓名和手机号码。他们这支33人的队伍，成立33年，有龙灯队、马灯队、腰鼓队、演唱队。他自食品公司退休便加入此队，乐此不疲。这次来庙会，庙上有专车接送，并给每人付酬20元。他一再强调，“龙灯我们调得比他们好!”

庙会上吸引眼球的，还有腰鼓队和军鼓队。前者为传统，笔者习以为常，故没多问，而是特意采访了军鼓队。指挥姓张，61岁，经商开店13年，现与18名60～65岁的老姐妹玩军鼓，自费置办军鼓、行头，自发训练。她们一个个身着马裤呢军礼服、淡淡的粉妆，英姿飒爽，精神焕发。若村民邀她们参加喜庆活动，不吃饭，每人每次收费100元。大小军鼓都赫然印着“华庄女子军鼓队”的字样，甭说演奏，往那儿一站便光彩夺目。

透过这几支民间文体队伍，笔者深切地体味到传统与现代交融的自娱自乐之风，在江南民间已蔚然成风。或许，这便是无锡佛会发扬光大的文化氛围，也是张敏伟等人自主办庙会的良苦用心。

祝寿佛会

2013年11月20日，笔者曾全程参与无锡华庄街道一王姓斋主进宅佛会，这回有幸见识祝寿佛会。

晨六时，我们从市内乘公交车至市郊梁溪区，尔后坐摩的至黄岸头斋主家。

斋主姓冯，今年69岁(虚岁)。因民俗贺九不贺十，故而“贺七十大寿”。老伴姓周，67岁。老两口都是退休工人，退休金分别为2800元、2400元；另有一间门面房出租，年租金3.2万元，对于工薪阶层，日子还算宽裕。夫妇俩育有三女，长女赘婿续香火。有一孙子，生得胖乎乎的讨人喜，自然更得爷爷奶奶的疼爱。今日的佛会以孙子的名义举行，由他跑里跑外地张罗。不知是出于兴趣，还是虑及毕业后就业，这位大专在读的年轻人有意拜张敏伟为师学佛头。虽尚未正式拜师，师徒间很投缘，特请先生上门为爷爷主持祝寿佛会。

我们抵达时，主家已备好早餐。稀饭、馒头、油条、咸菜，各取所需，或坐或站，自由随意。因起得早，佛头及念佛奶奶到主家吃早饭是“行规”。我和白若思入乡随俗，如同在家似的喝粥、啃馒头……

女儿们各自有家，老两口坚守老屋。

这是二十世纪七八十年代的“农民集中居住区”。山墙挨山墙，一溜十几户，统一规格：一间两层。前后进深20米，依次分隔为客厅、餐厅、厨房、卫生间、卧室(临街出租)。层高太矮，没法挂1.2米高的“全堂佛像”，改贴专门制作的“观音像”。因空间有限，客厅里的佛堂和餐厅里的念经堂均显逼仄。有些仪式、手工只能变通处理。斋主及亲人礼佛，不能站在佛头身后，只能贴着东墙面向“观音”侧身而立，一个挨一个，一直站到大门口。本该贴在佛像左侧的疏壳和封盒贴在东墙上。象征生活节节甜、好运四季青的甘蔗和青竹放在大门外……佛台及大门所用之联延用昨日庙会的，多了一大门横批：“春满人间”。同行的佛头与我悄悄耳语：“这横批是‘春联’而非‘佛联’。”内行看门道，外行看热闹。斋主对此并不知情，只知门口贴上经剪纸点缀的楹联，平添几分喜气。

人生七十古来稀。现代人活七十岁虽说不稀奇，但对于冯斋主则别有一番意味。他刚刚做完一次大手术，劫后余生，怎不合家同庆！

今儿够喜庆、够排场的！室内佛头宣卷、念佛；室外道士设坛斋天。

道士请了两位，属鸡，23 岁，生得眉清目秀，颇有几分风骨。人少，场面不小。在门外搭了一“椅式”祭坛。离大门不远处是一活动方桌，紧挨着是张四相台。四相台下用前两张长凳作基座，上面放一张四相台，从而呈“椅”状。高台南侧的两条桌腿（“椅背”上）各绑一根制式钢管，两管上方装一横梁，上挂道教最高神玉皇大帝圣像。第一桌供道士摆放法器、做法事。第二桌设烛台、香炉。二、三桌密密层层地堆着至亲（孙子寄娘）挑来的糕点、果品等供品。祭坛背面的二楼窗台上，挂着苏绣“欢门”（道家的彩色条幡）。此情此景，可把白若思忙坏了，里里外外地拍照、摄像，并向我打听：“你们靖江也这样吗？”我说：“不。”在我的印象里，靖江的佛头与道士，鸡犬之声相闻，老死不相往来，没听说有一起为人祝寿的。或许，这便是十里不同风，百里不同俗吧！

九时许，道士举行法会。中午，太阳暖融融地晒得人昏昏欲睡，两位道士小脸蛋热得红扑扑的，歪着头念经。看似懒洋洋，其实蛮认真，我们在一旁打瞌睡，他俩一直念念有词地坚持至下午两点。

佛头的佛会从七时半至下午五时半，仪式共 19 项：

上　午

(1) 7:30 早课 念《大悲咒》《十小咒》《楞严咒》《观音经》《圆通章》。

(2) 8:05 请佛。

(3) 8:20 宣《灶王卷》（厨房虽小，照样设坛祭灶王爷）。

(4) 8:47 宣《香山卷》（三册）。

(5) 9:30 供香塔。

塔有七层，每一层纸质塔箍均印有“有求必应”“心想事成”“生日快乐”“恭喜发财”“四季平安”等吉祥语，通过念《高皇经》《心经》《天童经》《消灾经》《星宿经》，赋予功德与佛性，由斋主夫妇敬奉至大门外点燃。香烟缭绕，仿佛精确计算过似的，下午五时送佛前燃尽。是巧合吗？不是。是经验和智慧，是民间艺人经验和智慧的生动体现！

(6) 11:00 解结。

(7) 11:55 念《金刚经》。

午餐尽素。喝“无锡老酒”，清凉爽口，极好喝。道士、佛头喝了几碗。因含糖，我不敢多喝。张敏伟开玩笑地向“徒弟”要白酒，小伙子笑着说：“没有。”前三天、后三天吃素，有白酒也不会拿，那是“荤”。

下　午

(8) 12:20 续宣《香山卷》（三册）。

(9) 15:00 送卷（焚化《香山妙典神位》）。

(10) 15:20 祭祖。

客厅佛会照常进行。在餐厅的东墙用小方桌设祭坛。一般供奉三代宗亲神位，而这家上代有一支无后，由斋主承继，特另设写有两位先人名讳的牌位。供三茶三酒、糕点、果品、香烛。

佛头念《弥陀经》。子孙跪拜。（张敏伟说，因一个月内不作兴祭两回祖，故正月佛会不祭祖。）

会众吃红汤素面。

（11）16:15 念灶经，佛头在灶前念《准提咒》（三称）。

（12）16:20 斋佛、通疏。

（13）16:40 斋财神，念《财神经》，鼓钹齐鸣。

（14）16:48 转塔（由孙子转）

（15）16:49 回祖，佛头念《心经》《弥陀经》。斋主将祖宗神位送至大门外，分两处与锡箔一起焚化，外围用石灰各画一圆圈。

（16）17:05 结缘，念《十缘偈》，分结缘果（神前供品）。

（17）17:10 顺星。

（18）17:20 散花解结。

（19）17:30 送佛。

在撤除道家祭坛的空地上，铺些许秸秆，将七层塔置于中央，四周堆放“观音圣像”、子孙塔、龙、消灾球及十几大袋的“金银锞锭”，在佛头的念佛声中焚化。

鞭炮齐鸣，火光映天。

白若思与我耳语，说火堆旁有许多易燃物品，太危险了。旧时，农户均有晒场，焚烧极安全。尔今，在这个乡镇小区，门前只有巴掌大的空地，且杂物如山，真危险！有鉴于此，是否可适度减少金银锞锭，甚至佛堂手工？我想，迟早会有佛头想到此点。

散会时，会众每人馈赠毛巾一条、“结缘果”一袋“结缘果”袋中含：

① 苹果一个；② 香蕉一根；③ 橘子一个；④ 小方糕一块；⑤ 馒头一个；⑥ 五角绿豆糕一块；⑦ 粽子一个；⑧ 步步高糕一小盒；⑨ 怪味花生一小包；⑩ 玉米糕一小块；⑪ 花生十二颗；⑫ 水果糖三粒。

显然，后两样是随手抓的。

归去时，我、白若思与两位念佛奶奶同乘一摩的。我感慨地说：“两个佛头可轮换休息，你们从早到晚没得歇，够辛苦的。”有位胖奶奶乐哈哈地说：“我们有功德呀！”

“功德”，这沉甸甸的信念，犹如硕大无比的磁石，强力吸引了佛头、斋主、念佛奶奶！

有闻必录

下文所记，与上述二题既有关联，亦无必然联系，倘若将无锡念佛作整体考察，虽零碎絮叨，却极富趣味和价值，是以记之。

1. 行而讳之

早餐后，斋主奶奶应佛头、道士之嘱，伏在大门外桌上一笔一画地书写“合门福庚”。写清一家三代的姓名、年龄、生辰，以备填写疏表，申奏天庭。出于本能，我举起相机拍照，小胖斋主连忙笑嘻嘻地阻断：“不要写！不要写！”他以为我是记者，会报道今日之佛会。我说：“这有啥呀！”他还是满面笑容地说：“难为情兮兮的。”

说者无意，听者有心。这让我想起那个“进宅佛会”的王姓斋主，说啥也不让我披露其真实身份和姓名。一个将学佛头的小年轻，怀着为亲人祈福禳灾的心愿，诚邀一班人上门热热闹闹地做佛会，本身便是生动有效的孝行宣传，却不想公之于世。怪吗？不怪！这表明无锡的社会公众对念佛仍然“信而远之”“行而讳之”。

这看似孤立的个体的心理和行为，反映的却是无锡地区特定而普遍的社会文化现象，即精英文化对民间信仰活动的拒绝。1995年版的《无锡市志》，煌煌四大册，洋洋500万字，只字未提无锡念佛；无锡第一批非物质文化遗产名录几十项，而古风犹存的无锡宣卷榜上无名，均是有力的佐证。

2. 佛会开销

因室内拥挤，我、白若思及替换下来的佛头都在外休息。我请教佛头谢先生，今日得花多少钱？他说，不含道士的费用，仅佛会至少得5000元，主要开支有三大项：

（1）两名佛头各500元；

（2）给念佛奶奶1000多元；

（3）香烛锡箔纸张近2000元。

如此，连同道士，总开销近万元。

我问老爷子：“今天谁出钱？”言下之意，是三个女儿均摊，还是大女儿独立承担。他说：“钱我出，怎么花我不管。”怕我不领会，特别强调：“我要那么多钱干啥？死了又不带棺材里去。”见谈得投机，我问老人：“你们老两口这么清瘦，为啥女儿和孙辈一个比一个胖。”他淡然地说：“都随我。我是手术后才瘦成这样的。”

3. 白老师

见我和张敏伟呼白若思为“白老师”，斋主及其亲邻也都热情地叫他白老师。

开放的中国人见到洋人再也不稀奇了，稀奇的是这位瘦高的俄罗斯人，不但讲一口流利的普通话，而且汉字写得漂亮，还会写繁体字呢！乡邻们纷纷围上来，好奇地看他作记录，亲切地与其攀谈。主家也为有外宾光临而感到脸上有光。下午三时许，斋主奶奶主动提出全家与白老师合影。

白若思来中国已六年，为研究宝卷，经常深入乡村做田野调查，早已习惯乡土社会质朴而醇厚的待客之道，因而，干啥都显得真诚自然。当他笑着接过毛巾和“结缘果”时，二姐打趣地说：“白老师，我们去俄罗斯，也得送礼品呀！”他连连点头，说：“可以。可以。”那份融洽，还真没把他当外人呢。

4. 佛头道士组团

佛头与道士联手办庙会、佛会，固然是风俗使然，但还有更深层的文化原因。

20日，共进晚餐的无锡文化名人钱铁民先生告诉我：“无锡的佛头大都信奉佛教，至少堪称‘奉佛居士’。但正统的佛教徒不认同他们，甚至视之为‘异类’而排斥。因而，他们既进不了佛门寺庙，也不可能与佛门弟子一起做法事。于是，自然而然地与同样活跃于民间的‘道士’相亲近。”佛头道士顺理成章地组团做佛事，日久成习，积淀为富有地域特色的民俗文化。

这是值得研究的文化现象，自认为是虔诚的佛教信徒，至少张敏伟是这样，而佛门并不接纳，转而与道教相亲，实际从事的是非佛非道的民间信仰活动，其仪轨、经偈以佛为主，同时也吸纳、融合道家的文化元素。或许，这便是文化融合吧！

5. 一年佛事

天下的佛头都一样，忙闲不均。据张敏伟介绍，无锡一年的佛事如下：

正、二、三月（农历，下同）生意最红火。

正月初八至廿八，寿佛居多。“无锡人庆寿一般不在生日，而在春节举行。父母虚龄满

60 岁时，子女要为父母庆寿，以后每年庆寿 1 次。60 寿庆，称花甲初庆。70、80 寿庆分别称七旬、八旬大庆，也称七秩、八秩荣庆。如父母或祖父母同龄，称双寿。亲友前来祝寿，贺礼一般不送银钱，而是送寿幛、寿联或寿酒、糕点、干果、水果等。考究的则送寿盒，寿盒中盛馒头、糕点、寿面、寿烛、寿桃等，称为寿盘。寿盘数一般要成双，以求吉祥。近年来时兴送蛋糕。”①

二、三月主要为 3、6、9 岁的小孩举行消灾祈福的“壅根佛”。

四、五、六月，一般无佛会。

八、九月，“进宅佛会”居多。

十月，多为亡过亲人举行“还受生佛”。民间俗信，人“投人身”前在阴间管银库的曹官那儿借了银子，死后得由亲儿嫡女为其还债，谓之“还阴债”（靖江称“还曹官”）。否则，会在地狱受苦。若是女性亡人，还得举行“破血湖”仪式。

十一、十二月，空白。斋主忙过年。念佛奶奶处处上门念经，佛头即便有活，也找不到人。平时，每个佛头都有一支相对稳定的念佛奶奶队伍，张敏伟有五十名，有佛会随机邀约。

尽管半年辛苦半年闲，但像张敏伟这样的著名佛头，一年做佛会也在 150 场之上，年收入五六万元。

6. 张敏伟师承谱系

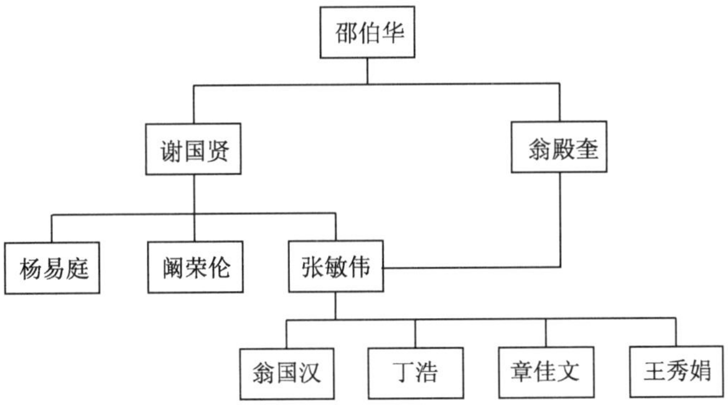

7. 周敏妹师承谱系

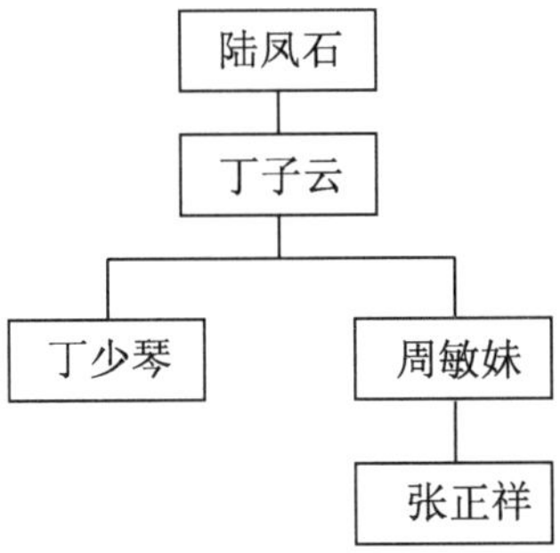

8. 佛头逸闻

20 日，我问佛头周敏妹家藏多少宝卷。她说，本来有几十卷（那年在昆山锦溪，我见过她收藏的一本民国年间刊印的诱图《香山宝卷》），前年被小偷全部偷走了。见我一脸遗憾，

① 无锡市地方志编纂委员会编：《无锡市志》，南京：江苏人民出版社，1995 年 10 月，第 2896 页。

她赶忙补一句:“我师傅家有两箱呢。”

她师傅姓丁名子云。自幼得小儿麻痹症,腿脚不便。儿时进私塾读书,教材便是《香山宝卷》。及长,成为名动乡里的佛头。一有空闲,便用毛笔工工整整地抄卷,日积月累,装了满满两大箱。“文革”初期,读高中的女儿被造反派罚站板凳,逼她揭发交代家里有多少“封建毒草”。丁先生见势不妙,用塑料纸包好埋入地下,全部抄卷得以保全。

20 世纪 80 年代初,先生从土里起出宝卷,重操旧业,先后收丁少琴、周敏妹为徒,前者还成为他儿媳妇。

前些年,张敏伟为无锡宝卷申遗奔走,专程赴丁家征集藏卷。丁少琴欣然同意。但他的丈夫说:“这是传家宝!”拒绝捐献,所以张敏伟一本都没见着。我对周敏妹说:“不献,可以理解。能否整理一份目录出来。”周允诺去找师兄(师姐,行规称师兄)说说看。

9. 佛堂手工

头一次经历无锡佛会,丰富多彩的佛堂手工让我震撼。窃以为,这不是一般的民间工艺,而是古代祭祀祭器的现代“变相”和佛、道忏堂的承袭。但此乃直觉,其深层次的因循脉络还有待考证,终因学识有限而受阻。这回与钱老师相会,真诚地建议他能否找一个既懂民间工艺美术,又热爱无锡念佛的人,就佛堂手工作深入研究。他慨然应承,同时兴致勃勃地对我说:“你还没有看到最大的手工呢?”他说,无锡近郊的梨花庄,有七个佛头、七座佛堂、两千信众。有一回为超度亡灵,扎一条龙船有几米长、一米高,装满金银锞锭,焚化升天时,火光烈焰直透九霄。

10. 城里城外

20 世纪 80 年代以来,适应现代化、城镇化潮流,无锡的佛头因佛会仪式的繁简而分为城派、乡派。前者现代、简约;后者传统、繁复。

据佛头谢峥嵘介绍,旧时虽无流派之说,佛会的内容和顺序乃至风格恰也因地而异,大致有四种情形:

(1) 原无锡县的华庄、东降、新安、南泉差不多,宣演以叹佛偈为主。

(2) 新区(市郊)的梅村、旺庄差不多,宣演时没有佛偈,以结经为主。

(3) 西门原来佛头少,道士兼做佛会,以道教仪式为主,穿插了好多道教音乐。

(4) 北门邻近江阴,受江阴语言文化的影响,宣演风格较“硬”,像吵架一样。

各地仪式的顺序也有所不同。新区功课、请佛后先开《灶王卷》,华庄则先开《香山卷》。华庄开《香山卷》先念《心经》,结尾念《百佛经》,而新区不念。

佛会因地因人而异属正常的流转变异,而令我诧异的是,城里城外的斋主对佛会内容的要求也不尽相同。许多城里人家做佛会,不宣《香山卷》,而偏爱《延寿卷》。“庆王”,即念《十王经》是必备的功课。其目的是讨好、买通阎王,以祈增寿。可见城里人现实,不求功德,但求长寿。假如是老板,想发财,他会宣《香山卷》。

这位谢先生,48 岁,小学文化,十三岁入行,可谓“老江湖”,肚里的掌故不少,是无锡最有名望的佛头。他不仅资格老,而且讲、唱的腔调优美动听。没事便在家念经,自认为无锡没有一个佛头的经有他念得好。他说,从小学佛头好,学了就忘不了。现在的高中生、大专生学佛头,好是好,就是耽误了许多大好时光。其实,据我对靖江佛头的观察,书读得愈少,愈少受或不受精英文化、书面语言的干扰,宣演宝卷愈能保持乡土韵味的纯净和本真。深受其益的谢佛头因此而成名师。

常熟宝卷文化现象

根植于乡土社会的宝卷，因地域文化的差异，显现出风格各异的个性特征，无锡、常州、常熟，连同吴方言孤岛的靖江，虽然秉承相同的语言文化传统，但常熟却在许多方面表现出不同于无锡宝卷、常州宝卷、靖江宝卷的特色。本文试图将常熟宝卷作为一种独特的社会文化现象予以展示。

一、大同小异的宣卷法会个案

常熟宣卷法会个案之一

时间：2015 年 5 月 9 日

地点：常熟市梅李镇聚沙村

缘起：徐姓斋主老两口体弱多病，祈神消灾祛难

执事：王虎良

这是一个江南常见的农家院落。门前是农田，屋后有竹林、小河。五间屋的宅基地，二十世纪七十年代只盖了西头三间，空地的东北角有一小小的杂物间。当作堂屋的东头一间，计划放廊装门挞，因无钱久拖未装，成了无门无挞的敞厅。西侧朝东三间厢房，两间为厨房、饭厅，一间为储藏室。院西南角有一充沛、清冽的水井。有围墙和预制板搭建的简易门楼，但无院门。儿孙久居城里，老人留守宅院，老旧、苍凉、冷清的气息充斥于庭院。

佛堂设在敞厅。正面墙上挂着“福禄寿”三星中堂，配有一联：

福星高照福满门，
鸿福齐天财源茂。

可能因经济拮据，也可能是老人生活俭朴，不像许多人家堂屋设香几台，两张八仙桌拼成的佛坛，靠墙部分不得不凭借叠加的长凳向东西两侧延展。

中堂的中部饰有金色锭链，下沿靠着 19 个佛马：

天、地、三界、如来、玉皇、观音、寿星、本命、祖师、血光、二郎神、总管、地藏、城隍、家堂、南朝、土地、灶家、王母。

佛马左侧是俗称“灯位”的星斗。一装满米的斗内插有秤、尺、剪刀、镜、两支点燃的红烛

及斋主合属的本命星官位。

佛马前设供：

① 48 盅“甘露 ”、总筷两把；② 三杯香茶；③ 糕、寿桃、苹果、橘、香蕉；④ 瓜子、花生、糖果；⑤ 6 股香；⑥ 三朵(纸扎)荷花(寓意观音脚踏荷花)；⑦ 无烟红烛一对；⑧ 无烟红烛一对；⑨ 无烟红烛一对；(红烛之间各设一香炉)。

佛台前端围着绣有“佛光普照”的彩色桌帏。桌帏的上方是形同手帕的绣花“经盖”，盖着即将宣演的宝卷。挨着经盖的是讲经先生的工具：磬子、木鱼、器拍(醒木)。

东墙根用骨牌凳作坛，设香炉两个供家堂、灶王(不知为何无供品)。(供在中堂的应是家堂、祖堂，家堂在上首，祖堂在下首，灶王应在灶上。一般宣卷不供祖堂，这家可能是两个家堂，或者是别的原因)

院内设一坛(香炉一个)，供天地。两铁锅置于院门东侧焚香，每宣卷一部均焚香若干，香烟上达天庭，以示功德。(铁锅叫天炉。梅李地方宣卷必请道士念经，这两铁锅一个是道士的，一个是宣卷的。)

厢房的储藏室设坛供奉苏州上方山诸神。

江南俗信，上方山的五显灵官等神仙能驱邪镇妖。每逢农历八月十八，人们纷纷去上方山烧香；每有宣卷法会，必设坛祀奉。

一方桌为坛，以传说中的镇妖“塔符”为背景，供奉 22 个佛马：

观音、王母、肖公、太姆、五位灵官及夫人、金神、二郎神、周神、李王、城隍、土地、家堂、灶界。

供奉如下(先素后荤)：

① 20 盅“甘露”；② 三杯香茶；③ 一把总筷、苹果、香蕉、橘、蛋、花生；④ 香蕉、糕、寿桃、苹果；⑤ 烛、香、香、烛。

收妖解厄疏供于佛马的左侧。斋坛内侧地上铺有红纸，上面有纸扎的“妖魔鬼怪”。

此处的供品下午全换为荤盘，敞厅则自始至终供素盘。故有“荤台”“素台”之别。

素坛主供观音，配祀其他应供之素佛；荤坛主供上方山太姥五圣，配祀其他应供之神佛，祈福禳灾，驱邪灭难。

法会程序如下：

(1) 7:00 请佛

点烛、焚香、鸣炮两响。

众念经 25 分钟，讲经先生请佛。

先请“素台”之神：

天地、如来、延寿药师、弥陀、玉清太上老君、玉皇、观音、文殊、地藏、韦陀、星主、南北斗、福禄寿、王母、本命星、文曲星、天聋地哑、玉真庆宫、解神星、三官、圣帝、玄帝、并天、雷祖、血光、龙王；(此以上是素佛，以下是荤佛)本社、天曹猛将、水部二郎、千圣小王、刘李周金高沿江七十二司、城隍、土地、财神、虚空。

再请“荤台”之神：

炎王、玉环、肖公太姥、五位灵公、五福夫人、禹山大仙、黑风仙师。(这些都是《太姥卷》里的神，其中结蛛屠即是太姥，但卷中没有“禹山大仙”。禹山大仙为传说中的张仙)

斋主家合家老小手拈三炷香，站于讲经先生身后，时而向佛坛躬身行礼，时而转身向虚空恭请。场景如下图：

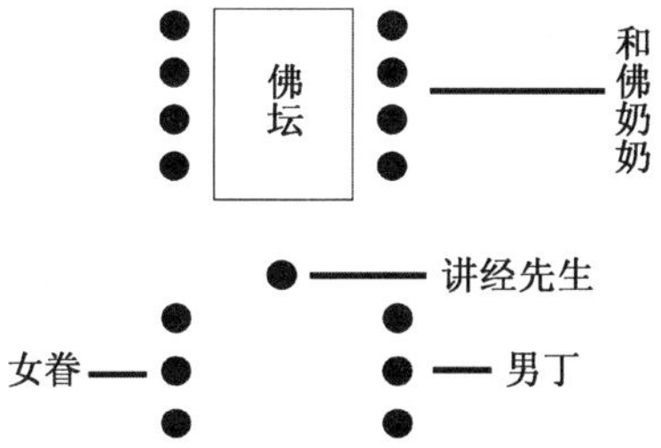

请佛场景示意图

(2) 7:50 宣《玉皇宝卷》

两位讲经先生跪念《玉皇经》,而后宣卷。

(3) 8:30 宣《观音宝卷》

先念《观音心经》,再宣卷。其间穿插念《大悲咒》、唱《赏金花》佛曲。

(4) 12:10 厢房念经,追荐祖先。

(5) 12:55 请灵丹

旧时宣卷必请灵丹,有病治病,无病防病。家有病人,更应行之。

老祖母烧香、跪拜。讲经先生念“大悲咒”。和佛奶奶起身拈香礼拜。一位和佛奶奶烧化纸锭,用一小碗弹香灰,同时用筷夹少许纸锭灰,放少许糖,用红纸封碗交付祖母,法会后开水冲服。

(6) 13:15 续宣《香山宝卷》。

(7) 13:25 厢房宣《上方山卷》

素供撤之里侧另设之坛,上荤供:

大盘猪头、猪脚、猪尾(象征整猪),大盘鸡、鱼、蟹(鸡身上有一菜刀,刀上放盐),另有小盆装烧熟的鸡腿、鲈鱼、咸鸭蛋、小鱼干、杂炒、白肉、虾及一瓶白酒。

一人宣卷,两人和佛。笔者在敞厅听到有江南民歌《无锡景》的曲调。

(8) 13:45 荐亡

鸣炮两响。给祖先化纸,每人一袋,写有名讳的灵位置于袋口。

(9) 14:15《香山卷》收卷。开宣《东岳宝卷》(又称《圣帝卷》)。

(10) 14:35 禳星

讲经先生面前点三支烛。

两张长凳首尾相连放于敞厅门口东侧,装有老两口衣服鞋帽的木盘放在凳上。

甲诵念疏文、礼拜。乙敲木鱼。

老两口拈香跪拜后,与儿子一起(媳妇、孙子上班了)一起面朝东坐在凳上。

甲跪念禳星科,乙跪念镇妖驱邪疏。

甲手捧星君牒文唱。

十一位星君(道教称“十一大曜”):

金书赦罪天尊;大乙月孛星君;天乙紫微星君;鹑尾计都星君;神首罗睺星君;中央土德星君;北方水德星君;西方金德星君;南方火德星君;东方木德星君;日宫太阳帝君;月府太阴星君。

甲将星君一一点着，在衣服及斋主一家背后晃几下，尔后递出大门外焚化。接着手持两把新扫帚在烛上点燃、弄熄，一边念念有词："消灾消灾又消灾……"，一边扫衣服和斋主及家人后背，扔出门外，烧掉。

15:00，因另有法会等王虎良，我与他一起撤退。他说，余下时间就是宣几部卷、送山(送上方山诸神)、送佛。17:00 结束。

(6:50，早餐，素面。11:00，午餐，尽素，可喝黄酒。)

下午二时许，王虎良开一经费单给老斋主：

和佛 100×5=500 元；讲经先生 860 元；送方山 600 元；合计 1960 元。

老人给每人用红纸包喜钱，笔者亦有一份(6 元)。

常熟宣卷法会个案之二

时间:2015 年 5 月 27 日

地点:常熟市新茂路 25 号

缘起:陆姓斋主祈福祝寿、还受生

执事:余鼎君

这里曾是近郊，随着城市化迅猛推进，转眼便成了繁华的闹市区，土地、房屋身价倍增。陆姓斋主夫妇及女儿女婿均为普通职工，只因三间六层的楼房多数出租，年租金有几十万元。生活环境的变迁和经济收入的丰裕，并没有改变农民固有的传统观念。他们相信，生活能有今天，全赖神灵护佑、祖先荫庇，因而，祈求天神地祇、亡过先人继续赐福延寿。宝贝孙女将中考，祈菩萨保佑考入理想高中。因所有祈祷之愿，大慈大悲观世音会有求必应，故举办观音法会。民间俗信，阴阳之间有座洛阳桥，投胎转世之魂桥上过，需缴过桥费。亡魂身无分文，只得向地府看管库银的曹官借贷。无论阴阳，借债还钱乃千古成例。如今发财了，更应还清"受生之债"，俗称"还受生"。

"还受生"法会主要念经，同时宣演《受生宝卷》《庚申宝卷》，其规格有三种：

(1) 全堂 48 人；

(2) 半堂 24 人；

(3) 一角 12 人。

斋主不失农民本色，有钱而不铺张，请了 12 位奶奶念经还受生，同时请三个讲经先生、8 个和佛奶奶。

笔者凌晨四点半醒了便不敢睡，五时打的出发，五点半抵达时，一干人众早到齐了。余先生在忙着将一张张佛马(神的纸相，亦称"纸马")折成圆筒状，为保持圆而直，在佛马里衬黄表纸。

两个佛会，两个佛堂。以香山佛会为主，佛堂设在堂屋，西屋设还受生佛堂。

堂屋的大门口有一联：

值此良辰设坛宣卷酬恩愿；
志诚顶礼请人参拜受生经。

一联两用，道出了两个法会的主旨。

先说"观音法会"的佛堂。

堂屋北墙正中挂着"三星高照"的中堂，配一联：

福星高照福满门；
鸿福齐天财源茂。

由一张八仙桌、两张小方桌拼成佛坛。

中堂前种(供)佛马 18 尊：

灶界、禁忌、解神、北斗、三官、寿星、观音、三界、地、天、玉皇、如来、王母、玄帝、南斗、本命、血光、家堂。

佛马的左侧是星斗，内有一炷香、一对烛、一面镜、一把剪、一把尺、一杆秤，秤上顶一帕，中间竖斋主本命星官灯位，两侧插一对锦花。两根甘蔗与星斗相邻。

佛坛供奉如下：

① 一把总筷、三杯甘露、一盅茶；② 糖果、糕、团圆、面；③ 三只杯；④ 苹果、香蕉、糖果、粽、香瓜、甘蔗；⑤ 三座饰满纸花的香塔(此塔常熟叫“香山”)，以色彩艳丽的纸花圆拱相连；⑥ 一对烛台、一只香炉；⑦ 一对烛台、一只香炉；⑧ 一对烛台、一只香炉。

佛坛前围着绣有“佛光普照”的桌帏。

疏壳、两道太平符及一副对联贴在堂屋东墙上，联曰：

神荼卫户平常博大；
郁垒镇守清净致远。

第一对烛台间，供观音“绣鞋”三双。

第三对烛台前，用锡箔方块搭成拱桥一座，上书：“渡仙桥”。“桥洞”内泊“宝莲船”，桅杆上挂“慈航普度”黄旗，船两侧有“聚宝盆”、寿桃。

桥前有两棵“摇钱树”(缀满纸花的桂花树枝插在啤酒瓶内)。

佛马前供有“消灾袋”(绿)、“念佛袋”(红)、“功德袋”(红)、“积福袋”(绿)，袋前有三个圆形的纸折“银饼”。

以上是素台。另在楼顶阁楼设荤台，祀奉上方山诸神。其格套与个案一大体相同，所异者以红纸为背景，将金陵塔景片(此“塔符”是上方山诸圣之位，平时就供在坛上，称“坐桩老爷”，简称“坐桩”或“桩台”，上边的金陵塔是上方山上的楞伽塔)置于坛侧。

苏州上方山诸神祭坛

相对而言,“还受生佛堂”简洁些,但不失美观、庄严。

“鸿福满堂”的主轴高挂北墙,缀有一联:

财源茂盛百业兴;

心想事成鸿运来。

挂轴前种(供)20尊佛马:二十八宿、解神、当台、壬申、受生、北斗、寿星、东岳、观音、斗姆、星主、弥陀、地藏、王母、南斗、长生、庚申、禁忌、本命、十二宫辰。

佛马的两侧各有一纸扎的地府曹官。左侧还有星斗(无镜)。祭坛供奉、设置如下:

① 团圆寿面、寿桃、总筷一把、三碗、一盅;② 三杯茶;③ 糖果、粽、香蕉;④ 寿桃、香瓜、小西红柿、香蕉、苹果;⑤ 三座饰满纸花的香塔;⑥ 烛台、香炉、烛台;⑦ 锡箔方块搭成的“洛阳桥”,组合如图:

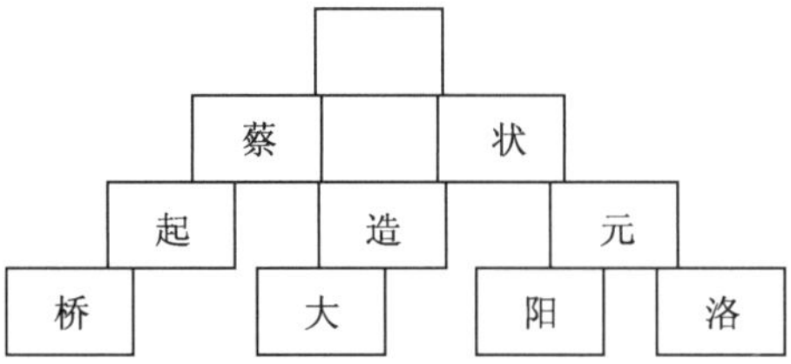

两个佛堂,有的仪式同时进行,笔者难以兼顾,只能以“香山法会”为主。

还受生佛堂

六时许,笔者在佛堂忙拍照,忽听东边广场传来念佛声。一问,主家在“接盘”。

在靖江,私会有“上会”之仪。尤其是祝寿会,丈人、娘舅及女儿家会用箩或筛挑来鱼、肉、糕、粽、寿面、鞭炮等,主家会接至桥头或门外。常熟亦有此俗,谓之“接盘”。

“盘”,江南的一种礼器,较面盆大而浅的红漆木盆。

父母拜寿,女儿要办盘。办几只,量力而行。但如下六只是必需的:父母衣服各一套、分装两盘,寿香寿烛高升鞭炮一盘,寿面寿糕团圆各一盘。其余的果品糖食随意,但花生、橘子、苹果、甘蔗应该要有,分别象征延寿、增福、平安、高升。荤盘:猪腿一只,鸡一对,青鱼或草鱼二条。从佛的角度讲，不应该办。办了，不能进佛堂，要直接进厨房。

一清早，女儿女婿外孙把盘送来，领经人率全体拜经人站在大门口唱《接盘偈》：

一棵桃树三尺长，根上开花叶上生；

路上闲人问我啥恁样早，我爹娘拜寿献蟠桃。

井塘头淘米桂花香，爹娘拜寿囡思量，

一盘寿桃一盘面，一盘寿烛一盘香，

一盘寿烛掇仄堂前去，一盘寿香上仄受生台，

献仄爹娘年千岁，献仄公婆万万年。

拜经人唱，帮忙人把盘端进佛堂，排列在香山斋台前面。①

因女儿赘婿在家，今日由妹妹送盘，规格较高，共18盘。笔者所见如下：

① 两袋奶糖；② 两块圆形糕；③ 苹果；④ 鞭炮；⑤ 两套寿星的衣服；⑥ 橘；⑦ 粽；⑧ 甘蔗(段)；⑨ 草鱼两条；⑩ 猪腿两只；⑪ 活鸡两只。

(以上有的装两盘)

“盘”接至香山佛堂，法会开始。

1. 6:25 鸣炮三响。请佛。

2. 7:00 拜经人拜四方。

3. 7:30 开卷。念《玉皇卷》《太阳卷》《祖师卷》。

4. 8:20 开宣《香山宝卷》。

礼盘(一)

礼盘(二)

14:30 宣《三官宝卷》。

将放有孙女衣服鞋帽、书包的托盘置于佛坛。

① 冯锦文主编：《中国宝卷生态化保护与传承交流研讨会论文集》，南京：河海大学出版社，2014年12月，第224页。

5. 祭祖

饭后，在堂屋东南角另设亡坛。以红纸为背景，上贴黄纸写的灵位：

(1) 15 位有名有姓的亡过亲人及姻亲；

(2) 本门三代祖先总位；

(3) 陆氏族中失亡总位；

(4) 今宵坛下斋主×××合属累生累世冤亲债主总位；

(5) 今辰冥界过往孤魂、滞魄总位。

供奉：

23 个杯子、六碗素菜、瓜果、糖果、糕、烛、香 。

“家书”一封，封壳写道：

“净土门下　宣化斋坛　家书转移　冥中慈王接引”

祭祖坛

6. 15:00 超度祖先

讲经先生台前讲《香山超度宝卷》，间读《文牒》。因传说地府有十殿阎君，故读牒十道，祈“佛力超度斋主的三代祖先、族中宗亲合属累生累世冤亲债主，还有今辰冥界过往孤魂滞魄”，“解脱幽冥之苦，竞登逍遥世界”。甲念一张，乙往牒壳里装一张，同时将亡过祖先的名讳念一遍。

7. 15:20 拜寿

将“曹官”移至香山佛坛。

斋主夫妇面南而坐。领经人领念《拜寿偈》。儿孙跪拜，“寿星”发“喜封”。

拜寿结束，曹官仍回受生坛。

宣《合家延寿卷》，诵《上寿偈文》。

将两位寿星的衣服置于坛。

诵《莲船偈》。

宣《家堂宝卷》。

16:50 宣《灶神宝卷》;

16:10 宣《门神宝卷》;

17:30 宣卷结束;

8. 谢土

17:10 在一楼走廊设"土皇台"举行谢土仪式。

土皇台分上下台。上台种佛马12尊:

土地、四将、灵官、张班、地师、土皇、普奄、天师、鲁班、圣祖、宫辰、城隍;

下台(台肚里)种手写神位10尊:五方土、血光、禁忌、宅神、南神、本县、太岁、六神、空煞、土八煞。

上台供奉:

12个酒盅、一茶杯;寿桃、香瓜、香蕉、素炒、馒头、团圆、面;一对烛、一炷香。

下台供奉:(台下看不真切,特摘抄余鼎君先生的相关文字)

三牲、荤菜,另加:小鱼,七条生七条熟;肉,七块生七块熟;蛋,七个生七个熟。七个生蛋开脸相,示为"七煞",这七生七熟就是供这"七煞"。杀鸡时要预留生血,加黄酒,使血不冻。[①]

一对烛、一炷香。

宣《土皇宝卷》(和佛),拜《土地忏》(和"志心朝礼")。

拜《土地忏》

9. 17:40 退星

上方山佛马移至香山坛,靠在香塔上。

格套与个案一差异有二:一是不用扫帚;二是解厄符化完,斋主及眷属立即进房间,关

① 冯锦文主编:《中国宝卷生态化保护与传承交流研讨会论文集》,南京:河海大学出版社,2014年12月,第212页。

门。佛堂大门同时关上。寓意凶星灾星已攘出门外，严防再来。其主体格套如下：

(1) 星袋(用红纸或红布做成小袋，装满米)12 只，每只点小蜡烛一根，代表一位星君。佛台上架长凳一只，凳上排列七只星袋(北斗七星)，台上，福禄寿三只列成三点角，中间供“星图”，两边列左辅右弼两只。

(2) 主忏先生（要男先生），持疏头跪在台前念《禳星科》，两位先生在两边和念。斋主及其眷属捧香跪(或站)在主忏先生背后虔拜。

(3) 念“南斗诰”时，燃化星图。念到化十一大曜牒文时，斋主及其眷属背对先生坐在上首。先生边唱十一大曜偈，边焚化牒文，唱一曜，焚一道，并踅出“勅令”两字，踅点斋主及眷属后背，表示将凶星攘出门外。

10. 18:00 解结

讲经先生坐长凳，寓意“长寿凳”。手拿打有活结的红头绳，边唱偈边让站在两边的斋主夫妇拉绳解结。家人依次而行，预示神佛给全家解除一切冤结。

11. 18:10 散花

以一篮玫瑰花瓣为“仙花”。讲经先生诵偈，将一把把“仙花”撒向佛坛，敬献神灵。

12. 18:20 送盘(衣盘)

将寿星衣服放在佛前礼拜。和佛奶奶边走边念偈，将衣服送至寿星房中。

13. 18:30 收香

斋主夫妇分立两边，手捧香袋。和佛奶奶唱《收香偈》，把两筒香在三对蜡烛上“圆”过，装入香袋，向佛三拜。如此两次，表示将一天的念佛功德收进去。

14. 18:32 献荷花

和佛奶奶手持花束在两边扭“四方步”。一位女讲经先生在中间踏着拍子边唱边舞，不时地与斋主插科互动。斋主一家面佛而立，斋主和女婿各端一盘接荷花、元宝、摇钱树。

因语言隔膜，笔者只可意会。女先生扭着、唱着，风趣地将十二朵荷花、六只元宝、两棵摇钱树送至盘中。斋主一家喜笑颜开。

15. 18:45 送佛

仪式与请佛一样，必须先通疏文。

笔者专注于香山佛坛，很少留意还受生仪式，但几个细节特清楚。

(1) 念经时，一领经人坐于佛坛前，余者分两行坐在凳上。拜《金章受生经》时，一男一女坐在佛坛前，用铜钱在《金章受生经》(印满铜钱似的印章的经书，印的上下左右分别写着“受生真金”，一个“印”代表一遍经)上移动，边念边一个一个地移。据余鼎君先生说：“移铜钿叫‘拖经’。其有两个内容，一是拖铜钿；二是拖的同时诵念《受生经》或《拖经偈》。投生时欠了银债，又欠了经债。还经债就是念经，欠几卷念几卷。拖经就是这个意思，可消前生之罪业，积来生之阴德。”

(2) 两位讲经先生宣《受生宝卷》时，念经奶奶齐声唱和，曲调十分优美动听，仿佛不是宣卷，而是吴侬软语、细腔慢调合唱。

(3) 献茶时，女儿跪在佛坛前，女婿与另一男子端着红漆茶盘站在女儿身后。八个念经奶奶立于祭坛两侧，东侧的四个奶奶端茶、递茶、献茶。第一位奶奶屈膝行礼，从盘内端一杯茶转身与第二位奶奶互相屈膝行礼递茶……第四位奶奶佛前屈膝行礼，献茶。如此反复，24 尊神明，一一敬献。

移《金章受生经》

(4) 有位念经奶奶用小日记本抄了许多经卷,念经时与另一位奶奶合看。书写工整秀气,表明抄卷者为有文化的女性。

(5) 为还“曹银”,斋主请人专门扎了 2 米见方“盖”有尖顶的“银库”(俗称“佛阁”),内设一桌二椅。所有银锞装箱上封码于库内。门外有两座小库,两位曹官端坐其中看库。

献茶

佛阁

(6) 庚申灯笼是白色的,呈圆形,比较袖珍。(靖江为六角型)

散会时,余先生的女弟子蒋秀金递笔者一“礼袋”,内有九样东西:

毛巾两条、方便面(寿面)两包、甘蔗一节、糕两块、寿桃一个、粽子一个、苹果一个、橘子一个、糖六颗。

二、 个性鲜明的两位讲经先生

民间艺人是宝卷传承发展的主体。一个时代、一定地域，倘不出现大师级的佛头、讲经先生，宝卷便会处于停滞状态，简言之，数百年来宝卷历经风雨劫难，而在许多地方依然生生不息，民间艺人的坚守与变革功不可没。而且，信众会铭记、传诵那些对宝卷传承发展做出贡献的民间艺人，尤其是带出“高徒”的名师，更是名扬乡里，世代相传。

著名的佛头、讲经先生，往往是乡土文化的旗手和奉献者。余鼎君、王虎良便是常熟讲经先生的杰出代表。两位先生虽为同行同道，而性格相异，均表现出鲜明而卓然的个性。

余鼎君先生 1942 年出生于常熟市尚湖镇建华村一个讲经世家。1966 年被牵入错案，1979 年平反。曾从事农村基层文化工作。父亲余俊章，名号“馀庆堂”，16 岁开始学讲经，同时在农村做私塾先生。余家讲经先传于长子余宝钧，再传于次子余鼎君。余先生高中文化，在那个年代堪称“乡间秀才”，怎奈时运不济，历尽坎坷。入行时已年届花甲。

犹如戏曲舞台上名角登场都要造势一样，笔者未见余先生，其名其文已先声夺人。常熟理工学院的史琳教授郑重地对我说，“常熟有位姓余的民间艺人了不起，不但能宣卷、编卷，而且有一定的研究能力，在台湾《妈祖与民间信仰・研究通讯》上发表过文章；出席‘中国宝卷国际研讨会暨中国俗文学学会 2014 年会’并发表论文。”2014 年 11 月，笔者受命为《中国宝卷生态化保护与传承交流研讨会论文集》组稿，史教授推荐并发来先生三篇文章：《江苏常熟的讲经宣卷》《常熟宝卷与常熟社庙》《江苏常熟宝卷中的妈祖》。笔者阅后，深深地为之震撼。一位草根艺人，能有如此的学术眼光和表述能力，实在令人敬佩。研讨会上，因忙于会务，我与先生浅聊数语，印象颇深，觉得这是一位饱经风霜、深沉执着的老者。

正式与余先生交往，是在 2014 年 4 月 17 日（农历二月廿九）建华村千圣小王庙社日的庙会上。见整个庙会热闹非凡而又井然有序，我问先生：“谁负责？”他淡然地说：“我临时负责。”显然，“临时”乃自谦之词，他其实是庙会的实际组织者。一位古稀老人，既不向政府伸手，也不向社会募集，仅靠善男信女的香缘，便将一场庙会隆重而节俭地办下来。事后才知道，连同先生在内的 34 名“办盘”（经办）者，出力之外还得出钱。每人百元虽是小数目，但对农民而言，陪功夫蚀饭钱，得有点胸襟和气度。这既体现他们这一代人对社日传统的深情眷恋，也体现先生在乡土社会的人格魅力。

同样出于信念，讲经先生余鼎君把每一场法会都当作弘扬佛法、劝化人生的平台，一丝不苟地将每一项科仪、每一个细节都渲染得神圣而完美。陆姓斋主仅仅是敲墙凿门，这较之于起房造屋，是微不足道的小事。但在先生看来，既然设立“谢土祭坛”，就得虔诚敬奉相关神灵。一位女先生宣演《土皇宝卷》后，先生自言自语地说：“不够，不够。”亲自跪拜《土地忏》，并郑重其事地写《土皇疏》，奏达神明。

也正是在信念的支配之下，他三次自筹资金出版余氏家藏宝卷。

《余氏佛祖宝卷》，由中国文史出版社于 2007 年 7 月出版。

《余氏佛祖宝卷》书影

《和谐常熟宝卷》书影

《和谐常熟宝卷》,由东亚文化出版社于 2009 年 12 月出版。卷目如下:

《和合宝卷》　　《药王扁鹊宝卷》
《鲁班宝卷》　　《门神宝卷》
《结圆偈》　　《碧霞元君宝卷》
《求子宝卷》　　《龟蛇宝卷》
《韦驮宝卷》　　《吉果偈》
《时景偈》

《余庆堂藏本选·千圣小王宝卷》,由内蒙古人民出版社于 2010 年 5 月出版。辑录宝卷 9 种:

《千圣小王宝卷》
《双忠宝卷》(《车平浮应王宝卷》)
《大成宝卷》(《孔夫子宝卷》)
《老君宝卷》
《水仙宝卷》
《龙王宝卷》
《西湖贤良宝卷》
《贤才宝卷》
《印应雷宝卷》

在第三本宝卷选本出版之际,先生赋诗《自嘲》,透露许多人生感慨,特抄录如下:

自　嘲

大概前世作业勿少　　就是大学勿要
所以今生运道勿好　　做官做府无份
念书好像勿笨　　捏捏铁铇铧锹
一世勿识时务　　有个蛮难弄到
马鹿勿肯乱叫　　看看理理抄抄
看人忒勿老到　　学学儒释道教
做人勿会和调　　搁着勿灵修修
嘴巴倒是蛮老　　发现勿对改改

常常惹人气恼　　　　倘若有人来请
每每竖起桅杆　　　　出去念念敲敲
来风勿对船艄　　　　搁着需要编点
总算老来还好　　　　管它好与勿好
锦涛重振孝道　　　　善男信女助印
肚皮可以吃饱　　　　劝劝同修善道
碗里小菜蛮好　　　　零七年印了《余氏佛祖宝卷》
吃则呒没事体　　　　零九年印了《和谐常熟宝卷》
麻将吹牛无聊　　　　以此结结善缘
现在宝卷开放　　　　祈愿罪业消消
弄弄蛮有味道　　　　巴望来世好点
顺便收集收集　　　　快快乐乐逍逍遥遥

如果说余鼎君先生向往来世，王虎良先生则更看重今生。同为讲经，前者演绎信仰，而后者“经营生意”，对此，王先生毫不掩饰，当着我这位初交的朋友，一口一个“生意”。

虎良先生是位颇讲义气的“江湖人”。我俩素昧平生，那天，我应余鼎君先生之邀，考察常熟社神“千圣小王庙会”，社酒散席时，余先生请他为我“捎脚”。途中，得知我乃宝卷同道，立马邀我到他家看他收藏的古宝卷。

这是一处俗称“富人区”的高档小区，他家住四层的一套复式楼。底层的车库似乎是“仓库”，堆放着香烛、纸马等宣卷法会所需用品，或许他家开有相应的门市部。……正想着，他给我展示了一套黄绫装裱的制式疏文。我顿时眼前一亮，这可是我见到的最豪华的疏，便不假思索地讨了三份。心想，此人还真非泛泛之辈。上得楼来，果然了得。书橱里的新版宝卷比我还多。为购《中国靖江宝卷》，他开车专程来到靖江。当然，最珍稀的要数那套明代的《真武宝卷》。兴奋之余，我当即作了简要采访。

他现年54岁，属虎，高中文化。早年从事工业缝纫机的生产、销售，在靖江有许多业内朋友。其父王干寿，讲经六十年，唱腔优美典雅，深得昆剧神韵，乃常熟讲经一代名师。1998年，他子承父业，随父学讲经。因“生意”时冷时热，收入有限，2000年兼做道士。业务风生水起，波及昆山的一些乡镇。他坦言，年收入20万元，其中，讲经4万～5万元，道士15万元左右。

千万别将王虎良想象为一身铜臭、满脑子金钱的“生意人”。据笔者观察，他是一位有文化、有思想、有追求的讲经艺人。从他那儿，我获取了许多别的佛头、讲经先生所没有涉及的宝卷文化信息。真的，他有许多独到的见解，给笔者以深刻启迪。

1. 王虎良自称不信鬼神，但坚信宣卷法会有利于缓解，甚至治愈某些人的心病。因而，他将讲经先生喻之为“乡村心理医生”。他说，国外及中国的都市均有职业心理医生，但在广大乡村，成千上万朴实、敦厚的农民，尤其是敬神怕鬼的村夫农妇，他们有这样那样的心理毛病，同样需要看心理医生。比如，亲人久病不愈，他们疑为鬼、邪作祟，于是求助于讲经先生，举办宣卷法会，祈求神明驱邪祛难。他主持的那场法会恰巧缘于此。老斋主的儿子、媳妇、孙子信不信姑且不论，但老两口深信不疑。老人家没文化，久居乡村，秉承陋俗。有病求医亦求巫，“师娘”(巫婆)说，请先生讲讲经、做做格套(求灵丹、退星)就会好的。他依言而行，儿孙出于孝心，顺从其意。据笔者观察，老两口并不在意具体讲什么经，也闹不清一套又一套仪式的含意，只会一脸凝重地按和佛奶奶的指点拈香礼拜，以为有菩萨护佑，从此，鬼呀、邪呀、灾呀、难呀统统退尽，“灾星退尽福星来”，福如东海，长命百岁。按现代心理学观点，这难道不是心理干预、心理暗示、心理疏导吗？至少也是心理慰藉。

余鼎君先生亦持此观点。说到“心理医生”，余鼎君先生在他的《余氏佛祖宝卷·附录》里也提到，“一些说勿像话勿像的病（俗称邪病），讲了一台经，居然好了。其实，这也没有什么奇怪，用现代医学的观点也可以得到合理的解释：这是精神因素起了作用。从精神入手来缓解病情，在国外叫暗示疗法，在国内叫心理疗法。一个人的心理状态、精神状况，对身体的确至关重要。人生了病，难免会胡思乱想：会不会是作了什么业？会不会是撞着了什么邪气？讲一台经，便会认为业消了，邪也驱了，心态随之放松了，这对病体恢复，当然利莫大也。”①现在，余鼎君先生认为，精神、心理固然是一种因素，但以此来解释讲经宣卷有别于封建迷信，显得底气不足，也着实有点勉强。说讲经宣卷有别于封建迷信，首先要弄明白讲的是什么？宣的是什么？现在普遍认为，讲的是鬼神，宣的是菩萨。那鬼神是什么？菩萨是什么？有句口头禅叫“菩萨心肠”，菩萨心肠就是慈悲。什么叫慈悲？慈是给予一切众生快乐，悲是拔除一切众生苦难。这就是菩萨。这是封建迷信吗？鬼神，说的就是善恶，恶罚为鬼，善封为神，至于有没有鬼神，并不重要，其中所体现的善恶果报才是根本。你不信，有可能会为所欲为，肆无忌惮。你信，就必然有所顾忌，不敢胡作非为。究其根本，讲经宣卷不是治病，而是治心。净化人心，促进和平，才是讲经宣卷的宗旨。烧香叩头不能算迷信，是诚信的表现，与向国旗敬礼，向孔夫子鞠躬是一个意思。可悲的是现在好多讲经先生有诸多不信的表现，不禁要问，你既然不信，去讲什么经、宣什么卷？讲经先生应该要有社会责任的自觉意识。

2. 笔者头一回听说，常熟宣卷的曲调有严格的节拍，平调为四分符拍，4/4 拍，节奏和交谊舞曲的鼓点相同。王虎良认为，音乐无国界，江南乡间的宣卷音乐，其实也是一种流行音乐，它与西方的流行音乐并无本质的区别，节奏相同，恰也合乎底层民众的审美心理和生活节律。

也许有人会说，扯淡！这是哪儿跟哪儿呀！宣卷曲调与交谊舞曲，风马牛不相及，挨得着吗？笔者不懂音乐，说不出子丑寅卯。但是，一位乡间的讲经先生能有“世界眼光”，从人类审美一般规律的视角思考问题，实在难能可贵。再说，这也是一家之言，是否科学，自有学者评说。同时，这也从一个侧面证明，王虎良音乐素养比一般的讲经先生要深厚得多。他批评有些讲经先生不懂乐理，木鱼、磬子敲不到点上，破坏宣卷音乐的节奏美。他特地以“妙庄皇帝”四字为例，木鱼敲一记“笃”，一拍，伴“妙”字，隔一拍，磬子敲两记“叮！叮!”伴“庄皇帝”三字。连贯起来便是：“笃——叮！叮！笃——叮！叮!”经他这么一说，再凝神聆听他那班人马的唱和，还真富有韵律美。

3. 靖江、无锡、常熟的星斗都插有一杆秤，一般的民间艺人只知其然——代表满天星斗，不知其所以然。倘刨根究底地问：“凭啥说秤代表星斗？”不知所云者会老老实实地说：“我也弄不清，老先生就这么传下来的。”王虎良说：“因为，南斗六星，北斗七星，福禄寿三星。所以，老秤为十六星。以秤代表满天星斗。”

余鼎君先生解释说：秤代表满天星，是因为它满身星。满身星的还有尺。盛米的斗代表北斗星之斗，镜代表日月。“星斗”之整体代表日月星辰。如来佛留下天平秤，李老君留下斗和升，孔夫子留下丈和尺，天下百姓不相争。这就是星斗的象征意义。

---

① 余鼎君编撰：《余氏佛祖宝卷》，北京：中国文史出版社，2007 年 7 月，第 80 页。

4. 在谈到靖江讲经与常熟讲经的区别时，王虎良一语中的地说："常熟将宝卷当'经'念，而靖江宝卷当'故事'讲。"当然，这仅是其表。透过两地宝卷宣演之异，他其实感受到了宝卷在江南江北社会功能的差异。常熟重信仰，靖江在注重信仰的同时，兼顾娱乐。

5. 王虎良授徒八人，目前正有一位 36 岁、初中文化的男子跟他学徒。宣卷间隙，他给徒弟说艺，告诫他要苦练三大基本功。

(1) 写。毛笔字写得好坏在其次，关键要学会用文言文、八股文、骈文写疏。遣词造句力求艰深古奥。这正暗合学者刘永红的观点。"祭祀仪式上的各种文本是用文言文、繁体字书写而成的，具有高度重复性、程式化的特征，自古它们便是一种用来与神沟通的古奥、精致的神圣语言。""宝卷念卷仪式文保留了文言文格式和一些古奥、生僻的文字。这种句子结构的安排、遣词造句的方式，以及大量排比、对偶语句的使用，使人读起来恍惚进入一个遥远的年代"，"好像已经把仪式场景与世俗社会完全隔离了"，以此显示神异。[①] 王虎良虽说不出高深的理论，但直觉和经验告诉他，法会文书应"神圣"。我想，这也是他用黄绫装裱疏表的缘由吧！

对疏文的文字运用，余鼎君先生持另一种观点。他认为，讲经宣卷的宗旨是弘法利生，弘什么法？弘扬做人的道理。利什么生？利益普天下的芸芸众生。如何来弘法利生？就是用做人的道理来净化人心，这是最终极、最圆满的弘法利生。所以，上奏的疏文，以其说是写给神佛看的，还不如说是念给信众听的，疏文必须让信众听得懂。如果连听都听不懂，何谈弘法？又怎能利生？刘永红老师的论述，是说其时的实况，而无推广之义。其实，过去疏文中所用的"文言"，多是晚清、民国时的书面语言，而非中古，更不是上古的书面语言。宝卷发展到今天，用当今的书面语言来写疏文是顺理成章的。否则，不说愚蒙信众，也是有违讲经宣卷宗旨的。

另外，余鼎君先生还发现，疏文的上呈，有些先生弄巧成拙。以香山疏为例，香山主人是观音，举香山斋(即香山完愿)是观音主事，所以疏头上呈观音即可。现在有人在疏头上奉一栏，首书玉皇大帝，有的次书真武大帝，而后观音菩萨，理由是现在香山斋上必宣《玉皇》《祖师》，他们以为玉皇大帝最大。殊不知，香山斋上不管宣什么宝卷，主事的依然是观音，疏头只能呈主事者，好比打给市长的报告不能送省长。香山斋上宣《玉皇》《祖师》卷，好比开村委会学习中央文件，村委会的会议记录不必上呈中央。

(2) 敲。木鱼、磬要敲在节拍上。王虎良主张讲经先生要懂乐理，识工尺谱。他说，老了要做一件事，潜心搜集、整理宋元以来宣演宝卷的曲牌曲谱。

(3) 表、唱。无论是表还是唱，均要字正腔圆，有穿透力。得学会丹田共鸣，运丹田之气行腔吐字。王虎良说，他父亲那辈优秀的讲经先生都像昆曲艺人那样，清晨择僻静处吊嗓子，练丹田功。他感慨地说，现在年轻的讲经先生只顾赚钱不练功，技艺日见荒废，这才是讲经这一行最大的危机。

可见，王虎良虽将讲经视为"生意"，却不唯利自图，"棺材里伸手死要钱"。那天开列的收费清单，收费适中，为农户所能承受。在笔者心目中，王虎良是一位敬业而有追求的讲经先生。

不知常熟还有多少像余鼎君、王虎良这样的民间艺人，他俩堪称常熟讲经先生的杰出代表。信仰不同，目标一致，矢志传承发展常熟宝卷。有他们活跃于乡土社会，常熟宝卷文化

---

① 刘永红著:《青海宝卷研究》，北京:中国社会科学出版社，2013 年 9 月，第 180 页。

必定会发扬光大。

三、名目繁多的法会文书

也许世俗红尘之人按朝廷、官府的模式幻想出天庭、地府。因而,将人间的官僚主义、文牍主义亦强加于虚幻的玉皇大帝、十殿阎王等天神地祇。余先生说,像陆姓斋主两大法会同做,仅文书就得一人写一天,为节约时间和开支,他事先在家写好了,共8种,笔者称之为“余氏系列法会文书”。与此相对应,笔者将王虎良提供的文书称之为“王氏系列法会文书”。两者之间同中有异,异中有同,共同反映常熟宣卷法会仪式的繁缛、文牍的繁复。

值得注意的是,两位先生对疏文的风格持不同观点。余先生主张通俗,王先生倡导古奥,且撰文阐述自己的观点,特原文照录。

刍论宗教仪式之疏文

疏,古代之呈文、奏章、奏折,是臣民向皇帝有事陈请的一种上行文体。南北朝时文学理论家刘勰《文心雕龙》有详载,商周时对帝王的疏文谓上书,秦代改书为奏,汉代对帝王上书为《章》《奏》《表》《议》。章即是明,《诗经》中为章于天,就是上书的章奏要文采明显。古代最著名的疏有《谏唐太宗十思疏》《陈政事疏》《论贵粟疏》《论积贮疏》,还有海瑞冒死上的《治安疏》等。

疏文,后来被道教用在宗教活动中,将信众祈求平安上书天地、帝圣,沟通阴阳的文体称为疏文。道教正一派祖师张道陵就祭拜天地水的礼仪写成《三官手书》以传承。

疏文、青词等,道教所有的文体和诰赞都严格按骈文方式撰写。

佛教在东汉时从天竺国传进中国,经六朝魏唐发展到鼎盛。佛教在中国很巧妙地结合了道教和原始崇拜、儒教思想等本土宗教及文化,也将上奏佛祖的文本称为疏文。

佛教疏文从敦煌出土的文献来看,佛教在六朝隋唐时用祝文、愿文等形式上呈诉求,后来融合了道教的疏文形式。

疏既是古代文体,窃以为以古文写作为宜。骈对为主,用典尊古。佛界庄严,文藻端重。道学玄妙,翰墨严谨。而现代不少从业者读、为机会甚少,传承习艺时间急促,以至不辨文理,不解典故。或照抄先人样本,以至错别缺白;或用俚俗口语,粗劣乏陈,诉术潦潦,祈愿草草,以至传统不继,技艺乏进。有些具疏者,疏封上写“上奏天庭下达南洋”。窃以为不妥,“下达”二字,汉语字典明注为:指上级对下级所发的指示、命令等,而南洋观音大士尊居菩萨之位,陈请岂能向她下达,需改为“呈达南洋”为敬。

常熟宣卷很普遍,作为一种民俗传统,要发展下去就要尊重传统文化,发扬传统文化,要遵循传统宣卷中的礼仪,规范写作套路,使古代民俗传统传承下去。

为便于读者理解,特从两大系列各挑两种文书进行分析。

(一)余氏系列之《香山完愿疏文》(荤素合并疏)

一诚上达 佛圣昭彰　　今据

江苏省常熟县积善乡尤墩里周伯舍王福顺大王土地界内奉

佛圣呈供　酬恩释衍　虔心完愿　宣卷禳星　保泰延生信人××× 是日

焚香　拜投

莲座具情伏诉　自己行年六十五岁 十月三十日子时生

室 余氏六十二岁　五月十二日子时生

男 绘宏四十一岁　正月二十日亥时生
女 晓宏三十九岁　十二月三十日亥时生
孙女 漪恬十五岁　五月初六申时生

合家人眷等　　向叨

佛光普照 常享安宁 仰感天地覆载之洪恩 久赖日月照临之大德 言念生居虞地幸处人伦 业托工商 经营收成 岂无小虔小过之愆 昔日常有东厨爨炊 早暮米粒必有轻抛之咎 日常生计难免造业之罪 谅有星辰日月冒 口过日积 不胜忏悔 何以消融 爰为夫妻双双年届花甲 当还纳受生经债 消释前世今生之罪业 特设受生法坛 请人

礼拜受生尊经 偿纳受生借贷 同时虔守庚申功德 积来生之功勋

又 孙女漪恬将于明年中考 祈文昌帝君汇同在坛佛圣加持 临场发挥出色 考入理想高中 又 本宅房屋租予经商人士 祈悉消安全隐患 又 于上月农历二十日敲墙开门 铺设地砖 恐未避凶趋吉 有犯土府神君 今特宣卷告谢　恭送

普庵向后人宅均安 是于发心了愿　特请佛教弟子来家修说经言 聊表片善之功 题作修会之过　仰祈

普门大士而悯鉴 皈投星府抒舒情　伏查

太岁部下 今岁流年 合属如有凶星在命　奉请

福禄寿三老星君　汇同当坛灵愿观世音菩萨 暨上方山太姥元君 灵公夫人 本社大神并行退解 排除凶星斥命 满门吉宿来临 星垣列曜 男三方 女四政 调顺年庚 全仗瑶天 益寿延年 具录一宗 咸皈三教　由是涓于今月之初十虔设斋坛 焚香佛科 法卷玄文 功德告竣

持鱼朗诵

大悲真言神咒　又诵　唐译了仪心经　开宣
昊天玉皇大卷　附宣　太阳祖师二卷　正宣
大乘香山妙典　再宣　三元大帝宝卷　特宣
文昌 状元 合家延寿三卷　贺颂
莲船 上寿偈文　虔宣
路神 财神 家堂 灶皇四卷　敬宣
太姥元君宝卷　尊宣
贤良 总管 猛将 城隍四卷　后宣
门丞门尉宝卷　跪念　禳星科范　燃化
十一大曜星图　虔做
香山超度 解结散花功德　敬献
荷花元宝　称念

弥陀洪名佛号　众贺

上方华筵佳音　咸奉

天地水府三界高真 诸佛列圣 恭干

太上 介泰吉祥 伏愿 家宅安宁 人眷康泰 三灾不来 五福齐临 凡干一切 全仗匡扶　　具备清香明烛 仙花果品 甘露香馐 斋供之仪 云马资金

一切上供

右疏上奉

南洋教主大悲观世音菩萨暨上方山太郡太姥元君 灵公夫人 本社大神筵前

恭望

洪慈 俯垂

洞鉴 具格文疏　时维

岁次乙未年农历四月初十日 具疏 信人 ×××（画押）百拜上呈（印）

时髦地说，这是一份“综合报告”，将“香山完愿”“还受生”两个法会的主旨、目的、内容乃至具体的祈祷之愿都表达得一清二楚，抛开程式化套话，或者说剥开外壳，内核极为丰满，至少有四部分。

1. 法会主旨

两个法会的主旨，“还纳受生经债，消释前世今生之罪业”，“虔守庚申功德，积来生之功勋”。为放大设坛之效应，有三件事儿一并祈求神佑：一是祈文昌帝君及在坛诸神保佑孙女考入理想高中；二是房屋出租，祈消安全隐患；三是敲墙开门、铺设地砖，恐有犯土府诸神，特宣卷告谢。

2. 法会内容

（1）念经。

（2）宣卷。

（3）诵偈。

（4）敬献。

与此相联系，自然是一系列庄严肃穆的科仪。

3. 法会供奉

祈神，某种意义上是贿赂、买通，空口说白话不行，仅念经、宣卷也远远不够，还得奉献实惠以示笃诚。对此，疏文写得十分精彩：“伏愿家宅安宁，人眷康泰，三灾不来，五福齐临。凡干一切，全仗匡扶，具备清香明烛，仙花果品，甘露香馐，斋供之仪，云马资金，一切上供。”

4. 主祈之神

那么些实的虚的、近的远的祈祷之愿，落到实处，得有神明慈悲赐福呀！谁？当然仰仗“大悲观世音菩萨”。同时，因职责所系，伏望上方山诸神及本社大神各显神通。

通观全疏，目标明确，内容翔实，言辞恳切，诚惶诚恐。

（二）余氏系列之《受生预修功德文牒》

三宝玄坛　受生预修功德文牒

爰据江苏省常熟县积善乡尤墩里周伯舍王福顺大王土地界内奉佛

呈供 酬恩宣卷 预修还受生尊经 纳福延生　信人×××

谨启丹忱　拜于莲座具情伏诉 自己行年六十五岁 十月三十日子时生 向叨

佛光之恩 咸沾岁月安康 言念生成坤道 体格阴柔 虽知仁义道德 难免万罪千愆 切思洪蒙未判之前 无人无我 清浊既分之后 有果有因天曹许借贷之名 地府立受生之案 未生人世 曾在冥府借过受生

发钞 查得本人辛卯年受生 欠钱八万贯 看经二十七卷 缴纳冥府第四库张姓曹官大神案下　为此

修因佛课演法 还纳受生库银八万贯 充填冥库

由是捐于今月之初十建立受生卷坛 虔修功德 于中焚香 鸣鱼持诵

大悲真言神咒　又诵　金刚磐若波罗蜜经　开宣

托化受生宝卷　拜诵　金章受生尊经　　　谨备

香馐果品等项 纳还受生尊经 对炉投拜

法界长生库藏收贮 坛内出给牒文两道 阴者随财焚化 阳者付本人收执 俟百年命终之后 核对为凭 所至牒者

冥府第四库张姓曹官大存照(印)(阴阳两张骑缝书写,右者为阳,左者为阴)

此件功德 悉已周隆 上奉

东岳部下掌受生部院案下

幽冥教主本尊地藏王菩萨青莲座下

伏望

洪慈 府垂

洞鉴 具格文疏　时维

岁次乙未年农历四月初四日修因祈福延生信人 ×××

秉教沙门　给牒凭(印)

毫无疑问,此乃专题文书,指向十分明确具体,“修因佛课演法,还纳受生库银八万贯,充填冥库”。为此,“建立受生卷坛　虔修功德”。也就是说,既还债,也修德。因事关巨额钱财,得以文牒为凭,一式两份,“阴者随财焚化,阳者付本人收执,俟百年命终之后,核对为凭”。令笔者惊异的是,此文牒想象力真丰富,不但“查明”欠款八万贯,而且“知道”由“第四库张姓曹官大神案下”所借,言之凿凿,非还不可。因此,斋主请人扎了数口“描花银箱”,而且扎了“银库”一座,所纳银两,文分不差,悉数入库……如此,“延生信人×××”(陆门余氏另有文牒)及其子女,长长地吁了一口气,总算还清地府曹银,百年之后不用在地狱受罚了!

(三) 王氏系列之《回銮返驾留恩赐福文疏》

回銮返驾留恩赐福文疏　　　伏以

柳绿行春桥 华光一片映上方

枫香楞伽院 金铃七层响中华

恭据江苏省××县××乡××里××大王土地界内奉

佛圣　倾光回驾　留恩赐福　恭送圣銮　安奉楞伽保泰辞座　信人×××

谨启丹诚拜送

圣驾具情伏诉

切维合家眷等　向叨

圣佑久沐康宁 言念 列位楞伽显迹上方 庇民佑国 扫妖驱邪 缘因 凡居尘嚣 蓬荜秽杂 恐干神聪 虑惊圣座 又为求安乏路 问卜香女 敬备云马 虔款金资 拜送圣驾 恭辞神座 安奉上方宝山 伏冀 龙驹凤辇 神威圣驾 辞离蓬荜凡居 骏马彩轿 懿慈淑贤 镇座楞伽宝院 留恩赐福 沛泽锡庆 凡居阜泰 人眷康宁 皈投佛圣

凝福延瑞　　　仰叩

帝天 迎祥集祯 涓今月　　日 启建华筵恭送　开宣

十方三界诸佛列圣　　　　　　　　恭干

佛旨恭送圣驾事　　　　　　　　　具备

　　　　清香明烛　　三牲贡品

　　　　仙茶美酒　　右疏上奉

天地同生日月同明天后圣宫太郡太姥五圣侯王五福夫人

佛圣？光会中在筵一切无鞅真仙圣众家宅香火福德永安六神　恭望

圣慈 俯垂

洞鉴 文疏

　　太岁　　年　　月　　日吉时奉送具疏

这是一份恭送上方山诸神回銮的疏文，理由冠冕堂皇，虽然我们全家承蒙“圣佑，久沐康宁”，怎奈，“列位楞伽显迹上方，庇民佑国，扫妖驱邪”。言下之意，上方山乃诸神显圣灵地，在那儿负有“庇民佑国　扫妖驱邪”的重任，小民不敢因私挽留。且“凡居尘嚣，蓬荜秽杂”，实非圣驾久驻之地。故而郑重地卜吉日，建华筵恭送。在念经宣卷的同时，供奉“清香明烛、三牲贡品、仙茶美酒”。言辞诚恳，情真意切，诸神为之感动，欣欣然返銮上方山。

（四）王氏系列之《祀祝灶君奏善定福文疏》

　　　　　　　　　　　　　　　　　　　　伏以

祝神有则假香巩以达诚

祀圣存方凭素悃而传心

　　　今据奉道叩神饯灶集福迎祥消灾忏过保泰延士信人

　　　　泊合家眷等谨启一念至诚　拜干

九天东厨司命奏善定福元皇灶君　圣前

　　　诚以云程返驾鹤驭回骖悠然龙简之驰忽车风函之骋正盖无涯

　　　密密九霄之上倾光有际皇皇八极之间忻整仙班喜临圣域

　　　重造紫垣陈百日记功之事再朝丹陛谢一年委吏之恩向来无物　　　可恭今却以虔奉饯切念凡民庸庸尘居碌碌果从微者之修　　　敢望大哉之隐今逢祀灶之期虔结礼拜之念蒙陈卤薄凡仪　　　以壮回銮之驾端名刍尧素供相加挽辔之辇稽颡投成俯卤　　　作礼重奠重斟致瞻天之目遵诚惶诚恐诚忭叩地之心留

　　　伏愿司命奏善灶君定福炊爨罔恭勿言是是非非之蠲埃有犯

　　　毋奏长长短短之咎　仰赖

灶星俯怜赤子郁郁庆云霭门阑之百福葱葱瑞风凝庭院之千祥

　　　福祉绵永寿岭延遐爵禄享达休烈毕萃椿萱同茂芝兰共芳

　　　出入无虞家居有庆凡干情悃全叨

恒贶涓今吉旦饯送灶君恭干

太上定福奏善介泰保安事

　　须至疏文者　右疏上奉

九天东厨司命奏善定福元皇灶君

奏善定福宫中执案典官主职威灵　恭望

洪慈 俯垂

洞鉴 文疏

　　太岁　　年　月祀灶谷旦　　　呈叩

东厨，民间又称灶君、灶王、灶家老爷。人们大都相信灶家老爷“察一家善恶，奏一家功过”，平时不敢对灶家老爷不恭不敬，每逢上天奏事之日，家家都求灶家老爷在玉帝面前“好话多说点，丑话瞒住点”。因而，有些人家还在灶王爷像旁边贴一副对联：上天言好事，下界降吉祥。

这份《祀祝灶君奏善定福文疏》，其主旨明确：集福迎祥消灾忏过保泰。这里颇具意味的是“忏过”。人非圣贤，孰能无过。一方面请灶君宽宥，在玉皇大帝面前“勿言是是非非之鬬”“毋奏长长短短之咎”，凡民自当忏悔自新。另一方面恭请灶君，“俯怜赤子”，保佑“福祉绵永”“出入无虞，家居有庆”。

所有这些宣卷法会的文书，都是人与神、鬼乃至妖沟通的工具，无不神圣而神秘，为显示其权威性，首先，内容必须服从服务于法会仪轨，形式必须遵循宗教，主要是佛教文书的格式，必须加盖“三宝证盟”之印方能生效。

其次，语言“必须是洁净的、净化过的”“文本的书写摒弃了日常语言而使用繁体字、文言文”①，以古老的方式展现仪式的神圣性。

再次，文本必须依据沟通对象及功用而显现级别差异。疏文仅适用于天神地祇，与人鬼、祖先沟通宜用“家书”，而证明还清受生债，当然是普通“文牒”了。

最后，写好的文书供奉于相关的神佛之前，并在相应的仪式上由法会的执事诵读，而后装入专门的封壳焚化，送达天庭、地府。

四、 富有人(神)性的法会科仪

法会科仪是信仰的重要标志。有无科仪，是宝卷宣演与民间说唱的根本区别。而科仪的繁复与简约，决定一定地域宝卷承载信仰的程度。甘肃张掖、江苏苏州、浙江绍兴、上海周浦等地的宝卷以娱乐为主，所以仪式较简单。甘肃岷县、江西于都以及江苏无锡、常熟、靖江等地宣演宝卷仪式多达十几项，充分彰显宝卷信仰的意蕴。常熟宝卷是此类宝卷的代表。

余鼎君先生在《江苏常熟的讲经宝卷》②一文中，对常熟地区几种主要法会的科仪作了详尽的介绍。笔者研读其文，联系个案，发现常熟宣卷法会的科仪极富人性和神性。那一项项庄严肃穆的仪式，闪烁着人性和神性的光辉，突出表现为：人神兼顾、祈敬具真、指向心灵。

(一) 人神兼顾

“在人类出现前的漫长岁月里，宇宙本无什么所谓‘神’的，只是有了人类以后，随之而出现了神。人类创造了自己的人类社会，同时也创造出主宰自己命运的神的世界。中国是个富有造神传统的国家，可谓时间久远、教量众多、门类齐全、名目繁多的神鬼仙佛杂处人间，遍布中国大地。”③

民间俗信，人类社会并非孤立存在，而是与天庭、地府以及西天、龙宫相联系，是以玉皇大帝为最高主宰的“三界一统”这个大系统中的一个子系统。人们在将人“神格化”的同时，

---

① 刘永红著:《青海宝卷研究》,北京:中国社会科学出版社,2013 年 9 月,第 180 页。

② 冯锦文主编:《中国宝卷生态化保护与传承交流研讨会论文集》,南京:河海大学出版社,2014 年 12 月,第 195-239 页。

③ 马书田著:《中国佛神》,北京,团结出版社,2006 年,第 1 页。

也将神“人格化”，仿照人间的朝廷、衙门，幻想出天庭、地府、西天佛国、水府龙宫，由此衍生出虚幻的神、佛、仙、鬼的世界，而且心存敬畏，顶礼膜拜，将生老病死、吉凶祸福、升官发财、生男育女等一切都归咎于神鬼的赐予或惩处。因而，礼敬神明、祈福禳灾便成为许多人的心理诉求和精神寄托。诚如著名文化学者马书田所言：“神佛是人们编织出来的美梦。梦想发财者、梦想当官者以至梦想长生、得子、求偶、康健、平安……者，都可以找到相应的神明，诸神可以满足世俗的一切愿望！这是因为诸神能给人们带来幻想的幸福。”①在常熟，人们往往通过举办宣卷法会祈祷“幸福”。

谁是宣卷法会的主体？人。就是哪些笃信神佛的斋主。每场法会，都为满足一人、一家乃至一族群某种或数种祈祷之愿。徐姓斋主祈健康长寿；陆姓斋主一愿为主，多愿并祈。

不管何种心愿，均希冀神佛显灵，成为现实。按说，祈某愿，敬某神。想发财，求财神，宣《财神宝卷》。想升官，敬文昌帝君，宣《三官宝卷》。或者，千般宏愿，统祈一神——大慈大悲的观世音菩萨，举办观音法会，宣演《香山宝卷》。但事儿不那么简单。仿佛人间办事，办大事，得跑许多部门、盖若干大印那样，一神为主，众神“会办”。何况，今儿此愿求此神，明儿萌生它愿，另求它神，常常“平时不烧香，急来抱佛脚”。既然举行宣卷法会，不如将所有“用得着”的神明统统恭请。为此，靖江做会请二十多位神佛。常熟更甚，呼啦啦请了近百位神祇，凡“有职有权”者，皆宣演宝卷，颂扬其圣迹。常熟的讲经先生习惯把《玉皇》《香山》以外的宝卷称之为“小卷”。在宣演《玉皇》《香山》主卷的同时，还宣演《三官》《路神》《财神》《上寿》《家堂》《灶皇》《门神》等小卷。这样，方方面面都兼顾了。

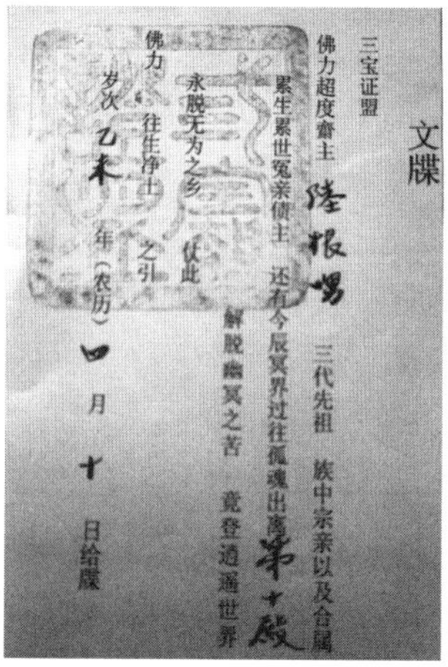
文牒
三宝证盟
佛力超度斋主 陆根娣 三代先祖 族中宗亲以及合属
累生累世冤亲债主 还有今辰冥界过往孤魂出离第十殿
解脱幽冥之苦 竟登逍遥世界
永脱无为之乡 仗此
佛力 往生净土 之引
岁次 乙未 年（农历）四 月 十 日给牒

《文牒》

兼顾诸神还表现在设立素台、荤台。

按江南俗信，苏州方山的太姥、五位灵公及夫人能驱邪除妖，故而不论何种法会，均设荤台供奉，以镇邪妖。

在充分考虑神的同时，对鬼也关怀备至。

按民间俗信，人之亡魂为鬼。要么入地狱，要么赴西方。是鬼均渴望早超升，永远脱离地狱之苦。而法会还真予以满足，念经超度，发给“文牒”，祈十殿阎王及把守鬼门关的鬼吏鬼卒，准予放行。这种对鬼的“人文关怀”，惠及宗亲族人，演绎的是血脉亲情。常熟法会，情怀博大，连“累属累生累世冤亲债主”，“今辰冥界过往孤魂”，一并“解脱幽冥之苦，竟登逍遥世界，永脱无为之乡”。

无私博爱，神鬼动情！

试想，一场法会将天神、地祇、仙人、亡魂，甚至孤魂野鬼，一一敬奉、施惠。神鬼有灵，怎不投之以桃、报之以李呢？是当尽显神通，为斋主消灾祛难，迎祥集福。这便是人神兼顾的要义所在。

（二）祈敬具真

在局外人眼里，法会科仪纯属形式，是一种迷信意味的形式。诚然，所有科仪都是形式，但并非有形式而无内容的“形式主义”，更非一般意义上的“迷信活动”，而是充盈文化内涵的

---

① 马书田著：《中国佛神》，北京：团结出版社，2006年，第1页。

民俗活动。所有与科仪有关的人和事，均可归结为一个“真”字。

首先，祈祷真切。信众大多虔诚笃信。举头三尺有神灵，平素尚且不敢不敬，今日清香明烛恭请诸神，岂可有丝毫虚妄之心？再说，花两三千元办法会，不真诚地礼敬神明，祈求护佑，岂不白白浪费？且看徐、陆两位斋主，所祈所敬，发自肺腑，情真意切。

其次，主持认真。同样是退星，对于年老力衰、体弱多病的徐姓斋主是必须的，甚至是法会的重心，而对于体魄强健、春秋正盛的陆氏夫妇，显然不适用。职业操守稍差的讲经先生会敷衍了事走过场。但在余鼎君、王虎良心目中，这项科仪对每个人、每个家庭的象征意义同等重要，不能因人而异。若非有差异，那是门派、风格之别。两位先生均异常严肃，专注而投入，那念念有词的半人半仙状态，令人信以为真，相信从此灾星退尽福星来。

再次，和佛纯真。宣卷法会谁最辛苦？和佛奶奶。从进佛堂的那一刻起，手不歇，嘴不停。一边折锡箔、做手工，一边心口如一地念经、和佛。先生可轮换休息，她们一坐到底。每人每天百元，斋主略表心意，若视为酬劳，还不如做小工呢？能成天外出和佛者，皆“福奶奶”，不在乎钱。她们心向神佛，千万遍称念佛号、唱诵经文，是为积累功德，为自己，也为他人。如此至纯至真之情，浸染着每一项科仪。

最后，敬献情真。有两个细节让笔者感叹。一是富起来的江南人，突然想起还投胎转世之时借的“受生债”，而且真当一回事，不仅念经宣卷、扎“箱库”填“锞锭”，而且请“曹官”享香火，以表谢忱，验数入库。这是形式吗？是的。诠释的却是有借有还、有恩必报的世俗情怀。二是徐姓斋主的儿子。笔者并不知晓这位中年汉子的文化素养、信仰状况、社会阅历，但从他对猪头、鸡、鱼等荤台供品考究、精致的加工烹制，读出其对神仙、对父母的真挚之情。倘若他是位无神论者，为尽孝道，谦恭敬奉，更是感人（神）至深。

（三）指向心灵

不管祈敬多么真切，神佛终归是虚幻的。谁也说不清神祇能否满足自己的祈求、企盼。或者说，宣卷法会的效力是未知的。比如，陆姓斋主的孙女即将中考，“祈文昌帝君会同在坛佛圣加持，临场发挥出色，考入理想高中”。能否如愿以偿呢？不知道。晚饭桌上，孙女与我相邻而坐，瘦弱文静，不言不语。我没话找话，询问学习情况。妈妈似有不满，爸爸护犊，有意岔开话头，说是想学艺术……笔者似有所悟。一般而言，学艺术、考艺术的中学生，或天赋独具，才情毕露，且自幼训练有素；或娇生惯养，才具平平，以“艺考”为终南捷径。陆氏女孩属哪种？不便深究。爷爷、奶奶之祈祷，拳拳之心溢于言表。至于考试能否像宝卷描写的那样，皇上御览科场试卷，有蚂蚁补遗漏之点，可想而知。因为，那位士子乃文曲星临凡，虽有纰漏，但有神助。爷爷、奶奶祈祷神明再创“蚂蚁补点”的神话，明知不可为而为，其实是一种心灵抚慰。

可见，法会的许多仪式效应虽然虚无，但指向具体明确——心灵。

为强化指向心灵的效果，讲经先生想方设法做足文章。仍以陆氏孙女为例，不仅在疏文写明祈望，而且专门宣演《三官宝卷》。宣演时特地将放有孙女衣服鞋帽、书包文具的托盘置于佛台，以此寓示神明“加持”，考试会超常发挥。

有的仪式还借助道具和偈语，放大效力，直抵心灵。比如，针对人们期望家道兴旺的心理，特制作摇钱树、聚宝盆、金元宝等道具供于佛前，在“献荷花”仪式中，讲经先生一边将金元宝、聚宝盆、摇钱树献给斋主，一边即兴编唱祝福偈文：

第一只元宝献起来，财神菩萨踱进来；

门口大家让让开，斗大元宝滚进来。

第二只元宝奤奤，
斋主养仄孙子喜洋洋；
胖胖壮壮勿买账，喔唉喔唉哭得响，
标致面孔，聪明肚肠，大仄起来会白相，
要搭王母娘娘弄乖张，偷来蟠桃孝爷娘。
……

第五只元宝当中凹，斋主××厂生意好得不得了；
日日夜夜忙勿停，老板娘只管点钞票。①

正因为许多法会科仪指向心灵，讲经先生均规而正之，保持仪式的规范性、神圣性。以“解结”为例。靖江的佛头针对不同对象，诙趣地编诵偈语，讨斋主欢喜，多捞“外块”。且一点也不含蓄，公然宣称“菩萨靠我享香火，我靠菩萨得喜钱”，“佛头先生不种田，全靠几个‘欢喜钱’”。常熟的讲经先生也说“解结偈”，但那是为斋主解开“冤结”，而不图自个儿多得“外快”。

民间有言：“馒头有数客有数”。讲经先生的敬业、笃诚，常常打动斋主，无以为报，唯有多给点钱。因而，晚饭时，斋主奶奶说啥也要给余先生师徒俩各塞 300 元钱。或许，这也是效应，斋主心灵效应的外化。

五、发人深省的社会现象

宝卷作为草根文化，由生活在底层的草民百姓编创、宣演、欣赏及传播，必然与一定地域一定族群的生产生活相联系，受一定的经济、社会、文化影响。常熟宝卷也不例外，它是常熟地区社会文化生活的有机组成部分。笔者三赴常熟，每一次都有新的发现、新的感悟，一些与宝卷有关的社会现象实在发人深省。

(一) 政府的忽视与重视

宝卷在常熟究竟流传了多少年？笔者固然说不清，土生土长的常熟人也未必说得清。因为，宝卷历来鲜有文字记载，绝少见之于正史、野史。但就常熟宝卷的形态而言，其仪式的繁复、文书的繁多、曲调的典雅，无不透露出古朴而原生态的信息。乡乡镇镇均有流布，民间藏卷丰富而久远。古里镇紫芙社区上塘丁素珍藏有宋代天竺普明禅师编集的木刻本《大乘香山宝卷》。常熟地区同时还发现清中晚期的抄本多种。由此推断，明清年间宝卷便传入常熟，且历久不衰，现今仍有讲经先生数百名，60 岁以上的女先生居多。余鼎君先生每年宣卷百多台，而王虎良先生年收入 4 万多元，怎么也得近百台，足见常熟宝卷历史悠久，流播广泛，深得百姓喜爱。

这么一个富有乡土性、群众性的文化样式，在很长时间内，却被政府所忽视，为精英文化所排斥。

那日，笔者去常熟图书馆查阅地方文献，希望在市志中觅得宝卷的芳踪，20 世纪 90 年代

---

① 冯锦文主编：《中国宝卷生态化保护与传承交流研讨会论文集》，南京：河海大学出版社，2014 年 12 月，第 221 页。

出版的《常熟市志》中竟不见只言片语。当然，此非个别现象，山西介休、江苏无锡、江西于都等地的地方志，都表现出严重的文化失忆，将普遍流传的宝卷给遗忘了。

如果说，20 世纪 80 年代以前遗漏宝卷是司空见惯的社会文化现象，那么，随着改革开放的深入，中国社会呈现出近代以来少有的开放宽容，许多像宝卷这样的民俗民间文化，纷纷作为非物质文化遗产进入官方视野，堂而皇之地列入地方政府抢救保护计划，甚或作为重大的文化工程。流布于江南江北的常熟宝卷的兄弟姐妹，经有组织、有计划的搜集整理，先后正式结集出版以下著作：

《中国靖江宝卷》，尤红主编，江苏文艺出版社，2007 年 7 月；

《河阳宝卷》，中共张家港市委宣传部、张家港市文学艺术界联合会、张家港市文化广播电视管理局编，上海文化出版社，2007 年 10 月；

《常州宝卷》(影印本)第一揖，包立本、韦中权主编，珠海出版社，2010 年 6 月；

《中国·同里宣卷集》，中共吴江区(原吴江市)委宣传部、同里镇人民政府、吴江区(原吴江市)文学艺术界联合会、吴江区(原吴江市)文化广电新闻出版局编，凤凰出版社，2010 年 7 月；

《中国·沙上宝卷集》，中共张家港市委宣传部、中共张家港市锦丰镇委员会、张家港市文学艺术界联合会编，上海文艺出版社，2011 年 10 月。

几乎与上述四地同时进行，余鼎君先生分别于 2007 年 7 月、2009 年 9 月、2010 年 5 月，自筹经费出版了三本家藏宝卷。

2011 年在市政协会上有关人士联名提案，建议政府将常熟宝卷作为珍贵的文化遗产予以重视，整理出版《中国常熟宝卷》。

这项提案得到政府高度重视，拨款 180 万元，启动编辑出版《中国常熟宝卷》工程，计划出版文字本三册、影印本一册，并从北京大学、扬州大学聘请专家学者作顾问。2015 年 4 月 16 日，笔者拜访常熟市非遗中心主任王红时，只见两位年轻人在走廊里就着自然光翻拍馆藏善本。2015 年 8 月，《中国常熟宝卷》终于面世。收入常熟地区流传的宝卷 260 种，约 230 万字。“其中又选出最具特色和代表性的 13 种宝卷，予以全文影印，以展示常熟宝卷抄本的原始面貌。”[①]目录如下：

《中国常熟宝卷》文字本目录

素卷

玉皇宝卷(一)

玉皇宝卷(二)

太阳宝卷

祖师宝卷(一)

祖师宝卷(二)

大乘香山宝卷

游地府

进白雀　斩三公主　游地府

魂游十殿

游白雀

香山摘注

摘注

妙英宝卷

悉送宝卷

文殊宝卷

普贤宝卷

三官宝卷

三官卷

家堂宝卷

灶皇宝卷

灶君禁约卷

① 常熟市文化广电新闻出版局编：《中国常熟宝卷》，苏州：古吴轩出版社，2015 年 8 月。

解神星卷
路神宝卷
延寿宝卷
芙蓉宝卷
芙蓉延寿宝卷
借寿宝卷
合家延寿宝卷
桃花延寿宝卷
和合宝卷
财神宝卷(一)
财神宝卷(二)
拾富卷
时运财神
种田财神
王德漂洋
转运财神
一本万利
金钱财神宝卷
天仙宝卷
驸马庄财神宝卷
神童宝卷(一)
神童宝卷(二)
神童宝卷(三)
状元宝卷
求子宝卷
开家宝卷
纯阳宝卷(一)
纯阳宝卷(二)
济公主卷
四海龙王宝卷
龙王宝卷
龙皇宝卷
天宫三师
受生宝卷
庚申宝卷
灵公宝卷
火司宝卷
药师宝卷
眼光宝卷
雷斋宝卷
牛郎与织女
韦陀宝卷
王灵官宝卷
鲁班宝卷

荤卷

感应宝卷
太姆宝卷
猛将卷
刘神卷
刘神宝卷(一)
刘神宝卷(二)
李王宝卷(一)
李王宝卷(二)
东平宝卷
东平孚应王宝卷
孚应王宝卷
总管宝卷(一)
总管宝卷(二)
总管宝卷(三)
周神宝卷
小王宝卷
千圣小王宝卷(一)
千圣小王宝卷(二)
岳王宝卷
关帝宝卷(一)
关帝宝卷(二)
曹王宝卷
甘露宝卷
神医宝卷
棋仙宝卷
药王宝卷
二郎宝卷
金童卷
三朝奉仙卷
太保卷
申祖宝卷
五仙宝卷
雷神宝卷

四新宝卷
大仙宝卷
三师宝卷
猴仙宝卷
猴王宝卷
钟馗宝卷
功曹宝卷
高神宝卷
褚神卷
忠烈王周
水仙宝卷
水仙卷(一)
水仙卷(二)
天妃宝卷
善升宝卷
贤良宝卷
贤才宝卷
贤德宝卷
贤惠卷
张家延寿
诸神宝卷
善仙卷
仙缘宝卷
神王卷
城隍宝卷
北庄城隍宝卷
飞来城隍
瘟司宝卷
土皇宝卷

冥卷

弥陀宝卷
地藏宝卷(一)
地藏宝卷(二)
地藏宝卷(三)
地藏宝卷(四)
地狱宝卷
东岳宝卷
三世目莲宝卷
幼魂地狱宝卷
游地狱宝卷
十王宝卷
幽冥十王宝卷
土地宝卷(一)
土地宝卷(二)
土地宝卷(三)
土地宝卷(四)
土地宝卷(五)
土地宝卷(六)
伽蓝土地宝卷
八赤宝卷
血湖宝卷
血湖宝卷
梁皇宝卷
五更宝卷
七七宝卷
孟婆宝卷
北阴三师宝卷
玉历宝卷
杨爷宝卷

闲卷

普陀观音宝卷
三度宝卷
西瓜宝卷
关圣显灵宝卷
唐僧化金钗
斋僧宝卷
双修宝卷
当世宝卷
分家宝卷
怕家婆宝卷
窦娥宝卷
莲花宝卷
绣红罗宝卷
姻缘宝卷
白兔卷
太仓案卷
杏花卷
盗印谋官

龙灯卷
回郎宝卷
金开卷
王公摆渡宝卷
虎堆岭逆子
公案宝卷集
王花宝卷
黄花卷
小猪卷
山阳县
鹊桥宝卷
西湖宝卷
梁祝宝卷
孟姜女宝卷
长生宝卷
长生卷
螟蛉宝卷
黄金印集
金牌宝卷
珍珠塔卷
蜻蜓宝卷
碧玉簪宝卷
韩湘子宝卷
白鹤宝卷
千里马宝卷
卖花三娘宝卷
花木兰宝卷
滚龙宝卷
琵琶宝卷
蝲团宝卷
逆媳宝卷
十恶十孝
忠良何文秀
昆仲宝卷
双花宝卷
沉香宝卷
老鼠宝卷
彩球宝卷
玉英宝卷
赵千金宝卷
贞烈宝卷
显映桥
印应雷宝卷
寻儿宝卷
玉燕卷
滑稽小偈

科仪卷

请送仪
请送科
茶筵科
三献
禳星科
禳星科
杨柳扫帚退星仪
斋佛
散花解结仪
解结散花仪
课诵
诸佛课诵
星真法仟
延生星仟
朝真礼斗玄科
土仟
拜十王仟
血湖仟
八阳妙经
庚申真经
庚申经
拜受生经偈文
香山超度宝卷
上寿宝卷
星宿宝卷
开关宝卷
杭州偈文
偈文集
献妆偈
楞伽小曲
十三层造塔偈

莲船偈
莲船结缘小偈
说白结缘卷
莲船宝卷
拜十王
十望娘　十望爷
献香茶饭
地狱五献
解结洒花课本
地狱献荷花
请圣科

曲调

上香烛
香山宝卷初展开
请佛
医者须是名医士
开卷偈
香赞
三皈依
观音临凡间
进白雀
读祭文(一)
读祭文(二)
送还阳
请灵丹
菩萨慈悲降凡庭
上寿(一)
上寿(二)
上寿(三)
徐妙英看灯
武当胜景
徐文庆告状
志心发愿
宣卷功德殊胜行
皇后下楼双流泪
造塔
敬酒
结圆揭
妙庄皇帝登天下
大家听从孔夫子
解星宿
土仟
星真仟
退星(一)
退星(二)
退星(三)
退星(四)
解结散花(一)
解结散花(二)
解结散花(三)
四十八愿
当愿众生
这本真经本不凡
游苏州
更衣
扇子
梳头
整建粧台
待三爷
打莲船对唱
哭七七
七七偈

《中国常熟宝卷》影印本目录

当世宝卷
弥陀宝卷　(上本)
弥陀宝卷　(下本)
送媳妇
猫儿卷
水仙宝卷
天字宝卷
摘注香山　(上卷)
摘注香山　(下卷)
虎堆岭逆子
雷斋宝卷
贞烈宝卷
杭州偈文
梁皇宝卷
十恶十孝

当笔者抄录完《中国常熟宝卷目录》，心灵为之震撼。其卷本和曲调数量之多为全国地方宝卷之最。更令人惊异的是，居然有那么多异文，有的宝卷版本多达三四种，版本最多的是《土地宝卷》，达六种，实属少见。这些同名宝卷，在民间或许是独立的孤本，而收进集子便成为珍贵的异文，它能清晰地反映某种宝卷因时纵向或因地横向的流转变异状况。这本装帧精美、内容丰富的宝卷集，对于中国活态传承研究，尤其是江浙沪环太湖、沿运河区域性宝卷文化的研究具有极高的文献价值和学术价值。此乃常熟市政府弘扬宝卷文化的功德一件。

《中国常熟宝卷》书影

（二）民间的笃信与私密

如上所述，常熟讲经以信仰为重心。虽然有些仪式如散花解结、献荷花等娱乐的色彩相当浓厚，但就宣卷法会的整体而言，庄严肃穆的信仰是主色调，非笃信之人，不会请讲经先生来家主持宣卷法会。

自古至今，靖江人都将做会讲经当“过节”。邻居不请自来，和佛的、帮忙的、听经的，人来人往，门庭若市。至亲好友必请，不然，人家会嗔怪，“这么大的事儿也不知会一声”。娘舅、丈人、女儿家还得挑糕粽、团圆、寿面、鱼肉、鞭炮来“上会”。总之，来的人愈多愈好，说明斋主人缘好、人脉广。晚上讲草卷，全村，甚至前后几个埭的人都来听经，男子见人一包烟，妇女儿童瓜子茶水招待，名为“私会”，实际成了乡土社会共享的文化盛宴。

常熟的情况完全相反，斋主不邀请，也不希望外人光顾他家的宣卷法会，整个活动显示出极强的“私密性”。为此，笔者曾遭遇尴尬。那天，不知先生事前有没有告诉主家有我这位不速之客。进门后，我也试图与老斋主沟通，由于老人家听不懂我的“靖江普通话”，只得作罢。而他的儿子、媳妇正在为大伙张罗早餐，也没机会招呼。请佛时，我见有别于靖江，特新鲜，赶忙抓拍面向虚空叩请的镜头。正拍间，儿子粗喉咙大嗓门地吼起来：“拍什么照！不准拍！”

先生赶紧圆场：“采访的。采访的。”

“采访也不准拍！”

“不拍！不拍！”见他如此决绝，我立马自找台阶自下台，收起相机，主动删除刚拍的画面，讪讪而退。谢天谢地，一吼了之，没下令逐客。

我想，那位“吼哥”或许以为我是记者，会将他家的宣卷法会捅到媒体上，而他儿子站在最前面，处于画面中心，担心因此而成“新闻人物”……

也正因为私密性，余先生好不容易说通一家，允许我这个外来客拍照、录音、录像，而我却没空，老先生急死了。陆姓斋主是余先生的亲戚，易通融，余先生提前一周给我发短信，说是机会难得，不可错过。

兴许陆家是喜事，诸亲六眷来了不少。从早到晚，左邻右舍光临者寥寥。

笃信而私密，无锡也存在类似现象。笔者谓之“信而远之”。在常熟，应加一句：“信而私之”。

（三）“师娘”的介入与“操纵”

常熟称男巫为“师公”，女巫为“师娘”。

“巫”，是一种极其古老的民间信仰现象。

中国民间信仰的传承，“主要源于原始宗教，而巫的产生正是来自原始宗教盛行的氏族部落社会。”“《国语·楚语》载，中国古代是‘在男曰觋，在女曰巫’，最早应以女巫为多见。”随着社会的文明进步，巫风多受制约，但民间依旧沿袭流行，江南各地此风不绝，崇信者甚众。

据乌丙安先生研究，“巫师是民间信仰中特有的能与神灵、仙灵、圣灵、精灵、鬼灵相通，并使诸灵附体的活人，以他们拥有的某些神性与神格受到民间的特殊崇拜。因此，民间对巫师的崇拜包括两方面的用意：一是民间信仰者力图经由巫师的中介和某些与己相关的神灵、仙灵、圣灵、精灵及鬼灵沟通，以期祈愿成功；二是民间信仰者担心巫师利用自身与神鬼相通的能力作祟于人，因而对巫师存有敬畏心理。”①

一个偶然的机会，笔者与常熟的一位“师娘”相邻而坐，同桌而餐。

那回，王虎良先生邀我共进晚餐，在座的有两位在白天法会上见过的妇女，一烫发描眉，容光焕发；一素面朝天，面色晦暗。我与王先生东西向对坐，她俩南北向对坐。上菜前有一搭没一搭地闲聊，来了位操苏北口音的女相面先生，他们似乎熟悉，调侃、逗乐一阵，那女的无趣而退。话题自然转向，王虎良问我：“黄老师，你猜她俩谁是‘师娘’？”

落座以来，我一言未发，既然指名道姓问我，不得不答。

我细细端详两位女性，凭直觉已断定谁是巫。不便直言，耍了个花头，说：“请二位将手给我摸一摸。”一试，南凉北热。于是，指着素颜者说：“她是。”举座愕然。话匣子既然打开，我乘势问了几句。得知她今年五十多岁，四十五岁那年大病一场，病愈后自称“圣帝”附体。开头丈夫、女儿都不信，竭力反对她以“神”的名义行走乡里，渐渐习以为常，女婿经商，每有大单，均问卜于她，据她说，颇为灵验。于是，她便成了四乡八里颇负盛名的“师娘”，被许多人敬之若神。正如乌丙安所言，这种“对依然生活在世的人物也附会以超自然力，甚至这些人物自身也认为自己具有一定的超自然力，即具有一定的神性、半神性或暂时依附神灵的特性，是崇拜的另一大特征，这就是民间信仰中从远古就有的巫师崇拜。”②

不难想象，“师娘”比讲经先生在民间更具影响力，而且，某些“师娘”有意无意介入讲经，比如，某家有人常年病魔缠身，以为妖邪作祟，请“师娘”驱邪治病，“师娘”做作一番，建议还得请某某讲经先生举行宣卷法会禳星……久而久之，在民间，尤其在讲经先生那里形成心理定式，谁家举行不举行宣卷法会由“师娘”说了算。有人甚至愤然指责“师娘”操纵讲经市场。更有甚者，有的“师娘”干脆自己也讲经，而且有专门为其编写的宝卷，谓之“师娘宝卷”。比如《贤良宝卷》，“讲述常熟湖甸渔民刘大根因爱打抱不平，被人害死于尚湖，死后玉帝封他为西湖巡查刘大神，附在褚根寿身上，为人除病祛灾”的民间传说。常有师娘自称刘大神附身，称之为“老寄爹”。③ 笔者初涉此事，也未作深入的调查，很难对其中的是非曲直做出评价，但有一点十分清楚，“师娘”对讲经的“介入”，甚至“操纵”是一种正常的民俗信仰现象，并非少数人刻意而为。对于一位自信且有公信力的讲经先生，有“师娘”帮衬，生意必定兴隆，没有，业务也不会冷落。请不请讲经先生，说到底取决于信众对讲经先生的信赖和对宣卷法会的笃信。王虎良先生乃江湖中人，与那位“师娘”私谊甚笃，也在情理之中。

结　束　语

1. 常熟宝卷在民间自生自灭地传承发展，仰赖其深厚而悠久的人文传统、底层民众的笃信、讲经先生的努力、“师娘”的介入以及管理部门的宽容（不干预的忽视其实就是默许，就

① 乌丙安著：《中国民间信仰》，上海：上海人民出版社，1995 年 1 月，第 237 页。

② 乌丙安著：《中国民间信仰》，上海：上海人民出版社，1995 年 1 月，第 237 页。

③ 常熟市文化广电新闻出版局编：《中国常熟宝卷》，苏州：古吴轩出版社，2015 年 8 月，第 894-899 页。

是宽容)所构成的良好文化生态。因此,考察、研究常熟宝卷,这些人文要素均不可或缺。

2. 讲经宣卷是封建迷信还是民间俗信活动,这是一个值得深入探讨、也是长期困扰管理部门和寻常百姓的一个重大问题。许多人往往从焚香点烛、诵经念佛等表象出发,将宣卷法会简单地与封建迷信画等号。于是,政府官员忽视、漠视;文化精英排斥、鄙视;寻常百姓心存疑虑,信而私之。近年来,学术界不少人撰文澄清封建迷信与民间俗信的区别。但仅局限于学术讨论,难以流播民间。就全社会而言,思想理论的澄清,恐非一日之功。故而,各阶层对讲经宣卷的偏见,只能假以时日,因势利导,无法彻底扭转。

3. 在现代化、城镇化条件下,宝卷虽面临诸多严峻的挑战,但像常熟宝卷这样的以信仰为重心的民俗民间文化,依然拥有数量可观的信众,有赖以生存的社会心理基础,短时期不会自行退出历史舞台。讲经先生作为乡土社会的"心理医生",还得继续勤勉而为。同时,政治信仰的普遍缺失,也给民间信仰留下巨大的空间,给宝卷生存发展带来某种机缘。

常州宝卷寻访记

2011年深秋，江南古镇锦溪。当笔者在“第二届江浙沪宣卷演唱交流会”上看到常州龙城宣卷队的表演，深深地为它那古朴的形态所吸引、所感动、所震撼。窃以为，龙城宝卷或许比靖江宝卷更古老一些，值得探访、值得研究。

一

2012年9月21日，笔者怀着殷殷之情来到常州，与“常州宝卷传承人”包立本先生一见如故。

这是一位70后，年轻而名盛：

江苏省收藏家协会副秘书长，常州市文博鉴赏学会主席，常州市东坡书院院长，常州市名人研究会主席……

与这许多头衔相匹配，包先生著述颇丰，出版的专著、合著有：

《常州名人故居》《常州文物古迹》《常州文物古迹・续编》《常州导游》《中国粮票目录》《常州科举三鼎甲》《苏东坡常州传说故事》《东坡常州奇缘》……

这许多头衔和著作，足以证明包立本先生是一位兴趣广泛、善于治学之人，不同领域，一旦涉足，均能做得风生水起，有声有色。

包立本先生与宝卷结缘，纯属偶然。

1994年，在常州举行的收藏品交流会上，一本不起眼的古籍吸引了包立本的目光，他花了二三十块钱，不经意间买下了他的第一本宝卷——《白龙宝卷》。他外婆爱好宝卷，儿时便听过《白龙宝卷》的宣演及民间传说。因而，当他第一眼看到久违的卷本，感到格外的亲切。而真正激起他收藏宝卷热情和兴趣的是当他在另一场合遇见同名《白龙宝卷》，发现不仅版本不同，而且内容亦多有相异之处。他意识到，作为民间口耳相传的宝卷，变异是一大特征，极具研究价值。从此一发而不可收，二十多年间，他先后收藏常州宝卷一百余种，近二百册。这些宝卷大多是手抄本，毛笔书写，有部分刻本。所有藏品中最早的是清光绪九年(1883)抄录的《还珠宝卷》，距今已有130多年，最晚的为民国三十一年(1942)的《妙音宝卷》。其中，《一本万利宝卷》是民国五年(1916)九岁幼童朱少铨书写的，这可能是现存年龄最小的人抄写的宝卷，极其珍稀。

2008年5月，车锡伦先生应邀赴常州，对包立本“采集自常州农村”的部分宝卷进行鉴定，“阅其收藏宝卷40种。除3种刊本宝卷外，均系民间宣卷艺人手抄本宝卷”①。现将经车先生鉴定的卷目抄录如下(原文为繁体字)：

1.《还珠宝卷》

清道光九年(1829)唐瑞麟抄本，一册。卷末署“道光九年八月立，唐瑞麟众览”。

2.《庆寿宝卷》

即《八仙庆寿宝卷》清末抄本，折本，一册。尾缺页。

3.《义烈宝卷》(即《梁祝宝卷》)

清光绪二十九年(1903)遂初堂抄本，一册。封面题“遂初堂”，卷末署“光绪二十九年孟冬月日抄”。

4.《妙英宝卷》

民国抄本，一册。

5.《绿秋亭宝卷》

清光绪十四年(1888)陆锦归抄本，上、下二册。上册末署“光绪戊子新正吉日陆锦归抄”，下册末署“大清光绪十四年岁次戊子春正月陆锦归敬立”。

6.《摇钱树宝卷》(即《张四姐大闹东京》)

清光绪十七年(1891)张妙昌抄本，一册。

7.《红罗宝卷》

清末抄本，一册，首尾残，据内容补题。

8.《慈云宝卷》

扬州府泰兴贝王林与山东韩布政女月英的婚姻故事。与北方流传《佛说慈云宝卷》异。民国十五年(1926)遂初堂尤记抄本，一册。封面题“遂初堂尤藏”，卷末署“民国十五年岁次丙寅芙蓉月日遂初堂藏”。

9.《总卷仙偈》

江苏常州地区做会宣卷仪式卷和小卷集，包括《请佛仪》《送佛斋》《送佛》《大归佛》《拜送》《开卷佛偈》《处馆先生偈》《十老偈文》《白蛇传》《处馆偈文》等。

清宣统三年(1911)三祝堂华友于抄本，一册。封面题“总卷仙偈全集”“辛亥年”“三祝堂华府”，末署“天运宣统三年桃月日立友于笔”。

10.《金镯宝卷》(即《还金镯宝卷》)

清光绪三十四年(1908)彦菴抄本，一册。卷首缺，卷末署“光绪岁次戊申孟夏月上瀚彦菴录”。

11.《洛阳桥宝卷》(又名《受生宝卷》)

民国三十年(1941)周永昌抄本，一册。卷末署“中华民国三十年仲冬月抄”“周永昌抄”。

12.《烈女宝卷》(即《山阳县宝卷》)

清光绪十九年(1893)修吉堂糜春泉抄本，一册。封面题“修吉堂”，卷首题“欺婶”，卷末署“光绪十九年五月底完成糜春泉抄”。

---

① 据车锡伦鉴定导语。

13.《聚宝财神宝卷》(又名《漂洋宝卷》《王德漂洋》)

(1) 民国六年(1917)钱廷魁抄本,一册。简称《聚宝卷》,卷末署"民国丁巳年菊月日立钱廷魁抄记"。

(2) 民国周炳生抄本,一册。首尾残。封面题《漂洋宝卷》,"周炳生"。

14.《养媳妇宝卷》

旧抄本,一册。

15.《凤凰宝卷》

张百万女凤凰锈凤凰。民国五年(1916)刘某抄本,一册。书口题"凤凰宝卷,尤记",卷末署"太岁丙辰年五月""刘"。

16.《庆王灯(科)》

民国二十三年(1934)沈仲萱抄本。一册。封面题"宣扬庆王灯""沈仲萱录"。扉页题"中华民国二十三年古历孟冬中瀚抄"。按,本卷附《八仙上寿妙偈》《合(和)佛发香开户》《斋天仪》《斋灶仪》《庆王灯科佛》等。

17.《百花台宝卷》

清宣统二年(1910)遂初堂尤记抄本,一册。封面题"百花台全部""遂初堂尤",卷首题《花台宝卷》。卷末题"宣统二年芙蓉二月日录"。

18.《文武香毬(球)宝卷》

民国三十年(1941)邵焕洪、邵文斌抄本,上中下三册。中册封面题"辛巳岁""邵焕洪记"。卷末署"民国三十年杏月谷旦弟子邵焕洪",下册末署"字迹不好,请勿见笑,邵文斌"。

19.《延寿宝卷》

赵彦借寿故事。民国九年(1920)钱廷魁抄本,一册。封面题《延寿卷》、"钱延魁藏",卷末署"庚申年桂月吉立谷旦钱廷魁记"。

20.《金锁宝卷》(又名《斩窦娥宝卷》)

(1) 清光绪十五年(1889)三凤堂浦庚山抄本,一册。封面题"斩窦娥宝卷全集""二十二号,三凤堂浦庚山记""第五七四号,金树堂记"。卷末署"光绪十五年小春月上旬日立谷旦""三凤堂浦庚山录"。

(2) 旧抄本,一册,首、尾残。

21.《黄氏女宝卷》

民国四年 1915 孝文堂抄本,一册。封面题"民国四年桂月立""孝文堂",卷首《黄氏女对经文宝卷》。

22.《十句弥陀》

本卷为常州地区小卷、偈文集。包括《十句弥陀》《西湖偈》《再说世懒》《春夏秋冬》《劝修行偈》等。

民国五年(1916)陈子明抄本,一册。封面题"丙辰桂月",卷末署"中华民国五年菊月十五日谷旦""陈子明"。

23.《还乡宝卷》(又名《天库财神宝卷》)

抄本,一册。卷首题《天库财神宝卷》。

24.《白龙宝卷》

民国十七年(1928)抄本,一册。附《花名宝卷》。卷末署"中华民国戊辰年月谷旦"。

25.《卖花宝卷》(即《张氏三娘卖花宝卷》)

民国十七年(1928)抄本,一册。封面题“重修”。

26.《王大娘游地府》

民国董纪抄本,一册。封面题“董纪记”,卷首题“王大娘游十重地狱”。附《串珠偈》《交佛偈》《如意偈》《点沙灯佛偈》《大悲咒偈》等。

27.《七美图宝卷》

清光绪二十一年(1895)宋广昶藏抄本,上下卷,二册。封面题“七美图”。下卷卷末署“光绪二十一年大岁乙未新正月日立”“子美登灯下”“写宋广昶佐氏藏书”。

28.《一本万利宝卷》

万仙祖得王禅老祖金钱一个,传给孙尧年。宋代,孙之后代孙耀宗落难,孙尧年下山搭救。

民国五年(1916)朱少铨抄本,一册。扉页题“宗礼堂朱”,“中华民国丙辰年谷旦,几岁幼童朱少铨书”,卷末“民国五年丙辰年清和月初七日上浣幼童朱少铨书”。

29.《白蛇宝卷》

民国八、九年(1919—1920)邵堂抄本,上下卷,三册。封面题“东陵堂”。上卷末署“民国八年十二月谷旦邵堂敬书”,下卷末署“民国九年新正月谷旦邵堂敬书”。

30.《三笑图宝卷》(又名《九美图宝卷》)

民国十三年(1924)朱耀山抄本,一册。封面题《三笑图卷》,卷首题《九美图宝卷》。卷末署“民国十三年巧月中旬朱耀山灯下抄誊”。

31.《穷富宝卷》

陶美玉故事。民国十二年(1923)许昱抄本,一册。卷末署“民国十二年癸亥麦秋月中浣晴初许昱抄藏”。

32.《双印宝卷》

民国十六年(1927)许某抄本,一册。

33.《渔家乐宝卷》(又名《渔翁宝卷》)

民国十年(1921)遂初堂藏苏耀星抄本,一册。封面题“渔家乐”“遂初堂藏”,卷末署“民国十年桂月初一日抄完”,下押阳文“苏”“耀星”印。

34.《蓝衫卷》(又名《借蓝衫卷》)

民国二十三年(1934)朱世忠抄本,一册。封面题《蓝衫卷》,卷首题《借蓝衫卷》,卷末署“民国廿三年岁次甲戌夏历蓉月上浣灯毕”“沛部朱世忠敬录”。

35.《双花宝卷》

民国十二年(1923)陆绍鸿抄本,一册。扉页题“癸亥年”“陆绍鸿抄本”,卷末署“民国十二年何(荷)月吉立”。

36.《相国寺宝卷》(全名《王和尚大闹相国寺宝卷》)

1957年(丁酉)桂月吕顺泉抄本,一册。卷末署“王和尚大闹相国寺宝卷”。

37.《金钗宝卷》

李翠莲施金钗、刘全进瓜。民国二十三年(1943)邵焕庆抄本,一册。

38.《梁皇宝卷》

清光绪二年(1876)杭城玛瑙经房孙兴德重刻本,一册。卷末附《十骷髅》《上大人诗注》。

39.《龙图宝卷》(又名《包公巧断血手印》)

民国上海姚文海书局石印本,一册。卷首署《河南开封府花枷良愿龙图宝卷》,"上元李虎臣校正"。开卷前有"设坛庆寿,开卷举赞,或用大鼓或清念随意"。

40.《何仙姑宝卷》

民国八年(1919)上海翼化堂刊本,一册。

收藏是保护,更是弘扬。最有效的途径是将古之抄本、刻本用现代手段原汁原味原貌地影印,展示于当下,传之于后世。包立本与同道韦中权于2010年启动一项功德无量的浩大工程,即将所收藏的常州宝卷,经专家鉴定,分批影印。第一辑已面世,共收入《养媳妇宝卷》《三笑宝卷》《还珠宝卷》《凤凰宝卷》《白龙宝卷》《一本万利宝卷》等六种,每一种卷首都附有四五百字的《内容提要》。以《一本万利宝卷》为例:

《内容提要》

《一本万利宝卷》又名《财神宝卷》,是"民国丙辰年(1916)九岁幼童朱少铨书"写的手抄本宝卷卷本,寄托世人对财富的追求和幼童书法抄卷能力的炫耀。《一本万利宝卷》宣讲的是,战国时代万仙祖与王禅老祖在云蒙山斗法,万仙祖赢得金钱一枚,万仙祖把金钱传给徒弟孙尧年,孙尧年将金钱作为"传家宝"代代相传,传至宋代孙耀宗。耀宗从小行善布施、周济他人,自己穷困潦倒,几乎要自尽,却保留祖传金钱不动。孙尧年在仙祖处修道心血来潮,算到后裔耀宗落难,便下界搭救,点化"金钱"妙用。孙耀宗按照祖法"摇动金钱,口念咒语",一次又一次地创造了许多人间事业,被玉皇敕封为"聚宝大财神",司掌人间财源滚滚,保佑万民招财进宝、大吉大利。

《一本万利宝卷》也是目前全国首次发现的由九岁幼童抄写的卷本,由此可见旧时常州宣卷活动的兴盛。①

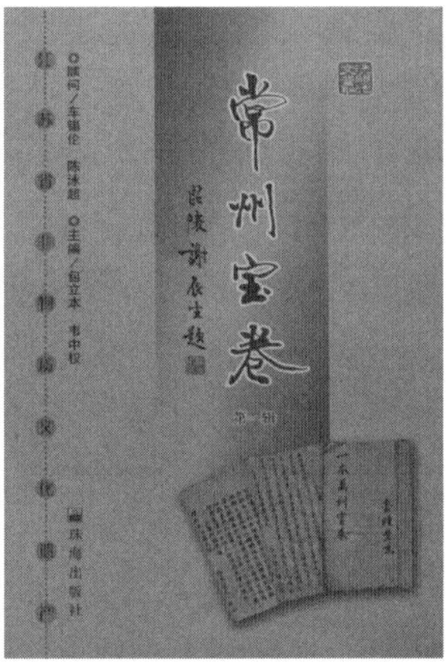

《常州宝卷》影印本书影

这则不足四百字的《内容提要》,其要义有三:(1)抄本的目的与意义。"寄托世人对财富的追求和幼童书法抄卷能力的炫耀"。(2)内容简介。生动演绎"(孙)耀宗从小行善布施、周济他人",被玉皇封为财神,"保佑万民招财进宝、大吉大利"的故事。(3)此本的收藏价值。此卷乃"目前全国首次发现的由九岁幼童抄写的卷本,由此可见旧时常州宣卷活动的兴盛"。

当我手捧《常州宝卷》(第一辑),心中升腾起由衷的敬意。

我曾参与《中国靖江宝卷》的编辑出版工作,其中的艰辛感同身受。包立本他们欲将近百种宝卷全部影印出版,出齐十多辑,劳神费时且不论,单就经费的筹措就足以让人望而生畏。正因为此,时隔八年,2018年10月,《常州宝卷》(影印本)第二辑才得以面世。

二

如果说包立本收藏宝卷经历了一个由不自觉到自觉,或者说从偶然到必然的过程,那么

① 包立本,韦中权主编:《常州宝卷》第一辑,珠海:珠海出版社,2010年6月,第533页。

他对宝卷历史文化价值的研究和探索，则表现了高度的自觉，即一个土生土长的常州人对本土文化的自觉。

包立本先生认为，有一种说法，宝卷的起源是从唐代寺院中的“俗讲”演变而来的，“而俗讲不可能突然出现，可以追根溯源，到了梁代，有了《梁皇宝忏》，这就是梁武帝同宝志禅师等高僧十人所集，这是俗讲的前身。而梁武帝是今江苏常州武进区万绥镇人。实际上，常州宝卷起源不是在唐代，而是在南北朝的梁代，至今已有1500余年的历史了”。①

真是出语惊人，完全无视学术界早有的定论，将宝卷的源头前推数百年。

早在20世纪40年代，中国近代宝卷研究第一人郑振铎先生便在《中国俗文学史》中对唐代佛教俗讲及宝卷的起源做出论断：

“变文”是讲唱的。讲的部分用散文；唱的部分用韵文。这样的文体，在中国是崭新的，未之前有的。②

从唐以后，中国的新兴的许多文体，便永远的烙印上了这种韵文散文合组的格局。③

“变文”的韵式，至今还为宝卷、弹词、鼓词所保存。④

“宝卷”，实即“变文”的嫡派子孙。⑤

虽然有学者对“嫡派子孙”说提出质疑，但其仍不失为权威的一家之说。

说实话，当我在锦溪看到“常州龙城宣卷队简介”赫然写着“常州宝卷起源于南北朝时期，由常州籍皇帝梁武帝萧衍创始，迄今已有1500余年历史”时，既吃惊，也不以为然。一家之言嘛！

为证明独特的常州宝卷起源说，包立本先生不厌其烦地陈述自己的观点：

——常州天宁寺乃古之“东南第一丛林”，梵呗音乐在民间影响深远；

——梁武帝是常州人，《中国戏曲志》将传统戏曲的源头追溯至梁武帝；

——敦煌专家温玉成、《江南曲艺》作者梁秀英等学者也持类似观点；

……

我一言未发，静静地听着。这一点，就连中国宝卷研究权威车锡伦先生也持宽容、保留态度。他在《常州宝卷》序言中一再声明：“宝卷在常州地区的流传和发展，由于文献记载极少，只能作一些推论和简单的介绍。”⑥那么，包立本“常州宝卷源于南北朝”之说，不妨视为推论，也是一家之言。不过，作为同道，笔者还是热切地期待立本先生深入挖掘、考证，拿出更有说服力的论据。这里的关键有两点：一是梵呗与宝卷的关系；二是《梁皇宝忏》有无原始古本，其文体形式是否韵散相间、讲唱结合。

三

包立本先生对常州宝卷的源流还作了一个推论：

---

① 常州市文博鉴赏学会编：《集藏天地》（第七辑），北京：中国文联出版社，2012年11月，第136页。
② 郑振铎著：《中国俗文学史》，北京：北京工业大学出版社，2009年6月，第132页。
③ 郑振铎著：《中国俗文学史》，北京：北京工业大学出版社，2009年6月，第132页。
④ 郑振铎著：《中国俗文学史》，北京：北京工业大学出版社，2009年6月，第132页。
⑤ 郑振铎著：《中国俗文学史》，北京：北京工业大学出版社，2009年6月，第391页。
⑥ 包立本、韦中权主编：《常州宝卷》（第一辑），珠海：珠海出版社，2010年6月，第4页。

常州宝卷及宣卷还影响到了两个国家级非物质文化遗产——靖江宝卷和锡剧。

先说锡剧。

包立木先生如是说："锡剧直到 1955 年才被简称为锡剧。往前溯源，分别称呼常州锡剧、常州文戏、常州滩簧。而常州滩簧的起源就是宣卷。""锡剧的一些剧本就改自宝卷，例如锡剧中的《珍珠塔》。而部分唱腔借鉴了宣卷调，所以讲，宣卷是江南曲艺的活化石，说它是百戏之祖是有依据的。"

包先生此论与学术界所论宝卷为戏曲之源如出一辙。弁钟鉴、张践所著《中国宗教通史》，在论及佛教与宋代文明时明确指出："宝卷成为后世诸戏曲、弹词、鼓词的前驱。"[①]这里的"诸戏曲"涵盖极广，自然包括锡剧。朱恒天的专著《滩簧考论》，也深入考证了"说因果、唱春、宝卷等对滩簧的影响"。他认为，"宣卷对滩簧的影响主要是在题材上，滩簧中的《白蛇传》《珍珠塔》《孟姜女》《何文秀》等，毫无疑问，受到过宣卷同名曲目的影响……当然，宣卷中的《请佛调》《炉香赞》《中堂赞》《十字赞》《三解结》《香花灯》《请八仙》等曲调，对滩簧的音乐也产生了一定的影响。"[②]

靖江唯一的锡剧团来自苏南，其与宝卷的渊源不言自明。

下面，重点说说常州宝卷与靖江宝卷的关系。

宝卷何时由何地传入靖江。车锡伦先生曾有推断，"靖江做会讲经活动传入时间，在罗教和其他民间教派陆续传入江南之后，即明嘉靖之后；根据它用吴方言演唱的特点，它是由江南传入的。"[③]与靖江隔江相望的县市有三个：武进、江阴、张家港。江阴历史上曾有宝卷流传，现已湮没，曾划部分地区给张家港。剩下武进、张家港。车锡伦对常州宝卷未作田野调查，亦未论及其与靖江宝卷的关系，而包立本先生对此倒是言之凿凿。

"尽管靖江地处苏北，但在历史的行政区划上，靖江自明成化七年(1471)设县到民国初年的四百多年一直属于常州，不管民风民俗还是部分口音，常州对靖江有着向心力。所以，靖江宝卷是常州宝卷的一个分支。"[④]

旧时的常州府辖八县：无锡、金匮、宜兴、荆溪、武进、阳湖、江阴、靖江，倘若车锡伦先生的推断成立，说"靖江宝卷是常州宝卷的一支恰也顺理成章"。此为"南传说"。

也有论者认为，北宋灭亡时，大量中原地区的百姓随宋王朝南迁，在这人口大迁移中，或许有人看中靖江这块风水宝地，在此落脚生根、繁衍生息，同时带来了京都汴梁瓦舍中的种种讲唱技艺，将宝卷的种子撒进这片浪花捧出的土地。此为"北传说"。

靖江三面环江，沿江古渡虽非南渡之要津，却也是南北交通必经之地，且土地肥沃、气候宜人，实为流离失所者避难栖身的理想之地。更为重要的是，宝卷源于唐代佛教俗讲，至宋方正式定名。其时，自京都皇城至乡村小镇，佛门弟子、民间艺人宣演宝卷者甚众。即便不因国破而流亡，作为一种深受僧俗欢迎的文化样式，也会像种子那样随风而飞、因鸟而撒……如此，"北传说"亦非妄言。

还有一种说法，"靖江讲经"是追随岳飞的江淮难民带来的。此说车锡伦先生亦未加否

① 弁钟鉴、张践著：《中国宗教通史》，北京：社会科学文献出版社，2003 年 2 月，第 627 页。

② 朱恒夫著：《滩簧考论》，上海：上海古籍出版社，2008 年 11 月，第 16 页。

③ 车锡伦著：《中国宝卷研究》，桂林：广西师范大学出版社，2009 年 12 月，第 282 页。

④ 常州市文博鉴赏学会编：《集藏天地》(第七辑)，北京：中国文联出版社，2012 年 11 月，第 136 页。

定。可归入“北传说”。

笔者亦认为，随岳家军南下而定居于靖江的江淮难民，或许有从汴梁逃亡而来的民间艺人。而且，当我深入分析靖江讲经的两大流派：以生祠为中心的西片，做会以信仰为主，只讲圣卷不讲草卷；以孤山为中心的中、东片，重信仰的同时兼顾娱乐，既讲圣卷也讲草卷。比较而言，西片更古老一点、传统一点。由此推断，靖江历史上的讲经，很可能先在西片立足，而后由西向东传播、发展。而西片恰恰是江淮难民最初的聚居地。先民为感念岳飞，特建生祠以纪念，故该地名为“生祠堂”，一直传承至今。

靖江宝卷究竟由江南传入，还是南下的先民自传，因无籍可考，理应存疑，不必定论。可以肯定的是，因地缘相近，人员交往频繁，江南宝卷对靖江讲经会有一定的影响，至少表现在民间卷本的流传上。靖江著名佛头王国良先生因有姐姐嫁在武进，且姐夫的哥哥还是宣卷艺人，便从江南觅得许多卷本。笔者将靖江宝卷的“解结”与张家港河阳宝卷的“解结科”作比较，也发现诸多的联系和区别。总之，靖江宝卷肯定与常州宝卷有某种亲缘关系。

四

宝卷根植于民间，流布于民间。要想真正厘清靖江宝卷与常州宝卷的联系和区别，得先弄清两地宝卷活态传承的状态，再作客观、理性的比较分析。为此，我决定深入常州民间作田野调查。

翌日清晨，也就是 2012 年 9 月 22 日晨六时许，冒着蒙蒙细雨，笔者由常州火车站乘 320 路公交车向武进区礼嘉镇进发。那儿，有位退休教师孙瑞和老先生接待我。

七时三十分抵达时，老人还没用早餐。

这是一幢两间三层的小楼。堂屋的中央靠墙摆放着长条香几台。中堂上方挂着一幅“百年和合图”，两侧配有对联：“得失塞翁马，襟怀孺子牛。”中堂下方是一镶嵌在红木框内的彩色合影长卷，标题为“辛亥革命 100 周年・中山华侨公墓奠基・世界孙氏宗亲联谊总会成立”。南墙是孙先生自书的楷书《朱子治家格言》，笔锋苍劲，力透纸背。北墙是一幅名人字画。整个堂屋洋溢着浓郁的书香气息。

年届古稀的孙先生乃宋朝吏部尚书孙迪第二十五代嫡孙。孙氏家族在礼嘉镇为名门望族，建有孙氏宗祠分祠及孙氏纪念馆，先生为常任理事。不难想象，这位中师毕业、赋闲在家的小学语文老师堪称一方贤达。

为配合调查，特邀了五位乡贤，他们是：

孙怀毅，孙氏纪念馆理事长(农民)，64 岁，初中文化；

王宜南，镇文体站长，49 岁，高中文化；

王振荣，原县属企业党支部书记，71 岁，小学文化；

孙义年，高级技工，74 岁，高中文化；

徐友松，农民工，62 岁，小学文化。

令人费解的是，据孙瑞和先生介绍，礼嘉镇 4.5 万人口，会宣卷的有十多人、三四个班子。但是，当我向其他五位问及宣卷，他们个个一脸茫然，几乎是一问三不知，尤其是那位王站长，他年轻、在职，且专管全镇文化、体育，竟然也没见识过宣卷。我开玩笑地说：“站长，别人情有可原，你不知道可要挨批评了。”

他一本正经地回答说："宣卷属丧葬文化，不是群众文化，不归我管。"

原来，当下的常州宣卷，只有丧户做佛事超度亡灵时，才插上一段作为娱乐，并无专场表演。那十多个人、三四个班子乃偶尔宣卷的兼职者，其主业是做佛事。那日，我之所以赶往礼嘉，因包立本先生说，有民间艺人做佛事，可前往考察。

一问，所谓佛事是一丧户"做五七"，在几里外的乡下。孙奶奶听说先生将陪同前往，含蓄而又坚决地劝阻。我理解老人的心情，上年岁的人对重孝之地唯恐避之不及，哪有主动靠前的道理？同时，也不知那天有无宣卷表演。于是取消实地考察计划，专事座谈。

所幸各位对那位女佛头蛮熟悉。

她叫许兰珍，六十多岁，初中文化，佛教居士。主业做佛事，学过宣卷，但很少表演，只有应主家之邀，才临时穿插一段，以资娱乐。

诚如王宜南所言，宣卷与丧葬文化相联系，且不甚流行。难怪包立本先生说："如今常州的百姓听宣卷的机会并不多，会宣卷的艺人不足十个"，"年龄最小的六十多，最大的八十多。"有一次，包立本耳闻83岁的王润善会宣卷，当他满怀希望去采风时，老人带着他钟情的宝卷驾鹤西去了。笔者闻之，不胜唏嘘……

常州宝卷的濒危状况，着实堪忧。

这次礼嘉之行的最大收获，觅得刚刚出版的《洛阳镇志》《礼嘉镇志》，两志均收录有"宝卷"的条目，弥足珍贵，特全文抄录。

宣卷俗称"讲经"，也称"讲善书"。传说春秋战国时期就出现了"解经讲书"人；到中晚唐时代，就出现了有"白"有"唱"的宣卷。宣卷是佛教倡导的产物，讲时用"白(即散文")，唱时用"偈"，也叫"吟"(即韵文)，后来逐渐演化成一种近似曲艺的形式。旧时庙会、佛事(坐夜)间隙或冬春农闲时节，参加者相聚在一起，由一位知书识字之人，照手抄本或印刷的卷本，用歌吟的声调来吟诵，间以说白，即为宣卷。手抄本(脚本)以民间通晓的故事如《珍珠塔》《文武香球》《琵琶记》《洛阳桥》《释迦牟尼佛》《一餐饭》等为内容进行劝人为善。脚本每句七字为常见，前六个字每两个字为一拍，第七个字为一拍，全句为四拍。宣卷时先焚香一支，吟诵者每读一拍敲一记木鱼，第一句声音较高，第二句由高到低，以后每两句的声调都和第一、第二两句的声调相同。每两句中最后一个字是押韵的，但两句间并不讲究格律和对仗。每读完两句，下面众声齐颂"南无—阿弥—陀佛"，这样周而复始，虽然声音抑扬顿挫，但很单调。一般宣卷一次(以读完一本卷本为限)，一小时左右，如当天来不及，次日同一时间继续。宣卷多在农历七月三十(或廿九)地藏王菩萨生日或菩萨开光、庙宇"坐夜"以及冬季的晚上进行。听众男女老少都有。新中国成立前，宣卷在妇女、老人中较为流行。境内宣卷抗战前较盛，新中国成立后逐渐减少。1956年前后终止。①

宣卷是民间文化程度较高的人根据历代长篇故事编写出来的一种手抄本，如《目莲救母》《文武香球》《年初一嫁女》等，形式是可以宣唱的七字句。旧时，坐夜或农闲季节，大家相约聚会时，由一位知书识字的人照手抄本，用歌吟的声调来吟诵，间以说白，领唱者每读完两句，由众人齐颂"南无阿弥陀佛"。这样周而复始，虽抑扬顿挫，但很单调。一般宣卷一次，一个小时左右。宣卷在妇女、老人中较为流行。新中国成立后，宣卷逐渐停止。②

---

① 常州市礼嘉镇地方志编纂委员会编：《礼嘉镇志》，南京：凤凰出版社，2013年5月，第570页。

② 常州市洛阳镇地方志编纂委员会编纂：《洛阳镇志》，南京：南京大学出版社，2012年3月，第468页。

两志所述，信息颇丰，真实可信。字里行间，常州宝卷的历史面目依稀可见——

(1) 宣卷在常州地区俗称“讲经”“劝善书”，“是佛教倡导的产物”，出现于中晚唐，讲时用“白(即散文”)，唱时用“偈”，也叫“吟”(即韵文)。

(2) 卷本以手抄本的形式在民间流传，大多“是民间文化程度较高的人根据历代长篇故事编写出来的”，较流行的有《珍珠塔》《文武香球》《琵琶记》《洛阳桥》《释迦牟尼佛》《一餐饭》《目莲救母》《年初一嫁女》等。

(3) “旧时庙会、佛事(坐夜)间隙或冬春农闲时节”，爱好者相聚在一起，“由一位知书识字之人，照手抄本或印刷的卷本，用歌吟的声调来吟诵，间以说白”。“领唱者每读完两句，由众人齐颂‘南无阿弥陀佛’”。“一般宣卷一次(以读完一本卷本为限)，一小时左右，如当天来不及，次日同一时间继续”。

(4) 宣卷时先焚香一支。

(5) “听众男女老少都有”，但“在妇女、老人中较为流行”。

(6) “宣卷抗战前较盛，新中国成立后逐渐减少。1956 年前后终止”。

另据包先生介绍：

(7) 常州古称“龙城”，有关“龙”的宝卷抄本甚多，为常州宝卷代表性卷本。

(8) 旧时，横山桥一带有“大户人家听宣卷，小户人家听滩簧”之说。大家闺秀出嫁前要学宣卷，不然，会被人瞧不起。

(9) 乡村中牵头组织宣卷者人称“大先生”，宣演者叫“佛头”。

日前，包立本先生发来民间抄本《庆寿宝卷》一种，由《香赞》《庆寿偈》两部分构成，作为“科仪卷”，弥足珍贵，特全文抄录：

庆寿宝卷

香赞

炉香乍热。法界蒙薰。诸佛海会悉遥闻。随处结祥云。诚意方般。诸佛现金身。南无香云盖菩萨摩诃萨(三称)。

庆寿偈

斋主弟子福寿高，诸佛神仙下九霄。
南极仙翁来上寿，西池皇姥献蟠桃。

第一位神仙汉钟离，头戴一顶鸡冠帽，
身穿一件黄金袍，手拿掌扇风飘飘。
终南山上修成道，位列仙班道行高，
脚踏乌靴驾云到，特来庆寿送蟠桃。

第二位神仙曹国舅，头戴一顶乌纱帽，
身穿一件白罗袍，手执云板的的敲。
看破世情似浮泡，不爱荣华爱清高，
脚踏乌靴驾云到，特来庆寿送蟠桃。

第三位神仙张果老，头戴一顶书相帽，

身穿一件紫罗袍，短发胡须背驼腰。
手拿渔鼓咚咚敲，倒骑驴子哈哈笑，
双手搭搭和高调，特来庆寿送蟠桃。

第四位神仙吕洞宾，头戴一顶道士帽，
身穿一件蓝衫袍，肩背宝剑斩藤桥。
慈悲救苦传妙道，至今万古姓名标，
岳阳楼上醉三遭，特来庆寿送蟠桃。

第五位神仙铁拐李，黑脸浓眉相咆哮，
身穿一件紫罗袍，肩背葫芦透九霄。
虔心炼就长生法，手拄拐杖脚脚翘，
脚踏云头步步高，特来庆寿送蟠桃。

第六位神仙韩湘子，头戴一顶书生帽，
身穿一件团花袄，口吹玉笛阴阳调。
雪拥蓝关难行马，曾度文公上九霄，
脚踏乌靴驾云到，特来庆寿送蟠桃。

第七位神仙蓝彩和，头戴一顶铜九帽，
身穿一件绣花袄，手执花篮探仙桃。
名山修炼年纪小，最爱修行并办道，
脚踏乌靴驾云到，特来庆寿送蟠桃。

第八位神仙何仙姑，青丝细发能缭绕，
身穿一件武艺袄，肩背荷花向上飘。
苦志真修千百载，亦归仙界乐逍遥，
手拿笤帚桃叶扫，特来庆寿送蟠桃。

海岛神仙把橹摇，潮潮滚滚浪浪滔，
一橹推转一橹摇，天河摇过好几遭。
蓬莱上下摇过来，摇到此地寿堂上，
上前参拜诸佛祖，仙人来了一大淘。

寿堂一见多闹热，寿斋供在寿台上，
寿烛对对光照耀，寿香绕绕炉内烧。
寿茶杯中时时献，寿花朵朵叶飘香，
寿饭粒粒珍珠宝，寿面延长数千条。

寿桃本是仙山物，寿糕一盘叠得高。
寿轴一幅当中挂，寿联对对两边飘。
上联西方无量佛，下写南极不老仙，
三星拱照当中挂，五福蟠寿堂上绕。

现在的人们无法知晓旧时常州乡村念卷的境况，但从《庆寿宝卷》的构成及内容看，常州宝卷亦曾演绎人生仪式、承载民间信仰。民国二十三年(1934)沈仲萱抄本《庆王灯(科)》附有《八仙上寿妙偈》《合(和)佛发香开户》《斋天仪》《斋灶仪》《庆王灯科佛》等科仪卷，亦可作为佐证。当然，此仅为推测，不作定论。

五

行文至此，笔者不由自主地将常州宝卷与靖江宝卷联系起来考察。

天下宝卷同出一源，何况靖江、常州隔江相望，靖江辖于常州数百年。现有资料显示，同宗同源的两地宝卷相同相似点甚多。

(1) 俗称相同："讲经"。

(2) 民间艺人称呼相同："佛头"。

(3) 传承方式相同：师徒口耳相传。

(4) 叙事体制相同：韵散相间、讲唱结合。

(5) 宣卷的形式相近：一人讲唱，众人和佛。

(6) 宣卷时机及缘起相近：庙会、菩萨圣诞、冬春农闲时节。

(7) 民间流行许多同名宝卷：《财神宝卷》《目连救母宝卷》《文武香球》《珍珠塔》等。

(8) 有些曲调相同，如【挂金锁】【摇铃腔】等。

(9) 卷本的收藏、流传以抄本为主。

(10) 最根本的是，宣卷的最高宗旨是"劝善"。

任何文化样式，尤其是宝卷这样的与底层民众生活相亲相融的草根文化，无不深深地烙有鲜明而强烈的地域特色。靖江、常州虽同属吴方言区，但毕竟大江阻隔，地处苏北的靖江以吴文化为主导同时还接收江淮文化的辐射。加之数百年流转、变异，特别是靖江的民间艺人一般不照本宣科，而是讲究临场即兴发挥，凭借丰富的想象和天赋，源源不断地给宝卷注入新鲜的文化元素。因而，即便是同一个人宣演同一种宝卷，也会呈现出不同的内容和风格。至于"百里不同风，千里不同俗"，民风民俗对宝卷的影响更为深刻、久远。总之，靖江宝卷与常州宝卷，相同是相对的，相异才是绝对的。

本文的主旨非为比较两地宝卷的同异，故择要列举其差异：

	常州宝卷	靖江宝卷
宣卷缘起	应邀穿插于佛事间隙，因喜事或祈祷而做会	只做延生不做往生
叙事体制形式	以唱为主，一小时左右	以说为主，长度不限
活动方式	爱好者自发相聚	隆重做会
社会功能	娱乐、教化	信仰、教化、娱乐
宣演方式	照本宣科	凭记忆自由发挥

民间艺人	组织班社、自娱自乐	自由组档、挣钱养家
宣演道具	碰铃、铃具、木鱼、佛尺	铃具、木鱼、佛尺

倘若从生存状态分析，两地宝卷最大的不同是，靖江宝卷虽也面临诸多挑战，前景堪扰，但忧中有喜，当下尚有百多名艺人活跃于民间，每年做会达千场。县城隍庙逢庚申日必做"庚申会"，百多名老太太已坚持数年之久。

相比之下，常州宝卷的现状着实令人堪忧，不仅艺人硕果仅存，信众也寥若晨星。其根本在于缺乏传承发展的文化生态，强力复苏的前途渺茫……

不幸中还算万幸，以包立本为代表的一批同人，正以救火的精神，倾心尽力地进行抢救、保护，他们影印的《常州宝卷》像一座丰碑矗立在中国民俗民间文化园地。

龙城古韵，余音犹存，回春有望乎？

靖江宝卷七十年

历史上的靖江曾是江中的沙洲，明天启年间(1621—1627)成陆，明成化七年(1471)建县。南与张家港、江阴、武进隔江相望，北与如皋、泰兴相邻，市域面积560平方公里，人口66万。靖江有两大区域：老岸、沙上。老岸话为主流方言。靖江宝卷用纯正的老岸话宣演，流行地域约400平方公里，流行人口40万。

数百年来，历经风雨劫难，靖江宝卷依旧古风犹存，生机盎然。现有佛头百多名，其中有11名女佛头。每年宣演3000多场。2008年6月被列入国家级非物质文化遗产(宝卷)保护名录。

回顾七十年来的抢救保护、田野调查、学术研究的实践，靖江宝卷保护传承的轨迹清晰可见。

一、抢救保护

按一定仪轨宣演宝卷，靖江俗称"做会讲经"，将民间艺人呼之为"佛头"。

自明清至民国，靖江宝卷唯一一次见诸典籍，是清光绪年间的查禁，结果是禁而不止，这正应了那句古诗："野火烧不尽，春风吹又生。"靖江宝卷以其顽强的生命力根植于民间、生存于民间、发展于民间，生生不息，薪火相传。

20世纪50年代以来，宝卷曾被斥为"封建迷信"，受到批判和抵制，"文革"期间更是遭遇"灭顶之灾"。所幸靖江的广大信众，包括一些高喊革命口号的基层党员干部，内心深处真诚喜爱，明里暗里竭尽全力地保护，才使其幸免于难。因而，在靖江这块土地上，宝卷没有像在别的许多地方那样时运不济，自50年代便日趋式微，甚至消亡。它一直在民间坚守传承，抢救保护的工作几乎没有间断，经历了三个阶段。

(一) 变革尝试

这是靖江人抢救保护宝卷的初始阶段。

为促进我国的文化艺术事业适应过渡时期总路线，1953年9月10日，中共文化部党组向中央提交《关于目前文化艺术工作状况和今后改进意见的报告》。1954年1月8日，中共中央批准这个报告，并做了长篇批示，明确指出："文化工作的首要任务是积极发展适合群众需要的新的文学艺术和电影的创作，同时对民间原有的各种艺术和文化娱乐形式应广泛地、正确地加以发掘、利用、改革和发展。”[①]县委书记蒋逸成在省里听取中央批示精神传达时，第一反应便是将讲经“推陈出新”。目睹新中国成立前后农村中做会讲经十分活跃的景况，这位血管里流淌着讲经文化血脉的领导同志，旗帜鲜明地支持和鼓励文艺工作者对讲经进行大胆的探索和尝试，试图催生地方曲艺品种——靖江说唱。

1956年，苏北地区举行曲艺会演，靖江新编了“靖江说唱”《张五姐》（又名《汪海棠杀媳》）[②]参加会演，去掉和佛，用乐器伴奏。因用靖江方言演唱，又无字幕，非靖江籍的观众如坠五里雾中，反响平平。但其在靖江本地的演唱至今影响犹在，上了年纪的人还记得其中的一些情节，有些老年妇女忆起臧五姐惨死的情景，还两眼盈泪，唏嘘不已。

变革既然破题，文章就得继续做下去。1958年以后，在县委的强力推动下，做会讲经进行了一系列改革：

首先，改名换姓。当时的设想是将“靖江讲经”改成“靖江说唱”或“靖江评书”，从而彻底革故鼎新，远离传统，远离“封建迷信”。

其次，革新形式和内容。本着剔除封建迷信的糟粕，有利于忆苦思甜、阶级教育的精神，组织整理了《大圣宝卷》中“张员外收租”一段作为试验，将和佛改为帮唱“莲花落”（“莲花落、落莲花”“春梅花、夏荷花、秋海棠、冬雪花，十二月四季香花开”），谓之“旧瓶装新酒”。挑选最优秀的佛头用二胡伴奏录音，在县广播站播放，引起极大的轰动，路上的行人都自发地集聚在高音喇叭下听经，有的地方交通为之阻塞。

再次，教育规范佛头。组织全县佛头集训，要求他们不要再搞做会等迷信活动。规定请佛头讲经要与其所在生产大队联系，由大队批准派出。佛头外出讲唱只记工分，不收傺钱。开头很热了一阵子，佛头们嗓子都累哑了，但因不举行仪式敬菩萨，人们的热情渐渐冷淡……

1966年，“文革”爆发，改革无疾而终。

亲历那场变革的人们，无不钦佩当时县委、县政府领导的胆识和魄力，以及文艺工作者（包括佛头）的热忱和创造精神。但在那样的时代，那样的政治文化背景或者说文化生态环境下，这场变革注定流产，注定短命，注定不会有任何结果。当时亲历其事的吴根元、郭寿明、缪炳林在20世纪80年代撰文坦陈，“60年代初左倾路线盛行，我们的改革完全为了适应阶级斗争之需。如果照这样改革下去，路子将会越走越窄，《宝卷》及‘讲经’活动最终还是消亡”[③]。尽管如此，这场变革还是留下了深深的印痕，成为历史的记忆。

在长达十年的时间里，由县委“一把手”倡导、推动讲经改革，其意义非同寻常，它不仅让宝卷破天荒地由民间进入“官方”视野和“官方媒体”，彻底打破被动挨批的局面，主动应和时代潮流。更重要的是，十年的“合法地位”，坚定了信众和民间艺人的信念，为宝卷渡过“文革”难关及日后的复苏储备了生命之能。这十年在靖江宝卷发展史上的意义，在于其留住了根脉。

（二）搜集整理

如果说20世纪60年代民间文学工作者一个本儿、一支笔耳听手记《大圣宝卷・张员外收租》属传统的手工劳作，八九十年代拎着收录机进经堂一盘盘地录音，回来后一遍遍地前

---

① 中共中央党史研究室著：《中国共产党党史》，北京：中共党史出版社，2002年9月，第279页。

② 王国良讲述整理：《火龙王升天记》，南京：江苏人民出版社，2013年3月，第721-743页。

③ 靖江宝卷研究会编：《靖江宝卷研究文献资料》（第一辑），2008年11月，第84页。

进、倒带地整理，便成了现代作业。

1987 年，民间故事、民间歌谣、民间谚语三套集成的搜集整理工作在全国范围内展开，靖江宝卷乘势而上，开始有组织、有计划地大规模搜查整理。靖江民间文学工作者选择民间广泛流传的宝卷，挑选优秀的佛头，本着原汁原味、原生态的原则，一字不落地现听现录。有时为一种宝卷，三番五次下乡，录取不同佛头的讲唱，而后择优整理。仅《三茅宝卷》，先后有朱明春、陆满祥、陈子轩、王国芳等四名佛头参与录音。

经十数年辛勤工作，最终收集整理圣卷、草卷 8 种共 70 万字，由靖江县文化局陆续编印成书。

《靖江宝卷・圣卷选本》书影

单行本有：

《三茅宝卷》(1988 年 11 月)

《大圣宝卷》(1991 年 1 月)

合订本有：

《靖江宝卷・圣卷选本》(2001 年 10 月)，卷目如下：

《三茅宝卷》；

《大圣宝卷》；

《香山观世音宝卷》；

《花灯缘》(《梓潼宝卷》节选)。

《靖江宝卷・草卷选本》2003 年 9 月，卷目如下：

《张四姐大闹东京》(《月宫宝卷》)；

《血汗衫》(《土地宝卷》)；

《九殿卖药》；

《十把穿金扇》。

《大圣宝卷》单行本书影

《三茅宝卷》单行本书影

《靖江宝卷・草卷选本》书影

因种种原因，上述文本均未正式出版，但丝毫不影响其文化价值，领导、专家无不予以高度评价。

《三茅宝卷》内容丰富，故事性强，情节曲折，乡土味浓，具有较高的认识价值和审美价值，是民间文学宝库里的一部《宝卷》。

靖江的同志为搜集整理这部书，付出了辛勤劳动，做了一件很有意义的工作。①

时任江苏省文化厅厅长王鸿的这篇不足百字的序，可谓言简意赅，高屋建瓴。

同是为靖江宝卷作序，专家学者则是另一种风范。

北京大学教授段宝林对靖江宝卷有发现之功，见到《靖江宝卷·圣卷选本》书稿，感到格外的亲切，激情洋溢地挥笔作序。

靖江的同志们最近把他们多年辛勤搜集的靖江宝卷汇集起来出版，为中国文化贡献了一部独具特色的作品，其艺术欣赏价值和艺术借鉴、参考价值都是很大的。此书的出版，将会推动靖江宝卷的健康发展，并使文艺工作者学习民间文艺得到宝贵的资料，我们不能不对此壮举报以热烈的掌声。

我们不能不怀着激动的心情，衷心感谢为此书的搜集、出版而做出巨大贡献的吴根元、王国良、郭寿明、姚富培、缪炳林等同志，是他们几十年如一日，深入群众，默默奉献，才有了今天如此辉煌的成果，使世人看到别具特色的民间文艺优秀作品，其价值当不亚于敦煌变文与明清宝卷吧！②

扬州大学教授车锡伦多年致力于靖江宝卷的调查研究，为《靖江宝卷·草卷选本》作序时，在充分肯定其人文价值的同时，对进一步挖掘、研究寄予殷切期望。

目前出版的这两部《靖江宝卷》所收九种（实为八种——笔者注）宝卷，展示了靖江宝卷的特色。但是，作为一种口传文学，靖江还有大量的各种宝卷没有整理出来，同时也还需要记录和整理出它们的各种流传异文和科学资料本。由于许多老年讲经艺人相继下世，这一工作带有抢救性质。对靖江做会讲经的形态也需要做立体的记录，即对全过程做录音、摄像，为重要的讲经艺人建立个人档案，搜集做会讲经有关的实物等。在此基础上，整理出全面介绍做会讲经的文字、音像相结合调查报告，并建立"靖江做会讲经资料室（馆）"，将以上各方面的成果汇总保存。既为后代保留下一份做会讲经的实录、文献，也为进一步研究、开发做会讲经提供必要的基础。③

2007 年，江苏文艺出版社出版了尤红主编的《中国靖江宝卷》。这是靖江宝卷活态传承文本的集大成，凝结着两代人的心血。著名作家、中国文联副主席、民间文艺家协会主席冯骥才欣然题签，中国民间文艺家协会副主席、江苏省民间文艺家协会主席陶思炎作序。全书 270 万字，收入卷本 54 种，其中圣卷 25 种、草卷 18 种、科仪卷 11 种。卷目如下：

圣卷

1.《三茅宝卷》
2.《大圣宝卷》
3.《香山观世音宝卷》
4.《梓潼宝卷》（上册. 龙宫招亲）
《梓潼宝卷》（下册. 三元救父）
5.《土地宝卷》
6.《月宫宝卷》
7.《药王宝卷》
8.《目连救母宝卷》
9.《血瑚宝卷》
10.《十王宝卷》
11.《庚申宝卷》
12.《地藏宝卷》

① 靖江宝卷研究会编：《靖江宝卷研究文献资料》（第一辑），2008 年 11 月，第 80 页。
② 靖江宝卷研究会编：《靖江宝卷研究文献资料》（第一辑），2008 年 11 月，第 99 页。
③ 靖江宝卷研究会编：《靖江宝卷研究文献资料》（第一辑），2008 年 11 月，第 107 页。

13.《东厨宝卷》
14.《财神宝卷》
15.《龙王宝卷》
16.《东岳宝卷》
17.《玉皇宝卷》
18.《眼光宝卷》
19.《关帝宝卷》
20.《延寿宝卷》
21.《李青宝卷》
22.《灶君宝卷》
23.《地母宝卷》
24.《雷祖宝卷》
25.《庚申经》

草卷

26.《十把穿金扇》
27.《独角麒麟豹》
28.《牙痕记》
29.《五女兴唐》
30.《彩云球》
31.《罗通扫北》
32.《白鹤图》
33.《回龙传》
34.《八美图》
35.《九美图》
36.《薛刚反唐》
37.《和合记》
38.《香莲帕》
39.《五虎平西》
40.《狸猫换太子》
41.《文武香球》
42.《刘公案》
43.《寿字帕》

科仪卷

44.《功课》
45.《拜愿》
46.《请佛偈》
47.《念疏赞》
48.《送圣赞》
49.《念饭偈》
50.《送佛偈》
51.《忏悔偈》
52.《解结科》
53.《上茶偈》
54.《篆香庆寿开关》

几十年的搜集整理,并未将所有靖江宝卷一网打尽,仍有"漏网之鱼"潜游于民间艺人的脑海,且不乏名贵的大鱼。据不完全统计,还有二十多种宝卷有待"捕捞",如圣卷《城隍宝卷》《圈头宝卷》;草卷《杨家将》《薛仁贵征东》《薛丁山征西》《下八美》《玉蝉女十二美》《剐肉还娘》《绿牡丹》《再生缘》;科仪卷《十二大愿》;等等。2012 年以来,为进一步搜集仍散落民间的宝卷,建立"靖江活宝卷文库",激励有能力的民间艺人自行整理储存于记忆深处的卷本,有关部门先后出版三本个人专辑。

2013 年 3 月,王国良讲述、整理的《火龙王升天记》,由江苏人民出版社出版。卷目如下:

圣卷

1.《三茅宝卷》
2.《花灯宝卷》(上、下)
3.《潮神宝卷》
4.《宅神太岁宝卷》
5.《张仙宝卷》

科仪卷

6.《拜愿》
7.《请佛偈》
8.《上茶偈》
9.《解结课》
10.《解结课》(祝词)
11.《忏悔偈》
12.《送佛揭》

草卷

13.《手巾宝卷》
14.《翠莲宝卷》
15.《荷包记》(上、下)
16.《黄糠宝卷》
17.《杀狗劝夫》

18.《岳飞宝卷》(上、中、下)
19.《关公宝卷》
20.《华佗宝卷》
21.《袁天罡卖卦》
22.《孟姜女》
23.《连环案》
24.《太原奇案》
25.《剐肉还娘》
26.《张(臧)五姐》
27.《钱兆飞怒打牛马捐》
28.《江阴要塞起义记》
29.《火龙王升天记》

《火龙王升天记》书影

《玉婵女十二美》书影

《粉妆楼》书影

2014 年 9 月,刘正坤讲述、整理的《玉蝉女十二美》,由古吴轩出版社出版。卷目如下:

圣卷

1.《观音宝卷》
2.《大圣宝卷》(上、下)

草卷

3.《玉蝉女十二美》
4.《上八美》
5.《下八美》
6.《狄青征西》
7.《和合记》

2019 年 8 月,张东海、张卫国父子讲述整理的《粉妆楼》,由河海大学出版社出版。卷目如下:

1.《粉妆楼》
2.《六明珠》
3.《龙灯图》
4.《描金凤》
5.《唐明皇游月宫》
6.《再生缘》

王国良专集既有传统宝卷,又有先生新编的现代宝卷,而刘正坤则一扫民间艺人保守的陋习,将一些鲜为人知的讲经知识,比如“佛头的切口”,公之于世,传之后人。张东海父子的集子清一色行将退出经堂的草卷。前两本集子还收了少量与《中国靖江宝卷》同名卷本,有的属于二位讲述整理的代表性卷本,有的则是珍贵的“异文”,是研究靖江宝卷变异的重要文献。

(三) 进军视频

靖江人没有辜负专家学者的殷切期望,他们非但没有停下前进的脚步,而且瞄准现代媒体,大胆地让讲经挺进视频。

讲经从传统的经堂，堂而皇之地登上电视的大雅之堂，开启了靖江宝卷活态传承的新纪元。数百年来，讲经一直是口耳相传，一个佛头一场只能面对几十人，最多上百人。而电视讲经的受众则是成千上万。倘若将宝卷喻为靖江人思想文化的种子，经堂传播如同人工手播，电视传播则简直是飞机在漫天撒播了。

这是一场宝卷传播的伟大变革，也是具有历史意义的时空转换。其意义不只是抢救保护，而是给讲经这一古老的艺术构建前卫、高效的传播平台。

谁都知道，讲经的生命力蕴藏在信众之中。拥有信众，就拥有生命。近年来，随着现代生活节奏的加快，尤其是形形色色流行文化潮水般泛滥，人们，尤其是青少年都热衷于更为时尚的文化生活，而对传统的慢节奏的讲经艺术渐渐疏远、冷落起来。只有中老年人依然一往情深地固守着讲经的艺术园地。许多有识之士为此忧心如焚，这一被中外学者誉为“活化石”的艺术奇葩难道真的行将凋谢了吗？

这种近乎悲观的情绪也曾影响广播电视局的决策者们。出于对传统文化高度的历史责任感，他们决心将讲经搬上荧屏。2005 年 7 月，大规模的影音录制工程在广电演播厅正式开机。一年中，靖江市广播电视局投入大量资金和人力，严格遴选讲经人员，精心制作场景道具，认真设计摄编方案，共进行了四轮集中录制，完整记录并整理、编辑了多达 28 卷、长达 200 小时、总计约 200 万字的靖江讲经。卷帙浩繁，规模空前，其间万千艰辛，难以言表。2006 年 2 月，《靖江讲经》专栏节目在靖江电视台开播，每晚十点半，每档 20 分钟，而且别具匠心地选择正月初三为首播日。

2006 年靖江讲经影音录制现场

不曾想，一播“走红”，反响热烈。观众纷纷来信来电，反映时间短，不过瘾，应增加播出长度。有位八十高龄的老爷子，习惯早睡早起，可又舍不得讲经，于是先睡一会，让儿孙定时叫醒。有位老太太，听不懂普通话，平时看电视看着看着便睡着了，讲经字字悦耳、句句舒心，愈看愈来劲，愈看愈有精神，晚上看了不过瘾，第二天上午重播时还要看。有位老干部，不但自己看，还动员全家，特别拉着孙子一起看，边看边谆谆教导家人，这是我们靖江人文精神的源流，你们可别瞧它不起……

说来说去还是中老年人。有没有青少年呢？有，不多。但不用愁，一个家庭只要有一个人爱讲经，这个家庭就有了相应的文化氛围，看得多了，听得久了，便会潜移默化地受感染，不经意间在一片片心灵的空白点上撒下讲经的种子，新的信众群体犹如一棵棵幼苗那样在春风春雨中悄然成长，待到绿树成荫之时，靖江讲经便拥有了新的希望之林。何况，今天的中老年人是昨天的青少年，今天的青少年将是明天的中老年，无论社会生活节奏多快，人一旦老了，公务、家务的重担放下了，生活的节律自然会放慢，那时，你便会在讲经的艺术里找到自己的旋律和节拍了。

从更深的层面分析，一个生于斯长于斯的靖江人，无论老幼，都会从讲经的纯正方言中产生自然而然的亲近感。用现代传媒不断强化靖江人对讲经的文化认同，这才是时空转换的历史文化价值。这场伟大的进军，还催生了两大富有历史意义的文化成果。

一是中国国际广播音像出版社出版《靖江讲经》DVD，收录了从《靖江讲经》专栏节目中精选出的《三茅宝卷》《梓潼宝卷》《和合记》《牙痕记》四部代表作，共 20 盘 40 小时。这套音像制品自 2007 年 2 月发行以来，深受城乡市民尤其是中老年观众的喜爱。近年来，有人发掘其潜在的商机，将其转换成便携式音响的元素与戏曲、歌曲混搭，变身为价廉物美的休闲娱乐工具。人们花几十元、百多元便能购置一台。于是，民居、公园、菜场、建筑工地随处可闻佛头的讲唱，成为中老年信众的精神文化新宠。

《靖江讲经》DVD 封套

《靖江讲经》DVD 碟片

二是将视频字幕整理成文本，与先前搜集整理的文本及民间收集的抄本合编为一套《中国靖江宝卷》。

时隔十年，2016 年 9 月，靖江电视台本着“新人新卷”的原则，启动新一轮影像录制。“新人”，即鼓励四十岁左右的年轻佛头亮相荧屏；“新卷”，即挖掘抢救《中国靖江宝卷》未收录的卷本。从 16 名佛头中挑选 9 名，其中四十岁左右的优秀佛头 4 名。历时 56 天，录制圣卷一种（《城隍宝卷》）、草卷 18 种，200 小时，230 万字。2017 年靖江电视台开设《靖江宝卷》专栏。

二、调查研究

（一）发现

宝卷从历史深处一步步走来，时而辉煌，时而落寞，不知不觉地隐没于历史的尘烟之中，许多人，特别是那些潜心研究其传承发展的专家、学者以为民间再也见不着它的踪影了……

一天，几位风华正茂的莘莘学子无意间在一个名叫“靖江”的地方发现，宝卷不但活着，而且活得好好的，洋溢着生机和活力，不觉大喜过望，连连惊呼：“宝卷还活着！”“宝卷还活着！”

事情发生在1984年那个炎热的夏季。

那一年，北京大学教授段宝林带领中文系三年级的学生来扬州进行民间文学与民俗调查，有十几个人来到靖江，分四组深入农村进行田野作业，每个组都必须收集、整理一定数量的民歌、民谣、民间故事等原始资料。当时的县文化馆竭尽全力也只能抽出三人陪同，时任文化馆馆长的吴根元急中生智，将早年记录、整理的《大圣宝卷·张员外收租》的文本拿出来，十分抱歉地对一组学生说：“你们别下乡，在城里将这个抄一份便算完成任务。”

这一抄不打紧，一种藏于乡野的文化瑰宝进入学者视野。

一篇篇介绍靖江宝卷的学术文章见诸海内外报刊。

一批批中外学者亲临靖江考察。

一种种不同版本的靖江宝卷相继问世。

2007中国靖江宝卷文化国际学术研讨会、2014年中国宝卷生态化保护与传承交流研讨会，先后在靖江隆重举行。

……

种种迹象表明，一向寂寂无闻、自生自灭、几度濒危的靖江宝卷，向世人揭开了神秘的面纱，“众里寻他千百度，蓦然回首，那人却在灯火阑珊处”，学者们惊喜之余，以极大的热忱倾心尽力地将这种偏居一隅的草根文化推向全中国，推向全世界，推向神圣的学术殿堂，确立其在中国民俗民间文化史上的地位……

多少年后，当段宝林教授回忆起当年的情景，还难以掩饰惊喜之情。

1984—1987年夏天，我曾带领北京大学中文系三年级学生来扬州进行民间文学与民俗调查实习。当时了解到靖江县文化馆吴根元馆长等同志已记录、搜集了一些民间流传的讲经。同学们带回这些讲经使我们大吃一惊。宝卷讲经是古代的，怎么现在还在民间活着，这真是一个新的发现，于是我们又请缪炳林同志写了两篇介绍靖江讲经的文章在《北大民俗通讯》上发表。

“宝卷还活着”这个消息使许多同行感到惊奇。①

（二）调查（考察）

“宝卷还活着！”的信息不胫而走，传遍大江南北、长城内外，飞越大洋，走向世界。一时间，靖江——扬子江畔一个古称马洲的小城，像一块硕大无比的磁石吸引了中外学者的关注。他们惊喜、好奇、神往……迫不及待地整理行装，急不可耐地踏上探宝之旅。

① 靖江宝卷研究会编：《靖江宝卷研究文献资料》（第一辑），2008年11月，第97页。

1989年，靖江迎来了第一位探宝者——苏联东方学研究所列宁格勒分所高级研究员司徒洛娃。段宝林教授亲自陪同。正是这位中国学者一次次自豪而热情的推介，打动了国外学者的心，他们暗下决心，一定亲临靖江看个究竟……

汉学家司徒洛娃对中国宝卷研究的造诣颇深，翻译出版过数种宝卷文本，但那都是故纸堆里凝固的宝卷。当她亲眼看见古老的宝卷生机勃勃地活跃在靖江，那份惊喜无法用言语来形容，她激动得连连表示"看到了经卷演唱的情况，使我大开眼界"，"我准备对靖江的民间文学作品进行一些研究和翻译"①，要向苏联人民宣传靖江宝卷……

司徒洛娃无比喜悦、兴奋地离开靖江，美国、日本、韩国、中国台湾、中国香港以及许许多多的中外学者纷至沓来……

"有朋自远方来，不亦乐乎。"在这之前，靖江还从来没有外宾来访，因而，政府和有关方面将那些"洋学者"一律视为"国宾"，领导会见、隆重宴请、实地考察、学术交流都搞得中规中矩，就差点没配备公安便衣做保卫……

其实，学者们不远万里来到靖江，为的是亲眼看见宝卷活着的风采，亲身感受宝卷生存发展的文化生态，同时结合各自的学术领域，做一番田野调查，他们并不在乎什么外交礼仪、繁文缛节。

与专家学者相比，我们靖江人是身在宝山不识宝，正所谓"不识庐山真面目，只缘身在此山中"，见得多了，也就习以为常了。外来的学者不一样，个个慧眼识宝，将靖江宝卷这一貌似土里巴几的东西，视为品位极高的富矿，随便从哪里挖一锹下去，都能觅得稀世珍宝：宗教学者发现宗教文化与民俗风情相融合，民间文学家则挖掘口头艺术的源流与变异，而社会学者欣喜地看到人口迁徙与文化的传播……

所有的学者在研究各自学科的同时，都关注一个共同的课题：人与宝卷。著名儿童文学作家、时任靖江市文联副主席的范锡林，曾与来靖的日本学者大部理惠探讨，学者们不辞辛苦，远涉重洋难道仅仅是为了看一眼宝卷吗？"不尽然。"大部理惠坦诚地说："我们是为研究中国的国民性而来。"

可不是吗？宝卷生存于底层的民众之中，透过宝卷人们可以真切地感受到千百年来中国百姓的生存状况和世俗情怀……

大部理惠语出惊人。

原来，学者们是将宝卷作"人学"来研究的。他们考察靖江宝卷，其实是真诚地与古人对话，与今人交流……

在众多中外学者之中，扬州大学车锡伦教授对靖江宝卷的田野调查最为持久深入，卓有成效。

"我对江苏靖江做会讲经和宝卷的调查研究，已经断断续续进行了二十年。按照我研究中国宝卷的总体计划，靖江做会讲经是我田野调查的重点。"②以1987年暑假为起点，车锡伦一次次深入靖江民间，实地调查，写出一份综合报告《江苏靖江的做会讲经》③，对靖江做会讲经的源头、艺人、仪式、形式、特点及面临的问题作了较为翔实的描述和分析；同时还分别

---

① 靖江宝卷研究会编：《靖江宝卷研究文献资料》(第一辑)，2008年11月，第227页。

② 陆永峰、车锡伦著：《靖江宝卷研究》，北京：社会科学文献出版社，2008年9月，第431页。

③ 车锡伦著：《中国宝卷研究》，桂林：广西师范大学出版社，2009年12月，第279-333页。

就“醮殿”“破血湖”作专门调查，形成两篇专题报告：《江苏靖江做会讲经的“醮殿”仪式》①《江苏靖江做会讲经的“破血湖”仪式》②。此外，车先生还在别的许多论著中论及靖江的做会讲经。这些调查报告和理论阐述在国内外产生广泛而深远的影响，成为学术界研究靖江宝卷的权威文献。正因为车锡伦先生与靖江宝卷的特殊缘份和学术造诣，许多来靖考察的学者都乐意邀请车先生当向导。

当年，车锡伦教授的调查纯属个人的学术追求和文化自觉，既无所谓“项目”“课题”等官方背景，也无分文经费外援，而是自掏腰包自做事。而且，由于历史上宝卷曾为民间宗教（“道会门”）所用，在大反“精神污染”的二十世纪八十年代，这一课题显得特为敏感，难免会遇到人为阻碍。所幸靖江的文化部门、民间文艺工作者及民间艺人对车先生的工作表现出巨大的热忱和支持，他与好些靖江人建立并长期保持亦师亦友的关系。2013 年 12 月 31 日，笔者登门拜会车先生，他对当年吃住在民间的情景记忆犹新，还记得佛头张巧生家有一箱藏卷，建议我们上门寻觅。遗憾的是，张家的人说，书是有一大箱，“老头子”死后都“弄啦得够”（散失了）。2014 年 11 月 25 日，车先生偕夫人，带着轮椅、拐杖，乘车来到靖江，专程将《中国宝卷研究》赠给已故佛头陆爱华、赵松群的后人作纪念，并亲赴陆爱华墓前祭奠。他的一位学生记下了现场的情景：

阳光明媚，秋风飒飒，一座简陋的土坟前，纸钱在火光中飘逝，一位白发苍苍、步履蹒跚的老人，一手捧着一本书，一手拄着拐杖，对着坟墓说个不停，像是在与人交谈，神情一会儿是喜悦，一会儿是悲痛……

半小时之后，老人起身离开了坟地，三步一回头，两步一招手，口里不停地说着：“老弟，你先在那边讲经给人听……”③

此情此景，令人动容，发人深思。这不仅仅是感情，更是立场、观点和方法，是一位严谨的学者治学的态度和精神。时至今日，车先生还胸怀宏愿：“准备按照田野作业的科学规范，写出一部描述靖江做会讲经历史和现状的调查报告，同时结合中国宝卷在不同时期、不同地区的发展，对靖江宝卷的特色做介绍。”④

（三）研究

以科学的方法进行调查，为靖江讲经写一部鸿篇巨制的调查报告，这一愿望虽未能实现，车锡伦先生恰为靖江宝卷贡献出一部理论专著。2008 年 9 月，陆永峰、车锡伦所著《靖江宝卷研究》由社会科学文献出版社出版。

《靖江宝卷研究》书影

这是研究靖江宝卷的第一部专著，洋洋洒洒，九章 35 万言。陆永峰在前言里如是说：“本书的撰著即是在前贤今仁的相关研究著作的基础上，对靖江宝卷作一个全面的研讨。其意图在于初步揭示靖江

① 车锡伦著：《中国宝卷研究》，桂林：广西师范大学出版社，2009 年 12 月，第 334-347 页。
② 车锡伦著：《中国宝卷研究》，桂林：广西师范大学出版社，2009 年 12 月，第 348-364 页。
③ 靖江市文学艺术界联合会主管、靖江市作家协会主办，陈永光主编：《孤山》2015 年 01 期第 139 页。
④ 车锡伦著：《中国宝卷研究》，桂林：广西师范大学出版社，2009 年 12 月，第 432 页。

宝卷发展的历史渊源、文化背景，描述靖江宝卷的发展过程与基本类别；并对主要的作品做初步的叙录，以使读者更为方便、清晰地了解靖江宝卷的实际；书中也对靖江宝卷的宣演及其文本特征做了说明，力图从文学的角度阐明其意义所在。”①

青年才俊陆永峰。这位专治唐代文学、敦煌学，著有《敦煌变文研究》《祥月集校注》的文学博士、扬州大学文学院副教授，一句“在前贤今仁的相关研究著作的基础上”的自谦之词，道出了靖江宝卷研究的学术背景。被他尊之为“前辈学者”的车锡伦在宝卷研究领域声名显赫，论著迭出，《中国宝卷研究论集》《中国宝卷总目》《信仰教化娱乐——中国宝卷研究及其他》等著作驰名中外。段宝林、陶思炎、陈泳超、高小康、刘焕仪、宋小君、孔庆茂、王廷信、廖明君等知名学者纷纷以靖江宝卷为对象，从各自的学术领域开展研究，涌现一批颇有见地的学术论文。

2016 年 7 月，南京农业大学青年学者孙跃，推出专著《活着的传统：中国靖江做会讲经研究》。“从音乐人类学、民俗学及民间宗教的角度去描述和解释靖江做会讲经的思想文化内涵，透视其对该地域人民生活风俗习惯和宗教信仰的影响以及娱乐教化的作用，意欲通过对靖江地区做会讲经的文化和各种习俗的剖析，更深刻地了解靖江地区做会讲经的艺术特色和民风民情，解读靖江做会讲经的历史渊源和独具特色的地域文化。”②

《活着的传统：中国靖江讲经研究》书影

在专家学者深入研究的同时，靖江的草根学人也不遗余力地解读、研究靖江宝卷。吴根元、郭寿明、缪炳林、姚富培都曾先后在《民间文学》、《北大民俗通讯》、台湾民俗画刊《汉声》杂志等刊物以及江苏省民间文艺协会理事会年会上发表学术论文，开启靖江人研究靖江宝卷的先河。笔者忝为后学，在他们的感召之下，不揣鄙陋，高擎宝卷传承的火炬接力而行。

《宝卷笔记》书影

2004 年以来，笔者十年做一事：解读、研究靖江宝卷。尽力而为，小有收获，先后出版《宝卷笔记》③《宝卷民俗》④《善化人生·靖江民间讲经》⑤《解读靖江宝卷》。⑥《宝卷笔记》旨在向广大读者，尤其是青少年推广、普及宝卷文化。《宝卷民俗》将靖江宝卷置于民俗学视域进行分析研究，展示古代民风民俗，探寻社会变迁轨迹和民俗文化源流。《善化人生·靖江民间讲经》《解读靖江宝卷》以靖江人特有的情感和体悟，第一次系统解读靖江宝卷。

如果说学者们挥舞的是大锹，一挖一大块，一掘一个坑。我等只能算是手握小锹的有心人，守着宝藏，也想有所作为，怎奈道行太浅、功力有限，只能在表层铲来铲去，偶尔也乘兴挖

---

① 陆永峰、车锡伦著：《靖江宝卷研究》，北京：社会科学文献出版社，2008 年 9 月，第 1 页。
② 孙跃著：《活着的传统·中国靖江做会讲经研究》，南京：南京大学出版社，2016 年 7 月，第 3 页。
③ 黄靖著：《宝卷笔记》，南京：江苏人民出版社，2011 年 6 月。
④ 黄靖著：《宝卷民俗》，苏州：古吴轩出版社，2013 年 9 月。
⑤ 黄靖著：《善化人生·靖江民间讲经》，南京：凤凰出版社，2015 年 5 月。
⑥ 黄靖著：《解读靖江宝卷》，南京：江苏人民出版社，2016 年 1 月。

几块小土、掘几个小坑，那也小得可怜，好在我们大都痴迷、执着，既不自卑，也不急躁，自顾埋头劳作。

《宝卷民俗》书影

《善化人生·靖江民间讲经》书影

《解读靖江宝卷》书影

为宝卷而著，为讲经而述，既是功德，也是坚守。

三、共同坚守

宝卷何以历经风雨而不衰，原因固然很多，比如，相对封闭的人文地理环境，本土没有像苏州评弹那样的民间口头艺术，但根本在人，在于世世代代的靖江人以及钟情于宝卷文化的有识之士齐心协力、共同坚守。

靖江宝卷在坚守中传承，在传承中坚守，突出表现在以下五个方面。

（一）百姓喜爱　根深叶茂

像宝卷这样的草根文化，其生命力深藏于底层的民众之中，只要老百姓喜欢，它便能历经风雨劫难而生机蓬勃，世代传承。

一种文化要得到老百姓的喜欢，根本在于其质的规定性。靖江宝卷之所以深受靖江人的欢迎，一个重要的原因在于它的世俗化、本土化。它从神圣的庙堂走向民间，宣演者也不再是佛门弟子，而是寻常百姓，这些人名为“佛头”，实为农民，与乡间走村串户的手艺人并无二致，其喜怒哀乐的世俗情怀与乡亲们是通的，他们的艺术容易被人们所接纳、所欣赏。也正是这些生活在百姓之中的艺人们，为迎合父老乡亲的欣赏口味，竭尽全力地使宝卷本土化：一是用纯正的靖江老岸话（靖江的主流方言）讲唱；二是吸收大量的民歌、民谣、熟语、谚语及民间传说、民间故事；三是将靖江的风土人情、生产生活知识尽收其中，这样，不仅听起来亲切入耳，而且人物故事、生活场景都似曾相识，从而产生强烈的“我们感”，让人觉得格外亲切，格外珍惜。

靖江人视宝卷为宝，还有更深层的原因，那就是民俗信仰，这也是宝卷最为本质的特征。许多靖江人家如有新房落成、小孩上学、大人做寿等喜庆之事以及祈求神灵护佑的心意民俗活动，首先想到的便是请佛头做会讲经。20 世纪 60 年代的那场变革，因只宣演宝卷，不敬佛烧香。老百姓说：“不敬菩萨还叫讲经？”热闹了一阵子，很快便烟消云散。

如果说信仰是宝卷的主根，那么，娱乐便是辅根。靖江的做会讲经，除了一些必要的仪轨较为庄严肃穆外，总体而言，娱乐性极强，就连那些宣演菩萨身世的圣卷都情节曲折离奇、故事引人入胜。表演时，更是妙趣横生、诙谐生动，让那些时常愁眉苦脸的贫苦农民情不自禁地开怀大笑。

与信仰、娱乐相联结的还有民俗诸要素，由此形成一个发达的根系，深深地扎根于靖江大地，扎根于靖江人的心灵深处，根深叶茂，古树参天。

（二）领导开明　风调雨顺

自生自灭是宝卷生存的基本规律。尽管如此，领导（官方）的态度，往往生杀予夺，左右命运。有据可查，靖江宝卷曾两度面临生存危机。

清光绪二年（1876 年），因境内“尼庵最多”“藏垢纳污”，知县叶滋森下令裁撤尼庵的同时查禁讲经，“颁发告示”“饬令勒石”。

旧县志收录了告示，没记载效果。县太爷禁得了吗？禁不了！

古代禁不了，现代也禁不了。“文革”期间，宝卷被斥为“四旧”，没有谁敢冒批斗、游街的危险公开做会讲经，但“地下活动”还是有的。白天“抓革命促生产”，晚上聚在一起听讲经。当然得悄悄进行，不能像通知开会那样吹哨子、放广播，更不能烧香、点烛、供纸马。每当这时，那些革命口号喊得震天响的干部们，一个个都装聋作哑，这或许便是“开明”。

何为“开明”？无论过去、现在和将来，领导的开明首要的是宽容。因为，宝卷是历史的遗存，且又脱胎于宗教，难免有宗教意味、迷信色彩及许多荒诞不经的内容。现代的人们，尤其是领导干部，大可不必求全责备，简单地用行政命令加以干预，更不可粗暴践踏，搞得山雨欲来、黑云压城，使其生态环境遭受致命的破坏。开明的另一方面是超脱。因为，宝卷生在民间，长在民间，活跃在民间，自有其内在规律，无须官方刻意关怀，更忌现代包装、商业炒作，那样必然导致异化而亡。对于开明的领导而言，只需顺乎其势，营造一个适度宽松的小气候，引导其健康发展。

靖江宝卷有幸遇到许多开明的领导，其中有两位县（市）委书记。一位是新中国成立后第一任县委书记蒋逸成，这位土生土长的靖江人，对宝卷有着刻骨铭心的记忆和体验，在五六十年代那样的政治气候下，他慧眼识宝，充分肯定宝卷的历史文化价值，全力支持文化工作者搜集整理，尝试变革，那种弘扬文化遗产的魄力、勇气，甚至牺牲精神（“文革”时成其一大罪状）让人敬佩。另一位书记刘建国，虽为外地人，同样能像蒋逸成那样深刻认识宝卷的价值和意义，表现出了领导所特有的文化自觉。听说靖江电视中心将宝卷搬上银屏，他亲临录制现场，给予支持和鼓励。明确指示，宝卷从口头传播到视频传播，实现了历史性的时空转换，是一件大有益于传承的事情，值得做大规模，并使之常态化，从而有力地推进了宝卷的现代传播。可见，有了开明的领导，宝卷的生态环境便不断改善，要风得风，要雨得雨，风调雨顺，生机盎然。

（三）艺人创新　注入活力

口耳相传是宝卷文化的基本特征。近代以来，虽然也有印刷的宝卷文本流传于世，但在靖江，无论是演唱者还是欣赏者都习惯于口传心记，佛头讲唱大多不照本宣科，而是全凭记忆，提倡和鼓励即兴发挥，讲唱时可凭借艺术天赋进行二度创作，将人的能动性、创造性贯穿于宝卷传承的全过程。

靖江宝卷在其传承过程中，讲究一个“活”字，师傅对徒弟的要求，不是刻意模仿、死记硬背，而是鼓励创新。因而，同一种宝卷，不同的佛头讲唱有不同的风格，虽情节大致相同，但许多细节常常迥然相异。同一个佛头讲唱同一种宝卷，不同的时间、地点也不尽相同。往往即兴插花，亦即灵活机动地将当时流传及现场有趣的人和事插进正在讲唱的宝卷。《土地宝卷》原本是传统宝卷，而在改革开放的新时代，佛头与时俱进，适时添加新内容：

现在土地分到户，土地菩萨的神通更加广大，学文化，讲科学，施化肥，喷农药，人人总说土地好，只长庄稼不长草。①

如此这般，给古老的宝卷镀上时代的釉彩，令其更贴近现实生活，焕发出新的生机和活力。

佛头的机动灵活不仅表现在宝卷的讲唱上，也体现在仪式上，他们能将庄严的仪式搞得既严肃隆重，又生动有趣。为满足斋主"广结良缘解前冤"的心愿，做会时有个"解结"的仪式，佛头手拿打好结的红头绳，让斋主一家在神灵面前跪拜解结(抽散红头绳结)，随机应变地为不同的人唱不同的偈：

小孩解结：

宝宝一拜头一凿(头一点)，
十八岁上大学。("学"靖江方言读为"或")
中国嫌丑不肯蹲，
要上美国读博士生。②

老板解结：

一拜头一凿，
今年好收局。
钞票纯利二百万，
明年上海买楼屋。③

看人下菜讲吉利话，主观上佛头想讨斋主的欢喜而多得"喜钱"，客观上张扬了做会讲经的活力与亲和力，有助于宝卷的传播和流行。

靖江的民间艺人最大的创新是，大胆地编造了许多神灵的身世。胆大得连玉皇大帝这么一位天界最高主宰，都敢另编出身，由严妙乐国王子一变而成农民，家住吉林省公主岭青龙山下张家湾，姓张名友仁。如此另辟蹊径编造身世故事的还有大圣菩萨、三茅真君、三官大帝、文昌帝君、灶王爷、地藏菩萨、土地公公等，从而为靖江人创造了别样的神佛世界。

正是一代又一代民间艺人的集体创作，使靖江宝卷始终保持活泼的传承态势，历经风雨，依然生机无限。

(四) 学者眷顾 彰显价值

在漫长的岁月里，靖江人只知道热爱宝卷，呵护宝卷，将其视为生命中不可或缺的一部分，但这种情感与认识始终停留在朴素、感性的水平上。直至 20 世纪 80 年代，北大教授段宝林如获至宝的发现，靖江人才如梦方醒，世代相守的宝卷原来是稀世珍宝呵！

在段教授的策动下，车锡伦教授将靖江宝卷作为重大课题，多次深入靖江做田野调查，发表多篇极具学术价值的论文、调查报告。陆永峰、车锡伦合作出版专著《靖江宝卷研究》，他们在前言中表示："靖江宝卷依存于江苏靖江地区的'做会讲经'。靖江地区的讲经(按，即宝卷)活动有其独具的特征，保存了较多的宗教信仰成分，对它的研究，既可充实、丰富对中国俗文学，特别是宝卷的探讨，也可以进一步完善对中国古代及民间社会的研讨工作。"④

二十多年来，靖江宝卷如同一座品位极高、蕴藏丰富的矿山，引起了中外学者的关注，纷

---

① 尤红主编：《中国靖江宝卷》，江苏文艺出版社，2007 年 7 月，第 338 页。

② 靖江佛头刘正坤编创。

③ 靖江佛头刘正坤编创。

④ 陆永峰、车锡伦著：《靖江宝卷研究》，北京：社会科学文献出版社，2008 年 9 月，第 1 页。

纷前来考察调查、研究推介。

笔者有幸接待过几批专家教授，他们都是饱学之士，颇有名士之风，虚怀若谷，温文尔雅，他们因专业背景相异，对靖江宝卷的兴趣点也不尽相同。

靖江讲经是“活着的宝卷”，也是中国历史上最为生动活泼的宝卷，这是靖江人民的创造，人民艺术天才、智慧的结晶。①

——段宝林（北京大学教授）

靖江宝卷具有多重的文化价值，它既体现在静态的历史文本中，也见于动态的讲经做会中。②

——陶思炎（东南大学教授）

靖江讲经是人类宝贵的文化遗产。

靖江讲经是世界口头文学园林里的一朵宝贵鲜花。③

——马克·本德尔（美国美中学术交流委员会学者）

通过宣卷，我们理解中国古代文化的精粹，这样的民间文化对中国和世界的文化一定做出很大贡献。④

——浅并纪（日本东海大学文学院教授）

日本学云大学副教授铃木健之、美国学者马克·本德尔相继发表论文。马克·本德尔的《中国靖江讲经活动介绍》一文，全文近三万字，共分三部分：历史背景与相关传统、夜间讲经活动、日间讲经活动，简要而系统地介绍了靖江的讲经活动，现摘要如下：

靖江讲经是中国江苏省扬子江北岸靖江当地的一种在宗教仪式背景下进行的说唱表演。这种表演是当地对一种曾经很流行的口头叙述宝卷（“珍贵的书卷”或者“珍贵的手卷”）形式的称呼，传统上与民众佛教以及其他信仰相关。讲经表演是指由当地半专业的讲经人分别在夜晚和白天进行讲述的有民间和宗教故事情节的宝卷的活动。讲经人由村里的长者们作陪。在讲唱过程问题时——与听众一起合唱。本文涉及对讲经历史、表演过程的简单概述，配合讲经表演进行的一种保护儿童仪式（“度关”——笔者注）的介绍，以及讲经样文的翻译。

（英文原作由俄罗斯学者白若思提供。译文未经本人审阅，亦未曾在国内发表。——笔者注）

专家学者的来访及研究，扩大了靖江讲经在海外的影响，提升了其在中国俗文化史上的地位。

随着国内外学者研究的深入，靖江宝卷已经走向世界，成为中外人士，尤其是学界了解靖江、了解中国的一把钥匙。“研究宝卷是为了研究国民性。”日本学者大部理会一句话道出宝卷最为本质的价值。

（五）志士奉献 添油加薪

宝卷一路风尘地走到今天，那高擎火炬的无疑是一代又一代的佛头，殊不知，在佛头的周围还簇拥着不计其数的爱好者、痴迷者，其中不乏有识之士，是他们不失时机地呐喊助威、添油加薪，使得宝卷传承的火炬风吹不灭，雨打不熄，风雨无阻，一路前行。

别以为宝卷的编创者都是些土里刨食、目不识丁的农民，事实并非如此。当我们深入研

---

① 靖江宝卷研究会编：《靖江宝卷研究文献资料》（第一辑），2008 年 11 月，第 99 页。

② 靖江宝卷研究会编：《靖江宝卷研究文献资料》（第一辑），2008 年 11 月，第 23 页。

③ 靖江宝卷研究会编：《靖江宝卷研究文献资料》（第一辑），2008 年 11 月，第 229 页。

④ 靖江宝卷研究会编：《靖江宝卷研究文献资料》（第一辑），2008 年 11 月，第 230 页。

究靖江宝卷文本，定会惊异地发现，像《三茅宝卷》《大圣宝卷》《梓潼宝卷》《十把穿金扇》这些经典的靖江宝卷，即便用作家的眼光审视，也堪称艺术精品。这无疑说明，靖江宝卷在其创作、流传的过程中，确有饱读诗书的文人，至少是乡间的落第秀才、落泊文人参与其中，不然，宝卷无论在情节结构上还是语言艺术上都不会这么完整而富有文学性。同时，宝卷大量引用儒释道三家的经典及古典诗词歌赋，也鲜明而强烈地留下了文人劳作的印记，只不过这些文人学士甘做无名英雄，既不留名，也不谋利罢了。

宝卷属民间口头艺术，鲜有文字资料可查，对古人只可假设，不可妄下断语。但从近几十年的实践看，靖江真有一批志士仁人为宝卷的传承发展默默奉献，他们既有领导干部，也有普通的文化工作者，其中有两位杰出代表，一位叫王国良，另一位叫吴根元。

王国良继承祖辈衣钵，弘扬宝卷文化，在新的时代给讲经这一古老的艺术形式注入新的文化元素，将江阴要塞起义这样的现代题材编成宝卷传唱；同时用现代眼光审视传统宝卷，经他整理的宝卷无不洋溢现代生活气息。几十年如一日默默无闻地辛勤劳作，不求闻达，不计名利。耄耋之年还认真总结毕生的艺术实践经验，写了数万言的《王国良谈宝卷》，为后人留下一笔丰厚的文化财富。

吴根元从20世纪50年代便担任区、县文化站（馆）长，与宝卷结下不解之缘，先后现场记录宝卷200余万字，参与编辑出版多种宝卷文本，应邀在《民间文学》及台湾《汉声》杂志撰文推介宝卷，并热情地与一批又一批中外学者进行学术交流，他是靖江知名的宝卷权威。2013年秋，先生怀揣对宝卷的一腔痴情驾鹤西去……在生命的最后几年，先生自知来日无多，想撰写回忆录，真实地记述靖江宝卷抢救保护的实践和自己的理性思考，怎奈病魔缠身，力不从心，终成憾事……

值得欣慰的是，在两位老人的垂暮之年，又有一批钟情于宝卷的文化人，凭着固有的文化良知和文化自觉，自告奋勇从他们手中接过宝卷传承的火炬，不计名利，默默耕耘，矢志不渝地坚守靖江讲经。

余　音

讲经还能讲多久？

有人悲观，有人乐观。

悲观者认为，讲经还能讲二三十年。因为，时下的青少年不爱，甚至有点儿冷落讲经。中老年人成为讲经的“最后一族”。一旦失去新的信众，讲经只有无可奈何地退出经堂，走进书斋，成为少数学者研究的“历史文化遗产”。更为严峻的是，在现代化、城镇化迅猛发展的进程中，成千上万的传统农民变成了市民，一个个传统村落变成新兴的城镇，一幢幢拔地而起的高楼取代了原先线性分布的民居，讲经爱好者坚守阵地的难度更大了。因为，装潢得如同星级宾馆的新居，无论如何也舍不得做焚香点烛、人来人往的经堂的，同时，没了香几台供奉神灵，想做也做不成，这也加剧了讲经的濒危状态。

然而，讲经的受众群体和活动场所虽日渐萎缩，但并不意味讲经这一传承千年的文化样式行将消亡。

笔者对讲经依然持乐观的态度。

千百年来，讲经在辗转流传的过程中，之所以能顽强地存活下来，不仅因其蕴藏着强大而深厚的生命力，而且得益于巨大的适应性。它既然凭借自身的活力，从神圣的庙堂和神秘的神堂走进民间,从宗教信仰演变为民俗信仰,它也一定能从封闭走向开放,从传统走向现代。只要其信仰、教化、娱乐的功能没有消退,生命的潜能没有完全释放,就会按照自己的方式自信地走下去……

窃以为,讲经的阵地能否长期坚守,关键在于两点,一是其内在的精神文化价值;二是底层百姓是否需要。

实践证明,以"劝善化俗,伦理教化"为主旨的讲经对于构建和谐靖江不仅大有裨益,而且寓教于乐,愉悦身心,富有浓郁的地方气息,深得靖江人,尤其中老年人认同。更为重要的是,以"善"为核心的文化内核,与当下倡导的社会主义核心价值观一脉相承,具有久远的普世价值,值得弘扬,理应坚守。最重要的是,信仰是讲经的灵魂,也是信众的精神家园。而今做会讲经突出信仰,或者说因信仰而做会、讲经渐成风气。因此,我们应受到鼓舞,信心满满地瞩目未来,而不是悲观失望。

其实,乐观也罢,悲观也罢,都是多余的,讲经可不理会这些,它自有它的主张,它自有它的方式,它自有它活动的轨迹和前进的方向。它像许许多多草根文化那样,它自有它独特的生存规律——自生自灭。倘若有一天它真的走到了生命的尽头,那也是非人力所能挽回的事儿。令人宽慰的是,尽管危机四伏,讲经仍生机勃勃地活跃在民间。

据《靖江日报》2010 年 11 月 23 日报道,"最近半年来,在斜桥镇,讲经做会以'讲经茶座'的崭新形式面向社会,深受群众欢迎"。记者在新港园区社区教育中心亲眼看见,"近百名群众,喝着开水,嗑着瓜子,兴致勃勃地听讲经。现场,少了以往做会常见的烟雾萦绕,多了几分茶座的轻松闲适"。

读着这则新闻,笔者的眼睛顿时一亮,仿佛看到了新的曙光,想得很多很远。

数百年来,靖江人一直以坚守的精神呵护讲经。打破清光绪年间的查禁是坚守;"文革"时期"转入地下"是坚守;大规模搜集整理是坚守;将讲经搬上银屏、制作出版 DVD 也是坚守;毋庸置疑,尝试用茶座的方式推广讲经同样是坚守,一种现代化、城镇化条件下的坚守,它破解了居民小区无法讲经的难题,富有长远的战略意义。近年来,市非遗保护中心在 7 个拆迁安置区设立"讲经堂",定期组织佛头免费为市民讲经,不失为明智之举。

可见,靖江人对讲经的坚守不但坚定自觉,而且不拘一格。

也许有人会问:"不烧香点烛敬菩萨,还能叫讲经吗?"是的,这是个问题。淡化信仰,舍去仪轨,肯定不是完整意义的原生态讲经。就情感而言,笔者钟情于传统讲经,热切地希望永久保留原汁原味的古韵。但理智告诉我,时代在发展,社会在变迁,倘若一味固守传统,弄不好真的讲不了多久。再说在流转中因时因地变异也是草根文化的一般规律。当然,最理想莫过于既弘扬传统,又改革创新,二者并行不悖,相映成趣。倘因种种社会文化生态环境限制危及讲经的生存,只能以退为进,以"变"为守。其实,只要能让宝卷活泼泼地传承发展,什么样的形式都可探索、尝试。2014 年 11 月 9 日,在靖江举行的"中国宝卷生态化保护与传承交流研究会",其主旨便是"宝卷如何在现代化、城镇化条件下更好地传承发展"。不少专家学者主张两条腿走路,能坚守传统,求之不得;顺乎时势,创新改革,突出重围,也不失为明智之举。想想吧,倘若靖江老岸地区所有现代社区纷纷开设"讲经堂"或开"讲经茶座",靖江讲经岂不迎来一个中兴鼎盛的新时代。

总之,坚守不是固守,笔者虽倾心传统,但由衷地赞赏在创新中坚守。毕竟,坚守就是前途,坚守就是发展,坚守就是希望。

锦溪宣卷的传承与创新

在现代语境之下，古老的宝卷如何传承发展？是固守传统？还是应时更新？江苏省昆山市的锦溪宣卷开辟了一条二者兼顾、相辅相成的道路：艺人自发传承与政府主导创新相结合。

2009 年至 2013 年，笔者曾三赴锦溪，参加“江浙沪宣卷交流活动”。锦溪人不拘一格，大胆创新的精神给我留下深刻的印象。因而，此次田野调查，行前拟题《锦溪宣卷的创新之路》，随着调查的深入，发现锦溪宣卷之所以生机勃勃，闻名遐迩，得益于其在坚守传统的同时，致力于创新，源源不断地为传统宣卷注入新的生机与活力。

一、生存发展的生态环境

任何一种民俗民间文化样式，尤其像宝卷这样的根植于乡土社会、富有地域特色的草根文化，其生存发展无不与一定的人文地理、文化氛围、历史传统等要素构成的生态环境相联系。

锦溪宣卷乃江南宣卷一脉，它的生存发展既受江南人文环境的影响，更离不开锦溪的地域文化背景。

江南水乡古镇锦溪，历史悠久，文化积淀丰厚。“南宋初年，皇室陈妃眷恋这里的美丽景色，死后以水冢葬于镇南五保湖中，故定镇名为陈墓。后‘文革’时觉得此地名不雅，遂改为音近意新的‘成茂。’1992 年时，根据该镇曾在西晋时有‘一溪穿镇而过，夹岸桃李纷飞，晨霞夕辉，尽洒水面，水映桃柳，满溪跃金，灿若锦带’的记载，于是改成今名‘锦溪’。”①

“锦溪镇位于昆山市西南部”，“东接淀山湖镇，东南与上海市青浦区金泽镇为邻；西依澄湖，西南与周庄镇相连；北和西北与张浦镇和苏州市吴中区甪直镇接壤。”

“水网交错，湖荡众多，素有‘金波玉浪’之称。有外圩河道 172 条，总长度 175.11 公里；圩内河道 67 条，总长度 62.58 公里。淀山湖、澄湖、白莲湖、长白荡、明镜荡、杨氏田湖、陈墓荡、汪洋荡、阮白荡 9 个湖泊被列入《江苏省湖泊保护名录》。”②

锦溪周边与诸多流行宣卷的江南名镇为邻，境内水系发达，便于舟楫出行，既有利于宣卷的流播，方便爱好者慕名到邻镇访师，更便于锦溪名师去外地宣卷。据原锦溪文体站站长

① 李忠主编：《玉连环 · 锦溪宣卷》，上海：上海人民出版社，2007 年 10 月，第 12 页。

② 《锦溪镇志》编纂委员会编：《锦溪镇志》，南京：江苏人民出版社，2014 年 4 月，第 1 页。

黄楚林回忆，他外公黄锦文（1922—2004），“锦溪镇北管泾村人，自小就爱听宣卷。18岁那年，他召集村上另5位喜爱宣卷、悟性较高且年龄相仿的人，共同出资20石米，拜常来村上宣卷的周庄蟠龙村人张友良为师，学习‘丝弦宣卷’”。锦溪名师王秉中摇船外出宣卷，“南至上海青浦、练塘，西至苏州吴江、松陵，北至昆山、常熟，东至上海白鹤、安定，方圆几百里都有锦溪宣卷（当时叫陈墓宣卷）王秉中的好名声”①。王秉中的传人、侄女王丽娟兴奋地说：“爷爷专门为大伯打了一条船，中仓住人，前仓装米。装满一仓米便连夜摇船回家，卸完米，一大早又出发。”

王秉中之所以能船行百里而“粉丝”如云，因为自吴江同里至浦东周浦，有成千上万的宣卷迷。时至今日，锦溪周边仍集聚着一个相当规模的宣卷群落：上海金泽的商榻宣卷、浙江嘉善的陶庄宣卷、苏州工业园区的胜浦宣卷、苏州吴中区角直宣卷、苏州吴江区同里宣卷。这不仅让王秉中这样的著名艺人有一个更为广阔的活动空间，而且能打破行政区划，在同一语言文化背景之下，着力营造适宜宣卷生存发展的文化生态。

当然，就锦溪宣卷而言，生存发展乃至繁荣昌盛，有其自身独特的人文历史传统。“据明正德十三年（1518年）编撰的《陈墓镇志》上记载，‘三月二十八日东岳庙进香看宣卷’。由此可获得两个信息：一是宣卷早在那时形成，已有近五百年的历史了，二是证明了宣卷与民间的宗教信仰活动密切相关。”②新版的《锦溪镇志》也有类似的记载：“境内民间艺术自古繁荣。新中国成立前，寺院、茶馆、街头、村中，到处可闻丝竹、宣卷之声；村口、田间，山歌不绝。新中国成立后，宣卷、山歌等民间艺术得到传承和发展。”③

数百年的传承发展，锦溪宣卷的文化基因代代相传，这种刻骨铭心的集体文化记忆，表现出无与伦比的恒久，即便遭遇“文革”那样的“急风暴雨”，一时间枝折叶落，了无生机，可一旦雨过天晴，春风催绿，照样抽枝发芽、开花结果。

二、复苏、振兴的机缘

“野火烧不尽，春风吹又生”，草根文化有着顽强的生命力。然而，毕竟生于乡野，长于民间，自生自灭。刚解放那会儿，对新政权缺乏了解的王秉中，以为从此禁绝宣卷，不谙稼穑的他，远走上海，另谋生路……

王秉中忍痛割舍宣卷，在上海改唱沪剧，事出偶然。但20世纪50年代以来，宣卷由式微走向衰落，则司空见惯。笔者检阅江南镇志，其中不止一次地写道：“宣卷50年代停止。”④那么，同样地处江南，锦溪宣卷何以几经风雨而焕发生机呢？

佛说：“万事皆有缘。”在佛家看来，“一切事物和现象都处在普遍的因果联系之中，都依一定条件而生起。缘，指一切事物和现象所依赖的原因和条件；起，就是依条件而生起。”⑤昆山文化馆的杨瑞庆先生认为，锦溪宣卷从沉寂中崛起，机缘在“一次意外的发现”和“一次成功的尝试”。笔者为此点赞的同时，不揣卑陋地补充两点：“一个领军人物”“一群热心人

① 李忠主编：《玉连环·锦溪宣卷》，上海：上海人民出版社，2007年10月，第27页。
② 李忠主编：《玉连环·锦溪宣卷》，上海：上海人民出版社，2007年10月，第14页。
③ 《锦溪镇志》编纂委员会编：《锦溪镇志》，南京：江苏人民出版社，2014年4月，第122页。
④ 常州市礼嘉镇地方志编纂委员会编：《礼嘉镇志》，南京：凤凰出版社，2013年5月，第570页。
⑤ 洪修平、陈红兵著：《中国佛学之精神》，上海：复旦大学出版社，2009年8月，第193页。

士”。现综述如下。

（一）一次意外的发现

“由于带有浓重的宗教色彩和乡俗礼仪，新中国成立后，特别是在‘文革’时期，宣卷演唱基本上销声匿迹。”①但宣卷的种子仍然深深地埋在人们的心田，一朝春风化雨，便会发芽、吐绿。20世纪80年代初，昆山举行群众文艺会演，“当时的昆山县大市乡文艺宣传队的顾建生将宣卷搬上了舞台，细腔慢调的旋律，唱伴结合的形式，绘声绘色地叙述着故事，令人耳目一新，引来满堂喝彩”②。见到久违的宣卷，杨瑞庆等群众文化工作者不觉大喜过望，满怀激情地下乡调查，发现“昆山宣卷是苏州宣卷的一个分支，锦溪是昆山宣卷的源头，然后向周边地区扩散、辐射。宣卷班子大多由出自乡村的唱、奏高手优化组合而成。由主唱一人、伴唱一人，另有二胡、笛子、琵琶、三弦、扬琴手五六人的伴奏乐队组成。其中主唱者是宣卷班子中的灵魂，担负起演绎故事、说表情节、演唱曲调的重任。伴唱的帮腔悠长、抒情，有时运用小嗓或翻高，起到补充和对比作用。伴奏时和时停，错落有致，使宣卷演唱动静结合，张弛有序”。③ 宣卷的命运从此出现转机，不仅堂而皇之地进入人们的视野，而且引起文化部门的关注。笔者曾有个蹩脚的比喻，如果宣卷是种子，那么，民间艺人是播种手，政府领导则是阳光、雨露，众多的宣卷爱好者便是园丁。有了政府的支持，要风得风，要雨得雨，宣卷岂有不复苏之理？

（二）一次成功的尝试

“1984年，当时的苏州地区文化局要组织一台群众文艺节目晋京演出，昆山市文化馆也接受了创作任务”，“决定用宣卷形式去一鸣惊人”。④

晋京演出可不是儿戏，必须突出地方性、艺术性、政治性。传统宣卷虽富有地方特色，有较高的审美价值和教化功能，倘若原汁原味、原生态呈现，显然不合时宜，得来一番脱胎换骨的改造。比如内容，得反映新时代、讴歌新生活。于是，“写出了《天堂哪有人间好》的本子，让‘仙人下凡’的传奇故事和传统音调‘联姻’”⑤。与新的内容相适应，演唱形式、乐队配置、帮腔曲调等也进行了大胆变革，大大突破传统宣卷固有的宣演模式。经过一番精心“包装”，《天堂哪有人间好》一经亮相，便博得满堂彩，从南京到北京，一路赞誉。由此证明，古老的宣卷能与现代生活相亲相融。

（三）一个领军人物

宣卷的生命力在民间。诸如“晋京演出”之类官方色彩极浓的活动，充其量多了一个活动空间和认同群体——政府官员。当然，这很重要，关乎宣卷“合法身份”的认定。但是，无论作为民间信仰的载体，还是民间口头说唱，其生生不息、枝繁叶茂的关键是每一个时代都有一个大师级的传承人。这些技艺炉火纯青、在民间负有盛名的大师，如同一面旗帜，高高飘扬在一定地域的上空，鼓舞、吸引千万信众；同时肩负着承前启后，传承发展宣卷文化的历史使命。王秉中便是这样的领军人物，正是在他的影响和带动下，锦溪宣卷迅速恢复生机，迎来振兴之春。

---

① 李忠主编：《玉连环·锦溪宣卷》，上海：上海人民出版社，2007年10月，第61页。

② 李忠主编：《玉连环·锦溪宣卷》，上海：上海人民出版社，2007年10月，第62页。

③ 李忠主编：《玉连环·锦溪宣卷》，上海：上海人民出版社，2007年10月，第62-63页。

④ 李忠主编：《玉连环·锦溪宣卷》，上海：上海人民出版社，2007年10月，第64页。

⑤ 李忠主编：《玉连环·锦溪宣卷》，上海：上海人民出版社，2007年10月，第65页。

王秉中(1923—2004)，锦溪镇张家库人。一位为宣卷而生的传奇人物。他生在农家，却不爱，也不会干农活，可对宣卷十分上心。旧时的锦溪，“茶馆、街头、溪边、林中，到处可闻丝竹唱曲之声，无论是镇上还是乡下，逢时过节更是会有草台班子唱戏或者宣卷。每逢这种场合，王秉中总是千方百计想办法前去听曲”①。耳听心记，无师自通，不知不觉便能像模像样、有腔有调地唱宣卷。

一个偶然的机会，王秉中潜在的艺术才华得以显露。

17 岁那年，王秉中摔坏了腿，在家躺了半个多月。母亲去庙里许愿，祈祷儿子早早下床，八月中秋为“老爷”唱场宣卷。当时，唱一场宣卷得付一担五斗米(约 234 斤)。这对贫寒的王家可不是小数目。中秋将至，一筹莫展。村里的宣卷同好周德刚对他说：“何不自己唱它一场。”并帮他请乐手，搭班子，自告奋勇为他附卷。

有道是，行家一开口，便知有没有。虽是头一回主唱宣卷，可乡亲们个个称赞。落场后，有人建议他组班唱宣卷，从此打出“荣传社”的牌子，唱红乡里。

新中国成立后，王秉中虽然一度中断了宣卷生涯，可几十年的沪剧舞台实践，对他日后宣卷艺术的精进大有裨益。从沪剧界退休后，他重操旧业。将沪剧的唱腔、功架、眼神、气势揉进宣卷艺术，令其更臻完美，独树一帜，很快便声名鹊起。“东至千灯、陆家、赵屯、白鹤，南至周庄、同里、芦墟、屯村，西至南港、甪直、车坊、胜浦，北至常熟等地，‘荣传社’唱响了方圆百里，所到之处，群众奔走相告，蜂拥而至。”②

综观王秉忠的“宣卷人生”，他对当代锦溪宣卷的繁荣发展贡献有四：

其一，将沪剧、锡剧等戏曲元素融入宣卷，将锦溪宣卷艺术推向一个新境界；

其二，在更为广大的地域内，传播锦溪宣卷；

其三，选定、培养了王丽娟这样的优秀传人；

其四，回忆、整理了一批经典的宣卷文本。

(四) 一群热心人士

宣卷的保护传承，固然离不开百姓的喜爱、艺人的传承，同时也离不开钟情宝卷的乡土文人。在昆山和锦溪，就活跃着一群致力于弘扬宣卷文化的人。他们深入乡村调查研究，与民间艺人面对面交流，搜集卷本、采录唱腔、记录曲谱，在乡野发现、挖掘宣卷；他们刻苦钻研，努力运用传统形式反映新生活，试图“旧瓶插新花”，为宣卷拓展新的生存发展空间。他们站在时代的高地上观照宣卷，撰文阐释宝卷文化意蕴，围绕锦溪宣卷发表文章十多篇：

《昆山锦溪宣卷概述》杨瑞庆③

《悠远的锦溪宣卷》周新民④

《宣卷世家的传记》高柏勤⑤

《奇葩飘香　沐浴芬芳——锦溪宣卷的保护实践》杨瑞庆⑥

《引人入胜的宣卷活动》周新民 堵建荣⑦

《民间曲艺一枝花——丝弦宣卷》程锦钰⑧

---

① 李忠主编：《玉连环・锦溪宣卷》，上海：上海人民出版社，2007 年 10 月，第 35 页

② 李忠主编：《玉连环・锦溪宣卷》，上海：上海人民出版社，2007 年 10 月，第 40 页。

③④⑤⑥⑦⑧ 李忠主编：《玉连环・锦溪宣卷》，上海：上海人民出版社，2007 年 10 月，目录第 1 页。

《追记锦溪宣卷晋京中南海》杨瑞庆①

《锦溪宣卷的锦绣风采》李惠元②

《锦溪宣卷概述》杨瑞庆③

《宝卷文化生态性保护的价值和现实意义》黄楚林④

《搭建平台　千年圆梦·江浙沪宣卷交流演唱活动的实践与思考》黄楚林⑤

《和锦溪宣卷结伴同行三十年》杨瑞庆⑥

笔者目力所及，地方学者推介、研究地方宣卷，能有如此成果，实属罕见。

笔者与上述作者，或为朋友，或有一面之缘，或素昧平生，无法对他们一一评价，有一点可以肯定，他们是一群志同道合的"宣卷达人"。为了锦溪宣卷，倾心合力，各尽其才，表现出乡土文人应有的文化自觉。

笔者深切地体会到，挖掘、整理、研究宣卷，乡土文人有其自身的优势：(1)长期浸淫于宣卷文化氛围之中，对宣卷有着与生俱来的亲近感；(2)与听众、艺人零距离，可实行无障碍沟通；(3)熟悉方言俚语、民风民俗，能更深切地感悟宣卷的人文价值。正因为有一群热心人士充分发挥其优势，锦溪宣卷才能以崭新的面貌展现在世人面前。

三、民间艺人的自发传承

民间艺人是宣卷传承发展的主体。锦溪宣卷数百年生生不息，根本在于民间艺人自发、自主、自为地代代相传。王秉中自学成才，似无师承，其实，众多的民间艺人都是他的授业之师。他晚年最大的成就，莫过于将平生所学，倾箱倒箧地传授给侄女王丽娟，令其誉满乡里，成为新一代宣卷旗手。

王丽娟今年 64 岁，乃王秉中的弟弟王育中的长女，下有一个弟弟、两个妹妹，小学没毕业便辍学在家帮母亲操持家务。及长，先在家务农，后进镇办企业工作。父亲王育中早年是"荣传社"的主胡，"荣传社"歇业后，他成了地方上的文艺骨干，常常背着幼小的王丽娟出入各种群众文艺排练场，自幼的耳濡目染，激活了王丽娟的文艺天赋，铸就了她活泼开朗的性格。她至今还记得，排练的间歇，叔叔阿姨们逗她："小姑娘，唱一个，唱一个。"她就大大方方地扯开嗓子唱起来，记得她唱的第一首歌是："嘿啦啦！嘿啦啦！天空放彩霞呀……"

当王秉中的"荣传社"重出江湖时，王丽娟已成为公社宣传队的文艺骨干，她有心向伯伯学习宣卷，便买了一条烟送给他。伯伯意味深长地对她说："现在你不要买烟给我吃，等你学会、学好，乃至唱红后再买烟给我，到那时，我吃这烟才有真味道。"王丽娟哪里知道，伯父早就留心观察她，有心传艺于她。

宣卷这一口耳相传的艺术，看似粗陋，其实对传承人的要求蛮高。王秉中曾对王丽娟说："唱宣卷，一定要做到思路清醒，口齿清楚，角色的喜怒哀乐要做得像，不要怕难为情，只要起像了角色，你的宣卷就不会没有人听。"⑦王秉中有女儿，他不传亲女传侄女，看中的是

---

①②③　黄楚林主编：《江浙沪宣卷的保护和实践》，北京：中国电影出版社，2013 年 12 月，目录第 1 页。

④⑤⑥　冯锦文主编：《中国宝卷生态化保护与传承交流研讨会论文集》，南京：河海大学出版社，2014 年 12 月，目录第 1 页。

⑦　李忠主编：《玉连环·锦溪宣卷》，上海：上海人民出版社，2007 年 10 月，第 51-52 页。

王丽娟的天赋和悟性。

1994 年，人过中年的王丽娟正式拜伯父王秉中为师学宣卷。时任村党支部书记的丈夫朱其根心存疑虑，烧香、点烛，那不是迷信吗？一个女人家，成天东奔西走唱宣卷，家里一大摊家务谁料理呀！迟疑归迟疑，他还是默许、支持妻子去做她喜欢的事儿。富有戏剧性的是，当年的文艺骨干朱其根，退休后在家闲得慌，便背着二胡为王丽娟伴奏，日子长了，觉得宣卷蛮有意思。而今，倘闲而无事，老两口在家你拉我唱，其乐融融。此乃后话。

王丽娟进了“荣传社”，并非像人们想象的那样，伯父会苛严地要她练基本功、背宝卷文本、登台附卷，而是让她没事似的在一旁当看客，宣卷休息时，才让她唱几支小曲。王丽娟冰雪聪明，伯父不教，她也不问。天天坐在一边听伯父讲唱、看伯父表演，身段、眼神、表情、动作……每每看到伯父惟妙惟肖地刻画角色，便默默地记在心里，回家一边回忆，一边对着镜子练习……

一晃，三年过去了。

民间有言：“扁担靠城门，三年会说话。”三年的熏陶，三年的浸染，三年的体悟，王丽娟与名副其实的宣卷先生仅一步之遥——登台讲唱。可真让她登台，还有点怯场呢！

1994 年，江南名镇周庄开发民俗特色旅游，特邀王秉中在沈厅宣卷。一时间名声大振，上海电视台、山东电视台相继采访报道。演出一段时间后，考虑到王秉中年岁大，每天往返几十里不方便。于是由另一位男演员担任主演。几场下来，效果不佳，许多老观众提议让王丽娟担任主演。从未临场的王丽娟生怕演艺不佳坏了“荣传社”的名声，不肯承接。但经不住众人热忱的邀请和鼓励，才勇敢地迈出第一步，决定试演一场。“这一场宣的是《顾鼎臣》一卷，她全身心投入，使尽了浑身解数，把所学到的十八般武艺无一保留地倾囊托出，哭、笑、怒、悲，动容动情，情感起落，似假犹真”①，立即得到新老观众的认可与肯定。琴师也由衷地赞赏：“王丽娟唱得不错，能唱红。”

在村庙演示传统宣卷

成功了，王丽娟也犯愁了。在乡间流动演出，有一两个拿手的卷本足以应付，可这是固

① 李忠主编：《玉连环·锦溪宣卷》，上海：上海人民出版社，2007 年 10 月，第 53 页。

定演出，每场都面对许多老观众，卷目不更新，如何是好？别无他法，只好糖炒栗子——现炒现卖。白天在家背长度为40分钟的卷本。王秉中逐字逐句地教，她一遍遍地练，烂然于心，晚上去周庄演出。天天如此，月月如此。经王秉中口传心授，三年间她熟记了几十个卷本。青出于蓝胜于蓝，她成为四乡八里知名的女宣卷先生。

王丽娟在周庄演出得到了群众的好评，王秉中侄女的班子继承了伯伯的演唱风格的消息像长了翅膀似地不胫而走，深得一方百姓的喜爱。这样一来，邀请王丽娟去演出宣卷的人纷至沓来，络绎不绝。她足迹遍布锦溪、周庄、张浦、大市、角直、胜浦、太平等地，每年演出三百多场。常常是她演出回来，电话机旁边的小本本上记了一串电话号码，她一一回复，敲定具体的时间、地点。最红火的那一年，一场接一场，一连唱54场，累得连眼皮都睁不开。琴师们见她“接业务”，生气地说：“你不要命，我们还要命呢！”

看到王丽娟声名日隆，王秉中无比欣慰。他深知，传承宣卷，技艺是看家本领，而科仪及卷本则如同两块基石，不可移异。因而，亲笔默写《请佛》《送佛》《上寿曲》，用文字凝固三则科仪偈，希冀王丽娟传下去。（见附录）

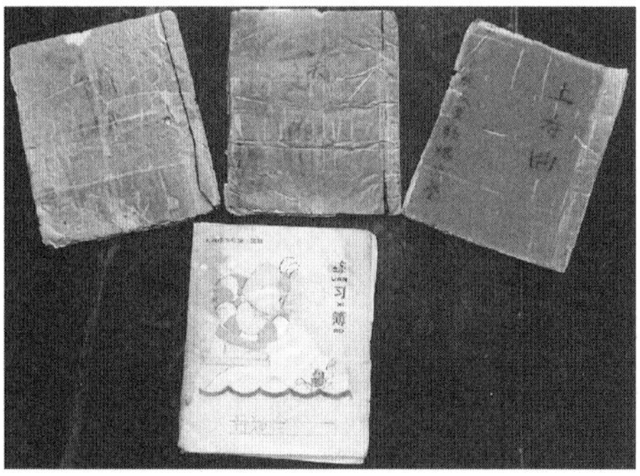
王秉中默写的卷本

在生命的最后三个月，“躺在床上的王秉中老人，开始抄写宣卷本子，他要让这些优秀的宣卷‘脚本’不能因为他的离去而永远失传。老人清醒地记得，在解放初期，大部分的卷本因疑为黄色、迷信被无情地焚毁，目前王家留传下来的卷本，七成以上都是王秉中亲笔手抄，共有五十多本。”①笔者亲眼见到了这些或抄于练习簿，或写于白纸上的抄本，卷目如下：

1.《王华买父》
2.《红鬃烈马》
3.《红楼镜》
4.《顾鼎臣》
5.《蜜蜂记》
6.《孟丽君》
7.《珍珠衫》
8.《龙凤锁》
9.《白马驼尸》
10.《蝴蝶杯》
11.《磨房产子》
12.《玉连环》
13.《双金锁》
14.《金钗记》
15.《落金扇》
16.《盗金牌》
17.《翠连卷》
18.《雪地小梅香》
19.《双蝴蝶》
20.《玉镯记》
21.《剪舌记》
22.《双探花》
23.《双金花》
24.《刘金蝉》
25.《十朵莲花》
26.《雕龙扇》
30.《贩马记》
31.《双富贵》
32.《凉亭产子》
33.《百寿图》

① 李忠主编：《玉连环·锦溪宣卷》，上海：上海人民出版社，2007年10月，第46页。

34.《张四姐闹东京》
35.《合同记》
36.《桃花卷》
37.《奇案卷》
38.《双金锭》
39.《猛将宝卷》
40.《节孝宝卷》
41.《财神卷》
42.《时运卷》
43.《土地卷》
44.《寿生卷》
45.《太母宝卷》
46.《贤孝卷》
47.《玉皇卷》
48.《城隍卷》
49.《百花卷》
50.《香山卷》
51.《三星赐福》
52.《文武香球》
53.《桃艺宝卷》
54.《洛阳桥》
55.《龙皇宝卷》
56.《打刀宝卷》
57.《红罗宝卷》
58.《双贪宝卷》

笔者注意到，王丽娟的继承并非一成不变，而是适应新时代观众的心理诉求而有所发展。比如，请佛时她添了两句："奉请北京城里毛主席，十大元帅到台庭。"似乎有点荒唐，将人民领袖神化了，实则折射出人民对领袖的崇敬和怀念之情。再比如，为适应观众多样化欣赏趣味，她注册了"荣传戏曲团"，白天宣卷，晚上演戏，能演沪剧、锡剧、越剧全本戏和折子戏几十种，常演的保留剧目有：

《陆雅臣卖娘子》沪剧
《庵堂相会》沪剧
《大雷雨》沪剧
《欺嫂失妻》沪剧
《碧落黄泉》沪剧
《珍珠塔》锡剧
《双推磨》锡剧
《十八相送》越剧

既宣卷又演戏，一套人马，两种艺术，演员、乐手均是多面手。王丽娟的"荣传社"人员构成如下：

王丽娟，64岁，小学文化，班主、主演；
朱其根，70岁，初中文化，二胡手；
王卫娟，55岁，初中文化，下手；
张凤仙，52岁，初中文化，下手；
李兴根，69岁，高中文化，扬琴手；
陆秋凤，52岁，初中文化，中阮手；
陈华，48岁，高中文化，琵琶手、小生。

其中，王卫娟是王丽娟的妹妹，正式收在门下为徒。

如果说王秉中、王丽娟、王卫娟属家族传承，那么，黄锦文及其"社韵班"则为异姓师徒传承，其传承谱系为（黄楚林整理）：

张友良（周庄）——黄锦文（北管泾）——黄建发（北管泾）
——黄伟男（北管泾）
——张连根（张家库）
——黄英（自学）

这黄英是黄锦文的外孙女，虽非职业的宣卷艺人，却也得外祖父的真传。那日为笔者演唱《落金钗》片段，韵味十足。

为便于读者了解锦溪宣卷的传统形态，特节录黄楚林回忆文章的有关部分：

“社韵班”的宣卷形式、形制等与苏州其他地区的宣卷有相同处，也有不同点。从20世纪40年代到70年代，基本保持着“丝弦宣卷”的原始形态。

（一）场式。“社韵班”宣卷台，不是我们现在看到的一只八仙桌或二只拼成的，而是班主自己请人定做的。宣卷台，长约1.8米，宽约1米，高侧与八仙桌相近。无论到庙宇、私人家中或村内公共场所，宣卷台在中间一放，后面竖起一屏档，上方书有“社韵宣卷班”的标识，高约2米；宣卷台四角点起四支蜡烛，这一烛台用手工操作，能自由升降。“社韵班”通常由6人组成，主宣、和调各一人，四人为乐器操手。宣台两侧各坐三人，上手中间是主宣，他的右侧是主胡手，左侧是副二胡手；对面中间者为和调人，左侧笛子手，右侧是三弦手(后有弹三弦者，就减少一把二胡)。此台式一直延用到20世纪70年代初，以后就用方台或八仙桌。

（二）程式。“社韵班”在宣卷正式开场之前，先起一段江南丝竹八大名曲之一的《三六》。《三六》，又名《三落》，旋律活泼流畅，欢快而具有弹性，深受百姓的喜爱。接着再演奏六支称之为“拖梢”的民乐，按顺序分别是：《柳青娘》《苏武牧羊》《龙虎对》《四合》《花落》和《快乐》。这一段大概需要30～40分钟。这就是所谓的暖场、热场，也是吸引观众前来听宣卷的一种有效的方法。

接着就是请佛。黄锦文以请佛调宣唱，一一请出七十二尊佛来。结束后，稍作休息，宣卷便正式开场，主宣人起拍一响就正式开场。起段的唱词也是根据不同场合，选取不同的内容。如：“木鱼敲滴笃声，磬子敲唧铃铃；大慈大悲观世音，南无阿弥陀佛。”“王子去求仙，丹人十九天；山中放七日，世上见千年。”等等。正场宣卷结束，再把七十二尊佛一一送回。

（三）家什。“社韵班”的家什，主要有木鱼、磬子、二胡、京胡、笛子、三弦、扬琴、点板等。他们班在不同时期所用的乐器也有不同，作为“文明宣卷”的“丝弦宣卷”，琵琶是少不了的，但因农村没有会弹琵琶的人，故“社韵班”妙用三弦代替琵琶，是他们的一大特色。第一代第一批所用家什木鱼、磬子、二胡、笛子、三弦；到第一代第二批时，加入了扬琴、点板和京胡，京胡一般用在开场的《三六》。一般的宣卷班都用一个木鱼，而“社韵班”的主宣用一大一小两只木鱼，和调人开始时用一只磬子，是铃与敲棒连成一体的一种，后来改用2只，左右手各执一。现在的磬子已作了改革，用一对铃对敲，称为“碰铃”或“磬铃”。

四、政府主导的应时更新

民俗民间文化的一般表现为超稳定性，从内容到形式，陈陈相袭，世代传承。但是，面对汹涌而来的改革开放大潮，传统宣卷不可能无动于衷，必然会主动迎合，进行调适与更新。在锦溪，这种调适与更新更多地处于政府的主导之下，富有官方色彩。

如上所述，原生态晋京显然行不通。或许，这便是历史宿命，注定锦溪宣卷自复苏的那一刻起，便处于创新的时代精神激励之中，且表现不俗，硕果累累。

（一）内容创新

改革开放之初的1984年，“思想还没彻底解放，宣卷被一般人看来还带有迷信色彩，搞得不好将会背上复旧、传播迷信的‘包袱’，难以通过层层审查”①。注意，关键是“层层审查”。20世纪70年代，笔者在部队从事文艺创作，最怕审查。熬油费灯、绞尽脑汁写个节目，常常是首长一句话便“枪毙”了。而“致死”的原因，不是艺术质量，而是政治因素，是“左”的观念支配下的“政治大棒”。可见，不管宣卷的形式多好，音乐多美，内容是非变不可的。于是，《天堂哪有人间好》的卷本便应运而生。

在锦溪宣卷发展史上，这是一个划时代的卷目。特原文照录：

天堂哪有人间好②

宣卷　男（甲乙2人）

帮腔　女（8人）

甲（韵白）：党的春风化雨露。

乙（韵白）：如今农村快活多。

甲（韵白）：天堂哪有人间好？

乙（韵白）：宣卷也要唱新歌！

甲（表）：话说江南水乡有个百花村，百花村出了一首《快活歌》，《快活歌》唱出了今日农村的快活景象，现在我们拿给诸位听一听。

乙（表）：好，拉起胡琴敲起鼓，听我们唱一首《快活歌》。

甲（唱）：快活世界快活多了，

乙（唱）：快活人要唱快活歌。

甲（清板）：月里嫦娥下凡尘，百花村里来落户。

乙（清板）：结识对象田状元，一见钟情配夫妇。

甲（清板）：小夫妻种好承包责任田，再养几百只鸡鸭鹅。

甲乙（合唱）：三年辰光不算长，嫦娥家变成万元户。

甲（表）：结婚以后，田状元和嫦娥夫唱妇随，情投意合，勤劳节俭，劳动致富，第四年生了一个独生女儿，长得比嫦娥还要标致，赛过春天早晨露水里厢一朵鲜花，百花村男女老少都称田状元好福气呀！

甲乙（合唱）：好消息一传传到天河上，牛郎织女不愿再受苦。

甲（清板）：双双下凡到人间，来到百花村找嫦娥。

乙（清板）：牛郎养牛本领大，菜牛奶牛养得壮又多。

甲（清板）：织女报考进工厂，喷气织布不用梭。

甲乙（合唱）：三年辰光不算长，新造楼房有一座。

甲（表）：再讲好消息“得儿”一阵风吹到花果山，齐天大圣快活得搔耳抓腮：“哈哈！你们都到人间去快活受用，也不与俺老孙打个招呼，老孙也跟来了！”

甲乙（合唱）：一个跟斗到百花村，申请承包种花果。

甲（清板）：一片桃园数千棵，结出蟠桃甜又大。

乙（清板）：齐天大圣成了专业户，经验介绍了两淘箩。

甲（清板）：猪八戒听说师兄发了财，也造起猪棚养猪猡。

---

① 李忠主编：《玉连环·锦溪宣卷》，上海：上海人民出版社，2007年10月，第65页。

② 李忠主编：《玉连环·锦溪宣卷》，上海：上海人民出版社，2007年10月，第222-227页。

乙(清板):只只猪猡养得壮,杀出来油肉少来精肉多。

甲乙(合唱):吃客人人都称赞,猪八戒跳起芭蕾舞。

甲(表):再说百花村有一个文艺宣传队,他们经常演出非常闹猛,八仙慕名而来,来仔一帮仙人演出更加精彩!

甲乙(合唱):铁拐李和李纯阳跳迪斯科,汉钟离搭仔村姑跳交谊舞。

甲(清板):韩湘子吹起紫竹笛,何仙姑搭蓝采和登台唱起《双推磨》。

甲乙(合唱):天堂哪有人间好,百花村成了仙人窝。

天堂哪有人间好,快活世界快活多。

众(合唱):天堂哪有人间好,水乡尽唱快活歌。

天堂哪有人间好,水乡尽唱快活歌。

这个卷本,不仅继承了宣卷"韵散相间,讲唱结合"的叙事传统,而且借鉴宝卷惯常的为神仙立言的艺术手法,让天上的"神仙"纷纷来到百花村,尽情享受改革开放的春风雨露。如此"旧瓶插新花",领导审查定然一路绿灯,群众也拍手称好。

首战告捷,创新便成为一种常态,一个又一个富有时代气息的卷目相继出炉:

1.《百花村传奇》(丝弦宣卷)①

2.《拒烟》(宣卷说唱)②

3.《乡情乡音歌颂党》(宣卷表演唱)③

4.《老两口搬家》(宣卷演唱)④

5.《回娘家》(宣卷小戏)⑤

6.《"老不信"看房》(丝弦宣卷)⑥

7.《"四知"先生》(丝弦宣卷)⑦

8.《退虾》(丝弦宣卷)⑧

9.《一粒米》(丝弦宣卷)⑨

10.《三个女人一出戏》(宣卷小戏)⑩

11.《自作自受》(宣卷演唱)⑪

12.《锦溪的桥牵手锦溪的窑》(宣卷演唱)⑫

13.《起快船唱宣卷》(宣卷演唱)⑬

(二)形式创新

以上卷目表明,锦溪宣卷在内容创新的同时,形式上也大大突破传统模式。"宣卷小戏""宣卷演唱",甚至以宣卷音乐为主旋律的"宣卷歌舞",纷纷出笼。于是,形式创新势在必行。

锦溪宣卷通常在庙会、祝寿、婚礼等场合演出,与农民群众的人生礼俗相融合,表演形式极其简朴。"由一人主唱、一人帮唱、众人伴奏","演出场地可在露天搭棚,也可在厅堂搭台。大多只需两只并列八仙桌,如像评弹演员的'功架',其他演员围坐周边,时而伴唱,时而伴奏,衬托主唱声情并茂地演绎故事"。⑭

①②③④ 李忠主编:《玉连环·锦溪宣卷》,上海:上海人民出版社,2007年10月,第228-252页。

⑤⑥⑦⑧⑨ 黄楚林主编:《江浙沪宣卷的保护和实践》,北京:中国电影出版社,2013年12月,第187-205页。

⑩⑪ 黄楚林主编:《江浙沪宣卷的保护和实践》,北京:中国电影出版社,2013年12月,第235-240页。

⑫⑬ 黄楚林主编:《江浙沪宣卷的保护和实践》,北京:中国电影出版社,2013年12月,第244-247页。

⑭ 李忠主编:《玉连环·锦溪宣卷》,上海:上海人民出版社,2007年10月,第17页。

这种沿袭数百年的宣卷形式，早已为观众所熟悉，并由此养成独特的审美情趣。但是，要想让锦溪宣卷为更大范围、更高层次的观众所认同，其表演形式必须来一次革命性突破，力求形式与内容完美统一，以增强艺术观赏性。于是，《天堂哪有人间好》排练的时候，大胆地对演唱形式进行改革。“为增强舞台的美感，增加演唱的对比性，将主唱变一人为二人，分别敲击木鱼、碰铃，且在前排坐唱，将伴唱变一人为八人，分别敲击铃鼓，后排帮唱，载歌载舞，乐队侧幕就座，烘托气氛。”①笔者头一回在锦溪观看复排的《天堂哪有人间好》，第一反应是，“这是宣卷吗？不是！是货真价实的‘坐唱’。”可见，新形式对“老派”观众的视觉冲击有多强烈。但细细琢磨，这种创新并不离谱，诸如“讲唱结合”、“一唱众和”以及“宣卷调”等传统要素依然保留，且予以放大。因而，就质的规定性而言，堪称锦溪宣卷的“现代版”。

（三）平台创新

江浙沪吴方言区活跃着两大宝卷群落：无丝弦乐器伴奏的讲经群落和有丝弦乐器伴奏的宣卷群落。两大群落内部又异化为若干风格各异的个体。群落及个体之间，或同宗同源，或同源异流，但一经在某地落脚生根，便自立门户，相对封闭，相互间鲜有往来。

2009 年，宣卷之家走出来的黄楚林调任镇文体站站长。一份前任拟定的“举行江浙沪宣卷交流的工作计划”，叩击着他郁结许久的宣卷情结，他毅然决然地举办了“千年宝卷，锦溪传唱”活动，而且，2009 年至 2013 年，连办三届，先后有来自江苏、浙江、上海的十六支宝卷宣演队伍参加联谊、交流、研讨。笔者亲历其事，特以“千年之聚”为题，为之纪实。

一个小小的乡镇文体站，自觉自动地承担起江浙沪三地宝卷文化联谊、交流的重任。这让人想起一句歇后语：“老鼠拖木掀——大头在后头。”行政上互不统属、“江湖上”各有门户、艺术上风格迥然，这“头”可不好挑，“拖”起来费劲。令人钦佩的是他们不但办了，而且连办三届，一届更比一届好！（《千年之聚》）

这是一个了不起的创新和突破。分散于大江南北的宣卷艺人从此告别“各自为战”的时代，再也不是“民兵”“游击队”，而是以“集团军”的名义，走出乡野民宅，冠冕堂皇地登上大雅之堂。黄楚林亦撰文总结思考，概括了三大成功实践：

实践之一：把宣卷从民间自发推到政府层面；

实践之二：把宣卷从“后台”推向“前台”；

实践之三：把宣卷从“坐地户”推向“大世界”。②

锦溪的平台创新，在江浙沪地区产生巨大的示范效应。浙江嘉善的陶庄、上海浦东新区的周浦、江苏吴江同里都先后举办规模不等的“宣卷交流、研讨活动”，有效地推动区域宣卷文化生态的改善。

别以为政府主导创新单纯为政治服务。诚然，此乃重要缘由，同时也是文化自觉的表现。在新的历史条件下，如何更好地抢救保护老祖宗留下的非物质文化遗产，原生态地坚守传统是必要的。但最好的保护是让古老的文化样式跟上时代的步伐，融入新的社会生活。内容与形式的创新，便成为“积极保护”的题中应有之义。

锦溪宣卷的创新在市、镇两级政府的主导之下，一批“吃皇粮”的文化干部执笔操刀、闪

---

① 李忠主编：《玉连环·锦溪宣卷》，上海：上海人民出版社，2007 年 10 月，第 65 页。

② 冯锦文主编：《中国宝卷生态化保护与传承交流研讨会论文集》，南京：河海大学出版社，2014 年 12 月，第 58-62 页。

亮登场，所创卷目生动有效地体现"官方意志"。难能可贵的是，他们以巨大的热忱吸纳、欢迎民间艺人参与创新、表演新卷。2005 年，锦溪镇文体站编创反腐倡廉的宣卷演唱《拒烟》，特邀王丽娟主演。参加昆山市会演，荣获二等奖。

锦溪的实践表明，政府主导至少体现在以下几点：

① 紧跟形势，确立创作指导思想；② 适应时代，鼓励内容、形式创新；③ 组织落实，由市、镇文化部门挑选主创人员；④ 经费保障，排练、演出费用由财政拨款；⑤ 有序展示，有计划地安排公演、会演；⑥ 改善生态，跨地区联谊、交流、研讨。

五、几点思考

1. 民间自发传承、政府主导创新，相辅相成、相得益彰，有利于传统宣卷在现代语境下的传承发展。目前，锦溪宣卷呈良性发展的态势。在民间，继王秉中之后，王丽娟成了新的领军人物，承前启后，继往开来。政府主导下的创新，也不乏成功的范例，为古老的宣卷在现代化、城镇化条件下，以新的样貌呈现于世积累了经验；同时也为宣卷的生存发展拓展新的路径和空间，营造了良好的文化生态。

2. 当下保护传承前人留下的"非物质文化遗产"，最有效的途径是民间自发传承。对此，无论是各级领导，还是民间艺人，都必须有清醒的认识。坚定不移地鼓励和支持王丽娟这样的大师级艺人开山授徒，在民间寻访足以担当薪火传承历史重任的衣钵传人。年过半百的王卫娟难当此任，至少没有年龄优势，构不成代际梯队。王丽娟在民间物色了一个合格的人选，他本人也乐意拜师。但此人目前在一外企工作，有着稳定而丰厚的收入，辞职学艺，收入势必大幅度下降。如何破解这一难题，王丽娟无能为力，政府亦暂无良策。此乃民间传承普遍性危机，值得思考与探索。

3. 也许是杞人忧天。这些年，笔者常常在内心深处有一种隐忧，甚至恐惧。生怕一些地方因为个别领导的意志而违背艺术创作规律，导致严重的"去宣卷化"。可喜的是，锦溪既有黄楚林、诸建荣这样的内行身处保护传承一线，又有杨瑞庆、周新民等热忱而专业的地方学人作后盾，虽然他们也做了某些尝试，编创宣卷小戏、宣卷演唱、宣卷歌舞，但仅仅是尝试而已，并未刻意放大，喧宾夺主。换言之，坚守传统，积极探索，始终是锦溪宣卷创新的基调和追求，此实为锦溪宣卷之幸。

笔者在王丽娟家看到"王氏家藏卷本"，立马想到上海金泽的民间艺人李小生，他家也藏有五十多种宝卷文本，且卷目部分相同。遗憾的是，两家虽视之为宝，但保管、收藏均十分粗放，甚至恶劣。李家的宝卷随意堆放在一蓝色塑料筐内。王家的宝卷储藏于一顶无门书橱内与锅灶为伍，一些卷本因潮湿而字迹模糊，一些抄于练习簿的卷本因翻阅日久订书订生锈、脱落。更让人揪心的是，两家儿女均无志于宣卷，这些卷本未来的命运堪忧。且不论家庭不具备长期收藏的条件，即便能科学收藏，儿孙能世代珍视吗？最有效的办法是结集出版，或以地方的名义，如《锦溪宣卷》《金泽宣卷》；或以家族的名义如《锦溪王氏家藏宣卷》《金泽李氏家藏宣卷》。显然，以前者名义为宜。

附录：昆山锦溪王氏家藏《请佛》《送佛》《上寿曲》抄本

请佛

金香炉内焚
透上九霄云
弟子勤礼拜
奉请佛世尊
金香金香炉内焚
金烟透上九霄云
佛门弟子勤礼拜
奉请天堂佛世尊
第一请护国韦陀佛
第二请黑虎玄台赵将军
第三请赤胆忠心温元帅
第四请尽忠报国岳大人
第五请上仓云岳帝
第六请文武双全关胜军
第七请清阳宫中杨三太
第八请拿妖捉怪诸天尊
八大护法先请到
再请各路佛世尊
奉请玉皇大帝尊
金童玉女两边分
奉请三世如来佛
五路菩萨两边分
奉请南海观世音
善才龙女两边分
奉请文殊李师王
身骑青狮到台庭
奉请普贤行元王
身骑白象到台庭
奉请姚天星君主
满天星斗到台庭
奉请南斗元帅忠贤寿
北斗七元星君到台庭
奉请日宫元桑国
月府五君到台庭
奉请十二功臣添吉庆
二十八宿星君到台庭
奉请消灾延寿天皇佛
刘利界宝到台庭
奉请杨戬二郎神
赦天保犬到台庭
奉请同来弥陀佛
经华胜会到台庭
奉请四主大能神
七珍八宝到台庭
奉请泗泾七宝刘孟将
马公宋相田公田婆到台庭
云台上奉请三官大帝尊
考界召国到台庭
天堂山奉请祖师爷
鬼蛇二将到台庭
九华山奉请地上王
佛名斗子到台庭
中南山奉请瑶池女王母
福禄寿三星到台庭
上方山奉请天有圣母尊
红胜孟子到台庭
九曲山奉请茅山大尊神
因化五道到台庭
奉请金泽杨老爷
东池司明到台庭
徐罗山奉请上八洞神仙
中八洞神仙到台庭
奉请水晶宫中老寿王
虾兵蟹将到台庭
奉请五路大财神
招财进宝到台庭
奉请本府本县城隍爷
当方土地到台庭
奉请家堂众六神
灶君公公到台庭
香在炉中烛在上
茶在杯中酒在敬
一台宣卷敬神灵

保佑全村福寿增

送佛

念念广无边
公缘满大千
为首千红目
送佛上西天
先送八大护法将
再送各方佛师傅
奉送玉皇大帝尊
灵霄宝殿坐金身
奉送三世如来佛
雪山顶上坐金身
奉送南海观世音
六茄山上坐金身
奉送文殊李师王
五台山上坐金身
奉送普贤行元王
峨眉山上坐金身
奉送日府月宫君
阴阳玉兔照乾坤
奉送南北二斗星
远上天堂坐金身
奉送同来弥陀佛
龙华山上坐金身
奉送四主大能神
清凉山上坐金身
奉送西天斗母王
竹官宫里坐金身
奉送消炎延寿元
流离山上坐金身
奉送三官大帝尊
云台山上坐金身
奉送瑶池女王母
中南山上坐金身
奉送天台刘孟将
泗泾七宝坐金身
奉送佛名地藏王
九华山上坐金身
奉送天有圣母尊
上方山上坐金身
奉送杨戬二郎神
一直送到南天门
奉送灵神杨老爷
金泽玉镇坐金身
奉送茅山大尊神
九曲山上坐金身
奉送福禄寿三星
昆仑山上坐金身
奉送上中八洞神仙
徐罗山上坐金身
奉送东海老龙王
水晶宫中坐金身
奉送本府本县城隍爷
当方土地进衙门
家堂六神护全村
灶君公公保太平
五路财神护全村
保佑全村福寿增
南无阿弥陀佛

上寿曲

爆竹响连天
喜庆寿诞期
一曲上寿歌
吉祥又如意

爆竹声声响连天
贵府喜庆寿诞期
奉献一曲上寿歌
万事吉祥又如意
三十三天天上天
天乡都是活神仙
寿童奉命来上寿
献上四盘长寿面
献上了,献上了
寿糕寿桃寿桂圆
寿佛手 寿香椽

寿烛插在寿千上
寿香敬在寿炉里
寿壶里面装寿酒
寿酒敬在寿杯里
寿香寿烟上云霄
上八洞神仙笑眯眯
第一位,南极仙扇身骑鹿
第二位,随地行舟麻姑仙
第三位,东方朔月里爬山偷桃吃
第四位,握算阴阳鬼谷仙
第五位,张仙送子行千里
第六位,王母娘娘爱修仙
第七位,陈团一忽千年困
第八位,梨山老母修万年
上八洞神仙眯眯笑
中八洞神仙笑眯眯
张果老,倒骑子呵呵笑
汉钟离,露步背心袒出肩
蓝采和,篮王花锦绣
何仙姑,手里连心结
铁拐李,药瓢葫芦放出天然福
吕纯阳,斩妖用飞剑
韩湘子,玉笛吹出秋江月
曹国舅,独舅洋洋出宫殿
八洞神仙受香烟
赐下副副寿对联
第一副：
　　福如东海长流水
　　寿比南山松万年
第二副：
　　福禄寿福添福寿
　　寿福福禄福寿添
　　添福寿福寿添
　　合家老小福寿添

爆竹声声响连天
贵府喜庆寿诞期
奉献一曲上寿歌
万事吉祥又如意
奉上一曲上寿歌
万事吉祥又如意

(《请佛》《送佛》《上寿曲》均为民间艺人王秉中回忆、抄录。——笔者注)

江南宣卷看同里

从浙江的绍兴、嘉善到上海的周浦、金泽，一路之上，每每论及某地宣卷的源流，便常常提到同里宣卷，仿佛同里宣卷乃江南宣卷之源。

2016 年夏，笔者两访同里，殷殷寻访同里宣卷。

一、 基本状况

闻名遐迩的同里是中国十大名镇之一。“先秦已成集市”，“汉唐日益繁华”，宋代“正式建镇”。[①] 深厚的历史文化积淀，旖旎的水乡风光，还有那悠然的宣卷，让中外游客流连忘返。

“同里镇位于吴江市东北部，东连昆山市周庄镇，北邻苏州吴中区车坊镇，南接芦墟镇，西靠松陵镇”，“地处太湖之滨，大运河畔”，“地理位置优越，水陆交通便捷”。[②] “周庄”“芦墟”是笔者在昆山锦溪和嘉善陶庄、西塘便熟知的两个地名，民间艺人正是以此为跳板，将同里宣卷传播至昆山、嘉善。同时，当下中国活态传承的宝卷，在江浙沪地区的分布，恰恰是“环太湖”“沿运河”。正是这独特的地理位置，让同里宣卷有可能向毗邻的江浙沪地区辐射，“如浙江嘉善的陶庄、汾玉、大舜、丁栅、下甸庙、西塘、姚庄、干窑，嘉兴的田乐、连泗荡、王江泾，上海青浦的金泽、西岑、商榻、朱家角、练塘，昆山的周庄、锦溪、千灯，苏州的郭巷、尹山、车坊、斜塘、角直、胜浦、木渎、光福、东山、横泾、渭泾塘等地”[③]。为求证同里宣卷辐射的状况，访问老艺人时，笔者特地询问其活动区域，大多有跨界宣卷的经历。前不久歇业的石念春说，他曾到过浙江嘉善的陶庄、大舜，上海青浦的商榻。著名艺人芮时龙能量更大，浙江的嘉善、嘉兴、湖州，上海的金泽、朱家角都曾有过他的身影。他还一度是常熟评弹团宣卷团的“台柱子”。

别看同里宣卷在江湖上“名头”大得很，其实，它只是苏州宣卷的一脉。车锡伦先生赴同

① 《同里镇志》编纂委员会编：《同里镇志》，扬州：广陵书社，2015 年 9 月，第 1 页。

② 《同里镇志》编纂委员会编：《同里镇志》，扬州：广陵书社，2015 年 9 月，第 1 页。

③ 中共吴江市委宣传部、同里镇人民政府、吴江市文学艺术界联合会、吴江市文化广电新闻出版局编：《中国·同里宣卷集》（口头演唱记录本），南京：凤凰出版社，2010 年 7 月，第 1 页。

里考察，在其调查报告《江苏苏州的民间宣卷和宝卷》中明确指出："'同里宣卷'是苏州宣卷的重要组成部分。"①质言之，江南宣卷的源头应为"苏州宣卷"。尽管如此，同里宣卷无论作为苏州宣卷家族的重要成员，还是如兄弟分家自立门户那样，它既然名动四方，自有其独特之处。笔者就此请教同里文化名人张舫澜先生。他认为，同里宣卷源于苏州宣卷，烙有苏州宣卷的共性特征。同时，它在"乡土化"过程中，形成了许多鲜明的个性特征。

(一) 兼收并蓄

宣卷自传入同里的那天起，便主动吸收富有浓郁地方特色的文化元素：山歌、渔歌、赞神歌、佛曲等；同时，借鉴、移植苏州评弹、越剧、锡剧、沪剧的唱腔、表演乃至文本；对这些本土的、外来的文化并非生吞活剥，而是消化吸收，实行"宣卷化"。这种兼收并蓄、博采众长的品格，令同里宣卷显现出巨大的亲和力，得到不同地域听众的认同与青睐，这是同里宣卷广为传播的重要缘由。

(二) 曲调丰富

传统的木鱼宣卷，曲调十分简单，比如靖江讲经，仅有五六种"调口"，民间艺人常用的也就那么两三种。令笔者惊异的是，收入《中国·同里宣卷》的"同里宣卷曲调"，竟有 65 种之多，且全为现场采集、至今仍活态传承的曲调②：

宣卷曲调

1. [拜观音](宣卷调)
2. [蔡状元起造洛阳桥](宣卷北头调)
3. [虫入凤中飞去鸟](丝弦调)
4. [第一个环洞来造成](宣卷夯夯调)
5. [第一枝清香路来问](宣卷基本调)
6. [刘王忏]
7. [念佛祭](一)
8. [念佛祭](二)
9. [蓬莱路上十条桥](念佛调)
10. [请佛](弥陀调)
11. [庆祝蟠桃福禄寿](宣卷花名调)
12. [日出东方一点红](汪汪调)
13. [啥个宝卷初展开](宣卷大豆调)
14. [身在异处想亲人](海花调)
15. [十拜观音]
16. [寿烛一对火头高](宣卷北调)
17. [松江出了个胡宝元](宣卷丝弦调)
18. [太子哭坟调](一)
19. [太子哭坟调](二)
20. [西王母庆蟠桃](宣卷十字调)
21. [昔日王子去求仙](宣卷基本调)
22. [想我名落孙山](丝弦调)
23. [醒世曲]
24. [徐银桥调](弥陀调)
25. [许维钧调]
26. [宣佛调]
27. [宣卷调]
28. [阎王忏]
29. [一盏香灯为母亲](拜香调)
30. [一炷清香炉内焚](拜佛调)
31. [一炷清香手中拿](拜佛调)
32. [正月里来是新春](丝弦调)

宣卷小调

33. [补缸调]
34. [大补缸]
35. [荡湖船]

① 车锡伦著：《中国宝卷研究》，桂林：广西师范大学出版社，2009 年 12 月，第 369 页。

② 中共吴江市委宣传部、同里镇人民政府、吴江市文学艺术界联合会、吴江市文化广电新闻出版局编：《中国·同里宣卷集》(手抄校点本)，南京：凤凰出版社，2010 年 7 月，第 385-438 页。

36. [赌博害人精](五更调)
37. [二姑娘相思调](一)
38. [二姑娘相思调](二)
39. [凤阳歌]
40. [湖丝阿姐]
41. [叫花调]
42. [进花园调]
43. [金陵塔调]
44. [开开门来叫先生]
45. [夸郎调]
46. [郎要断](滴落生调)
47. [媒婆调]
48. [孟姜女]
49. [牡丹亭旁立定身](行路调)
50. [梳妆台]
51. [十二调]
52. [手扶栏杆]
53. [四季歌]
54. [挑方巾]
55. [无锡景]
56. [五更调]
57. [吴江调](一)
58. [吴江调](二)
59. [西湖栏杆]
60. [小小苏州好风光](行路调)
61. [烟花女子告阴状]
62. [杨柳青]
63. [银绞丝](一)
64. [银绞丝](二)
65. [阴司调]

就本源而言,以上曲调主要来自五个方面:①木鱼宣卷基本调,如《弥陀调》。②丝弦宣卷基本调,如《丝弦调》《宣卷花名调》。③赞神歌、佛曲改编调,如《念佛祭》《刘王忏》。④民歌、渔歌改编调,如《海花调》《五更调》《杨柳青》。⑤民间艺人自创调,如《许维均调》。这许多曲调,一方面,可供民间艺人依据自己的嗓音条件和喜好自主选择,换言之,可最大限度地发挥每个艺人的音乐天赋;另一方面,听众在不同场合、不同艺人那里,可尽情地欣赏异彩纷呈的宣卷音乐,这正是同里宣卷艺术魅力所在。

(三) 卷目繁多

2010年8月,由中共吴江市委宣传部、同里镇人民政府、吴江市文学艺术界联合会、吴江市文化广电新闻出版局编辑出版的《中国·同里宣卷集》(上下卷),上卷为"口头演唱记录本",下卷为"手抄校点本和附录":

上卷卷目:

1.《叔嫂风波》
2.《冒婚记》
3.《双富贵》
4.《雪里产子》
5.《梅花戒》
6.《白兔记》
7.《龙凤锁》
8.《洛阳桥》
9.《玉佩记》
10.《杀狗劝夫》
11.《新郎产子》
12.《张四姐闹东京》
13.《三拜花堂》
14.《春江月》
15.《梦缘记》
16.《赖婚记》
17.《金殿认子》
18.《珍珠衫》
19.《药茶记》
20.《黄金印》
21.《金锁缘》
22.《三线姻缘》
23.《姐妹封王》
24.《情义冤仇》
25.《林娘传》

下卷卷目：

1.《妙英宝卷》
2.《龙凤锁》
3.《雕龙宝扇》
4.《借黄糠》
5.《芭蕉认亲》
6.《梅戒良缘》
7.《败子回头金不换》
8.《孟姜女》
9.《贤良记》
10.《大红袍》
11.《双玉燕》
12.《丝罗带》
13.《代皇进瓜》
14.《白鹤图》
15.《金枝玉叶》
16.《花架良愿》
17.《马前泼水》
18.《百鸟图轴》
19.《刺心宝卷》
20.《妻财子禄》
21.《天诛潘二》
22.《盗牌救翁》
23.《炎毃降雪》
24.《失巾帕》

担纲《中国·同里宣卷集》执行副主编的张舫澜先生说，他们所收集的卷本，不足民间藏卷的十分之一。先生是位治学严谨的长者，此虽为估计，但可信度颇高。车锡伦先生的调查可为之佐证，“据笔者调查，1960年前后，原苏州市文化局戏剧研究院曾从苏州郊区和各县农村征集到约280种、近800册宝卷，这些宝卷基本上都是手抄本，是宣卷艺人的传抄本。抄写的时间自清道光至民国年间”①。抄本乃变数，只要母本和记忆在，如同割韭菜，割了一茬又一茬。作为“苏州宣卷”重要流行地的同里，民间藏卷定然可观。近年来，张老先生致力于搜集民间卷本，已得几十种。笔者在宣卷艺人石念春、严其林、江伟龙家里也发现不少手抄卷本，姑且称之为“集外卷”，卷目如下：

《中国·同里宣卷集》书影

1.《双乐善》
2.《双梅缘》
3.《刘天王宝卷》
4.《云中落绣鞋》
5.《三拜堂》
6.《姊妹易嫁》
7.《玉连环》
8.《合同记》
9.《双珠凤》
10.《方玉娘》
11.《福寿镜》
12.《香山鹦哥传》
13.《游地府》
14.《黄糖宝卷》
15.《螳螂做亲》
16.《白罗山》
17.《山阳宝卷》
18.《蝴蝶杯》
19.《风筝缘》
20.《三女婿》

① 车锡伦著：《中国宝卷研究》，桂林：广西师范大学出版社，2009年12月，第373页。

21.《婆媳风波》
22.《光棍卖新娘》
23.《红灯花轿》
24.《姊妹花》
25.《刘皇宝卷》
26.《灰阑记》
27.《莲花女》
28.《双女闹花堂》
29.《荒坟产子》
30.《玉镯宝卷》
31.《平安宝卷》
32.《义嫂救叔》
33.《梦缘记》
34.《药茶记》
35.《公堂认母》
36.《金枝玉叶》
37.《千金一笑》
38.《金玉奴棒打薄情郎》

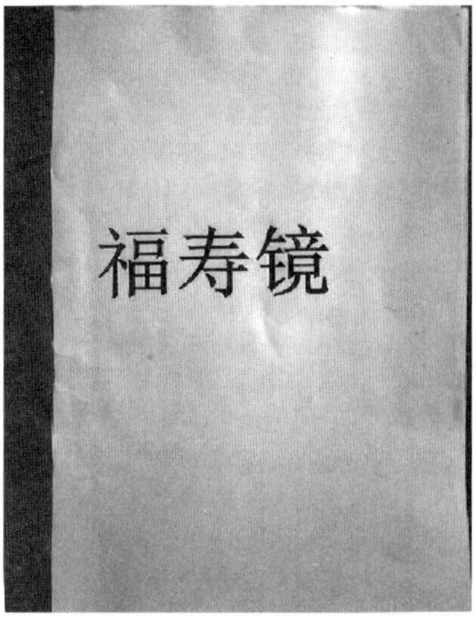

民间抄本《福寿镜》(一)

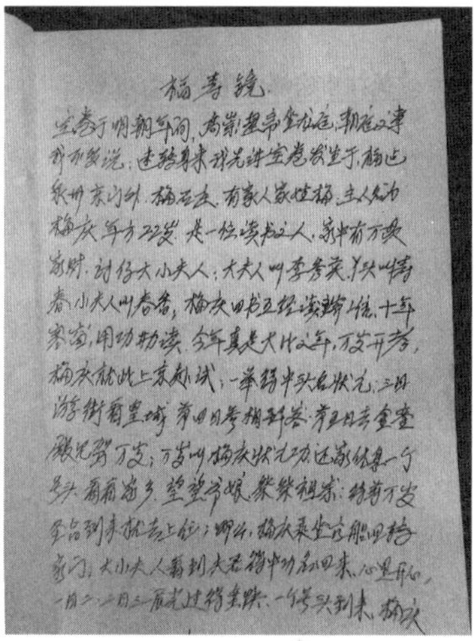

民间抄本《福寿镜》(二)

民间藏卷其实是个未知数。且不说抄本因种种原因秘不示人,那些世代口口相传,藏于民间艺人记忆深处的宣演本,有些卷本往往随着老艺人的逝去而湮没。真是难以计数。试想,一个民间艺人的肚里怎么也得有几十种,甚至上百种宝卷,不然,假如只记几种、十几种,何以应付连演十天半月的场子?

宝卷文本乃宣卷的脚本。同里宝卷的繁盛,需要大量的卷本。反之,民间藏卷的丰裕,也足以证明同里宣卷的兴旺发达。由此联想到笔者在商榻民间艺人李小生家发现五十多种抄本,好多与同里的卷本同名。我问:“哪来这许多卷本?”他说:“从老先生那儿觅得来的。”“是同里的老先生吗?”笔者没问,不敢断言。同里宣卷在商榻流播的同时带去相应的卷本,则不难想象。可见,藏卷丰足,也是同里宣卷“领袖”一方的雄厚资本。

(四) 流派纷呈

不论从表演形式、组合形式以至唱腔形式来分类,同里宣卷都可分成两类,也就是木鱼宣卷和丝弦宣卷两大类。

木鱼宣卷,亦称平卷、文卷。乐器只有大小两个木鱼、磬子(引磬)和碰铃。一人主宣,称为上手并相应敲打大小木鱼,木鱼下有垫子,一般用大米或黄沙装袋而成,二到三人和卷,并手执磬子、碰铃和卷(有时也会根据实际情况加上一面小锣)。上手每唱一句,和卷者均一起诵唱“南无阿弥陀佛”。宣唱者还将卷本摊在桌上，随时翻阅。卷本上盖有一方用绸缎或布做成的带有花纹的“经盖”（类似手帕），演出开始时掀开“经盖”开宣。开卷时，用鸣尺（即“醒木”）在台面上一拍开场。艺人们冬穿棉布（绸缎）长衫或长袄，夏穿纺绸料制成的对襟褂子。宣唱的内容以传统卷目为主，大都是劝人为善、因果报应、扬善惩恶的故事，多与佛教、道教、民间宗教内容相关……

自从20世纪30年代宣卷改革创新，就出现了新兴的丝弦宣卷，木鱼宣卷逐渐减少，到解放后基本绝迹。

丝弦宣卷，亦称花卷、武卷。所用乐器有角鱼、磐子、碰铃、二胡、扬琴、三弦、竹笛等，也有琵琶、笙、箫、锣等乐器备用，有上下手及乐队共四至八人（至少四人）。丝弦宣卷的曲调也比较丰富，在木鱼宣卷“弥陀调”“韦驮调”“海花调”等基础上，吸收了“苏滩”和锡剧“簧调”中的韵律，创造了一种新的曲调——“丝弦调”，简称“宣调”。同时还根据书情采用了各种小调、锡剧、越剧、沪剧、黄梅戏、京剧、评弹中的一些喜闻乐见的曲调加以适当改编后宣唱。丝弦宣卷开场时，先合奏《梅花三弄》《快六》《苏武牧羊》《龙虎斗》等乐曲闹场。小落回（即间歇）时还要加唱小调。

正卷宣唱的内容十分丰富，涵盖古今。再有在开场前要举行“请佛”仪式，结束后还有做“送佛”仪式。唱仪式歌用的是木鱼宣卷中的弥陀调，仪式极虔诚。①

在近现代短短几十年间，同宗同源的同里宣卷涌现出为世俗公认的四大流派：“许派”“徐派”“吴派”“褚派”，开山祖师分别为：许维均（1909—1991）、徐银桥（1890—1968）、吴仲和（1902—1963）、褚凤梅（1909—1989）。一时间，同里宣卷呈现出同源异流、流派纷呈的生动局面。

值得注意的是，四派的创始者为同时代人。他们之所以开山立派，是因为艺术上各具特色、独树一帜，且深受听众的欢迎，在乡土社会有着广泛的影响，拥有各自的听众群体。仅以“许派”为例。许派又称“书派”“书驮派”，创始人许维均人称“宣卷王”，他“自小喜爱文艺，放学后常赶到附近的怡鸿馆书场听戤壁书（即不买票，站在后面墙角立听）。他先后拜陈良彬、王顺泉、查桂生三位宣卷老艺人为师，刻苦钻研学艺。他吸收了苏州评弹的表演艺术特色，仿评弹形式起‘生、旦、净、丑’角色，官白用‘中州韵’，说白用‘苏白’，唱片（腔）典雅，词句严守韵脚、平仄，使他的宣卷别树一帜，被誉称为‘书派宣卷’。他创造了一种新调叫‘韦驮调’，又称‘许调’，故人们称他的流派又叫‘韦驮派’”。“当时他红极一时，在江浙沪一带颇有名望，引来众多的宣卷爱好者欲拜他为师，他一生共收二十多名徒弟。”②

流派纷呈表明同里宣卷繁荣昌盛，人才辈出。各派一代又一代大师级艺人，犹如一面面旗帜，引领同里宣卷继往开来，并吸引着成千上万的“粉丝”追随仰慕，此乃同里宣卷近代以来生生不息的原动力。

① 中共吴江市委宣传部、同里镇人民政府、吴江市文学艺术界联合会、吴江市文化广电新闻出版局编：《中国·同里宣卷集》（口头演唱记录本），南京：凤凰出版社，2010年7月，第3页。

② 中共吴江市委宣传部、同里镇人民政府、吴江市文学艺术界联合会、吴江市文化广电新闻出版局编：《中国·同里宣卷集》（口头演唱记录本），南京：凤凰出版社，2010年7月，第4页。

（五）富有活力

尽管同里宣卷一如其他宣卷一样，在现代化、城镇化进程中面临诸多挑战，甚至式微、衰落之势毕现。所幸同里宣卷根深叶茂，贮备了充沛的生命潜能，在严峻的形势面前，依然富有活力。首先，在五万人口的地区，活跃着十多位值得立传的著名艺人，组班结社，坚守阵地。其次，四大流派香火不断，“许派”“徐派”“吴派”传至四代，“褚派”有五代传人。四派新生代传人共有二十多人。再次，各派的代表性传承人，行走乡村，影响依旧。2016 年 6 月 18 日，在“第十一个中国‘文化遗产日’吴江非物质交化系列活动”中，笔者在同里古镇景区的古戏台上，有幸一睹四大流派的风采：风格各异，争奇斗艳，生动展示了同里宣卷的活力。

诚如哲人所言：凡事一分为二。我们在看到同里宣卷富有活力的同时，也应清醒地认识到它所面临的生存危机。言及此，张舫澜先生忧心忡忡地说，同里宣卷的传承发展有六大危机，具体如下。

第一，也是最大的危机，后继乏人。从“同里宣卷艺术四大流派和班社传承谱系表”提供的信息看，各派的新生代传承人呈衰减的趋势，具体见下表。

同里宣卷艺术四大流派传承态势表

流派	第一代	第二代	第三代	第四代	第五代
许派	1 人	15 人	27 人	10 人	
徐派	1 人	20 人	15 人	8 人	4 人
吴派	1 人	5 人	4 人	1 人	
褚派	1 人	1 人	2 人	2 人	

与从艺人员锐减的状况相对应，则是艺人队伍的老化。且以“褚派”第三代传承人江伟龙的“隆仁社”的人员构成为例：

江伟龙(班主)，上手，70 岁，初小文化；

盛玲英(女)，下手，55 岁，初小文化；

凌勇泉，二胡，62 岁，初中文化；

姚海元，扬琴，70 岁，大学文化。

班社平均年龄六十多，在同里不是个别现象。艺人老龄化的根本原因是年轻人不愿学，导致子不承父业，社会觅徒难。

第二，空间受挤。吴江经济开发区设在同里，大拆大建几成常态。随着一个个传统村落、民居被拆迁，宣卷的活动空间大面积丧失，张先生形象地比喻为“严重水土流失”，没有足够的肥田沃土，何以苗成圃、树成林。

第三，听众老化。年轻人热衷、沉迷于时尚文化，冷落、疏远，甚至排斥宣卷。中老年人，尤其老年妇女成听众主体。年轻人偶尔光顾宣卷场，那是出于孝心，或为父母张罗宣卷，或陪长辈小坐。济济一堂听宣卷的盛况，风光不再。老艺人石念春感叹道：“有一回，四人宣卷三人听，人太少，没意思。”

第四，艺人不求进取。有的艺人心中只有“钱”，而无“艺”，不求进取“吃老本”。更有甚者，不珍视传统，为赚钱而媚俗，宣演时硬塞进许多戏曲唱腔、流行歌曲曲调，还美其名曰：“听众喜欢就行。”将宣卷搞得面目全非。

第五，老艺人晚景堪忧。有的老艺人唱了几十年宣卷，老了仅靠“低保”维持生计，穷困潦倒，晚景堪悲。这也在一定程度上影响年轻人从艺的热情。如果有一份体面的工作、稳定的收入，退休之后能有一份“退休工资”“劳保”解除后顾之忧，何苦学宣卷呢？

第六，卷本散落。目前仍有大量宝卷文本流失民间，如不尽快地搜集、整理，随着宣卷式微、老艺人凋零，存在着湮没的危险。

二、与四位民间艺人的个体访谈

也许早年形式主义座谈会开得多了，深知其弊。寻访活宝卷，从未开过劳什子座谈会，而是注重一对一、面对面的专访，最大限度地让被访者在一个宽松、随性的氛围里促膝交谈，避免不着边际的鹅一嘴鸭一嘴打岔。更重要的是，民间艺人保守，同行三分戒，有些话，同行在座，守口如瓶。那日，我与石念春假座同里游客中心，畅谈一个多小时，渐入无所不谈之境，当言及机巧，他欲言又止，但还是为我的真诚所打动，和盘托出秘而不宣的独家“法门”，即每场宣卷，得依据情节划分几回，每回须有一两个高潮……他还乘兴给我讲了一民间智慧，假如东家为“老爷”（神灵）宣卷，家里没供奉菩萨，又不想到庙里“请老爷”，就用红纸折成高25～30公分、宽5～6公分的俗称“马幛”的条条作神位。他还说，做他们这一行，一切遵从主家的意愿和吩咐，请了几十年的佛，“山上”（指神佛显圣的灵山）是固定的，地方神稍有不同，但都是神。有回请佛，主家说要请“杭州白娘娘”。他犯嘀咕，白娘子非神非仙本是妖，如何能与神佛共处一堂呢？但是，既然主家信奉白娘娘，那就请吧！诸如此类的“私房”话，座谈会上一般听不到。

在同里，笔者先后与四位民间艺人实行面对面交流，他们是：

石念春，76岁，高中文化，同里镇屯村人。1966年师从“许派”二代传人袁宝亭学艺。“春华社”厚班主，擅长宣演《洛阳桥》《珍珠衫》《龙凤锁》《刘天王宝卷》。有一定的编创能力，他依据电视连续剧《济公》改编的宣卷《紫金车》，一度广为流传。因健康原因，2015年息艺，颐养天年。女弟子俞梅芳，现为“梅兰社”班主。

江伟龙，70岁，初小文化，同里镇屯村人。自幼喜欢宣卷，放牛时骑在牛背上学唱宣卷。及长，成为大队文艺宣传队骨干，扮演过锡剧《奇袭白虎团》中的严伟才、京剧《红灯记》中的李玉和，唱腔“高昂激越，热情奔放，声如洪钟”，深受乡亲们喜爱。他当过三十年的生产队长。1995年拜屯村三友村木鱼宣卷老艺人江金来为师。1996年又投身“褚派”二代传人金志群门下为徒。1997年组建“隆仁社”。从艺近二十年，能演唱近五十部宣卷，代表作有《梦缘记》《双金花》《双富贵》《双金锁》《药茶记》《刘王卷》《双美缘》《金殿夺子》。

严其林，80岁，初中文化，同里镇屯村人。儿时，邻居许素贞是许派创始人许维均的胞妹，深得兄长真传。许素贞见他聪明伶俐，便有意教他学艺，虽未正式拜师，也悉心传授。自13岁至17岁，严其林断断续续学了四年，竟也成了小有名气的“小先生”。初中毕业参加工作，被乡里视为文艺骨干，经常下乡宣卷。“文革”时因此成一罪状：“宣传黄色”，挨批斗了一年。1967年平反，他狠狠心忘却宣卷，要求到偏远的乡村小学当教师，一人教四个年级、33名学生，语文、数学、音乐、美术、体育全教，一干就是7年。后调粮库做外勤，跑遍半个中国。1990年，退休多年的他，重出江湖，组班宣卷，一直做到现在。其唯一的弟子，六十多岁便不做了。

芮时龙，77岁，小学文化。原住同里镇小桥村钱家桥，现拆迁至同里开发区叶泽湖花苑。同里宣卷的"响档"(名气极大的艺人)，江苏省级非遗(宣卷)代表性传承人。12岁自学二胡。1960年拜同里照滨村宣卷老艺人杨坤荣为师，一边为他拉二胡，一边听，一边看。学了一年，能独自登台宣卷。为进一步夯实基础，提高技艺，1964年拜许派名师顾计人为师，也是边拉二胡边学唱，满师后成吴中地区有名的宣卷艺人。1996年，年过半百、名满乡里的他，又拜宣卷大师许守臣为师，加入许所在的常熟评弹团宣卷团。1997年，许逝世，他自组"时运社"，声名远播。"2005年8月12日，日本甲南大学、兵库县立大学、滋贺大学的学者和广州中山大学的教授，一行六人，特地赴钱家桥芮家采访芮时龙，考察研究同里宣卷艺术。2004年中央电视台四频道摄制并播出了同里宣卷芮时龙的专题片。2007年11月东方电视台又采访了芮时龙和赵华、高黄骥，在'艺术人文'频道播放了同里宣卷专题片。"① 芮时龙擅长宣演八十部宝卷，代表作有《洛阳桥》《水泼大红袍》《白鹤图》《公堂认母》《金枝玉叶》《云中落绣鞋》《千金一笑》《金玉奴棒打薄情郎》等，授徒两人，均独立组班结社。

访问老艺人的时间虽短，但印象极深。他们从艺大多缘于天赋。换言之，他们为宣卷而生，因而执着、坚定，即便一波三折，命运坎坷，也不忘情缘。同在一片蓝天下，他们有着相同的生存方式：班社由四人组合(上下手各一人、二胡一人、扬琴一人)，分配为四人五份。每场收费1000～1200元，上下手各分1.5份，琴师各分1份。宣演模式也大致相同：宣卷曲(序曲)——请佛——宣卷——送佛。原先是白天三回、晚上三回，现改为白天三回、晚上两回。每回40～45分钟，回与回之间休息十分钟左右，应听众要求唱小曲和戏曲选段。

相同是相对的，相异是绝对的。老艺人们以各自的艺术追求与艺术特色奠定自己的地位。石念春宣卷严格奉行八字诀："说分'轻、重、缓、急'，表重'喜、怒、哀、乐'。""简案"(简要的教案)关乎宣卷质量，严其林受执教经验启示，爱为宝卷做"简案"，在一张张卡片上，简明扼要地记录一本本宝卷的提要(朝代帝皇、人物情节)，用他的话说："一部书，一个片子，一场书。"芮时龙遵守"艺无止境，学无止境"的艺术信条，四度拜师，步步攀登。他深有体会地说："你没有进入艺术圈子，觉得马马虎虎过得去。可一进入圈子，发现山外有山楼外有楼，与高手、名师一比，就知道自己的不足，就要虚心求教。"同时，他又十分自信地说："我就是这块料，拜名师不用拎蹄膀、点心，而是老师听一段宣卷，就主动要我。"他进常熟评弹团，就是许先生慕名诚邀其为下手。正因为他勤奋好学，善于取人之长补己之短，才形成了独具个性的艺术风格，成为当下同里宣卷响当当的一代名师。

民间艺人所传递的信息，往往是平面的、表层的，而要深入了解某地宝卷的文化意蕴，得请教当地的文化人。因此，各地的草根学人，也是笔者必访的对象。

2016年7月21日，我们在同里文体站站长查金芳女士陪同下，驱车前往江浙边界名镇芦墟镇，拜访吴江文化名人张舫澜先生。

张舫澜出生于1939年，是中国民间文艺家协会会员、分湖诗社社长，又是吴江著名的收藏家，藏书8890册，杂志刊物4171册，他家2008年被评为吴江市十佳藏书家庭。他好读好学，以藏研史，在挖掘传承吴文化、南社研究、地方文化方面均作出了贡献。②

---

① 中共吴江市委宣传部、同里镇人民政府、吴江市文学艺术界联合会、吴江市文化广电新闻出版局编：《中国·同里宣卷集》(手抄校点本)，南京：凤凰出版社，2010年7月，第375页。

② 《吴江日报》2018年4月28日。

以上摘自一篇专访，作者以洗练的笔墨，勾勒出文史名家张舫澜。

在一座古朴清幽的江南宅院，我们见到了张老先生。我俩一见如故，相见恨晚。

先生家学渊博，父亲张仲麟是位老中医，酷爱民间文学，尤其钟情神歌，晚年热心于芦墟神歌的搜集整理。先生读过7年私塾，国学功底深厚。高中毕业后，先后当过中小学教师、乡文化站站长、苏州客运公司宣传干部和工会主席。丰富的阅历，使之有机会与底层百姓零距离接触，耳濡目染乡土社会的民俗民间文化，更兼之痴于收藏、博学多思，几十年孜孜以求，建树颇多，别的且不论，单就抢救挖掘同里宣卷，先生便作出五大贡献：

(1) 参与编辑《中国・同里宣卷集》。担任执行副主编，历时两年半，具体组织人员深入民间采集宣卷。"选择了二十五部由民间宣卷艺人口头演唱的长篇宣卷，逐步进行现场录音、翻成文字、甄别校注"。同时，"在大量的宣卷手抄本、印本中遴选了二十五部(实为二十四部——笔者注)，逐本进行校勘、标点、注释"。[①] 此乃有史以来，第一次对同里宣卷进行系统的搜集、整理。

(2) 整理传承谱系。走村入户，在大量走访四大流派传承人的基础上，厘清并整理出各派的传承谱系，从整体上反映同里宣卷传承发展的脉络。

(3) 为民间艺人立传。生活在底层的宣卷艺人，向来不为文化精英所关注，鲜有文人为其树碑立传。张舫澜先生打破文化偏见，以炽热的情怀，亲笔为23位知名的同里宣卷艺人撰写小传，使那些名不见经传的草根人物，头一回亮相于文化典籍，传之于后世。

(4) 搜集宣卷文化掌故。笔者百思不得其解，通讯极不发达的旧时，主家如何请人宣卷。具体说何处去请？请谁？近处好说，乡里乡亲，知根知底，想请谁，或上门，或捎口信。相距几十里、百多里，尤其是跨越县界、省界，其难度可想而知。形象点说，在电话、手机、网络不知为何物的传统乡村，宣卷的"卖方"与"买方"如何沟通联络？这回，张舫澜先生揭开了谜底。原来，由"牌话"牵线搭桥。所谓"牌话"，即在同里、黎里、北坼、北厍、金家坝、辛塔等繁华集镇的茶馆、渔行、饭店(以茶馆为主)的醒目处，挂着一种可流水般更换，写有宣卷艺人姓名的木牌(俗称"水牌")，亦可写在纸上张贴。谁想请人宣卷，来到店里与柜上说明来意，自有老板或伙计上前，热情而详尽地介绍每位宣卷艺人的艺术特色和擅长卷本，供主家挑选，并约定时间、地点，知会相关艺人，抽取一定佣金。那位负责递话的老板或伙计便是"牌话"。先生认为，而今乡下仍活跃着一支由"佛儿子""佛女儿"(神汉、巫婆)、乡村医生、妇女主任等人员组成的"现代牌话"，他们熟知民风礼俗，第一时间知道谁家因何事需请人宣卷，向主家推荐并主动联系宣卷先生。笔者在北坼就见到了一位"现代牌话"。她是位"佛女儿"，应主家信仰诉求，请先生宣卷敬神。

(5) 开展系统研究。对于张舫澜这样一位博学勤思、挚爱故土的地方学者来说，搜集整理同里宣卷的过程，实质也是思考研究的过程。他发现同里宣卷的卷本有两种形态：抄本与宣演本。前者为古朴简练的故事梗概，后者经"说、表、唱"案头处理，亦即二度创作。二者篇幅可相差3～4倍。近年来，先生在撰文推介同里宣卷的同时，着手开展全面系统研究，筹划写作专著《同里宣卷研究》。

---

① 中共吴江市委宣传部、同里镇人民政府、吴江市文学艺术界联合会、吴江市文化广电新闻出版局编：《中国・同里宣卷集》(手抄校点本)，南京：凤凰出版社，2010年7月，第439页。

三、现场观察

有道是，百闻不如一见。民间艺人也好，乡土文人也好，不管他们介绍得多么详尽，总不如亲临宣卷现场，全程参与、全程观察来得直观、形象、生动。而且，民间艺人所讲往往是大而化之的常规，忽略血肉丰满的细节和特殊情况。在岷县，我曾两度采访同一位艺人，头一回在一座庙里，他带了两个“搭佛”（和佛）者为我演示，并逐条逐项地详细描述佛会的过程。当我再赴岷县，他恰巧有一个超度逝世三周年亡人的佛会，我坐在他身边寸步不离地观察，发现他的描述仅为框架，忽略了一个又一个鲜活的细节，而正是这一个个细节，彰显岷县“念佛爷”[①]的特异性。因而，只要条件许可，我都尽可能争取深入宣演现场。

也是机缘巧合，在同里期间恰逢农历六月十九观音菩萨成道日，江伟龙、芮时龙都有现场，因与江有约在先，全程跟踪江先生。石念春闻之，自告奋勇为我们带路，当日清早将我们送至江家，而后与江先生同赴现场。

八点三十分左右，我们来到吴江区松陵镇北坼社区一条小巷深处的“现场”。朝南三间平房前的天井里支着钢架活动凉篷，天井西侧是通往西院的廊屋。西院有两排铁焊的烛扦架、一个大香炉、一个供化纸的铁皮筒。香烟缭绕，红烛灼灼。平房的西山墙建有佛堂。廊内对着佛堂门置一圆桌，这是宣卷台。

沈氏小佛堂

先生们放下家什，与主家稍作寒暄，便各自忙活。琴师调音。上下手接音响，将两个小音箱挂在天井凉篷的立柱上。而我，则主动与主家说明来意。

斋主奶奶叫沈八妹，今年 70 岁，初一、月半吃斋三十六年，农历九月十九（观音菩萨出家日）做会已 30 年。自去年起，六月十九亦宣卷敬神。育有一子一女。世代以内河捕捞为生。16 岁那年（1962 年），一条载有 35 人的船因人多重心不稳翻在港里。她与母亲见状，急忙将八岁的弟弟和锅灶扔到岸上，奋不顾身地救人，一船 9 个，往返 4 次，救起 32 人，淹死 3 个半

① 甘肃岷县尊宝卷为“佛爷”，称宣演宝卷为“念佛爷”。

（有一孕妇）。几十年过去了，至今念念不忘，非得拉住我说道说道。提起死去的孕妇，老人唏嘘不已地说："当时只顾抓住头发、衣服往船上拉，多救一个是一个，最后还是没救全……"望着老人自责、惋惜的样儿，笔者不由自主地肃然起敬。

"劝善化俗，伦理教化"是宣卷的主旨。眼前这位古稀老人，实为向善、为善者，怀揣善心，吃斋念佛，信奉神灵。紧挨女儿家西山墙，她建有自己的佛堂，面积不足十平方米，供奉着五位神祇：观音、上方山老姆、大金观娘、小公主大人、连泗荡大老爷。显然，这是多神崇拜的民间信仰。观音为佛神，上方山老姆、连泗荡大老爷为地方神，大金观娘、小公主大人为民俗神。神前供奉着十二个茶杯，其中十杯为茶叶茶，两杯为糖茶（观音奉享白糖茶，大金观娘奉享红糖茶）。同时还有瓜果和荤素菜肴。供品上放着两张类似于"疏文"的通文。此通文为主家所写，执笔者文化不高，书写、行文如"天书"，笔者连猜带蒙也没认全。

两则通文，一为"宣卷敬神"的通用文书；一为"礼佛还愿"的专用文书，表明沈家"两棒锣鼓一棒敲"，均以笃诚之心礼敬神佛，以求功德。

此通文与靖江的"疏"相比，相通者三：上达神灵，以求功德；一神为主，众神共享，三代宗亲一厢作陪；一事为主，它事"搭车"。相异者三：①由主家自书而非出自宣卷先生手笔；②直言陈述而不拘泥于陈规格套；③言辞直白质朴而不刻意追求典雅艰深。

8:45 西院放高声（爆竹）六响，宣告宣卷即将开始。

9:10 请佛。

西院放高声两响。

斋主老两口跪在神前。

上手拿角鱼、下手拿碰铃，站在斋主身后念、唱《请佛偈》。二胡坐在门外伴奏（无需扬琴）。一信众在西院化锡箔。宣卷先生时不时躬身礼佛。斋主时不时叩首恭请神佛。

请佛

请佛

【念】清香炉内梵，香烟九霄云，

　　斋主勤礼拜，请佛下山林，

那摩请圣王菩萨。

【唱】一炷清香炉内焚，香烟直上九霄云，
斋主佛前勤礼拜，奉请诸佛下山林，
一请护法摩天君，次请元台赵将军，
三请小海温元帅，四请那尽忠报国岳大人。
五请那三尖灵感韦驮将，六请那文武双全关圣君。
七请那清阳宫中杨三太，八请那拿妖捉怪朱天君。
八大护法俱请到，处诚再请佛世尊。
奉请三世如来佛，请出那大雄宝殿到台庭，
雪山顶奉请释迦牟尼佛，驾起祥云到台庭，
奉请极乐宫中弥勒佛，五百尊金身罗汉一同到台庭，
洛迦山奉请南洋教主观世音，杨枝甘露一同行善方龙女驾祥云，
五台山奉请文殊始利王、峨眉山普贤菩萨到台庭，
九曲山奉请三茅真君佛，应化五边两边分王灵官手执金鞭到台庭，
云台山奉请三元三官大帝尊，武当山祖世菩萨到台庭，
昆仑山奉请南极宫中老寿星、福禄二星一同到台庭，
乌峰山奉请三爷三太小二囡，上方山天地圣母到台庭，
奉请金山城隍爷，衙役三班一同到台庭，
奉请高店隋良王，带领马夫一同到台庭，
奉请庄家圩大老爷，金堂菩萨一同到台庭，
奉请连泗荡大老爷，驾起祥云到台庭，
奉请西池王母尊，从蟠桃会上到台庭，
奉请土谷明王圣，当方土地到台庭，
奉请东岳天齐王，十殿阎君到台庭，
奉请东厨司命君，七十二灶井泉童子到台庭，
奉请东海老龙王，桥圣土地一同到台庭，
奉请五路赂财财神，保佑男女老少一年四季身体健康、生意兴隆通四方、财源滚滚进门墙，
奉请救封刘猛将、田公田婆一同行，从泗泾七宝到台庭，
我请得菩萨同台坐，少停片刻卷来开，
弥陀那摩温、那摩请圣王菩萨。①

9:30 请佛结束。

上下手回到宣卷台。台上铺着绣花红毯。一刻有“吴江市同里丝弦宣卷”的条形铜牌，放在显眼处。上下手坐西面东，上手面前放着角鱼、醒木、折扇，下手面前放着碰铃、手帕（起“旦”角用）、折扇（起“生”角用），没有经盖、卷本。扬琴手坐东面西，琴不是放在琴架上，而是衬一方块放在宣卷台上。二胡手靠墙坐在佛堂门西侧，前面留一狭窄的通道走人。

9:45 奏开场曲江南丝竹【三六】。上手拉二胡，二胡手吹竹笛，下手敲角鱼、碰铃。

① 张舫澜、许佳明主编：《中国·芦墟山歌续编》，上海：上海人民出版社，2014年1月，第104-105页。

9:50 上手站起身，唱《卷前曲》，下手应和。
春风得意精神爽。
时来运转财神到。
哎嗨哎嗨哎呀呀，哎嗨哎嗨哎呀，
那呀那摩温啊，呀哎嗨哎嗨哎呀呀，
哎嗨呀，那呀那摩温弥陀佛！
发家致富节节高，
财源滚滚进门堂。
丰年不忘来年荒，
勤俭节约不可忘。
安分守己过时光，
子子孙孙代代强。
哎嗨哎嗨哎呀呀，哎嗨哎嗨哎呀，
那呀那摩温啊，呀哎嗨哎嗨哎呀呀，
哎嗨呀，那呀那摩温弥陀佛！
今朝头沈老板家大排场，
亲眷朋友齐到场，
佛姐妹也是到来临，
香客哪，也是到来临。
拣好哪，一个黄道吉日，
六月十九好日脚，
请一班丝弦宣卷来闹一闹。
赕赕那佛堂大老爷，
赕赕那周水港仙阿爹，
赕赕那本方发财大老爷。
巴得哪，沈老板要大发财，
哎嗨哎嗨哎呀呀，哎嗨哎嗨哎呀，
那呀那摩温啊，呀哎嗨哎嗨哎呀呀，
哎嗨呀，那呀那摩温弥陀佛！
巴得哪，一家老小身康健，
一年四季保太平。
巴得哪，沈府浪向老夫妻、小夫妻，
夫妻恩爱、白头到老。
巴得哪，小人读书来聪明，
小学到大学第一名，
将来哪，出国留学到东京，
回国哪，做个国家栋梁材。
哎嗨哎嗨哎呀呀，哎嗨哎嗨哎呀，
那呀那摩温啊，呀哎嗨哎嗨哎呀呀，

哎嗨呀，那呀那摩温弥陀佛！
巴得哪，沈老板种田好收成，
做庄生意来要兴隆，
养起鱼虾蟹来大丰收，
开起厂来通四方，
芝麻开花节节高，
一年更比一年好。
哎嗨哎嗨哎呀呀，哎嗨哎嗨哎呀，
那呀那摩温啊，呀哎嗨哎嗨哎呀呀，
哎嗨呀，那呀那摩温弥陀佛！
巴得哪，沈老板门前种好一棵摇钱树，
屋里向收起聚宝盆，
早摇金子夜摇银，
元宝好当枕头困，
金条堆到屋头顶，
发财发财元宝来搭台。
哎嗨哎嗨哎呀呀，哎嗨哎嗨哎呀，
那呀那摩温啊，呀哎嗨哎嗨哎呀呀，
哎嗨呀，那呀那摩温弥陀佛！
小晚生今朝来到北圻，
蹲在沈老板家唱卷文。
今朝头别部宝卷齐勿唱，
唱一部名回宝卷叫《双富贵》，
奉请诸位坐定身来听卷文。

[表]祝听众朋友身体健康，万事如意，谢谢名位前来捧场！今朝头沈老板请伲一班宣卷班唱一唱，闹猛非凡，亲眷朋友，四方佛姐妹全部到场。那么今朝头沈府浪向拣好黄道吉日，六月十九好日脚，请班宣卷来闹一闹，叫闹发闹发！那么今朝头别样宝卷齐勿唱，唱一部名回宝卷，叫《双富贵》。花头有点坛，假使老听众听过歇，叫大路一条，小路勿同，格么让伲——

[唱]马上唱开场，
　　奉请诸位要静一静。

这卷前曲与靖江讲经的开卷偈有异曲同工之妙：劝善、祝福、静场。

10:05 开宣第一回。

10:45 第一回结束。

11:00 午饭。

12:45 宣演第二回。

上手拍一记醒木。奏幕前曲：【三六】【采茶调】。

上手站起身，简述《卷前曲》及上回情节，衔接下回。

13:40 第二回结束。

14:10 宣演第三回。开场白如前。

14:50 第三回结束。

斋主奶奶将工钱给江，江当场发给同仁。

15:00 宣演第四回。

15:19 结束全卷。

上手交代："本卷圆满结束，下次相会。"

15:20 送佛。

上下手原地起立念、唱《送佛偈》。

送佛

【念】三三广无边，功圆满千秋，不敢久留请佛祖，殷勤相送上西天，那摩送圣王菩萨。

【唱】先送护法摩天君，次送元台赵将军，
三送小海温元帅，四送精忠报国岳大人，
五送那三尖灵官韦驮将，六送那文武双全关圣君，
七送那清阳宫中杨三太，八送那拿妖捉怪朱天君，
八大护法俱送去，处诚再送佛世尊，
奉送三世如来佛，送进那大雄宝殿坐金身，
奉送释迦牟尼佛，大阙世尊一同行，雪山顶上坐金身，
奉送极乐宫中弥陀佛，龙华山上去坐金身，
奉送南洋教主观世音，洛迦山上去坐金身，
奉送文殊始利王，五台山上去坐金身，
奉送三茅真君佛，九曲山上去坐金身，
奉送三元三官大帝尊，云台山上去坐金身，
奉送南极宫中老寿星，昆仑山上去坐金身，
奉送三爷三太小二囡，乌峰山上去坐金身，
奉送天地圣母娘，上方山上去坐金身，
奉送金山城隍爷，金山顶上去坐金身，
奉送庄家圩大老爷，全堂菩萨一同行，回一堂内坐金身，
奉送连泗荡大老爷，回到庙内坐金身，
奉送高店隋良王，回到堂内去坐金身，
奉送西池王母娘，蟠桃会上去庆延身，
奉送土谷明王圣，当方土地转庙门，
奉送东岳天齐王，森罗殿上去坐金身，
奉送东海老龙王，水晶宫内去坐金身，
奉送敕封刘猛将，泗泾七宝去坐金身，
五路财神我勿送去，留在促贵府浪，
保佑促贵府浪向合家老小，一年四季身康健，
生意兴隆通四方，财源滚滚进门墙。
诸尊菩萨摩诃萨，摩诃般若波罗蜜，

那摩送圣王菩萨。①

斋主老夫妇面向佛堂门，双手合一而立，时不时躬身送佛。斋主儿子在前院弄口放“高声”六响。

15:30 结束。回程时，斋主奶奶赠每人一红塑料礼袋，我与同行的靖江同道鞠东平也分享一份，内有供神的两袋方便面、两个果冻。民间俗信，神前供品，吃了能消灾增福，是为同喜。

是日大暑，室外气温高达 38 摄氏度，我的裤管上竟有白花花的汗渍。看看记记尚且如此，上下手既要讲唱，又要表演，其热可知。他们每人都自备擦汗毛巾，平时干擦，那日浸润井水擦都不管用，照样汗如雨淋。这让我想起芮时龙，在空调间采访，他也习惯性地用毛巾“擦汗”。今日也有现场，或许也在“蒸笼”里吧！因为，再高档的民居，只要烧香点烛，便不宜关门开空调，只能任由高温肆虐。

盛夏酷暑，几位老人骑着电瓶车，奔波忙碌，难道仅仅为挣那二三百元吗？为此，我专门采访了琴师姚海元。他当过 20 年乡镇兽医站站长，有着高级畜牧兽医师职称，月退休金 7800 元。古稀之年，风雨无阻地早出晚归。他说，出来做不为钱，开心，有劲，证明我还有价值。窃以为，姚先生道出了许多老艺人的心声。那份执着的敬业精神令人感动。

四、几点思考

1. 民间艺人实属不易，既要有吃苦耐劳的精神，又要有灵活变通的智慧。笔者见识多个宝卷宣演现场，本场最深的感悟是两个字：“变通”。

(1) 场地变通。到农户家宣卷，要么在室外搭敞篷，要么在堂屋，用一张或两张方桌为宣卷台，而沈家因地制宜、因陋就简，在廊屋用圆桌宣卷。先生“客随主便”，一样严肃认真地进行。

(2) 程序变通。一般情况下，上午作准备、请佛，不开宣正卷，那天，考虑到天热早收工，上午宣演了一回。

(3) 内容变通。收入《中国·同里宣卷集》里的“口头演唱记录本”《双富贵》，全卷六回，而江伟龙将其缩编为四回。几乎所有的民间艺人都有这本事，时间宽裕、观众热烈，便伸一伸，时间紧迫、观众稀少，便缩一缩，而且做得天衣无缝。

因时、因地、因人变异，是宝卷传承发展的一般规律。而变通往往是变异的先导，某些变通一旦约定俗成，便会成为相对稳定的模式。据严其林讲，同里宣卷班社一度流行八个人，上手一人，下手两人，二胡、扬琴、琵琶、三弦、碰铃各一人。坐法是，两张方桌横拼偏西放置，上手坐西面东，两下手坐东面西，碰铃坐南面北，余者坐北朝南。后逐步演变为四人模式。坐法是，上手坐西面东，下手坐东面西，琴师坐北朝南。石念春认为，班社以四人为宜，乐器多了听不清唱，人多开支也大。

2. 同里之行，让笔者再次体味到“信仰的力量”。如若六月十九不是观音生日，如若沈八妹及其亲人不笃信神佛，大热天绝不会请先生宣卷。同时，正因为“敬神”“娱神”，“娱人”便成为陪衬，听众有多少算多少。早上，沈家还真来了不少亲朋好友，天井的凉篷内放圆桌、电扇，桌上切了西瓜、泡了茶，随着气温飙升，一个个悄然离去，仅我和鞠东平全程听宣卷。但

---

① 张舫澜、许佳明主编：《中国·芦墟山歌续编》，上海：上海人民出版社，2014 年 1 月，第 105 页。

是，一切照常进行。因为，在艺人和斋主心目中，今儿为神宣卷，无论听众多少，都得虔诚而神圣。可见，信仰是宣卷之魂，从某种意义上讲，信仰观念的强弱，决定宣卷的兴衰。因此，笔者在“上海·浦东全国宣卷传承论坛”发言时，观点鲜明地指出：“宣卷的生命力在民间。江南宣卷不能热衷于舞台呈现，走纯娱乐的道路，而应回归传统，强化信仰。”

3. 同里宣卷在传承发展过程中，吸收了锡剧、沪剧、越剧的文化元素，这种“吸收”是“消化”“融合”，不是“生搬硬套”。而现在有的艺人，置同里宣卷的传统与特色而不顾，有意无意地将宣卷变成了戏曲联唱，不但原封不动地套用戏曲唱腔唱宣卷，而且引进了戏曲表演的身段、程式，舞台表演似戏曲。对于这种“去宣卷化”“非马非驴”的现象，正统的宣卷艺人痛心疾首而又无可奈何。具体负责非遗保护的查金芳也强烈地意识到，这种因艺人“无知”“任性”导致的异化现象，其负面效应不可低估。但很纠结，“管”，收效甚微，任你怎么讲，有关艺人充耳不闻，依旧洋洋自得、我行我素，“不管”，又生怕任其滋生蔓延，会破坏、抛弃传统，有损同里宣卷的健康发展。

“自生自灭”是宝卷生存发展的一般规律。对此类“率性而为”的现象，笔者主张无为而治，多引导，少干预，亮明“官方”态度，任其自在自为，将最终裁判权交由历史与听众。当下所能做的，鼓励、支持传统宣卷，通过各种方式宣传、推介传统宣卷，力求让更多的听众学会运用传统的审美标准来评判哪些“另类宣卷”。但绝不能简单粗暴地对待，毕竟，它也是同里宣卷的一种生存方式。

4. “江南宣卷看同里”，将“苏州宣卷”置于何地？这首先得弄清“苏州宣卷”的外延与内涵，即“苏州宣卷”，是指流传于苏州地区的宣卷，还是指历史上苏州市区的宣卷？车锡伦在调查报告中指出：“苏州宣卷以苏州市区的宣卷为代表，但根基在农村。苏州农村和各县的优秀宣卷艺人，不断涌进苏州市区，又以苏州为跳板，进入上海。”①车先生的结论十分明确，“苏州宣卷以苏州市区的宣卷为代表，但根基在农村。”而今，苏州市区的宣卷早已隐匿于历史的深处，农村的“根基”以“同里宣卷”为代表，亦即业内人士常说的：“苏州宣卷看吴江，吴江宣卷看同里。”据笔者考察，同里宣卷恰也具备江南宣卷的诸多特点。比如，“表、说、唱”的叙述体制及宣演范式，“抬老爷”（庙会）、进宅、祝寿、剃头等人生礼俗的宣卷缘起，“请佛”“送佛”的仪式，等等。颇有意味的是，同里宣卷的活动空间、听众群体、艺人传承等关键问题面临的挑战，在江南地区也具有典型性。何况，同里宣卷对周边的强辐射是不争的事实。从某种意义上讲，同里宣卷的前途命运，昭示着江南宣卷的未来。因此，笔者大胆地提出“江南宣卷看同里”的命题，以此就教于方家、同道。

---

① 车锡伦著：《中国宝卷研究》，桂林：广西师范大学出版社，2009年12月，第368页。

第二章

浙江活宝卷调查

走近绍兴宣卷

近年寻访活宝卷，所到之处，同道们常为宝卷的前景忧虑，唯独浙江省绍兴市柯桥区非遗中心主任王雷信心满满，出语惊人：“与宁波的四明宝卷濒危、杭州宝卷的消亡不同，现在的绍兴宝卷可以说蒸蒸日上。”“绍兴宣卷班社目前共有一百二十个左右，宣卷艺人近五百人。”这不由得令笔者啧啧称奇。

在江苏昆山锦溪、靖江的舞台上，笔者曾领略过绍兴宣卷的风采，它与同里宣卷为代表的江南宣卷似乎并无特别之处，何以面对现代化、城镇化挑战，活得那样潇洒俊逸呢？

远观不如近瞧。观众席欣赏怎比得上实地考察。

2015 年 11 月初，王雷先生全程陪同，我在绍兴作了为期两天的田野调查，有幸近距离观察、体悟绍兴宣卷。

一、文化定位

自生自灭是草根文化生存发展的一般规律，它不在乎专家学者的文化界定，自顾率性而生，率性而长。绍兴宣卷俗称“讲经”“劝善书”，或许这便是草民百姓对它的文化定位。但是，当它作为一定地域的民俗民间文化现象，科学而准确的文化定位还是必要的，因为，这不仅影响价值判断，而且影响保护传承的方略。

绍兴宣卷流行于绍兴、萧山、上虞一带的农村。因鲜有文字记载，现在的人们很难弄清其历史源流。究竟与同里宣卷有联系，还是与民间教派罗教及其支系江南斋教有瓜葛？

笔者尚未赴同里考察，无法判断绍兴宣卷与同里宣卷的联系与区别，但一般而言，二者至少属同宗同源。倒是与江南斋教的关联显得扑朔迷离，难以推断。不过，从宝卷发展史视角来看，绍兴宣卷与江南斋教即便无直接关联，也有间接联系。

宝卷源于唐代佛教俗讲，成于宋元。早期的佛教宝卷承载佛教信仰，主要讲唱佛教教义和神佛本生故事。由宋元起步，一路前行，至明产生新的宝卷类型：民间宗教宝卷。

“明代成化至正德间，在北直隶密云卫的穷乡山僻孕育并产生了一支影响当世和后世的民间教派——罗教。”创教祖师罗清以宝卷的形式“为本教门制定了一套完整的教义经典”：《苦功悟道卷》、《叹世无为卷》、《破邪显证钥匙卷》（上下）、《正信除疑无修证自在宝卷》、《巍巍不动泰山深根结果宝卷》，史称“五部六册”。[1] 一经刊印，广为流行，将中国宝卷发展推向前所未有的高峰。

因罗教是叛逆的民间教派，朝廷对其极尽批判、围剿之能事。

明当局虽然多次毁禁罗教及其经典，并未能阻止信仰的传播，正是在这种历史条件下杭州运河水次出现了罗教庵堂及教团：密云人钱姓、翁姓及松江人潘姓三人流寓杭州，“共兴罗教”，并各建庵堂，“供奉佛像，吃素念经”。漕运水手成这个罗教教团的主要成员。

然而事实证明南传罗教的中心不仅仅在杭州，而且在穷乡山僻的浙江处州一带。如果说杭州是漕运水手信仰的中心，处州则是广大农民及小手工业者趋之若鹜之地。明嘉靖年间，罗教已传入处州，经数十年间潜行默运，滋生发展，产生了两代宗教领袖。清代罗教在北方衰落，在浙、闽、赣诸省却倡行于世，成为江南实力最为雄厚的民间教派。这支罗教到清雍正年间改名为老官斋教。[2]

绍兴与杭州地理位置相近，与古之处州（今丽水）相距数百里，明清年间的罗教及其支脉斋教是否传播至绍兴，并用宣卷的形式传道，因无籍可考，不敢妄测。不过，王雷发现，宣卷在江南的流播与运河有关，沿河两岸的常州、无锡、苏州、嘉善、绍兴等地多有宣卷流传于世，且历久不衰，辐射广播，形成一巨大的宝卷文化群落。同时，他们集体编写的《绍兴宣卷》一书，说是绍兴地区曾有罗教经典《苦功悟道卷》流传。虽为只言片语，却也意义重大，说明历史上的绍兴宣卷或许与罗教为代表的民间教派有某种联系。车锡伦先生 2003 年 3 月调查后认为：“据过去查到的文献记载，明代万历年间，绍兴地区就有佛教宝卷的流传……”[3]

尽管据上述信息无法做出科学的推断，但溯流而上，绍兴宣卷的历史源流仍依稀可见，也曾直接或间接经历过由佛教宝卷、民间教派宝卷的蜕变，在宝卷发展史上，其文化定位应属清康熙年间兴盛的世俗宝卷一脉。

作为活态传承的宝卷，绍兴宣卷还有一种文化定位：曲艺。

2008 年 6 月，绍兴宣卷以“曲艺”的名义被列入第二批国家级非物质文化遗产保护名录。笔者以为此乃权宜之计，为申遗而淡化信仰突出娱乐。殊不知，在绍兴人心目中，绍兴宣卷与绍兴平湖调、绍兴词调、绍兴莲花落、绍兴滩簧并称为绍兴五大曲种。官方的文化定位与民间认同相一致。

这种一致性还得到精英文化的认可，《中国大百科全书·戏曲曲艺卷》“宣卷”条载：“清同治、光绪年间和民国初年，宣卷扩展到江南，以上海、杭州、苏州、绍兴、宁波等城市为中心的广大地区，虽然仍作布道之用，但已发展成为一种民间说唱艺术。”[4]《辞海》更直接，“宣卷：曲艺的一个类别。旧时，江浙等地称宣讲宝卷为‘宣卷’。清末出现专业艺人，曲目题材多取民间传说。曲调和伴奏均较为简单。有苏州宣卷、四明宣卷、杭州宣卷等。各种宣卷大多在新中国成立前已趋向衰亡，其曲调则为一些地方戏曲、曲艺所吸收。”[5]

《中国大百科全书》《辞海》不可谓不权威，但二者对宣卷的释义似乎与车锡伦对宝卷的

---

① 马西沙，韩秉方著：《中国民间宗教史》，北京：中国社会科学出版社，2004 年 8 月，第 132 页。

② 马西沙，韩秉方著：《中国民间宗教史》，北京：中国社会科学出版社，2004 年 8 月，第 263 页。

③ 王彪，冯健主编、罗小令，马志友，王雷，沈莹编著：《绍兴宣卷》，杭州：浙江摄影出版社，2012 年 5 月，第 10 页。

④ 中国大百科全书总编辑委员会·戏曲编辑委员会：《中国大百科全书·戏曲曲艺》，上海：中国大百科全书出版社，1988 年 8 月，第 521 页。

⑤ 《辞海》编辑委员会编：《辞海》，上海：上海辞书出版社，1985 年 8 月，第 1109 页。

定义相去甚远。

中国宝卷权威车锡伦的代表作《中国宝卷研究》开宗明义:"中国宝卷是在宗教(佛教和明清各民间教派)和民间信仰活动中,按照一定仪轨演唱的一种说唱文本,演唱宝卷称作'宣卷'(或作'念卷''讲经')。"①这一定义得到学术界普遍认同,与《中国大百科全书》《辞海》的释义有两处相同:1)宝卷是一种说唱文本;2)演唱宝卷称作"宣卷"。有两处不同:车氏定义强调宣演宝卷有两大前提,一是与宗教或民间宗教相联系;二是按一定的仪轨演唱。此两点是宝卷的质的规定性。简言之,绍兴宣卷文化定位的落脚点应是"民间信仰活动"。

诚然,对一种文化样式,尤其是植根于乡土社会的民俗民间文化的认定,不能从书本概念出发,而应深入民间考察其生存发展状况,从中发现最为本质的文化元素,以此做出科学的结论。

笔者向来认为,草根文化的生命力在民间,灵魂在信仰。绍兴宣卷之所以较之周边的宣卷更有活力,根本在于其与民俗信仰相结合,具有浓烈的信仰色彩,其仪轨、科仪虽说不上繁复,却也庄严隆重,意蕴深厚。

宝卷是下层民间文化的结晶,与上层社会的精英雅文化绝然不同。它既是一种集音乐与文学于一体的讲唱艺术,又是民间宗教和民间信仰的表达方式,同时更是民间社会生存、生活方式的一个组成部分。可以说,它是民间娱乐、审美、教化、信仰和生活的凝聚和折射。②

正因为"民间宝卷是一种多元化、多层次的民间文化现象和文化遗产"③,蕴涵多学科文化元素,人们可以从多视域观照、分析。窃以为,两大权威工具书是从城市的视角观察、探究宣卷的。20 世纪 30 年代,江南部分宣卷艺人曾进军苏州、上海,一度生根立足,红红火火。那些活跃于都市的宣卷,是标准、地道的民间说唱。而这些恰恰是文化精英们所熟知的江南宣卷。同时,这种"多元化、多层次",也生动地演绎了宝卷生存发展的多样性,在许多地方、许多时候这种多样性往往表现游移不定的状态。时至今日,绍兴宣卷依然在"民间说唱艺术"与"民间信仰活动"之间游移。亮相于舞台是前者,行走于乡间属后者,区别在于是否请神、烧香、点烛、设供,是否按一定的仪轨宣演。

游移是一种选择,既是文化身份的选择,也是生存空间的选择。与无锡念佛、靖江讲经相比,绍兴宣卷多一分自由,多一条路径。有鉴于此,绍兴宣卷的文化定位应该是双重的:"民间说唱艺术"和"民间信仰活动"。

但是,当我们进一步考量绍兴宣卷的现状,发现当下的绍兴宣卷,舞台呈现偶尔为之,真正的生存空间不在舞台而在乡村,植根于乡村、活跃于乡村,为满足广大农民的心意、民俗的需要而宣卷。因而,绍兴宣卷的基本定位是"民间信仰活动"。

二、活态传承

绍兴是当今中国宝卷保护传承最好的地区之一。受地域文化的浸润与培育,绍兴宣卷

---

① 车锡伦著:《中国宝卷研究》,桂林:广西师范大学出版社,2009 年 12 月,第 1 页。
② 车锡伦,尚丽新著:《北方民间宝卷研究》,北京:商务印书馆,2015 年 11 月,第 1 页。
③ 车锡伦,尚丽新著:《北方民间宝卷研究》,北京:商务印书馆,2015 年 11 月,第 3 页。

的活态传承显现出强烈而鲜明的个性特征。

(一) 宣演模式

绍兴宣卷有“平卷”(也称“木鱼宣卷”)和“花卷”(也称“丝弦宣卷”)之分。前者仅以木鱼、碰铃为道具,后者有二胡、三弦、月琴等器乐伴奏,木鱼仍为不可或缺的伴奏乐器,一般由主唱者敲击,起到提示起唱、结束、掌握节奏的作用。现今虽两种类型并存,但信众和艺人多喜欢“花卷”,且善花卷者,必定会平卷,反之,则因不善丝弦器乐而生疏。

在乡村宣演时,绍兴宣卷必定与一定的仪轨相结合,其模式既与靖江讲经相近相似,又有其独特的个性。具体表现如下:

1. 缘起

所谓缘起,是指人们请班社宣卷的缘由。为礼佛还愿、祈福禳灾、超度追荐而宣卷乃绍兴地区相沿陈袭的民风习俗。因而,但凡观音圣诞这样的吉日,延请者甚众,这一天,有的班社会赶两三个场子。同时,“或是自家喜庆,如祝寿、造屋、乔迁、添丁、学子科场得中(现在是考上大学)等喜事;或是因家庭消灾保财、家人化险为夷之后的谢神(事先向菩萨许过愿心)”[①],也会请班社宣卷,庆贺同乐,祈求功德。旧时,也有为祭奠亲人,如为悼逝者“五七”及重要忌日(去世周年、整十冥寿)等宣卷的。故而,民间有“热卷”“冷卷”之说,热者为喜,冷者为悲。

2. 场所

现在的绍兴宣卷,其“演唱场地,或在主家堂屋,或在庙宇,一般不在室外搭台”。而旧时,时有在室外搭台宣演的盛况,“据绍兴民俗学专家、著名地方曲艺剧作家杨乃沼老先生介绍:他在20世纪30年代,看到过《目连宝卷》的演唱。那是在室外搭台,台上挂着照妖镜。宣卷桌由三张八仙桌拼成,宣卷艺人四名,乐器加有大锣、大鼓及长号。还有个规矩,就是听卷人不得半途退场。据说,半途退场者,会把尚未驱逐的妖孽带回家中”。[②]

而今的绍兴,几乎无人会宣《目连宝卷》,自然不用在室外搭台。宣卷的场所主要在民居、庙宇。倘在民居宣卷,布置十分考究。

祀神桌子须是八仙桌,有的用两张拼起来,按照“横神直祖”(按桌子木纹横着摆,祭祖则反之)的规矩,放置于堂前靠近大门的位置,并大开正门。素食、糖果等供品放在桌子中央,其周围四边放置也有讲究:靠里一边,两头烛台,中间香炉;与之相对的外边,立着写有这一日是敬什么菩萨或祀什么神的红色纸质牌,再摆着三盅茶叶;左右两边是各三盅酒和一把酒壶。这些规矩,上了年纪的绍兴人,尤其是老年妇女都不会搞错:像茶叶和酒的数量必定是“三茶六酒”放置,但若宣卷那天是敬观音的,则须将茶叶改用糖水;放酒壶,意为让神佛自斟,显示主人的大方。酒,必须是绍兴黄酒,不能用其他酒类替代,等等。[③]

写有当日主祈之神圣号的神位,用黄表纸或梅红纸折成上尖下方型,套在一专用架上。其架以一木板为底座,两端凿洞插筷,神位套于筷上。笔者请民间艺人何云根演示神位的写法,格式如下:

---

① 王彪,冯健主编、罗小令,马志友,王雷,沈莹编著:《绍兴宣卷》,杭州:浙江摄影出版社,2012年5月,第29页。
② 王彪,冯健主编、罗小令,马志友,王雷,沈莹编著:《绍兴宣卷》,杭州:浙江摄影出版社,2012年5月,第30页。
③ 王彪,冯健主编、罗小令,马志友,王雷,沈莹编著:《绍兴宣卷》,杭州:浙江摄影出版社,2012年5月,第30页。

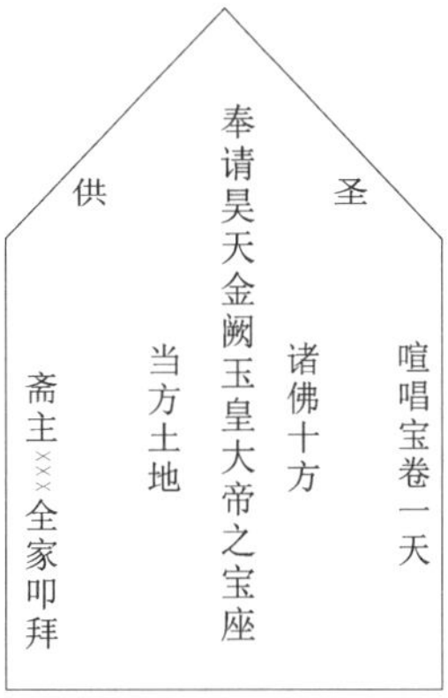

显然，这是一张“通用神位”。尽显民间智慧。

“神位”架

首先，有此神位，“供圣”便有了具体指向，将虚幻的神灵具体化。

其次，既有主祈之神：玉皇大帝，又兼顾诸佛十方及当方土地，意味着今日宣卷，天神、地祇都请了。或者说，但凡设坛宣卷，佛神、道神、鬼神、俗神一并恭请。

再次，写明宣卷时间。

最后，功德落到实处，写明“斋主×××全家叩拜”。

3. 仪式

有无仪式是民间信仰活动区别于民间说唱的根本标志。绍兴宣卷的仪式虽简，却也神圣规范。通常从上午八时开始，有序展开六道仪式：

装香。宣卷先生吟诵仪式歌，边唱边点香烛，唱词如“春季桃花满树红，夏季白莲在池中，秋季桂花满园香，冬季蜡梅伴青松”等。

请寿。吟诵仙界歌，唱词如“如上八洞真仙、福禄寿喜四仙”等。

宣卷。宣卷文本由斋主自选，分四回唱毕，一般需 6 小时，每回中间休息。

散花。这是整个宣卷中的高潮，在欢快的曲调声中结束，并大致归纳宣卷的剧情，强调“善有善报、恶有恶报、和睦邻里、四季平安”的宗旨，以达到劝善惩恶的目的。

解结。宣卷先生起立唱解结歌，如“奉劝世上贤良女，同夫行善敬公婆，积善人家天赐福，布施修行福寿多”。

化纸。将文疏和佛婆折叠的纸元宝等物焚烧。约下午4时，宣卷全部结束。[①]

与仪式相联系，绍兴宣卷有相当于奏章的《宣卷疏文》，上奏天庭，以祈功德。笔者请民间艺人赵国水写疏一份，特抄录如下：

今为宣卷文疏

爰有一泗天下南赡部洲

今　　　据

中华人民共和国浙江省绍兴市柯桥区钱清镇新甸村

当方土谷界下居住

奉佛修斋供圣为喧卷敬神保太平之事

今由植福延生信人赵国水特发处诚邀保儒士女肆人在本府华堂设坛喧唱大宋三包龙图宝卷一旦以作神前为敬

奉敬

当方土地菩萨　　慈悲　　受纳

祈求　上保风调雨顺　中保国泰民安　下保男增百福女纳千祥

保佑　全家家门吉庆男女老少人口平安

身体健康增福增寿百岁长春工作顺利

出入太平生意兴隆财源茂盛四季发财

逢凶化吉遇难呈祥大吉大利万事如意

心想事成一年四季永保太平

特此文疏

敬神人：赵国水全家

时维　　具疏叩拜

天运岁次　乙未年十月初十大吉

此疏心情虔诚殷切，文字明白晓畅，内容丰富充实。

(1) 何时何地何人宣卷。

(2) 宣卷主旨：敬神保太平。

(3) 宣卷班人数及宣卷时间。

(4) 所宣卷目。

(5) 祈祷之愿。

这最后一点，几乎涵盖一个平民百姓所有美好的愿望和追求，与其说向神灵表达祈求之愿，不如说是心灵诉求的自我表述，以求心理慰藉。

值得指出的是，有“疏”必有“印”，不用印疏文无效。无锡、常熟、靖江民间艺人的印信为“三宝证盟”。“三宝者，佛、法、僧也！”绍兴民间艺人则以“佛法僧宝”为印。

有无疏文、印鉴，也是民间信仰有别于民间说唱的重要标志。

---

① 王彪，冯健主编、罗小令，马志友，王雷，沈莹编著：《绍兴宣卷》，杭州：浙江摄影出版社，2012年5月，第14-15页。

4. 演唱

宣卷文疏说得明明白白,“宣唱大宋三包龙图宝卷一旦以作神前为敬”。表明设坛宣卷是为敬神娱人。斋主及信众在表达对神崇敬之情的同时,自己也享受宣卷所带来的审美愉悦,以达神人共享共乐之目的。

时下的绍兴宣卷,多为“花卷”,通常有四人表演。

演唱时,艺人们围桌而坐,一人面南,称“禄位”,亦称“书位”,其职责为翻卷本,多任旦角;一人东向,称“福位”,亦称“鱼位”,以高音木鱼击节,多任杂色;一人西向,称“寿位”,亦称“醒位”,击醒木以助演唱声势,亦以示唱调转换或结束,多任生角。若有四人演唱时,则尚有“茶位”,与“书位”并坐,司斟茶。三人演唱,则斟茶由“书位”或“醒位”兼劳。其中的“鱼位”是个重要人物,能胜任多种行当角色,也是演唱时的指挥。①

宣卷三四个人唱一台戏,照样有生、旦、净、丑,只是一人兼数角,也没有男女腔之分。表现各种行当人物的不同,主要在于运用不同的音色或细腻雅致、或粗豪奔放、或稳重朴质的润腔方法来达到的。当其中一人“起角色”敷唱文辞时,另外人则帮唱“南无阿弥陀佛”。帮唱“南无阿弥陀佛”,叫“拖佛号”,紧接在双句后。宣卷艺人的演唱,自始至终是正襟危坐的。所以,绍兴人只说“听宣卷”,没人会说是“看宣卷”。②

绍兴宣卷最大的艺术特色有二:一是起角色,“三四个人唱一台戏,照样有生、旦、净、丑”,再往前一步,便成戏曲,或者说,绍兴宣卷是戏曲的雏形。二是和佛无须他人,而是宣卷艺人自唱自和,“如《花名宝卷》开首唱:‘花名宝卷初展开,诸佛菩萨降凡来。善男信女虔诚听,增福延寿得消灾。’”接着,和者就接唱佛号“南无阿弥陀佛”。③ 此乃“曲艺”化的重要表现。2009 年 6 月,笔者在锦溪看绍兴宣卷,头回听到化佛号为唱词演唱,典雅、动听,经久难忘,每每忆及,余音不绝于耳。

(二) 宣演主体

兴许大江南北民间艺人的景况相同,清光绪年间,知县叶滋森对靖江的佛头下过断言:“非僧非道”,④而清末民初有位江南词人在一首《竹枝词》里亦如此描述宣卷先生:“非僧非道亦非尼,宣卷先生老面皮。”⑤时至今日,靖江、绍兴民间艺人的社会身份,依旧“非僧非道亦非尼”,如同木瓦匠等手艺人那样,凭技艺行走乡村,挣钱吃饭。他们大多有田地,忙时下地干活,闲时外出宣卷。有的还有一份令人羡慕、收入颇丰的工作,宣卷只是一种爱好、一项“副业”,像“票友”那样客串。有位大学毕业的年轻民警,自幼受父亲的熏陶,亲近、喜好宣卷,星期天、节假日只要不值班,便随父外出宣卷,过一把“宣卷瘾”。

绍兴宣卷艺人的基本状况是:

1. 身份。身怀宣卷技艺的农民。宣卷时素颜、着家常服。

2. 构成。据对 118 名 50 岁以上民间艺人的分析:⑥

---

① 王彪,冯健主编、罗小令,马志友,王雷,沈莹编著:《绍兴宣卷》,杭州:浙江摄影出版社,2012 年 5 月,第 20-21 页。

② 王彪,冯健主编、罗小令,马志友,王雷,沈莹编著:《绍兴宣卷》,杭州:浙江摄影出版社,2012 年 5 月,第 24 页。

③ 王彪,冯健主编、罗小令,马志友,王雷,沈莹编著:《绍兴宣卷》,杭州:浙江摄影出版社,2012 年 5 月,第 24 页。

④ 靖江宝卷研究会编:《靖江宝卷研究文献资料》(第一辑),内部资料 2008 年 11 月,第 1 页。

⑤ 王彪,冯健主编、罗小令,马志友,王雷,沈莹编著:《绍兴宣卷》,杭州:浙江摄影出版社,2012 年 5 月,第 36 页。

⑥ 王彪,冯健主编、罗小令,马志友,王雷,沈莹编著:《绍兴宣卷》,杭州:浙江摄影出版社,2012 年 5 月,第 61-79 页。

文化构成：大专 3

高中 2

初中 55

小学 48

年龄构成：50～60 岁 24

60～70 岁 59

70～80 岁 27

80 岁以上 8

3. 组织。以班社的形式行走乡村，大多有班社名，如“安昌大和班”“安昌女子班”“四星班”。有男女混合班，也有纯女子班。每个班社一般为四人，最多六人，最少三人。成员自愿组合，进出自由。每个班社都有“核心人物(多为班主)”和擅长的卷目。

2015 年 11 月 1 日，笔者在柯桥镇双梅小区访问了一个班社。

班主：赵国水　47 岁　小学文化

成员：朱阿海　83 岁　小学文化(赵国水的师傅)

裘德裕　65 岁　初中文化

屠银荣(女)56 岁　高中文化

赵国水师徒名动乡里，每年宣卷三百多场。曾代表绍兴宣卷到江浙沪多地交流演出。擅唱《割麦龙图宝卷》《卖花龙图宝卷》《卖水龙图宝卷》《宝莲灯宝卷》《珍珠塔宝卷》《白蛇传宝卷》《玉蜻蜓宝卷》《贤孝宝卷》《大堂相会宝卷》《天缘宝卷》《玉鸳鸯宝卷》等十多种。那日，为我们宣演《卖花龙图宝卷》，唱到悲情处，师傅朱阿海热泪涟涟，听者为之动容。

2015 年 11 月，赵国水班社参加“上海‘周浦杯’全国宣卷学术邀请赛”。无锡民间音乐专家钱铁民为他们精彩的演出所吸引，兴奋地与笔者夜谈。因未作记录，特发短信请教，现择要辑录：

绍兴宣卷曲调质朴、顺畅，齐唱时，时有上移四、五度的混声，胡琴等伴奏乐器托、帮、衬、垫得体。

绍兴宣卷胡琴伴奏的特色：(1)由宣卷人自拉自唱；(2)其定弦音高随演唱者而定；(3)演奏方法左手按弦全用指关节，右手运弓不强调腕关节。

音乐的旋法、声部、调性、乐器配置、演奏手法之师承和运用，个性化非常明显。

老先生谦虚地说，仅粗略看一次，未作较多的采集、调查，“只是粗浅的感性认识”。诚然，此乃实话。尽管如此，先生观一斑而知全豹，道出了绍兴宣卷的音乐特色，由此更显赵国水班社的典型性

4. 收入。以场收费。宣演一种宝卷为一场。收费视班社的名气及斋主经济状况而定，上下浮动，无统一标准。一般每场收 250～300 元，也有的讨吉利，收 1080 元、1280 元、1680 元。除工钱外，还有红包喜钱。所有收费班内平均分配，著名艺人年收入可达十多万元。

5. 传习。旧时，绍兴宣卷艺人社会地位不高，业内有“父不传子”之习。而今，异姓相传的同时，家族内传子亦传女。也有部分宣卷艺人，自学成才，并无师承。

宣卷艺人之间虽有师徒传承的关系，但无契约，不严格，仅口头说说而已。授徒方式一般是随师傅外出宣卷，坐在一旁用心听，也有的师傅给宝卷文本让徒弟熟读、练习。国家级

非物质文化遗产项目代表性传承人、安昌镇大和村何云根(艺名何宝宝),现年74岁,从艺47年,授徒26个,其中女弟子12个,成名而组班的班主4个。女儿何兴美,在事业单位上班,只因有志于女承父业,自组女子班社,业余宣卷,就这,忙起来照样连轴转,2015年9月初一至二十,一连唱了二十天,嗓子都唱哑了。

绍兴宣卷艺人,无论有无师承,其技艺均讲究"四法十诀"。

"四法"指的是:艺人演唱中"喜、怒、哀、乐"要到位;扮演角色要像样、有气派;熟练掌握宣卷的各种调头;能娴熟运用"外插花"(如会扮盲人、媒婆等)。"十诀"是"一清、二化、三白、四音、五亮、六中板、七快板、八慢板、九急板、十刹板"。①

绍兴宣卷可照本宣科,真正考验艺人的是"插花"。

在戏曲、曲艺演唱中的发噱段子,称作"插花"。绍兴宣卷,则是随时"插花"。有时就故事人物、情节的内在需要的噱,叫"内插花";有时则几乎是游离剧情之外的取笑逗乐,或是演唱者相互之间,或是就宣卷场所的人、事,以笑话、歌谣等即兴调侃,这叫"外插花"。

这种"插花"手段,摆脱了照本念卷的束缚,让演唱艺人有了较大的自由,任其发挥自己的才艺,有利于广泛吸取民间文化养料,丰富宝卷内容,提高了宣卷的艺术表现力。②

可见,"插花"是衡量宣卷艺人技艺的重要标准。

(三)信众群体

绍兴宣卷主要分布在安昌、柯岩、钱清、马鞍、斗门、东浦等平原乡镇。信众以乡间相信神佛的中老年人为主,也有部分不为信仰而欣赏宣卷艺术的痴迷者。但更多的是祈求神灵降福消灾的人们,其中尤以老年妇女为甚,她们视宣卷为功德。因而,常常是堂屋在宣卷,而在另一间屋还有一桌老太太诵经念佛,少则四人,多则九至十三人。她们既为斋主祈福禳灾,亦为自己积累功德。

近年来,有部分企业老板相信菩萨能赐予其财运福气,每有企业开业、房地产开盘,特邀一个或多个宣卷班社宣卷敬神。据宣卷艺人韩水祥介绍,2015年2月19日,某村整体拆迁,为庆祝全村集体乔迁,开发商花三万元,请十个宣卷班宣卷,并请全村男女老少吃斋饭。

(四)卷目卷本

宝卷文本乃宣卷的根本,诚如戏曲界所言:剧本,剧本,一剧之本。透过一定地域流传、收藏的卷目卷本,可知宝卷的兴衰及其流转轨迹。

经20世纪80年代以来的搜集、整理,目前可知的公私收藏的绍兴宣卷卷本有近百种,卷目如下:(按首字拼音排列)

1.《白蛇传宝卷》

2.《白梅宝卷》

3.《百花台宝卷》,又名《双恩宝卷》《李文进投亲》

4.《碧玉带宝卷》

5.《碧玉簪宝卷》,又名《秀英宝卷》

6.《沉香宝卷》,又名《宝莲灯宝卷》

7.《雌雄杯宝卷》

---

① 王彪,冯健主编、罗小令,马志友,王雷,沈莹编著:《绍兴宣卷》,杭州:浙江摄影出版社,2012年5月,第16页。

② 王彪,冯健主编、罗小令,马志友,王雷,沈莹编著:《绍兴宣卷》,杭州:浙江摄影出版社,2012年5月,第25页。

8.《大发财宝卷》
9.《董永宝卷》
10.《二度梅宝卷》
11.《分月镜宝卷》,又名《哑婆宝卷》
12.《凤凰图宝卷》,又名《巧缘宝卷》《彩娥宝卷》《十勿全招亲》
13.《风碑亭宝卷》
14.《福寿宝卷》
15.《割麦宝卷》,又名《出世龙图》
16.《黄糠宝卷》
17.《黄梅宝卷》
18.《黄龙宝卷》
19.《合同宝卷》
20.《何仙姑宝卷》
21.《何文秀宝卷》,又名《恩怨宝卷》
22.《红楼镜宝卷》
23.《红罗帐宝卷》
24.《蝴蝶宝卷》
25.《花亭会宝卷》
26.《花名宝卷》
27.《华山宝卷》
28.《回龙阁宝卷》,又名《薛平贵回窑别窑》《红鬃烈马》
29.《娇凤宝卷》,又名《三凤缘宝卷》
30.《鸡鸣宝卷》
31.《蛟龙扇宝卷》
32.《姣英宝卷》
33.《兰英宝卷》,又名《呆婆宝卷》
34.《梁山伯宝卷》
35.《雷峰宝卷》,又名《白蛇宝卷》
36.《李宸妃冷宫受苦宝卷》
37.《梁皇宝卷》
38.《刘香宝卷》,又名《刘香女宝卷》
39.《炉峰宝卷》
40.《龙凤锁宝卷》,又名《金凤宝卷》
41.《卖花宝卷》,又名《卖花三娘》
42.《卖水宝卷》,又名《血手印》
43.《梅花戒宝卷》,又名《双英宝卷》《王英文看潮》
44.《梅花服宝卷》,又名《忠良宝卷》
45.《梅氏宝卷》,又名《花杀宝卷》
46.《蜜蜂记宝卷》

47.《妙莲宝卷》
48.《目连宝卷》
49.《盘龙印宝卷》,又名《王华买父》
50.《琵琶宝卷》,又名《贤孝宝卷》《琵琶记宝卷》
51.《平安宝卷》
52.《全恩宝卷》
53.《三官堂宝卷》,又名《雪梅宝卷》
54.《三元记宝卷》
55.《三状元宝卷》
56.《舍子修行宝卷》
57.《摄魂宝卷》
58.《杀子报油坛记宝卷》
59.《双花宝卷》,又名《双金花大堂相会》
60.《双凤宝卷》,又名《朱砂后集》
61.《双贵图宝卷》
62.《双合宝卷》
63.《双玉块宝卷》
64.《双玉燕宝卷》
65.《双珠凤宝卷》
66.《双状元宝卷》
67.《审石板宝卷》
68.《太平宝卷》
69.《太子宝卷》
70.《倭袍宝卷》
71.《王老虎抢亲》
72.《香山宝卷》,又名《观音宝卷》
73.《杏花宝卷》
74.《轩辕宝卷》
75.《循环宝卷》
76.《延寿宝卷》
77.《鹦哥记》,又名《鹦哥宝卷》
78.《一度梅宝卷》
79.《玉钗宝卷》,又名《方玉娘祭塔》
80.《玉蝶宝卷》,又名《玉蝴蝶》
81.《玉连环宝卷》
82.《玉蜻蜓宝卷》,又名《瑞珠宝卷》
83.《玉如意宝卷》,又名《反霞袍》
84.《玉堂春》
85.《玉鸳鸯宝卷》

86.《月香盗印宝卷》

87.《月微宝卷》

88.《云龙宝卷》

89.《张四姐下凡》，又名《四姐宝卷》《四仙女下凡》

90.《张义双灯记》，又名《金龟宝卷》

91.《增寿宝卷》

92.《忠孝宝卷》

93.《朱砂宝卷》，又名《吉祥宝卷》

94.《朱砂痣宝卷》

95.《珠塔宝卷》①

笔者尚无缘研读上述卷本，仅通过分析卷目，发现三个值得研究的问题：

（1）与佛教有关的卷目仅《香山宝卷》《目连宝卷》《刘香女宝卷》，表明绍兴宣卷与宗教，尤其是佛教渐行渐远。旧时宣演《目连宝卷》的盛况永远成为历史。

（2）宣卷有仪式而无科仪卷。笔者就此向民间艺人讨教，他们说，“散花”“解结”等科仪全凭嘴说。可能历史上有此类科仪卷，因一度荒废而遗忘，某些艺人记住了零星片段，成“独门绝艺”而不外传，仅在本班社口头传承；另外，有关人员忽视科仪的存在而未搜集。绍兴宣卷的科仪卷，亟待抢救、挖掘。

（3）部分宝卷与戏曲、弹词、词调同目。“与戏曲同目，如与绍兴调腔同目的有《琵琶记》《西厢记》《循环报》《粉玉镜》等，与绍剧或越剧同目的有《三官堂》《凤凰图》《碧玉簪》《龙凤锁》《双金花》《卖花龙图》《卖水龙图》《割麦龙图》等；与苏州弹词、绍兴词调同目或来自民间传说故事的有《玉蜻蜓》《珍珠塔》《玉鸳鸯》《碧玉钗》等。”②这是一种共时共生、共存共荣现象，由此可研究绍兴宣卷与戏曲、曲艺的关系，同时，也是绍兴宣卷欣欣向荣的文化语境。

还有一种现象值得关注，甚至是警惕。时下的艺人大都只会宣演龙图三卷：《割麦龙图》《卖水龙图》《卖花龙图》，尤其是年轻艺人，舍此三卷，别无所长。2014 年，绍兴举行宣卷交流演唱会，41 个班社参演，演唱龙图宝卷的有 22 个，这是绍兴宣卷最大的潜在危机。

三、 文化生态

据王雷介绍，“1950 年起，绍兴宣卷说唱活动基本停止，极少数艺人转为不公开活动。20 世纪 80 年代以来逐渐恢复，近年来日渐兴盛。2008 年，绍兴宣卷入选第二批国家级非物质文化遗产代表性项目名录。2009 年，宣卷艺人何云根（宝宝）被认定为该项目国家级代表性传承人”。一个中断三十年的民俗民间文化样式，复苏后日见兴旺，这不能不说是一个奇迹。

任何一种文化的兴衰，都离不开一定时代的政治、经济、文化环境。当我与王雷及民间艺人探讨绍兴宣卷发达兴旺的动因，他们异口同声地说：“这首先归功于国家改革开放、和谐宽松的大政策、大环境，宣卷不再被斥之为‘封建迷信’而令人望而却步，而是作为独特的地方文化符号，取得公开合法的地位。”随着国家对非物质文化遗产的重视，绍兴宣卷等一大批

---

① 王彪，冯健主编、罗小令，马志友，王雷，沈莹编著：《绍兴宣卷》，杭州：浙江摄影出版社，2012 年 5 月，第 103–109 页。

② 王彪，冯健主编、罗小令，马志友，王雷，沈莹编著：《绍兴宣卷》，杭州：浙江摄影出版社，2012 年 5 月，第 12 页。

在民间自生自灭的传统文化，更是被当成宝贝精心呵护。民间艺人可以理直气壮、体面堂皇地宣演，并得到官方赞许、民间认同。从政治、文化层面而言，如今的宣卷在绍兴的文化地位，可是被抬到了相当的高度。

同样与时代、社会相联系，经济文化的多元，必然带来理想信仰的多元，为宣卷的生存发展开拓更为广阔的空间。烧香、点烛、敬神作为陈陈相袭的民间信仰行为，约定俗成为正常的民俗文化范式。经济繁荣、生活宽裕让信众更舍得花钱宣卷，在满足自身祈祷心愿的同时，尽情地享受自己钟爱的乡土艺术。有钱可赚，且容易赚，也驱使更多的人加入宣卷艺人的队伍。

欣逢盛世，绍兴宣卷乘势而发，这是其一。

其二，地方政府有效而强力的作为，着力营造适合绍兴宣卷传承发展的小气候。

同在一片蓝天下，享有同样的雨露阳光，有的生机盎然，有的枝叶凋零；有的前途光明，有的前景暗淡。同宗同源，宝卷与宝卷之间的境况何以天壤之别。诚然，不可简而言之，应该科学地具体问题具体分析。但有一点可以肯定，地方政府是否有效作为，关乎宝卷的生死存亡。

当下的中国，笔者寻访数年，还没见过地方政府对非物质文化遗产的抢救保护不作为的现象，倒是因过度“重视”而处置失当，甚至名为“保护”，实为破坏的情况屡见不鲜。某些地方从领导干部到工作人员，热忱而无知，不尊重宝卷生存发展规律，自以为是地乱作为，不得其法，事与愿违。绍兴宝卷发扬光大最大的成功是，地方政府科学而审慎地对待宣卷，因势利导，激发宣卷内在的活力，所作所为，强力有效，卓有成效地做了七件事：(1)申报国家级非物质文化遗产保护名录，让古老的绍兴宣卷拥有“现代身份证”，以国家的名义予以保护传承；(2)在安昌古镇建立“绍兴宣卷馆”，以文字、图片、视频、实物等形式向公众展现绍兴宣卷；(3)举办宣卷艺人培训班，邀请精通绍兴宣卷的专家学者讲授表演、音乐等知识，努力提高民间艺人的艺术素养；(4)举办两届绍兴宣卷交流演唱会，吸引来自绍兴县、古城区以及杭州萧山区、上虞市的几十个班社同台献艺，互相观摩学习；(5)编写出版《绍兴宣卷》，图文并茂地全面展示绍兴宣卷；(6)为著名民间艺人拍摄《宣卷人生》系列专题片，尝试用数字化手段收集、处理绍兴宣卷的文献资料；(7)挑选最优秀的班社，赴江苏、浙江、上海等地参加宝卷宣演交流、研讨活动，开阔眼界，扩大影响。所有这些，既着眼于当前的抢救保护，又考虑到长远的传承发展，件件可圈可点。

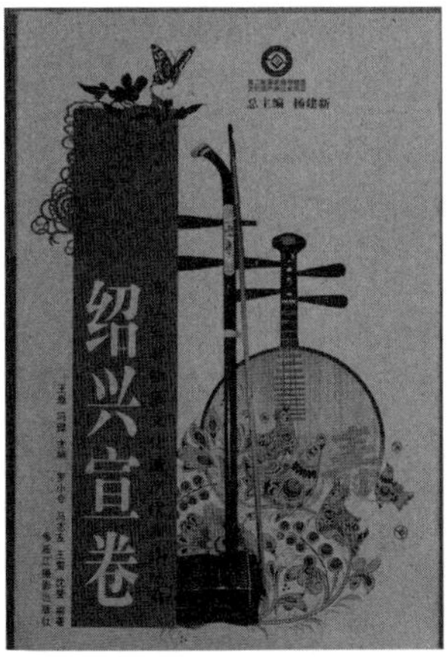

《绍兴宣卷》书影

《绍兴宣卷研究》书影

行文至此，笔者情不自禁地为王雷点赞。

王雷毕业于绍兴师专政教系、函授于杭州大学新闻系，曾从事教育、新闻、文化工作，2009年结缘非遗保护，短短数年，风生水起，业绩斐然。这固然得益于政府给力、领导开明，而他自身的敬业、务实、钻研也成就了绍兴宣卷的繁茂。他在“上海·浦东全国宣卷传承论坛”的发言，道出了自己弘扬宝卷基本的理念和思路：(1)原生态保护。尊重民间传承，坚持因势利导，不过多地干预民间活动。(2)创新保护。引入培训、会演机制，激励民间艺人钻研技艺。(3)生态区保护。在宣卷盛行的安昌古镇建立“生态保护区”，由点及面，不断改善文化生态。

不难想象，每一次角色的转换，都成了王雷更新知识、重塑自我的机遇。他在改写人生的同时，着力改变绍兴宣卷的生存发展状态。笔者深切地体会到，当下各地非物质文化遗产的保护传承，固然紧缺政策、经费，而更缺像王雷这样的内行而勤政的人才。

其三、深厚的人文传统，为绍兴宣卷储备了巨大的生命潜能。

“绍兴素有‘文化之都’‘名士之乡’的美誉”，“自古以来流传下来的文化遗产很多，历代也很注意这些文化遗产的保藏和传播”。① 宣卷流布于乡土社会，官方或许不会刻意保护，但在文化炽盛的绍兴，人们不会无端地疏远、冷落，许多人照样视之为宝，世代传承。

值得注意的是，宣卷在绍兴地区并非一枝独秀，与其共时共生的还有曲艺绍兴平湖调、绍兴词调、绍兴连花落、绍兴滩簧以及戏曲越剧、绍剧。这些深受绍兴人喜爱的民间文化样式，形成共生共荣的人文传统，不仅许多卷目相同，文本内容共享通用，而且音乐也相互借鉴、移植。“绍兴宣卷的唱腔，除基本唱腔(宣卷调)外，还吸收多种外来曲调，按照情节、情绪的需要，穿插演唱，并渐渐使它们‘宣卷化’。如有的来自绍兴调腔的‘阴四平’‘佛莲花’‘启奏调’‘五更调’等；有的来自绍剧正宫调‘二凡浪板’(生腔)；有的与绍兴词调同曲，如《庆寿》中的‘耍孩化’。”②正是这种自觉地相通相融，共同培育绍兴人的审美情趣和民俗风情。爱看戏、会唱戏是绍兴人的一大特点。具有一定功底的业余爱好者加入班社演唱宣卷得心应手、游刃有余。换言之，浓郁的戏曲、曲艺风尚，为绍兴宣卷源源不断地提供了人才资源。

俗文化间相互渗透、吸纳，相通相融是一种同质相融的文化现象。而在绍兴，精英文化与宣卷这样的草根文化，质异而不相斥，同样相亲相融，令笔者感慨系之。

绍兴籍现代作家周作人在其随笔《刘香女》中写道：“小时候听宣卷，多在这屠家门外。她的老母是发起的会首，此外也见过些灰色的女人，其悲剧的显晦大小虽不一样，但是一样的暗淡阴沉都抱着一种小乘的佛教人生观，以宝卷为经史，以尼庵为归宿，此种灰色的印象留得很深。”③

周氏家族虽家道中落，但周作人毕竟是世家子弟，他能如此细致地记述宣卷，说明其不止一次身临其境，感触颇深。由此可见，绍兴宣卷不仅是布衣草民的精神文化宠儿，在豪门大户、书香门第的女眷，乃至子弟之中也颇受青睐，并不因为是“村歌俚语，杂凑成词”而受到鄙薄。精英文化与草根文化能相融相亲，从一个侧面反衬出绍兴文化的博大。正是这种深厚的人文传统，给绍兴宣卷储备了生命的潜能，一旦气候适宜，春风催绿，生机蓬勃！

① 陈桥驿，颜越虎：《绍兴简史》，北京：中华书局，2004年9月，第134页。

② 王彪，冯健主编、罗小令，马志友，王雷，沈莹编著：《绍兴宣卷》，杭州：浙江摄影出版社，2012年5月，第47页。

③ 王彪，冯健主编、罗小令，马志友，王雷，沈莹编著：《绍兴宣卷》，杭州：浙江摄影出版社，2012年5月，第8页。

嘉善宣卷考察纪实

也许自幼受讲经文化的熏陶，笔者一直以为，普天下的宝卷宣演，都应像靖江讲经那样，众人围桌而坐，一人讲唱，数人应和。这几乎成了衡量宝卷原生态宣演的唯一标准。

2009年6月，头一回在江苏省昆山市锦溪镇舞台上见识浙江省嘉善县陶庄艺人沈煌荣的表演，不觉大为诧异，这也叫宣卷呀?！现代曲目《今朝又是三十一》姑且不论，民间艺人离桌，在舞台上来回走动，简直是离经叛道，对古之宣演形式实行颠覆……

但理智提醒我，民间艺人敢于亮相江浙沪宣卷交流活动的大舞台，表明他们对此充满自信，是经过实践检验、得到当地受众认同的艺术改革，甚或是现代化、城镇条件下宣卷生存方式的一种选择。不经实地考察，难作客观评价。

2015年11月9日，应嘉善县非遗中心主任周向阳之邀，笔者开始了考察之旅。

一、历史渊源

宣卷原非嘉善本土文化。

我曾向嘉善的战友打听宣卷，那位军队和地方文化战线的老兵说，他只知田歌，不知宣卷。原来，这位年逾古稀的老兄久居县城，不知几十公里外的西塘、陶庄流行宣卷。

地处嘉善西北部的西塘、陶庄，与苏州吴江的同里隔湖相望。著名的同里宣卷犹如随风飘荡的种子，自自然然地飘落在嘉善的一片土地上，生根发芽，开花结果。1995年版《嘉善县志》记载："清初丝弦宣卷盛行于吴语地区，传入县内大舜、陶庄、汾玉、下甸庙、洪溪等乡。"①可惜的是，今日嘉善境内，仅陶庄、西塘得见宣卷的倩影。

西塘文体中心金静中所提供的资料，清晰地描述了同里宣卷传入嘉善的轨迹。

嘉善宣卷于20世纪30年代，由江苏省苏州、吴江一带流传过来的。当时，与吴江县芦墟镇相连的陶庄镇和西塘镇的四吕村、庄王村，有一些家境殷实、文化水平较高的年轻人和一些文艺活跃分子拜师学艺或自学宣卷，他们不仅使宣卷这一民间曲艺得以流传，而且还使其得到发展。据西塘镇庄王自然村宣卷老艺人蒋福根(已故)当时回忆，他在1943年在邻村四吕村做长工时，听江苏省吴江县一个宣卷艺人徐小龙的宣卷后，激发了他学唱宣卷的热

① 嘉善县志编纂委员会编:《嘉善县志》，上海:三联书店，1995年4月，第881页。

情，于是在劳动之余，摸索学习，并多次登门拜师，得到了徐小龙的悉心指教。经过二年多的刻苦学习，掌握了木鱼宣卷的基本技艺，后自创社名，开班说唱。

比蒋福根更早学习宣卷的有四吕村宣卷老艺人高仲楹（已故），他先拜吴江县同里镇宣卷艺人顾鸣凤、后拜徐小龙为师，学唱宣卷。由于他文化水平较高，见识也广，所以他的宣卷书目多，说唱技艺也较高。1956 年，同村的袁云甫拜高仲楹为师，学唱丝弦宣卷，并学到了木鱼宣卷的基本知识。①

笔者采访了袁云甫先生，据他推断，宣卷传入的时间约在 1932 年。这之前，他们村没人会宣卷，但常请江苏的先生宣卷。他的师傅高仲楹是西塘宣卷的开山之人。

无独有偶，沈王荣 15 岁那年在陶庄丁家村看徐小龙演出，激起学习宣卷的冲动，决意拜其为师。

可见，嘉善宣卷源于吴江同里宣卷。究其因，首先是地缘相邻。陶庄、西塘与吴江仅一湖之隔。这湖是古老的汾湖，春秋战国时期是吴越之界，而今水连江浙。既为近邻，人员来往、文化交流甚为便捷。其次是人文相亲。共同秉承吴越文化的血脉，语言文化无障碍相融，陶庄、西塘的民间艺人至今仍习惯用苏州方言宣卷。再次，风土人情相近。江南地区庙会时行宣卷。水网密布，舟船代步，摇船去杭州灵隐寺、苏州上方山、舟山普陀山等名山大刹朝山进香，邀宣卷班社同船，一路宣卷一路行。

行文至此，笔者查阅《中国·同里宣卷集》，发现"徐小龙"乃同里宣卷徐派传人"徐筱龙"。

同里宣卷，又名吴江宣卷，是一种颇具民族传统特色的古老民间说唱艺术和地方曲艺。

清代同（治）光（绪）年间吴江同里早有木鱼宣卷传唱，到了清末民初已十分盛行。

20 世纪 30 年代，同里宣卷艺人已开创"丝弦宣卷"，增加了伴奏乐器，丰富了卷目，充实了演出人员。据《吴江文化五十年》等书记载，20 世纪 40 年代在吴江境内演唱同里宣卷的班子约有二十七个，艺人五十多人。

80 年代，宣卷艺术又迎来了新的春天，得到了恢复和发展，演出人员逐步增加，并纷纷组班。

宣卷的形势大好，但听众的要求也越来越高，单靠一位上手单调的说、唱、表已经难以满足听众的需求。于是，在同里宣卷的每一个书台上，开始增添了一位得力的助手——女下手，上下手配合默契，相得益彰。同时，演唱时还吸收了越剧、沪剧、锡剧、评弹等地方戏曲调和小曲小调，丰富了宣卷曲调。宣唱的内容也涵盖古今，丰富多彩。②

笔者这么连篇累牍地引用原文，目的在于进一步追溯嘉善宣卷的渊源，由此厘清几个问题：

1. 嘉善宣卷乃同里宣卷"徐派"一脉，袁云甫、沈王荣曾师从徐派名师闵培传、徐筱龙。宣卷由同里传入嘉善的 30 年代，正值丝弦宣卷兴起之时。因而，很可能嘉善人学宣卷入门功夫学的是木鱼宣卷，但很快便追随同里宣卷演变的进程，改弦更张，以"丝弦宣卷"面目流传于世。难怪嘉善的民间艺人和非遗工作者介绍时，一会儿木鱼宣卷，一会儿丝弦宣卷，搞得我一头雾水。

---

① 据嘉善县西塘文体中心"非遗"申报材料。

② 中共吴江市委宣传部、同里镇人民政府、吴江市文学艺术界联合会、吴江市文化广电新闻出版局编：《中国·同里宣卷集》（口头演唱记录本），南京：凤凰出版社，2010 年 7 月，第 1-2 页。

2. 同里宣卷的“上下手”，嘉善呼之为“上下联”，变化亦与同里同步，下联（又叫“护卷”）由一人变两人，多为女性。袁云甫说，女的嗓子好，唱起来优美动听。宣卷间隙唱越剧、锡剧调节气氛。笔者以为，上下联唱和，是古之“一人讲唱，众人和佛”的变异。上联相当于靖江的佛头，下联则与和佛者相似，只是由和“南无阿弥陀佛”，改为接唱上联的唱词而已。例如：

上联：一字一马一杆枪，

岳飞枪挑小梁王。

下联：小梁王呀小梁王，

岳飞抢挑小梁王。

所唱曲调也与同里大体相同。以宣卷调为主，同时引用江南民间小调：《醒世曲》《春调》《五更调》以及越剧、锡剧的曲调。

嘉善民间艺人的活动方式秉承同里的传统，以班社的形式行走民间。上联为班主，自取班名，如“三星社”“咏音社”“快乐社”，也有以班主名字命名班社的。每个班社 4～7 人，上联 1 人、下联 1～2 人、配乐 4 人（二胡、越胡、竹笛、中阮或三弦、扬琴）。宣卷时，一般由两张八仙桌拼成阳台（宣卷台），上联面向观众居中而坐，下联分坐左右，乐手坐于阳台两端。上联着长衫，道具有静木（醒木）、响木（一块长 6～7 寸、宽 4 寸、高 3 寸，横向雕空的木块）、折扇、手帕。面前有一卷本，允许照本宣科，但宣卷时一般不看，而是供休息时翻阅，激活记忆。收入一般四、六分成，上联四成，下联及乐手六成。

二、 文化意涵

作为草根文化的宣卷，只有与草民百姓的生活相亲相融，才能拥有广阔的空间，而一定地域的风俗习惯便成为宣卷生存发展的肥田沃土。嘉善宣卷班社活动无不与风俗息息相关。首先是庙会。江南多社神。一个或几个传统村落有一个地方保护神，人们尊之为“老爷”。笔者特地考察了四吕村社庙，所奉老爷金身较小，龛轿合一，便于抬着巡游和信众接回家听宣卷。每逢老爷的圣诞或春秋祭祀，必举办隆重的庙会，一个或多个班社应邀宣卷，娱神娱人。其次是喜庆娱乐。农户有乔迁、祝寿、满月等喜庆之事，宣卷庆祝；农闲时节，一家或数家甚至一族、一村请班社宣卷自娱。再次是地方公益庆典。诸如修桥、铺路竣工通车，宣卷庆贺、敬神，祈祷平安。无论公私相请，每场收费千元左右。

2015 年 2 月，西塘镇红菱村新建农桥一座，为庆祝通车，宣卷三天，俗称“拜桥彩”。

在桥头搭厂（棚），从周边三座庙请来“老爷”。老爷前设长条供桌，供奉果品。桌前摆一铁焊的烛架，可同时插二十几支蜡烛。烛架前放一铁锅烧香。铁锅前有一拜垫。

厂口由两张八仙桌横向拼成阳台，上铺红毯，内侧两角各放一插满鲜花的花瓶。宣卷先生上下联面向老爷而坐，乐手分座两端。

周边村落的中老年人都来听宣卷，每天有听众约百人。

乡间习俗，殷实之户为求功德，庙会期间请“老爷”上门听宣卷，亦在打谷场搭厂，面积约三间屋那么大。

无论因何事、在何处宣卷，仪式极其简约：

(1) 接佛

宣卷先生敲着响木面向老爷唱《接佛偈》，信众拈香站在宣卷先生身后，跟随先生躬身礼拜。

接(送)佛偈

一支清香炉内焚,香烟直上九霄云。
善男信女虔诚拜,奉请当方土地各位菩萨到来临。
奉请各位神仙活师尊,一同前来听卷文。

一请护法天尊韦陀将,二请黑虎元帅赵将军。
三请赤胆忠良温元帅,四请尽忠报国岳大人。
五请连泗荡将军刘忠承,六请三眼杨戬二郎神。
七请清凉宫中杨三太,八请拿妖捉怪朱天君。
八位神将都请到,再请各路活师尊。

洛伽山奉请南海观世音,善才龙女两边分。
玉泉山奉请协天大帝关圣君,周仓关平一同行。
五台山奉请罗汉五百尊,云台山奉请三官菩萨到来临。
三元三品一同行,来到贵府听卷文。
九华山奉请地藏皇,地公地婆一同行。
花果山奉请齐天大圣,昆仑山奉请福禄老寿星。
鹤鹿童子一同行,来到贵府听卷文。
普度山奉请弥勒佛,峨眉山奉请三世如来佛。
九曲山奉请钟馗菩萨齐来到,上方山歪嘴娘娘到来临。
玉皇山奉请玉皇大帝齐来到,皇母娘娘一同行。
城隍山奉请城隍菩萨齐来到,衙役三班一同行。
奉请上八洞中八洞下八洞,八仙过海显神通。
奉请东南西北四海老龙王,虾兵蟹将一同行。
奉请金泽杨爷齐来到,庄家圩菩萨到来临。
奉请朱家滨将军伯,风水墩孤仙菩萨一同行。
各方老爷菩萨齐来到,来到贵府听卷文。①

(2) 开篇

宣卷先生坐在阳台前,拍击静木,宣唱《开篇》:

一字一马一杆枪,岳飞枪挑小梁王。
一字当中加一竖,十面埋伏小张良。
十字上面加一撇,千里匡胤送金娘。
千字下面加个口,舌战群儒诸葛亮。
舌字上面去一撇,古人相会刘关张。
古字旁边加个月,胡大海手托千斤石。
胡字旁边去个古,月下张生跳粉墙。

---

① 嘉善县西塘镇民间艺人袁云甫搜集整理。

月字旁边加个日，明皇上天会娇娘。①

以上为通用《开篇》，下面为西塘古镇所编的《开篇》：

风和日丽好时光，要游古镇到西塘。
千年古镇像天堂，小桥流水长弄堂。
桥多弄多有长廊，古色古乡（香）好风光。
展览馆、博物馆，个个馆里有明堂。
西塘古镇果然美，好像哪一颗明珠放光彩。
游客哪四面八方来！②

（3）宣卷

开宣正本卷目。

（4）送佛

仪式同接佛，将《接佛偈》中的"请"改为"送"。

……

各位神仙菩萨齐送走，高高兴兴回到洞府门。③

若宣卷一天，晚上送佛，若宣三天，最后一晚送佛。

也有人家因喜事或为娱乐请先生宣卷，如同戏班子"唱堂会"，不接送佛，也不搭厂，在堂屋宣卷。中午之前上门，吃午饭，荤素皆可。饭后宣卷。一下午唱三回，每回一小时，晚上续三回，九时左右结束。

嘉善宣卷，堪称仪式的仅两项：接佛、送佛。与江苏无锡、常熟、靖江多达十几项繁复、庄严的科仪相比，显得十分简单。

"一种成熟的宗教，其不可缺少的组成部分，就是宗教思想与观念的行为表现即宗教仪式。从外表看，宗教就体现在一系列的仪式之中，离开了仪式体系，宗教也就不成其为宗教。"④宝卷源于佛教俗讲，其形成、发展过程，一些宗教科仪如影相随。"宝卷对科仪的袭取，首先是在宣讲的仪式上。宝卷也表现出强烈的宗教信仰的属性，与科仪一样，它是与大众的宗教信仰活动密切结合在一起的。"⑤嘉善民间的宣卷活动，在一定程度上承载民俗信仰，比如，隆重地到庙里请老爷、烧香点烛设供、接佛送佛，均具有宗教信仰意味，但就宣卷的全过程而言，信仰的氛围显得不那么浓烈、神圣。尤其是一些无仪式宣卷，纯属乡土社会的大众娱乐。

自古以来，宝卷肩负着信仰、教化、娱乐三大社会功能。不同地区，侧重点不同，或重信仰轻娱乐，或重娱乐轻信仰，教化渗透于信仰、娱乐之中，无所谓轻重。

显然，嘉善宣卷重娱乐轻信仰，这固然体现在科仪的简洁上，因为，科仪"具有更强烈的宗教属性，更具庄严性和规范性"。⑥同时也体现在卷本的内容上。凡重信仰的地区，都有宣扬菩萨凡间身世及修行成圣故事的卷本，尊为"圣卷""正卷"。江苏靖江从民间搜集整理宝

① 嘉善县西塘镇民间艺人袁云甫搜集整理。
② 嘉善县西塘镇民间艺人袁云甫搜集整理。
③ 嘉善县西塘镇民间艺人袁云甫搜集整理。
④ 史孝进著：《威仪庄严·道教科仪及其社会功能》，上海：上海辞书出版社，2012年4月，第1页。
⑤ 陆永峰，车锡伦著：《吴方言区宝卷研究》，北京：社会科学文献出版社，2012年11月，第16页。
⑥ 陆永峰，车锡伦著：《吴方言区宝卷研究》，北京：社会科学文献出版社，2012年11月，第17页。

卷 54 种,《三茅宝卷》《大圣宝卷》《香山观世音宝卷》等圣卷就有 25 种。做会讲经,白天讲圣卷,晚上宣演反映世俗爱恨情仇的草卷。从袁云甫、沈王荣给笔者提供的卷目看,几乎全是娱乐性的"草卷"。

袁云甫保留卷目:

《珍珠衫》
《龙凤衫》
《钱塘案》
《双美缘》
《五姑娘》
《金白兔》
《三线姻缘》

沈王荣上缴镇文化站收藏的卷目:

《一块银元》(三回)
《母女会》(三回)
《三夫夺妻》(二回)
《九命案》(二回)
《天公作合》(四回)
《鸳鸯谱》(四回)
《金钗钿》(五回)
《半份家当的代价》(八回)
《油氽烧包子》(二回)

由"回"字联想到"册""品",虽然都是宝卷的"计量单位",但所蕴含的文化定位不同,以"册""品"相论者为"经",以"回"相论者为"书"(弹词、鼓词皆以"回"计)。因而,袁云甫、沈王荣口头上习惯称宝卷为"书"。

还有一细节,在许多视宣卷为功德的地方,艺人都写一份相当于人间奏章的"疏",写明某地某人某时宣某卷,加盖"三宝证盟"或"佛法僧宝"的大印,烧化,上奏玉帝,以祈功德。而嘉善的民间艺人,无印,不写疏。

正因为嘉善宣卷是一种具有信仰色彩的民俗民间文化娱乐活动,民间艺人既不像无锡、靖江呼之为"佛头"(意为领头念佛的人),也不像常熟叫"讲经先生",而被人尊称为"宣卷先生"。

三、 民间艺人袁云甫

民间艺人是宣卷传承、发展的主体,其在民间活跃的程度,决定宣卷的兴衰。

20 世纪 50 年代,嘉善的大舜乡、陶庄乡有四个宣卷班社,现仅剩西塘的袁云甫和陶庄的沈煌荣两个班社。1996 年,沈王荣成立"煌荣丧事服务队",意味着宣卷不再是其主业,而硕果仅存的袁云甫班社才是嘉善名副其实的宣卷班社。

袁云甫 1941 年 1 月出生于大舜乡四吕村(今西塘鸦鹊村),现为浙江省民间艺术家、浙江省优秀文艺人才、嘉兴市第一批非物质文化遗产(嘉善宣卷)代表性传承人。从小喜欢宣卷,时常观看同村高仲楹"三星社"的宣卷,而且如同时下的"追星族",三星社走到哪里他就听到哪里,成为高仲楹的"铁杆粉丝"。

见笔者来访,袁云甫骄傲地展示他收藏的有关师傅高仲楹的资料。阅后笔者亦肃然起敬,特依据此文献,对嘉善宣卷的一代宗师高仲楹作一简介。

高仲楹(1918—1980),嘉善县西塘镇鸦鹊四吕村人。家境富裕,15 岁到湖州读高中。毕业回乡后,看到江苏的宣卷先生在乡间宣卷,受到乡亲们欢迎、敬仰,萌生学艺之心。27

岁去苏州同里拜徐筱龙为师，学唱木鱼宣卷。后又拜同里顾鸣凤为师。边学边悟，逐步形成自己的宣卷特色："书路清晰，方言化角色语言道地，人物栩栩如生，插科打诨信手拈来，说表时他还会适时引用成语典故，行内人称之为'书派风格'。"

宣卷艺人袁云甫

高先生不仅宣卷宣得好，而且能立地编书。有年冬天，在一地连宣十几场，能唱的都唱了，但听众不放他走。上午去芦墟镇喝茶，在书摊发现连环画《铁弓缘》，情节曲折，故事生动。随即用笔记下主要内容，下午整理成唱本提纲，晚上开拍宣唱，连唱三场(八九个小时)。以此为发端，先后编写了《玉蝉记》《双金花》《钱塘案》《龙凤锁》《双美缘》等卷本。

"文革"期间，载着富农帽子的高仲楹忍痛休拍停宣。70 年代初，他的徒弟纷纷开拍宣卷，他依然不敢公开活动，只能躲着"偷宣"。夏天别人在外纳凉，他躲在家里，放下蚊帐，坐在床上，手敲响木"偷唱"宣卷"解解瘾头"，直至"文革"结束，他才迎来宣卷的第二个春天。

当年，令少年袁云甫惊异的是，"一个先生的讲唱，那么多人津津有味地听，一点儿声音都没有。打心眼为宣卷先生感到荣耀"。几十年后，当袁云甫早已成为名动乡里的宣卷先生，对笔者讲起儿时的感受，话语间依旧充溢着仰慕，甚至崇拜。

不言而喻，宣卷对于袁云甫是一种文化滋养，更是心灵的召唤。日积月累的潜移默化，他不仅耳熟能详宣卷曲调，而且领悟宣卷艺术的许多技巧，深深地爱上了这门艺术。

1958 年，17 岁的袁云甫初中毕业，毅然决然地恳求高仲楹收他为徒。相邻而居的高仲楹知其聪明好学、痴迷宣卷，欣然应允。按民间礼俗，他拎了方糕、蹄膀上门拜师。高仲楹有意栽培这位乡邻，入门便让他做自己的"下联"。由于虚心好学，刻苦钻研，在师傅的悉心传授下，他很快掌握了宣卷的说、噱、表、唱的宣演技艺。做了四五年"下联"后，便"晋升"为"上联"。

宣卷的上联，一般要具备以下几个基本条件：一、口齿伶俐，吐字清楚。喉咙要耐唱，不易哑掉。二、模仿力强，书中人物众多，有正面反面的，有男的女的老的少的，有文的武的角色等等，要扮啥像啥，惟妙惟肖。三、掌握多种地方方言，南腔北调，都要会说，特别是绍兴话、扬州话、苏州话、浦东话、山东话等，要做到说啥像啥，并且要有几种方言同时对话的本领。四、记忆力强。几十部书任凭挑选，说讲就讲。且书路清晰，不混淆。有较强的说表艺术，详略得当，交代清楚。笑料噱头，信手拈来，恰到好处。五、感情丰富。表演时，身临其境，喜怒哀乐，哭笑如常。①

有道是，名师出高徒。袁云甫很快脱颖而出，独立组班宣卷。当时比较流行的传统宣卷有《何文秀》《双金花》《龙凤锁》《钱塘案》《珍珠塔》等二十多部。袁云甫都能绘声绘色地宣演，宣卷书路清晰，表演逼真，很快便赢得了乡亲们的喜欢。

---

① 据嘉善县西塘文体中心"非遗"申报材料。

正当袁云甫日益走红之际,“文革”爆发,传统卷目被斥为“封、资、修”毒草而遭禁演,宣卷班社解散。袁云甫人离班社情系宣卷,心想,“宣卷是上辈传下来的,不能在我这一代断了根”。其时,他担任大队俱乐部主任,动员几个年轻人成立“毛泽东思想宣传队革命故事说唱小分队”,紧跟革命形势,编创“革命卷目”,将当时风靡全国的长篇小说《林海雪原》改编成长达六个小时的卷本《智取威虎山》。紧张曲折的剿匪故事,生动传神的演唱,深受听众欢迎。偶尔还编写短小精悍的曲目说唱好人好事,很快便火爆起来。邻近社队纷纷邀请。一时间,声名远播,唱到了吴江县。有一次在吴江的芦墟镇演出,在那儿蹲点的吴江政工书记观看后异常激动地上台接见,第二天还派人送来了一面锦旗,上书“文艺卫士　宣传尖兵”八个大字。那时,各地赠送了很多锦旗、奖状等纪念品,俱乐部的四周墙上、橱窗里触目皆是。

改革开放后,传统艺术悄然复苏,袁云甫整理出《林冲逼上梁山》这部长篇宣卷,从江苏芦墟请来一位下联,组织班社,恢复宣卷表演。由于人员不固定,演出时断时续,1978年歇艺,专心务农。期间,有人请吹拉弹唱都很在行的袁云甫去做“和尚”,为乡间丧礼做佛事。虽然很容易挣钱,但有违学艺初衷,他婉言谢绝。

2008年,西塘镇文化站原站长钟晓生,在非物质文化遗产的普查中发现了袁云甫,动员他重出江湖,并承诺为其组建宣卷班子,定期在西塘景区为游客表演。虽然只有每人每场40元的薄酬,但能让几近消失的宣卷艺术重新焕发生机,他欣然应允。在景区宣演的同时,还应邀到庙会、农户家宣演。近年来,还在政府的安排下,作公益性演出,年收入两三万元。

沉寂许久的袁云甫再次成为“西塘名人”。他动情地说:

“当时,我也快七十岁了,但每个周末我还是自费从魏塘坐公交车到西塘,下午一点准时在景点演出。有时晚上演出结束后没有公交车,还要自费打的回家,但还是乐此不疲。为提高演出质量,还自费购置了几套不同季节的唐装,添置了音响。有人问我,这样值得吗?我说:‘真的是自己喜欢,寻寻开心!’自从16岁开始学宣卷,这门艺术已伴随我半个多世纪,我感到似乎已离不开它,好像已融入了我的生命。”

“聊以自慰的是,由于唱宣卷,我比以前更受人关注了。已经七十多岁的我有的时候跟他们说笑:‘真的没有想到,我现在年纪大了,反倒越来越吃香了!’”

四、民间艺人沈王荣

虽然同属一方水土,沈王荣的从艺经历、人生历程比袁云甫要复杂、有趣得多。老先生给笔者滔滔不绝地讲了两个多小时,归结为两个字:拜师。

真的,沈王荣的一生,就是拜师学艺的一生。

1946年1月,沈王荣生于嘉善县陶庄镇丁家村唐家滨,艺名沈煌荣。我们登门造访时,他正专心致置地侍弄院内的花草。

这是江南常见的农家院落,三间三层的小楼拔地而起,贴着马赛克的外墙,给整个院落平添几分现代气息。底层西头一间为工作室。进门临窗是写字桌,与桌相邻是一个简易书架,陈列着许多证书、奖状,俨然成了荣誉架。沈老兴高采烈地给笔者一一展示,同行的陶庄文化站老站长张松林一个劲地提醒,挑主要的、挑主要的。我理解老人,这些镜框、本本凝结着他毕生的心血和追求。因而,郑重其事地用相机记下了三份省级褒奖:

浙江省民间艺术家(2006.6)

浙江省首批“优秀民间艺术人才”(2009.10)

浙江省第四批省级非物质文化遗产(嘉善宣卷)代表性传承人(2013.11)

这一份份证书,犹如一座座山峰,见证着一位民间艺人日复一日,年复一年的艰辛攀登……

1961年,遭逢三年自然灾害,高小毕业的沈王荣弃读务农。那一年,他15岁。村里有人家请江苏吴江徐筱龙宣卷班宣卷。

也许命定今生与宣卷结缘。他头回听宣卷就被那精彩的表演所吸引,觉着味道美极了。当时的乡村,连电影都没有,初涉世事的少年冷不丁接触了连说带唱带表演的宣卷,自然觉得新奇。更让他眼热的是,休息时主家端上八个团,每个先生虽然只有两个,也足以让饥肠辘辘的少年馋涎欲滴。他想,不用下地累死累活地干活,就这么说说唱唱,有钱拿,有饭吃,这活儿真不错。

他人小主意大,走到徐筱龙面前,一本正经地说:“老先生,我拜您为师,好吗?”

徐筱龙上下打量一番,摇摇头,说:“你小孩子,不懂的。”

沈王荣想,不懂就学呗。花12元买了把二胡,摸准音阶,反复练习宣卷调。他有音乐天赋,歌唱得好、识简谱,苦练一年,二胡拉得像那么回事了。又花3块钱买根笛子,走到哪吹到哪,割草时躺在地上对着蓝天吹……

徐筱龙又来了。

“老先生,我拜您为师。”

“小孩子,不懂的。”

“我跟您配乐,一分钱不要。”

“试试看。”

一试,有点门道,收他为徒。边配乐,边强记,偷偷地将师傅唱的记在本本上……

18岁,技艺日精,宣卷禁唱。英雄无用武之地,实在心有不甘。动脑筋,想点子,设法为宣卷找出路。当时提倡“种田为革命”,反对“种田为活命”。他据此编了个小曲目《一埭田》,批评只知挣工分不用心种田的不良现象,冠冕堂皇地在生产队宣卷……

“文革”期间,“毛泽东思想宣传队”雨后春笋般地涌现,像沈王荣这样的文艺人才,得以一显身手。他报名加入“嘉善县陶庄公社丁家大队俱乐部毛泽东思想宣传队说唱小分队”。全分队两女五男,他为上联,两个女的为下联,四个男的配乐。分队长自然非他莫属。

他们宣演的主要是反映旧社会贫苦百姓悲惨命运的《一块银元》和革命现代卷目《智取威虎山》。他们的演出,恰似一泓清泉流注乡村文化沙漠,浇灌着乡亲们干涸的心田。白天,“抓革命,促生产”;晚上,社员们会嚷嚷:“请沈王荣来唱宣卷。”当时遇到一敏感而棘手的问题:在台上敲木鱼,有“迷信”之嫌;不敲,没宣卷味。他开动脑筋,自制“木鱼、响铃”二合一的道具拿在手里,既可敲打伴奏,又能离桌表演,将“宗教法器”彻底变身为“打击乐器”,理直气壮地在“木鱼响铃”的伴奏下为“革命”唱宣卷。没酬劳,尽义务。每到一处,照例会被赠送一套《毛选》、一个镜框,且镜框的内容都差不多:

丁家大队俱乐部毛泽东思想宣传队说唱小分队:

给我们上了一堂生动的阶级教育课

××大队(盖章)

这些纪念品统统上缴,大队办公室挂了两圈的镜框。

几十年后，有个人对沈王荣说："你那个《一块银元》唱得那么好！"此人当年人小看不到，让一位新娘子抱着看，不曾想怀孕的新娘流产了……

说到这，老人得意地说："'文化大革命'非但没'禁'住，反而让宣卷唱红了。"他们就这么一直唱到了改革开放。

终于可以公然称"宣卷"了。

仿佛特意为历史作证似的，沈王荣无意间保留了两张节目单。

一张是 1976 年 3 月 12 日的"嘉兴地区曲艺调演节目单"，沈王荣参演的节目标明为"嘉善说唱"。

另一张是"嘉兴地区《南湖之春》音乐会节目单"，将沈王荣的表演定性为"宣卷"，时间是 1979 年 5 月 19 日。名儿恢复了，木鱼响铃没有复原，而是作为"沈氏发明"沿用至今，成为当代宣卷最为独特的道具。

有位乡邻一直默默地关注着沈王荣。此人姓陈名阿马，痴迷、精通宣卷，与同里宣卷大师闵传培有八拜之交。

一天，陈阿马真诚地对他说："你要真想唱出名堂，得拜某人为师。"这可是瞌睡送枕头，求之不得。

经引荐，沈王荣投身闵传培门下。不必去同里学艺，只需在陶庄接生意，并准备几个人为师傅配乐。

一连三年，农闲时节闵传培如约而至。

头一年住沈家。白天沈王荣下地干活，晚上随师傅宣卷。回来后，闵先生与陈阿马就着猪头肉喝老酒，沈躲在另一间屋回忆、记录当晚演出的卷本。翌日清晨，去集市买半个猪头，师傅喜好亲自拣净白水煮……

闵没来之前，沈每场(晚)收 12 元，他分 4 元，四男每人 1.5 元，两女每人 1 元。当时，一个壮劳力辛辛苦苦干一天，工分分红不足 1 元。沈王荣说，当时的农村，别的活都不来钱，只有宣卷能赚钱。

闵是名师，每场收 24 元，他们分文不取。

有一天，闵传培嗓子有毛病，他对沈王荣说："今天不行，唱不响。"

"师傅，我代怎么样?"

"你? 你晓得我今晚唱啥呀?"

闵师傅不知道，他当晚唱的传统卷目《红楼镜》，徒弟听过几遍，早已烂熟于心……

一场下来，闵由衷地说："行。我叫你先生。"

三年满师，沈煌荣班社行情看涨。至 1983 年，收费由 12 元逐步涨至 60 元。钱好赚，但并非一年四季有钱赚。同时，改革开放，赚钱的机会多了。生产队有两条跑运输的船，男劳力三人一档，每档一月，赚多赚少队里不管，但必须按规定上缴，缴得愈多，补贴愈高。沈王荣听舅舅说，吴江八坼有个朋友的买卖不错，每月可挣一块上海表、一台缝纫机。

一块上海表、一台缝纫机，可是个极具诱惑力的大数目。沈王荣拎了三斤肋条肉(2.1 元)、揣了一包烟(0.24 元)登门拜师，得其真传：免费收集废钢铁(铁屑)，运至苏州钢铁厂卖钱……

无本生利，大头归集体，每月还有三百多元的进项。一人发财，众人眼红，许多陶庄人都跟着沈王荣"淘金"，由此开启陶庄废钢材交易的先河。不久，分田到户，沈王荣自己买船做废钢材生意。

常言道：花无百日红。随着企业改制，老板门槛精了，铁屑废钢得花钱买，买进卖出，所赚无几，迫使他考虑转行。

第四次拜师不期而遇。

沈王荣到浙江海宁姐姐家吃喜酒。外甥为庆贺新婚之嬉，请了一支铜管乐队。这可让他大开眼界，好奇地拿起小号一吹，还能吹响，兴奋不已。当即拜队长许魁为师，约请他到杭州卖乐器。花3000元，置办军鼓、小号、大号、拉管等家伙，让师傅在家住两天，教几个伙计最基本的吹奏技法，便呜噜哇啦地练开来，自己带头，集中苦练，作息时间如下：

上午8:00至11:00

下午1:00至4:00

晚上6:00至9:00

练一周师傅来指导两天，直练得嘴唇破裂，血从乐器里往外流。没一人叫苦，因为他们心中有个宏伟目标：以此占领陶庄及其周边地区红白喜事市场。孰料事与愿违，邀请者寥寥。赔钱买卖划不来。于是到洪石寺拜83岁的姚阿三老和尚为师学念经，专门服务丧事。此为第五次拜师。

1996年，“煌荣丧事服务队”正式成立，将传统的宣卷艺术渗透于丧礼仪式。每人每场收费300元，沈王荣个人年收入十多万元……

五、 生存发展之路

一位执着而有天赋的民间艺人，技艺炉火纯青，声名如日中天，却因不赚钱而选择转行，走上“丧事服务”之路。虽然，他无法割舍钟情的宣卷艺术，但毕竟不再是他的主业。这不能不说是一种悲哀。写到这，笔者心里酸酸的，眼眶一阵发热，为沈王荣，更为宣卷……

其实，从沈王荣遇见徐筱龙那一刻起，他的命运便与宣卷紧紧联系在一起。然而，作为家里的顶梁柱，首先得养家糊口、发家致富。他几十年的追求、奋斗，或者说他一次次拜师，就是为了改变命运，让日子过得宽裕、舒适一点。讲述时，他不止一次地强调，爱宣卷，更爱家庭儿女。何况，他学宣卷的初衷，原本就出于农民原始而质朴的心理：赚钱、吃饭。且不说沈王荣始终念念不忘宣卷，即便忍痛弃宣卷而择“高枝”，也无可厚非。

值得庆幸的是，当笔者审视沈王荣、袁云甫两位老艺人的人生历程，六十年代以来，他俩不约而同地倾心尽力做同一桩事：为嘉善宣卷的生存发展谋求出路。

几十年间，嘉善宣卷的生存发展之路，主要有四条：

1. 改名换姓

在别的许多地方，宝卷因“文革”劫难而销声匿迹。纵然在根基深厚的靖江，“文革”期间谁也不敢冒挨批斗、罚工分的风险而公开讲经。嘉善倒好，艺人和听众心照不宣，以“革命”的名义，将“宣卷”改名为“说唱”，公开、合法、堂而皇之地到处宣演。虽然，这种改变是暂时的，但对于保住嘉善宣卷一脉，功莫大焉！这期间，名儿虽然变了，但宣卷照样发挥其教化功能，只是用以启迪、感化听众的不是以儒家纲常伦理为核心的道德信条，而是以毛泽东思想为指导的革命故事。

沈王荣在排练

2. 新编卷目

改名换姓是短暂的，而且老百姓一直以"宣卷"相称。这一变革的成功实践让嘉善的民间艺人悟出一个道理，那就是要让传统宣卷焕发新的生机与活力，得紧跟形势，编创新卷目，以适应新时代、新生活。对此，沈王荣尤其得心应手、驾轻就熟。他之所以声名日隆，很大程度得益于积极热情地应地方政府之邀，为宣传计划生育、平安建设、环境保护等中心工作编创节目，宣传演出。先后编创了《唱唱新嘉善》《吃轧头》《东到西来西到东》《来不及》《五水共治》等卷目。且看《五水共治》：

唱：浙江省委省政府五水共治发号令，全省人民齐响应。

问：喂！我来问一声，阿是鲜菊水、矿泉水、纯净水、桶装水？

答：你啊！只想着吃，勿是店里买来吃格饮用水。

问：哦！阿是河水、海水、天落水，还是井水、自来水啊？

答：治污水、抗洪水、排涝水、保供水、抓节水，五水共治啊！

问：这我可弄勿懂了，人生了毛病要请医生治呀，这五水奈哈也要治呀？

唱：万物生长需要水　　枝叶茂盛美滋滋
　　水位太高要淹死　　断水庄稼要枯死
　　拦水回墙抗洪水　　翻水泵站排涝水
　　沉痛教训有历史　　有防无碍占优势

白：大家晓得，浙江省是沿海水网地区，洪涝灾害时有发生，水利设施基础一定要加固加强，就能保证百姓安心，领导放心，水是生命之源啊！

唱：万物生长要靠水　　保障供给莫轻视
　　月球上面没有水　　动物无法能居住
　　全民重视保供水　　人人都要抓节水
　　珍惜水来用好水　　浪费水源太可耻

白：形势发展飞快，企业发展壮大，出现污水排放，清水变黑发黄，再加养猪污染，生活用水遭殃，生态环境破坏，河里鱼蟹死光，植物吸着污水，犹如吸毒，人吃了植物无形刀剑有害健康，清水养育生命，污水害人祸根，我们陶庄党委政府：

唱：根治污水下决心　　治污发起动员令
干群上下一条心　　调查摸底情况明
镇北黄河大整顿　　河底朝天水变清
条条河港面貌新　　垃圾清理上百吨

白：清除环境污水，百姓勿可养猪，猪粪满地臭气，苍蝇到处乱飞，污水淌到河里，清水就变污水。

甲白：喂！你在做啥？

乙答：我在拉屎。

甲白：前面就是厕所，不可以随地大小便。

乙答：我勿拉嘞呀。

甲白：为啥勿拉嘞呀？

乙答：被你吓进去了。

这也算是粪尿共治啊。这真是：

唱：共产党为民造福办实事　　五水共治是大事
优化环境治污水　　百年大计抗洪水
造好泵闸排涝水　　自然灾害保供水
旱涝保收超历史　　辛苦成果要珍视

西塘袁云甫及其弟子此类表现也不俗。他的女弟子吴润钰，为歌颂改革开放，专门编写了《老夫妻游古镇》，讴歌西塘古镇新貌。

宣卷调　三月桃花红润润　　老夫老妻结伴行
坐上公交真欢心　　眼睛一眨站头停
前三年相帮伲子种大棚　　后三年囡伍叫去养珠蚌
都说西塘古镇美　　江南水乡好风景
今朝抽空游一游　　人山人海人头兴

表白　我叫陆福生，今年年纪八十五，伍伢老太婆郭阿英，今年八十正，想当初我三十六岁打光棍，伊出须大姑娘尚未配婚姻，生产队辰光派伲二介头在畜牧场里混，伊喂猪，我挑桶，伊种菜，我浇粪，日久细长有了心，生了情，结婚登记全勿懂，粗茶淡饭请客人，以豆代糖瞎弄弄，养个儿子鼻涕通，步在乱柴里打磕充，我三十六岁养儿子，（落调）迟来和尚运道通，想当年大集体，头发白松松，勿做勿成功，年终望分红，只有三角兄，一年做到头，搓搓手皮一场空，唉……

大陆调　吃油顿菜硬崩崩　　炒米饭落肚囫囵吞
破草棚三间度晨昏　　风大落雨苦零仃
出差西塘拷大粪　　手吃干细活死人
白相两字休提起　　剃头铜钿赊过冬

表白　改革开放似春风，吹得伲阿福阿英心里暖烘烘，三间草棚变楼房，种田人拿到贴农金，皇粮国税免得刹辣清，政府发给我伲生活补助金，还有格张老年证，今朝头十一个景点免费音一音，倷看千米长廊人贴人，哈噜！红头发蓝眼睛，（落调）来仔介许多外国人，倷看双桥、连桥、板桥、拱桥、小桥流水好风景，一只只游船载客人，老太婆贴河对过水上舞台，（罗调）勒拉唱戏文。

（甲下联站起） 各位游客，各位来宾，大家好，接下来请听越剧选场"王老虎抢亲"，下一个节目《碧玉簪》选段·手心手背都是肉，（落调）贤良媳妇李秀英。

（下联乙唱） 老夫老妻看的忘时辰，手心拍的红通通

表白 老太婆，辰光勿早，凭格张老年卡到各景点去参观参观，喔唷！根雕馆里陀狮子，纽扣馆里陀钮子，西园楼上大扇子，老太婆，天色不早，我伲明朝再来吧，今朝夜里，（落调）吃好夜饭听宣卷。

唱（大陆调） 甘蔗老头甜滋滋 小康生活乐融融
老夫老妻有福分 时逢改革好年景
今朝双双游古镇 后生十年人发嫩

表白 正格拉辰光听到手机响，阿福从袋里掏出手机，喂！是我，爹爹呀，伲子阿，今朝晚上袁云甫丝弦宣卷在古镇作专场演出，所以，我伲到钱塘人家吃仔夜饭，夜里听好宣卷，我搭侬娘打的回家，阿大，你放心。就此老夫老妻吃过夜饭，听过宣卷兴致未尽转家门，（落调）老夫老妻游古镇，草草不恭算完成。

用老百姓喜闻乐见的宣卷，反映新时代新生活，让宣卷应时更新，注入活力。

3. 突破形式

宋元以降，宝卷宣演的基本形式是"凭桌（坛）而坐"，即讲唱的、应和的均围着桌子坐。近代以来，以同里为代表的江南宣卷，因"起角色"，宣演者为模拟人物站起来表演，但基本不离桌。沈王荣"在不断创作出更新更好的宣卷作品的同时，还对嘉善宣卷的表演形式进行了新探索。在20世纪80年代前，宣卷表演基本固定在'四个一'的程式中，即1.5个表演平方空间内：1张八仙桌；1个宣卷先生；1班围着桌子的吹拉乐队。到了90年代前后，由于宣卷内容的更新，以前一笃一拍的表演形式已达不到艺术的视觉感染力，于是宣卷表演形式有了改变"。"撤掉了宣卷台子，伴奏乐队也搬到一侧，并自制响铃、木鱼二合为一的手拿道具，在演出舞台或场中央根据角色扮演表情和动作需要自由走动，极大提升了演出效果"。诚如张松林先生所言，"嘉善宣卷这一表演风格的拓宽，为后来宣卷多样式的改革摸索了一条传承发展的新路。"①

4. 拓展空间

宣卷传统的活动空间主要是庙会和民间祈福禳灾活动。如今，庙会虽日渐兴盛，但终不如旧时。至于民间，由于农民生产、生活方式的改变，特别是随着城镇化迅速推进，大量传统村落、民居拆迁，宣卷活动的空间受到严重挤压。面对严峻的挑战，嘉善宣卷在各级政府的大力支持下，着力拓展新的活动空间。一是在西塘古镇景区开辟专门的宣卷场所，使之成为独特的人文景观；二是浙江省每村建有农民文化礼堂，西塘、陶庄文化站组织宣卷班社巡回宣演；三是西塘袁云甫班社与县居家养老中心签订合同，定期为各村居家养老中心的老人演出。

四条路径，条条见真章，生实效。遗憾的是，所有这些都不能扭转嘉善宣卷的颓势，没能解决根本问题，后继乏人。

① 黄楚林主编：《江浙沪宣卷的保护和实践》，北京：中国电影出版社，2013年12月，第34页。

目前，袁云甫班社人均 68 岁，沈王荣班社平均 63 岁。袁云甫三个儿子，两个当老板、一个打工；沈王荣育有一子一女，都是老板，两家的儿女对宣卷都不感兴趣。袁云甫带了三个徒弟，仅一人勉力为之。沈王荣门下有一徒，三天打鱼两天晒网，不当回事，有心传给弟弟沈仁荣，也六十有二了。薪火何以传承？迫在眉睫，令人揪心。

一代人有一代的审美情趣，如今的年轻一代热衷于眼花缭乱的时尚文化，冷落、疏远宣卷。有心学艺，无人欣赏，没有市场，赚不到钱，谁还费心思拜师呢？可见，听众日渐凋零才是嘉善宣卷最严酷的现实。

第三章

上海活宝卷调查

周浦宣卷的坚守与探索

宋元以降，宝卷行走四方。西行的脚步止于日月山，在青海海东农业区安营扎寨。浩瀚的东海挡住东传的去路，只得落脚生根于上海周浦。

周浦镇，坐落于大浦东的中心，有着1300多年历史。明清时期，因河道如织，形成物资交换集散地，素有“小上海”的美称。在这历史悠久，文化积淀深厚的古镇，宣卷一度风靡乡里，寻访活宝卷，周浦是必访之地。

2016年3月2日，笔者与靖江市文联副主席陆进、靖江市文广新局文艺科副科长陈晓明同行，驱车前往周浦镇，一睹周浦宣卷的风采。

一、文化定位

据《中国曲艺音乐集成・上海卷》记载：

宣卷，是一度流传于上海的曲艺，由江苏苏州地区传入，故也称为苏州宣卷。因传统曲目中有较多神仙故事，故也称为“念仙卷”。晚清，约19世纪末，苏州宣卷传到上海浦东南汇的周浦，形成“浦东宣卷”，因帮腔中有“南无阿弥陀佛”句，因此又称为“作南无”。①

显然，周浦宣卷的文化定位早有定论：民间曲艺。无须为此多费笔墨，其实则不然，还是值得深入探究。

2015年冬，笔者出席“‘周浦杯’全国宣卷学术邀请赛”归来，反复思考江南宣卷的文化定位问题。窃以为，宣卷作为一定地域的民俗民间文化现象，科学而准确的文化定位是必要的，它直接关系其价值判断和保护传承方略。因而，写作《走近绍兴宣卷》一文，以相当篇幅分析、探讨绍兴宣卷的文化定位，结论是“绍兴宣卷的文化定位是双重的：‘民间说唱艺术’和‘民间信仰活动’”。

周浦宣卷与绍兴宣卷均以“曲艺”的名义列入国家级非物质文化遗产保护名录。那么，它是不是也像绍兴宣卷那样，具有双重文化定位呢？

宣卷究竟是民间说唱，还是民间信仰活动，其根本区别在于宣卷过程是否富有宗教意

① 《中国曲艺音乐集成・上海卷》编辑委员会编：《中国曲艺音乐集成・上海卷》，北京：中国ISBN中心出版，1997年9月，第1286页。

味，具体表现为是否供奉神明、烧香、点烛、设供，伴之以规范有序的仪式。简言之，宣卷是否满足信众某种心意民俗的需要。对此，所到之处，笔者均十分留意。

此次考察，给笔者最为深刻、鲜明的印象是，周浦宣卷自 20 世纪 50 年代起，便表现为追求娱乐、教化，而不带信仰色彩。

现年 71 岁的钱友林，原为周浦镇文化站站长，对民间文化艺术的感知与判断应该是准确的。据他回忆，儿时在乡间听宣卷，当时俗称“念宣卷”。在堂屋的正中摆一张八仙桌，一人领书，面南背北，面前有木鱼、醒木，有的还有折扇；一人坐东面西，拉二胡；一人坐西面东，弹秦琴（后由中阮取代）。东西二人既伴奏，亦帮唱。三人一档为常规，也有四人一档的，第四位坐东面西。所有人均着长衫。不敬神，不烧香。有的连本长篇，能宣演一周甚至十天。他至今还记得，有部以“闻必正”为主角的宝卷，连续宣演好几天。东家多为有钱的富户。

钱先生说，那时他还小，是跟着大人听的。弦外之音，孩提时代的记忆未必真切。

民间艺人是宣卷传承发展的主体，为了解真实的情况，周浦文体中心特地安排两位 82 岁的老艺人与笔者见面。

一位叫顾祥初，50 年代在南汇刀片厂工作，白天上班，晚上读夜校，相当于初小文化。自幼酷爱沪剧，会拉二胡。宣卷是听得多了，无师自通，自学成才。年轻时能唱《七剑十三侠》《双玉玦》《渔舟过渡》等卷目。

另一位叫张福良，周浦镇界浜村人，高小文化，一生务农。1963 年，著名宣卷艺人张儒锦在界浜村一带演出，住在他家。乘机拜师学艺，虽无契约，仅口头说说，但师徒俩都很认真，颇得真传。“个人表演能力较强，能采用单挡、双挡、小戏等多种形式演出，亦可扮演多种角色。”[①]如今，师傅驾鹤西去，他成了远近闻名的领书人。

现在只要宣卷，张福良、顾祥初秤不离砣，砣不离秤。两位老人，既是周浦宣卷的传承人，也是周浦宣卷的坚守者。

21 世纪的今天，仍有人家在结婚、祝寿、满月等喜庆的日子，为渲染喜气，请他俩去宣卷。同时，农闲没事，为娱乐也有人请他们。换言之，他们宣卷纯粹是为了娱乐。笔者在顾祥初的笔记本上，发现三则“开篇”，现原文抄录如下：

三国开篇

董卓欺君汉运终，
吕布无谋枉逞凶。
王司徒巧使连环计，
貂蝉为国除奸雄。
桃园结义三兄弟，
刘备张飞共关公，
三请军师上卧龙。
博望坡夏侯惇烧得真苦楚，
烧得他焦头烂额满身红，
初出茅庐第一功。
曹操称霸中原地，
孙权虎穴据江东。
赤壁大战兴兵马，
用火攻孔明妙计借东风。
华容道释放奸雄曹孟德，
三分鼎足各称雄。
勇马超、赵子龙，
还有那百步穿杨个老黄忠。
先取荆州为根本，
得了西川得汉中。
荆襄九郡归刘主，
八门金锁服江东。
七擒孟获来收服，

① 周浦文化志编纂委员会编：《周浦文化志》，香港：世界大同文化艺术出版社，2014 年 11 月，第 56 页。

六出祁山恨无功。
五丈原，诸葛亮一命归西去，
四野同声哭卧龙。
姜维一计三贤害，
二虎相争邓与锺，
司马江山归一统。①

喜事开篇

黄道吉日好时辰，
庆贺二位新贵人。
诸亲好友来贺喜，
灯烛辉煌闹盈盈。
花烛夫妻成双对，
荣华富贵子孙兴。
状元及第官职显，
子孙代代受皇恩。
和合二仙前来到，
八仙恭贺到高厅。
张果老倒骑驴子哈哈笑，
汉钟离袒出肩架露出身。
采和篮里花锦绣，
何仙姑手里结莲心。
韩湘子玉笛吹出秋江月，
曹国舅跋涉洋洋出宫门。
铁拐李药瓢葫芦放出三字天赐福，
纯阳拔剑斩妖精。
福禄寿联中堂掛，
喜字对联左右分。
上一联，
金玉满堂多富贵；
下一联，
洞房花烛吉祥云。
张仙送子玉麒麟。②

寿事开篇

天降麒麟福寿全，
寿星骑鹿到堂前。
先有寿童来上寿，
寿曲唱进寿厅前。
寿台一只当中摆，
左右分开寿蜡扦。
寿烛浪向描寿字，
寿炉里向寿香烟。
寿星佛马中间供，
供勒啦，
寿桃寿糕寿桂圆，
还有两盒长寿面。
寿台一只当中摆，
八把寿椅分左右，
寿椅浪刻寿八仙。
第一位，
南极仙翁身骑鹿。
第二位，
随地行舟麻姑仙。
东方朔，
月里爬山偷桃吃，
当世修行鬼谷仙。
张仙送子行千里，
王母娘娘在云间。
陈抟一忽千年困，
黎山老母爱修仙。
百寿图一轴当中挂，
左右分开寿对联。
上一联，
福禄寿福添福寿；
下一联，
寿福寿福寿千年。
寿比南山万万年。③

显然，《三国开篇》为通用开篇，另两则为专用开篇。三则开篇从一个侧面证明，当代的周

① 周浦镇民间艺人顾祥初搜集整理。
② 周浦镇民间艺人顾祥初搜集整理。
③ 周浦镇民间艺人顾祥初搜集整理。

浦宣卷与礼佛了愿的信仰无关。笔者用心检阅手抄内容，除几首道教乐曲，主要是宣卷时演唱的民间小调《十二月花名》《马浪当·五更调》《养媳妇》《十张台子》等。特选录《十张台子》：

第一只台子四角方，岳飞枪挑小梁王。
武松手托千斤石，太公八十遇文王。

第二只台子抽成双，袁门斩子杨六郎。
诸葛亮要把东风借，三气周瑜芦花荡。

第三只台子挑花红，百万军中赵子龙。
文武全才关夫子，连环巧计是庞统。

第四只台子四角平，吕蒙正落难破窑登。
朱买臣上山拾柴卖，何文秀落难唱道情。

第五只台子五端阳，莺莺小姐烧夜香。
红娘月下偷棋子，勾引张生跳粉墙。

第六只台子荷花放，王婆反对武大郎。
潘金莲搭讪西门庆，谋杀亲夫武大郎。

第七只台子是七巧，蔡状元造起洛阳桥。
观音菩萨来作法，四海里龙王定三潮。

第八只台子木屑香，方太太寻子到襄阳。
姑娘不见亲嫂嫂，到白云庵里去倒茶汤。

第九只台子菊花黄，陈翠娥烧香到庵堂。
西楼不见亲舅妈，挑柴送米泪汪汪。

第十只台子唱完成，梁山都是英雄将。
首先三打祝家庄，宋江活捉张山郎。①
(抄录时改正了几处明显的错误。——笔者注)

值得注意的是，笔者在靖江民间也搜集到的同名歌谣《十张台子》，为便于读者比较，亦全文抄录：

一张台子四角方，岳飞枪挑小梁王。
武松手托千斤石，八十岁太公遇文王。

① 周浦镇民间艺人顾祥初搜集整理。

二张台子成一双，袁门斩子杨六郎。
诸葛亮他把东风借，三气周瑜芦花塘。

三张台子挑花红，百万军中赵子龙。
文武全才关夫子，连环巧计是庞统。

四张台子四角平，吕蒙正落难破窑里登。
朱买臣落难拾柴卖，何文秀落难唱道情。

五张台子红得深，杨五郎是个大忠臣。
手拿钢刀来削发，五台高山办修行。

六张台子红木身，杨六郎是个大忠臣。
手拿银枪骑白马，一将能挡百万兵。

七张台子是七巧，杨七郎奉命去征剿。
路上遇到潘仁美，乱箭射死不回朝。

八张台子只只好，八姐九妹舞双刀。
上马杀得花飞乱，下马杀得雪花飘。

九张台子真正红，薛仁贵骑马去征东。
征过东来征西去，遇到仇人苏保童。

十张台子唱完成，唐僧骑马去取经。
孙悟空前头来领路，半山上来勒老妖精。①

流传于周浦、靖江的两首同名歌谣，前五段基本相同，后五段因流转而变异。而真正相异的是，此类民谣在靖江主要是两种人唱，一是民歌手在田间、晒场劳作之余，唱歌取乐，尤其是夏夜乘凉，唱山歌娱人娱己；二是唱春艺人，正月初一至十五，走村串户“唱春”，讨几个“喜钱”。除非宝卷情节需要，主人翁要唱一首《十张台子》，讲经艺人绝不在讲经堂里单独演唱任何民歌小调。因周浦宣卷重娱乐，唱民歌小调也是内容之一。通常是开篇前为静场和中场休息时调节口味唱民间小调或戏曲选段。

可见，现今流传于世的周浦宣卷乃名副其实的“民间曲艺”，与民间信仰无任何瓜葛。

现实如此，历史如何呢？据上海海曲乡音艺术研究中心主任谈敬德研究，历史上的上海宣卷确实脱离宗教。

出现于明朝嘉靖年间的苏州宣卷，从清代由苏州、昆山等地流传到上海郊区农村。清代的宣卷，开始脱离宗教，出现了职业艺人，以及由滩簧或“农民书”说书艺人兼唱的艺人，经过

① 靖江民间歌手徐汉林搜集整理。

长期的流传继承、发展过程，逐渐成为一种民间曲艺。到了清末民国初，逐渐踏乡村、闯茶馆、进客堂、登草台来到民间。开始是在乡绅人家客堂里演唱。那些有闲人士白天请些吃素朋友专门念经庆寿，晚上请宣卷班子来演唱余兴娱乐。后来逐渐来到群众中间演唱。以宅基、村庄为块，乡民们自己集资、聘请宣卷班子，一到夏季的农历六月十九观音生日这天起，便是宣卷班子活跃的季节，农村大忙一过，从7月份一直要唱到秋落档，直至来年闹春耕，这种演唱，群众把他叫作“待青苗”（即盼丰收或庆丰收）。①

以上文字，信息量极为丰富。

(1) 从文化精英的视角，明确周浦宣卷的文化定位：民间曲艺。

(2) 周浦宣卷清代由苏州、昆山等地流传至上海郊区农村。

(3) 周浦宣卷的活动空间：乡间的茶馆、客堂、草台（戏台）。

(4) 有专职艺人，也有兼唱艺人。

(5) 无论是乡绅，还是闲人，延聘艺人宣卷是为“余兴娱乐”。

(6) 以宅基、村庄为块，乡民们自己集资聘请宣卷班子（钱友林也说，钱家宅集体出资请艺人）。

(7) 时机：观音生日、农闲时节“待青苗”。

尽管今日之周浦宣卷与宗教不搭界，但宣卷毕竟与宗教（佛教、民间宗教）渊源深厚，时至今日，仍保留着佛教的痕迹，即两位下手帮唱（俗称“托腔”）会时不时发出“南无阿弥陀佛”的佛号。正因为托腔有“南无”二字，人们又将周浦宣卷呼为“作南无”。

初访周浦，笔者心里一直犯嘀咕，既然托腔保留“南无阿弥陀佛”的传统，历史上的周浦宣卷必然与富有宗教意味的仪式有联系。2016年4月19日，带着这一疑惑，我们来到周浦镇姚墩村张荣祥家拍纪录片。

张荣祥乃著名宣卷艺人张儒锦之子，72岁，初中文化。虽然60年代才正式随父学宣卷，但自幼耳濡目染，较之半途出家的顾祥初和非宣卷世家的师兄张福良更具比较优势。因而，三人虽为同辈艺人，对周浦宣卷的历史掌故，张荣祥知之甚多，且真实可信。

当笔者问及历史，试图请张老先生解疑释惑，他明白无误地说：“新中国成立前宣卷敬菩萨，先请佛，再开篇、唱正卷，最后送佛。”老人随口便唱起了《请佛偈》：

一枝清香炉内装，南无阿弥陀佛。
保佑平安嘛哩嘛哩活菩萨。
四季太平，阿弥陀佛，
阿弥陀佛，阿弥陀佛。
……

张荣祥所唱，与青浦镇雪米村李小生唱的《请佛偈》开头几乎一样，而且有无仪式，两地民间“书场”的格式都有区别。在周浦则表现为宣卷先生的坐法不一样。同是一张桌子置于堂屋中央，倘敬菩萨，南北两面不坐人，尤其北面，艺人背朝神灵不礼貌。于是，上联坐东朝西，下联坐西朝东，南北方向留给神佛“观戏文”。若无仪式，上联仍坐东，下联可坐北或西。

据张荣祥说，50年代政府提倡破除迷信，民间艺人取消仪式。可见，历史上的周浦宣卷的文化定位亦是双重的，因政治原因，才演变为单一的民间说唱。

① 《上海·浦东全国宣卷论坛文集》，2015年11月20-23日，第6页。

二、坚守传统

浦东新区是我国改革开放的前沿，大拆大建成为这片热土的常态。放眼镇区，触目皆是拆迁的废墟和建筑脚手架。集镇旧貌换新颜，乡村也发生翻天覆地的变化，人们的生产、生活方式也随之而变。

随着现代化、城镇化迅猛推进，传统宣卷必然面临严峻挑战。比如，“钱家宅”不复存在，宗族成员进小区、住高楼，各自快节奏地生活。宣卷在丧失活动空间的同时，也失去了闲适的听众。最严重的是，甭说 80 后、90 后，即便是 60 后、70 后，无不为眼花缭乱的时尚文化所吸引、所迷醉，自觉不自觉地冷落、疏远，甚至排斥宣卷。

周浦宣卷陷入前所未有的窘境。尽管如此，仍有少数寥若晨星的民间艺人行走乡里，坚守周浦宣卷的传统阵地。

时代在发展，社会在变迁，而老艺人们依然我行我素，顽强地保持宣卷的许多传统要素：

(1) 时机　农户家结婚、祝寿、满月等喜庆之日，或闲而无事凑份子，应邀上门宣卷。

(2) 组织　以领书人为主，或组织相对固定的班社，或临时组档，常规为三人，亦有四五人的，最多不超过六人。一人领书，余者托腔、伴奏。

(3) 收费　每场收 300 元左右，若唱得好，主家有红包(10～200 元)。

(4) 分配　领书人拿 100 元，余者均分。

(5) 时间　两小时一场。通常到主家吃午饭。下午 1:00 开场，3:00 结束；晚上 6:00 开场，8:00 结束。中间休息 5～10 分钟。

(6) 宣演　先唱民间小调静场，再唱开篇，之后宣演正卷。休息时唱民间小调或沪剧、越剧选段。

(7) 卷目　有《双珠凤》《何文秀》《渔舟过渡》等长篇，更多的是短小精悍的短篇。

那日，张福良领书、敲木鱼，顾祥初拉二胡伴奏兼托腔，为我们演唱了短篇《好媳妇》。原汁原味原生态，极富乡土韵味。

演示传统宣卷

改革开放以来，他们的业务一度十分红火，出现两个高潮期：1980—1983 年；1996—1998 年。最好的时候，张荣祥四个月唱了 120 场。进入 21 世纪，“生意”日见萧条，一年到头，难得有人请。顾祥初不甘寂寞，背起二胡客串“道士”。笔记本上抄了好些道教乐曲。

张荣祥偶尔应邀去北蔡书场宣卷，去年唱了一个月，每场两小时，酬劳 280 元。不用下联，一人一片钹，以筷击钹伴奏。我问：“为啥不带个徒弟做下联？”他长叹一声说：“父亲带了五六个徒弟，死的死，歇的歇，自己没带徒的心思。再说，不常年有唱，带个徒弟连肚皮都混不饱，有啥意思。”悲凉之情，溢于言表。

传统周浦宣卷的危机突出表现在三方面：

第一，因老艺人的体力、精力所限，一般不再宣演长篇。许多经典长卷日渐被集体遗忘，濒临失传。

第二，八九十年代，周浦仅剩六名宣卷老艺人，而今三人仙逝，幸存者也年届耄耋，后继乏人。张福良膝下有两男一女，大儿子 57 岁，小儿子 55 岁，女儿 59 岁。无一人喜欢宣卷，更甭说子(女)承父业。他带的两个徒弟，学艺虽精，但演出甚少，三天打鱼两天晒网。且看《周浦文化志》收录的“浦东宣卷传承谱系”：[1]

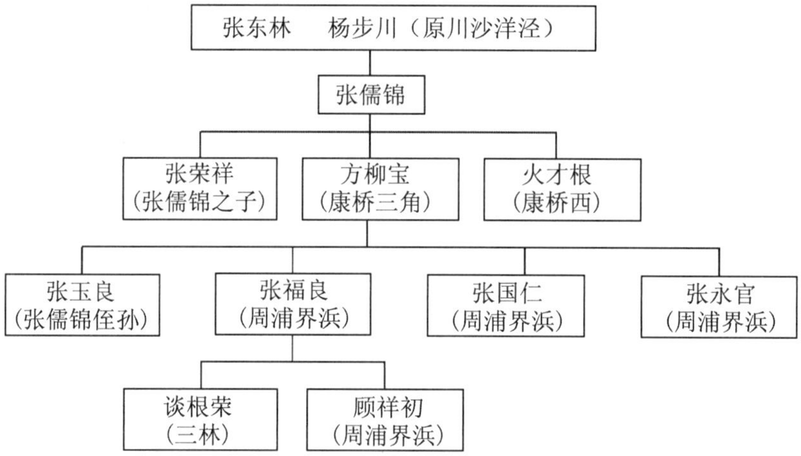

浦东宣卷传承谱系

此谱系反映的是宣卷在大浦东的传承状况，其凋零之状略见一斑。

第三，中、青年不爱听宣卷。部分老年人热衷于电视、广场舞等更为新潮的娱乐、健身方式。钱友林忧心忡忡地说：“不要说宣卷，再过几年沪剧都没人看了。”

“‘周浦杯’全国宣卷学术邀请赛”中有个现象让笔者难以释怀。周浦镇选送了两个卷目，一个是四位老艺人表演的传统宣卷，一个是周浦镇文体中心编演的新编现代宣卷。经专家评审，现代卷目评金奖，传统宣卷名落孙山，老艺人中规中矩的传统表演遭遇冷落。笔者观看了演出，也参与了评奖，心里为老艺人抱屈，但也无可奈何。别的且不说，气虚体弱的老人怎能与年富力强的后生同台“PK”呢？有位老人，可能不适应强烈的舞台灯光，时不时掏手帕擦眼睛，如此“台风”，怎会得奖？在现代舞台上宣演传统宣卷，其比较劣势显而易见，这

① 周浦文化志编纂委员会编：《周浦文化志》，香港：世界大同文化艺术出版社，2014 年 11 月，第 56 页。

就逼迫周浦宣卷在坚守传统的同时，要探索生存发展的新路径。

三、探索新路

周浦宣卷的生存发展处于十字路口，是坚守传统，任其自生自灭，还是因时更新，在探索中求生存、求发展。

答案是肯定的，坚定地选择探索。

正当周浦宣卷在民间苦熬硬撑之际，2005年，上海市提倡基层群众文化要有自己的特色，创出自己的品牌。显然，“人有我有”的小戏、歌舞、演唱等“大路货”难有作为，非得“我有人无”的民间民俗文化样式才能独树一帜。一时间，周浦的群文工作者陷入苦苦的思索、搜寻之中。

也是机缘巧合，2008年，在一次大规模的文化普查中，意外地发现了周浦宣卷这一流散民间、日益衰退的曲艺形式。有关人士如获珍宝，大喜过望。说到这里，钱友林感慨系之，他1972年当站长，至2006年退休，小戏、故事、说唱等群众文艺节目，什么都搞过，唯独没搞宣卷。而这宣卷恰恰根植于民间、流播于民间、深藏于民间，充盈着独特的民俗文化气息。

周浦宣卷被发现时，恰逢南汇区举行会演，周浦镇文体中心新编现代宣卷《桂花立规矩》参演。谁知头回亮相，便遭当头一盆凉水，得全场最低分。但是，文化良知和文化自觉令他们非但没有放弃，反而愈发坚定。因为，他们编创新卷的宗旨是为抢救、保护老祖宗留下的文化遗产。文体中心主任吴蓓深知，作为传统而独特的文化样式，一旦以新的面目呈现，人们连同那些“见多识广”的文化人，都要有个认知、认同的过程。因而，尽管首演受挫，但既定方针不变，一手抓传统，鼓励、支持老艺人多“唱堂会”、常进书场；一手抓创新，每年至少推出一个新卷目。皇天不负有心人。同年，当《桂花立规矩》登上“上海之春”新人新作展演舞台，一鸣惊人满堂彩，一举获得全场最高分。从此，春风得意，声名远播。2010年，《桂花立规矩》荣登中国群众文艺最高奖——“群星奖”的舞台，荣获文化部颁发的第九届中国艺术优秀演出奖。

有个细节，吴蓓至今记忆犹新。《桂花立规矩》头回亮相上海市舞台，当报幕员说：“请看浦东宣卷……”几位观众窃窃私语：“宣卷？宣卷是啥么事？”演出结束，掌声如潮，有位观众赞叹道：“这宣卷蛮好听嘛！”群众的认同与接受是最好的奖赏，更加坚定了她们的信心。

《桂花立规矩》的成功，在周浦乃至浦东俗文化史上具有划时代意义，它标志着传统的周浦宣卷将开辟新的生存、发展方式。周浦人也由此体悟到传统宣卷蕴含着生命潜能，看到了现代传承发展的希望，一鼓作气编创了《红梅家事》《村官帅兵》《竞赛风波》《红梅劝酒》《送不走的皮夹子》《都市里的女村官》等一系列作品，并由此摸索、总结出“保留本体，与时俱进”的创作理念。为便于读者理解周浦的探索之路，特将《桂花立规矩》抄录如下：

桂花立规矩①

甲（表）宣卷《桂花立规矩》开卷——

合（唱）潮涨潮落东海水，花落花开春又是，代代相传念宣卷，劝人为善头等事。

甲（表）古往今来，“百善孝为先”。喏，远的不讲，讲近的，前不久桃花村黄明官的老婆刚

① 周浦文化志编纂委员会编：《周浦文化志》，香港：世界大同文化艺术出版社，2014年11月，第58-61页。

刚“断七”，儿子一转身到洋山深水港上班去了，媳妇桂花就对72岁的公公黄明官立规矩了。

丙（白）爸爸，从今天开始，我要对你立几条规矩。

乙（白）对我立规矩？！啥规矩？

丙（白）过去你是方圆十几里出名的竹匠，明天开始你每天编一只竹器，式样么三天一个样，不许重复。

乙（旁白）枯竹头里榨油——

“帮腔”（表）厉害的。

丙（白）第二，过去你是全镇最出名的种桃能手，明天呢开始，你每天上午到桃园里兜三圈，每一棵桃树上都有“签到簿”的，我要检查的。

乙（旁白）恶形恶状捉弄我——“帮腔”（表）辣棘手的。

丙（白）第三，零用钱每天5元，要么去听一场书，要么去搓一场卫生麻将，多一分没有。

乙（旁白）抠门到了极致——“帮腔”（表）恶毒的。

丙（白）第四，每天只准抽八根香烟“甲乙丙丁戊己庚辛”，要是受人家一根明天就扣一根；第五，每天晚上陪八岁的孙子做作业，孙子写啥读啥，你也写啥读啥。

乙（表）黄明官一听，心里不爽啊！媳妇给公公立这样的规矩，真是“癞痢头撑伞——无发（法）无天”，刚要发作，又一想算啦，算啦！

（唱）倘若公媳起争论，家丑外扬坏名声，为求家庭安和宁。

（我）只当修身做做唐僧。

（念）南无阿弥陀佛！

甲（表）从此，黄明官就一本正经按照桂花立下的规矩做，“老老”熬得住，别人看不惯，暗地里打电话给桂花的老公，他马上赶回家，桂花把他拉进房里，房门一关，小夫妻俩“卿卿我我”讲了一会儿，儿子就对爸爸讲：

（白）阿爸，你还是照桂花的规矩办，我上班去了。

甲（表）嘿嘿，真是“蟑螂配灶虮，一对好夫妻”。见儿子不起作用，就有人请来村党支部书记准备去好好教训教训桂花，更想不到，书记与桂花碰头后，对大家讲，这是人家“家务事”，再说，这些“规矩”并未涉及虐待老人，也不能随便动用法律来制裁，大家再看看吧。

“帮腔”（白）嗯，再看看，再看看。

甲（表）眼睛一眨，近半年时光，大家发现“老老”黄明官执行“规矩”的自觉性越来越强，编织的小竹器不是三天一儿样，而是两天一个翻新；桃园里不仅上午兜三圈，而且下午听好书后，再去兜三圈；香烟只抽到“甲乙丙丁”四根，“戊己庚辛”四根发给别人抽，问问他，“老老”只是傻乎乎地笑笑。

“帮腔”（白）明官爷叔，你儿媳妇对你怎样啊？

乙（白）嘿嘿，蛮好，蛮好！

甲（表）大家觉得“老老”不对劲，担心他是否被桂花的“规矩”弄得神经搭错、变傻瓜了。几个热心人商议后，决定用“乡规民约”来制服桂花，明天下午书场改会场，通知桂花必须到书场，参加村民自发组织的“敬老爱老共创和谐迎接世博——桃花村专题文明公约大会”，事情搞大啦！

“帮腔”（表）搞大啦，搞大啦。

甲（表）第二天下午两点钟，村里凡有老人的家庭全来了。

乙(表)只见“老老”黄明官搀着小孙子坐上第一排；

丙(表)桂花跟进来，坐到公公边上；

甲(表)一会儿工夫，书场挤得满满当当。村里一号老长辈八十四岁的周公道一本正经坐到主席台当中，支部书记倒是很谦虚地坐在他旁边。

周公道主持大会开始，从古训“百善孝为先”讲到尊老爱老是我中华民族美德，再点名表扬了我们桃花村在这方面做得好、堪称模范的那几家。话锋一转——

(白)可是，我们村还有极个别的人对老人不敬不孝，还订了啥“规矩”限制老人过日子，这是要给我们创建“文明和谐桃花的目标，拖后腿呀！呵咳咳——这个人是谁，乡亲们都清楚”。

(表)“唰——”，全场人的目光一下聚焦到桂花身上。

丙(表)只见桂花站起身来，看到支部书记鼓励的目光，她拢了拢头发，转过身来。

(白)“老长辈，父老乡亲们，我知道大家对我桂花给公公立‘规矩’，非常反感。我向大家赔礼道歉，对不起。”

甲(白)“嗯，今天的态度还算端正。”

丙(白)“但是，当初我是不得不立这些‘规矩’——”

甲(白)“啊?”

丙(白)“我也不可以把立这些‘规矩’的理由在事先向父老乡亲们讲得人人皆知，否则肯定会影响立‘规矩’的目的……”

“帮腔”(白)“啊?”

甲(表)大家顿时议论纷纷，认为桂花在强词夺理，周公道是气得胡子一翘一翘。还是支部书记请大家耐心听桂花讲下去。

丙(白)自从我的婆婆过世，公公就整天呆呆的，要么蒙着被子睡觉不管白天黑夜，要么闷声不吭一坐老半天，要么闷着头抽香烟一抽大半包。我觉得他这样“闷”下去肯定身体要出毛病。我劝他想想开，婆婆是没什么病痛“走”的，你放宽点心……

乙(白)我只对她眼皮抬了抬、没啥表情；

丙(白)我讲你可以再同老弟兄们凑在一起编编竹器、谈谈山海经，心思就不会钻进牛角尖里拔不出……

乙(白)我把蔑竹刀一把扔出三丈外；

丙(白)我让儿子去亲亲爷爷，他只是摸摸孙子的脑袋，也不见一丝笑容。

(唱)公阿爹对我劝慰都相拒，他的身心让我有畏惧，实在是叫“逼”来没办法，(才)狠狠心肠立“规矩”；

公阿爹与乡亲们对我有反感，我只能是硬着头皮顶下去；

(夹白)乡亲们——

要是我先向大家讲清楚，改变他的目的就难定局。

甲(表)“哗——”会场里像麻雀抢食，“叽里咋啦”热闹开了。“帮腔”(白)“哦，原来是这样的缘由啊!”“啊呀，我们错拿桂花当‘恶媳妇了”。

甲(表)周公道两只眼睛盯着黄明官，心想，你个呆子，把我也差一点带翻到阴沟里去了啊。

丙(白)爸爸，看到你的身体与心情越来越好，我是真的高兴。我立“规矩”的强硬态度确实是伤害了你，我向你赔礼道歉，对不起。

乙(白)不、不不。桂花啊，是我对不起你的一片苦心啊！

(唱)你要我劈竹削蔑编竹器，使得我手勤脚勤头脑清，

丙(唱)我要你每日桃园兜三圈，

乙(唱)使得我脚头轻松添精神。

丙(唱)我要你每天限抽烟八根，

乙(唱)使得我心平气和咳嗽停，

丙(唱)我要你少搓麻将多听书，

乙(唱)使得我心胸开阔豪气升，

丙(唱)我要你陪着孙子读书写字，

乙(唱)使得我老有所学乐盈盈。

桂花啊，原本不知你用意，我暗暗对你生怨恨，后来我逐渐明白你苦心，

方知你呕心沥血尽孝心。

(白)桂花，爸爸还要继续照你的规矩办，开开心心活百岁！

甲(白)啊哼——你在说什么？

乙(白)我讲我——

甲(白)喂，你活百岁的话，我就是一百一十二岁，你总归是我的小阿弟。

“帮腔”“哈哈……”

甲(表)桂花立“规矩”，真相已明了，这正是——

合(唱)桂花精心立规矩，公爹身心得康健。笑声飞扬桃花村，春风和暖艳阳天。

甲(表)宣卷《桂花立规矩》闭卷。

单就文本而言，《桂花立规矩》堪称继承传统的范本。

首先是主旨。宝卷自诞生之日起，便高扬“劝善化俗，伦理教化”的旗帜。“百善孝为先”，“孝”是中国传统道德的基石，编创者深谙此道，编结了一个乡间常见的媳妇孝敬公公的故事。

新编现代宣卷的舞台呈现

其次是体制。“韵散相间，讲唱结合”，是宝卷千年不变的叙述体制。此卷虽孕育于时尚文化泛滥成灾的21世纪，但忠实地承袭了古老的体制范式。

再次是表演。“表、白、唱”是以同里宣卷为代表的江南宣卷的基本表演形态，此卷也一脉相承。

可见，从形式到内容，《桂花立规矩》的文本都忠实地践行了“留住本体”的理念。其他新编现代卷目亦大体如此。

难能可贵的是，在弘扬传统的同时，周浦人“与时俱进”，努力应时更新，大胆探索。“如在节目的形式上，于传统表演的方式之外，在一些节目的编演中，在不破坏浦东宣卷本体形态的基础上，将主演由一人变成三人，伴唱由三人变为二人，你唱我和，加入跟腔；除用传统的木鱼伴奏外，还增加了二胡、扬琴等民族乐器，并对舞台呈现进行了整体布局，使节目在舞台上更有美感和完整性。同时，有针对性地按照节目的情节内容进行编曲和编排。在节目内容上，注重反映现实题材节目的打造，如以‘大学生村官’为题材，编演了《都市里的女村官》，并在舞台美术包括演员的服饰等方面进行了相应的美化处理，在说唱结合的表现手法上作了一些丰富和发展。”①

笔者以为，新时代新题材，固然“新”，但宣卷扎根乡土社会，对生活中的新鲜事从来都不漠视，时有编创、讲唱。从某种意义上讲，反映新的社会生活，也是宣卷传统在现代条件下的积极表现。因而，“新”，更多地体现在排练、演出上。

(1) 它虽然面向基层群众，但表演的空间不在民居、书场，而是剧场。虽然纳入送戏下乡的范畴，每年深入各村、居委会巡回演出，但非群众自发邀请，演出场次极为有限，难以形成一定的文化场域。

(2) 宣演的主体不是民间艺人，而是在当地颇负盛名的沪剧爱好者和群众文艺骨干。比如，《红梅劝酒》宣卷团队9人，先前听说过宣卷的一人，看过传统宣卷的两人。高潮处有一大段的演唱，沪剧演艺功力深厚的女下联，站起来激情奔放地宣演时，无论是唱腔，还是表情、身段，无不洋溢着沪剧气派。倘在舞台上走起来，简直形同演戏。

(3) 它的基本曲调沿袭了宣卷调，但演唱者、伴奏者均受沪剧浸淫日久，浓郁的沪剧味儿便自觉不自觉地散发出来。听惯了宣卷的中老年人会觉得味道不正宗，心理上甚至排斥。

(4) 艺术情趣不再像传统宣卷那样质朴，而是强调观赏性，追求豪华、排场。以《桂花立规矩》为例，乐手由传统的二人(二胡、中阮)，陡增至八人(二胡、扬琴、琵琶、笛子、笙、大提琴、木鱼或板鼓、中胡)。同时，灯光、舞美、服装、化妆无不力求华美。

(5) 演出虽然也是一领众和，但托腔的乐手不再与领书人一样凭桌而坐，而是退至舞台一侧。最要命的是，因现代题材不宜用“南无阿弥陀佛”为托腔，古老的“佛教胎记”渐趋消退。

(6) 排练由政府投入，演出无营利性收入。

以上六点，与宣卷传统相去甚远，若一味强化，会导致“去宣卷化”。所幸周浦人心里明镜似地，他们倾心尽力地打造现代宣卷，宗旨是弘扬继承，而非离经叛道，改弦更张。在满足现代观众审美情趣、审美心理的同时，尽可能返璞归真。百分之百地回归传统有困难，哪怕主要元素显现、靠拢传统也行。近年来，他们一直在努力探索。

---

① 《上海·浦东全国宣卷论坛文集》，2015年11月20-23日，第11页。

其一，乐队由八人精简至五人：二胡、扬琴、琵琶、中阮、笛子。

其二，着眼于培养周浦宣卷传承人，组织年轻的群文骨干反复观摩、体悟老艺人的表演。

其三，进一步在民间挖掘、整理宣卷音乐，训练乐手学会运用民间艺人演奏的风格和技巧。

其四，舞台中央的宣卷台上，领书人居中而坐敲木鱼，且是硕大无比的木鱼，两位下联，右碰馨(子)左击磬。三件道具顽强地彰显宣卷的传统标识。

探索也好，坚守也好，关键在人。在当下的文化语境下，相对于恪守传统的老艺人，无所羁绊的"新派"传承人更具决定性作用。为此，笔者专门访问了周浦宣卷现代传承人周福妹。

1956 年 2 月出生的周福妹，原为周浦文化中心干事，"具有 30 多年的群众文艺的经历，曾主演过 10 多个沪剧小戏，在市、全国屡获大奖。成为当地德艺双馨的'名角'。她在浦东宣卷艺人和老师的指导下，刻苦学习，专研宣卷音乐的唱腔和表演技能，先后主演、参演了浦东宣卷《桂花立规矩》《红梅家事》《婆媳风波》《都市里的女村官》等"，成为周浦宣卷"新派"代表性传承人。①

一位资深的沪剧"名角"，变身为"宣卷传承人"，周福妹经历了一个学习、适应的过程。她说，最初唱宣卷，有两点不习惯，一是唱腔，总觉得不那么顺；二是表演，角色不固定，跳进跳出难把握。她还特地逐条分析了宣卷舞台演出与沪剧的区别：

宣卷、沪剧的区别

	宣卷	沪剧	
音乐	宣卷调	沪剧调	能相融
表演	起角色	扮角色	
造型	说唱造型	戏剧造型	
服装	长衫、旗袍	戏装	
	（说唱演出服）		
化妆	粉妆	油妆	
伴奏	小乐队	大乐队	皆为民族乐器
灯光	普通灯光	按情境切换灯光	
布景	无	有	
道具	木鱼、磬、馨子	按剧情设计道具	

"沪剧是浦东人的家乡戏"，②可谓本土文化。宣卷由苏州传入，原本为"外来文化"，在流传过程中，逐渐形成以浦东方言说唱的地方特色民间曲艺。二者均受百姓欢迎。由于受同一地域文化的浸润，面对同一族群，艺术上虽然区别明显，但却能相亲相融，不但"沪剧迷""宣卷迷"两大受众群体相交叉，而且表演群体也相互渗透，几乎所有的宣卷艺人都会唱沪剧选段，有的甚至可充当"沪剧票友"。有没有沪剧演员涉足宣卷，笔者没调查，但像周福妹这样的沪剧名人，肩负起传承宣卷的文化使命，则完全可以胜任。

① 周浦文化志编纂委员会编：《周浦文化志》，香港：世界大同文化艺术出版社，2014 年 11 月，第 57 页。

② 周浦文化志编纂委员会编：《周浦文化志》，香港：世界大同文化艺术出版社，2014 年 11 月，第 43 页。

四、 几点思考

（1）周浦宣卷正面临传统与现代的选择，一味固守传统，必然趋向消亡。别的且不说，民间艺人的衣钵继承，便是个现实而严峻的问题。探索给宣卷注入时代元素，拓展新的生存空间、寻找新的表演形态，无疑是明智的选择。

（2）“保留本体，与时俱进”的理念是正确的，周浦人因此取得初步成功。要想巩固和发展已有的成果，关键的问题是，编创者、表演者乃至听众，都必须弄清宣卷的“本体”是什么？即文化品格、社会功能、社会价值、审美特征究竟是什么？如此方能万变不离其宗，才能确保留住宣卷的遗传基因，而不至于“异化”“去宣卷化”，将现代宣卷搞得有名无实，非驴非马。

（3）实践证明，现代人能接受宣卷。“‘周浦杯’全国宣卷学术邀请赛”，整场演出以现代宣卷为主，600 座的剧场座无虚席，井然有序。演出至十二点多无一人退场。笔者身临其境，深切体会到观众对宣卷，尤其是新编现代宣卷的认可与欣赏。因势利导，编创更多为广大群众喜闻乐见的卷目，便成为新形势下弘扬宣卷文化的重中之重。钱友林认为，只要内容好，老百姓还是接受新编现代宣卷的，这也是宣卷存续的希望所在。

（4）宣卷的生命力在民间，乡村社会才是它立足生根的肥田沃土。舞台呈现仅是一种方式。因而，有志于传承发展宣卷的人们，不能满足于几场成功的演出和几项高级别的奖项，而应想方设法让来自民间的宣卷，回归民间、融入民间，而不是流连舞台。保护传承宣卷的根本之道，在于激励老艺人在民间授徒，同时，在全社会普及宣卷知识、培养新的听众群体、开辟新的表演空间。

（5）沪剧爱好者承担起弘扬宣卷的历史重任，不失为一条路径。但必须运用各种方式为他们补“宣卷课”，在反复观摩老艺人的宣演同时，可尝试一对一地拜师学艺，促其尽快地转换“文化角色”，并激励他们自组班社，自主地到民间唱堂会。

（6）《桂花立规矩》《红梅劝酒》等新编现代宣卷的成功，意味着“旧瓶装新酒”是可行的。那么，是否考虑“老树开新花”呢？即改编经典传统选段，注入现代元素，呈现于现代观众面前。窃以为，值得一试，殷殷期待周浦的宣卷同道做出新的尝试。

商 榻 纪 事

2016 年 3 月 4 日，告别周浦，驱车西行两个多小时，来到上海市青浦区金泽镇的商榻。给人深切的感受是，“大上海”的文化内涵丰富着哩！一东一西两个宝卷流行地，虽同宗同源，却同中有异，各显风采。

在别的许多地方，笔者的考察虽属“民间行为”，但主导者依然是当地非物质文化遗产保护中心，于是便有了“官方色彩”。

我乃散淡之人，凡事随缘。所到之处，有政府部门安排，固然求之不得。有民间人士引路，也福气上上。须知，一位花甲之人，来到陌生的地界考察，人地生疏，东一打听西一问，闹不好人家还以为你是江湖骗子哩。

此次商榻之行，笔者奔宣卷同道鲍益良而来，纯属“民间行为”。因为，“欲问山中事，须问打柴人”，鲍先生便是商榻宣卷的“深山樵夫”。只要他打开话匣，有价值的信息便喷涌而出。

本文几乎是鲍益良访谈录。

一、 商榻的人文地理环境

商榻早在 1000 多年前是个小村落，原位于现镇南龚家浜处。村上只有 10 余户渔民，偶有一二家小茶馆，供渔民和途经客商聚集小憩，村旁建有关王庙一座，四方渔民到此烧香磕头。到宋元间也仅为小集市。明初，由于人口流徙，过往客而不断，遂成集镇。因地处苏、松两邑之中，每逢淀山湖风大浪高，商船就地停舟下榻，故名“商榻”。[①]

可见，淀山湖成就了商榻。

淀山湖位于江浙沪交界处，长 36 里，宽 18 里。商榻地处湖西，与上海的朱家嘴隔湖相望。南有浙江嘉善的陶庄，北边是江苏的淀山湖镇(旧称“洋巷泾”)。沿湖各地都流传着源于同里的宣卷。

鲍益良在一篇文章中写道：“青浦区金泽镇商榻(乡)是上海的‘西伯利亚’，与江苏省、浙江省毗邻接壤，是上海的远郊。水乡出门，摇船动橹，交通不便，音讯阻塞。这特定的地理环境，造就了商榻人的勤劳、朴实、诚信、好客。他们对改善文化生活要求迫切，就此，引进‘江

① 《商榻志》编纂委员会编：《商榻志》，内部印制，2004 年 3 月，第 50 页。

南宣卷’。商榻的阿婆茶、宣卷、田山歌，成了淀山湖水乡商榻特有的民间文化瑰宝。”[1]

独特的人文地理造就独特的风土人情和语言文化。商榻与江苏的吴江、昆山仅一河之隔，20 世纪 50 年代前，一度由江苏所辖，人员来往、语言交流，必然使商榻人的口语多有苏州、无锡的韵味，无丝毫上海口音。商榻人自我调侃：“阿拉上海人不会讲上海闲话。”上海市区的人听商榻人讲话，常常误以为是“苏州人”。

地缘相近，人文相亲，为同里宣卷在商榻落地生根提供了先天的有利条件。时至今日，环湖而居的艺人与听众，将流播于湖滨的宣卷视为同一家族的姊妹花，时常自发地开展民间交流活动。鲍益良的商榻宣卷队出访的第一站便是浙江嘉善的陶庄。

二、 商榻宣卷的历史与现状

笔者在嘉善陶庄考察时，当地的同道站在汾湖边说道：“陶庄的宣卷是湖对岸的吴江同里传来的。”

商榻宣卷与陶庄同出一源，是“民间公认”，而非典籍记载。正因如此，商榻人弄不清何年何月何人将宣卷传入，而今只知 20 世纪 30 年代，有位叫沈建达的宣卷艺人活跃在商榻乡间。换言之，至晚在这个时候，宣卷已经在商榻落地生根，成为当地喜闻乐见的民俗民间文化样式。沈建达家住南新村（旧称“新罗”），紧挨周庄。旧时的周庄，宣卷风行乡里。由此推断，宣卷自同里经周庄传至商榻。历史上宣卷传入商榻的状况，今人无从知晓，但深入调查研究还能发现蛛丝马迹。鲍益良就在民间搜集到用于宣卷仪式的科仪卷《请佛》《送佛》，现原文抄录如下：

一枝清香炉内焚，
奉请众佛看戏文。

请佛

一请到西天灵山如来佛，哎嗨那么
五百尊罗汉到来临，阿弥陀佛 弥陀……那么。
二请到骆茄山上观世音，
善才龙女一同行。
再请到玉皇大帝大天神，
金童玉女到来临。
王母娘娘请过来，
七彩仙女一同行。
要请那文殊普贤二天王，
青狮白象驾来临。
奉请龙华弥陀佛，
龙华胜会到来临。
要请那四大护法护天尊，
结伴齐驾到来临。
要请那清凉山上势至神，
七珍八宝到来临。
要请那九曲山上茅山佛，
因化五道到来临。
玉泉山上关老爷，
关平周仓都请来。
要请那元始灵宝太上君，
奉请三官太老爷。
上方山上大太太。
要请昆仑福禄寿。
要请那水晶宫里老龙王，
龙子龙孙一同行。

---

[1] 冯锦文主编：《中国宝卷生态化保护与传承交流研讨会论文集》，南京：河海大学出版社，2014 年 12 月，第 87 页。

要请那四泾七宝刘猛将，
田公田婆到来临。
要请那聚仙路上八仙尊，
五路财神一同行。
奉请本地城隍尊。
当方土地到来临。
要请那金泽镇上杨老爷，
庄家圩上大老爷。
四方菩萨都要请，
各路神仙到来临。
今朝是本府老爷来陪同，
诸佛登台看戏文。
弟子们烧香敬神灵，
保佑众生永太平。
(合念)阿弥陀佛!

棵棵清香指前程，
对对红烛照光阴。

送佛

要送那西天灵山如来佛，
身回灵山坐金身。
再要送那大慈大悲观世音，
骆伽山上坐金身。
再要送玉皇大帝大天神，
凌霄宝殿坐金身。
王母娘娘也要送，
终南山上坐金身。
要送那文殊普贤二天王，
五台峨眉坐金身。
奉送龙华弥陀佛，
龙华山上坐金身。
要送那四大护法护天尊，
各转门庭坐金身。
奉送势至大能神，
清凉山上坐金身。
要送那茅山大佛大真神，
九曲山上坐金身。
还要奉送关老爷，
玉泉山上坐金身。
要送那元始灵宝太上君，
玉清宫内坐金身。
要送那三宫老爷大帝尊，
云台山上坐金身。
要送那上方山上大太太，
回到本府坐金身。
奉送福禄寿三星，
昆仑山上坐金身。
要送那龙子龙孙老龙王，
水晶宫里坐金身。
奉送天曹刘猛将，
四泾七宝坐金身。
要送那聚仙路上八仙尊，
聚仙路上有尊身。
奉送本地城隍尊，
当方土地坐金身。
再要送四面八方大老爷，
奉送各路众仙神。
上界只管上天庭，
下界各自进庙门。
送好那四方菩萨转回门，
各司其职保太平。
只有那财神菩萨留下未，
招财进宝富村民。
(合念)阿弥陀佛!

以上两则卷文，透露出如下信息：

1. 商榻宣卷有“请佛”“送佛”的仪式，表明其并非纯娱乐的民间说唱，而是与敬神礼佛的民间信仰活动相联系。可见，商榻宣卷，信仰、教化、娱乐，三大功能俱全。

2. “请佛”“送佛”的仪式多用于庙会宣卷，而民间通常与嘉善的西塘、陶庄相同，农户因喜事或农闲为娱乐请先生宣卷，如同请戏班子“唱堂会”，呈弱化信仰、突出娱乐的趋势。

2016 年 4 月 21 日，笔者就“民间有无仪式”的问题，登门请教民间艺人李小生。他说，民间宣卷有时也有仪式。比如，有的主家为老人祝寿，必庄严隆重地请神送神。堂屋北墙正中挂神像，供桌上有香烛、供果。供桌的东首置一桌，上联面南而坐。供桌的西首置一桌，两个下联一面南、一面东而坐。听众坐于堂屋东西两侧，中间留一供菩萨行走的通道。若无仪式，堂屋中央置一桌，领书人面南而坐，两个下联分坐两边。如有乐队，无论有无仪式，均坐于堂屋的一侧。

3. “一枝清香炉内焚，奉请众佛看戏文。”开宗明义，庙会宣卷及有仪式的民间宣卷主要是“娱神”，因而，结尾说：“今朝是本府老爷来陪同，诸佛登台看戏文。”宣卷仅是一系列文化娱乐活动的一项，且为“开场戏”，紧跟其后还有“挑花担”“舞龙灯”等节目，尤其是唱大戏（民间通常是白天宣卷，晚上演戏），故统称“戏文”。

4. 江南神祇谱系，既有汉民族普遍信奉之神，也有各地社庙的地方保护神和苏州上方山驱邪镇妖之神。因而，“上方山上大太太”“金泽镇上杨老爷，庄家圩上大老爷”，请佛、送佛必不可少，从而有了地域特色。

“商榻雪米村（湖雪）宣卷传人姜友明（已故），早在20世纪五六十年代，有好几个年头，从年初一开始到外村连续演唱宣卷，即兴表演传统节目，唱过了正月半，乡亲们才依依不舍地送他回家，这说明宣卷在商榻地区深受群众的欢迎，有着较广泛的市场。”①

而今，商榻宣卷的景况虽大不如从前，但仍有民间艺人自组班社行走乡间。据鲍益良调查，代表性人物有三位：

顾敬东，男，1948年4月出生，现居青浦区金泽镇南新村202号。青少年时代爱好音乐、文艺，琴棋书画件件能，尤擅二胡演奏，是金泽地区颇负盛名的乐手。早年学木匠，后进乡镇企业工作。退休后被吴江同里一宣卷班社聘为“主胡”，几年间积累了丰富的宣卷知识，对宣卷音乐的传统表现手法尤为精通。2009年与吴江莘塔的一位女艺人组班，在江浙沪交界的农村有偿演出，好的年景一年多达几百场。演出以传统卷本为主，代表作有《丝罗带》《风筝缘》《失帕记》《王老虎抢亲》等。唱腔以传统的宣卷调为主，视剧情需要，插入锡剧、沪剧、越剧唱腔及民间小调。通常是上下午各宣卷两小时，晚上演折子戏或全本戏。2011年2月，《文汇报》用整整一版的篇幅报道顾敬东的草根文艺班子。目前仍活跃于民间。

俞思林，男，1946年1月出生，现住青浦区金泽镇雪米村，早年师从宣卷艺人姜友明。因参加工作，中断三十年未唱宣卷。2006年退休后重操旧业，组建宣卷班、民乐队，无偿地为江浙沪边界的庙会宣卷、演奏，一人表、白、唱，下联由一女士伴唱。2006—2008年为演唱高峰。演出无需卷本，全凭记忆。依据熟记的人物、年代、事件，即兴表演，反复铺叙，情节曲折，引人入胜。代表作有《王小毛和小黄猫》《九鲤珍》《青风亭》《夜明珠》。自编自演的宣卷本有《金泽古桥情》《唱唱我伲新农村》。现难得有人请他演唱。

李小生，男，1949年9月出生，现住青浦区金泽镇雪米村。小学文化。酷爱文艺，钟情戏曲，锡剧，沪剧，宣卷的唱、念、演、扮在商榻颇有名气。与江浙沪各地民间艺人和群众文艺骨干多有交往，可随时搭建宣卷、戏曲班子有偿演出。年轻时做篾匠，技艺精湛，名动乡里。随着城乡居民习惯于以塑代竹，手艺冷清，无人问津。“文革”后期，拜同里吴卯生为师学宣卷。如今他为上手，下手在两名女子中随机延聘，一为昆山人，一为同里人。他禀赋极佳，能娴熟地掌握、运用、揉和木鱼宣卷调、商榻宣卷调、角直宣卷调、正义宣卷调等多种曲调。宣卷的代表作有《大香山》《双奇冤》《时运案》等。家藏宣卷卷本数十种，卷目如下：

① 冯锦文主编：《中国宝卷生态化保护与传承交流研讨会论文集》，南京：河海大学出版社，2014年12月，第87页。

1.《蓝丝带宝卷》
2.《百寿图》
3.《双富贵宝卷》
4.《桃花宝卷》
5.《盗金牌宝卷》
6.《城隍宝卷》
7.《太姆宝卷》
8.《双贪宝卷》
9.《合同记》
10.《玉莲环宝卷》(上下)
11.《受生宝卷》
12.《双玉蝉》
13.《白兔记宝卷》
14.《双金花》
15.《一餐饭》
16.《玉皇宝卷》
17.《麒麟宝卷》
18.《猛将宝卷》(上下)
19.《玉蜻蜓宝卷》(上下)
20.《逆子孝媳宝卷》
21.《大香山宝卷》
22.《碧玉带宝卷》
23.《凉亭产子宝卷》
24.《百花台宝卷》
25.《忠孝宝卷》
26.《财神宝卷》
27.《大红袍宝卷》
28.《蝴蝶盃宝卷》
29.《蟠桃戏言宝卷》
30.《双蝴蝶宝卷》(上下)
31.《红罗宝卷》
32.《琵琶记宝卷》
33.《龙凤锁宝卷》(上下)
34.《贩马记宝卷》
35.《阎王宝卷》
36.《掛名夫妻》(上下)
37.《延寿宝卷》
38.《四精宝卷》
39.《玉镯记宝卷》
40.《白鹤图宝卷》(上下)
41.《雕龙扇宝卷》
42.《珍珠塔宝卷》(上下)
43.《黄金印宝卷》
44.《天仙宝卷》(上下)
45.《女延寿宝卷》
46.《双奇冤》
47.《时运宝卷》
48.《宝莲灯宝卷》
49.《冤魂记》
50.《手沙记》
51.《地母宝卷》
52.《唐僧》(上下)
53.《姻缘宝卷》
54.《三星赐福》
55.《金耳宝卷》
56.《结缘上寿》
57.《翠莲宝卷》
58.《深秋泪痕》
59.《蝴蝶杯》
60.《双仙记》
61.《老鼠告状》

我问李小生,"哪来这许多卷本?"他得意地说:"我人缘好,从几个老先生那儿觅来的。"

一个艺人藏有这么多卷本,当年商榻宣卷之盛略见一斑。这些卷本,娱乐性的传统卷本占绝大多数,也有少量为神明立传的卷目,如《大香山宝卷》《玉皇宝卷》《财神宝卷》等。多为手抄本的复印本,作古旧书收藏意义不大,但作为地域性宝卷极具文献价值。它隐含着江浙沪交界处流行宝卷的源流、种类、变异等诸多地域文化元素。李小生对此珍视如命,秘不示人。老朋友鲍益良登门调查,只能当堂检阅,不可带出门外。

三位传承人,两种价值取向。俞思林出于乐善之心,敬神娱人。李小生、顾敬东为生存计,以艺挣钱,鲍益良说他们宣卷是"做生意"。他俩都曾是手艺人,凭技艺吃饭,天经地义。

李小生宣卷

观看李小生宣卷

鲍益良评价李小生，有头脑，善经营，什么赚钱干什么。3月5日，笔者想采访他，电话联系，他正在集市卖自家种的荸荠呢。两人的收费都有谱儿，通常是白天每场800元，晚上演戏收1000元。若是四人班，为主的骨干200元，其他每人100元，余者归班主。最好的年景，每年达二百场左右。

三位传承人的共同点是：

(1) 传承同里宣卷一脉。(2) 年近古稀，后继乏人。(3) 跨地区组班、演出。(4) 宣卷与戏曲混搭。

近年来，李小生、顾敬东的"生意"日见清淡，有时不得不将酬劳压至人均50元，如此之低的报酬，别说与乡村木瓦匠等手艺人比，连小工都不如。就这，还王小二过年，一年不如一年。

如果说李、顾二位是“专业”的宣卷艺人，以此挣钱贴补家用。那么，2010 年 1 月成立的“上海市青浦区金泽镇商榻宣卷队”便是业余宣卷团队。全队 14 人，鲍益良任领队、编导、作曲，演员构成如下：

叶阿菊	68 岁	文盲
王美英	66 岁	小学三年级
蒋士珍	66 岁	文盲
潘林美	61 岁	小学三年级
蒋三妹	51 岁	小学
吕全珍	46 岁	小学

主宣：潘林美　吕全珍

这个团队的特点是：

1. 鲍益良是核心人物，所有的演职员都是他的“学生”。

2. 演员清一色的家庭妇女，有的儿时听过宣卷，大多没接触过宣卷艺术。只因老了，儿女成家，孙辈上学，闲而无事凑到一起，说说唱唱，蛮开心。换言之，在老太太心中，最重要的不是宣卷，而是健康娱乐。她们轮流做东喝“阿婆茶”，边喝边唱，自我表演，自我欣赏。

3. 演出以宣卷为主，兼顾田山歌、表演唱、小戏，词曲多由鲍益良编创，较为成熟的作品有：新编现代宣卷《麦钓情》《静音花》《田螺姑娘》《名额》；宣卷短剧《鱼蟹情缘》；宣卷说唱《送香茗》等。

4. 演出不收费，演职员无酬劳。

5. 经常代表商榻宣卷赴外地交流，先后参加江苏昆山锦溪浙沪宣卷交流会、浙江嘉善环汾湖非物质文化遗产（宣卷）展演、上海“周浦杯”全国宣卷学术邀请赛。

商榻宣卷队在排练

也许有人会问：“一拨没文化的老年妇女，演出的艺术质量行吗？”倘按精英文化的审美情趣、审美标准，她们的表演确实粗糙而不上档次。但从草根文化的视角审视，本真、质朴，也是一种美，一种纯朴、自然的美。

就商榻宣卷的传承而言，传承主体文化低不可怕，可怕的是年岁大。灵魂人物鲍益良年逾古稀，三位“专业”艺人渐入老境，谁来承担薪火传承的历史重任？我深深地为商榻宣卷的未来担忧，并就此与鲍益良探讨。

问：您认为商榻宣卷的前景如何？

答：政府如果不支持的话，面临消亡。

问：政府怎么支持？

答：所谓支持，指经济扶持、政治鼓励。

问：没听众怎的办？

答：政府出钱，老百姓免费听，就行。

应该说这是可行的，而最为关键的问题是，“没人学习、组织宣卷怎么办？”比如李小生，社会上无人愿拜他为师，一双儿女都不乐意宣卷、唱戏。如此何以为继？面对信心满满、乐观开朗的老人，笔者不忍心就此发问。

三、鲍益良的梦想与追求

大千世界，芸芸众生，鲍益良是极其普通的一分子，普通得犹如荒野的一棵草、路边的一粒沙、河湖的一滴水。我们曾在昆山锦溪开过会，会上他应该发过言，我没留意。2014 年 11 月，“中国宝卷生态化保护与传承交流研讨会”在靖江举行，我受命为论文集组稿，常熟理工学院史琳教授力荐鲍老先生，说他醉心于宝卷的抢救保护，能写文章，建议约稿、邀请。史教授甚至说若举办方有难度，她乐意资助路费……教授之诚，令人动情。会上，我与鲍益良只见过一面，连话都没说，倒是临别时留下一点印象，我在酒店大门口恭送外地同仁，鲍益良临行前从包里拿出三本油印的小册子塞到我手中，轻声地说：“这给你。”神情有几分迟疑。当我低头翻阅时，他迅捷地钻进小车……

这就是鲍先生给我的第一印象。

其实，像鲍先生这么饱经风霜而又志存高远的人，泛泛交往很难理解他的，只有走近他的生活，走进他的内心，才能被他那人格意志、理想追求所折服、所震撼！

那日，鲍先生听说两位同伴要回靖江，一下车便急不可耐地邀我们到他家看看。

在商榻老街 35 弄，首先映入眼帘的是一条长 30 米、宽约 2 米的文化里弄，两面的墙上写满了商榻宣卷、金泽田山歌、阿婆茶等民俗文化，色彩鲜艳、图文并茂，给人以巨大的视觉冲击。当陈晓明得知这文化墙的创意、粉刷、彩绘、书写均出自鲍益良，身为文化工作者，不禁啧啧赞叹，由衷钦佩。

这就是鲍益良。多才多艺而不甘寂寞，凡事不做则已，做则风生水起、卓尔不凡。

自古才俊多磨难，这似乎是古今许多知识分子的宿命。鲍益良虽说只有高中文化，可在偏僻的商榻，俨然是个清高孤傲的“大知识分子”，这就注定了他命运坎坷。

1943 年 2 月，鲍益良出生于浙江省乐清县，父亲姓郑，母亲姓鲍。因几个舅舅相继亡故，4 岁那年举家迁商榻，6 岁的哥哥随父姓，他改姓鲍，延续鲍氏香火。他自幼便显露出文艺天赋，12 岁自学二胡，能拉《二泉映月》。高中时任青浦中学学生会文艺部长。在青浦县第一届音乐会上，演奏二胡独奏《农村之歌》，一曲成名。由他一手组织策划、编排导演的文艺晚会，更是轰动商榻。

1963年6月，鲍益良走马上任，当上商榻公社文化站站长。

一个20岁的毛头小伙子，一夜之间由学生变干部，可谓平步青云，春风得意。青年鲍益良的世界里，阳光灿烂，春色无限。涉世尚浅的他，怎知阳光过后有风雨，人生既有春的温暖、夏的火热，也有秋的肃杀、冬的严酷。

1968年，商榻公社"清队"，"清"出30个"特务"。眼看一个个清白无辜的人因"莫须有"的罪名被关押、批斗，读书人固有的正义与迂腐驱使他仗义执言，挑灯疾书，写人民来信向上级有关部门鸣冤叫屈。含冤者冤情大白，获得自由，他却莫名其妙地被下放到农机厂劳动锻炼，说是半年，可一待就是6年。事儿远未了结，1977年调他去轮窑厂，苦、远且不论，这不明摆着往死里整人嘛！

鲍益良拍案而起，愤然离职。

佛争一炷香，人争一口气。但现实是严峻的，"气"填不饱一家老小的肚皮。他口袋里只有20元，向朋友借150元，买了一台海鸥4A照相机，骑车走村串户为人照相。东奔西走半年，钱没赚几个，税务部门要收216元税。他知道有人盯着他，二话没说，借钱纳税……

鲍益良的人生跌入最低谷。跌倒，不能趴下，得站起来，昂首挺胸往前走。

此路不通，另辟蹊径。一身傲骨，满腹才情，怎么也得闯出一条生路。他决定筹措1800元开照相馆。

在20世纪70年代，1800元对于贫困的家庭可是巨大的数目，倘血本无归，势必债台高筑。全家人都为他捏一把汗。妻子迟迟不肯交出从娘家借来的700元，他火了，狠狠地说："不给钱就离婚！"

有道是，"物极必反，否极泰来"。鲍益良还真绝处逢生。1979年7月开张的"商榻益良照相馆"，不仅解决了偏远地区照相难的问题，而且开"干部下海经商"的先河。落魄的鲍益良再次声名鹊起，《解放日报》以《镜头对准水乡》为题，给予宣传报道。

那些日子，鲍益良一心扑在照相馆，每天在暗房工作到深夜。他悄悄地与我耳语："洗一张照片，赚5分钱呢。"

照相馆的成功，给鲍益良莫大的鼓舞。他趁热打铁，开办"商榻文化用品百货商店"，交由妻子打理，让其潜在的经营才能得以充分发挥。

民营企业家鲍益良，胸腔里跳动着火热的"文化之心"。2005年7月，投入20多万，创办"商榻艺术馆"，集经营、培训、展览于一体，着力拓展商榻地区的文化艺术事业。遗憾的是，天不遂人愿，严重亏损，难以为继，忍痛贱卖……

但是，岁月的风雨未能泯灭他心中的"文化情结"，随着年岁的增长，这硕大无比的情结，愈益熠熠生辉，照亮他晚年的人生。

1997年7月，他自办"上海青浦淀山湖民俗文化艺术馆""上海市青浦淀山湖山歌馆"。那栋三百年历史的祖屋，变身为传承发展商榻民俗文化的基地。

2010年元月，"青浦区商榻宣卷队"正式成立，揭开商榻宣卷新的一页。

2009、2010、2011、2014年，他自任总指挥，自费组织了四届"青浦商榻阿婆茶文化艺术节"。

鲍益良的所作所为，为常人所不解，说他有点"痴"。《新民晚报》还真以《文化"痴人"鲍益良》为题，对他进行褒扬。且看其开头：

说起鲍益良的"痴"，在金泽镇商榻地区的文艺爱好者中可谓无人不晓，为了自己的业余爱好，他甘愿放弃经营得红红火火的照相馆，自掏腰包，拿出积蓄，痴心群文事业。他的工作日程每天都安排得满满当当：白天指导业余演出队排练节目或下乡义务演出；晚上则埋头文艺创作，直至深夜11时超过才休息。整整20多年来，几乎天天如此，鲍益良对群文工作的“痴情”，由此可见一斑。①

是的，鲍益良有点儿“痴”，他所有的艰辛与付出，都表现得那样的执着、无私。仅以2015年11月参加“上海·‘周浦杯’全国宣卷学术邀请赛”为例：

银奖，奖金3000元。（全队12人，每人发200元。做队旗、桌帏、锦旗各一面，每面200元）

车旅费1200元，由两个单位各赞助600元。

苏州购置演出服3000元，由他支付。

这么些年，他究竟花费了多少钱？他没数，也没统计过。他只知道每年总得大几千。也许有人会说，他是老板，有钱，区区几千元，牛身上拔根毛。且不说，他早已“上岸”，也不谈最后大亏一场，即便腰缠万贯，没有一点奉献精神，谁乐意无偿、倒贴办文化？

那么，他收入几何呢？社保金每月2400元；四间门面房年租金共3.6万元，两项合计：6.48万元。

在当今社会，论经济收入，鲍益良堪称“穷人”，但论精神追求，他是个“富翁”。别看他年逾古稀，可内心依然深情眷恋文化站长的权、责。他念念不忘的是，乡镇撤并，商榻没了文化站，但商榻地区的群众文化得有人做。他想以自办的馆为平台、团为骨干，承担起活跃、繁荣商榻民俗民间文化的重任，肩负起弘扬宣卷、田山歌、阿婆茶的文化使命！他甚至憧憬能在更为广阔的社会文化舞台上一展身手。

十数年间，无职无权的鲍益良，照样将商榻民俗民间文化做得有声有色，热热闹闹。仅对商榻宣卷的抢救、保护便做了六个方面的努力：

1. 深入民间调查、发现民间艺人及家藏宝卷。
2. 自办商榻宣卷队。
3. 抢救、搜集散落民间的宝卷文本。
4. 想方设法让商榻宣卷走出去。
5. 撰文推介商榻宣卷。
6. 编创、宣演现代宣卷，给传统宣卷注入现代文化元素。

就抢救保护宣卷而言，在职在位、有职有权的专职非遗保护工作者，其职责也就这么几项。但不知那些有条件的人们做得如何？令笔者百思不得其解的是，鲍益良闹出那么大动静，上海媒体都大为关注，相关部门的态度如何呢？没有调查，不便妄议。鲍益良的一句话激起我思考：“没人撑我，我就自己撑自己。”

所谓“撑”，是否可理解为自我宣扬、自我激励，竭力提升知名度、自信心。在报刊发表文章、作品；积极参与各种交流展演，并给主办方赠送锦旗，加深友谊，强化自身存在；每有旅游团、学生参观亲自解说；争取媒体、学术界的关注；将名片贴在大门上，且是双份；将作品写在文化墙上，等等，其实是为自己造势，不断提高自信。

想想吧，一位被社会、家庭边缘化的古稀老人，倘没自信，何以老而有为，成就一番事业？

---

① 《新民晚报》2013年6月22日。

有谁知道，这么乐观向上、自信满满的老者，心里深埋着不为人知的“痛”，一种难以言说、刻骨铭心的痛。在文化站站长任上，因其积极上进、工作出色，组织上发展其为中共预备党员，后因变故，既没转正，也没正式取消资格，不了了之几十年。而他，一直以共产党员的标准要求自己，……夜深人静之时，每每想起，辗转反侧，不能成眠。

去年，相濡以沫的老伴舍他而去，一位孤寂的老人，那心灵深处的隐痛与谁诉说？说了，又能如何？思来想去，唯有默默无语地自我承受。因视我为同道、知音，才吐露衷肠，暂释其痛……

其实，他的所作所为，一言一行，无不表露出老人对党的忠诚和向往，诚如《文化“痴人”鲍益良》所言：

鲍益良弃商从“文”，在十几年时间里，就让他由“富”到“穷”，这令许多人大惑不解，纷纷投去异样的目光，一些人还当面说他“神经搭错”“憨大”一个。鲍益良对这些“闲言散语”不屑一顾，凭着对家乡文化的挚爱，以年轻人般的热情、进取和勇气，默默耕耘在群众文化这块充满希望的土地上，虽然满头白发，钱财散尽，依然乐此不疲。

这就是鲍益良，一位可敬可爱的文化痴人。①

四、 几点思考

1. 商榻民间至今还能搜集到《接佛》《送佛》的卷本，表明历史上的商榻宣卷曾经像嘉善宣卷那样，有简约的仪式，只是在传承过程中逐步变异，庙会宣卷仍保留仪式，民间的则或有或无，趋于淡化。这种变异反映了宣卷在商榻地区的曲艺化倾向。

2. 商榻宣卷当下的组织活动形式有三种：一是民间艺人以赚钱为目的，自主、灵活地组织班社；二是民间志士自费组建宣卷队，自娱自乐，无偿演出；三是金泽镇政府扶持民间艺人，组建“民办官助”的宣卷队，从事公益演出。如若将第一种比喻为自生自灭的野草，而第二、三种则是由园丁培植的盆栽。三者面临同一危机：艺人、听众后继乏人。无论官、民，谁能破解“人”的危机，谁就抢得传承保护的先机和主动权。

3. 鲍益良自办的馆、团，因其根植民间，有一定的生命力。倘若不扩大社会影响、提升文化品位、提高人员素质，令其逐步成为商榻地区的文化品牌和民俗民间文化基地，也难有长远的发展潜力。为此，一方面要争取政府的重视和支持，尤其是财政支持；另一方面要吸引社会贤达、有识之士的积极参与。不然，仅凭一古稀之人勉力为之，不但难以持久，而且会日益边缘化，被主流社会所遗忘，甚至无情抛弃。

4. 鲍益良的创新精神可嘉。他新编现代宣卷，对延续宣卷文脉、保留宣卷文化基因，大有裨益。但作为非物质文化遗产的保护传承，更应注重原汁原味原生态。笔者与鲍老先生开玩笑，他那些作品，其实是具有宣卷风格和意味的说唱、表演唱、小小戏，而非严格意义上的宣卷作品。遂建议他要以更大的热忱，投入更多的时间和精力，挖掘整理深藏于民间的传统卷本和音乐，以此为基础，进一步探索“旧瓶装新酒”的路径，即以继承传统为前提，研究如何运用传统的形式，表现新时代新生活，为传统宣卷注入新的文化元素。

5. 现在许多地方选用有一定文化艺术素养的人员充实宣卷传承人队伍，这无可厚非。

① 《新民晚报》2013年6月22日。

笔者更倾向于在民间挑选有志于此的“草根人物”。因为，笔者研读《中国靖江宝卷》发现，但凡有点文化根基的民间艺人，讲着讲着，书面语言、现代语言便从嘴里溜出来了，倒是那些文化层次低的民间艺人，字字句句都是土得掉渣的方言俚语，乡韵浓郁。从某种意义上讲，鲍益良团队的老太太们，还真是宣演传统宣卷的合适人选。

6．一个李小生便家藏几十种宝卷，有的还是珍稀之品。在商榻，还有没有其他收藏者？民间究竟还有多少藏卷？均应力求见底。此种搜集工作，非民间人士鲍益良所能为，得政府为主导，有组织有计划，地毯式全面排查。至于将搜集的卷本整理出版，则更是一项系统工程。所幸从中央到地方各级都十分重视非物质文化遗产的抢救和保护，但愿青浦区的有关部门在抢救、保护商榻宣卷方面有所作为，卓有成效。

附录：鲍益良新编现代宣卷《麦钓情》

麦钓情

（合）淀山湖里张麦（呀）钓，

突然起风浪涛（呀）涛（呀），

恶浪拍打船掀翻，

母女俩落水哭号啕。

有个人奋不顾身风浪搏斗去抢救，

救起母女风格高。

装满深情盛满（呀）爱，

一曲凯歌响云（呀）霄呀。

甲（表）：故事发生在2008年早春。淀山湖的浪头把麦钓船掀翻，一个好心人，把春芳母女俩从水里救起来，送到医院抢救。在姑娘的病床前放下400元钞票，匆匆离去。

（旁白）：这个人是啥人呢？

乙（表）：春芳母女俩也不晓得，半年来，春芳一直在打听，要寻找救命恩人，唉！他站在淀山湖的大坝上唱起了山歌。

甲（表）：悠扬的山歌声引来了一个人。

春芳（白）：喂。你这个人是干什么的？

永刚（白）：我，我是来看看……

春芳（白）：看啥个？

永刚（白）：我是来看位姑娘。

春芳（白）：看哪个姑娘？她叫啥？

永刚（白）：我只知道她姓张，叫张麦钓。

春芳（白）：哈……小伙子，你搞错了，麦钓姑娘不姓张，张麦钓就是用一粒麦子穿在钩子上，放在水里，引鱼来吃，叫张麦钓。

永刚（白）：哦，姑娘不姓张，我不看望她了。

春芳（白）：喂，你为啥要看望她呢？

永刚（唱）：今年早春水脚（呀）小，

我筑石埠在湖(呀)旁(呀),
突然(个)起风乱云飞,恶浪翻滚涛声高,
民工回房避风潮,唯独我向湖边跑,
听到呼救哭喊声,奋不顾身湖里呀跳。
救起母女(二个人)共欢呀笑呀。

春芳(唱):我找恩人已半年,想不到,恩人就在我身边。

有心问来再问问,(你)为什么做了好事不留名。

永刚(唱):救死扶伤是天理,区区小事无足论。

春芳(唱):(你)可知道麦钓姑娘常挂念,盼恩人,(要)当面酬谢表寸心。

永刚(白):不要谢,不要谢。

春芳(白):小伙子,你叫什么名字,我帮你转告麦钓姑娘。

永刚(白):谢谢你,不必了。

乙(表):春芳突然发现对方的工作帽上有“李永刚”三字。

春芳(白):你,叫李永刚,你是个好青年,家里住在啥地方?

永刚(白):我是安徽凤阳人,来这里打工,筑石埠岸。

春芳(白):你阿曾结婚?

永刚(白):我才二十五岁,没有结婚。

春芳(白):永刚,你到我们这里来做生活吧,愿意吗?

永刚(白):好呀,建设大上海,我愿意!

春芳(白):(一想一笑)我有个妹妹叫春芳,也是个麦钓姑娘,今年二十二岁,是个高中生,我来跟你……做个介绍。

永刚(白):我……我高攀不上。

春芳(白):假如她愿意呢?

永刚(白):这……

(旁唱)口难开隔重山,自做媒人花自开,花自啊开。

众(旁白)阿怕难为情啊(大笑)(春芳腼腆地笑)

春芳(白):啊,下雨了,怎么办?(春芳拿起雨伞给永刚撑伞)

永刚(唱):一阵夏雨哟,扑面啊来,(永刚帮春芳撑伞)

春芳(唱):阿哥为我撑雨伞呀。

永刚(唱):心儿跳。

春芳(唱):脸啊发烧。

合:两心相印情和爱。勤劳双手为你打扮。
聪明智慧为你开怀。麦钓情缘并蒂呀开呀。

母(旁白):春芳……春芳,你在跟谁讲话啊?

春芳(白):哎——(春芳无意中答应了一声)

永刚(白):啊?你就是春芳,就是麦钓姑娘?(春芳点了点头)

永刚(白):我愿意,我愿意!

春芳(白):你愿意的啥?

永刚(白):我愿意与你……我喜欢你!

母(旁白):我不同意！不同意！

春芳(白):妈妈,你到岸上来,来！

母(旁白):不来,不来。

春芳(白):妈妈,你不上岸,那我讲给你听:有个小伙子,叫李永刚,身高一米七十左右,是个英俊的小伙子。妈哎,你听好,他是安徽凤阳人,在这里打工筑石埠岸。

甲(表):这个晨光,春芳的妈妈着急地从船舱里出来。

母(白):不行,不行,打工的人呀！他家没有房子。

春芳:没有房子,我们可以造。

母(白):他家没有票子。

春芳(白):没有票子,我们可以挣。

母(白):他家没有车子。

春芳(白):没有车子我们可以买,我们年轻力壮,有勤劳的双手,可以致富！

母(白):口轻呆呆！来打工的人,一般素质差。

春芳(白):差什么？我们娘俩跌落在湖里,是他把我们救起来,送到医院,还送钞票,做了好事不留名,这是人间的真情,妈,你说素质差不差？我们感谢他还来不及呢！

母(白):谢谢他是对的,我们多给点钞票好了,你要嫁给他,不成功。

春芳(白):(倔强地)我要嫁给他！

甲(表):这个晨光,小伙子开讲了:

永刚(白):伯母、春芳,我来这里看望麦钓姑娘,不是求回报,不是要钞票。人间的真情,金子、银子也买不到！

春芳(白):妈,永刚讲得多好呀,人间的真情,金子、银子也买不到！

母(白):你要嫁给他？

春芳(白):我要嫁给他！

母(白):你要嫁给他,我当你白养,跟你一刀两断！

春芳(白):一刀两断就一刀两断！

甲(表):这个晨光,小伙子又开讲了;

永刚(白):伯母,你说我们打工人素质差,家境穷,那么婚姻就不谈了,我走了。(春芳急忙拦住永刚)

春芳(白):慢,永刚,我问你,你喜欢我吗？

永刚(白):喜欢的,我真心喜欢你……

春芳(白):你真心喜欢我嘛,那我跟你走,哪怕是天涯海角,我也跟着你走！

甲(表):这个晨光,春芳的妈妈着急了,慌忙拉住春芳,一个向东拉,一个向西拉,春芳夹在中间,哭笑不得,这个晨光,春芳的妈妈讲:

母(白):春芳,你跟着他,那我怎么办？一个人孤苦伶仃的……

春芳(白):妈,你也去寻(找)一个……

母(白):你这个鬼丫头,死快哉！(气呼呼地)哼！

母(唱):起风浪哟——小船摇晃舵难掌。

春芳(唱):起风浪,左右为难办法想。

母(唱):怕弄僵,怕女儿责怪我这无情娘,春芳(唱):怕妈妈不认我这犟姑娘。

合:啊——

母(唱):婚嫁是大事,只能顺从女儿要相让哟。

春芳(唱):不忘养育恩,隔不断母女情义长,

合:隔不断母女情义长,情义长哟。喔呀花 喔霍霍 霍!

母(唱):春芳呀,我望女儿找个好对象,相亲相爱事业创,思前又后想,只能听姑娘。

合:天赐好良缘,苦去甘来幸福长,幸福长。

春芳(白):(对永刚)永刚,我要是跟你走了,我妈妈没人照顾,我看你还是留下来吧,你考虑一下。

永刚(白):(想了一下)嗯,我就听你的,留下来。

春芳(白):那么,我去告诉妈妈了,(喊)妈妈——

母(白):做啥?

春芳(白):我送你一个儿子。

母(白):我哪里来的儿子?

春芳(白):喏——,就是永刚呀!

母(白):那像是:摇船嘛;推不前就板(大笑)我拾到一个儿子。

乙(表):这个晨光,春芳跑到船里,拿起酒杯。我们庆祝一下,干杯吧,干杯!

唱:杯中酒满幸福泪哎,美酒烧旺年轻心。
盛世和谐哎,麦钓情,红旗引路,红旗引路奔前程,
奔前程呀,奔前程。

这正是:一曲麦钓歌,一片麦钓情,
一腔青春火,一轮红日升。

青浦商榻宣卷《麦钓情》到此结束,谢谢大家。

第四章

甘肃活宝卷调查

初访河西宝卷

一

我曾在大西北战斗、生活经年，记忆中的西北风光，是那样的苍茫、雄浑。当我脚踏张掖湿地，面对平静如镜的湖水，抚摸那郁郁葱葱的芦苇，很难将“大西北”与眼前的曲桥流水相联系。令人啧啧称奇的是，告别湿地，驱车几十里，竟是一片戈壁滩，那遍地的沙砾和星星点点的骆驼刺，顿时让我想起朝夕相伴八个春秋的柴达木盆地……

河西走廊，神奇而令人浮想联翩的地方。

自兰州一路西行，绿洲、沙漠、湿地；山峦、河流、荒原……千里长廊，千里长卷，多姿多彩，美不胜收！

河西的魅力，不胜枚举，从西向东，敦煌莫高窟、榆林窟、嘉峪关、酒泉胜迹、新城丁家闸魏晋墓、阳关、玉门关、象牙佛造像、文殊山、金塔寺、大佛寺造像、马蹄寺、天梯山石窟、海藏寺……我们可以列举许多中国文化之最。

在很长的一个历史阶段，河西，如同中国开向世界的一扇窗户。汉唐盛世、烽火边塞、丝绸之路……没有河西，便没有棉花和苜蓿，没有胡桃和葡萄，没有大宛汗血马，没有佛教经典，没有敦煌艺术，更没有中西文化的交流，没有四大发明的西渐，没有欧洲的崛起……河西，应该是别在人类胸前的一枚光辉灿烂的勋章。①

不知是河西的历史积淀过于厚重，还是河西的自然景观过于奇特，人们因此而有意无意地冷落、遗忘河西民俗民间文化瑰宝——河西宝卷。图文并茂、洋洋大观的《中国河西走廊》竟只字未提。

二

笔者无意贬低《中国河西走廊》的文化价值，它的笔触和镜头虽然丝毫未触及“河西宝卷”，但却十分骄傲和自豪地描述了与其血脉相通的文化绿洲的基座——敦煌。

---

① 胡杨著，王金摄影：《中国河西走廊》，兰州：甘肃人民美术出版社，2010 年 1 月，第 9 页。

当我们站在历史和现实的交汇点上观照，敦煌竟是那样地令人眩目。那天，来机场接我们的甘肃省文化厅公共文化处的郇亮先生风趣地说："甘肃的兰州，中国的河西，世界的敦煌。"虽为坊间戏言，却道出敦煌的历史文化地位何等显赫。

有谁知道，"河西宝卷是活在民间的敦煌文学，在讲唱的内容和讲唱的形式上与敦煌变文一脉相承，具有鲜明的地域特色。"①尽管有学者质疑"宝卷是变文嫡派子孙之说"，②但就文化源流而言，宝卷与变文有着割不断的血缘亲情。

学术分歧留待学者争鸣，我等务实的草根学人，关注的是宝卷在当下的生存发展状态。

当下中国活宝卷，主要集中在两大群落：江浙沪群落和河西群落。相映成趣的是，江浙沪宝卷呈块状分布，且形态各异，有与苏州评弹趋同的苏州宣卷；也有坚守传统的无锡念佛和靖江讲经；更有现代气息浓郁的江苏昆山锦溪宣卷和浙江绍兴宣卷、嘉善宣卷。而河西宝卷则由东向西线性展开，分布于武威、张掖、酒泉的广大地区。"两千多里长的河西走廊，广大的乡村，宝卷十分盛行，男女老少喜闻乐见，男性中的老年，很大一部分中年及一部分青年，乐此不疲。"③

令人叹羡的是，历经数百年风雨，今天的河西宝卷还表现出惊人的一致性：

(1) 名称相同："念卷"。不像江浙沪宝卷叫法不一："念佛""讲经""宣卷"。

(2) 民间艺人的活动方式相同。均不以"赚钱糊口"为目的，共同遵守"非职业化"的原则，念卷纯粹出于个人的信仰、爱好和情感。在江浙沪大多视宣演宝卷为"一技之长"，其地位形同乡村的木瓦匠，称呼各地亦不尽相同："佛头""讲经先生""宣卷先生"。

(3) 宣演模式固守传统，鲜有变异，数百年一贯制，焚香三炷向佛或向西方三拜，之后开始念卷。而江南一些地方的宣卷形式近代以来已经历两次革命性变革。

(4) 功能主旨以教化、娱乐为重，而江浙沪宝卷，有的与河西宝卷相近，有的兼顾信仰、教化、娱乐，有的更重信仰。

当然，河西宝卷亦非百分百的一成不变，至少曲调、行腔会因地而异。"十里不同风，百里不同俗"嘛！但作为一个地域文化现象，"千里而同风"，实属罕见。

从地缘文化视角审视，河西宝卷的同一性成因大致有二：一是与河西地区的交通闭塞有关。一侧是滔滔黄河，一侧是连绵起伏的群山，一条古驿贯穿其中，跋涉之艰难，必然制约人文的交流。河西宝卷研究的先行者方步和先生认为，"宝卷的流行与交通有关。交通闭塞，宝卷流行；越闭塞，越流行。相反，交通较发达，宝卷流行就少。"④二是千里河西秉承同样的语言文化传统，或者说孕育于同一地域文化的胚胎之中，同宗同源，自然会大同小异。

三

张掖宝卷是河西宝卷的典型，笔者慕名而访。

从兰州驱车西行，经武威，出绿洲，进沙漠，再现绿洲时，那便是张掖了。兴许是上苍的

---

① 庆振轩主编：《河西宝卷与敦煌文学研究》，北京：人民出版社，2012年7月，第1页。

② 郑振铎著：《中国俗文学史》，北京：北京工业大学出版社，2009年6月，第391页。

③ 方步和编著：《河西宝卷真本校注研究》，兰州：兰州大学出版社，1992年7月，第312页。

④ 方步和编著：《河西宝卷真本校注研究》，兰州：兰州大学出版社，1992年7月，第312页。

垂爱，源于祁连山冰川的黑水河滔滔滚滚地流经这里，滋润出一片风光绮丽的绿野平畴。

“一城山光，半城塔影。苇溪连片，古刹处处。”①古人如此描写张掖，浸透着浓厚的宗教意味。或许正是与佛有缘，宝卷才得以在这块土地上生根发芽，繁衍生息。

张掖宝卷流播于山丹、民乐、甘州、临泽、高台等四县一区的广大地区。旧时，“每年农闲时节，广大农村都要隆重举行各种形式的念卷活动，到了春节前后达到高潮”。②“念者身心投入，绘声绘色；听者兴致盎然，如痴如醉，通宵达旦，意犹未尽。人们把念卷不仅作为一种文化娱乐的方式，还把它当作立言、立品、立德的标准。”③

倘若将张掖念卷与靖江讲经、无锡念佛相比较，后者以繁复的仪式为标志，显现着浓郁的民间信仰意味，而前者似乎更偏重于文化娱乐。但在张掖信众心中，宝卷所承载的信仰分量，一点不逊于靖江、无锡。因为，在许多人心目中，宝卷的神圣性不仅等同于佛经，而且视之为避邪趋吉的镇宅之宝，“在河西地区广大农村，人们将宝卷文本视为镇妖、避邪之物，有‘家藏一宝卷，百事无禁忌’之说”，“并认为念卷活动有特殊功效，可以保佑风调雨顺、五谷丰登”。④

可见，河西宝卷与其他至今仍流行于世的宝卷一样，其基本的社会功能为信仰、教化、娱乐。“有的当它为风调雨顺、五谷丰登的及时雨；有的当它为惩恶扬善、伸张正义的无私棒；有的当它为忠孝仁义、信义和平的百宝经。”最有趣的是，“有的家庭儿女不孝、媳妇不贤、家事不顺、人丁不和，就用‘念卷’的方式，使家人受到教育”，⑤有的甚至罚忤逆子、不贤妇当众跪着听卷，促其幡然悔悟，痛改前非。

河西宝卷以唱为主，说为辅，文本基本结构由开头、过渡、散说、韵文和结尾构成。开头、结尾形同靖江宝卷的开卷偈和收卷偈，功用是点题、静场、教化，表示有头有尾。散说、韵文则是韵散相间、讲唱结合的叙事方式。而最富特色的是“过渡”，“这是宝卷较为关键的一个部分。它处在说白和韵文之间，起承上启下的作用。大多是以诗或对偶句的形式出现，句字数可以是 4、5、6、7 言不等，句数 2、4、8、10 句不限，多以 2 或 4 句居多。过渡部分内容虽少，但依据上下文内容，或感叹，或赞美，或批刺，或劝导、或告诫，很具哲理性，在宝卷中起到画龙点睛的特殊作用”。⑥ 仅以《落碗宝卷》片段为例：

却说李老爷到了次日早晨，命人役从监中提出众人犯押到杀场。那刘自忠左望右盼，总不见他的亲人来到，不由得痛哭起来。正是：

（过渡）今日押出南牢中 午时命见五阎君

刘自忠，出监来，左望右盼；坐杀场，不由得，泪湿衣襟。
耳听的，锣鼓响，魂飞天外；总不见，亲哥哥，李氏孩儿。
抬起头，远远地，看见亲人；走一步，跌一跤，踉踉跄跄。
有李氏，见丈夫，一把拉住；哭一声，我的夫，疼烂心肝。
你今天，丧性命，替你兄长；怎舍得，为妻的，一双儿女？
丢下了，你的妻，无依无靠；男又小，女又幼，怎过光阴？

① 张华编著：《走进西部》，兰州：甘肃教育出版社，2006 年 12 月，第 41 页。
② 张旭主编：《山丹宝卷》，兰州：甘肃文化出版社，2007 年 7 月，第 1 页。
③ 张旭主编：《山丹宝卷》，兰州：甘肃文化出版社，2007 年 7 月，第 2 页。
④ 冯锦文主编：《中国宝卷生态化保护与传承交流研讨会论文集》，南京：河海大学出版社，2014 年 12 月，第 181 页。
⑤ 冯锦文主编：《中国宝卷生态化保护与传承交流研讨会论文集》，南京：河海大学出版社，2014 年 12 月，第 181 页。
⑥ 冯锦文主编：《中国宝卷生态化保护与传承交流研讨会论文集》，南京：河海大学出版社，2014 年 12 月，第 167 页。

本想着，寻计策，搭救你命；谁知道，今日个，一命归阴。
有儿女，扯住父，哀哀痛哭；口里面，直喊着，生身父亲。
你怎把，小冤家，抛下不管；全不念，兄妹俩，怎样成人？
刘自明，在一旁，泪流满面；烧钱纸，奠汤茶，叫着自忠。
哭一声，亲兄弟，同胞骨肉；这都是，当哥的，害了你身。
刘自忠，叫哥哥，细听分明；弟死后，你莫要，挂念心中。
照顾好，李氏妻，母子三人；穿旧的，破衣服，与她几件。
剩下的，残茶饭，给她几碗；为弟的，就是死，也落心甘。
一家人，在杀场，哭声不断；刽子手，喝一声，到了时辰。

（过渡）叫着儿和女，吩咐又叮咛：

若得重相见，南柯一梦中。①

在长期的流转过程中，河西宝卷在继承早期佛教宝卷、民间宗教宝卷传统的同时，日益与河西走廊底层百姓的生活相融合，积极反映广大民众的现实生活和思想情感，内容丰富，题材多样。现存的河西宝卷，“按体裁和内容大体可分为五种类型：一是佛道教故事、二是民间神话故事、三是寓言故事、四是人物传奇故事、五是社会生活故事”。②

四

河西宝卷乃河西人民之宝。20 世纪 50 年代以来，一度被斥之为“四旧”，日渐式微，风光不再。但作为草根文化，深深地扎根于底层百姓的心中。政治风雨或许会折枝、落叶，但难以松动其发达的根系。窃以为，像许多至今仍活态传承的宝卷一样，河西宝卷的衰落、凋零，根本在于社会、文化的变迁。

旧时的河西乡村，物质文化生活单调枯燥，一方面，贫苦百姓很少有受教育的机会，听卷成为他们主要的精神文化享受。另一方面，乡间文化娱乐极其贫乏。张掖地区仅流行一种戏曲——秦腔，不可能随时随地无偿观看，说白了，进戏院看戏是有钱而闲适者的专利，穷人至多只能在广场戏台难得看上一两回。于是，念卷便成为乡村社会最为简便易行、价廉物美的大众娱乐。

随着社会的进步，人们的生产、生活方式悄然而变，别的且不论，单讲“电”走进乡村社会，它带来光明的同时，还带来新鲜时尚的文化娱乐。先是电影，继而电视、歌厅、舞厅、网络、微信……现代文化如潮如涌，让念卷这一古老的文化样式相形见绌、不堪一击。虽说没举手投降，依然有中老年人坚守阵地，但青年人排斥、冷落念卷的状况日益严重。

尽管河西宝卷的生存危机日见严峻，但钟情河西宝卷的人们并未心灰气馁、轻言放弃，而是竭尽全力地深情挽留。早在 20 世纪 70 年代，兰州大学的段平先生、河西学院的方步和先生、敦煌的高德祥先生，便开始自觉而自为地田野调查、搜集整理，历经十数年的艰辛努力，先后出版、印刷了《河西宝卷选》、《河西宝卷的调查研究》、《河西宝卷真本校注研究》、《酒泉宝卷》、《凉州宝卷》(一)、《山丹宝卷》、《金张掖民间宝卷》、《永昌宝卷》(资料本)、《古浪宝

① 何国宁主编：《酒泉宝卷》(第五辑)，兰州：甘肃文化出版社，2011 年 11 月，第 164-165 页。
② 徐永成主编：《金张掖民间宝卷》，兰州：甘肃文化出版社，2007 年 8 月，第 2 页。

卷》(资料本)等。难能可贵的是,时至今日,搜集整理、学术研究非但没有停步,而且愈益深入。2012出版的《河西宝卷与敦煌文学研究》,标志着河西宝卷研究达到新的高度。

2010年,张掖市文化馆组织专人,耗时半年,深入乡镇52个、行政村700个,对张掖宝卷的生存状态作全面普查。现场录音录像18小时、文字记录6.2万字。那日,我们造访张掖市文化馆,会议桌上摆满了征集的卷本及音像资料。作为同道,笔者由衷钦佩。然而,民间社会犹如深不可测的海洋,已经搜集的宝卷恰如深水之鱼,远远没有一网打尽。张掖的同志告诉我,甘州区花寨乡有位铁匠,是位目不识丁的粗人,但对宝卷视之如宝,家藏卷本至少三十种,可就是秘不示人。

卷本的收集整理,只要假以时日,终能见底。眼下最头疼的是,念卷者与听卷者后继乏人。年轻人固然不爱听、不愿学念卷,而一些自幼受宝卷文化熏陶的中老年人,也因生活节奏的加快和文化娱乐的丰富而有意无意地疏远念卷。为吸引听众、培养新人,张掖市在甘州区、山丹县、高台县、民乐县建立4处乡镇、街道"河西宝卷传习所",组织当地硕果仅存的民间念卷人念卷、授徒,每月一次,每次两小时,听众约四五十人,并开办培训班,让3位省级代表性传承人传授技艺,共培训民间念卷人136名。

四个传习所犹如四堆熊熊燃烧的篝火,燃起了河西宝卷传承发展的希望。然而,偌大的张掖,仅仅零星分布几堆火远远满足不了弘扬宝卷文化的期待,普遍的传承,亟须形成燎原之势。关键是要提高张掖人,特别是青少年对河西宝卷的认知度。为此,张掖市文化馆发动本土作家,将民间广泛流传的22种宝卷,用现代的文学语言进行改写,编印《国家级非遗保护项目〈河西宝卷〉精品故事集》(张掖卷),作为乡土教材发至中小学,希冀激活青少年的宝卷文化基因。他们还依据张掖民间传说编创的宝卷《仙姑宝卷》,改编成情景剧《仙姑传奇》,运用现代文化元素,载歌载舞、亦真亦幻地再现宝卷,如润物无声的春雨那样,将宝卷文化的甘露撒遍张掖大地。

仙姑传奇
(宝卷情景表演)

(仙乐一般的音乐悠然而起,轻盈而灵动,把人带入神话般的境地)

(清新明朗的合唱声起)

祁连山,黑河边;夜月映照板桥乡。

大漠古寺立河岸;仙姑盛名百代传。

(歌声中,着汉代盛装的姑娘们袅娜多姿,婆娑起舞,如仙女舒袖长歌)

(几个儿童穿插其间,嬉戏玩耍)

儿歌:

仙姑寺,黑河边;戈壁深,柳叶翠;人朝拜,几十辈;奉仙姑,称尊贵;姑化仙,映霞辉……

(内传来一声呼喊:念卷了……)

(几位乡民打扮的人簇拥一长髯飘飘的老者上)

(众人搬小桌子、凳子、香烛、脸盆齐上)

(又一声高喊,念卷先生上坐)

(念卷先生净手,点香烛,立桌上。众人围坐四周)

(又一声高喊:敕封平天仙姑宝卷开念)

(宝卷先生摇响手中铃子,敲响桌上木鱼,开念)

仙姑娘娘生于汉朝之时，欢见世人，一切众生，不敬天地，不礼三光，奸盗淫邪，不忠不孝，呵风骂雨，大斗小秤，明瞒暗骗，于是仙姑一心发愿立志修行，不恋世上繁华，不贪眼前之浮沉，志心向善，念佛看经，恤孤怜寡，敬老惜贫，多行方便，永无退心。

（说讲中，一侧出现仙姑扶老携幼、济贫助困的场面活动）

（一记木鱼，一声摇铃）

（念卷人开念）

有仙姑，见世人，多行不善；或为奸，或为盗，或为邪淫；
贪上财，爱上利，大斗小秤；嗔人有，欺人无，狗肺狼心；
不敬天，不敬地，呵风骂雨；破人斋，破人戒，毁佛谤经；
男不善，利徒心，损人利己；明中欺，暗中骗，昧着良心；
欺人寡，凌人孤，全然不顾；弟不恭，子不孝，悖逆王伦；
女不善，蛇蝎心，十分厉毒；不敬公，不敬婆，妯娌生心；
哄丈夫，背男儿，白捏黑说；折人儿，磨人女，不知心疼；
这样人，阳世间，多行不善；到阴司，孽镜台，照得分明；
有仙姑，看破了，浮生苦度；菩提心，一味是，虔诚修行。

（末句众人齐和）

（念卷人白）

话说仙姑娘娘一日修行，忽见黑河水大涨，水势汹涌。河的北岸，都是好田好地，百姓都想耕种，只因河水甚大，人不能渡，亦有冒险而渡者，大多淹死。仙姑一见，甚是不忍。于是，发愿在黑河之上修桥梁一座，方便渡人。从此，此岸耕地可种，百姓收入可增。板桥、板桥，千年板桥，自古到今，都是仙姑娘娘的无量功德呀！

（念白中，河水汹涌，仙姑在河边立誓发愿，众人围欢，点首称赞）

（一记木鱼，一声摇铃）

（众人又围坐在念卷人周围）

（念卷人唱念）

有仙姑，忽听得，雷吼之声；好一似，千万马，地裂山崩；
好仙姑，只见到，水势汹涌；白茫茫，千堆雪，卷在虚空；
直流了，五十天，不得消歇；两岸上，隔住了，多少行人；
只见的，胆大者，葬身河中；河岸边，疼坏了，仙姑圣心；
虽然是，天地造，没下河道；难道说，没个人，发个善心；
若能在，河面上，搭桥一座；任凭它，水大小，安步能行；
这善愿，我不发，谁人来发；这桥梁，我不修，指靠何人？
我在此，苦修行，无有钱钞；我一人，独自个，孤掌难鸣。

（念卷中，仙姑急得跺脚捶胸，求告众人。众人起身，听其叙说，纷纷解囊相助。以下的念卷中，仙姑奔走四乡，求助八方）

（念卷继续）

愿众生，齐发心，共成善事；成就了，这功德，共结良因；
东家化，西家化，不分远近；今日化，明日化，不敢消停；
化人工，化米面，山中砍木；整化了，一年零，两月功夫；

操尽心，费尽力，不辞劳苦；不顾寒，不顾热，舍了己身；

诚信心，感动了，四方乡邻；终于把，黑水河，板桥修成。

（众人合唱后两句）

（锣鼓响，唢呐声，喜庆热烈的乐曲起）

（众人欢歌起舞，为仙姑披上红挂上彩，高高举起）

（念卷人摇铃敲木鱼）

仙姑卷，共十九，卷卷大成；今日里，繁化简，浅说几分；

新时代，新形式，重新打造；为的是，真宝卷，得以传承。

（众人依次谢幕，仙姑挽念卷人致礼，造型）

（歌声）

祁连山，黑河边；夜月映照板桥乡。

香姑寺院大漠边；仙姑故事代代传……

（幕闭）

9 月 3 日晚，张掖的同志为我们组织专场演出，那如诗如梦的表演，将观众带进了一个遥远而神幻的意境，同时又真实地演绎了旧时念卷的情景。不管是本地观众，还是远方来客，都会深深地铭记剧中念卷人那深情的道白：

仙姑卷，共十九，卷卷大成；今日里，繁化简，浅说几分；

新时代，新形式，重新打造；为的是，真宝卷，得以传承。

五

搜集整理、传习培训、现代改写、搬上舞台……凡此种种，都在一定程度上改善了河西宝卷的生态环境，表现出张掖人对宝卷的一往情深，无比眷恋。同时，他们深知，留住河西宝卷的根脉，根本在于民间念卷人的世代传承。

值得庆幸的是，河西宝卷在张掖地区还有 68 位民间念卷人，其中有一位是国家级代表性传承人，四位是省级代表性传承人。尽管这些人“老龄化”极为突出，大都在 55 岁以上，最老的达 80 高龄。但是，“留得青山在，何愁没柴烧”，只要有人会念卷，河西走廊的宝卷之火便有人不时地添柴加薪……

河西走廊的念卷者不以挣钱为目的且非职业化，平时种地、放羊，或干别的营生，其基本角色定位是农民，或者说是粗通文墨的农民。他们在自家的坑头上，或上门为乡亲们念卷，既自娱自乐，也积累功德。这种功德除了自我精神寄托，还有社会教化的使命和责任。因而，他们受到乡村社会的普遍尊重。

非职业化不等于无技艺，至少讲唱得字正腔圆、抑扬顿挫，没有一点文化和技巧还真不行。因而，同样需要师徒间的口传心授。当然，这种师徒关系不会像靖江那样严格、规范，非得订立契约，明确规定学徒年限及师徒间的权利、义务。而是一个愿学，一个愿教，口头约定师徒名分。有的甚至听得多了，无师自通。在张掖，念卷技艺的传习主要有两种形式：父子相传、师徒相传。相对而言，家族内部父子（母女）相传，更为常见。

9 月 3 日，我们有幸访问了甘州区花寨乡一个“念卷传承之家”。

这是祁连山麓的一个乡镇，放眼远眺，连绵起伏的峰峦积雪斑斑，在蓝天白云的映衬下，分外的醒目。一条穿越戈壁的公路通达小镇。下午四时许，父子两代念卷人早早地迎候在花寨乡《河西宝卷》传习所大门口。

这家姓代，父亲代兴位，1953 年 7 月生，13 岁随父学念卷，迄今近 50 年。儿子代继生，1975 年 7 月生，高中文化。自幼听爷爷代进寿念卷，小学三四年级便会念卷，而正式独立念卷始于 18 岁，艺龄 21 年。代家承包责任田十亩，儿子还会电焊手艺，常为人打工，日工资 200 元。一家人年收入两三万元。我们原计划 9 月 2 日拜访，只因儿子接了活儿而顺延至 3 日。父子俩都生得清瘦而单薄。代老先生小笔者五岁，而看上去已年逾古稀。手拎一五斤装塑料酒桶，时不时拧开盖咂上一口。见笔者对酒感兴趣，热情地邀我喝酒："喝嘛！喝嘛！"盛情难却，兴致勃勃地接过桶，美美地喝了一大口。这是一种低档青稞酒，那久违的香型和口感，让我想起当年的青海互助大曲。

我不知道这酒是当地酿造，还是来自青海？这价廉物美的青稞酒犹如流布于民间的宝卷，但凡适宜百姓消费的物质、文化产品，不论产自何地、源于何方，都能以各自的方式流转（流通），且深受基层民众的欢迎。

据车锡伦先生考证，河西宝卷当年是随着民间教派传入甘肃的。"大约在明末清初，宣卷随着民间教派传入甘肃，并成为当地的一种民间说唱文学形式——念卷。'山高皇帝远'，清政府查办各地民间教派，河西走廊的僻远农村乃为避风港，直至现代，酒泉、武威乃至被沙漠、戈壁包围的敦煌县，仍有念卷活动的存在。"①车先生虽未提及张掖，而花寨乡恰恰符合他所说的文化地缘背景。背靠祁连山，面向戈壁滩，宝卷就是在这相对封闭的自然人文环境中生存发展。花寨乡人口 2900 人，而 60 岁以上的老人百分之八九十都会念卷，所念的卷本之母本，大多出自代氏曾祖代登科。

清光绪九年（1883 年），代登科乡试中举。因家境贫寒，无钱买官，这位寒门士子功名无望，转而向佛教典籍寻求精神慰藉。一边开办私塾，以微薄的束脩养家糊口，一边虔诚地抄卷、念卷，名动乡里。代家从此世代念卷，而今已传承五代。（见"河西宝卷张掖代氏传承谱系表"）

河西宝卷张掖代氏传承谱系表说明，河西宝卷的传承并非单线的同姓传承，而是异姓的复线传承，姻亲间、乡邻间，凡有缘者均可传授，这或许是河西宝卷广为传播、绵延不绝的重要缘由。

值得注意的是，代氏第五代传人代倩倩，今年 13 岁，正在读初中，之所以列入表内，一是代氏父子有意让她传承，二是历史上代氏家族曾有女念卷先生，那就是代兴位的奶奶，即代氏第二代传人代进寿的媳妇。孙子代继生骄傲地说："我奶奶念得好着哩！比我爷爷还受欢迎呢。"

毫无疑问，代氏一家世代相传的念卷家风，对花寨的父老乡亲有着潜移默化的教化、示范、传习作用。更可贵的是，这一家人视宝卷为生命，1964 年"社教"，因代兴位的父亲代进寿当过国民党的司务长，自然成了教育的对象。生怕家传的宝卷受牵连，把精品宝卷用牛皮纸包裹严实放进一口大缸，埋进坟院，余者上缴以掩人耳目。三天后，发现埋宝卷的地方有脚印，怕不安全，连夜挖出，在自家的板炕下面掘坑埋下，这些宝卷因此幸免于难。笔者有幸亲眼看见这"劫后余生"的卷本，共三十多卷，品相尚佳，最早的为晚清年间代登科先生手抄，

① 车锡伦著：《中国宝卷研究》，桂林：广西师范大学出版社，2009 年 12 月，第 268 页。

极其珍贵稀有。代兴位挑选最为流行的《张四姐大闹东京宝卷》为我们宣演。一人念卷,两人接卷(应和)。

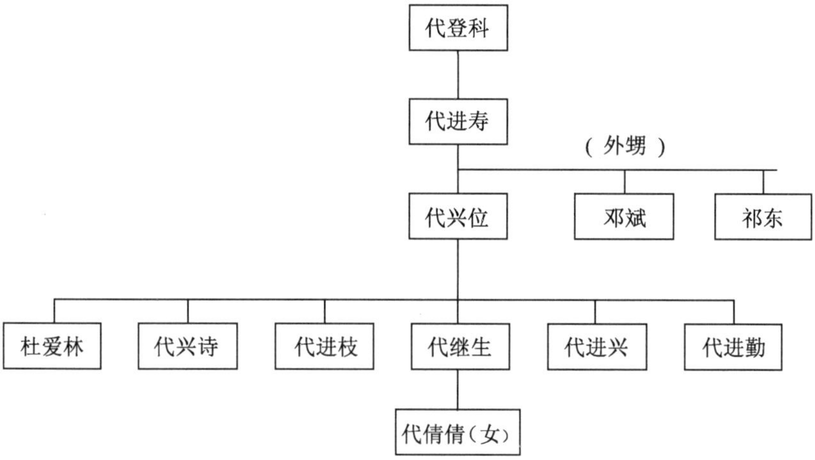

河西宝卷张掖代氏传承谱系表

也许是同源分流,河西走廊的念卷与山西介休的念卷,相亲相近,相同相似。不但称谓相同:"念卷""念卷先生",而且文体也都是韵文为主,散说为辅,应和的方式亦大致相同。无论是一句一和,还是两句或多句应和(河西称"接卷",介休称"搭佛"),应和者接最后一个字,这个字有时是句末之字,有时还拖一语气助词"哪"。仅以那日所念之卷为例:

念唱:四姐宝卷才展开,王母娘娘降临来(哪)。

接卷:(哪)阿弥陀佛呀!

倘在农户念卷,接卷者至少两人,有时兴之所至,所有听众都会齐声应和,那声声佛号犹如淙淙而流的清泉,荡涤着人们的心灵。

今日在传习所表演,接卷者两人,一位是代氏传人、省级代表性传承人代继生;另一位是张掖市文化馆副馆长、市非遗中心主任杨宝勇。

六

正如各地的宝卷保护与传承都有热心的"宝卷志士"那样,杨宝勇便是河西宝卷的"张掖志士"。

杨宝勇,1972 年出生,1990 年入伍,四级士官。2006 年转业至张掖市文化馆,现任副馆长、市非物质文化遗产保护中心主任。

他本是中国人民解放军某部宣传队的文艺兵,而且是声乐、曲艺(快板相声)、戏剧样样精通的"全武行"。早年,笔者曾在铁道兵某部战士业余文艺宣传队待过,深知部队的干部战士是多么狂热地追捧他们心中的"战士明星"。或许正因为他深受广大指战员的喜爱,部队首长才花心血培养他。送其赴北碚重庆师范大学音乐系进修三年,专修男高音。因没文凭,归队后函授法律本科。

声乐、法学乃雅文化,与俗文化宝卷风马牛不相及。杨宝勇坦言,他原本对宝卷一无所知,倘不是工作需要,恐怕一辈子都不会沾边。不过,战士自有战士的情怀,战士自有战士的风格。当组织上让其分管“非遗”，恰似战士听到冲锋号，毫不犹豫地冲往抢救保护河西宝卷的第一线。边工作，边学习，迅速由外行变内行，由男高音歌手变身为民间接卷人。特有的音乐天赋，令其自然而然地对宝卷的念唱产生亲近感，能像山野村夫那样，有腔有调地接卷。

杨宝勇和他的同事们在张掖宝卷抢救保护方面所取得的成就令人钦佩，但真正打动我的是他们那执着的追求，将传统宝卷改编为时尚的情景剧，虽然从原生态保护的视角，存在着“去宝卷化”的风险，但作为一种探索、一种尝试、一种广播宝卷种子的实验，应予以肯定。因而，张掖归来，笔者给甘肃省文化厅公共文化处于吉凯处长发短信：

张掖抢救保护宝卷倾心尽力，深受启迪，值得研究。

正是那位于处长，向我们隆重推出张掖，说是张掖宝卷是河西宝卷的典型，其抢救保护也很成功。而身处一线的杨宝勇并不满足，面对严峻的挑战，深感任重道远，近期计划做四件事：

(1) 发动民间艺人抄卷本，确保私人收藏与政府收集两不误。

(2) 出一套张掖宝卷原本全集。

(3) 出一套张掖宝卷简写本。

(4) 组织张掖市念卷大赛，既为念卷造势，亦可发现人才。

不知是受笔者所赠《宝卷笔记》《宝卷民俗》的启示，还是发自内心的感叹，杨宝勇不无感慨地说：“我现在渴望有人系统研究张掖宝卷。”我说：“河西学院有研究宝卷的传统，借助那儿的人才，不失为一条捷径。”初次谋面，话到嘴边留半句，且是至关紧要的半句，“求人不如求己，不妨下功夫自个儿研究。”因为，学者研究固然重要，但我们这些草根学人的研究也不可或缺。二者相辅相成，相得益彰。杨同志已经成功地迈出第一步，不妨坚定地再跨一大步，完成由政府官员到宝卷研究者的华丽转身。当然，这得经历痛苦而漫长的过程。

全面地搜集整理、系统地解读研究，这是历史赋予当代张掖人的使命，也是所有河西宝卷爱好者梦寐以求的目标！

愿河西的同道梦想成真！

再访河西宝卷

2015 年 5 月 17 日，笔者与同道王青再访河西宝卷，在酒泉访问了两个人物。一位是民间念卷人，其祖父、父亲均为当地赫赫有名的念卷先生；另一位更传奇，20 世纪 50 年代便醉心于宝卷等民间文学的挖掘、整理，历经风雨坎坷，古稀之年仍念念不忘宝卷，临别握住我的手，依依不舍地说："你一定要来，不来我就驾鹤西去了。"

一面之缘，如此情深意切，盖因宝卷结缘！笔者不觉为之感叹：像宝卷这样的草根文化，倘不是各地的民间念卷人、草根学人精心呵护，还能顽强地生存、发展吗？当然，还有一种人不能忘却，那就是近代以来，慧眼识珠，不遗余力搜集、整理、研究宝卷的学者，也就是那些摒弃偏见的知识精英。

于是，记述为河西宝卷传承、发展做出贡献的民间念卷人、草根学人、专家学者便成为本文的主旨。

一

坐在我身旁的是一位年逾花甲的西北汉子。

他叫郑辉，63 岁，小学文化。家住酒泉市银达镇银达村新五组。家有六口人，老伴、儿子、媳妇、两个孙子。大孙子 16 岁，读高中；小孙子 11 岁，读小学。家有 9.8 亩地，年收入近 2 万元。

郑氏家族在当地是大姓旺族，祖父郑公平、父亲郑殿有，都曾是佛堂堂主。

旧时的酒泉，许多乡村建有佛堂。一村一堂，平房三间，内无隔墙。北墙为一宽约 30 厘米、东西贯通的秦桌，用于供奉全村亡故先人的牌位。秦桌的中央靠一张账桌，备有四个抽屉，专门用于收藏宝卷。每逢初一、月半，村人来此听念经、念卷，人坐得满满的。

而今，佛堂早没了，"堂主"的称号也自行取消，但传统依旧，影响犹存。全村两千多人，仅他一人会念卷。而且，祖父、父亲抄写、珍藏的宝卷也传下来了。

他家现有藏卷 12 种，随身带了一本叙述唐僧西天取经的宝卷《红江记宝卷》。原版捐文化馆收藏，此为新抄本，毛笔抄写。

封面：《红江记宝卷》郑记

为人慈善福寿长久　　待人和气足下生云

九七年秋月

封三:《红江记宝卷》

公元一九八二年元月十五日奉行

笔者请郑先生念唱几句,声调古朴纯净,声声入耳。

现如今,他虽无"堂主"之名,但行"堂主"之实。他家的堂屋为"佛堂",北墙贴着1.2米高、0.6米宽的观音、地母圣像,一张80厘米的方桌为供桌。用他的话说,馒头、馍、水果等,只要人能吃、好啃的,均可供奉。桌上有香炉、烛台、佛灯,桌前设一拜垫。平时早、中、晚三炷香。初一、月半念经、念卷之例不变。到时候乡亲们会自动聚集。农闲时节一日两餐,上午十一点出门,下午四五点回去。念得最多的是《地藏经》《金刚经》《拜度经》,同时也宣演宝卷。念经为主,念卷为辅,在信众心目中,卷亦经,经亦卷,其功用均为修身劝善。

念经、念卷五人一班。为主的站(跪)于桌前,两侧是"四大帅神",右为铃具、木鱼,左为磬、钹。

郑先生也时常应笃信神佛的乡邻相邀,率领一班人上门念经。请他的人,必须在神前上三炷香。

乡亲们通常在两种情况下请他们念经:乔迁或家有亲人久病不愈。

以乔迁为例,盖新房得举行"谢土仪式",其程序如下:

(1) 烧香、点烛、献供。

(2) 请神。

(3) 谢土。念《谢土经》。

(4) 顺星。念《顺星经》。

(5) 打撒。(有病治病,没病驱邪)

净水一碗,象征观音净水。抓一点米放入水中。一边指弹米粒,一边念念有词:"弹到地地生莲,弹到人身人寿长……"

(6) 送神。

在心里默念秘咒。笔者请教所念何咒,他一本正经地说:"天机不可外泄。"

(7) 收场。

郑先生信佛,上门念佛、念卷,不收钱,只留饭。且忌口三天,不沾酒肉,其笃诚之心可鉴。他还是个村民小组长,他说,村上凡信佛的、听卷的,皆心地仁厚,不做坏事,不惹是生非,乐于公益,村组有啥事筹钱,都爽爽快快地缴纳,从不拖欠,更不会胡搅蛮缠地拒缴。

郑氏一门以佛的名义在乡间劝善,第四代、第五代能否继承弘扬呢?这还是个未知数。39岁的儿子郑军,爱听念卷,但不会念。小两口一年四季赶集做买卖,年收入5万多元,这在酒泉乡村算是丰厚的。倘有一天子承父业,信不信佛姑且不论,单就在家或外出念佛、念卷无分文进项,即便儿子难拂父意,媳妇恐怕也不乐意。如此,郑氏念佛、念卷便难以为继。

或许笔者低估了郑氏家风及其媳妇的信仰情怀,小两口乐意子承父业,承袭念卷,也未必不可能。

然而,现代而时尚的文化生活潮水般浸漫乡土社会,年轻人自觉不自觉地追随时尚,冷落念卷。"一个老头,低着头看卷本,就那么简单而重复地念着唱着,不要说年轻人听不进去，连我都坐不住。”酒泉市文化馆馆长陈万春感慨地对我说。

说者无意，听者有心。基层文化工作者对宝卷的生存都失去信心，真的岌岌可危矣！

我不知道酒泉的乡村还有多少像郑辉这样的既笃信又热心的念卷人？但愿他们不是河西宝卷最后的传承者，但愿他们的念唱不会成为“绝唱”。

二

有位酒泉的文化人，仿佛先知先觉，早在20世纪50年代，便隐隐感知宝卷行将式微、衰落，他以救火的精神抢救保护，成为河西走廊搜集、整理宝卷的第一人。

他姓高名正刚，今年78岁。身材魁梧、头发花白，戴着一副深度近视眼镜，颇有几分学者风度。1955年师范毕业分配至酒泉市文化馆工作，是新中国第一代受过中等教育的基层文化工作者。他从参加工作的那一天起，就立志要为宝卷、民歌、民间故事、民间戏曲等深藏于民间的草根文化奉献毕生精力。

1954年1月8日，中共中央对文化工作做出重要批示，明确指出：“文化工作的首要任务是积极发展适合群众需要的新的文学艺术和电影的创作，同时对民间原有的各种艺术和文化娱乐形式应广泛地、正确地加以发掘、利用、改革和发展。”①

这一事关新中国文艺事业繁荣发展的指示，传达至基层已经是1956年春天。这是党在过渡时期对文化工作者发出的动员令，如同一声春雷，传遍天下，唤醒万物。

意气风发、忠诚敬业是那一代人共同的品质和职业情操。高正刚和他的同事们，以满腔的热忱响应党的号召，将“发掘、利用、改革和发展”“民间原有的各种艺术和文化娱乐形式”作为神圣的使命。自觉自愿地下乡、进村、入户，一支笔，一个本儿，边问边听边记。虚心地向农民群众、民间艺人学习，与他们交朋友，想方设法从他们的记忆深处，或炕头箱柜里寻找世代流传、珍藏的民间口头文学的资料和文本。日复一日，年复一年，聚沙成塔，集腋成裘，不知不觉积累了大量原汁原味原生态的抄本、整理本，而他也由青年至盛年，工作风生水起，名声如日中天，成为酒泉地区颇负盛名的人物。

正当丰收在望，天不作美，风云渐变。宝卷等民间文化样式被斥为“四旧”“封建迷信”，列入禁毁之列。作为一位地方文化名人，他曾两度应邀到公安局鉴定作为“迷信品”收缴的宝卷。他耐心地解释说：“这是经，是宝卷，是故事，不是封建迷信，而是讲修养，劝人为善的。”有位工作人员瞪眼斥责：“可不敢胡说。”他理直气壮地回答：“我没胡说。”

面对时代的风雷，个人的声音显得那样的微弱。

“文革”期间，他由酒泉文化馆的业务骨干变成了“黑线人物”，他和同事们含辛茹苦的劳动成果——高达两尺的手稿，被付之一炬。

他淡然一笑说，挨斗无所谓，熬一熬就过去了，真正让他心疼的是那些原始资料，那是一代人的心血呵！

1977年，组织上为他平反，1978年，高正刚走上了酒泉市文化馆馆长的岗位。他意气风

① 中共中央党史研究室著：《中国共产党党史》，北京：中共党史出版社，2002年9月，第279页。

发，大展身手，将馆里的所有人员分成四组，将酒泉19个乡镇区划分为东、南、西、北四片，一片一组实行地毯式记录、录音。不管下乡从事何种中心工作，也不论你的专业是音乐、舞蹈、美术，还是文艺创作，都必须将田野调查、搜集整理民间口头文学作为重要任务，每一次下乡都得有收获，任何人不得以任何借口空手而归。在不长的时间内，将“文革”中烧毁的资料又一份一份重新搜集整理起来，但也有部分内容因老艺人的离世而成为永久的空白、永远的遗憾……

历史的教训刻骨铭心，他再也不满足于、停留于基础性地搜集、整理，而是千方百计将宝贵的原始资料转换成铅字，凝固成文本。1982年至1983年，他会同西北师范大学古籍整理研究所的学者郭仪、谭蝉雪、谢生保等人，对搜集的五十多种一百多本宝卷进行逐字逐句校录，选编整理、出版《酒泉宝卷》(上编)，收录卷本八种：

《香山宝卷》
《康熙宝卷》
《牧羊宝卷》
《双喜宝卷》
《仲举宝卷》
《沉香宝卷》
《紫荆宝卷》
《张四姐大闹东京宝卷》

附《宝卷音乐》十四种：

1.【平音七字符】(仲举宝卷)
2.【花音七字符】(王祥宝卷)
3.【苦音七字符】(王祥宝卷)
4.【平音十字符】(仲举宝卷)
5.【花音十字符】(康熙宝卷)
6.【浪淘沙】(黄氏女宝卷)
7.【洒净词儿】(梁祝宝卷)
8.【灯盏词儿】(红灯宝卷)
9.【湘子哭五更】(韩祖修仙宝传)
10.【哭五更】(仲举宝卷)
11.【耍孩儿】(方四姐宝卷)
12.【达摩佛】(韩祖修仙宝传)
13.【莲花落】(红灯宝卷)
14.【山坡羊】(韩祖修仙宝传)

这本由甘肃人民出版社出版的宝卷选本，开创了改革开放后出版民间卷本的先河，在当代中国宝卷史，乃至俗文学史上值得大书特书一笔。

值得一提的是，靖江文化馆馆长吴根元等一批民间文艺工作者，20世纪50年代也曾深入民间搜集、整理宝卷，那只是小规模尝试，真正有计划有组织地搜集整理始于1987年，搭乘全国民间故事、民间歌谣、民间谚语“三套集成”的顺风车。第一本单行本《三茅宝卷》印行于1988年11月，且为内部资料。其时正大反“精神污染”，为办理准印证，有关人员还特地请扬州师范学院车锡伦教授去公安局据理力争。

可见，当年高正刚他们将民间宝卷作为“古籍”整理出版，颇费了心思，也算打“擦边球”吧。或许正是出于某种原因，原计划出上、中、下三编，出了上编便搁浅了。

不过，凡事只要破题，文章便可做下去。

2000年，在酒泉市委、市政府的大力支持下，重印《酒泉宝卷》(上编)的同时，印行《酒泉宝卷》(上、中、下编)内部资料本。

“2005年，国家非物质文化遗产保护工程正式启动。2006年，肃州区申报的‘酒泉宝卷’被国务院公布为第一批国家级非物质文化遗产保护名录。”[①]2012年，甘肃文化出版社出版发行《酒泉宝卷》(1—5)辑，收入卷本52种，累计155.5万字。

① 何国宁主编：《酒泉宝卷》(第一辑)，兰州：甘肃文化出版社，2011年11月，第1页。

《酒泉宝卷》(2001 年版)书影

《酒泉宝卷》(2012 年版)书影

至此,高正刚先生几十年的孜孜以求、辛勤耕耘终成正果。

1996 年,高正刚先生在肃州区文化局局长的位置上退休,过上了怡然自得的闲适生活,有自撰联为证:

一壶老酒两碟青菜足也;三亲和谐是友常来乐也。

其实,他像一座活火山,表面的平静掩盖着内心深处的炽热与奔突。年逾古稀,淡出文化战线多年,何曾有一刻忘记他为之付出毕生精力的宝卷。因而,我俩虽素昧平生,却一见如故。短暂的采访,犹如细微的缝隙,喷射而出的是积蓄已久的真知灼见:

“宝卷的普及不可能了。因为,现代生活节奏快了,没人愿意坐在那儿静心听了。但是宝卷还有其传承基础:(1) 人民性;(2) 内容健康,没有淫秽、黄色,只是打着宗教的旗号劝人行善;(3) 语言通俗化、口语化;(4) 地域化。”

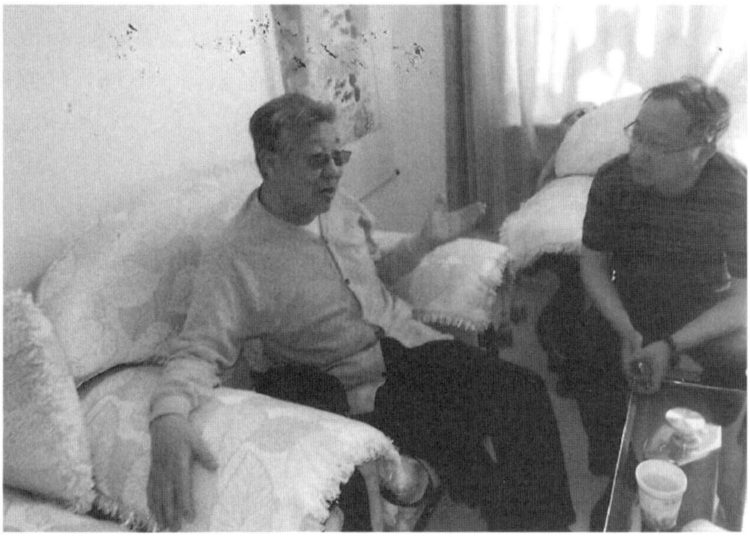

高正刚与王青亲切交谈

讲到这里,老先生兴奋地唱念起《康熙宝卷》,因语言隔膜,笔者听了个大概,意思是康熙皇帝在山东私访,吃的却是羊肉粉汤、羊肉包子、灰面、酥饼、面棋子等酒泉老百姓的家常食物,让人格外亲切。

他认为，从某种意义上讲，酒泉宝卷可称之为“女儿文学”，内容、听众以妇女为主，亦可叫“妇孺文学”。

他主张，当下的保护传承至少可从三方面着手：

（1）整理。淡化宗教色彩，剔除迷信成分。

（2）改编。比如可改编舞剧，用它的音乐，把内容转换成舞蹈语言，增强新鲜感，扩大影响。《谭香女种瓜》便可一试。

（3）印书。

老爷子的这些意见，看似随口说说，其实是深思熟虑的结果，闪烁着智慧之光。

三

自古以来，宝卷为精英文化和主流文化所不屑、不容。因而，“注意到‘宝卷’的文人极少”。[①] 郑振铎、顾颉刚是近代中国关注宝卷的先驱者。

如果说高正刚先生是宝卷的草根智者，他保护传承的主体主要是酒泉宝卷，而甘肃省大专院校、科研院所研究宝卷的专家学者堪称精英智者。他们将自武威至敦煌的千里河西走廊流播的宝卷作为整体的搜集、整理、研究对象，由此崛起一学术群体，硕果累累，令人感奋。

2012年，兰州大学唐代文学研究所副所长、教授庆振轩，在其主编的《河西宝卷与敦煌文学研究》一书中，专题撰写《河西宝卷著述提要》，对《河西宝卷选》、《河西宝卷的调查研究》、《河西宝卷真本校注研究》、《酒泉宝卷》、《凉州宝卷》(一)、《山丹宝卷》、《金张掖民间宝卷》、《敦煌民歌·宝卷·曲子戏》、《敦煌曲子戏》等九种宝卷著作进行了系统概述和科学分析，全面展示了20世纪80年代以来，河西宝卷搜集整理、调查研究的成果。

一个偶然的机会，笔者有幸与庆振轩先生建立了通讯联系，人未见，心相通，彼此谈得很投机。2015年5月16日，我俩在兰州大学会面，先生盛宴款待。席间，谈的最多的是兰州大学已故学者段平教授。在长达十多年的时间里，段教授一次次深入河西各地，搜集宝卷百万字，除少数精品入选《河西宝卷选》(二册)、《河西宝卷续选》(二册)，余者都散失了。每言及此，庆先生扼腕叹息。他认为，段平对河西宝卷的研究，也是当代宝卷研究的一座高峰，提出了许多精辟而独到的见解。临别时，庆先生不仅将自己用于研究的段平先生的宝卷研究专著《河西宝卷的调查研究》相赠，而且答应为笔者搜集段平的研究资料。先生乃信人，回靖江不久，便收到他的高足牛思仁博士发来的资料。现全文抄录如下：

兰州大学中文系已故教授段平先生是河西宝卷研究和整理的开拓者，也是第一位用学术方法实地调查研究河西宝卷的学者。段平先生的研究成果主要汇集在《河西宝卷的调查研究》中(1992年由兰州大学出版社出版)，该书收录段先生研究宝卷的论文12篇(正编10篇，附录2篇，书末附后记)，其中有关河西宝卷的专题研究8篇。《河西宝卷的调查研究》一文分为“变文与宝卷的关系”“宝卷与宗教的关系”“反映社会生活的宝卷”“产生在河西的宝卷”“河西宝卷的社会意义与艺术特色”五部分，作者提出：“从构成的形式上看，现在的河西宝卷和敦煌出世的唐代变文基本相似。”“河西宝卷是敦煌变文的后代，他们在统一土壤中发展、进化。”“宝卷来自变文，变文出自俗讲，而俗讲又是佛经的通俗化，所以宝卷和宗教的关

---

① 郑振铎著：《中国俗文学史》，北京：北京工业大学出版社，2009年6月，第392页。

系十分密切。”全文末附录当年从事田野调查问卷的《河西民间宝卷的调查要目》一篇，包括“宝卷的名称”“念卷人情况”“念卷的习俗”“技艺的传授”“宗教信仰”“念卷活动的变迁”“心理分析”“社会反响”“搜集调查流行在河西的民间宝卷”“其他”十个部分的详细预设提问。

《河西宝卷的昨天、今天与明天——甘肃张掖、民乐念卷活动的调查报告》一文从撰写体例上来讲，不属于今天严格意义上的田野调查报告。该文主要根据对民乐县永固乡的调查、采访，对当地宝卷活动的发展历史和传承进行了描述性的研究；特别是调查报告记录了 20 世纪 80 年代初期的念卷、评卷现状，对于后人的研究很有价值；文章首次提到河西地区本土题材创作的《救劫宝卷》《仙姑宝卷》《草滩宝卷》。《对河西念卷活动的剖析》一文提出河西宝卷是民族文化的一部分和群众喜闻乐见的文艺形式的观点，并指出宝卷是民俗、宗教、语言、人类、社会等学科的活资料；河西宝卷在流传过程中，宗教意味的成分越来越少，念卷形式也趋于简化。

《河西宝卷选》，段平整理，兰州大学出版社 1988 年出版。该书是有关河西宝卷的第一个整理本。全书收录《孟姜女哭长城宝卷》《二度梅宝卷》《杨金花夺印宝卷》《白玉楼宝卷》《丁郎寻父宝卷》《红灯记宝卷》《救劫宝卷》《鹦鸽宝卷》共 8 个卷本，20 万字。著名民俗学家钟敬文先生题写书名。因整理时所据底本一概不注明出处，从而无法得知原有版本情况。这 8 种宝卷中，除《救劫宝卷》属于河西地区本土创作的宝卷外，《杨金花夺印宝卷》甚为罕见，据车锡伦《中国宝卷总目》记载，也仅见段平的整理本，其来源则不详。其余 6 种均为流布于全国，且在河西地区颇为流行的传统卷本。台湾新文丰版《河西宝卷选》正是由于段平先生在国内率先整理出版了河西宝卷的整理本，让学术界惊讶地了解到宝卷的活态——念卷，依旧在甘肃河西地区表演，从而引起了国际学术界的关注。著名的台湾新文丰出版公司延请段平先生纂集出版了《河西宝卷选》(二册)与《河西宝卷续选》(二册)两编。

《河西宝卷选》于 1992 年出版发行。收录宝卷 13 种，有《孟姜女哭长城宝卷》《白蛇传宝卷》《精忠宝卷》《红楼镜宝卷》《放饭宝卷》《方四姐宝卷》《绣红罗宝卷》《黄氏女宝卷》《开宗宝卷》《何仙姑宝卷》《目连三世宝卷》《救劫宝卷》《鹦鸽宝卷》。书前有段平先生长篇序言，书末附河西宝卷集录。其中，《孟姜女哭长城宝卷》《救劫宝卷》《鹦鸽宝卷》与 1988 年兰州大学出版社选本相同。段平先生的三种整理成果共计收录河西宝卷 33 种。

与段平教授几乎同时专注于河西宝卷的还有张掖师专(现为河西学院)的方步和先生。编著有《河西宝卷真本校注研究》的方步和，不知为何被遗忘了。2014 年 9 月，笔者赴张掖考察，向有关人员打听方步和，竟无人知晓。今年年初托河西学院的一位同道收集方步和的生平资料，也杳无音信。所幸庆先生对《河西宝卷真本校注研究》有客观公允的评价，特全文引用：

《河西宝卷真本校注研究》书影

《河西宝卷真本校注研究》，方步和编著，兰州大学出版社 1992 年版。

《河西宝卷真本校注研究》内容分为三部分。第一部分“绪论”，包括“导言”“凡例”；第二部分为“(河西宝卷真本)校注评”，共收录河西宝卷 10 种；第三部分为“研究”，收录方步和相关研究文章 6 篇。

编著者在该书“凡例”中叙写了该书编排收录之特点。“本书定名《河西宝卷真本校注研究》，是只选河西的宝卷；宝卷保留真实面貌，不得任意删改，故称‘真本’”，较之于目前所出版的其他河西宝卷编选本，是该书突出的特点之一；“本书所选每本宝卷，均有校、注、评”。该书之“校”，“同一宝卷有几个或多到十几个本子的，都互相参校，择优而从”。“内容涉及旁书的，都一一参校，慎定订正。”该书注释力求简洁；简评具有明显的“导向性”。

“宝卷保留真实面貌”是该书所选宝卷的突出特色。但该书“凡例”之四又说：“宝卷中，离中心太远，实属蔓生的枝节，如《天仙配宝卷》中董母的立牌坊、《救劫宝卷》中袁三卖妻之后又拐妻等，都割舍了。”那么至少《天仙配宝卷》与《救劫宝卷》已是“割舍”删节过的，已非“真本”。

《河西宝卷真本校注研究》第三部分是方步和先生对河西宝卷调查研究的成果。《河西宝卷的调查》一文记录了“河西宝卷研究”课题组，“历时余载”，成员几乎遍及河西的调查研究。文章述及调查的范围、宝卷传播的方式、民间的抄卷与宣卷、念卷内容的选定、念卷的特殊教化功能、宝卷的四类作者、河西宝卷与宗教等问题。方步和和段平调查研究河西宝卷的时间大致相近。将其调查内容与段平相关文字对照，对后来的研究者颇具参考价值。《唐王所游地狱的由来和现实性》《张掖仙姑的历史意义》《河西青日爱情的凯歌》《古浪天灾人祸的纪实》四篇论文分别对《唐王游地狱宝卷》《仙姑宝卷》《张四姐大闹东京宝卷》《救劫宝卷》的特色进行了探讨。《河西宝卷探源》一文，在经过细致地分析研究，继郑振铎、李世瑜、段平之后，将河西宝卷分为“佛教宝卷，神话传说、历史民间故事宝卷和寓言宝卷”三类，并阐明了它们的源头；俗讲（含佛变文）是河西佛教宝卷的源头：“俗变文是河西神话传说、历史民间故事宝卷的源头”；“敦煌燕子赋是河西寓言宝卷的源头”。其分类探源之说，在研究河西宝卷诸种观点之中自成一家。①

我这么不厌其长地引用原文，固然出于对段平、方步和两位前辈学者的敬仰，同时，也为引起当下中国宝卷研究者的关注。相对而言，当下宝卷研究的条件要优越得多，至少不用花费大量的时间和精力用于搜集文本，尽管民间仍散落相当数量的藏卷，但河西走廊各地所出的宝卷集表明，精品大多浮出水面。研究者可借此开展系统而全面的研究。无论是河西，还是全国，此类研究才刚刚起步。诚如车锡伦先生所言：“总结笔者 20 多年来的宝卷研究成果，大致停留在‘是什么’的层面上。深入地探讨，期待于后来者。”②

窃以为，车先生所期待的“后来者”，大专院校、科研院所的学者理所当然挑大梁，而活跃于基层的草根学人，乃至有一定水平的民间艺人，如江苏常熟的讲经先生余鼎君，也是使命所系，理应竭尽绵薄之力。

总而言之，中国宝卷的传承发展，专家学者、草根学人、民间艺人可结成多个既相互联系又相对独立的学术群体，各尽其责，各展所长。这便是此次河西之行给予笔者的启示。

再访河西宝卷，笔者发现，河西宝卷的宣演者不仅有民间念卷人，还有宗教或准宗教人士。郑辉其人，形同“佛教居士”。初版《酒泉宝卷》前言，也证实了我的判断。“念卷者有僧人、道士、居士、艺人或平民百姓。”③那么，千里河西走廊，何地何种人是念卷的主体？难道不值得作深入的调查吗？可见，河西宝卷尚有许多待解之谜，殷殷以期“后来者”。

河西宝卷，我们不会说再见！

---

① 庆振轩主编：《河西宝卷与敦煌文学研究》，北京：人民出版社，2012 年 7 月，第 5-6 页。

② 车锡伦著：《中国宝卷研究》，桂林：广西师范大学出版社，2009 年 12 月，第 6 页。

③ 西北师范大学古籍整理研究所、酒泉市文化馆编：《酒泉宝卷》（上编），内部印制，2001 年，第 4 页。

三访河西宝卷

2015 年底，战友群中有人提醒，中央电视台国际频道《长城内外 · 远方的家》栏目将播出甘肃古浪宝卷。可惜，几天后才发现信息。遗憾之余，决计寻访古浪宝卷。与甘肃省文化厅非遗办主任刘卫华联系时，他热忱地回复说："我们不仅有古浪宝卷，还有永昌宝卷，这些都是活态传承于民间的瑰宝。"并随即为我牵线搭桥。

2016 年八月中旬，靖江宝卷研究会会长高峰与笔者联袂三访河西宝卷。

一、访永昌

我们此行先赴青海，就青海嘛呢经的有关问题向青海师大副教授李言统讨教，尔后由西宁经张掖赴永昌。

"永昌县隶属于甘肃省金昌市，位于甘肃省中部、河西走廊东部的祁连山北麓、阿拉善台地南缘，为河西走廊咽喉地带，古丝绸之路必经通道。""境内地形以山地居多，并有川地、平原。"①这是一个多民族聚居的地区，汉族为主，同时有回、满、藏、土、白、壮、苗、蒙古、裕固、朝鲜、哈萨克、布依、东乡、土家族等 15 个少数民族。多民族多元文化和谐相处，为宝卷的生存发展营造了相融相亲的文化生态。全县 10 个乡镇、26 万人口，宝卷流布于西部 3 个乡镇：新城子镇、红山窑乡、焦家庄乡及城关镇，约 10 万人口的地域。

(一) 永昌宝卷的兴衰

宝卷何时何地传入永昌，迄今尚无从考据，但对于宝卷在当代的兴衰，永昌人有目共睹。乡土文人宋国荣为笔者描述了半个多世纪以来永昌宝卷的坎坷历程。

宣演宝卷在永昌称之为"唱卷"或"念卷"，多在农家的"书房"进行。

永昌民居习俗。院内坐西朝东一间为正屋，供奉祖先，外人不得入内。正屋左侧或右侧盖一两间大房间，供长辈居住和儿孙读书，是为"书房"，另建若干厢房供儿女住。书房靠山墙盘一大炕，炕上有一小方桌或长条琴桌。

倘请人念卷，主家将院子和书房打扫一番，在取暖的火炉上煨上一壶由砖茶和盐熬煮的茯茶，供念卷先生和听众喝。也有的人家煮一锅土豆，待念卷结束大伙剥着吃。

① 永昌县县志编纂委员会编:《永昌县志》,北京:方志出版社,2009 年 9 月,第 1 页。

念卷先生在家吃了晚饭、带着卷本来主家。漱口、洗脸、净手，烧三炷香，插入对门而放的香炉内。尔后，上炕靠墙坐在炕中央。听众中的长者男左女右坐在炕上，余者或坐或站于屋内。会和佛的，均随声应和，谓之“应声”。通常是从黄昏念到半夜。

也有白天念卷的，大多在正月，家里来了亲戚，无事闲聊，说：“请先生念卷吧！”一人提议，众人附和。也有富户为老人祝寿，则连念几天，最多可达 7～10 天。最后送先生 15 个馍作酬谢。

中华人民共和国成立前后，永昌风行念卷。冬春农闲、春节、家有喜事，农户都会请人念卷。20 世纪五六十年代，政府提倡“破除迷信”，念卷被斥为宣传封建迷信，平原、川地稍有顾忌，但偏远山区丝毫未受影响。“文革”期间明令禁止，但也有“胆大妄为”者偷偷念。实行联产承包责任制后，农村恢复、盛行念卷。九十年代，有了电影、电视等时尚文化娱乐活动，念卷日益冷清，现在基本无人念、无人听了。

宋国荣的岳父是位念卷先生，名叫李有文，家住焦家庄乡南家村，初小文化，二十多岁开始念卷，五十多岁后因为无人听，再也没念。

为求证宋国荣的叙述，笔者查阅《永昌县志》(1991—2005)，在“永昌非物质文化遗产保护名录表”里，获得相关信息，现原文抄录：①

名称	类别	分布范围	历史渊源	基本特征	濒危状况
念卷	说唱艺术	红山窑乡 新城子镇 焦家庄乡	宋代流传至今	说时用散文，唱时用韵文	老一辈传承人已故，该活动正在消亡

(二) 念卷先生范积忠

方志有时也不可信。断言“老一辈传承人已故”，显然有失偏颇。笔者在永昌县非遗保护中心主任王克芝和宋国荣的陪同下，驱车三十多千米，来到新城子镇新城子村，访问一位甘肃省非物质文化遗产(宝卷)代表性传承人。

他叫范积忠，69 岁，小学文化。儿时念卷听多了，无师自通，“将形式、音调学下了”，16 岁便在村上念卷。那时年轻，没人尊他为“先生”，按辈分称呼。最擅长的卷目有《方四姐宝卷》《窦娥冤宝卷》《烙碗计宝卷》《丁郎寻父宝卷》。

他说，念卷最兴旺的时候是 60 多年以前。农村没电，啥文化活动都没有，就是听念卷。正月里最忙，常常是上午念，下午念，晚上还念。晚上念的多，没啥规定的日子，什么时候闲了，什么时候就念。一个庄子，不上二百人，有两位老人会念卷，他就是向他们学的。这说明，永昌念卷有师承，而无严格的师徒名分。如今，老艺人故去，他是硕果仅存的传承人。他有两个儿子。大儿子 45 岁，初中文化，在镇政府开小车。小儿子 43 岁，初中文化，在县城打工。两个儿子都喜欢听念卷，也都会念卷。他说，一定让两个儿子将念卷传下去。还有他冒着风险“抢”回来的宝卷，也要当传家宝一代一代传下去。

说着，他打开一个红布包袱，里面有他“抢”回的宝卷。

---

① 永昌县县志编纂委员会编：《永昌县志》，北京：方志出版社，2009 年 9 月，第 611 页。

访念卷先生范积忠

“文化大革命”期间，公社将收缴的宝卷堆在一间屋内。那年夏天，听说要拆屋、毁书，范积忠心急火燎地赶过去，钻进屋，不管三七二十一，捧了一捧宝卷。但又不敢明目张胆地拿，便将衬衫脱了，包住宝卷拿回家。母亲心脏不好，胆小，怕出事，背着他烧宝卷。妻子心疼，悄悄藏起来。改革开放后，有人知道他家有宝卷，纷纷来借，散失了几本，所剩无几。

劫后余生的宝卷卷目如下：

1.《四神仙下凡宝卷》
2.《仙姑宝卷》
3.《昭君和番宝卷》
4.《紫荆宝卷》
5.《天仙配宝卷》
6.《窦娥冤宝卷》
7.《救劫宝卷》
8.《小鹦哥盗桃宝卷》
9.《包公宝卷》
10.《金凤宝卷》
11.《鲁和平骂灶宝卷》
12.《丁郎寻父宝卷》
13.《劈山救母宝卷》
14.《小老鼠告状宝卷》
15.《刘全进瓜宝卷》
16.《唐王游地狱宝卷》
17.《侯美英反朝宝卷》
18.《蜜蜂计宝卷》

在范积忠心目中，宝卷是神圣的。他指着《刘全进瓜宝卷》的开卷偈给我看：

进瓜宝卷初展开，
诸佛菩萨降临来。
各位神仙生欢喜，
保佑大众永无灾。

他特地演示了两段唱和：

唱：有刘全快步儿来到家中，
　　气冲冲坐床前叫骂贱人。
应：南无阿弥陀佛。
唱：南海南来南海南，弥陀佛。

家住南海的弥陀山，南无佛。

应：佛，阿弥陀佛，弥陀佛。

可见在永昌，乃至整个河西走廊，念卷不单纯是娱乐，也承载信仰，而且，在许多人心里，这种信仰观念还相当浓烈。于是，念卷便具备了神圣的意味，现场洋溢着庄严肃穆的气氛。

永昌人将“和佛”称之为“应声”。在场的人谁想应就应，谁会应就应，或三五个，或十几人。并非每个调子都应“弥陀佛”，有些民间小调，有自己的调式，他特举一例：

唱：夫妻两人上庙堂，

看见山上好风光。

应：哎哟哟——好风呀光呀！

我问范积忠，会唱几个调。他说，永昌念卷有十几个调子，往往是一卷一调，他常唱的有八九种：

1.【佛调】
2.【夯歌调】
3.【淋淋落】
4.【离情调】
5.【太平调】
6.【哭五更】
7.【摆船调】
8.【打莲花】
9.【绣香袋】

谈得正欢，他突然说，要上工地。原来，他在修渠工地干活，每天 130 元。没法，只得中断采访。临出门，他将宝卷包好，送进正屋旁的仓房。笔者跟至门前止步，听到盖箱、落锁的声音。

(三) 作家何登焕

在去新城子的路上，宋国荣怀着崇敬之情，反复提到一个人，说他是抢救保护永昌宝卷的功臣。

此人姓何名登焕，2003 年编印《永昌宝卷》(上下册)，收宝卷 32 种，约 60 万字。卷目如下：

上册

1.《香山宝卷》
2.《张四姐大闹东京》
3.《天仙配》
4.《仙姑宝卷》
5.《劈山救母》
6.《唐王游地狱》
7.《刘全进瓜》
8.《康熙宝卷》
9.《昭君和番》
10.《二度梅》
11.《包爷三下阴曹》
12.《吴彦能摆灯》
13.《朱春登征西》
14.《蜜蜂计》

下册

15.《金凤宝卷》
16.《双玉杯》
17.《烙碗计》
18.《双喜宝卷》
19.《了郎寻父》
20.《侯美英反朝》
21.《紫荆宝卷》
22.《鲁和平骂灶》
23.《方四姐》
24.《女中孝》
25.《继母狠》
26.《乌鸦宝卷》
27.《救劫宝卷》
28.《小老鼠告状》
29.《闫小娃拉金笆》

30.《红灯计》

31.《鹦哥盗桃》

32.《六月雪》

何先生已经作古，无缘拜谒，特请永昌的同道提供小传一则。

何登焕(1942—2011)，男，汉族，甘肃省永昌县人。曾供职于永昌县档案局(馆)、水昌县志办公室，任《永昌县志》(1993年版)主编，后长期从事地方志编研和地方民间文化的挖掘、收集、整理、研究工作，曾先后编著出版《永昌地方戏》《永昌宝卷》《金昌民间故事》，和谢翔云合著《永昌故事》。兼及文学创作，著有短篇小说《白发还青》《银鬃马》《拆垛记》等，著有长篇小说《血啸》。1996年5月至2003年6月，兼任永昌县文联副主席。2003年6月至2011年任永昌文联名誉主席。

拜读何先生为《永昌宝卷》所作的前言，急切之情溢于言表。

随着广播、电视文化的普及，念卷这种传统的文化活动形式逐渐淡漠，“宝卷”这个宝贵的文化遗产也遭到了冷遇甚至遗弃。以往那种家家存宝卷、处处念宝卷的景象早已不复存在。现在家藏宝卷者已为“沧海之粟”，许多曾流传甚广的宝卷故事已鲜为人知。宝卷文化即将湮没而垂绝。

在此宝卷危急存亡之秋，如果还不将仅存的这几本宝卷收集起来，让其传承下去，那么再过一段时间，就是这些仅存的宝卷也必将全部覆没。如果那样，就真可谓愧对祖先而服罪于后人了。

《永昌宝卷》书影

爱之深，忧之切。此文此情，深情演绎了一位乡土文人的文化良知和文化自觉。先生出生于宝卷流传地红山窑乡，自幼受宝卷文化的熏陶，对宝卷怀有与生俱来的血缘亲情。年轻时见过130种宝卷，只是那时见多不怪，不知宝卷的历史文化价值，没留心收集。待年老力衰，走遍永昌城乡，才搜集到32种。

其实，能有两册《永昌宝卷》传世，已经功德无量！

二、访古浪

2016年8月27日，我们出永昌，经武威，奔古浪。

“古浪，历史悠久，源远流长。早在新石器时代，先民们就在这里生产劳动，繁衍生息，创造着古代文化。汉武帝开通河西后，这里成了丝绸之路的要道，千里河西走廊的门户，尤其是‘金关银锁’的古浪峡，‘扼甘肃之咽喉，控走廊之要塞’，为历代兵家所必争。”①遥想当年，宝卷或许由此进入河西走廊。

(一) 古浪宝卷的一般状况

古浪宝卷与永昌宝卷同宗同源，基本状况大致相同。据古浪县文化馆馆长邸光照、副馆长张奋武介绍，全县三镇、二十个乡，38万人口，都曾流行念卷，五十岁以上的人都喜爱听念卷。

① 古浪县志编纂委员会编：《古浪县志》，兰州：甘肃文化出版社，1996年12月，第1页。

20世纪90年代，他们曾下乡收集到卷本40多种，都被兰州大学中文系教授段平要去了。

段平是当代系统调查研究河西宝卷的第一人，他能深入古浪作田野调查，说明古浪宝卷确实声名远播。中央四套专程录制古浪宝卷，则进一步证明古浪宝卷卓尔不凡。

较之永昌宝卷，古浪宝卷恰有特别之处。比如，在古浪名镇大靖镇只要村里有人会弹三弦什么的，念卷时便有个小乐队伴奏。三弦为主，1～2人；二胡1～2人；板胡1人；梆子1人，有的还有一人敲铃铛。

"大靖镇位于古浪县城东80公里处"，"原名扒里扒沙，系蒙语，意为街市"，"民户多于县城，地极膏腴，商务较县城为盛"。自古民间有言："要想挣银子，走一趟大靖、土门子（亦为名镇）。大靖、土门子，家家有银子。"[①]商贸的发达，必然带动文化的繁荣，大靖人为追求艺术效果，别出心裁地用乐队为念卷伴奏，亦在情理之中。

无伴奏念卷是古浪宝卷的主流和传统。因而，张奋武特别强调，乐队伴奏得"有条件"，言外之意，即便在大靖，亦非每场念卷都有伴奏。而笔者真正感兴趣的是，永昌所谓的"应和"，古浪则循旧例，称之为"和佛"。

和佛源于唐代佛教俗讲。据贺州学院教授刘永红考证：

唐俗讲《敦煌遗书》中《俗讲仪式》一文中有关"念佛一声""念佛一两声"的记载即为宝卷和佛的源头。……

历史上宝卷继承了俗讲的这个传统，宣卷也用和佛的这种形式，在《金瓶梅》中就有和佛的记载。[②]

可见，古浪宝卷在某些方面依旧保留着古原生态风貌。

（二）两位退休教师

在县城稍作停留，我们便在两位馆长的陪同下，来到永丰滩镇庵门村。这个村原本在山上，土地贫瘠，交通闭塞，文化生活单调枯燥，念卷是村里主要的文化娱乐活动。全村三百人，有十几个念卷人，有的家族，卷本、技艺世代相传。1978年搬迁至由戈壁改造的绿洲，物质、文化生活虽然大为改善，但念卷的传统依然相沿陈袭，一个村民小组二百多人，有三四个人会念卷，亮相中央电视台的两位退休教师是骨干，而且是坚定的"守旧派"，认为念卷就是"干说、清唱、众人和"，视"伴奏念卷"为另类，颇有几分不屑。

一位叫钟长海，59岁，大专文化，退休前是庵门小学校长。另一位叫王吉忠，71岁，高中文化，退休教师。王老师家自爷爷辈起便钟爱念卷，他有四个儿子，或务农，或经商，个个得乃父真传，但不唱，不是不爱唱，而是没场合唱。

王老师感慨地说："早先山上念卷真红火，几乎家家都唱。"他16岁开始念卷，一直唱到"文化大革命"，因为自己是人民教师，不敢唱。改革开放后才放开胆子大唱特唱，一直唱到现在。可惜的是，如今的年轻人不乐意听念卷，只有他们几个老伙计常常聚在一起，或在某人家里，或去村文化活动室，唱一唱，乐一乐，一个月也就那么三四场。他家祖传的宝卷，"文革"时收的收，烧的烧，一本不剩。80年代自己抄了7本，三本被邻县的亲戚"借去"没还，还剩四种：

《红罗宝卷》

① 古浪县志编纂委员会编：《古浪县志》，兰州：甘肃文化出版社，1996年12月，第56页。
② 刘永红著：《青海宝卷研究》，北京：中国社会科学出版社，2013年9月，第175-176页。

《唐朝宝卷》

《牧羊宝卷》

还有一本残卷，中间好好儿的，一头一尾残破难辨，两位老先生翻了半天，也弄不清叫啥名儿。

检阅抄本，发现页面有许多红色的圈圈点点。一问，点为断句，且一点到底。圈标节奏。例如："儿上京到长安去把试考，头插花身披红大街夸官。"在"京""安""考""花""红""官"字的右下方画一红圈，提示念卷人掌握节奏。这样，念起来抑扬顿挫，富有韵律感。有的卷本结尾处，表明抄卷宗旨："一言蔽之，劝大众改邪归正。""经书一部诚心念，奉劝大众归善念。"也有抄卷人自谦一番，尔后强调"有借有还"："抄卷原本学识浅，非怪我说谦虚话。""有人借宝卷，借去即速念。念完速退还，再借也不难。"

望着两位老人和几种陈旧残破的卷本，笔者百感交集，郑重地问王老师："还能唱几年？"他想了想，答道："还能唱十几年。"稍作停顿，又十分惋惜地说："不唱，就失传了。"是呵，老人们的念卷，或许是古浪宝卷最后的余音……

想到这，我请两位老师唱几个曲调：

【十字调】

唱：老妇人叫孩儿满堂你听。

和：弥陀佛。

唱：为娘的有句话牢记心中。

和：阿弥陀佛。

【七字调】

唱：为人不把父母孝，

　　枉在世上走一遭。

和：南无佛呀走一遭。

【过江调】

唱：眼看水浪往上翻，哎嗨哎嗨哟，

夫妻二人来上船。

和：哎嗨哟，夫妻二人来上船。

哎咳哎嗨哟！

【降香调】

唱：一更一点泪满腮，

　　满堂庙里降香来。

和：哎嗨唷，满堂庙里降香来。

【女寡妇上坟调】

唱：正月里来么，

和：唧儿呤。

唱：是新春。

和：唧儿呤。

唱：三娘悲痛，

和：呤唧淋呀！

唱：泪不干来么，

和：唧儿呤。

以上五支曲调，有三支源自古浪民歌。比如，【过江调】便由民歌【十道河】改编而成。可见，地方民间文化对古浪宝卷的滋养何等深广。

访谈间，钟校长变戏法似的，一会捧出一种版本的古浪宝卷，连捧三回，一回比一回上规模、上档次，将我惊呆了！心想，此地藏龙卧虎，必有高人！

（三）宝卷达人王吉孝

高人出在庵门村王氏家族，乃王老师王吉忠的堂弟，名叫王吉孝，字奉先。1949 年出生于甘肃古浪井泉，高中文化，注册会计师，1969 年参加工作。曾在多个政府部门担任一把手。2009 年在古浪县政协副主席、党组副书记的岗位上退休。

那日，我对王吉孝进行专访。我俩不仅同龄，而且对抢救保护宝卷怀有同样的忧虑和紧迫感，谈得十分投机，颇有相见恨晚之感。2016 年 8 月 31 日，他还特地给我寄来介绍搜集整理古浪宝卷的《基本情况》和自撰提要式《古浪宝卷总目录》。

访问王吉孝

起初，为重温早年的念卷旧梦，王吉孝四处搜集宝卷，发现其濒危状况堪忧，进而由自发变自觉。从 20 世纪 90 年代初开始，每有闲暇，便走乡串户，访亲会友，收集宝卷。退休后更是全身心投入，搜集整理，筹资印行。

2006 年，自费印单行本 36 种，50 套。

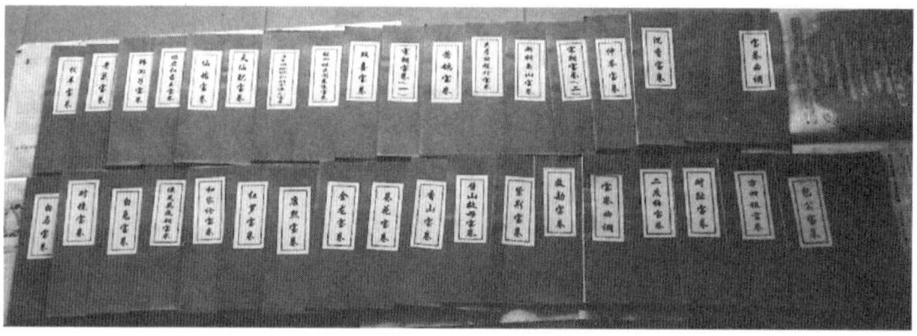

《古浪宝卷》单行本书影

2009 年，辑宝卷 40 种，印竖排版 5 卷，400 套。

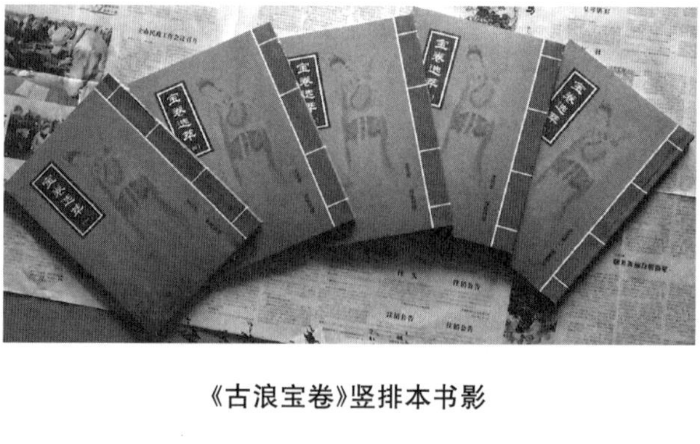

《古浪宝卷》竖排本书影

2013 年，从收集到的 113 种宝卷中，挑选 81 种，分 9 册，印行 600 套，并配之精美涵套。卷目如下：

《古浪宝卷》合集书影

第一册
1.《救劫宝卷》
2.《包公宝卷》
3.《金龙宝卷》
4.《紫荆宝卷》
5.《韩湘子宝卷》
6.《仙姑宝卷》
7.《牧羊宝卷》
8.《蜜蜂计宝卷》
9.《秦香莲宝卷》
第二册
10.《菩萨宝卷》
11.《兄弟宝卷》
12.《华山宝卷》
13.《葵花宝卷》
14.《观音宝卷》
15.《宋王宝卷》
16.《二度梅宝卷》
17.《南唐宝卷》
18.《阴功宝卷》
第三册
19.《对趾宝卷》
20.《对镜宝卷》
21.《灯山宝卷》
22.《薛仁贵宝卷》
23.《白兔宝卷》
24.《红罗宝卷》
25.《鹦哥宝卷》
26.《方四姐宝卷》
27.《三娘教子宝卷》
第四册
28.《白马宝卷》
29.《侯美英宝卷》
30.《天仙配宝卷》
31.《双喜宝卷》
32.《沉香宝卷》
33.《继母宝卷》
34.《和家宝卷》
35.《渡乌江宝卷》
36.《张梅英宝卷》
第五册
37.《阴骘宝卷》
38.《昭君宝卷》
39.《岳山宝卷》
40.《康熙宝卷》
41.《忠孝宝卷》
42.《香山宝卷》
43.《老鼠宝卷》
44.《雷峰宝卷》
45.《龙凤宝卷》
第六册
46.《琼瑶宝卷》
47.《白玉楼宝卷》
48.《韩愈宝卷》
49.《赵五娘宝卷》
50.《长城宝卷》
51.《唐王宝卷》
52.《孝忠宝卷》
53.《五女宝卷》
54.《黄桂英宝卷》
第七册
55.《骷髅宝卷》
56.《手巾宝卷》
57.《目连宝卷》

58.《神姑宝卷》
59.《毒蛇宝卷》
60.《十王宝卷》
61.《红葫芦宝卷》
62.《状元宝卷》
63.《曹福登仙宝卷》
第八册
64.《庄王宝卷》
65.《太子宝卷》
66.《林冲宝卷》
67.《孝心宝卷》
68.《萝葡宝卷》
69.《仲举宝卷》
70.《娘娘宝卷》
71.《张四姐宝卷》
72.《苏三宝卷》
第九册
73.《香保宝卷》
74.《孝亲宝卷》
75.《积善宝卷》
76.《灯笼士宝卷》
77.《红灯计宝卷》
78.《孝郎宝卷》
79.《夏桂英宝卷》
80.《麻爱莲宝卷》
81.《魏阉宝卷》

据王吉孝调查，古浪宝卷有 30 多种曲调，其中有些调子，如【松如云】【尼姑下山】等，演唱难度大，唱不上去。他仅搜集、整理了 16 种附于书后。曲目如下：

1.【梁山伯调】
2.【弥陀佛七字调】
3.【弥陀佛五字调】
4.【莲花落调】
5.【蓝巧儿担水调】
6.【淋淋落调】
7.【弥陀佛十字调】
8.【女贤良调】
9.【女寡妇上坟调】
10.【男寡妇上坟调】
11.【过江调】
12.【太平年调】
13.【哭五更调】
14.【五更词调】
15.【五点红调】
16.【降香调】

与此同时，王吉孝还搜集整理《古浪老调与民歌》300 多首，由艺人演唱 34 首，制成光碟。由王吉忠等艺人宣念 30 种宝卷视频，也制成光碟。

这么一项庞大的系统工程，对于一位花甲老人来说，实属不易，过中甘苦唯自知。一天，听说黄花滩某户藏有《目连救母宝卷》，他赶过去，请村支书领上门，人家说："没有。'文革'时烧掉了。"有人说，新堡乡苟家磨有呢。去一问，没有。又有人提供信息，民权乡土沟村一老汉有，托同事的哥哥上门，也回答说："没有。"……就这么东奔西走，折腾了四个月，才如愿以偿。

搜集难，整理也不易，王吉孝在选编宝卷的"基本情况"里说："我所搜集的这些宝卷，基本上是 80 年代前后传抄的。由于年久月远、相互传抄，难免有笔下之误，绝大多数存在着缺头少尾、层次不清、格式不均、病断句多、连贯突然等问题。有的在传抄时，是根据传抄人的文化水平和喜怒爱好，将故事情节添枝加叶、删繁就简而完成的。我在整理过程中也只好对每部宝卷反复阅读斟酌，从文字曲调、道白句子、历史背景、人物刻画、语言、声调格式等方面，尊重历史，面对现实，在保持宝卷原意的基础上，尽自己之能力进行增删修改而成。"他整理《红灯计宝卷》时，发现情节严重脱落，请教原藏卷者，说是让老婆撕下疗病了。

古浪民间习俗，娃娃有个头疼脑热的，妈妈或奶奶用几张纸，点着，在娃头上左转三圈，右转三圈，边转边念念有词："疗散了，疗过了，娃的毛病不犯了。"有时，急切间没纸，便扯宝卷……

从下乡一本本搜集到逐字逐句整理、校阅，一一亲力亲为。难不难，难。但真正作难的是钱。古浪是国家级贫困县，他深知县财政困难，做这么多事，未向政府要一分钱，仅第三版便自掏6万元。他每月退休金为5000元，一年不吃不喝也就这个数。从一版到三版，大多馈赠亲友、同道。换言之，他不指望回收成本，更不奢望赚钱。更可叹的是，现今的许多人不喜欢宝卷，白送他还嫌累赘。当然，在王吉孝心里，对不起，你不喜欢我还不送呢？因而，对家里库存的400套三版《宝卷》，珍之如宝。

这就是宝卷达人王吉孝。寻常人很难走进他的心灵深处，甚或其一双儿女都无法理解他的付出和艰辛。还是听听他自己的心声吧！

我生长在山区，自幼在思想深处就打下了如大山般俭朴而厚重的烙印。毋庸置疑，在我的整个成长过程中，无不伴随着我们山里人质朴而素雅的情愫。那里特有的文化生活环境，铸就了我的人生之旅。尤其是人们在年头节下，喜庆之日，闲暇时间，吹起笛子、拉起二胡、弹起三弦、敲起碟儿，处处洋溢着念宝卷和唱曲儿的欢悦气氛，使人难以忘怀。从那时起，我就被那些民间民俗文化所感染、所陶醉。而人越到老年越和这片热土乃至乡土文学交织在一起，回忆着、相望着、追随着、守护着。我深深明白如果不对这些无比宝贵的民间非物质文化进行收集、保护和继承，她势必会在时间的长河里慢慢流逝。

——引自《古浪宝卷基本情况》

三、对河西宝卷的整体思考

告别古浪，踏上归途。

古浪、永昌、张掖、酒泉，许多人和事像放电影般闪过脑际，激发笔者对河西宝卷作整体思考。

（一）一路走来，每每谈及源流，基层的同志异口同声地说："某地宝卷源于敦煌变文。"给人的印象是，敦煌变文是河西宝卷之源。

早在20世纪30年代，郑振铎便推断："'宝卷'实即'变文'的嫡派子孙。"①尽管有学者对此提出质疑，但也未拿出有力的证据。因而，郑氏之说仍为学界"共识"。从这个意义讲，"河西宝卷源于敦煌变文"不失为一家之言。但不能误读为河西宝卷直接源自敦煌变文。应该说，河西宝卷与敦煌变文有间接的渊源，而无直接的关联。

我非学者，限于学力，难以考证。但有几个基本事实不容忽视。一是自唐至明清，河西走廊曾为少数民族统治，汉文化因此出现断层；二是1900年5月26日，王道士发现敦煌藏经洞之前，变文一直尘封于历史的深处；三是据车锡伦先生考证，宣卷随民间教派传入甘肃。② 因此，河西宝卷与敦煌变文的关系以及历史上的河西宝卷究竟是由东向西，还是由西向东传播，有待考证、研究。

（二）"信仰、教化、娱乐"是宝卷的三大功能。当下中国活态传承的宝卷，或三者兼顾，或重信仰轻娱乐，或重娱乐轻信仰。河西宝卷尽管也承载一定的民间信仰，但其功能定位应是娱乐型的，具体表现为：(1)缘起非为礼佛了愿，满足某种心意民俗的需要，而是文化娱乐。

① 郑振铎著：《中国俗文学史》，北京：北京工业大学出版社，2009年6月，第391页。

② 车锡伦著：《中国宝卷研究》，桂林：广西师范大学出版社，2009年12月，第268页。

(2)仪式简单,仅焚香三炷、作揖(跪拜)。(3)宣演场地一般不供奉神佛。(4)念卷人非职业化。念卷不为挣钱,不在主家吃饭,活动范围仅限于以血缘家族为纽带的村社,一般不到外村、外乡念卷。

(三)在时尚文化如潮如涌的当下,河西宝卷无疑是个"弱势群体",式微、衰落之势日益严峻。王吉孝坚定地认为,河西宝卷还能存活三十年。因为,时下的中老年人是河西宝卷最后的守护者。随着时间的推移,这一群体逐渐凋零,宝卷也日趋消亡。范积忠虽然信誓旦旦要让两个儿子传承念卷和卷本,但没人听,传也白传。有鉴于此,无论是政府部门,还是有识之士,都应以"救火"的精神,搜集整理民间藏卷,录制代表性传承人唱念经典卷本的影像,实行数字化贮存。

(四)千里河西走廊秉承共同的人文传统,流播于各地的宝卷叙事体制、社会功能、宣演模式等大体相同。但是,流传千里,不可能一成不变,必然会有所变异。古浪称"和佛",永昌称"应声",到了张掖则谓之"接卷"。同名宝卷《昭君和番》,"酒泉流行的是一个悲剧故事,以昭君死于北番结尾;而永昌流行的《昭君和番》中,昭君多了个武艺高强的妹妹赛昭君。她不但继承了汉王皇后之位,而且挂帅出征,平定了北番。是一个喜剧结果"。[①] 只有对河西宝卷进行全面系统的研究,才能深刻揭示流转变异的一般规律和文化意蕴。

(五)甘肃是个宝卷大省,与河西宝卷相呼应,以岷县为中心,在甘南地区流播着"洮岷宝卷"。这是两个同源异流的宝卷群落,探索、研究两者之间的联系与区别,必将成为学术界关注的重大课题。

附录:

古浪宝卷总目录

救劫卷冯相国身临其境　到中卫去讨饭度过饥馑
包公卷柳金禅死的不明　包明公下阴曹查断分明
包公卷有梅氏定计害人　黄氏嫂将心上钉了钉子
紫荆卷焦寡女焦家不贤　连累了小田三多受贫寒
湘子卷韩湘子看破红尘　新婚夜终南山修行了道
仙姑卷有娘娘板桥灵验　镇番兵佑黎民少灾无难
牧羊卷赵锦堂婆媳讨饭　朱春登破黄龙官职高升
蜜蜂卷董良才天下为师　苗风英身亡故三哭活来
香莲卷秦香莲上京寻夫　陈世美不认妻铜铡血染
罗衫卷苏教谕徐能所害　黄天荡养苏儿报仇雪仇
菩萨卷劝世人行善积德　善有报恶有惩分毫不差
兄弟卷刘自明酒后杀人　刘自忠弟替兄刑场代罪
华山卷有刘锡写诗惹祸　三圣母知实情喜结良缘
葵花卷孟日红割肉奉母　奏朝廷受册封一品夫人
观音卷观世音慈善为怀　劝世人心向善以人为本
宋王卷高俊保征战成疾　刘金定口渡药来显神通

① 何登焕编:《永昌宝卷》(上),内部资料,2003年,第2页。

二度卷陈杏元外国和番　落雁崖昭君娘救活中原
南唐卷刘金定犬战余洪　收表章纳贡品立保宋王
阴功卷有冯尚行善积德　六十上德贵于做了高官
仁义卷花仁义报打不平　有包公断清案为民伸冤
对趾卷陈光蕊刘红所害　江流儿报大仇一家团圆
对镜卷张民生知县谋害　张玉郎做高官报了深冤
灯山卷吴彦能抢夺民妇　包明公断明案铡了丞相
仁贵卷薛仁贵大显神通　去征东无功名立保唐王
白兔卷刘智元宾州吃粮　李三娘哥嫂欺磨房受苦
红罗卷杨海堂夫妻许愿　阴间里绣红袍一十二年
鹦哥卷小鹦哥千里奉母　盗桃于遇张三变卖银钱
四姐卷于妖婆惨害四姐　王知县问分明善恶报应
教子卷王春娥教于有方　薛倚哥苦读书中了状元
手印卷有王春嫌贫爱富　立逼着林招德悔婚写约
白马卷熊子贵休了前妻　杜金定放河灯母子团圆
美英卷侯美英招兵举将　龙文京中状元夫妻团圆
天仙卷小董永典身葬父　七神姑心血潮喜结姻缘
双喜卷王志福家人所害　豆千金为寻夫女扮男装
沉香卷沉香于寻母见面　二郎爷搬悟空前来助战
继母卷焦氏女惨害儿童　李玉英告御状报仇伸冤
和家卷梅知县巧用机关　沈家的二兄弟和好如初
乌江卷渡乌江恶人把守　掠民财杀官员无恶不作
梅英卷张梅英上京寻夫　高文举花亭上夫妻团圆
雷公卷张继保似了高官　确不认养父母雷公粉身
阴鹭卷张春元继母谋害　神灵保做高官报仇雪恨
昭君卷因为她生得美貌　毛延寿美人图送与北番
岳山卷有李熬四川巡案　为救母辞官职修行了道
康熙卷索命公诛坐江山　东斗星施不全捉拿索三
忠孝卷张责贵割肉奉母　死还魂忠孝侯皇王钦赐
香山卷有妙善修炼成功　劝庄王和驸马全家修行
老鼠卷有五鼠东京作乱　家堂僧搬猫儿终斋西天
雷峰卷许官人三世相善　白云仙心血潮喜结姻缘
龙凤卷王宝钏寒窑受罪　有孤雁捎书信平贵回转
玉蝉卷曹芳儿老少夫妻　十八年空守房一命归阴
琼瑶卷赵琼瑶四下河南　有包公为琼瑶昭雪鸣冤
玉楼卷白玉楼张彦所休　画丹青世人明一身清白
韩愈卷韩湘于度叔父母　有韩愈位高官三度成功
五娘卷赵五娘吃糠奉母　蔡伯谐招驸马状元郎君
长城卷孟姜女天下第一　寻范郎找骸骨万古传名

唐王卷唐王爷游遍地狱　劝世人不作恶行善积德
孝忠卷刘迎春卖儿救翁　叶丞相谋害人自讨苦吃
五女卷有五女占山为王　李怀玉挂了帅征讨五凤
桂英卷那黄璋嫌贫爱富　黄桂英撕悔约为的彦贵
窦娥卷有窦娥为婆替罪　窦天章做高官为女平冤
骷髅卷姚继母心底不善　害别人到后来害了自己
手巾卷张素贞母子失散　王天录做总都一家相逢
目连卷傅萝葡杭州取经　有名师起法号名叫目连
神姑卷有娘娘显化神灵　汉明朝抗鞑靼护国佑民
毒蛇卷王小全死得甚苦　赵龙刚去告状终把冤伸
十王卷展放开奥妙无穷　善恶事分得清铁面无私
葫芦卷红葫芦来把状告　有王恩害石义害了自己
状元卷曹三戒杀子救母　又生子中状元辞官修行
曹福卷老家人名叫曹福　侍主人南天门成了神仙
金英卷杨金英选入宫中　联妃子杀王遂自溢身亡
庄王卷妙善女看破红尘　妙庄王害妙善身得重病
太子卷王磨匠篡权谋位　马钱龙游民间到时归位
林冲卷说好汉高袭谋害　花和尚鲁智深报打不平
孝心卷有杨埔浪子回头　请乞讨侍母亲钦封忠孝
萝葡卷刘氏女罪犬无度　目连儿救她身死不悔改
仲举卷高仲举年七谋害　小丁郎中状元报仇雪恨
娘娘卷说神姑护国佑民　玉帝爷钦赐的平天娘娘
四姐卷张四姐玉女下凡　与文瑞结伉俪大闹东京
苏三卷王金龙三堂会审　玉堂春夫妻们堂前团圆
双镯卷沈步云中了状元　沈步青乔娘惯法场领刑
香保卷张香保李成悔婚　李秀英武状元夫妻团圆
孝亲卷罗爱莲破镜重圆　王万里做善事子孙满堂
积善卷有刘全奉旨进瓜　李翠莲行善事借尸还魂
灯笼卷王花儿老幼害散　杨月珍寻夫君终把冤鸣
红灯卷孙吉高岳父谋害　赵兰英封皇姑来把冤伸
孝郎卷赵孝郎神仙保佑　高月英皇上封贤德夫人
爱莲卷麻爱莲犬破五戒　殿受刑狱受罪磨难不小
桂英卷夏桂英女扮男装　施文显救文焕夫妻团圆
魏阉卷魏忠贤惨害忠良　崇祯帝为安帮赶出宫门
母于卷母溺爱气死爹爹　抛母亲刑场上于恨母亲
进士卷为认母扭袍上殿　张巡案堂下观怎是一家
明月卷柳明月未婚做娘　十八年眼面前一对新人
上珠卷掌上珠被妹惨害　有心人来帮助伸冤报仇
桂英卷敫桂英患难救人　贼王魁海神爷打入地狱

纯阳卷吕洞滨辞朝归山　劝世人要行善不作恶事
乾坤卷魏兄妹奸诈受宠　乾坤鞘害国太终究害己
银怀卷兄弟俩被害离散　对银杯一家人才得团圆
十月卷十具苦娘怀孩儿　劝世人要牢记娘的恩情
孝子卷秦振宗侍奉继母　亲儿于叫高真远离他乡
丁郎卷论孝于打骂母亲　人死了才回头刻母供养
世登卷张世登沈氏所害　张玉童做巡按报仇雪恨
五姐卷黄五姐持斋念佛　两世人在庙堂一家团聚
灶君卷灶君节坐守端祥　回天宫奏玉帝善恶分明
金枝卷周凤祥正人君子　王启周不学好红镜送命
柳篮卷祝英台女装男扮　梁山伯结金兰读书三年
支凤卷支浩明豪然正气　立开通显应桥救活万民
汉王卷汉武帝持斋念佛　贼候景设奸计篡权谋位
龙王卷龙王爷东西南北　保国家佑黎民安帮定国
玉帝卷张百忍德才兼备　张百忍坐玉帝管理三界
慈善卷刘犬根持斋念佛　圣上封巡查官赏善罚恶
屠夫卷郑三郎放下屠刀　去西方心意诚立地成佛
桂香卷黄桂香持斋念佛　普度了一家人土了天堂
康熔卷康宗善孝子贤孙　父母亡自缢死三人还阳

注：本目录共收入卷目113卷，由甘肃古浪宝卷研究者王吉孝搜集整理。

四访河西宝卷

民间有言:"不见的人见三回,不走的路走三趟。"也许是缘分,河西走廊竟走了四遭。

2017 年 5 月 5 日,笔者与同道高峰来到武威市凉州区、张掖市山丹县,考察河西宝卷的同时,对凉州小宝卷、凉州贤孝一并作田野调查。

凉州小宝卷另撰专文,本文就河西宝卷、凉州贤孝谈一点陋见。

一、关于河西宝卷

宝卷在河西走廊呈线性分布,点多线长,难以作一次性整体考察,只能逐点推进。随着考察的深入,认识也愈益深刻。实践证明,真知在民间。只要亲临村社,必定有新的发现。此次河西之行,有以下几方面的收获。

(一)念卷人的家族传承和社会地位

早在 2014 年 9 月,笔者在张掖市甘州区花寨乡访问了代氏念卷之家。这回对凉州区张义镇灯山村的李氏家族和山丹县东乐镇大桥村陈氏家族的走访,强化了笔者对河西宝卷念卷人家族传承的印象。

先说李氏家族。父亲李作炳,88 岁,念过 6 年私塾,当过 8 年小学教师。十一二岁便跟着长辈学念卷。现为国家级非物质文化遗产(宝卷)代表性传承人。"每到正月里,不管有没有人听,他都把家里人叫到跟前,他念卷,后人们和佛,一家人唱唱念念,其乐无穷。"[①]老伴严秀英(已故)是村上唱小宝卷的能手,且喜欢在结尾处缀一句或两句"六字真言":"哎——唵嘛呢叭迷吽。"老两口膝下有四子:

长子　李保善　70 岁　小学文化
次子　李嘉善　60 岁　小学文化
三子　李卫善　56 岁　高中文化
四子　李荣善　52 岁　初中文化

四个儿子中,有三个儿子是村里有名的念卷先生,长子李保善还是省级代表性传承人。只有次子李嘉善不会念卷,问及原因,说是只念了几天书,文化低不会念。

---

① 赵旭峰编:《凉州宝卷》,兰州:甘肃人民美术出版社,2014 年 8 月,第 277 页。

再看陈氏家族。陈多祝今年76岁，念过4年私塾，上过新式学堂，高中毕业，在东水泉煤矿当工人。1990年退休，一心一意为乡亲们念卷，现为省级代表性传承人。他是跟大哥陈多儒学的念卷。当年大哥念卷，他坐在旁边一边听一边搭佛，不知不觉便学会了。而大哥传自父亲陈鼎诗，父亲师从祖父陈福德。传至陈多祝的儿子陈永林、陈永浩，已历经四代。

李、陈两家有三个共同特点：

1. 祖上曾为豪门大户。据地方学者赵旭峰介绍，"张义堡灯山李家，乃当地大户，田产甚多，家资丰厚。作炳老人祖父在泾，字效莲，晚清贡生，钦封酒泉县令，辞官不做，在家以教书务农为乐。"陈家亦为一方富户，子弟均受过良好的教育。

2. 家庭充溢着浓郁的宝卷文化氛围，子弟自幼受其熏陶，对宝卷怀有与生俱来的血脉亲情，传承念卷无须刻意传授，而是耳濡目染，自我领悟。

3. 乐意在家设局，或应邀上门为乡邻念卷，甚至将无偿念卷引以为荣，并作为家风世代相传。

河西走廊的念卷先生均为非职业爱好者。山丹县东乐镇西屯村五社的任国福，既是谢土（相当于火居道士），又是念卷先生。为人念卷分文不取，偶尔吃顿饭。而每年的农历九月初一至初九，相传土旺之期，人家请他念经"谢土"，每场收费50～100元，一天三场，八天24场，收入2000元左右。

兼职、业余念卷，并不意味可马虎、凑合，且不说念卷前须烧香拜佛，心存敬畏，不可儿戏。单讲娱乐，念得不好，人家也不会请。在煤矿工作时，陈多祝工休日在林间、食堂为工友念卷。常常与山丹、民乐、高台、张掖的念卷人"同台"献艺，那是不比赛的比赛，大伙都夸他念得好。因为，他念卷讲究声音高亢、吐词清楚、讲解细致。

技艺即名声。一个优秀的念卷先生，不仅要有文化、懂音律、善表达，而且还要注重自身的道德修养，尊老爱幼，和睦邻里，承担着开启民智、传承文明的社会责任。试想，早年的河西乡村，人们大多为文盲，除了听念卷，几乎没有任何受教育的机会，而且由于生活艰辛，在现实世界看不到美好的前景，不得不到宝卷里寻找文化滋养和精神寄托。无论谁，只要身临念卷之局，便可将生活和精神的重担暂时放下，把全部精力转移到宝卷中来，让身心得到某种调节，心灵也由此得到净化和升华。人们尊重，甚至崇敬念卷人，尊其为"先生"。至于那些上了年纪的念卷人，更是德高望重，名动乡里。

（二）念卷对乡风民俗的影响

念卷与河西底层民众的生活相亲相融，成为一种生活范式。每年的腊月至正月十五，许多村寨几乎家家念卷。平时富裕人家老人祝寿、8～12岁的孩子生日（俗称"留头"）、贺房子（新房进宅）以及丧事，都习惯于请人念卷。

山丹地方学者郭勇告诉笔者："念卷，是一种十分庄重的活动。春节期间达到高潮。主家设局，请先生念卷，是很荣耀的事情。事先清扫屋宇，摆好炕桌，放上糖果茶水。夜幕降临，左邻右舍，亲朋好友，扶老携幼，来到念卷人家，问好入座。念卷先生要漱口净手，焚香跪拜，以表虔诚。然后开念。唱诵部分，要有人接卷。有时一人，有时多人，有时所有听者全都应接，气氛十分热烈。有些地方甚至把念卷当成评判一个人家好坏的标志，年底好多人家申请念卷资格，村里的族长们就对提出申请的人家进行考量，家庭和睦、子孝孙贤、勤俭持家、扶危济困、见义勇为的人家才能获得请卷权。好比申办奥运会，申请成功的人家，就显得格外荣耀。落选的人家，就在下一年里，加劲表现，力争当选。"

常言道："人要脸，树要皮。"设局念卷的资格无形之中成为乡土社会道德评价的准绳，对乡风民俗的淳化有催化之功效。

（三）凉州宝卷的搜集整理

在凉州区的37个乡镇中，凉州宝卷分布于南部山区的张义、郭村、黄羊、谢河、韩佐、新华、金塔、金山、康宁等九个乡镇。旧时，这里土地贫瘠、干旱少雨，物质生活艰难困苦。念卷恰如润物无声的春雨，滋养着贫苦百姓干涸的心田。因交通闭塞，不受外来文化干扰，念卷一直处于率性而自在的状态。

20世纪90年代，正当念卷被影视冲击日趋衰落时，一个叫赵旭峰的文化人自觉关注凉州宝卷的命运。也是机缘巧合，赵旭峰"上中学的时候，常常跟庄子上一些孩子去听念卷。念卷人姓李，名作柄，是一位读过私塾的先生。他们家的书房很大很宽敞，坐北是一间大土炕，炕中央摆一个八仙炕桌，桌上放一杯茶，旁边放一本卷。李先生在炕桌上首正中正襟危坐，表情严肃而慈祥，周围按辈分年龄挨次坐满了听卷人。炕上一般情况下坐的都是老人、大人，地下小凳子上挤满年轻人，还有小孩子"。[①] 那曲折动人、扣人心弦的故事，朗朗上口、余味悠悠的韵文诗句，如同甘甜的乳汁，滋养着一颗纯洁的心灵，令其与宝卷终生结缘。

自1994年起，赵旭峰有目的地深入民间，搜集整理凉州宝卷，共收集长篇宝卷12种，32万余字；小宝卷50种，10万余字。

2007年秋，由王奎、赵旭峰搜集整理，武威市天梯山石窟管理处编印《凉州宝卷》（一），收录卷本六种：

《红罗宝卷》《四姐宝卷》《白马宝卷》《包公宝卷》《和家论宝卷》《新刻岳山宝卷》

2014年8月，由赵旭峰编，甘肃省人民美术出版社出版《凉州宝卷》，收录卷本六种：

《二度梅宝卷》《湘子宝卷》《观音宝卷》《鹦哥宝卷》《康熙宝卷》《金龙宝卷》

一个民间人士，无任何官方背景，自觉自愿地做宝卷的搜集整理，过中艰辛唯自知。最难是经费，十多年间他自掏腰包近十万元用于搜集、整理、出版宝卷。所幸他擅长中国水墨画，就用画画所得投入宝卷的抢救保护。

搜集宝卷的同时也采集相关的掌故。

相传，武威大佛寺（今天梯山石窟）藏经阁藏有18部宝卷。每遇断炊之时，寺内的和尚便拿宝卷到民间换食物。一部一部又一部，17部宝卷就这么流入民间，仅一部《岳山宝卷》送给了大佛寺旁边的小寺院阿林寺的张和尚。而这部宝卷几经辗转，最终传到赵旭峰手里。

我在赵的画室见到了这本珍稀的宝卷。康熙三十三年（1694）年刻本，羊皮封面，长18.5厘米、宽11.5厘米，形制似时下的"口袋书"。河西学院图书馆欲买回馆藏，开价5万元。赵旭峰说啥也不卖。

18部宝卷，赵旭峰只收集到13部，还有5部流失了。民间传言，去向如下：

《苗郎宝卷》，公社化运动时，一老汉看水时阅读，不慎掉入水沟流走了。

《牧羊宝卷》，"大跃进"修水库时，被部队一同志借去没还。

《唐皇游地狱》，流落石嘴村一农户家，插队知青借去未还。

《对指宝卷》，"文革"期间，被当时在张义区中路公社澄新大队劳动改造的一西安教授借

① 赵旭峰编：《凉州宝卷》，兰州：甘肃人民美术出版社，2014年8月，第274页。

去没还。

还有一部下落不明。

二、关于凉州贤孝

“凉州贤孝”是武威独特的弹唱曲艺，它通过弹唱的故事感化人们为贤行孝，故名“贤孝”。贤孝是自弹自唱，以唱为主，说唱结合的曲艺。基本乐器是三弦，有条件的配以板胡、二胡、撞铃、竹瓦等。贤孝的曲调有甜音、悲音、哭音之分。贤孝艺人多为盲人，群众称之为“瞎贤”。“瞎贤”成了贤孝艺人的专称，把个别非盲艺人也称为“瞎贤”。①

“瞎贤”的基本活动方式为一人背着三弦走村串户演唱讨生活。也有几个人“约班”同行，配之以板胡、二胡、撞铃等。也有两人出去，一明眼亲人手执一棍在前引路，瞎贤艺人在后抓住棍头而行。

为生存计，“瞎贤”一年四季都得唱。通常落脚于某村某户，左邻右舍来听贤孝带点馍什么的，也有带钱的。倘某户有婚丧嫁娶之事，会约请艺人上门演唱。遇有庙会或节庆，艺人们会在庙场或街头卖唱。

一踏上凉州的土地，不论乡里城里，农舍庭院，田间地头，还是街头巷尾，茶坊酒肆，只要是人群聚集之所，几乎随处都可以看到这样一幅乡土味十足的民俗风情画：一位或几位双目失明的盲艺人，抱着三弦、拉着二胡、敲着串铃，席地而坐，边奏边唱。周围或蹲、或站、或坐，围满听众。盲人那动听的演唱，时而低沉、时而高扬、时而欢乐、时而悲情。人们的心被贤孝的声音紧紧地牵动着。或怒、或喜、或悲、或愁，或低迷沉思、或感叹唏嘘、或交头接耳、或自言自语……多少辈子以来，凉州人就在这片古老的土地上，在这种乡土艺术的浓郁氛围里，用自己的独特感受，咀嚼着人生的酸甜苦辣。②

“凉州贤孝广泛流行于武威城乡，在与武威毗邻的古浪、民勤、景泰、永昌等地也有较为深厚的群众基础。”③2006 年被列入国家级非物质文化遗产保护名录。2011 年 3 月，由中国文联出版社出版的《凉州贤孝精选》，收录了从民间搜集整理的文本 19 篇，篇目如下：

《天上云多日不明》
《劝世人》
《侯梅英反朝》
《白鹦哥盗桃》
《扒肝孝母》
《丁郎刻母》
《任仓埋母》
《郭居埋儿》
《小姑贤》
《孟姜女哭长城》
《兰桥相会》
《三姑娘拜寿》
《皮箱记(包公案)》
《李三娘碾磨》
《王定保借当》
《秦雪梅吊孝》
《关云长单刀赴会》
《三子分财》
《鞭杆记》

① 武威市志编纂委员会编：《武威市志》，兰州：兰州大学出版社，1998 年 1 月，第 650 页。
② 李武莲主编，李武莲、冯天民搜集整理：《凉州贤孝精选》，北京：中国文联出版社，2011 年 9 月，第 6 页。
③ 李武莲主编，李武莲、冯天民搜集整理：《凉州贤孝精选》，北京：中国文联出版社，2011 年 9 月，第 6 页。

三、凉州宝卷与凉州贤孝的联系与区别

考察凉州宝卷,“割草打兔子”,捎带着将凉州贤孝也调查一番。因为,二者堪称凉州地区民间口头艺术的姊妹花,既有联系,也有区别。

凉州宝卷与凉州贤孝在同一人文环境中生存发展,以劝人贤孝、抑恶扬善为主旨,口口相传,与凉州人的生活相融合。二者必然交互影响。凉州贤孝不仅将凉州宝卷的某些卷目改编为脚本,如《侯梅英反朝》《白鹦哥盗桃》,而且吸取宝卷的文化元素,比如《丁郎刻母》便借鉴凉州小宝卷《十二上香》,编创适合贤孝演唱的唱词:①

一炷香,我上给三代宗亲,
二炷香,我上给四面八方。
三炷香,我上给三霄娘娘,
四炷香,我上给四海龙王。
五炷香,我上给五岳星君,
六炷香,我上给南斗六星。
七炷香,我上给北斗七星,
八炷香,我上给八大天尊。
九炷香,我上给九皇星君,
十炷香,我上给十殿阎君。
十一炷香,我上给王母娘娘,
十二炷香,我上给玉皇大帝的灵霄宝殿。

为便于读者比较,现将《十二上香》原文抄录:②

一炷香上给了玉皇大帝
一份表化于玉皇知道
南无阿弥陀佛

二炷香上给了王母娘娘
二份表化于王母知道
南无阿弥陀佛

三炷香上给了三大财神
三份表化于财神知道
南无阿弥陀佛

四炷香上给了四大天王
四份表化于天王知道
南无阿弥陀佛

五炷香上给了五方土神
五份表化于土神知道
南无阿弥陀佛

六炷香上给了六郎将军
六份表化于六郎知道
南无阿弥陀佛

七炷香上给了七位仙女
七份表化于仙女知道
南无阿弥陀佛

八炷香上给了八大金刚
八份表化于金刚知道
南无阿弥陀佛

九炷香上给了九天玄女
九份表化于玄女知道
南无阿弥陀佛

十炷香上给了十殿阎君
十份表化于阎君知道
南无阿弥陀佛

① 李武莲主编,李武莲、冯天民搜集整理:《凉州贤孝精选》,北京:中国文联出版社,2011年9月,第335页。
② 赵旭峰主编,赵旭峰、李武莲搜集整理:《凉州小宝卷》,北京:中国文联出版社,2010年12月,第113-115页。

十一炷香上给了全堂总神
十一份表化于总神知道
南无阿弥陀佛

十二份表化于曹官知道
南无阿弥陀佛
南无阿弥陀佛
南无阿弥陀佛

十二炷香上给了十二曹官

显然，作为两个相对独立的民俗民间文化样式，凉州宝卷与凉州贤孝自然有明显的区别，突出表现在以下几点：

(1) 传承主体不同。凉州宝卷念卷人明眼、非职业化、有一定的文化。凉州贤孝艺人以盲人为主、卖唱谋生、不识字。

(2) 活动方式不同。“瞎贤”一年四季行走城乡；念卷人多选择在农闲时节，集中于腊月至正月半，或在自家，或受邀至邻家设局念卷。

(3) 表现形式不同。念卷有一定的仪式程序：净手——漱口——焚香——念卷，一人讲唱众人和佛，可照本宣科。唱贤孝全凭记忆，有三弦等乐器伴奏。

(4) 叙事体制不同。二者虽然都是以唱为主，诵念为辅。但贤孝更重唱，道白极少。以同名卷本《鹦哥盗桃》为例，贤孝脚本唱词多达 915 行，而念卷文本的唱词仅 441 行。

最大的不同是，贤孝流行于整个凉州城乡，而念卷仅局限于南部山区九个乡镇。近年来，面对现代化、城镇化浪潮的冲击，二者均日趋式微，但凉州贤孝的生命力明显优于念卷。这不仅是因为贤孝受众面广，同时因为绝大多数盲人坚守传统，学唱贤孝，后继有人。而念卷则因年轻人不愿听、不愿学而后继乏人，岌岌可危。

凉州小宝卷初探

当下活态传承的宝卷之中，凉州小宝卷是一种独特的民俗民间文化现象。它与河西宝卷的支脉凉州宝卷有着血缘亲情，但在河西走廊却是孤立的个案。令人匪夷所思的是，流布于青海东部农业区的青海嘛呢经，居然有若干与之同名的卷目，文本有相似相通之处。

2017年5月，笔者赴甘肃省武威市，实地考察凉州小宝卷。本文试图综合田野调查的成果，对凉州小宝卷生存发展状况作初步探究。

一、凉州小宝卷的内容和形式

凉州小宝卷，俗称“道歌子”，乃甘肃省武威市凉州区广为流传的富有宗教意味的民间口头艺术。

凉州小宝卷以口口相传为主，也有少量抄本流传于世。“抄”，民间俗称“打”。“打一个道歌子”，意为“抄写一个小宝卷卷本”。

（一）卷目曲目

20世纪90年代，凉州民间文艺工作者深入乡间搜集整理小宝卷凡50种，2012年12月，由中国文联出版社出版发行《凉州小宝卷》，卷目如下：①

1.《贫和尚》
2.《正月里（十二月）念佛》
3.《五更修行》
4.《五更拜佛》
5.《熬茶》
6.《哭五更》（一）
7.《老母哭皇台》
8.《十绣黄莲花》
9.《葫芦经》
10.《五更坐禅》
11.《高高山上点明灯》
12.《十二月拜佛》
13.《八卦歌》
14.《逍遥词》
15.《货郎卖道》
16.《十二炷明香》
17.《三藏五更修行》
18.《枣儿经》
19.《五更词》
20.《十二月学道》

① 赵旭峰主编，赵旭峰、李武莲搜集整理：《凉州小宝卷》，北京：中国文联出版社，2010年12月。

21.《哭五更》(二)
22.《百字真经》
23.《五个茶碗》
24.《老母赏花》
25.《十二月修行》
26.《九品莲花》
27.《观音菩萨降谕》
28.《八瞧词》
29.《八方词》
30.《五更回头》
31.《吃斋词》
32.《白鹤词》
33.《聂婆婆修行》
34.《十盏灯》
35.《度世船》
36.《桃树儿词》
37.《十二时辰上舟词》
38.《五更月儿词》
39.《金藏花修行词》
40.《三姑娘修行》
41.《十样好》
42.《青牛词》
43.《织手巾词》
44.《道情源流歌》
45.《无根树解》
46.《三十六不得》
47.《十二月采茶》
48.《杨柳经》
49.《十二上香》
50.《香山修行词》

演唱小宝卷的曲调,人们习惯以小宝卷之名命名,至今仍流行于世的有二十多种,曲目如下:①

1.【贫和尚】
2.【十二月念佛】
3.【五更修行】
4.【五更拜佛】
5.【熬茶】
6.【老母哭皇台】
7.【十绣黄莲花】
8.【葫芦经】
9.【五更坐禅】
10.【高高山上点明灯】
11.【八卦歌】
12.【逍遥词】
13.【货郎卖道】
14.【十二炷明香】
15.【三藏五更修行】
16.【枣儿经】
17.【五个茶碗】
18.【观音菩萨降谕】
19.【八瞧词】
20.【度世船】
21.【三姑娘修行】
22.【十二上香】

这些活在民间的曲调,经常唱的有十几种。口口相传,世代承袭,并无曲谱。

(二) 基本构成

凉州小宝卷由三部分构成:(1)独立成篇的富有宗教意味的小曲,此为凉州小宝卷的主体。如《三藏五更修行》《五更拜佛》等。(2)截取凉州宝卷中人们耳熟能详的著名唱段。如《观音菩萨降谕》选自《鹦哥宝卷》。(3)依据典型的修行成圣的宝卷故事编写的歌曲。《三姑娘修行》《香山修行词》等属此类。

(三) 主要内容

围绕"修行养性"的主题,凉州小宝卷突出四方面的内容:

(1) 劝人修行的道德说教。比如《哭五更》(一),记述一亡魂,途经望乡台、鬼门关、枉死

① 据《凉州小宝卷》主编赵旭峰搜集整理。

城、奈何桥，亲历“阴间刑法狠”“后悔”“行恶者没善”，从一更哭到五更。

（2）吟咏自我修炼的过程。如《枣儿经》，以“正月里枣儿发芽”到“十二月的枣儿成熟了”为比兴，发自肺腑地赞叹“我为修行听佛法”“丢家”“丢儿女”“受饥寒”“吃长斋”最终“我为修行放光明”的圆满功德。

（3）讴歌修行成圣的神仙。代表作有《观三姑娘修行》《十二月拜佛》。如果说前者褒扬的是个体，而后者则颂扬了三公主、邱长春、王重阳、（韩）湘子、目连等神仙群体“真实修行受煎熬”“同赴龙华大团圆”。

（4）批判六根不尽的俗人。既有抽象的伦理批判，更有对诸如聂婆婆这样的反面典型的嘲讽和鞭挞。

（四）形式

凉州小宝卷通常是无伴奏演唱。近年来，赵旭峰领衔的“天梯山民间艺术团”在天梯山石窟景区为游客表演时，常常用简板、藏子（碰铃），有时甚至用大钹伴奏。演唱可一人独唱，或低吟浅唱、或放声高歌；也可两人对唱、众人合唱。其唱法，或者说演唱风格有三种：

（1）民歌唱法。《度世船》虽散发着浓郁的民间信仰色彩，但却洋溢着民歌民谣的风味。

混沌初分有世界，二位菩萨造法船
我问法船有多大，十万八千还有零
哎嗨呦……哎嗨哎嗨呦！
东至东洋东大海，南至南海普陀山
白猴玩耍水面来，鹦哥放声串芝莲
哎嗨呦……哎嗨哎嗨呦！

那句“哎嗨呦……哎嗨哎嗨呦！”[①]怎么听怎么像民歌。

再看这首《逍遥词》，其欢快活泼充满童趣的格调，活像儿歌。

一二三来三二一
一二三四五六七
八九不离十，十九八七五
颠来倒，倒来颠，万法归一

这山看着那山高
那山上长着个好香桃
青的爱杀人，红的无价宝
师父们吃一个，长生永不老

不老不老真不老
学一个陈抟大睡觉
要见吕洞宾，还得张果老

---

① 赵旭峰主编，赵旭峰、李武莲搜集整理：《凉州小宝卷》，北京：中国文联出版社，2010年12月，第79页，衬字为赵旭峰等演唱记录。

赵彭祖活八百，还嫌岁数少①

……

（2）念卷唱法

河西走廊将宣演宝卷称之为“念卷”，其基本形式是一人讲唱、众人和佛（俗称“接卷”“搭佛”）。

不知是受大宝卷宣演艺术的浸染，还是有些小宝卷原本就脱胎于某种大宝卷，与母体断脐时留下了和佛的“胎记”。比如，《三藏五更修行》，此印记便十分明显。

唱：一更里修行上蒲团
　孙悟空压到了五行山
　女妖精把身缠
　手拿上金箍棒打妖精
　降了妖精取真经
　一路保平安
和：阿弥陀佛呀
　一路保平安

唱：二更里修行六贼反
　猪八戒通过了渭黎关
　海底里往上翻
　眼耳鼻舌身意闭
　拿住六贼过玄关呀
　才得到灵山
和：阿弥陀佛呀
　才得到灵山②

……

（3）嘛呢经唱法

此说未必确切，但非如此难以区别于前两种唱法。有部分小宝卷不仅名儿与青海嘛呢经部分卷目相同，而且唱至最后缀一句或两句“六字真言”：“哎——唵嘛呢叭迷吽。”遗憾的是，此唱法濒临失传。所幸《凉州小宝卷》收录的《十盏灯》，结尾处留了两行“唵嘛呢叭迷吽”，是为遗韵。赵旭峰③说，凡“和佛”的小宝卷均不缀“六字真言”。

二、凉州小宝卷的基本特征

广义讲，凉州小宝卷可划归民歌民谣的范畴，但它绝非一般意义上的民歌民谣。同样，

① 赵旭峰主编，赵旭峰、李武莲搜集整理：《凉州小宝卷》，北京：中国文联出版社，2010 年 12 月，第 29 页。

② 赵旭峰主编，赵旭峰、李武莲搜集整理：《凉州小宝卷》，北京：中国文联出版社，2010 年 12 月，第 37 页。

③ 赵旭峰，笔名碧芜。1961 年 11 月出生于甘肃省武威市凉州区张义镇灯山村。自幼受宝卷文化滋养，酷爱绘画和文学。已发表诗歌、散文、小说、故事近百篇，著有长篇小说《龙羊婚》。深入民间搜集凉州宝卷、小宝卷与地方小调、民歌二十余万字。近年来在天梯山石窟临摹壁画，并志愿当讲解员，组建“天梯山民间艺术团”。现为甘肃省非物质文化遗产（宝卷）传承人。

它虽冠以“宝卷”之名，亦非本来意义上的宝卷。质言之，它有其自身独特的个性特征。

(一) 篇幅短小　一唱到底

凉州小宝卷之“小”，是相对于大宝卷而言的。

“韵散相间，讲唱结合”，乃宝卷的传统文体，尤其是那些有人物、有情节的宝卷，无不秉承这一文体传统。凉州小宝卷有的也有人物，但无完整而曲折的情节，无须大段大段地铺叙，因而，省去叙事的道白，全文均为适宜吟唱的韵文，从头唱到尾。篇幅短小，最长的《道情源流歌》，也只有78行，大多数卷目仅十几、二十行，便于乡土社会文盲、半文盲的信众记忆、传唱。那天给我们演唱的四位妇女，年龄均五十岁以上，三个小学文化，一个文盲，不用卷本，张口便唱，顺溜得很。她们说：“短，好记嘛。听几遍就能记下。”

(二) 劝人修行养性

贫和尚倒有一个象牙床
古佛请到床中央
吃着娑婆米，口内念弥陀
唱的是皈依大道歌①

这是《凉州小宝卷》开卷第一首《贫和尚》的第八段。唱的是一位贫穷的和尚高唱“大道歌”苦修经年，“躲过阎君的地狱灾”。或许，这便是凉州小宝卷俗称“道歌子”的佐证。

还有那首《度世船》，宣扬“法船度世”的理念。从一船到十船，度的是神仙，劝的是世人。告诫人们“渡你上船你不上/推了今年推明年/有朝一日船开了/想前容易后悔难”。世俗之人之所以迟疑犹豫，皆因贪图功名富贵。于是，进一步劝导，“世人好比采花蜂/功苦到头一场空”。而且不是一般的“空”，而是一切皆“空”。“天也空来地也空/日也空来月也空/山也空来水也空/年也空来月也空/君也空来臣也空/父也空来子也空/娘也空来女也空/兄也空来弟也空/庄房田地一齐空/有人悟开空空意/金银财宝一齐空。”最后进一步强调，“高宗玄宗与霸王/尽抛白骨在江中/古今多少英雄汉/死后身归黄土中/劝君看破名和利/时时栽培心上土/不贪名利心不迷/自在逍遥学神仙”。②

身居世俗社会，想满目皆“空”，“苦修本身”，没一点信仰还真不行。凉州区张义镇灯山村严兰庆等老妇，她们不满足嘴上唱唱，而是心中有佛。她们信佛不像虔诚的居士那样皈依、斋戒，仅仅是家里供奉观音等佛神，每日早晚三炷香。上香、跪拜时唱小宝卷。唱得最多的是《五更拜佛》《五更修行》《十二炷明香》。不忙则唱完，若是忙，特别是孙儿、孙女吵闹，则唱多少算多少。为便于读者理解，特将《五更修行》原文照录：③

一更里修行要修行
意马不定跑西东
心猿拴在双林树
泥牛汲水上昆仑

二更里修行炼先天
婴儿姹女站两边
金翁黄婆穿仙衣
阴阳调和得团圆

三更里修行没睡着
因怕六贼扰乱我

---

① 赵旭峰主编，赵旭峰、李武莲搜集整理：《凉州小宝卷》，北京：中国文联出版社，2010年12月，第2页。
② 赵旭峰主编，赵旭峰、李武莲搜集整理：《凉州小宝卷》，北京：中国文联出版社，2010年12月，第80-81页。
③ 赵旭峰主编，赵旭峰、李武莲搜集整理：《凉州小宝卷》，北京：中国文联出版社，2010年12月，第6-7页。

拿起个坚心念弥陀
下苦修行有功德

四更里修行天渐明
双林树下苦用功
文烹武炼三荡忍

昆仑顶上放光明

五更里修行拍手笑
一步功夫谁知道
铁树莲花闯开了
念佛的人儿赴蟠桃

所谓“五更修行”，不能简单地理解为从一更修行到五更，而是寓意修行的过程，一个“静心”“坚心”“苦修”的过程。期间得克服、排除诸如仇恨心、贪念、妄念、执念、怨念等心里的恶魔，小宝卷呼之为“六贼”的干扰，坚定信念，“下苦用功”。

为强化劝导效果，凉州小宝卷在一唱三叹、循循善诱的同时，还推出了正反典型。热情讴歌三姑娘贵为公主，“看破红尘”，“花园修行受苦难，引导世上归虚无”①的圣迹。与三姑娘形成强烈反衬的是，活到九十九的聂婆婆，②贪恋“荣华富贵”，每日喝酒吃肉不忌口，到头来“一副棺材到土丘”，被阎王打入“胎卵湿化”中，来世变为牛马畜生或飞鸟虫鱼。

（三）深受老年妇女的喜爱

某种意义讲，宝卷是妇女文化，不仅卷本中塑造了众多的女性形象，而且在现实生活中，以妇女为信众的主体。凉州小宝卷秉承了这一传统，赢得了众多老年妇女的青睐。

那日，凉州区张义镇灯山村的四位妇女参加座谈：

严兰庆　56 岁　文盲
李春莲　50 岁　小学
李春芬　54 岁　小学
牛月兰　54 岁　小学

她们年纪相仿，相邻而居，志趣相投，时常在一起唱小宝卷。能背则背，不能背则照着本本唱。

我问严兰庆：“为啥喜欢小宝卷？”她爽朗地回答说：“高兴！在家做饭也唱，下地也唱。”

赵旭峰告诉笔者，她们没文化，说不出更深的道理，只会朴素地说：“娱乐。高兴。”其实还有更深层次的缘由。

首先是信仰。生活在乡村社会的妇女，信仰的成分十分丰富。即便表面上标榜信佛，而心中崇信的神祇多元而杂乱，但凡佛神、道神、鬼神、俗神，只要能满足她们心意民俗的需要，都信奉、祈求。有的家里还供奉毛主席呢。她们心地善良，终生劳碌，相信心善而修行者来世必有好报。即便不成仙成佛，也能免受地狱之苦，托生富贵人家，或成大富大贵之人，俗称投个“好人身”。凉州小宝卷劝人向善修行，正切合妇女们的心理和精神需求。

其次是生活空间。乡村社会妇女的儿女们，有的连同老伴一起外出打工，家里仅剩老妇和孙辈，倘孙儿、孙女上学，白天进进出出孤身一人，生活空间显得那样的逼仄而空虚。于是，借助歌唱来打发时光、充实内心。或独自低声吟唱，或以孙儿为对象演唱，或三五成群聚在一起，在集体的歌唱中拓展生活空间和精神空间。

再次是审美愉悦。乡村妇女读书不多，但不等于没有精神文化需求，尤其是随着物质生活的充裕，日子一天比一天宽心。作为家庭主妇，她们无须为柴米油盐操心忧愁，会有更多

① 赵旭峰主编，赵旭峰、李武莲搜集整理：《凉州小宝卷》，北京：中国文联出版社，2010 年 12 月，第 93 页。
② 赵旭峰主编，赵旭峰、李武莲搜集整理：《凉州小宝卷》，北京：中国文联出版社，2010 年 12 月，第 74-75 页。

的时间和精力用于寻求更为丰富的精神文化生活，乡韵醇厚、怡人养心的凉州小宝卷成为她们的首选，在求得精神慰藉的同时，获得审美愉悦，由衷地感到“高兴”。

（四）富有生命活力

凉州区有37个乡镇，凉州宝卷流行于南部山区的张义、郭村、黄羊、谢河、韩佐、新华、金塔、金山、康宁等九个乡镇。而凉州小宝卷遍布全区。用赵旭峰的话说，凉州凡有人的地方就有小宝卷，且历久不衰。显然，小宝卷更具生命活力。

任何一种民俗民间文化样式，信众愈广泛，生命力愈旺盛。这就如同商品，愈受消费者欢迎，市场潜力愈大。当下会念大宝卷的凉州人寥若晨星，而热衷于唱小宝卷的人比比皆是。因为，小宝卷有着明显的比较优势，比如短小易记、优美动听，等等。但根本在于它更多地承载着民间信仰。

“信仰可以理解为出于对某种主张或鬼神、自然的信服或尊崇，不但作为自己的行为准则，而且影响到自己的思想观念。”自古以来，中国妇女“的信仰内容较为丰富，由于接触社会、思想、文化等条件的限制，她们的信仰有着自身的特点”①。凉州妇女的信仰一个明显的特点是，将唱小宝卷视同佛、道做早课、晚课。同时，受小宝卷潜移默化的影响，自觉地修身养性，净化灵魂。于是，小宝卷在乡土社会便具有一定的神圣性。或许，这便是小宝卷生生不息的生命潜能！

三、同源同流：凉州小宝卷与凉州宝卷

因鲜有文字记载，无法考证何人何时将宝卷传入凉州，传入时大宝卷与小宝卷是合为一体？还是“孪生兄弟”？还是像母子那样，孕育于流转变异，十月怀胎一朝分娩，小宝卷由大宝卷的母体分离出来，逐渐成长为相对独立的个体。这些都有待于进一步考证、研究。可以肯定的是，凉州大、小宝卷同属河西宝卷一脉，其本源是明清年间的民间教派宝卷。

车锡伦先生在对“‘明清民间教派和教派宝卷（经卷）在甘肃专区的流传’的研究中，证明了‘河西地区的民间念卷和宝卷与内地（特别是北方念卷和宝卷）同源同流的关系’”。认为“民间教派在河西宝卷的起源和传播中扮演了非常重要的角色”②。与河西宝卷血脉相亲的凉州小宝卷，至今仍残留着民间教派宝卷的遗传信息。在《九品莲花》中，从四品到六品，连续三次提及“老母娘”。

四品莲花成两双
花心里站的是老母娘
诚心弟子一炷香
老母拈花来探望

五品莲花两双半
花心里坐着老祖母
拜佛求道诚心意
子牛邸西教考意

六品莲花成三双
昆仑顶上认亲娘
一家焚香在佛堂
拜望家神老母娘③

① 邵育兴著：《宋代妇女的佛教信仰与生活空间》，北京：中国社会科学出版社，2015年9月，第1页。

② 车锡伦，尚丽新著：《北方民间宝卷研究》，北京：商务印书馆，2015年11月，第157页。

③ 赵旭峰主编，赵旭峰、李武莲搜集整理：《凉州小宝卷》，北京：中国文联出版社，2010年12月，第58-59页。

《五更词》则更为明确，仅以“五更”为例：

五更鼓儿天，五更鼓儿天
善人真在睡梦间
无生母发慈悲，普度大寿圆
无生母发慈悲，普度大寿圆
翠莲为修行，悬梁丧残生
何仙姑为修行，臭名天下传
三公主为修行，白雀寺被火焚
三公主为修行，白雀寺被火焚
叫了一声天，哭到了五更天
观音老母驾法船
好好把佛念，回家见娘面
好好把佛念，回家见娘面①

“老母娘”“无生母”指“无生老母”。据南京艺术学院孔庆茂教授研究，“无生老母，又称无生母、无生奶奶、老无生，是宋元以后民间宗教所创造出来的女神，是一个来自民间的世界最高神。她既是造物主，又是救世主。”“明清两代的民间宗教绝大多数都直接或间接地奉无生老母为最高神。”②

毋庸置疑，小宝卷与大宝卷同源。至于同流，即在同一时间、空间传承发展，主要表现在以下几点：

(1) 共同的人文环境成为大、小宝卷赖以生存的肥田沃土和阳光雨露。

(2) 共同用凉州地区的方言演唱，成为凉州地域文化的重要标识。

(3) 共同与底层百姓的生活相融合，成为凉州人的文化根脉和文化基因。

(4) 共同倡导修身养性，引导民众向善修德，淳化民风。

当然，既分“大”“小”，区别难免。除了篇幅、文体、宣演形式的不同，最大也是最根本的区别在于，小宝卷拥有更为广泛的信众和更强的生命力。

四、同源异流：凉州小宝卷与青海嘛呢经

笔者曾两度赴青海调查青海嘛呢经。因而，当凉州人给我演唱小宝卷，颇有似曾相识之感。随着调查的深入，发现凉州小宝卷与青海嘛呢经渊源颇深。

这种渊源首先体现在人文地理和人口迁徙上。据赵旭峰讲：“凉州与青海的联系，最早在东晋晚期，即武威历史上的‘五凉时期’，南凉王秃发兀孤由凉州迁往西平和乐都，后在乐都建立首都，后来北凉攻占西平，即西迁到凉州。现在居住在天祝哈溪一带的人，据当地老人讲，一部分是明代晚期从西宁迁过来的。具体路线是哈溪到青海互助的山路，叫双龙沟。直到今天，许多祖居哈溪的人还自称‘西宁人’。”

为证实凉州小宝卷与青海嘛呢经的关系，笔者特将《凉州小宝卷》的目录发给时为青海师范大学文学院副教授的李言统。经李言统初步鉴定，同名卷目有十首：《五更词》《枣儿经》《十二月拜佛》《十盏灯》《织手巾》《哭五更》《十二盏明灯》《五个茶碗》《五更月儿词》《熬茶》。那么，这些同名卷目，乃至整个凉州小宝卷和青海嘛呢经，谁是源？谁是流？具体说，是由凉州传青海，还是由青海传凉州？抑或在同一时期由不同的路径传入，在各自的地域率性发展亦未可知。因无据可考，不敢妄断。所幸当代学者对青海嘛呢经的源流有深入的研究。

“清康熙以后。政府严厉镇压邪教，追索他们使用的经卷并予销毁，各地秘密布道的教

① 赵旭峰主编，赵旭峰、李武莲搜集整理：《凉州小宝卷》，北京：中国文联出版社，2010年12月，第43页。

② 孔庆茂著：《中国民间宗教艺术无生老母神像研究》，南京：南京大学出版社，2012年11月，第1页。

团开始刊印一些宣扬因果报应的故事宝卷或劝善文之类的宝卷，这些宝卷也一度流行到青海地区，受到当地盛兴的藏传佛教的影响，内容中加入了‘六字真言’。”①

令人惊异的是，部分与青海嘛呢经同名的凉州小宝卷，多次出现“六字真言洪福大”“一念嘛咪早回家”之类的句子。

可见，凉州小宝卷、青海嘛呢经与明清宗教宝卷和藏传佛教均有亲缘关系。

凉州小宝卷与青海嘛呢经虽然同源，但“从历史发展来看，属‘同源异流’，即都源于民间宗教在西北的传播，但在长期的发展中，根据不同的地方文化环境，融合了不同地方文化特质，从而形成了目前不同的文化特点”。② 两相比较，差异甚殊。

1. 名儿。不管怎么说凉州小宝卷还保留了“宝卷”的名号，而在青海东部，百姓们只知“嘛呢经”，不知“宝卷”。这是因为，“元末明初，青海东部就成为藏传佛教统治地区。特别是藏传佛教‘后弘期’以后，这一地区成为藏传佛教格鲁派的发祥地与主要传播地区。”“当宝卷传播到青海，在所传途径和所到之处，不能不受当地藏传佛教的影响。再者，在当时清政府对民间秘密宗教和其传教文本宝卷的高压态势下，宝卷急需改变其本来的面目，从而地域化为当地的一种民间宗教，获得一种合法的身份。”③于是，宝卷在青海被彻头彻尾、本土化了。或者说，被当地强势文化所同化，演变为宝卷的变体——青海嘛呢经。

2. 内容。在流转中变异，是宝卷生存发展的一般规律。无论是青海嘛呢经传自凉州小宝卷，还是凉州小宝卷传自青海嘛呢经，在千里辗转的过程中，仅记忆的误差便足以令其内容增删、颠倒，至于凉州和青海东部的文化差异，更令凉州小宝卷和青海嘛呢经个性毕现。这种个性，既体现在音乐和宣演模式上，也体现在内容上。

目前，李言统给笔者发来《熬茶经》《茶碗经》《葫芦经》《念佛经五更词儿》等四种与凉州小宝卷同名的青海嘛呢经。现选两种同名卷本进行比较。

熬茶

有儿女领赤子去对合同
谁捎书谁传法谁是引进
在谁家跪佛堂收过愿人
哪一年哪一月表名挂号
哪一年哪一时一线穿针
搭上槎对上号归家认祖
归了家认了祖容许纳身
喝茶的木桌儿一令台
吃茶的瓷盘儿八卦盘
头一掺下了个石金丹
一转一转上了天
第二掺下了个红莲花
叶儿上坐的是菩萨
第三掺下了个灵芝草
秆秆儿老来叶叶儿嫩④

熬茶经

善人到了善人家，
我与善人搭道话。
拉开步毡请坐下，
我与善人熬仙茶。
口说熬茶身不动，
怀里抱者小冤家。
冤者哭者放不下，
摘个仙桃他玩耍。

① 李言统，刘永红著：《宝卷与青海嘛呢经流变的关系》，《青海社会科学》2015 年 04 期，第 171-175 页。
② 刘永红著：《西北宝卷研究》，北京：民族出版社，2013 年 10 月，第 61 页。
③ 刘永红著：《青海宝卷研究》，北京：中国社会科学出版社，2013 年 9 月，第 39 页。
④ 赵旭峰主编，赵旭峰、李武莲搜集整理：《凉州小宝卷》，北京：中国文联出版社，2010 年 12 月，第 10 页。

昆仑顶上去担水，
双林树下去行柴。
壶里倒上四海水，
灶火架上无烟柴。
熬茶壶里熬仙茶，
洞庭湖里烟渺渺，
下的茶叶是金丹，
一转一转旋上天。
头茶熬的是蟠挑，
喝茶仙人就来到。
一茶熬的是莲花，
莲花心里坐菩萨。
二茶熬的是灵芝，
叶叶嫩来秆秆老。
摇茶的勺儿是香龙木，
喝茶盅儿白莲花。
端茶的盘儿八卦板，
放茶的棹儿灵台山。
男子喝了成罗汉，
女子喝了转菩萨。
吃了饭来喝了茶，
后人收礼享荣华。
多谢饭来多谢茶，
多谢熬茶女菩萨，
你们坐来我们散，
蟠桃会上再团圆。
唵嘛呢叭迷吽。①

乍一看，真是徒有其“名”，仿佛两顶同款帽子下站着两个不同的人。但细一琢磨，此二人应为远房宗亲，血管里流淌着相同的血脉。不但秉性相通，均念念不忘劝人“真修”，而且承袭了诸多相同的元素，比如，“金石丹”“灵芝”“莲花”，等等。有的连唱词都大差不差。如凉州小宝卷的《熬茶》唱道：“头一掺下了个石金丹/一转一转上了天/第二掺下了个红莲花/叶儿上坐的是菩萨/第三掺下了个灵芝草/秆秆儿老来叶叶儿嫩。”而在青海嘛呢经里，则唱成“下的茶叶是金丹/一转一转旋上天”“一茶熬的是莲花/莲花心里坐菩萨/二茶熬的是灵芝/叶叶嫩来秆秆老”。但整体而言，“同者”少，少得可怜，“异者”多，多得“面目全非”。

再看《茶碗经》。

五个茶碗

一个茶碗一朵花
吃斋念佛根扎下
两个茶碗两条龙
二龙戏珠进佛门
三个茶碗三面黄
凤凰落在了紫金堂
四个茶碗四朵花
请我师父讲道法
五个茶碗五字魁
无字真经一条根
金鸡三唱心里明
洗手忙跪在佛面前
点灯为了过金桥
上香为了生死的路
过了金桥八百里
不知道生死在哪里
去春身受血狮哇
来春脚蹬白莲花
六字真言洪福大
一身的过错缕续(陆续)儿化
一盘素珠一百八
一念嘛咪早回家
西方道路长又宽
早去西方把佛见
佛家门里没人走

① 韩山师范学院文学院教授李言统搜集整理。

我跟老母不回头①

茶碗经

一个茶碗里面花
吃斋念佛扎根芽
今日过了清点会
一点一佛二菩萨
两个茶碗两面红
轰轰烈烈两条龙
二龙戏珠两面站
我请师傅把道传
传道容易受道难
昼夜用功不时闲
三个茶碗里面黄
黄黄烈烈有凤凰
凤凰不落金宝地
凤凰端易落金堂②

这两种同名卷本的差异十分明显。在凉州名为“五个茶碗”，传呀传，到青海只记得三个茶碗，26 行打对折，仅剩下 13 行，名儿改为“茶碗经”。能记住的词儿尽量保留，当然不可能原封不动。“吃斋念佛扎根下”成了“吃斋念佛扎根芽”，这“下”与“芽”应为方言口误。而“二龙戏珠进佛门”变成“二龙戏珠两面站”，诸如此类，则为记忆之误。

凡此种种，实为源同而流异的生动演绎。

3. 表现形式。嘛呢经乃根深蒂固的本土文化。宝卷要想在青海东部落地生根、繁衍生息，必然要主动融入当地群众喜闻乐见的形式。即用吟诵经卷的方式歌唱宝卷，并伴之以“升幡”“开经”“念经”“送神”等一系列庄严肃穆的仪式。而流播于凉州地区的小宝卷，演唱时无任何仪式。尽管早晚上香时唱小宝卷形同“仪式”，但不是演唱小宝卷所必备的仪轨，而是信佛的妇女表达对神明的礼敬。

4. 活动方式。凉州小宝卷和青海嘛呢经的信众主体均为老年妇女，但二者的活动方式大相径庭。青海人称念嘛呢经的奶奶为“嘛呢其”，她们有松散而自由的组织“嘛呢会”，初一、月半集中到村庙活动。平时在家每天清晨上香念嘛呢经，有时还应邀去乡邻家念嘛呢经超度亡人。在凉州，唱小宝卷虽然也有“念经”的意味，但本质上不是“经”，而是“歌”，信众既无组织，也不去村庙，更不荐亡，而是以自娱自乐、修身养性为主。

五、 凉州小宝卷的历史源流值得探究

历史上并无“凉州小宝卷”一说，是赵旭峰等几位地方学者在整理搜集宝卷时，为区别于讲唱结合的长篇故事宝卷，将与宝卷相关而又相对独立、广为传唱的“小调”命名为“凉州小宝卷”。将讲唱结合、有故事情节的长篇宝卷命名为“凉州宝卷”，只唱不念的命名为“凉州小宝卷”。但无其“名”并不意味着无其“实”。俗称“道歌子”的“小宝卷”不仅在凉州数量多、流传广，而且与相邻的青海嘛呢经有割不断的血脉亲情。质言之，无论从空间，还是从时间的视域观照，这种流播于民间的为“修行”而唱的小曲长期客观存在。

透过历史的烟云，溯望来路，凉州小宝卷的历史渊源是否可追溯至明清年间民间教派宝卷的“时兴小曲”呢？

“明清教派宝卷同前期佛教宝卷和后期民间宝卷在演唱形式上最大的不同，是在每个固定的演唱段落的末尾加唱流行的‘时兴小曲’。这种特殊的演唱形式，在早期的北方民间宝

① 赵旭峰主编，赵旭峰、李武莲搜集整理：《凉州小宝卷》，北京：中国文联出版社，2010 年 12 月，第 50-51 页。
② 韩山师范学院文学院教授李言统搜集整理。

卷中尚有保留，但很快就消失了。”[①]谁知今日之凉州，演唱宝卷加唱“小曲”之风犹存。当唱大宝卷的念卷先生累了，会“中场休息”，由民间爱好者唱几首有文人气息的古典小曲，以活跃气氛，谓之“坐场子”。凉州宝卷传承人赵旭峰、李保善敲着简板、“藏子”为我演唱了两首，头一首《小景调》典雅而文气，第二首《八扇围屏》通俗而质朴。虽难以推断此曲与古之“小曲”的关联，但原文照录不无裨益。

小景调

春宵一刻值千金
花有清香月有阴
呀说遍地里生云
歌管楼台声细细
秋千院落夜沉沉
呀说春色儿可人
春可人，花有荫
我请姑娘望新春
养一养精神

绿树荫浓夏日长
楼台倒影入池塘
呀说好一派风光
水晶帘动微风起
一架蔷薇满园香
呀说夏日子天长
夏日长，何必忙
我请姑娘到书房
歇一歇荫凉

暑退清风觉夜长
蝉声不住送秋凉
呀说桂子儿飘香
山川满麦黄花绽
燕过南楼思故乡
呀说眼泪儿汪汪
泪汪汪，悲秋凉
我请姑娘上曲廊
坐下了商量

雪尽胡天牧马还
月明羌笛戍楼间
呀说一片儿寒霜
借问梅花何处有
风吹一夜满关山
呀说地冻了天寒
地冻寒，朔风凉
我请姑娘围炉旁
对酒儿喧谎

八扇围屏

第一扇扇围屏焦
华容道等曹操
汉关王的大刀战过了英雄好汉

第二扇扇围屏青
汉王爷封昭君
毛延寿的龙笔描画了昭君

第三扇扇围屏红
白袍去征东
走马射箭扎过了老营

第四扇扇围屏黄
八王爷福无疆
力逼着那个楚霸王赴乌江

第五扇扇围屏花
五郎要出家
宋王天子留不下他
五台山上学佛法
脱掉了那个细衣
斜搭上袈裟

① 车锡伦著：《中国宝卷研究》，桂林：广西师范大学出版社，2009年12月，第162页。

第六扇扇围屏蓝
吕布戏貂婵
凤仪那个亭上戏哩嘛戏阴阳

第七扇扇围屏白
王三把贼做
少将军的门卫谁人躲得过

第八扇扇围屏全
刘海撒金钱
金钱蓄水池
鱼肚儿翻浪细撒了金钱

类似曲子，当地人称之为“文人唱调”，并未列入“凉州小宝卷”，只是作为一种小曲在民间流传。“小曲，在明代或称作‘时兴小曲’‘时尚小令’‘时调’‘时曲’等，在清代文献中又称‘小唱’‘俚曲’，是明清时期的民间流行歌曲。当代学者又多称之为‘俗曲’。”车锡伦先生在各地阅卷，“集得使用小曲的明清教派宝卷52种”和“它们使用的曲调共232种”①。值得关注的是，时下的凉州小宝卷是明清民间教派宝卷“时兴小曲”的嫡传，还是变异？如今流行的凉州小宝卷的曲调是古典曲牌的传承，还是源自凉州民间音乐？甚或凉州小宝卷与历史上的“时兴小曲”毫无关联？这些都有待进一步考证探究。

凉州小宝卷是块尚待开发的处女地，内容驳杂，成分多元，有许多谜团待解。笔者限于学力，难以深入其中，仅以此初探就教于同道。

① 车锡伦著：《中国宝卷研究》，桂林：广西师范大学出版社，2009年12月，第163-164页。

岷县宝卷初记

2015年5月15日，靖江电视台副台长、市文联副主席王青和笔者同赴岷县考察，与岷县文化局局长季绪才、民俗专家张润平等朋友会面时，笔者由衷地说："岷州宝卷[①]在当代中国宝卷家族中有着特殊的地位，我俩这回先务虚，至少还得跑三趟。"本文仅为初记。

一、岷县宝卷颠覆笔者的观点

笔者偏居一隅，孤陋寡闻，一直以为当下中国活态传承的宝卷均属清康熙年间兴盛的世俗宝卷，靖江宝卷乃形态最为古朴的活宝卷。

是两篇文章颠覆了我的观点。

2014年秋，笔者受命为"中国宝卷生态化保护与传承交流研讨会论文集"组稿，张润平、石志平合作的《岷州宝卷活态传承田野调查报告》，让笔者眼睛顿时一亮，如获至宝。作者虽未对岷州宝卷作科学的文化定位，但直觉告诉我，岷州宝卷无论是形态、内容，还是传承方式，都比靖江宝卷要古老得多。

也许是机缘巧合，几乎是同一时间，贺州学院教授刘永红在"中国宝卷国际研讨会暨中国俗文学学会2014年会"上发表题为《四季龙华会及其宝卷念卷》的论文。开篇便给四季龙华会及其宝卷定性：

四季龙华会是甘肃临潭一个古老的民间宗教组织，又称四季会，会下堂名叫福寿堂。从所用的宝卷和仪式及组织来看，这个宗教组织是清初康熙年间所创立的圆顿教的一个分支。这个宗教组织在今天已不具有民间宗教教派组织的性质，而衍变成当地一个民俗宗教组织，参与当地的多种民间信仰活动。[②]

据刘永红调查，临潭的四季龙华会是岷县传过去的。因而，临潭的四季龙华会及其宝卷，其宗教、文化属性，可视为岷州宝卷的支脉，其嫡传为圆顿教。

明清年间，民间教派的兴起是中国封建社会的一个极其复杂的社会现象。而圆顿教是

---

① 岷州宝卷：即岷县宝卷。岷县，旧称岷州。

② 刘永红著：《四季龙华会及其宝卷念卷》，《中国宝卷国际研讨会暨中国俗文学学会论文集》，2014年10月，第84-91页。

受罗教影响的民间教派黄天教的支派。

圆顿教最初兴起于北直隶，时在明代末叶。其后发展到了河南、江苏、江西、湖北、四川，另一支则由山西向陕西、甘肃等省份发展，教亦多有变化。在江西，其教名为圆顿大教、大乘圆顿教，又曰三皇圣祖教。在山西则称为油蜡教，而在陕西、甘肃一带又称为悄悄会或红单教，而时隐圆顿教之名。①

从历史文献的记载来看，从清康熙年间开始，甘陕地区民间宗教教案迭起，这其中就有几起圆顿顿教教案。……这些教案发生地如安定(今甘肃定西县)、皋兰(今甘肃皋兰县)、河州(今甘肃临夏县)与岷州地区只有百公里的路程。这说明在康熙年间到嘉庆年间，圆顿教遍布甘陕地区。所以说岷州地区的圆顿教组织在这一时期有可能已经存在。陈俊峰所发现的圆顿教宝卷多为康熙年间版本，那么我们可以说，至迟在清朝初期岷州地区已经有圆顿教传教。②

我非学人，不擅长，也不耐烦作烦琐的考证，这么不厌其烦地引经据典，足以证明岷县宝卷对我的震撼！它明白无误地昭示世人，中国活态传承的宝卷，既有世俗宝卷，也有民间宗教宝卷，虽然后者不再是本来意义的民间宗教宝卷，但至少是其历史遗存。这对于中外宝卷研究者而言，无疑是一活生生的个案。

岷县实在是一个令人神往的地方。

二、 岷县得天独厚的地理人文环境

岷县归来，笔者在思考一个问题：在别的许多地方，民间宗教宝卷晚清年间便演变为世俗宝卷，比如靖江宝卷，其传入时何种状况且不论，就源流而言，它与岷县宝卷同源，属于民间教派宝卷。至于是否就是流播于江苏的圆顿教宝卷，笔者没考证，不敢妄断。有据可考的是，靖江宝卷深深地烙有罗教的印记。今日之靖江宝卷，从作为灵魂的信仰，到文本内容以及宣演仪式，都彻底世俗化。尽管岷县宝卷也在一定程度上表现出世俗化倾向，而且笔者首先体味的便是世俗的意味。但因其陈陈相袭地保留了类似龙华会的组织和专门的执事人员，并有相对固定的活动场所和一整套规矩，证明它陈袭了民间宗教宝卷的某些传统，显现出独特的文化品质，成为当下中国活态传承的一种特立独行的宝卷。

一方水土养一方人，一方水土还育一种文呢。岷县宝卷的生存发展，自然离不开岷县的地理人文环境，换言之，研究探讨岷县宝卷，一个最基本的前提是必须弄清其赖以生存的历史文化背景。笔者的岷县之行虽浮光掠影，但有四点印象颇为深刻。

1. 开放而封闭的地理环境

“岷县位于甘肃省南部、定西市西南部，地处陇中黄土高原、甘南草原和陇南山地接壤区。西南西北接甘南藏族自治州的迭部、卓尼、临潭三县，北邻漳县，东靠武山、礼县，南邻宕昌县。”③岷县不仅地理位置重要，而且境内水陆交通便捷，为古之岷州卫的治所驻地，成为周边数县政治、军事、经济、文化中心。1949 年 9 月设岷县专区，辖岷县、陇西、漳县、会川、临

① 马西沙，韩秉方著：《中国民间宗教史》，北京：中国社会科学出版社，2004 年 8 月，第 644 页。

② 刘永红著：《西北宝卷研究》，北京：民族出版社，2013 年 10 月，第 183 页。

③ 张润平著：《岷县历史文化与民俗散论》，兰州：甘肃文化出版社，2012 年 6 月，第 89 页。

潭、渭源、卓尼等县。甘南重镇岷县，人来人往，货物集散，繁华而开放，自然成为外来传教的圆顿教信徒，甚或是因教案而亡命他乡者的首选地，继而成为向外传教的出发地、辐射源。

同时，岷县境内多山，许多山村僻远而闭塞，纯朴厚道的山民男耕女织、自给自足，极少与外界交流，一些观念、行为、语言一旦积久成习便表现出超常的稳定性。有个细节特有趣，张润平陪同我下乡，老说某村某社，闹得我一头雾水，不知所云。后来才略有所悟，莫不是如同靖江人喜欢用“队”(生产队)指代“村民小组”一样，“社”原来就是“组”呀！或许岷县人的地名习俗，还停留在 20 世纪 50 年代“初级社”阶段。“初级社”作为中国农村生产、自治的基层单位，存在时间极短，淡出人们的视野已经半个多世纪。而这个当年让传统农民耳目一新的新事物、新名词难不成还久久地铭刻在岷县人的心间，至今仍习惯地称“村民小组”为“社”？然而，事儿远非如此。“所谓‘社’，最初是指某种空间聚落，是中国古代村落的雏形。与此同时，‘社’也被用来指上古以来村落土地神及其相应祭祀活动。”①后演变为地域单位，早先以二十五家为一社，至元代，以五十家为一社。清顾炎武《日知录·社》：“社之名起之于古之国社、里社，故古人以乡为社……〈管子〉‘方六里’，名之曰社是也。”活在岷县人口语中的“社”，无论是陈袭古老的传统，还是沿用当代的词语，都显现出超常的稳定。若非因地理相对封闭而心理相对守旧，不会出现这种严重滞后的语言文化现象。

正是这种相对开放而封闭的地理和心理因素，使得宝卷这一外来的文化样式，岷县人不但乐于接受，而且一经落地生根，便视之为宝，精心呵护，世代传承。

至于岷县宝卷何以躲过朝廷官府残酷的镇压而绵绵不绝，也得益于其地处边陲，天高皇帝远。诚如刘永红所言：“在历史上不论经济、文化岷州地区要比其他地区都相对落后。岷州地区又是土司管理的少数民族地区，清政府的管理在这一地区相对薄弱。在其他地区圆顿教受到清政府的严厉镇压，逐渐消失，而岷州地区的各民间宗教组织和宗教经典——宝卷却被保留了下来。”②

2. 一元为主多元并存的地域文化

岷县自古多民族聚居，现以汉族为主，同时有回、藏、东乡、撒拉、土、裕固、满、彝等 8 个少数民族。多民族共同生息于同一地域，必然形成以一种文化为主，多元文化相融相亲的语言文化格局，域内的二郎山见证并成为这种地域文化的荷载。

这二郎山乃岷县的风水宝地，叠加堆砌着岷县的历史文化。一座融合着汉藏文化的牌楼耸立山前，山脚是一座藏传佛教的喇嘛庙，其祭祀之俗闻所未闻，每逢初一、十五，信众纷纷在庙门前杀鸡宰羊，洒鸡羊血奉献神佛，肉拿回家自享。

不知是刻意而为，还是偶然巧合，20 世纪 80 年代以来，与山脚的藏传佛教文化相呼应，岷县人民着意打造“二郎山公园”，先是取毛泽东诗《七律·长征》“更喜岷山千里雪，三军过后尽开颜”之意境，在半山的平坦处造起一座“欢颜阁”，同时建有烈士塔和红军战斗群雕，纪念红军长征途中在岷县休整两个月的革命历史。于是，红色文化给二郎山抹上光彩夺目的一笔。近年，又在二郎山的二级平台建造了一批供奉佛神、道神、鬼神、俗神的殿宇，其中，最具特色的是集中祭祀岷县十八位湫神的庙宇，中间是一古色古香的戏台，两侧各九间雕梁画栋的神殿。每年五月祭神赛会，十八湫神由本庙出发巡游，分别入城上山进驻各殿受祭，演

① 王杰文编著：《民间社火》，北京：中国社会出版社，2006 年 9 月，第 1 页。
② 刘永红著：《西北宝卷研究》，北京：民族出版社，2013 年 10 月，第 184 页。

大戏、唱花儿，神人共乐。

无论是过去、现在、将来，也不论是朝山进香还是游山赏景，只要你登临二郎山，便能真切地体味到岷县多元文化的气息。

孕育于汉文化的宝卷，自踏上岷县的第一天起，便如饥似渴地吸收多元文化的营养，以求迅速本土化。如果说今日之岷州宝卷与它的兄弟姐妹有啥区别的话，那就是色彩斑斓的多元文化令其卓尔不群、标新立异。比如，宣演者讲唱时，信众应和，靖江叫“和佛”，河西走廊叫“接卷”，而岷县叫“搭嘛尼”。这“嘛尼”二字，显然来自藏传佛教。与此相联系，岷县信众应和，既有汉族地区通行的佛号“南无阿弥陀佛”，也有藏传佛教的“六字真言”“唵嘛呢叭咪吽”，有的干脆将念卷称之为“念嘛尼”。

3. 源远流长的花儿文化

“花儿是流传于我国西北部分地区的一种民歌，由流传地区的各族人民以汉语方言在山野田间和花儿会上演唱。”“花儿分洮岷花儿、河州花儿（又称河湟花儿）两大流派，岷县花儿是洮岷花儿的主体部分。”①据张润平考证，“花儿”为古羌人所创造，而正式以“花儿”之名流播于民间，至晚也在南北朝时期。岷州是古羌族人繁衍生息之地，可见，岷县花儿文化的历史何等久远。

笔者在大西北生活、战斗多年，曾一次次在寥廓的旷野沉醉于天籁之音的花儿。如今，当我以宝卷研究者的眼光审视花儿，发现作为草根文化，花儿与宝卷有许多相通相似之处，二者都是生活在底层的草民百姓创作、传播、欣赏的口头文学艺术，它们运用民间最为通俗、粗陋的方言俚语，率性而真挚地表达劳动人民的所爱、所恨、所愿，作为人民自己所钟情、痴迷的艺术，具有人民性、共享性。无论是花儿会，还是念卷法会，都是乡土社会的公共文化盛事。若非得找出二者的区别，根本在于花儿是本土文化，发达的根系遍布岷县的山山水水，牢牢地扎在岷县人的心灵深处。作为外来文化的宝卷，只有主动借鉴，甚至原汁原味地植入花儿的艺术元素，才能被岷县人认同、接纳。岷县宝卷大量地运用花儿的词曲及演唱方法，便在情理之中。这也是岷州宝卷艺术魅力的不竭之源。

4. 深厚的多神崇拜观念

也许岷州的历史过于古老、久远，也许祖先留下来的文化遗产过于丰厚、驳杂。直至科学昌明的现代，人们还固执地坚守着源自原始自然崇拜的多神崇拜观念。

洮岷地区民间信仰十分多样。洮岷地区早为古羌人所在地，唐以后又沦为西番所在地，原始苯教、汉传佛教、藏传佛教、印度传佛教及其羌人遗留的自然崇拜等信仰特征均在民间留下了印迹。该地庙有庙神、家有家神，山、水、风、雷、树、石等自然现象，莫不以神视之。在乡民心目中，无论是佛、菩萨、罗汉、真人、娘娘、雷神、城隍、牛王、龙王等，都能保护他们，所以一律祭祀，将一切神灵均称为“佛爷”……

当地汉族的家神，不是一般人所想的祖先神，而是家庭保护神，其来源多种多样：有的把玉皇大帝、雷公、关老爷奉为家神，有的将地方龙神中的雷万春、宗泽、常遇春等奉为家神，有的把藏传佛教中的护法神奉为家神，有的将民间传说中的人物奉为家神，也有把某种动物视为家神的，等等。而其中湫神多以历史人物为主，把对民族精英的崇拜变成了民间信仰。②

① 包孝祖，季绪才编著：《岷县花儿》，兰州：甘肃文化出版社，2014 年 12 月，第 3 页。
② 张润平著：《岷县历史文化与民俗散论》，兰州：甘肃文化出版社，2012 年 6 月，第 90 页。

如此多样的神佛崇拜，正契合宝卷为神佛立言、布道的文化使命。岷县人为当地的神佛编创的宝卷，有待作深入的调查、统计，而在名目繁多的庙会上宣演宝卷，已成为当地的一个文化传统。更令人惊异的是，在这片具有深厚的多神崇拜观念的土地上，宝卷的地位被抬高到至尊而神圣的地位。

三、尊如神佛的岷县宝卷

著名学者陶思炎在为《中国靖江宝卷》作序时写道：

至于“宝卷”名称的语义，明代王源静补注《巍巍不动太山深根结果宝卷》曰：“宝卷者，宝者法宝，卷者经卷。”其说已道出“讲经宝卷”这一民俗艺术现象固有的信仰色彩。①

先生一语中的，道出了宝卷最为本质的信仰特征，它是作为佛教、民间教派的经典传之于世的。即便是晚清以来大行其道的世俗宝卷，尽管融入了大量反映世俗红尘悲欢离合、爱恨情仇的故事，它在信众心目中，仍被视为“经卷”，在许多地方、许多人那儿，将抄、藏、念卷视为功德。社会功能、人文价值，始终没超越“经”。因而，各地称宝卷，无非是“经”“经卷”“宝卷”，唯岷县一地，尊宝卷为“佛爷”。普天之下，四海九州，恐怕只有岷县将宝卷置于如此神圣的地位。

岷县宝卷由两大部分组成，一是画有本卷菩萨圣像的画折，呼之为“佛头”（亦称为“经头”），供宣演此种宝卷时供奉。二是正文。毛笔抄写，经折装，有的还配有手绘插图。有的有精美考究的函，有的是单册。无论是涵还是册，都用色彩庄重的布或绸缎制成的“佛袍”（形似包袱皮）包裹得严严实实，外面插有一支缀有红绳、铜钱，写有本卷卷名的竹签、铜签或银签，是为“经签”。

在岷县，宝卷如同神佛，能镇宅驱邪，保佑人寿年丰。有的家庭，直接把宝卷尊崇为家神，成为其家庭乃至家族的保护神。人们怀着虔诚、笃信的信念，抄写、珍藏宝卷，少则两三部，多则几十部、上百部，郑重地置于“家中最为尊贵显眼的位置，并且有专门的供堂（佛堂）”。② 也有的人家，将抄好的宝卷供在庙内，与菩萨共享香火、供奉。我们在二郎山地藏殿就见到了《敕封地藏王菩萨目莲佛像全图》《泰山幽冥十王宝卷金像》等四部与地藏菩萨一起被供奉的“佛爷”。当人们到庙里或藏卷人家去“请卷”回去宣演，便叫“请佛爷”或“抬佛爷”。

宝卷藏于庙固然严肃，藏于家也十分规正，考究的人家有专门的佛堂：

精工细做一间房屋，有门有窗，高大约在60～80cm，宽大约在60～80cm，深大约在40cm，放在主屋最尊贵的位置，供奉起来。他们对放宝卷极其讲究，严格按照上下卷或一二三四卷的次序从上到下排放，最上面放“经头”又叫“佛头”，用盒套装好，而且宝卷、经头、盒套的文字上下顺序要统一，切忌任意颠倒错置，然后用红色绸缎或丝布，一从下、二从右、三从上、四从左，依次包裹严实，并从正面上方插入翻阅宝卷的竹签、银签或铜签，按照插签的上方把宝卷立起来供放在经堂里。平时要翻看宝卷，首先要净手焚香，赔事祷告，再打开经堂，取出宝卷翻看念诵。当家主人要在每月初一和十五两个时段早上，雷打不动焚香点灯，

① 尤红主编：《中国靖江宝卷》，南京：江苏文艺出版社，2007年7月，第1页。

② 冯锦文主编：《中国宝卷生态化保护与传承交流研讨会论文集》，南京：河海大学出版社，2014年12月，第256页。

举行敬拜仪式。①

不难想象，宝卷在岷县人民的精神世界中占有何等重要的位置，一旦遇到风雨劫难，他们将会竭尽全力地保护。据张润平、石志平调查，“文化大革命”期间，岷县人为保护宝卷，可谓千方百计，或装疯卖傻，糊弄造反派；或贿赂收缴人员，求他高抬贵手网开一面；或利用职务之便，假“收缴”之名，行“保管”之实，将收来的宝卷择优藏匿；或突击念诵宝卷，烂熟于心，暗地回忆重抄；或不惜以死抗争，誓与宝卷共存亡……尽管如此，还是有大量卷本，包括明清年间的一些古本、善本，被焚毁掉了！

值得庆幸的是，虽经劫难，依旧有数量可观的卷本幸免于难。这让笔者想起一句民间俗语：“鱼过千层网。”河里有的是鱼，总有漏网者。张润平先生等人整理的岷县宝卷 292 种，其中有三分之一为新发现的卷本，未曾收入车锡伦编著的《中国宝卷总目》。② 而且，此仅为初步调查的结果，民间究竟还有多少，还是个未知数。

而今，欣逢开放宽容之盛世，许多岷县人仍心有余悸。有关人员深入民间作田野调查时，有时会遇到种种阻力。不愿亮出家藏卷本，不愿披露母本的来源。公开亮相的多为常见的普及本，古本、善本秘不示人。那日，我们下乡考察，有位村长模样的老者听说我们为宝卷而来，目光异样、神色狐疑，陪同者与他耳语：“没事，安全着哩。”几经解释，才差人去找“经长”。

四、 非职业化的民间念卷人

宝卷宣演者各地称谓不一，“佛头”“讲经先生”“宣卷先生”“念卷先生”，岷县有点特别，呼之为“经长”。

“经长”，原本是善人堂内部的分工和职位，其职责是“念佛爷”，而在岷县民间，泛指所有能演唱各种经卷、佛经的人，是一种颇受人尊敬的称谓。

笔者有幸认识了两位经长。

他叫裴陆平，是位带了八位徒弟的经长，岷县宝卷省级代表性传承人。高高的个头，四方脸泛着淡淡的胭脂红。现年 53 岁，军地两用人才的大专生，曾随中国人民解放军某部参加中越边境自卫还击作战。兴许在部队最敬畏的是班长，对我这位老兵一口一个“老班长”地叫着，那份亲切、热情，仿佛真是枪林弹雨中走出来的生死战友。

别小看这位退伍兵。他可是世家子弟，身上浸染书香，血管里流淌着宝卷的血脉。祖父裴子珍，生于宣统三年(1911)，是岷县四季龙华会“善人堂”堂主，毕生向善念佛，1982 年无疾而终。其父裴建功由兰州市总工会下放回乡，专治文史，擅长书画，二郎山三圣殿有他题写的匾额：“佛光普照”。心地仁厚，乐善好施，汶川大地震，义卖字画赈灾。家藏祖传宝卷 8 种：

1.《报恩卷》
2.《目莲卷》
3.《十王卷》
4.《泰山卷》
5.《观音卷》
6.《老爷卷》
7.《仙姑卷》
8.《菩萨劝善经》③

① 冯锦文主编：《中国宝卷生态化保护与传承交流研讨会论文集》，南京：河海大学出版社，2014 年 12 月，第 256 页。
② 车锡伦编著：《中国宝卷总目》，北京：北京燕山出版社，2000 年 5 月。
③ 上述卷名为口语表达，或者说乡间俗称。——笔者注。

按规矩，裴陆平理应是善人堂堂主的传人，怎奈伯父、父亲都是公职人员，不宜世袭民间组织的堂主。（善人堂堂主另选贤能，每年主持法会上百场，月均十一二场，有的一天两场。）

堂主之位可以拱手相让，世代传承的“经长”之责不敢忘怀。念卷技艺必须薪火相传。

不知是上苍垂顾，还是先天遗传，裴陆平可真是宣演宝卷的好材料，长得帅且不说，天生一副好嗓门，年轻时是有名的秦腔票友，能唱全本的《辕门斩子》《火焰驹》《苏武牧羊》《二堂审子》。吼秦腔、唱花儿都是他的拿手戏。自幼随祖父出入宣卷法会，耳濡目染，十几岁便会唱诵宝卷。他父亲虽非堂主，却是名动乡里的念卷名家，生前特地为儿子编辑了一本岷县宝卷经典唱段。

那日，裴陆平邀三位老人在二郎山菩萨（观音）殿为我们宣演《十王宝卷》片段。无任何法器（他说只有四季龙华会堂主主持的法会才用铃具、木鱼、锣、鼓、钹等法器），他上门为农户念卷，也是无伴奏唱诵。

虽然是临时表演，但他们无不一脸凝重地围坐于一张小方桌，铺红布、解“佛袍”、请“佛爷”，尔后声情并茂地唱和。时而高亢激越，时而婉转低回，时而如诉如泣……

裴陆平告诉我，岷州宝卷常用的曲调有十多种：

1.【十字经】
2.【七字经】
3.【六字经】
4.【五字经】
5.【四字经】
6.【五更调】
7.【挂金锁】
8.【浪淘沙】
9.【泽郎儿】
10.【绣金匾】
11.【荷包调】
12.【金赞花】
13.【莲花落】

其中，与靖江同名的曲调有：五更调　挂金锁　浪淘沙　莲花落。我请他们重唱五更调。名虽同，音相异，压根儿不是一个旋律，听起来岷县的五更调更加悲怆、苍凉。

与我一样，王青亦为音盲，但新闻工作者的职业敏感，令其十分投入，听得如醉如痴、如梦如幻，情不自禁地赞不绝口：“天籁之音，天籁之音。”临行的那个晚上，意犹未尽，非得让裴陆平在餐厅吼几句秦腔……

像裴陆平这样有文化和艺术素养的民间念卷人凤毛麟角，而长期活跃于乡土社会的念卷人大多是文盲、半文盲。在一座山坡小院里，笔者见识了一位不识字而能一字不错、一句不讹的念卷人。

这是一座刚刚翻建的院落。院门东侧有两间盘坑老屋，低矮而昏暗，那是老两口的住处。一幢两间两层的小楼依坡而建，楼后以坡为基，楼前悬空而建，高差一米，得拾阶而上，方能登堂入室。西屋为堂屋，靠北墙是一长条桌（俗称“拜桌”），藏宝卷的黑包置于桌上。条桌前是一方桌，上设香炉，是为佛坛。二楼尚未按门窗，本应作客厅的东屋，暂为小俩口的卧室。临窗一张大床，东墙一组衣柜，床西头是一组木质暗红色沙发，一双门冰箱静静地立在西北角。屋中央有一冬天取暖的煤炉，炉旁有张方桌。老旧、杂乱的陈设，无言地渲染着主人家境的窘迫。

落座不久，一辆摩托车载回了经长，倘不作介绍，怎么也想不到眼前这位灰头土脸的老汉是受人敬重的经长。

这是位世袭经长，其貌不扬，走路一瘸一拐。一米六几的个头，在高个儿裴陆平的衬托下，愈发显得矮小。头戴20世纪六七十年代流行的蓝涤卡单帽，灰蓬蓬的，色泽暗淡，上身穿一件沾满灰尘的黑色中山装，看样儿是从哪个建筑工地拉回来的。清癯的面庞写满沧桑，一缕灰白的山羊胡须，显示出与众不同的范儿……

经长李双宝

他姓李名双宝，今年73岁，耳朵有点背，大声询问有时还所答非所问。育有三子，老两口与小儿子共同生活。种两亩地，常年在外做临时工。他骄傲地说："我有钱，不用儿子的钱。"二十年前上山伐木，一条腿让倒下来的树砸了，腿保住了，可走路不利索了。39岁那年，经长头头（相当于堂主）的父亲，自知来日无多，按祖宗之法，非得让他学念卷。他呢？鞭杆样的"一"字，只会说是"鞭杆"，不会念成"一"。但祖制难违，只好硬着头皮学。好在人不笨，许多情节、曲牌早烂熟于心，学起来也不那么费劲。

见客人来访，老人家小心翼翼"请"来"佛爷"，小小心心打开"佛袍"，以佛袍为垫，在沙发前的茶几上请出"佛爷"，让我们鉴赏、拍照。

这是两部家传数代，毛笔抄写、经折装宝卷：

《敕封地藏王菩萨救母报孝宝卷》（上下）

《护国佑民伏魔宝卷》（上下）

前者的底本为光绪年间的抄本，1980年重新抄写、插图，卷末记录其事：

佛封地藏王菩萨救母报孝经

敬心弟子

沈忠义

沈文忠

林春发

公元一九八零年古六月十五日终　发心弟子　李佑唐

书写画弟子　刘谦益

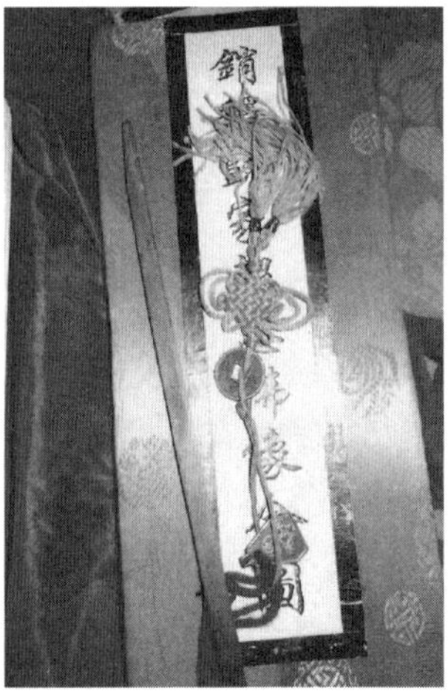

经签

后者则在原卷本上修补，亦有文字记载：

敕封三界护国佑民

伏魔大帝宝卷下册

从前书经弟子（因修补，仅隐约见字）

民国七年六月内发心补修弟子 发心人 林春发

补修经书弟子　刘家堡　书约人 沈海明

据张润平讲，"敬心弟子"为捐资者；"发心弟子"为"发起人"；"书写画弟子"乃抄写、插画者。三者均有功德，为后世所敬仰。

祖传经卷，珍之为宝，视之为命。"文革"时在墙上凿洞，藏于洞内，抹上泥巴，逃过一劫。

望着两种保存完好的经卷，眼前这位山羊胡小老头刹那间变得高大起来。"经长"二字的文化内涵也因此而充盈、而升华。它不是许多地方挣钱糊口的代名词,而是一种信仰、使命、责任。他们为人念卷,也象征性地收一点钱、物,但那是斋主发自内心的谢意,并非一日辛劳的工价。他们视念卷为功德,不会像有的地方的艺人做买卖似的与斋主讨价还价,更不会近乎乞讨地要"喜钱"。那样,他们认为是对"佛爷"的亵渎。

老人看似孱弱,内心却是那样的强大、那样的圣洁。于是,怀着崇敬的心情,请老人家来一段。

老人赶忙到佛台前焚香三炷、合掌礼拜,尔后板板正正地坐在茶几前,规而正之地用经签翻动经卷,有板有眼地唱念起来。

年逾古稀,中气不足,嗓音干涩。老人的艺术水准自然无法与裴陆平相比拟。然而,有一点让所有人惊叹不已,那就是唱念的字、词、句,竟然准确无误。这是因为,老人用的是家传卷本,那一字字一句句,仿佛亲人那样,闭着眼都能辨认。何况,扁担靠城门,三年会说话。这么些年,怎么也能认些字,只要认得一个,便能说出一句、一页,甚至一个段落……

这就是民间的大机巧!大智慧!大才情!

如果说裴陆平堪称岷州宝卷新生代民间传人,那么,李双宝则代表着纯朴而笃诚的老一辈民间传人。在乡土社会,他们都是聪慧过人、活力四射的人。有的还是村支书、村委会主任、村民小组组长,主政基层组织,成为致富一方的带头人。

五、 民间共享的念卷活动

在二十一世纪的今天,岷县人既不因社会的变迁而移异宝卷的神圣地位,也不因各种时尚文化的泛滥而冲淡陈陈相袭的念卷习俗。

尤其是在老人过世吃斋发丧哀悼之际,至少念诵三日,以超度亡灵,家家如此。祈求平安等,就请来经长、招来众亲友,念诵相应内容的宝卷,时间或一日、或多日,根据主人家愿心、精力、财力而定。求儿女的,以宣唱《泰山娘娘宝卷》为主;求升官发财的,以宣唱《伏魔宝卷》为主;求平安的,以宣唱《菩萨卷》为主;祭奠老人的,以宣唱《报恩卷》为主,等等。每当农忙结束的农历十月开始至正月期间,有些村落宣宝卷之声几乎日日不断,念诵宝卷之人,少则三五人,多则十几人、几十人,词牌丰富、曲令多样、音调优美,是岷县及相邻县乡丧葬习俗的一大奇观。①

目前,岷县最为普遍盛行的宝卷有六部:

1.《灵应泰山娘娘宝卷》

2.《目连救母宝卷》

3.《护国佑民杖魔宝卷》

4.《泰山幽冥十王宝卷》

5.《灵感观音菩萨宝卷》

6.《销释归家报恩宝卷》②

---

① 冯锦文主编:《中国宝卷生态化保护与传承交流研讨会论文集》,南京:河海大学出版社,2014年12月,第256-257页。

② 冯锦文主编:《中国宝卷生态化保护与传承交流研讨会论文集》,南京:河海大学出版社,2014年12月,第257页。

从东海之浜到洮水河畔，因地域文化的差异，宝卷的生存状态异彩纷呈，但万变不离其宗：按照一定的仪轨演唱。

旧时的岷县以炕桌为念卷佛坛，现大多以方桌为坛。因尊宝卷为“佛爷”，故称念卷为“念佛爷”。据裴陆平介绍，他应邀到农户家“念佛爷”，其过程如下：

准备：

(1)打扫房屋。

(2) 做碗灯。用棉纱捻成灯芯，放入有少许菜油的小碗内点着。

(3) 设供。一般为四色果品（苹果、香蕉、黄梨、西瓜），有什么供什么。

(4) 敬茶。一杯茶。

(5) 献盘。用盘装一馒头。

诸事停当，经长登场，按程序进行：

(一) 请神

上十炷香，跪请神佛。鸣炮迎神。

(二) 念卷

谁许愿，谁在“佛头”前上一炷香，面向“佛头”跪香。念卷一品（相当于一册），方可起立。

念卷通常为一人，有的宝卷，比如《二郎佛》，得三个经长念。搭嘛尼的人愈多愈好，至少得三人。

有一点特有意思。在靖江，佛头是职业艺人，和佛的是信众，二者主次分明。岷县不同，角色可转换。谁念卷，谁就是经长，不念卷和佛，就是“搭嘛尼的”。

(三) 扳经

所谓“扳经”，一种类似拆字、算卦的迷信活动。

每当念卷至高潮处（若全卷为 24 品，念至十四五品），经长大声宣布：“起雄啦!”意即“佛爷显灵啦!”于是停下来，别的听众喝茶、抽烟、小憩，有愿心想扳经者，净手、焚香，跪在佛头前，将经卷举过头顶三次，放到桌上。经长用经签随机翻卷，依据所翻开的页面经文内容，诠释寓意，以此卜测扳经者的心愿。裴陆平说，他为人扳经，有时灵，有时不灵。灵不灵，都会说些吉祥祝福之语，以慰扳经者。一般不收钱，倘讲到扳经者心里，人家会给二十元左右，以表谢意。

(四) 送神

焚香十炷。念《十报恩》。鸣鞭炮。

听众分食供品。

主家给经长包“香钱”。一般包 5 元、10 元。也有的富裕人家会包一二百元。也有不给钱，送经长一条烟、二斤酒，略表心意。

靖江讲经只做延生，不做往生。即只为生者延生利命，不为亡灵超度追荐。为亡人念卷超度，乃岷县丧葬之俗。佛会可在寺庙举行，但大多是佛堂与灵堂并设于堂屋。北墙有一长条桌为供桌，灵床停于右侧，中间设一桌为念卷佛坛，坛前有一拜垫。经长坐东面西，搭嘛尼的坐经长对面。

岷县乡村大多装有高音喇叭，但凡念卷均用扩音器，一家念卷，全村，甚至数村共同欣赏。有的荐亡佛会，念到“十重恩”等悲情处，孝男孝女因感念养育之恩大放悲声，那些善良的乡邻，尤其是富有悲悯情怀的妇女，也不觉悲从中来，潸然流泪。或许，这便是岷州宝卷的文化共享和道德教化。

六、悄然变异的岷县宝卷

笔者尚未对岷县四季龙华会的现状作调查，也没机会系统研读岷州宝卷文本，无法对岷县宝卷作深入的整体思考。尤其是岷县宝卷未来的前途命运，很难做出科学的判断。但有一点可以肯定，岷县宝卷的生存发展得益于明清年间民间教派圆顿教的传播。时隔数百年，这个教派在岷县仍有一定的痕迹，“同善堂”等组织在民间依然发挥着一定的作用。

历史已经进入21世纪，历经风雨劫难，圆顿教早已成为历史记忆，存活于民间的四季龙华会亦非本来意义上的民间教派组织，早已衍变为民俗宗教组织。它的许多成员的后人，不少被时代的浪潮所推涌，身不由己地选择新的生活方式，开启别一样的人生历程。自觉放弃祖传的身份地位，以崭新的面貌出现在新的社会生活中，“同善堂”堂主裴子珍的两个儿子便是典型。至于孙子裴陆平走的道路，则与祖辈有着本质的区别，预示着岷州宝卷新的发展方向，给人以莫大的启迪。

（1）他不是民间教派的成员，更不拥有堂主的身份，他是一位乡村走出来的退伍兵，一位公职人员。受父辈的影响，或者说在宝卷文化的熏陶之下，裴陆平与宝卷有着割不断的血缘亲情，继承了全部宣演技艺和部分仪轨，由于先天条件优越，在弘扬传统的同时，形成自己独特的风格。

（2）裴陆平念卷，虽然也陈袭民俗宗教组织法会的某些仪式、做派，比如扳经，几乎与“同善堂”经长的做法毫无二致，所宣宝卷，也都是烙有民间教派宝卷印记的卷目，但就其性质而言，裴陆平念卷已经演变为地地道道的民间俗信活动。

（3）从现存岷县宝卷目录来看，宣扬民间教派教义、演绎民间教派法会仪式的宝卷只占一小部分，而大量的是宣扬佛神、道神、俗神、鬼神本生故事和圣迹。换言之，经数百年沧桑巨变，岷县宝卷所承载的民间宗教信仰早已消解，而民俗信仰色彩浓郁。

（4）信仰是民间宗教宝卷的灵魂。信仰的多元化，意味着民间教派组织随着时代的进步、社会的变迁也在逐步蜕变，无论是组织形态，还是文化血脉，都在一天天的世俗化。如果说，明清年间官府的批判、围剿是民间宗教宝卷世俗化的外因，而像裴氏家族顺应新的时代，自动脱离组织而又传承发展宝卷，才是民间教派宝卷世俗化的根本动因。

（5）当下及今后一个时期，岷州宝卷将沿着两个方向、两条路径发展。一是坚守四季龙华会的基本传统，维持原状，继续以××堂的名义，为信众主持法会、宣演宝卷；二是涌现出一个又一个裴陆平式的民间念卷人，迎合世俗信众的需要，以世俗经长的名义主持法会、宣演宝卷，以一股无形的力量不断强化岷县宝卷的世俗化。

岷县宝卷再记

初夏，我对岷县同道说："这回先务虚，至少还得跑三趟。"

隆冬再赴岷县，固然是践诺，更为踏雪拍摄岷县宝卷宣演现场。谁知今年暖冬，远远近近的山梁上，残雪斑驳，不见"原驰蜡象，山舞银蛇"的壮丽景象。好在收获颇丰，不虚此行。

这回的同行者有靖江电视台外宣办主任刘卫平、记者顾楠。为省钱未按常规路线由无锡飞兰州，再乘车去岷县，而是由无锡飞咸阳，改乘 K1009 次列车至陇西，再坐长途汽车奔岷县。

车发岷县，前后左右坐的多是岷县人，于是有意与他们攀谈，不经意间将话题引向宝卷，居然成功地进行了一次随机采访。

他叫谈玉红，岷县梅村人，42 岁，初中文化，做药材生意。与笔者邻座，谈话要点如下：

"听说过宝卷吗？"

"没听说。"

"知道'念佛爷'吗？"

"那咋不知道，知道呐。"

他显得十分得意。

"我十三岁在娘舅家见过'念佛爷'。"

"这几年见过吗？"

"没有。"

"为啥？"

"在外跑生意，很少在家。"

这偶然的路遇，揭开了再访岷县的序幕。

一、 再登二郎山

访问岷县，二郎山乃首访之地。因为，它不仅是岷县的风水宝地，而且是岷县历史文化的丰碑。放眼望去，映入眼帘的仿佛不是山石泥土、花草树木，而是先秦以来的人文风物，每一块土石，每一棵草木都富有灵性，见证沧桑。

那日，岷县地方学者张润平再次充当导游，伫立山巅，凝目远眺，遥指巴蜀、青藏、三秦，侃侃而谈，眉宇间写满自豪，其言其情其景，感染着我这个外乡人，为岷县悠久的历史、独特的地理，不由的豪情涌动。

“岷县自古就是‘西控青海，南通巴蜀，东去三秦’的战略要地，素有‘茶马互市’的传统和陇上‘旱码头’的美誉。如今，国道212线和省道306线穿境而过，兰渝铁路正在兴建……”① “在岷县境内流程达83.5公里的洮河，既养育了两岸人民，也滋养了古老文明。”“两岸黄土台地上，分布着40多处史前文化遗迹，距今约7000年至2500年。分属半坡、仰韶、石岭下、马家窑、齐家、寺洼等6种文化类型。”②几千年来，二郎山亲历岷县的历史变迁，以种种方式展示其丰厚的历史文化。上回所见多为今人的杰作，殊不知旧时的二郎山乃岷县“百善丛林”，有二郎庙、子孙殿、鲁班庙、关帝庙等庙宇，庙多，与祭祀相关的庙会自然兴盛，其中尤以五月的“湫神赛会”最负盛名。

上回没闹明白湫神是咋回事，这回略知其奥。

湫神相当于江南的社神。一村或数村，或者说一定地域信奉的地方保护神。岷县所祀湫神共18身位，“有男性十身，女性八身，不仅有名号，而且也各有渊源”。“就其原型来看，男身均为历史人物，上起西汉，下至明代，是当地群众心目中的忠臣良将。”此与江南极其相似。“女性八身，有神话人物”，“ 也有地方传说人物”，其中有一位传说中的藏家女显灵而奉为神。

诸湫神都有本庙及职司地域，并各有神池，即湫池。湫神之称便源于此。神池多选定于偏远山溪谷地的水源净泉，互不交叉，本池沿袭不变。湫神男身称龙王，女身称娘娘。群众又按地方人伦称谓，尊称为“爷”和“阿婆”。③

农历五月初，18位湫神依例出巡，先巡视职司地域，尔后分头向县城进发，五月十七日登二郎山享受官祭。唱花儿、演大戏，神人共乐，湫神赛会高潮迭现。“届时，四乡民众涌入县城，临近州县的客商及群众远道赴会。《岷州志》以‘万民赛会，山谷喧阗’来描述其盛况。”④

久远的历史文化积淀，多元的民族文化交融，尤其是民间信仰的深厚而驳杂，既为宝卷的神圣地位奠定社会心理基础，也为宝卷的生存发展营造浓郁的文化氛围。这便是笔者登临二郎山的价值。

同时，二郎山还是供奉、宣演宝卷的神圣之地。上回，笔者在二郎山地藏殿见识了《敕封地藏王菩萨目莲佛像全图》等四种宝卷与地藏菩萨一起供奉的情景。这回在财神殿右殿，看到了一顶形同“神龛”、遮以红色布帘的立柜，里面收藏了14种宝卷。柜前有一张小方桌、一把椅子、几张矮凳。那是供人“念佛爷”的，椅子乃经长的专座。

整座殿宇由长廊改造而成，低矮而简陋，却充盈着庄严肃穆的气息。张润平从柜中双手捧出一部宝卷，轻轻地放在桌上，小心翼翼地打开。尔后，为我们演示包裹“佛爷”，先包上，再包左、右，最后包下。包好后捆紧，插上写有卷名的经签。双手送进柜里，正立，不可倒立、横放……此情此景，由不得你不心存敬畏。

① 张福宏主编：《岷县史话》，兰州：甘肃文化出版社，2009年12月，第13-4页。
② 张福宏主编：《岷县史话》，兰州：甘肃文化出版社，2009年12月，第9页。
③ 张福宏主编：《岷县史话》，兰州：甘肃文化出版社，2009年12月，第84页。
④ 张福宏主编：《岷县史话》，兰州：甘肃文化出版社，2009年12月，第90页。

二、现场观察、体悟“念佛爷”

有道是，“耳闻不如目睹”。尽管裴陆平给笔者描述过民间“念佛爷”的仪式、程序，借助想象可还原成“场景”。但经验证明，再详尽具体的介绍都具有“主观色彩”，都经过了讲述人的“过滤”，会有意无意地忽略在他看来无关紧要的细枝末节，而恰恰是这些生动的细节蕴含着血肉灵魂。而且，此类泛泛而谈的介绍，往往表现为“类型化”。只有深入现场，全过程观察、记录“这一场”，才能从中体悟、把握个性特征。这是因为，每一场宣演都有其独特的缘由，而具体到每一位斋主，则因其经济状况、文化素养、信仰诉求而各不相同。至于城镇与乡村，更是差异甚殊，因而，只要有机会，应尽可能争取亲临宣演现场。

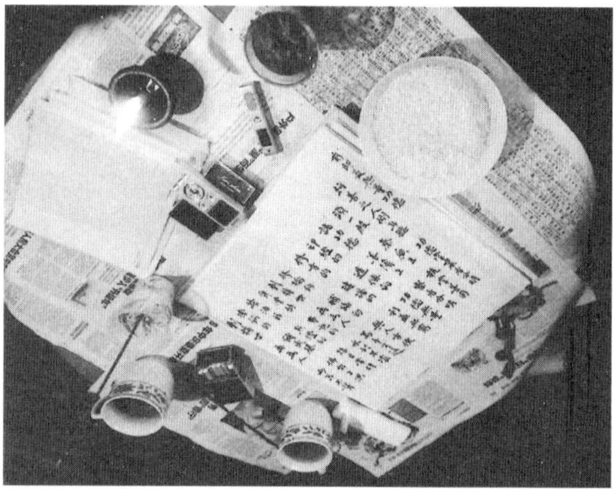
念佛爷的“佛台”

2015 年 12 月 23 日，我们来到岷县岷阳镇北门街一户王姓东家。

这里原本是城乡结合部，虽呼之为“街”，但居住习俗仍保留庄户格局。为一座相对独立的四合院，东、南、北各有一栋平房，坐北朝南那栋为正屋，院门开在西南角。

东家的母亲去世三年，按旧俗，得为先人念佛爷。恰逢冬至，请经长念佛爷一天。因三年孝服期满，院门和正屋大门贴着红色楹联：

上联：追远常存一片心

下联：慎终已尽三年孝

横批：三年制冬

佛堂设在北屋的堂屋。北墙正对着大门有一张方桌为供奉先人的祭坛。按当地习俗，过三周年一般不设灵位，只供奉纸钱或遗像。这些纸钱待“念佛爷”结束后，送到先人的坟头烧掉，或太阳落山后在家门口烧掉。这家先人或许无遗像，故而祭坛上挨着墙靠着一排纸钱，其下方是几股香和几叠冥票，再往前是一杯茶、几个馒头、几样水果（苹果、香蕉、橘子），桌前沿是一盏灯、一个香炉和一个香筒。桌前地上有一拜垫和化纸炉。

供桌的西侧是一长条形立柜，俗称“拜柜”，乃供奉神佛的祭坛，通常置于堂屋北墙中央。因有先人的供桌，故而西移。拜柜的东端供奉“佛头”。我们进门时，已献供一碗米、一盘馍以及苹果、香蕉、橘子，左角有一盛有净水、柏枝的水碗，中间有一方形香炉。

堂屋的中央有一烧水取暖的煤炉，西侧放一小圆桌作念佛爷的经桌，桌面上铺着报纸以示洁净。煤炉与经桌之间有一矮凳，凳上放一有水的铝盆，供烧化黄表纸与柏枝，俗称“烧木香”。

北屋大门东侧的廊下点了一对红烛。

我们进门时，经长正在“捻灯芯”，用棉花捻成柱状灯芯，缠绕在形同酒盅、盛有青油的灯盏的芯柱上。共有八盏：

一盏敬先人；

供奉先人的祭坛

三盏敬佛爷；

一盏敬灶爷（置于灶台）；

一盏敬地爷（置于拜柜前地上）；

一盏敬天爷（置于门外廊下红烛旁）；

一盏念卷。

诸事停当，东家端来一盘花卷，给每人盛一碗酸辣肉丝汤。入乡随俗，我们虽用过早餐，也来一碗。酸酸的、微辣，飘着蛋花、肉丝、土豆丝，爽口得很。

假如东家有炕，经长盘腿坐于炕桌前，执签翻卷领唱，炕上坐着两三人和唱，地下各处或坐或站的人都可顺口搭嘛尼，人愈多愈有气势，一句，一句，又一句，如浪似涌，煞是热闹。

今日与裴陆平唱和的是其弟子，名叫褚新中，41岁，初中文化。有一份工作和稳定的收入，学念佛爷是爱好，业余而为。面庞黝黑，身材中等，嗓音浑厚。师徒俩搭档参加甘肃省"原生态民歌"大赛，有史以来第一次让岷县宝卷从偏僻山野来到都市舞台，跻身民歌赛事，与"花儿"等民歌争奇斗艳，同台竞赛，初现江湖，表现不俗，荣获三等奖。

念佛爷的师徒俩

九时，经长裴陆平郑重地打开红色“佛袍”，请出“佛头”，由徒弟恭恭敬敬地供奉于拜柜。点灯于各处。

旧时无钟，念佛爷点香计时。一炷香约一小时。循旧俗，经桌上点香一炷。

今日宣演《幽冥泰山十王宝卷》，供奉的是画有地藏菩萨圣相的佛头。

9:25 跪香，请佛。

经长亲手点燃十炷香，交于东家长孙，令其捧香跪于先人供桌前。

放“请神炮”两响。

经长念《请神经》。

展放开　十王卷　霞光万道
满室内　毫光现　瑞气腾腾
一炷香　请瑶池　无极老母
二炷香　请动了　掌教玉皇
三炷香　请灵山　三大古帝
四炷香　请三官　镇武北方
五炷香　请南海　观音老母
六炷香　请泰山　众位娘娘
七炷香　请诸天　仙真佛圣
八炷香　请地府　地藏阎王
九炷香　请当庄　龙神土地
十炷香　请灶神　护法家堂
请罢了　请佛祖　各着本位
满室内　放佛光　普降吉祥

经长每念一炷香，跪香者从右手往左手数一炷香。同时，徒弟往盆内烧“木香”，以此敬神、通神。“香在中国民间信仰上，实有通神、去鬼、避邪、驱鬼、逐疫、返魂、净秽、保健等多方面作用，尤以通神与避邪为最，则由香烟与香气之二要素而演成者；盖香烟袅袅直上升天，可以通达神明，香气荡漾，自可辟御邪恶，乃是人类所易于联想到之作用。”①

跪香者将十炷香插入拜柜的香炉里，以示今日的“佛爷”是为“先人”念的。

9:35 宣演宝卷主体。

先念《举香赞》《西方赞》《祝香请神》，尔后唱念《宝卷初展分第一品》。

《举香赞》与靖江版相比，仅第一句不同，“十王宝卷法界来临”，而靖江为“炉香乍爇，法界蒙熏”，后两句基本相同：“诸菩萨悉遥闻。随处结祥云，诚荐方殷诸佛显金身。”

将米碗端至经桌。旧时为五谷杂粮，俗称“五色粮”，现用米代替。请神时供于佛头前，视同“开光”，赋予“灵力”。念佛爷时，经长时不时将米粒撒于室内，驱邪降吉，保佑东家五谷丰登，子孙兴旺。

经长每唱诵神佛，以手示意徒弟烧“木香”。

本堂搭嘛尼的主要是徒弟一人，另有两三个老者临时参与，唱和为主。裴陆平以“渡十船佛词”为例，以七字经领唱十二句，有六种佛号：

---

① 张珣著：《非物质文化遗产：民间信仰的香火观念和进香仪式》，《民俗研究》2015年06期，第5页。

领：混沌初分有世界。

合：弥也陀佛。

领：二位菩萨造法船。

合：喇嘛佛啊弥陀佛哟！

领：问我法船有多大？十万八千还有零。

合：南无嘛弥，嘛弥吽哟，南无嘛弥嘛弥吽哟！

领：东至东洋东海岸，南至南海普陀山。

合：南无嘛弥哟，嘛弥吽呀！

南无嘛弥哟，嘛弥吽呀！

领：西至西天雷音寺，北至天王饮马泉。

合：一溜莲花呀莲花儿落呀，

那么嗨呀哎鲜花儿开呀。

领：上至玉皇灵霄殿，下至十王鬼门关。

月光有个梭攞树，折来一枝镶船边。

合：金盏花儿开哟，落哟念上一声佛呀！

花儿红哟枝枝叶叶绿哟！

裴陆平强调："不管几字经，以上几种调子都可变化宣念。当然还分短调、中长调。主要还要以经长领唱的技艺定调。"

也有对唱：

甲：阳间你不做功德，见人念佛怒冲冲。

乙：你在人间作下恶，万万余年不脱生。

合：南无嘛呢嘛呢吽呀！

11:00 院内鞭炮齐鸣。亲友鸣炮表示三周年孝服期满。

12:30 送佛。

给佛爷、先人供面条一碗。

用两张黄表纸、一柏枝焚于佛前净水碗内，以为"灵力"。用碗内柏枝洒净水于庭院及各房间，驱邪、赐福。

洒"净水"

唱念《收圆结果分第二十四品》的内容全部围绕“送佛”展开。开头的《白文》乃本卷最长的念白，道明宣演《十王宝卷》的主旨及功用。接着唱《五字经》《收经偈》《回向》。

最后，长孙跪香，经长念《十炷香》。将“请神”，改为“送神”。

放“送神炮”两响。

按理，东家得给裴陆平师徒包“香钱”。因裴与东家既是至亲又是同事、邻居，情宜甚笃，故坚辞，仅给徒弟包了100元，为“误工补贴”。

一时许，我们被盛情邀请与亲友一道去饭店吃饭，俗称“吃佛爷”。有酒有肉，颇为丰盛。两个孙子挨个为亲友端酒两杯，遇有尊贵的客人，陪喝一杯以示敬意。

三、 炕头访问民间艺人

为赶日程，我们草草结束午餐，辞别东家，驱车来到寺沟乡禄沙村。

今儿去访问的老艺人，张润平闻其名而未见其人。途中特将其女婿捎上当向导，不然，还摸不清住哪条沟呢。

这是大西北常见的沟道。两边是高高的黄土台，沿沟散落着民居。残雪如冰，时断时续、时有时无地遮盖着大车的印辙。斑驳的冰雪上，有几头散养的猪在悠然觅食，小顾没等下车便兴奋地将镜头对准猪们，好奇地问向导：“这猪晚上能寻到家吗?”“能。灵着哩!”

毕竟是乡村，院外见猪跑，院内闻犬吠。我们刚下车，狗便叫起来了，两男一女快步下坡迎客。那位老者是今儿访问的正主儿，名叫董兄兄，62岁，看上去要苍老得多，在我眼里起码得有七十岁的样子，瓜子脸、山羊胡、蓝单帽……其穿戴、神态，极似李双宝，仿佛亲兄弟似的。中年夫妇是他的妹妹、妹夫，妹妹叫董双桃，45岁，文盲。身穿绿底绣花袄，两袖套着红白格子的袖套。微胖，圆脸，眉宇间神情酷似乃兄。

这是一栋独立的三间平房，无院墙，一条黑狗用铁链拴着。

大门左侧的墙上贴着一张褪色的红纸，上面赫然写着“天地三界万灵诸神之神位”。

神位右下方，砖缝里插着一片白铁皮，上放一小香炉，香炉下面的地上有一灯盏。不难想象，此为主人敬神处。每日清香一炷，叩首三个。节庆之日，还得供奉、点灯、化纸，神位下方的墙体都被熏黑了。

岷县之俗，寻常家庭有拜柜，宽裕人家设佛堂，供奉各自信奉的神明圣像。这户是有点儿特别，堂屋有拜柜，而神位却供奉在外墙。

也难怪，董家乃外来之户。其祖在甘肃临夏州(今临夏市)和政县有家庙南岳寺。因当地回民闹事排汉，庙宇被毁，生活、修行难以为继，民国十七年(1928)，举家逃难来到岷县落脚生根。颠沛流离，家风绵延不断，世代承袭宣演宝卷的技艺。

上得炕来，打开话匣。老人不无骄傲地说，他的太爷就会念卷。问他太爷叫啥，他说：“知不道。”但家里至今仍藏着太爷留下的宝卷和佛家典籍。说着，他下炕从拜柜里拎出一大白布包袱。在炕桌上小心打开，将包袱皮平摊在炕桌上让我们看。我无意间将看过的卷本放炕上，站在地上的妹妹尖叫一声：“不能放炕上!”吓得我像被烫了一下缩回手。妹妹自知失态，赶忙和颜悦色地说：“可放在被子、枕头上。”

一大包“宝贝”，最早为光绪四年的抄本。可惜，仅《佛说销释木人开山宝卷》《佛说赴命皈根还乡宝卷》等少数几种品相尚可，余者惨不忍睹，霉烂、虫蛀，让好多卷本面目全非，令人心疼不已。全部辨认不可能，只得请老人述说卷目：

《佛说销释木人开山宝卷》(上下)

《佛说赴命皈根还乡宝卷》(上下)

《皇极金丹九莲皈真还乡宝卷》(上下)

《目连开山宝卷》(一)

《归根宝卷》(一)

《香火卷》

那么一大包，远不止这些。老人识字不多，有些卷本，他没读过、没唱过，自然说不上来。

别看老人只念过两年小学，可是名动乡里的“经长”。自幼听祖辈念卷，许多卷本、曲调烂熟于心。18岁开始念卷，几十年未间断。有时一月几场，有时一场没有，一年究竟念多少场，没数。张润平听说他能唱几十种曲调，慕名而来，今儿踩点，探清虚实，有机会专程来记录、录音。

老人果然名不虚传，点啥唱啥，有的调儿，裴陆平都没听过。老人得意地说：“调子多得很。一场佛一个调，一种经一个调，一品经一个调。”

坑头唱“佛爷”

哥哥演唱，妹妹情不自禁地随声和唱。刘卫平好奇地问：“你也会唱呀?”她自豪地说：“听多了，谁不会唱几句呀!”“唱点我们听听。”刘卫平半是玩笑半是真。妹妹有点儿羞涩、扭怩，但经不住大伙儿一个劲儿地鼓动，她爽朗地说：“唱就唱。”

她打了一盆水，在堂屋漱口、净手、洗脸，在拜柜上烧三炷香，才回到炕前放声而唱。一口气唱了《十重恩》《调金牛》《三姑娘修行》《帆船调》等好几曲。词儿不完全懂，但曲儿有一股说不出的韵味。

那天籁般的歌声，在烟熏的房顶、陈旧的家具、泛白的窗花的衬托下，愈发显现出啥叫“原生态”。

望着兄妹俩，笔者感慨系之。他们的物质生活并不富裕，日常劳作也十分辛苦，可当他们怀着笃诚之心，为神佛、为乡亲，也为自己唱诵宝卷时，他们的精神生活是那样的神圣而充盈。他们正是这么年复一年地用圣洁而质朴的宝卷文化，滋养着一方乡土，孕育着一定地域、一定族群的审美情趣。且以最为原始的方式口耳相传，陈陈相袭，让宝卷文化成为一个家族世代传承的文化基因。于是，这个家族注定会诞生享誉乡里的“大家”。老人的女儿董明巧因此脱颖而出，成为岷县著名的“花儿女王”。张润年正是先知其女，再闻其父的。

老人膝下还有 36 岁的儿子、11 岁的孙子。我问他儿子会不会唱。他说，儿子会唱，不唱。家有五亩地，得侍弄庄稼。孙子呢？我没问。问亦多余。只要爷爷唱，姑奶奶、姑姑唱，许许多多的乡亲喜欢唱，耳濡目染，自幼熏陶，孙子至少会像父亲那样，会唱而不唱……

一种文脉就这样在一个偏僻乡村绵延不绝。

四、发现与启迪

古人云：读书千遍，其义自见。读社会这部无字的大书何尝不是如此呢？二赴岷县，等于又读了一遍岷县之书，还真有新的发现与启迪呢。

（一）仪式、科仪卷与宝卷主体浑然一体。

靖江与神佛有关的宝卷有两类，一是为神明立言的圣卷；二是演绎仪式的科仪卷。后者是民间信仰的主要载体，有它无它，是民间说唱与民间信仰活动的根本区别。因而，每到一处笔者都十分关注仪式及其科仪卷。原以为岷县宝卷也会像靖江宝卷一样，科仪卷会作为一种类型独立存在。现场发现，仪式、科仪卷与宝卷主体浑然一体，一气呵成。尤其最后一品，无论是念白，还是唱诵，几乎全都服从服务于“送佛”的仪式。如此，有三大好处：(1)凸现宝卷的完整性，一卷在手，仪式、科仪卷全有了；(2)凸现宣演的严肃性，即便农闲时为娱乐而宣卷，也得按部就班完成一整套仪式；(3)凸现宝卷的神圣性，每一部宝卷都包含庄严肃穆的科仪，自然不会有人视其为民间寻常的说唱脚本，顺理成章地尊之为“佛爷”。

笔者由此联想起贺州学院刘永红教授的一个论断，认为青海嘛呢经的文本由宝卷“脱落”而成。可不，《请佛》《十炷香》《十重恩》，等等，均为岷县宝卷的有机组成部分，而到了青海便从中“脱落”而出独立成卷。

其实，岷县也有相对独立的唱段抄本。裴建功老先生就在一个日记本上抄录了几十首岷县宝卷经典唱段传之于子。倘若裴陆平将此选本出版发行，传之于世，广为传唱，且日久成习，蔚然成风，有些唱段极有可能会成为信众喜闻乐见的独立卷本。同时，笔者还惊喜地发现，裴氏许多选段与青海嘛尼经同名，如《十二炷香》《莲花经》《哭五更》《十二愿》，只是因地域文化的差异，内容相去甚远，仅以《十二炷香》为例。

青海嘛尼经有两种《十二炷香》。

其一

一炷香	敬天地	日月照临	四普州	日光辉	照返三清
二炷香	敬玉帝	大赦鸿恩	赦慈悲	三期会	要清罪尘
三炷香	敬三清	教化万民	生太极	八百年	练就成功
四炷香	敬四海	龙君尊神	潮雨露	雪寒霖	救了万民
五炷香	敬五老	八卦化人	人不知	玄窍妙	玉律金针
六炷香	敬观音	慈悲之心	杨柳枝	净水瓶	空中救命
七炷香	敬灶君	上奉天庭	灵霄殿	跪地平	常说劫临

八炷香　敬八仙　洞中不满　乾坤洞　穿不满　苦里翻寻
九炷香　敬三霄　娘娘显神　千大战　无当身　道化万民
十炷香　敬二郎　同合其真　照妖镜　照着了　千里缘人
三期会　善男女　报答天恩　玉皇爷　开金口　大免罪尘
十一炷香　敬方神　方神保佑　风调者　雨顺者　四季安宁
十二炷香　敬先祖　先祖得上　心存上　六字经　往生四方①

其二

一炷香烧与了　玉皇大帝
二炷香烧与了　二大菩萨
三炷香烧与了　三官大帝
四炷香烧与了　四海灵神
五炷香烧与了　五皇五帝
六炷香烧与了　南斗六郎
七炷香烧与了　北斗七星
八炷香烧与了　八大菩萨
九炷香烧与了　九天仙女
十炷香烧与了　十殿阎君
十一炷香烧与了　家宅陆神
十二炷香烧与了　灶君娘娘
十万三十佛　阿弥陀第一
九品度众生　威德无穷极
我昼大皈依　忏悔三业罪
凡有请佛善　志心用回向
愿同念佛人　愿应随时现
临终西方境　分明在目前
见闻皆精进　尽生极乐国
见佛了生死　如佛都一切
无边烦恼断　无上法门修
誓愿度众生　皆共成妙道

虚空有尽　我愿无穷
南无观世音菩萨摩诃萨
愿以此功德　普济于一切
上报四重恩　下济三途苦
若有见闻者　悉发菩提心
尽此一报身　同生极乐国②

① 韩山师范学院文学院教授李言统搜集整理。
② 韩山师范学院文学院教授李言统搜集整理。

再看裴氏抄本《十二炷香》。

一炷香，拜上方，玉皇大帝。又拜上，三十六，众位天罡。
二炷香，拜北斗，王母娘娘。又拜上，九天女，众位仙姑。
三炷香，拜东土，太上老祖。又拜上，西方佛，罗汉金刚。
四炷香，拜南海，观音老母。又拜上，北八天，十二灵官。
五炷香，拜中央，五老上圣。又拜上，中央的，五土三煞。
六炷香，拜上了，皇王万岁。又答报，水土德，一世洪恩。
七炷香，拜上了，本境城隍。又拜上，班房中，鬼到诸神。
八炷香，拜本方，众位福神。又拜上，本方的，土地山神。
九炷香，拜上了，本家家神。又拜上，本家的，司命灶君。
十炷香，拜地府，地藏菩萨。又拜上，地府中，十殿阎王。
十一炷香，拜上了，诸佛诸祖。又拜上，众功曹，善恶来往。
十二炷香，拜上了，三代宗祖。又拜上，本家的，六宅门神。
上信香，摆供食，真心答报。
请诸佛，共诸祖，普降吉祥。①

三种《十二炷香》有无必然联系呢？有！三者均为宝卷的"脱落本"，只是在辗转流传中发生变异罢了。

（二）搭嘛尼因地因人制宜

头回在二郎山演示"念佛爷"，裴陆平带了三个老汉。张润平说，民间搭嘛尼一般三个人就够了。这回才弄清，旧时在炕上"念佛爷"，一个经长唱，两三人应和足矣。如今在地上围桌而唱，和者多多益善。但也视情形而定，比如东家亲友有无善和者，或东家乐不乐意请人和。王姓东家未专门请人，亲戚来来往往，有时是"1＋3"，而更多的时间是"1＋1"，师徒俩相互唱和。

（三）"吃佛爷"者未必喜欢念佛爷

"念佛爷"时，陆陆续续进来不少亲友，约三四十人。进门向先人跪拜，男丁化纸，女眷上香。不少人还拎了东西，笔者留意几个背包袋，里面有香烛、纸钱、水果。遗憾的是，这么些人，大多在院内"片闲传"（拉家常），静心坐下来听念卷、搭嘛尼者极少。其因有三：(1)年轻人对念卷不感兴趣；(2)屋里烟太呛人，待不住；(3)亲戚难得相见，乐意在一起聊聊。有个细节特让笔者深思。亡人的长孙在兰州海关工作，讲一口标准的普通话，跪香、化纸，凡仪式要求均一丝不苟地完成规定动作，倒水、递烟也热情有加，但一刻也没用心听念佛爷。可见，"吃佛爷"是一种礼俗，出于对亡人及其亲属的尊重和情谊，但并不意味着来者均喜欢念佛爷。

（四）经长忌口有讲究

按预定计划，听完裴陆平念佛爷，第二天下乡看"善人堂"组织的"念善书"，说是专门为我们组织的，仪式比裴陆平的繁复、隆重。经长是位退休教师，三天前便忌口了。后来活动虽因故取消，但"忌口"作为一个话题，笔者微信请教裴陆平，他回复如下：

善人堂忌口（俗称"素口"），有长素和短素。长素的人一年四季不吃荤（包括葱、韭、薤、

① 据岷县退休干部裴建功抄本。

蒜，甚至动物油)。素短口者每逢农历初一、十五的头两天就忌口，重大节日如正月初一、四月初八、六月十九等素口三天。

忌口用于许的心愿，如皈依的善男信女做法事；普通人家求仕途、工作、儿女，家里有生病的人或求财等，一般在念佛前三天忌口，表示对佛的尊敬。

忌口还有一个情况是，去世的人生前皈依佛门，或进善人堂，去世后是素斋。入了善人堂的，不但是素斋，而且葱、韭、蒜都不能放。

除以上特殊情况，一般都不忌口。……人去世后“五七”、“尽七”(七七)、“百日”、“周年”等不忌口。

采访时，裴陆平还说，念《十王卷》不忌口，念《菩萨卷》《泰山卷》《仙姑卷》才忌口。那天，裴陆平没忌口。

质言之，忌口不忌口，信仰是缘由。

(五)“念佛爷”的比较优势

在《眠县宝卷初探》一文中，笔者探讨宝卷在岷县长盛不衰的原因，根本在于其在民间信仰中的神圣地位。这无疑是正确的。但在岷县社会生活中，还另有其因。据裴陆平透露，同样是“三周年追荐”，倘请 3～5 个佛、道人士，起码得收 600～800 元，有的道士还按旧俗，另加 20 斤米，而他只让东家支付了 100 元，即便素不相识，也仅象征性地收 200～300 元。更重要的是，佛、道所念经文老百姓听不懂，而“念佛爷”，听众大多熟悉，愿意欣赏，既有功德，又可娱乐。于是，经济实惠、公共娱乐便成了“念佛爷”的比较优势。

第五章

河北活宝卷调查

南宫民间庙会和宝卷初探

历史上的河北曾是宝卷炽盛之地，而数年间寻访活宝卷，竟捕捉不到任何信息。2018年11月，在拙著《中国活宝卷调查》书稿杀青之际，山西大学中文系副教授尚丽新传来两条河北南宫宝卷的小视频。并推荐南宫“北漂”学人车前。车先生热忱地邀我赴南宫考察。

2019年3月12日，我与同道高峰奔赴南宫。历时三天，全程观察、体悟南宫市“西里家庄南海大士圣会”。本文即是此行所见、所闻、所思的记述。

一、南宫民间“过会”之俗和“三皇姑信仰”

“南宫市位于河北省南部、邢台地区东北部”，“南与威县、广宗县相连，西与巨鹿县接壤，北和新河、冀县、枣强县毗邻，东南隔清河与故城县、清河县相望。市总面积854平方公里”，“总人口438287人。”①

“今境春秋战国时为晋国东阳地。西汉初置南宫县，属巨鹿郡，县境约当今一半。吕后初改称国，汉武帝初复称县。新莽间改名序下。东汉初复名南宫县，隶属信郡国。此后缭县全部和信成、堂阳两县部分地区陆续并入。”②

（一）南宫民间过会之俗

南宫不仅历史悠久，而且佛教文化颇为兴盛。“南宫佛教自东汉传入，经过近两千年发展，大致在魏晋南北朝时期、隋唐时期和明代中早期，为南宫佛教兴盛期，一县之域寺庙林立，清顺治年间《重修石佛寺碑记》称‘宫邑梵刹之盛，环境内不下百余区’。”③“公元67年就有印度三藏法师摄腾、天竺学者腾、天竺学者之师竺法兰主持在南宫旧城建普彤塔寺。以后又建崔村德隆寺、北慈达石寺、小高村报恩寺等30余座寺庙。”④虽历经兴废，至清道光年间，县志明确记载的佛教寺庙有20座。

与佛教相共存，自东汉至明清，道教在南宫的土地上也数度繁荣，曾有许多著名的庙宇，

---

① 河北省南宫市地方志编纂委员会编：《南宫市志》，石家庄：河北人民出版社，1995年7月，第1页。

② 河北省南宫市地方志编纂委员会编：《南宫市志》，石家庄：河北人民出版社，1995年7月，第1页。

③ 谢建亮著：《南宫佛教源流初考》，硕士研究生毕业论文，西南政法大学，2017年。

④ 河北省南宫市地方志编纂委员会编：《南宫市志》. 石家庄：河北人民出版社，1995年7月，第709页。

如常兴观、十方院、扁鹊庙、关王庙、真武庙、关帝庙、昭惠灵显真人庙、昭惠明灵王庙、王圣庙、东岳庙、三官庙、灵官庙、光武庙等。

如此众多的寺庙宫观，庙会的兴旺发达势在必然。

“庙会是依附于特定宗教场所的宗教活动而发展起来的集宗教祭祀、娱乐游艺和商贸交易于一体的民俗活动。”①按其构成要素庙宇、宗教、娱乐、商贸所占比例不同，庙会可大略地分为“完全型庙会、宗教主导型庙会、娱乐主导型庙会和商贸主导型庙会。”②

民间庙会源远流长，一般认为，“庙会的源泉在于远古时期的宗庙社郊制度——祭祀”。“早期的祭祀主要是祭祀祖先神和自然神。”③现在的人们虽然无法弄清庙会的初始形态，但不难想象，必定与“庙”“会”有关。“庙”，“供奉神灵尤其是祖先的建筑”；“会”，“天子与诸侯，或诸侯与诸侯的集会”。望文生意，“‘庙会’最初就是指为了祭祀神灵而在特定的建筑附近形成的集会。”④历经千百年的演变，明清以降，中国的民间庙会林林总总，蔚为大观。就其形式与内容可归纳为六种类型：(1) 文武二圣与庙会，如曲阜孔圣“林门会”、山西解州武祖庙会；(2) 神灵与庙会，如大同城隍庙会、北京雍和宫庙会；(3) 时令与庙会，如二月二人祖庙会、三月三蟠桃宫庙会；(4) 山与庙会，如五台山庙会、吉林北山庙会；(5) 海与庙会，如福建莆田妈祖庙会、山东庙岛后天娘娘庙会；(6) 风俗与庙会，如杭州西湖香会、北京厂甸庙会。⑤

举办庙会，南宫俗称“过会”。旧时，南宫城 36 条街 72 条胡同，有庙数十座，庙在何处，便在那里过会。现今城区的三皇庙街、南天门街、市场街、油坊街、太平街、西关、南关；农村的东里街、三里庄、十里铺、普济桥、西塘苏、东塘苏、齐里屯、赵明桥、西里家庄、同仁庄等地都流行过会之俗。这些流布于南宫城乡的庙会都具有中国民间庙会的共性特征：

1. 因庙兴会

南宫过会，均依附于庙，并以供奉的主神命名，比如，村庙为玉皇庙，庙会便呼之“玉皇圣会”。因南宫村、街的庙规模较小，大多在庙旁，或择无人居住院落、或在空旷处搭蓬(俗称“经蓬”)。倘历史上有庙，且有过会之俗，而庙虽拆除，但“俗”未失传，便在庙的遗址搭蓬兴会。

2. 以菩萨圣诞定会期

南宫庙会主要集中在上半年，尤以二三月为盛，会期以菩萨圣诞为准，通常以某位菩萨圣诞为准，一个月之内，或提前、或推后确定会期。

3. 要素俱全

南宫庙会属于“完全型庙会”，集祭祀、娱乐、商贸等要素于一体。

有道是“百里不同风，千里不同俗”，庙会作为传统的民俗活动，或者说民间庙会作为一种特殊的社会形态，必定会受地域民俗文化的影响，具有鲜明的地方色彩，以此彰显与其它庙会的区别。

为便于读者理解，有必要将“西里家庄南海大士圣会”作一简介。

---

① 华智亚曹荣著：《民间庙会》，北京：中国社会出版社，2006 年 9 月，第 11 页。

② 华智亚曹荣著：《民间庙会》，北京：中国社会出版社，2006 年 9 月，第 11-27 页。

③ 华智亚曹荣著：《民间庙会》，北京：中国社会出版社，2006 年 9 月，第 2 页。

④ 华智亚曹荣著：《民间庙会》，北京：中国社会出版社，2006 年 9 月，第 3 页。

⑤ 齐心编著：《中国庙会》，沈阳：辽宁人民出版社，2014 年 1 月，第 2 页。

据《南宫县志》记载,明洪武年间(1368—1398),一支李氏族人由山西洪洞县迁居南宫。随着人口繁衍,渐成村落,以姓氏取名李家庄。清末村域延伸,分为东西两个李家庄。居东者为"东李家庄",居西者为"西里家庄"。民国时期,"李"演变为"里"。①

西里家庄由一条东西向的大街和几条南北向小巷构成,人口一千多人。庄东有座"南海大士殿",此为主庙。庄西有土地庙、关爷庙及一间供奉三官、山神、真武、火神、龙王、灵官诸神的无名小庙。每年农历二月十九观音圣诞前后举办"南海大士圣会",会期2~3天。今年选在二月初七至初十。前些年在南海大士殿旁搭蓬,近两年的会场设在庄内一废弃的院落。每天早7时至晚10时许,诵经(唱诵宝卷)、上供(许愿还愿)。市京剧团、本庄广场舞队、邻庄秧歌队到会助兴。商贩在主街道设摊。

在观察、体悟"西里家庄南海大士圣会"的同时,笔者还随机采访知情者,搜集南宫"过会"的相关信息。

(1) 它所依托的不是名山大刹,而是村庄、街道的小庙。

(2) 主祀之神有的虽为佛神或道神,但其信仰并非宗教信仰而是民间信仰。不同神佛不称具体圣号,而称"佛爷""菩萨""奶奶""老爷"。

(3) 虽然庙宇、宗教、娱乐、商贸诸要素俱全,但以民间信仰为核心,以祭祀、上供(许愿还愿)为重点。

(二) 南宫的"三皇姑信仰"。

南宫的民间信仰一方面表现为多元的杂神崇信,一方面突出"三皇姑信仰"。

"三皇姑"乃观世音菩萨的世俗尊称。

在中国,自宋以来,"观音菩萨在世俗中的名气和影响,几乎超过了一切神祇"。"她不甘高高居于殿堂之上,遂从庄严肃穆的寺庙莲台上走了下来,走进了穷街陋巷、千家万户。在信徒们心目中,她与民众最亲近,她与百姓最知心,她是解厄解难的救星、慈悲的长者和高洁的'圣母'"。②

华北大地普遍崇信"三皇姑",其本生身世有三种:一是隋文帝的女儿妙阳;二是妙庄王的女儿妙善;三是隋炀帝的女儿南阳。而较为流行的说法是妙庄王的女儿妙善。

民间习俗,父亲的姐姐、妹妹称之为"姑(母)"。同时,喜欢将非血缘的年轻女子呼之为"姑"。因妙善有两个姐姐,排行第三,故亲切地称之为"三皇姑"。

南宫的"三皇姑信仰"在普遍信奉的基础上,揉进地方人文元素:

1. 传说

相传南北朝时期,兴林国君妙庄王有三个女儿:妙音、妙元、妙善。三女长大成人,妙音、妙元都招了驸马,享荣华富贵,唯有妙善笃志修行。十六岁时,妙庄王要将她许配给宰相李成龙的儿子李炳,她执意不从,夜逃出宫,决意去石家庄阱径县苍岩山修行。

金枝玉叶的"三皇姑"象村姑那样,粗布短衫,肩挑经担,忍饥受渴,艰难跋涉,在南宫走过一庄又一庄,走了一天一夜,行至隆尧县一座小山旁歇息,挖坑、拣枝自建茅厕。人们为纪念三皇姑,将此山呼之为"茅山"。南宫宝卷科仪卷《担经》描述了三皇姑担经赴苍岩山的情景。或许为着力渲染担经的艰辛,《担经》别具一格地将"五更"变"十更",反复咏叹。

---

① 河北省南宫市地方志编纂委员会编:《南宫市志》,石家庄:河北人民出版社,1995年7月,第61页。

② 马书田著:《中国佛神》,北京:团结出版社,2006年1月,第72页。

担经

柳木担子两头弯，师父差俺把经担。
肚里又发饿，两腿又发酸。
饿的什么饿，酸的什么酸。
忽然间想起把经担，一道河水闹沼沼。
遇着僧人把经挑，香色女子河边站，两眼混迷失了脚，
失了绣鞋不要紧，失了真经怎么挑。
远看的像个西瓜样，近看木鱼水上飘。
一更里担经出宫门，两腿发酸身子沉，
一双绣鞋忙脱下，脱下绣鞋去修神。
二更里担经往外沿，女不女来男不男，
头上青丝打成绺，风衣不穿去修仙。
三更里担经泪汪汪，踏泥踏水过村庄，
天上小雨双双下，梅花底下把身藏。
四更里担经泪涟涟，狼群虎豹把路拦，
皇姑一见心害怕，双膝跪在路旁边。
五更里担经天上混，鸽子乌鸦成了群，
走着走着天黑了，松树林里把身存。
六更里担经泪汪汪，不见星星和月亮，
皇姑一见心害怕，猛听一声天鼓响。
七更里担经泪簌簌，饥又饥来渴又渴，
饥了就吃松柏子，渴了牛蹄凹里把水喝。
八更里担经一直心，西方路上等善人，
金童玉女往上报，报给上方众位神。
九更里担经心喜欢，金童玉女紧相连，
值符韦陀保着驾，空中仙王使着鞭。
十更里担经上了山，一心上山去修仙，
二位姐姐来解劝，年轻又小怎修仙。
二位姐姐请回吧，一心要上苍岩山，
上了山四处观，观观四外没人烟。
观观东方清凉殿，观观南方珞珈山，
观观西方雷音寺，观观北方温水泉，
观观上方灵霄殿，观观下方鬼门关。
四面八方都观完，回头观观苍岩山。
山上尘土没人扫，山下的石头没人搬。
无人扫来无人搬，柳木担子离了肩。
柳木担子落了地，拿起笤帚去扫山。
一扫东方清凉殿，二扫南方落伽山，
三扫西方雷音寺，四扫北方温水泉，

五扫上方灵霄殿，六扫下方鬼门关。
四面八方都扫完，回头打扫苍岩山，
扫了山前扫山后，扫了左边扫右边，
前后左右都扫完，回头打扫大殿前。
四面八方都扫通，笤帚落在我手中，
俺把笤帚高挂起，再想扫山等来年。

民间传说与科仪卷《担经》共时共生，广为流播，深入人心，将一位中国人共同信奉的神灵实行地方化，从而让当地的老百姓，尤其善良的妇女更加认同、崇信。仿佛大慈大悲的观世音菩萨就象自家或乡间温柔贤惠的姑姑那样可敬可亲。

2. 宝卷

念佛师傅孙全亮说："南宫的经文（宝卷），三皇姑的最多。"特列举卷目：

《顶本》，最长，能唱两个小时；

《大悲卷》，唱一个多小时；

《千佛爷》，唱四十多分钟；

《降生卷》，逢会必唱；

《路程卷》，若过会天数多，最后一天必念此卷。

还有《南海观音真经》《白衣菩萨经》，等等。

"妙善公主修道故事成型于北宋时期。"①历史悠久，流播甚广，版本大同小异。各地多为一卷通行，而南宫是多卷并行。虽然人物及主要情节陈陈相因，万变不离其宗，但叙事方式独树一帜，突出某一情节，比如《顶本》，着重表现妙善公主"顶撞"妙庄王，坚心修行；而《白衣菩萨经》，则突出颂扬"无子归下白衣庙，保佑儿女万万年"。显然，这许多卷本都是为强化"三皇姑信仰"而专门改编、创造的。

3. 情感

置身于南宫民间过会，给人最深切的感受是信众对"三皇姑"笃诚而真挚的情感。有位女师傅，当唱到三皇姑为修行历尽艰辛，竟然心疼得泪流满面。还有一位老太太一脸虔诚地给我数说三皇姑种种灵验的故事。

据车前调查，"三皇姑"在南宫民间多称"南海大士"或"南海菩萨"。在大多数南宫民居中，大门内的影壁墙上，都会向北开凿一佛龛，供奉"南海"，俗称"南海堂儿"。每逢庙会、传统节日、结婚等，都会在南海堂儿烧香上供，像告祭先人一样进行祭拜。

凡此种种，表明"三皇姑信仰"不仅仅是抽象、虚幻的信仰，而是实实在在、无处不在的精神和物质生活。或许，这便是南宫民间过会的灵魂。

二、南宫"过会"的仪式与内容

（一）环境氛围

三月十三日六时许，我们驱车去西里家庄。一进村，浓浓的节庆气氛扑面而来。一行行高高挂起的大红灯笼鲜艳夺目，插遍街沿的三角"会旗"迎风招展。更令人注目的是贴在大

① 陆永峰，车锡伦著：《靖江宝卷研究》，北京：社会科学文献出版社，2008年9月，第69页。

街小巷的标语，质朴无华，易记好懂，特予抄录：

1. 南海菩萨神通广大
2. 南海真灵谁求都行
3. 南海真行谁来都行
4. 行好诵经普度众生
5. 念佛诵经保佑善人
6. 替天行道佛光普照
7. 行好敬观音事事都顺心
8. 行好敬菩萨喜事到你家
9. 念佛敬南海好事天天来
10. 念佛诵经五谷丰登
11. 过会敬观音风调雨顺
12. 过会敬观音事事都顺心
13. 过会诵经天下太平
14. 过会观音到古会真热闹
15. 古会连年办越办菩萨越欢喜

灯笼、彩旗、标语，将西里家庄点缀得喜庆而神圣。我们正想停车打听，但见一辆辆电瓶三轮涌向一条小巷。甭问，那儿便是我们的寻访之处。

(二) 会堂祭坛

这是一座无人居住的农家大院，院门开在东南角。四间老旧平房，坐北朝南。中间的两间为"会堂"。东面为主会堂，檐下挂着一条横幅："观世音会堂"。西面的副会堂门前也挂有横幅："西里家庄南海大士圣会会堂"。两个会堂的格局大体一致：两张方桌拼成的经桌(供桌)朝门而放，桌面由外向里分别是：烛台、香炉、供品，最里面是高粱秆为骨架、彩纸糊成的"架"，类似神龛，供奉着观音菩萨真身及其化身白衣观音、大悲观音的纸扎宝相。"架"前，"善才""龙女"站两边。"架"的右前方有一用于存放"香火钱"的小木盒。"架"的右侧有一小祭坛，供奉全神像和经卷(宝卷)。"架"的上方挂着用线香制作的"通天幡"、两侧挂满彩纸剪贴的"六方旗"。会堂东侧是一铺炕，炕前有两张条桌，供念佛师傅吃饭休息。

主会堂门外东侧有一张长桌，是为"布施处"。桌腿上绑着一纸幡。桌后坐一位管账先生，凡有人"布施"，登记入账，并用红纸条写明姓名、金额，贴在"幡"上，最后随"架"烧化，"上达"神祇。大院的东墙根有一架着大铁锅的铁皮灶。

架

贴"布施名单"的幡

(三) 仪式流程

南宫过会，会期多为两天，常规流程有二十项仪式：

第一天

1. 请神
2. 开光
3. 开坛
4. 诵经
5. 上供祈福
6. 佛前进灯
7. 祭八仙
8. 封坛

第二天

9. 开坛请神(小开坛小请神)
10. 诵经
11. 佛前献供
12. 八仙上寿
13. 十供养
14. 担经
15. 摘桃
17. 送神(会堂)
17、净街巡游
18. 回庙
19. 送神(庙门口)
20. 圆坛

今年西里家庄观音圣会会期三天,仪式程序如下:

第一天

1. 请菩萨 8:00

鞭炮声中,迎神队伍从大院出发,其序列为:令旗(一面绣有“令”字的绿色三角旗)、供品、鼓钹、会众。一路之上,鼓钹齐鸣,炮声连连。至南海大士殿,师傅诵经,会首上香、献供,双手抱起观音塑像走向会堂,其序列为:令旗、香、观音、鼓钹、会众。

鼓钹相伴,鞭炮相迎,会众高声称念佛号。

领:南无——

众和:阿弥陀佛!

迎进东会堂,观音塑像供奉于“架”前。

一领众和,三称:南无阿弥陀佛!

2. 挂旗 8:10

因主要的旗幡事先都挂好,所以象征性地边唱《挂旗》边将代表东、南、西、北、上、下六方的六面三角彩旗插在一装有沙子的盆内。

3. 请神 8:15

唱《请神开坛》。以“清早起来善门开/一对喜鹊飞进来”兴起,引出“佛门弟子来叫门/佛爷一听心欢喜/差唤金童来开门/双手打开门两扇/闪出我佛金身来”,恭请佛祖赴会。

4. 开光 8:20

神佛的偶像雕塑完成后,选择吉日,举行仪式,揭去脸上的红绸,开始供奉,谓之“开光”。南宫过会之“开光”,意味着新扎观音宝相与庙内请来的观音塑像“开始供奉”。

开光法器俗称“七珍八宝”,在一根笔杆样的竹杆上,系七根穿着针、系着铜钱的红绳,其中一根的顶端多系一枚铜钱盖于杆顶。

一念佛师傅站在祭坛前,先是用开光法器“七珍八宝”,继而用净水、毛巾、梳子、红头绳、篦子、抿子、眉笔、镜等,象征性地在观音菩萨面前拂动,四位念佛师傅唱《开光词》。

开光词

上三炷香

一炷香道德香,明明亮亮照十方。

菩萨坐在三宝殿,俺给菩萨来开光。

二炷香安坐香，打扫经堂，
菩萨就在经堂坐，保佑合会无灾殃。
三炷香求清净，菩萨坐在一坛中。
菩萨就在坛中坐，不怕穿孝妇人冲。

开头光

天圆地方连台九张，今日今朝为来开光，
上开三层宝殿，下开地府灵川，
又开老爷凤尾白虎登山，七个新针，
斗志人心，慧眼莫转斗遍乾坤，
新针玉线手内捻，菩萨金身一朵鲜。

开光词

白话：
七针共八宝，九子共十成。
十二龙花会，开光放光明。
唱：
七珍八宝举起来，俺给众神开光来，
金针玉线手内捻，开光先开上三玄。
金针玉线开头光，开了头光，
五凤金冠头上戴，俺给菩萨开头光。
金针玉线开眼光，一对瞳仁稳坐上。
眼观千里明似镜，俺给菩萨开眼光。
金针玉线开耳光，一对消息两旁站。
两耳不听邪魔事，广听善人讲道场。
金针玉线开息光，开开息光闻供奉。
满桌大供许你闻，俺给菩萨开息光。
金针玉线开口光，开开口光讲道场。
口光舌光一齐开，银牙二齿紧对上。
金针玉线开膀光，开开膀光穿衣裳。
美丽法衣给你穿上，俺给菩萨开膀光。
金针玉线开手光，开开手光拿银粮，
金针玉线开心光，开开心光亮堂堂。
五脏六腑都开通，俺给观音开心光。
金针玉线开腿光，盘膝打坐稳坐江，
金针玉线开足光，开开足光上天堂。
一身之法都开完，开开两旁护法坛。
一身之法都开通，开开两旁护法童。
一身之法都开完，七珍八宝落香坛。
这一张黄牙木梳，能工巧匠费功夫。
三宝坛前来奉献，合坛通梳。

簪子来只一根，首饰楼上聚金银。
三宝坛前来奉献，别别乌云。
抿子来把又长，能工巧匠累停当。
三宝坛前来奉献，抿抿鬓光。
这一盆天河水，住在龙宫，
南海老母净水瓶。三宝坛前来奉献，净净面容。
手巾来织的花，上织刘全来进瓜，
三宝坛前来奉献，合坛同擦。
笔杆来七寸长，能工巧匠缠停当，
三宝坛前来奉献，描描眉眼。
这一面玻璃镜，能工巧匠聚它成，
三宝坛前来奉献，照照面容。
一身之法都照完，照照两边护法坛，
一身之法都照通，照照两边护法童。
众神的宝众神的宝，众神的宝贝都用了。

5. 安坛 8:45

西天佛祖赴会、菩萨开光，接下来自然是请“众神赴道场”。会众或跪，或站（年老力衰者）于祭坛前，念佛师傅站着唱《请神安坛卷》。当唱到“十炷香”，一念佛师傅点燃十炷香，每唱一炷，往香炉里插一炷。

请神安坛卷

经头 1

打罢三通鼓，撞撞紫金钟，
弟子登宝殿奉诵开坛经：
打扫干净灰尘去了，
拾起放下讨我佛修行，
俺今来请佛童子抱印盒。
打开三宝印我佛笑呵呵，
吉神排班立请神赴道场，
敬神三叩首奉诵一炉香。

经头 2

弟子上坛来，护法两边排，
打罢三通鼓钹鼓一起开，
打扫清净灰尘去了，
拾起放下我佛修行，
俺今来请佛童子抱印盒，
展开三宝殿众佛笑哈哈，
诸佛排班立众神赴道场，
诚心三叩首恭奉一炉香。

正文

一炷明香安下坛，四大天王在两边，
上搭天桥子一个，龙凤彩花在上边，
当央安的龙凤坛，十二美女来站班，
全部香炉来安全，五卓旗申是八仙，
一炷明香安安稳，先请佛来后请天，
请的老天心欢喜，一年四季保平安，
一炷明香面朝东，打扫清净接无生，
接的无生坛中坐，一年四季免灾星，
一炷明香雾申申，道叫我佛听原因，
你当叫门哪一个，佛爷弟子来叫门，
佛爷听说心欢喜，差唤灵童来开门，
伸手开了门两扇，闪出我佛全起身，
一炷信香照山林，千佛万祖转法轮，
前坛安下老佛祖，后坛菩萨众位神，
一无灰来又无尘，打扫两边水雾云，
水雾云里勤打扫，弟子坛前来请神，
大慈大悲观世音，随身化现应人心，
立会安坛来演教，焚香先请众佛神，

展开经宝炉内真香先焚，
安韦陀四金刚镇定坛门，
一炷香请三世诸佛诸祖，
请罗汉众菩萨缘觉声文，
二炷香请观音圆通教主，
伽蓝神护法神左右随跟，
三炷香请至尊中天教主，
请三元九天爷荡魔天尊，
四炷香请地藏幽冥教主，
请五岳和四渎十殿阎君，
五炷香请西天二十八祖，
达摩祖续灯祖同转法轮，
六炷香请王母蟠桃下降，
老寿仙领八仙各驾祥云，
七炷香请北极紫微大帝，
请普天众星斗罗汉群真，
八炷香请泰山仙天圣母，
眼光母瘢疹母送生子孙，
九炷香请玄女水府圣母，
请雷公并震母五海龙神，
十炷香请盘古三皇圣母，
药王爷普守真施药治病，
望众神赴坛场来受明香，
显威灵神通力护国佑民。
打扫清净古佛堂八宝炉里焚真香，
焚了真香各按位通请众神赴道场，
迎接众神面朝东打扫清净接无生，
接到无生心欢喜一年四季保安宁。
信香一举天门开，千佛万祖降临来，
一炷信香入佛门，千佛万祖转法轮，
开坛先请老佛祖，后请菩萨众位神。
请佛祖化阿弥家住在梵王宫里，
香灯纸祃请佛祖坐坛中来受明香。
请玉皇紫金身家住在上方天宫，
香灯纸祃请玉皇坐坛中来受明香。
请地藏好威名家住在九华山中，
香灯纸祃请地藏坐坛中来受明香。
请南海好威灵家住在落伽山中，
香灯纸祃请南海坐坛中来受明香。
请关爷号云长家住在蒲州解良，
香灯纸祃请关爷坐坛中来受明香。
请三官好三元家住在云台山中，
香灯纸祃请三官坐坛中来受明香。
请大悲救世间降生在皇宫内院，
香灯纸祃请大悲坐坛中来受明香。
请白衣好威名家住在白云山中，
香灯纸祃请白衣坐坛中来受明香。
又请东方清良母又请南方观世音，
又请西方花良母又请北方镇武神，
又请上方张大帝又请下方十阎君。
龙母娘娘你也坐，麦王奶奶坐坛中，
虫王爷你也坐，寒祖老爷坐坛中。
又请太阳和太阴，又请风神和雨神，
又请雷公和电母，又请福神和财神，
又请家宅和六神，又请满院喜仙神。
一炷信香安下坛，俺把值符请一番，
值符骑着千里马，一路神风到坛前。
韦陀老爷出天门，身披金甲降吉祥，
韦陀老爷你也坐，护神护法护道场。

请不到的神，安不到的仙，顺着香烟来坐坛，

报事的灵童你也坐，请不到的神你再请，
凡间不知圣中事，圣中事情你顺通，
请神不知大和小，从上而下坐坛中，
通请众神各安坐，八宝炉内焚真香。
大悲菩萨请来坐白衣菩萨坐坛中，
太阳太阴请来坐风神雨神坐坛中，
雷神闪电请来坐龙母奶奶坐坛中，
寒祖老爷请来坐虫王爷爷坐坛中，
麦王奶奶请来坐地母娘娘坐坛中，
家宅六神请来坐喜神福神坐坛中，
山神庙神请来坐河神路神坐坛中，
众位全神请来坐众位全仙坐坛中，
报事灵童请来坐请神不到你再请。

请不到的神，接不到的仙，
顺着那香烟来坐那坛，那哈哈莫。
韦陀老爷庙南良，身披金甲降吉祥，

韦陀老爷请来坐，护佛护法护道场。
一炷信香照山林，千佛万祖转法轮。
前坛安下老佛祖，后坛菩萨众位神。
一炷信香安下坛，俺把值符请一番，
值符骑着能行马，一溜神风站坛前。

6. 请亡灵 10:30

大院北墙外设有城隍、土地祭坛和本村亡灵祭坛。先在城隍、土地祭坛前上香、化纸，再给本村亡灵化纸，唱《请亡灵》。请全村的“老亡灵”“赴会”“听经”“赴席”“打斋”。

7. 去其他庙请神 14:40

会众及念佛师傅在令旗的引导下，至诸神小庙、关爷庙、土地庙上香献供。唱《请神经》，给众神打招呼，今日过会，共享香火。

12:00，午饭。一碗面、一个馒头敬神。面碗上放两枝香代“筷”。念佛师傅在室内用餐。会众（全村老少及摊贩）在院内，一手端碗，一手拿馒，或坐、或蹲、或站。

8. 诵经（唱念宝卷）、上供 14:15

18:40，晚餐。神前供面一碗。会众吃烂面、馒头。

9. 进灯 21:10

“进灯”“进扇”“打花棍”等俗称“花活”。形式与歌舞相近，内容与科仪卷相通，随机而零散地按排在佛前献艺，通常由师傅和会众一起表演。

东会堂门前的广场上，四位女师傅唱《进灯》，“伸手端起两盏灯”“通请众神来观灯”。再唱《十进灯》，将“金灯”献给十位神祇。

三位妇女各端两盏灯率先登场，翩翩起舞。继而是四男各拿一面彩旗，与之共舞。

月朗星稀，歌声悠扬。灯似莹光飘逸，旗如彩蝶纷飞，其情也浓，其景也美。

十进灯（节选）

一盏金灯一盏明，端起金灯照云城，
金灯不上旁处送，佛爷面前放光明。
二盏金灯二盏明，端起金灯照云城，
金灯不上旁处送，玉皇面前放光明。
三盏金灯三盏明，端起金灯照云城，
金灯不上旁处送，三官面前放光明。
四盏金灯四盏明，端起金灯照云城，
金灯不上旁处送，娘娘面前放光明。
五盏金灯五盏明，端起金灯照云城，
金灯不上旁处送，菩萨面前放光明。
六盏金灯六盏明，端起金灯照云城，
金灯不上旁处送，药王面前放光明。
七盏金灯七盏明，端起金灯照云城，
金灯不上旁处送，真武面前放光明。
八盏金灯八盏明，端起金灯照云城，
金灯不上旁处送，城隍面前放光明。
九盏金灯九盏明，端起金灯照云城，
金灯不上旁处送，土地面前放光明。

十盏金灯十盏明，端起金灯照云城，

金灯不上旁处送，灶王面前放光明。

10. 封坛 21:45

如有人上供，继续至十点半左右，没有则封坛。念佛师傅在坛前念《封坛》。“几场真经念完毕，辞别众神退了坛。”熄灭香火，“众神齐安歇，明日再通请。”

第二天

11. 早晨叫门 7:00

念佛师傅先在东会堂面对主祭坛，尔后在院内面向东西北方唱《早起请神词》，“迎接全神坛中坐，坐在坛里收香来。”

继续诵经、上供。

14:00 南宫市京剧团送戏下乡，在庄西的广场演《将相和》等折子戏。

15:00，本庄广场舞队在院内面向主祭坛献演。

12. 祭八仙 20:00

给八仙祭坛上香、奠酒。两位女念佛师傅站在坛前，分别敲木鱼、击鼓唱《请八仙》《送八仙》。

两位男念佛师傅击钹，围着祭坛表演“八仙醉酒”，粗犷豪迈，激情迸放。高潮处，一人将酒倒入一碗棉籽内，点着，狂撒如流星；一人两手狂舞燃烧的纸条。一时间，鼓钹喧天，星火耀目，美不胜收。

13. 封坛 20:40

第三天

第三天为正日，上供的更多，得排队。下午主街道人如潮涌，交通阻塞，甚是热闹。

14. 早晨叫门 7:00

15. 佛前供献 11:45

为观音祝寿。献上一盘面蒸的寿桃、一盘苹果，各十二个，若闰年则十三个。念佛师傅在坛前唱《十上供》。

十上供

白话：

好心惊动天和地，迎接善人来上供，

八席解供福禄重增，各家安排各办虔诚，

供本香来香灯供，同往西天抱莲灯。

唱：

一上供龙天喜光明此照，

二上供见如来照满乾坤，

三上供三千佛留经在世，

四上供念弥陀单指人心，

五上供众菩萨齐来赴会，

六上供六千佛同转法轮，

七上供半虚空罗汉寿僧，

八上供八金刚护起经堂，

九上供众位神齐来赴会，
十上供恒沙佛执掌乾坤。
十碗大供都上完，白光仙桃往上转，
十碗大供都上通，统请众神都来用。
上供自为高，真香炉里烧，
得了家乡病，自求菩萨路一条。
上供要虔诚，今日表上名，
坛前挂上号，菩萨面前对合同。
大供上完，四角周全，催香童子抱着旗兰，
年年得报，月月保平安。

16. 八仙上寿 12:00

八仙祭坛移至东会堂门口。四位女念佛师傅面对祭坛唱《八仙上寿》，拜请八仙为观音上寿，“保佑合会善人永无灾”。

男念佛师傅甲一手捧一个寿桃领舞，另有四男四女手执三角彩旗，在甲带领下翩翩起舞。院门口鞭炮齐鸣。会众向观音菩萨跪拜。

八仙上寿

白话：

八仙出洞来，遍地黄花开，
八仙来上寿，请出众仙来。

唱：

一出洞府宝莲开，正见八仙过海来，
俺问八仙哪里去，观音面前上寿来。
菩萨为根俺为苗，苗苗里头结仙桃，
仙桃仙果来上寿，年年上寿走一遭。
上八仙来上寿，仙桃仙果。
下八仙来上寿，狮子麒麟。
中八仙来上寿，笙吹细乐。
佘太君来上寿，压老长生。
老寿僧来上寿，坐在虚空。
斟一杯上寿茶，递给寿僧。
汉钟离来上寿，仙桃一个。
那仙桃吃用了，不老长生。
吕洞宾来上寿，身披仙剑。
那仙剑斩妖魔，不见踪影。
张果老来上寿，神驴一个。
那神驴它驮着，四大名山。
曹国舅来上寿，横笛一个。
那横笛它吹着，每人众听。
蓝采和来上寿，阴阳二板。

那二板晃一晃，晃动乾坤。
铁拐李来上寿，拐棍一个。
那拐棍它拄着，一瘸二点。
何仙姑来上寿，笊篱一个。
那笊篱挖东海，干干净净。
韩湘子来上寿，花篮一个。
那花篮自挥毫，口吐仙丹。
上寿来上寿来，众位八仙两边排，
众位八仙来上寿，保佑合会善人永无灾。
上寿来喜冲冲，天上猿猴挂彩虹，
甲官斟酒满门喜，八仙上寿福禄增。
众神面前一座楼，观音坐在里头，
众位八仙来上寿，合会善人磕寿头。

17. 上供打赞 12:20

今日为观音菩萨过生日，午饭前念佛师傅到各庙神灵前唱《赞》问安，谓之“打赞”，尔后对着锅灶唱《增锅》。祈请“王母娘娘来搅锅”“越搅越多越欢喜，锅里放上十香菜”“千人万人用不了”。“众神上下灵丹药，大众吃了无灾难”。同时对着馍馍唱《增福》。祝福雪白的馍馍“堆成山”。

14:30，普济桥秧歌队到会助兴。先锣鼓喧天地进院给观音菩萨献舞，尔后去庄西广场舞台演出。

18. 十供献 16:00

东会堂门外设一祭坛，四位女念佛师傅分立两侧唱《拾供养词》。

男师傅甲领舞。四男四女手执三角彩旗，踩八字步，走八字阵，形同双龙起舞，煞是壮观。甲边舞边奉献“香、花、灯、水、果、茶、食、宝、珠、衣”等供品。

拾供养词(节选)

白话：
香、花、灯、水、果、茶、食、宝、珠、衣。
十样梅花供请来都是敬神的。
头戴乌纱端端正，玉女鞋脚往前行，
行走来到供养殿，供养殿里拜无生。
头戴乌纱帽，身穿皂绿袍，
靴脚往前踢，供养殿里走一遭。

香：
宝香金炉香烟起，上打三千并九地，
宝香供养高真位，宝香一盘法中王，
宝香供养法中王，点起灯来赴一个龙花会，
烧纸皇王万万岁。

花：
仙花朵朵真可爱，这朵鲜花生玲瑞，

鲜花一朵千千对,鲜花一盘法中王,
鲜花供养法中王,点起灯来赴一个龙花会,
烧纸皇王万万岁。
灯:
明灯照照金光起,明灯照照黄天日,
明灯照照有人起,明灯一盘法中王,
明灯供养法中王,点起灯来赴一个龙花会,
烧纸皇王万万岁。
水:
天地乾罗真正随,玉帝金光乾坤起,
知人知可皆友谊,清水一盘法中王,
清水供养法中王,点起灯来赴一个龙花会,
烧纸皇王万万岁。
果:
仙果品品真秀丽,天西造下香梅桂,
天西造下梅桂香,仙果一盘法中王,
仙果供养法中王,点起灯来赴一个龙花会,
烧纸皇王万万岁。
茶:
茶芽下在龙须内,三清开花生子累,
茶芽下在浮水内,茶芽一盘法中王,
茶芽供养法中王,点起灯来赴一个龙花会,
烧纸皇王万万岁。

食:
美食品品真秀丽,香茶寿茶香心里,
美食供养高真位,美食一盘法中王
美食供养法中王,点起灯来赴一个龙花会,
烧纸皇王万万岁。
宝:
百宝掺在龙须内,天然一起皆成起,
金炉炼出真宝贝,百宝一盘法中王,
百宝供养法中王,点起灯来赴一个龙花会,
烧纸皇王万万岁。
珠:
宝珠悬挂金光起,又请书夜五请宿,
教广落罢黄天日,宝珠一盘法中王,
宝珠供养法中王,点起灯来赴一个龙花会,
烧纸皇王万万岁。

衣：

仙衣绸面白花衣，白龙白凤白花体，

仙家不离霞关内，仙衣一盘法中王，

仙衣供养法中王，点起灯来赴一个龙花会，

烧纸皇王万万岁。

……

弟子坛前道供养，供养一完，

四角俱全，众神欢喜会平安。

19. 担经 17:00

三女先肩挑“经担”在东会堂门前的祭坛前缓缓起舞，后各执一小扫把“扫山”。

伴唱悲怆低沉，将三皇姑矢志赴苍岩山修道，风餐露宿，跋涉艰难的情景演绎得生动感人。

20. 摘桃 17:40

一桌置于院中，桌腿绑根柳树枝，枝上有十二个“仙桃”。两女手执绢帕分别扮演守桃的孙膑和偷桃者猿猴孙白灵。两人先在地上追逐打斗，后跳到桌上护桃摘桃。几经周折白猿终于摘得仙桃为母治病。

这是一出情节完整、主题鲜明情景剧，诙谐有趣，发人深省，人们在阵阵会心的笑声中，体悟百善孝为先的人伦道德。

摘桃

经头

一道黄河九道弯，弯弯里头进桃园。

桃园里头九棵树，六棵甜桃三棵酸。

六棵甜桃敬菩萨，三棵酸桃敬八仙。

会主摆了荣华会，敬敬菩萨庆寿诞。

正文

二人进桃园，大家皆喜颜。

欢音灵诞大会，摘桃庆寿诞。

眼光看到玉山中，红油大门光又明。

上有一把黄金锁，九女开锁下山中。

九女打开黄金锁，俺把王母往里请。

俺请王母桃园坐，咱把桃树明一明。

大仙姑急慌忙，清晨早起吩咐声。

两边的二位仙童，你把那王母殿打扫干净。

有几束仙花悬挂在当门。

东山上，挂圣花，美丽两对；

西山上，挂圣花，猿猴成群。

金香炉烧真香，起在虚空。

白玉手，挂圣花，干干净净。

有值符记清了，前去接待。
端仙盘，盛仙果，迎接仙人。

一行行走来的快，桃园不远在面前。
迈步就把桃园进，五方桃树长得全。
东方桃树长得清，上结仙桃闹哄哄。
伸手摘了一个桃，两手捧桃敬无生。
南方桃树长得发，上结仙桃成疙瘩。
伸手摘了一个桃，两手捧桃敬菩萨。
西方桃树长得矬，上结仙桃成骆驼。
伸手摘了一个桃，两手捧桃敬我佛。
北方桃树长得粗，上结仙挑成嘟噜。
伸手摘了一个桃，两手捧桃敬王母。
中方桃树长得强，上结仙挑闹洋详。
伸手摘了一个桃，两手捧桃敬玉皇。

五方桃树都摘完，忽然想起事一端。
一到后洞问母好，一到后洞问母安。
低头猫腰洞门进，双膝跪在娘面前。
问声俺母你可好，问声俺母你可安。
为娘正在困梦里，忽听耳旁有人声。
有心睁眼难睁眼，两眼发涩眼难睁。
揉揉眉头睁开眼，面前跪的小娇生。
（哭）为娘得了婆罗病，想吃仙桃治病龙。
往日吃了桃一个，十分大病九分轻。
再有仙桃用一个，十分大病好个清。
没有仙桃叫娘用，为娘的大病归阴城。
白猿行孝心一定，舍的破头撞金钟。
撞撞金钟灵不灵，叫声老母养病龙。
二番偷桃下云蒙，身穿一领黄毛褂。
头带金箍压眉龙，准备偷桃孙白灵。
行走来到洞门外，忽听老母放悲声。

一见灵儿他去了，何人保他吉和凶。
要叫孙膑获拿住，想逃治命万不成。

一出洞门划十字，站在十字正当中。
东北角上指三指，西比角上喊三声。
照着空中吹法气，游游荡荡起在空。

遇着山了山上走，遇着水了水上行。
过山好比过堆土，过海好比过麻坑。
一行行走来的快，桃园不远面前迎。
收住云头拦住路，桃园以里看分明。
东西大道无人走，南北小道无人行。
无人走来无人行，桃树以下把身停。
身法一纵上了树，桃树以上显手能。
搬着东枝往西晃，搬着西枝往东行。
摇得桃树连声响，惊动看桃的孙膑。
孙膑正在困梦中，忽听桃树有动静。
有心睁眼难睁眼，两眼发涩眼难睁。
揉揉眉头睁开眼，观见树上有妖精。
往日丢了桃一个，师父给我动五刑。
师父打了四十板，直到如今筋骨痛。
师父赐俺斩仙剑，师父赏俺锁仙绳。
斩仙剑来锁仙绳，桃树以上锁妖精。
你说你会俺也会，你说你能俺也能。
别说把俺获拿住，想拔猴毛万不能。
上天赶到灵霄殿，入地追到水晶宫。
你是佛爷金翅鸟，赶到西天拔灵根。
你是南海大徒弟，落伽山上把账清。
白猿一看事不好，游游荡荡起在空。

21. 送亡灵 18:15

念卷师傅在亡灵祭坛前唱《送亡灵》，与会众一起将“亡灵”送至土地庙。

22. 落旗 18:20

一念佛师傅在祭坛前舞三角彩旗，唱《落旗》。众摘落挂在会堂里的“六方旗”和“通天幡”。

23. 送神 18:30

念佛师傅边唱《上茶》边奠茶。将五杯“清茶”奉于神前，“五杯清茶都上完”“灭了三灾救八难”。

奠茶后唱《送神经》，当唱到“十分纸”时候，每唱一份，师傅在坛前点燃一份，由会众传递至院内焚纸炉。

送神经

道场圆满佛起身，不坐飞车驾祥云，
关平二郎头前走，紧跟笙乐共生琴，
老爷也回龙霄殿，奶奶也回九龙宫，
九龙宫里莲台坐，手托门帘思宗红。
一份纸送灵山燃灯佛祖，经堂里众位神都要起身，
二份纸送都天掌教玉皇，有龙子和龙孙接在天堂，

三份纸送三官云台宝殿，三月三清明日大放毫光，
四份纸送泰山泰山娘娘，望龙宫前引路接在山中，
五份纸送南海观音老母，有金童和玉女接在落伽，
六份纸送鄚州药圣药王，有二十和八祖接在鄚州城，
七份纸送北方真武老祖，有周公和桃花女接在北阳，
八份纸送城隍大堂安坐，有三班和六将接在庙堂，
九份纸送土地回宫去了，有小鬼和判官接在庙堂，
十份纸送本宅自己灶王，有家宅和六神自己安阳，
一切全神都送完，诸佛菩萨也回坛，
玉皇也回天宫里，地藏也回九合山，
佛家也回西域去，菩萨也回落伽山，
道场圆满成果经，俺把师父送一程，
山上仙家回山去，庙里仙家回庙中，
山上童子回山去，明年有事再通请，
一切金身都送完，剩下弟子在抛坛。
一更里来哭蓝天，大佛寺里祈告伽蓝，
祈告伽蓝真弟子我的佛唉，念皇经来就把皇经来念。
二更里来哭蓝沙，大佛寺里祷告菩萨，
祷告菩萨真弟子我的佛唉，挂皇宫来就把皇宫来挂。
三更里来哭兰肖，提起修行睡不着，
眼望面前实难熬我的佛唉，挑婆娑来就把婆娑来挑。
四更里来哭兰怀，提起修行落下泪，
眼望面前实难挨我的佛唉，挨时光来就把时光来挨，
五更里来大天明，南楼底下撞明钟，
灰尘路上乱人走我的佛唉，送众神来就把众神来送，
一对红纱灯起在虚空，念佛的有好，
办事的有功，号佛三声送送神灵。
回宫的童子摩哈萨，
十二月里整一年，观音面前写对联，对联上边写大字，
二月十九日大寿圆，金银财宝带回去，
一带带到古灵山，古灵山上落了座，再想念佛等来年。

24. 抬架 20:30

念佛师傅唱《起架》，“四大金刚来助力，轻轻抬起菩萨来，合会拈香头里走，锣鼓喧天来送神”“这场大事完结了，再也无消耗”。

院门口鞭炮齐鸣。

四人抬架出会堂。令旗为前导，鼓钹喧天，向南海大士殿进发。沿途停架数次，以便村民供奉、叩拜。每停一次，两班师傅比赛似地将鼓钹敲得急烈而铿锵，震天动地，撼人心魄。

抬架队伍至殿东首暂驻。全村男女老少集聚殿西空地，观赏烟火。

鞭炮震耳欲聋。烟花绚丽多彩。

扫净殿前场地，铺上黄钱纸。移架于上。往架上撒盐和麸子。盐代表眼缘，有缘分。麸子是撒福的意思。

会首郑重地将架点燃。火光灼灼，青烟冉冉。

第四天早上，师傅及部分会众恭送观音塑像归位。

(四) 主要内容

严格讲，仪式也是内容。但就整体而言，它属于形式。二十几项仪式，将三天过会划分成若干时间单位，充填其中的有四项内容：

1. 祭祀

祭祀是过会的核心。它是西里家庄一年一度最为隆重的公祭，一切活动都必须围绕祭神展开。

以观音为主祭之神，神仙、祖宗及精灵共同赴会，共享香火。因而，与会堂主祭坛相配套还有四个祭坛。院内朝东南方向设八仙祭坛，享荤供。北院墙临街处设两个祭坛，分别祭祀城隍、土地和本村亡灵。在庄东南海大士殿大门右侧设坛祭精灵。前者可以理解，本庄过会，岂可怠慢城隍、土地、亡过宗亲。此俗各地通行，江苏无锡、常熟、靖江做会，城隍、土地必请，私会还得请三代宗亲。后者为南宫特有之习，说是过会可能会惊动、吸引狐狸精等精怪，不待之以礼、供献酒肉，它们会作祟捣乱。

2. 诵经

南宫人习惯将“宝卷”称之为“经”，以诵经为功德。赞颂神祇、祈福禳灾、修身养性。“诵经”，即唱念宝卷。第一本为《三藏真经》。颂扬唐代圣僧玄奘西天取经。

南宫过会，必诵之“经”有18种，卷目如下：

1.《三藏真经》
2.《镇坛经》
3.《佛祖经》
4.《全神卷》
5.《三皇姑降生卷》
6.《白衣观音经》
7.《南海观音经》
8.《大悲卷》
9.《千佛爷》
10.《龙王经》
11.《太阳经》
12.《药王经》
13.《天地玉皇经》
14.《伏魔宝卷》
16.《关爷卷》
17.《请愿拜愿》
18.《八难真经宝卷》

3. 上供

信众许愿还愿谓之“上供”。其程序如下：

(1) 置办供品、鞭炮、黄钱纸、扯六尺红布(并非样样俱全，各人随心而定)。

(2) 在“布施处”花一元钱“请”“观音纸马”一张。

(3) 至会堂祭坛献供，手捧黄钱、纸马跪于坛前。

(4) 向师傅报上某门某氏、所祈何事，递上香火钱(大多是20元，最少10元，最多80元)。

(5) 师傅视情况现编现念《上供词》。

(6) 撤供、化纸、放鞭炮。水果、食物一般各自带回，也有留少许给师傅。红布最后送架时烧化。

上供者以中老年妇女为主，也有年轻人，有位胖小伙想祈求菩萨保佑早点娶上媳妇，不便明说，便红着脸与念佛师傅说悄悄话。若今年许愿“灵验”，来年过会得还愿。花钱“进架”是还愿的一种方式。每份 80 元，当年张榜公布，并随“架”烧化，“送达”神明。今年公布的“还愿进架名单”为 24 人，共 1980 元。

4. 娱乐

“演戏游神之类文化娱乐活动”“最初是敬神的内容和手段，后来演变为一般性的群众娱乐”。① 娱神的同时娱人，人神共乐。今年西里家庄过会的娱乐活动有五项：

第一，富有表演性、观赏性的仪式，比如“祭八仙”“八仙上寿”“十供献”“担经”“摘桃”等。

第二，俗称“花活”的神前献艺，如“进花”“进灯”“打花棍”等。

第三，专业剧团演出，南宫市京剧团演出《将相和》等折子戏。

第四，业余演出。本村的广场舞队和普济桥村的秧歌队在神前献演。

第五，抬架及庙前烟火晚会，此乃过会娱乐的高潮。

5. 商贸

尽管电商发达，实体商业难做，但作为传统，庙会贸易依然传承。西里家庄过会的商摊既有本村的，也有邻村的。第三天，主街道商贩云集，所有摊主都在会上吃饭。

三、南宫宝卷的一般状况

（一）界定

南宫宝卷的指称率性而无一定之规。1）或呼之为“宝卷”：《仙家宝卷》《关老爷宝卷》；2）或呼之为“真经宝卷”：《八难真经宝卷》《药王真经宝卷》；3）或呼之为“真经”：《南海观音真经》《天地玉皇真经》；4）或呼之为“经”：《麦王奶奶经》《送神经》；5）或呼之为“卷”：《请神安坛卷》；6）或呼之为“词”：《开光词》《拾供养词》，等等；7）还有的直接以仪式冠名，《上茶》《点茶》《挂旗》《挂灯》《落旗》《请架》《起架》，等等。

南宫过会由村、街道自主举办，也有极少数设佛堂的家庭也举行“佛会”，时间一天，仪式为“过会”的精简版，且有邻里上供，可视同集体过会。南宫宝卷乃过会时演唱的文本。按车锡伦先生的经典定义，“中国宝卷是在宗教（佛教和明清各民间教派）和民间信仰活动中，按照一定仪轨演唱的一种说唱文本，演唱宝卷称作“宣卷”（或作“念卷”“讲经”）。”②笔者将南宫宝卷界定为“民间庙会宝卷”。

南宫宝卷主要用于赞颂神佛、服务科仪。窃以为，可分为两大类：圣卷，讲神佛本生故事；科仪卷，用于仪式。已知卷目如下：

圣　卷

1.《三藏真经》
2.《西天如来佛经》（一）
3.《西天如来佛经》（二）
4.《全神卷》
5.《三皇姑降生卷》
6.《白衣观音经》

---

① 赵世瑜著：《狂欢与日常·明清以来的庙会与民间社会》，北京：生活·读书·新知三联书店，2002 年 4 月，第 192 页。

② 车锡伦著：《中国宝研究》，桂林：广西师范大学出版社，2009 年 12 月，第 1 页。

7.《南海观音真经》
8.《大悲宝卷真经》
9.《千佛爷》
10.《龙王经》
11.《太阳真经宝卷》
12.《太阴真经宝卷》
13.《药王真经宝卷》
14.《天地玉皇真经》(一)
15.《天地玉皇真经》(二)
16.《伏魔真经宝卷》(一)
17.《伏魔真经宝卷》(二)
18.《关爷宝卷》
19.《八难真经宝卷》
20.《菩萨经卷》
21.《麦奶奶经》
22.《南海观音经》
23.《白衣菩萨经》
24.《仙家宝卷》
25.《王母真经宝卷》
26.《地母真经宝卷》
27.《顶本》
28.《路程卷》
29.《无生老母经》
30.《财神经》
31.《灶王经》
32.《城隍经》
33.《三仙圣母经》
34.《真武经》
35.《三官大帝经》
36.《寒祖真经》

科仪卷

37.《请神安坛卷》
38.《请神开坛》
39.《开光词》
40.《十供养词》
41.《道供养》
42.《请愿经》
43.《拜愿经》
44.《八仙真经》
45.《八仙过海》
46.《八仙献吉事》
47.《八仙表名》
48.《十大请仙家》
49.《哭五更》
50.《皇姑经尾》
51.《十份纸》
52.《倒灯》
53.《送神》
54.《十禅会》
55.《报恩》(一)
56.《报恩》(二)
57.《送神经》(一)
58.《送神经》(二)
59.《封坛》(一)
60.《封坛》(二)
61.《点茶》(一)
62.《点茶》(二)
63.《上茶》(一)
64.《上茶》(二)
65.《请经文菩萨》
66.《请亡灵》
67.《送亡灵》
68.《早起请神词》
69.《镇坛经》
70.《十上供》
71.《挂灯》
72.《散灯》
73.《担经》
74.《挂旗》
75.《五挂号》
76.《家人上供》
77.《落旗》
78.《十大禅》
79.《请架》
80.《起架》
81.《尽灯》
82.《续十座楼》
83.《倒寿》

84.《十跪拜明香》

85.《请老师》

86.《十产会》

以上86种卷目，是近年来南宫人初步搜集整理的成果。笔者所见甚少，而是据念佛师傅的口述记录，卷名多为口语，未必规范、确切。据现场考察，至今活态传承的宝卷不足50种，其他作为抄本藏于民间。换言之，有相当的卷本活力尽失，凝固为历史文献。

此外，与过会相联系，还有几种文体：一是“赞”，如《亡灵赞》《增锅》《增福》等；二是功能与科仪卷相近相似的“花活唱词”，如《打花棍》《进灯》《十进灯》《进花》等；三是相融于某些科仪卷的“偈”“诵”“白话”。

（二）文本的形式和结构

“韵散相间，讲唱结合”乃宝卷的基本文体，在别的许多地方，或以说为主，唱为辅，如靖江宝卷；或以唱为主，说为辅，如河西宝卷。南宫宝卷一唱到底，偶有“白话”“偈”“诵”，廖廖数语，可忽略不计。

南宫宝卷的唱词以“五字句”“七字句”“十字句”为主，许多卷本，常常是三种句型交替使用，多变而富有韵律。仅以《大悲宝卷真经》为例：

大悲宝卷真经（节选）

大悲菩萨好逍遥，两手合掌微微笑。
头戴金冠只一项，身上穿着大红袍，
五凤朝阳腰中系，玉带罗裙你穿着，
两手托的是日月，七星宝剑你拿着，
左手拿的是金砖，右手拿着翻天印，
一弓一箭随后跟，困龙绳在柱分脚。
跳出莲花风火轮，两手合掌笑嘻嘻，
大悲就在坛中坐，弟子拜佛尊一尊。
菩萨出家泪涟涟，埋怨父王太无端，
听从奸臣把俺害，大火烧了白鹊庵，
五百尼姑都烧死，烧的尼姑实可怜，
猿猴引路头里走，跨虎登山到苍岩，
灵官把守山门口，菩萨稳坐苍岩山，
苍岩山上托了壳，舍了手眼才成神。

远近来进香，辈辈往下传，
菩萨坐高山，年年保平安。

千佛祖玉皇爷传下玉旨，有菩萨坐莲台往下观看。
观众生迷真性不随身影，妙庄王三公主若自修行。
有金童和玉女黄幡宝盖，有灵官和佛光引路前行。
四天王八金刚常来护法，左天蓬右天师送在下方。
有菩萨落凡宫声吹细乐，临凡宫满宫中大放光明。
生下来她就会呼风唤雨，刚醒事学说话智慧聪明。
一二岁在宫中蒲团打坐，三四岁在宫中学诵皇经，
五六岁手指中手指明灯，七八岁在宫中若拜北斗，

有九岁和十岁金殿上本，一心心要出家带发修行。
万岁爷闻听说心中好恼，将皇姑贬在了冷清宫中。
有一臣来上本皇姑赦出，寺里监改圣旨立下柴垅。
将皇姑请在了柴垅之上，霎时间点着火满天通红。
有灵官和韦陀神风刮起，将皇姑离在了白鹊庵中。
怒恼了王灵官神风刮起，将官人提起来摔在柴垅。
皇姑来在一庵中，不知南北和西东，
谁知离朝多么远，抛下老母在宫中。
一更里诵皇经惊天动地，惊动了净席佛都来听经。
二更里诵皇经皇娘国母，怎知道你孩儿白鹊庵中。
三更里诵皇经城隍土地，都来听三皇姑诵念皇经。
四更里诵皇经阴间之事，犯罪人□不能撞了鸣钟。
五更里天明了东方发亮，出家人净手脸去把香焚。
老尼姑在后宅听见所响，前来道诵皇经哪里人氏，告我说好送你还向家中。
老师傅请坐下仔细听讲，家住在玉京城生在皇宫。
我父王暗害我访贤学道，他将我贬在了冷清宫中。
有一臣来上本将我赦出，寺里监改圣旨立下柴垅，
他将我请在了柴垅之上，霎时间点着火满天通红，
又不知哪部臣将俺来救，他将我离在了白鹊庵中。
老师傅没话说将我留下，白鹊庵俺出家带发修行。
老尼姑便开言皇姑来到，白鹊庵你出家怎比皇宫。

以上是南宫经典宝卷《大悲宝卷真经》(节选)，以“七字句”开头，28 句后转“五字句”，吟唱 60 句，由 4 句“七字句”过渡至“十字句”。这里不仅有情节的发展，而且有曲调、情绪的转换。还有的宝卷，或许为适应情绪、曲调而出现不规则的长短句。且看《哭五更》：

哭五更

一更里来哭蓝天，大佛寺里祈告伽蓝，
祈告伽蓝真弟子我的佛唉，念皇经来就皇经来念。
二更里来哭蓝沙，大佛寺里祷告菩萨，
祷告菩萨真弟子我的佛唉，挂皇宫来就皇宫来挂。
三更里来哭兰肖，提起修行睡不着，
眼望面前实难熬我的佛唉，挑婆娑来就把婆娑来挑。
四更里来哭兰怀，提起修行落下泪，
眼望面前实难挨我的佛唉，挨时光来就把时光来挨，
五更里来大天明，南楼底下撞明钟，
灰尘路上乱人走我的佛唉，送众神来就把众神来送，
一对红纱灯起在虚空，念佛的有好，
办事的有功，号佛三声送送神灵。

在文本的结构上，南宫宝卷的卷本由“经头”“正文”“经尾”三部分组成。“经头”总领全卷，“经尾”总结全卷，有的有两个“经头”，如上述《请神安坛卷》的经头就是两个。

长期口耳相传，记忆有误、兴趣相异，南宫宝卷有许多同名异文，仅以两种《点茶》为例：

点茶(1)

东海东里好香茶，兰枝兰叶开兰花，
清凉圣母来赴会，咱今奉点一杯茶。
南海南里好香茶，红枝红叶开红花，
观音老母来赴会，咱今奉点二杯茶。
西海西里好香茶，白枝白叶开白花，
花良圣母来赴会，咱今奉点三杯茶。
北海北里好香茶，黑枝黑叶开黑花，
镇武玄武来赴会，咱今奉点四杯茶。
今顶上房好香茶，黄枝黄叶开黄花，
玉皇老爷来赴会，咱今奉点五杯茶。
城里下方好香茶，绿枝绿叶开绿花，
地藏老母来赴会，咱今奉点六杯茶。
点茶点的地皮湿，过山过海送阿弥，
点茶点的地皮黄，金银钱粮送玉皇(过山过海送玉皇)，
点茶点的地皮潮，众位神灵赴了蟠桃(过山过海过了蟠桃)。

点茶(2)

青枝绿叶生根芽，万物都是土里发，
坛前出了个贤孝女，俺今奉奠三杯茶。
一奠茶三百六开花，清风细雨生根芽，
八百阿弥茶一奠，奉送了佛家。
二奠茶满院香，纸祃池里放毫光，
明灯蜡烛茶二奠，奉恭了玉皇。
三奠茶好虔诚，金童玉女打头领，
八百阿弥茶三奠，奉恭了众神。
奠茶奠的地皮湿，过江过海送阿弥，
奠茶奠的地皮黄，过江过海送玉皇，
奠茶奠的地皮潮，众位全神赴蟠桃，
赴了蟠桃宴宴会，保佑合会善人得安牢。

(三) 地位

明代王源静补注《巍巍不动太山深根宝卷》曰：“宝卷者，宝者法宝，卷者经卷。”[①]一语道出宝卷的信仰色彩。如上所述，在南宫人心目中，宝卷即经卷。具有神圣的地位。三月十二日，登门造访念佛师傅郑素格，听说要看“经卷”，她第一反应是要我们洗手。我问：“能不能复印”。她说：“不能”。并强调说：“经卷只有抄才有功德。”笔者在南宫见到的宝卷抄本，字不论好丑，一律经折装，以便使用竹制的经签翻阅。平时，这些抄卷收藏得严严实实，轻易不予示人。在会堂，则如神一样供奉，唱一本“请”一本，唱完复归原位享香火。

① 尤红主编：《中国靖江宝卷》，江苏文艺出版社，2007 年 7 月，第 1 页。

在虔诚的信众心目中，宝卷亦有“灵通”。唱《药王真经宝卷》时，祭坛上放三只开口的水瓶，唱到最后，念佛师傅将黄钱纸点燃，在瓶口拂动，口念咒语：“天灵灵，地灵灵，灵丹妙药下到瓶里边”。且“经尾”有言：

药王老爷好威灵，佛门弟子诵真经。
药王听经心欢喜，免灾免难保安宁。
药王老爷你听言，仙丹下在瓶里边。
又免灾来又免难，对症下药保平安。
药王老爷发慈心，苦苦搭救这方人。

于是，那三瓶水便有了“灵力”，会众争着喝，有的还用瓶子装回去给老人小孩喝。

（四）演唱

演唱宝卷南宫俗称“诵经”，呼诵经者为“念佛师傅”，有“佛事”（相当于法器）四件：木鱼、小鼓、高低音钹。

“诵经”四人一班，敲木鱼者为首席，挨着架，坐东面西。对面为鼓手。两位击钹者相对而坐。一般“首席师傅”为主唱或领唱，用木鱼打节奏。有时会四人齐唱。鼓、钹间奏，通常是两句一间奏，也有一句或多句间奏的。

首席面前铺一块红布，谓之“经褥子”，经褥子前有一小枕头，谓之“经枕头”。每唱卷，先上香，再将卷本“请”至“经褥子”上，盖上一块称之为“经被子”的绣花方帕。待唱完“经头”，揭开“经被”唱正文。唱“经尾”时手捧卷本面向菩萨。一卷唱完，首席高呼：“南无——”，众应：“阿弥陀佛”（三声）。尔后将卷本“恭送”原位。

唱科仪卷必须全凭记忆，圣卷再熟也得照本宣科。每唱卷，必有人手捧黄钱纸跪于坛前，是为“跪经”。

南宫宝卷虽以“唱”为主，但“演”的成分亦很重。许多科仪卷和圣卷，如《开光词》《祭八仙》《八仙上寿》《担经》《摘桃》《十供献》《药王真经宝卷》等边唱边表演。

（五）音乐

演唱南宫宝卷的曲调有二十几种，仅《关老爷宝卷》就有十二个调。可惜都叫不上名儿，统称“佛调”。有的卷本标有“改调”字样，具体改为何“调”，只有师傅明白，他人不甚了了。

四、南宫民间的念佛师傅

宣演者是宝卷传承发展的主体，南宫人称其为“念佛师傅”，二十世纪八十年代“过会”复苏，民间记忆是基础，念佛师傅是功臣，他们有的将藏匿的宝卷重温、传习，而更多地是凭借记忆，挖掘弘扬传统，“复原”过会。

（一）角色定位

南宫民间念佛师傅，与苏浙沪吴方区职业化的佛头、讲经先生、宣卷先生差异甚殊，所异者在于价值取向。苏浙沪以艺挣钱，南宫不屑言利。但也不简单地等同于河西走廊无偿念卷的念卷人。因为河西走廊念卷仪式简约，而南宫过会仪式繁复，此为文化场域的差异。

一年只有一“季”集中过会，平时各有其业，或务农、或打工、或经商。因而，南宫念佛师傅的社会角色是农民、打工者、商人，农民为基本角色。只有“过会”时，他们才扮演“念佛师傅”，其职能是：

1. 执事。主持过会的仪式。

2. 诵经。唱念宝卷。

3. 表演。按一定的程式表演某些仪式。

4. 演奏。有节奏地击打木鱼、鼓、钹。

(二) 活动方式

南宫的念佛师傅有男有女、有老有少,没有严密的组织,而是自由组档。西里家庄观音圣会请了两档念佛师傅,东会堂为首者叫尚俊英,尚家庄人,61 岁,初中文化,农民,30 多岁学念佛,至今已有 26 年。此档以女师傅为主。西会堂为首者叫孙全亮,西丁村人,在石家庄经商,34 岁,初中文化,19 岁入行。此档有男有女,先后有 6 位男师傅、3 位女师傅(均为七十多岁的老太太)参与其中。两档都是志趣相投者相聚,以通晓"业务",有声望者为首。有会过会,无会各自谋生。

南宫的念佛师傅奉行"无偿念佛"的传统,从不计较酬劳。自二十世纪八十年代开始,过会组织者给师傅一点供品;九十年代给毛巾、床单等,现在每人每天给二三十元,以为酬谢。此外,手巧的师傅制作"架""旗""幡"等按质论价,每顶"架"及旗幡开价两百六十元。西里家庄南海大士圣会的两顶"架"为优惠价,共五百元。

南宫过会有条不成文的规矩,师傅一日三餐由会众"伺候",以示尊重。

(三) 传承路线

南宫念佛师傅的传承,遵循宝卷传承的一般规律:

1. 家族传承。通常是父母子女间传承,也有隔代相传的。路廷硕,家住明化镇常赛村,21 岁,初中文化,15 岁学念佛。奶奶是著名的念佛师傅,因"文革"年间禁止过会,技艺未传子而传孙。

2. 师徒传承。或师傅看中某人,动员其拜师学艺;或因仰慕某师傅,热切要求入门为徒。旧时拜师得叩头,现在只须口头允诺。兴趣、缘分是联结师徒的纽带。

3. 无师自通。他或她酷爱唱卷,或逢会必到;或仰慕某名师,悄无声息地耳听心记,甚或轻声学唱,日久成诵。无师实有师,只是无名分。

(四) 信仰信念

"近三十年,没挣钱,没置家业,尽念佛了。"这是念佛师傅蒋振国的人生感慨。他今年 61 岁,初中文化,农民。只要有人请他念佛,家里的活儿一放便去。这里,既有个人的喜好,更有信仰的支撑。调查发现,几乎所有的念佛师傅都信佛,不过,他们所信奉的是广义的神佛,而非佛教一家。其共同特点是,家有佛坛或佛堂,初一月半烧香、供奉。不皈依、吃"花斋",吃素开荤均随心。有位女师傅说,她一个人在家吃素,女儿们回来开荤。

念佛师傅有两个信念:一是念佛是功德,不可有功利心;二是上供时他们既为人代言,向神转达凡夫俗子的祈求与愿望,也为神代言,以神的名义抚慰那些弱小而无助的心灵,激励他们在困惑中看到光明的未来。因而,对待每一位上供者的诉求,都耐心倾听,倾心尽力地编唱上供词,让上供者确信,师傅在真心实意地为自己说话,并打动菩萨显灵护佑。常常有这种情况,唱完上供词,孙全亮意犹未尽,最后还身子微微前倾,呈情菩萨,祈求对某某人家格外眷顾。说的是家常话,吐露的恰是肺腑真情。那一刻,他沉浸于人与神交互的情境之中。事后我问他:"你确信菩萨听得见吗?"他认真地回答说:"确信! 菩萨在我心里。"

五、南宫民间“过会”的特点和价值

(一) 特点

1. 世俗性。

毫无疑问,南宫民间“过会”是神圣的,这种“神圣”,不仅仅表现在形式和内容上,更多地体现在心理上,而且是族群集体心理。几乎每一个西里家庄人,都怀着对神灵笃诚、敬畏之心参与其中。头天清早,当我举起相机拍“架”,一位老妇毫不客气地说:“要拍快拍,开光后不能拍。”但是,当我全程观察后发现,“神圣”的背后是世俗。

首先,承载的是民间信仰。无论组织者、参与者,还是主持者、唱念者,均非僧非道,而是各有其职的底层民众,他们之中虽不乏虔诚的信“佛”者,但其崇信为广义的“神佛”,而非专一的“佛教信仰”。从《进灯》《十份纸》等文本透露的信息看,南宫过会敬奉的主要是十位神祇:佛祖、玉皇、三官大帝、泰山娘娘、观音、药王、真武、城隍、土地、灶王,既有佛神、道神,也有鬼神、俗神。此正是民间信仰复杂多样的表现。

其次,仪式生活化。过会的许多仪式,究其实,是南宫人节庆生活的“神圣化”,过会如同一家、一族的重要庆典,“请神”“送神”,恰如“请客”“迎客”“送客”。最有趣的是“开光”,梳、簪、抿、巾、笔(眉笔)、镜等妇女日常用品都派上用场。这哪儿是为“菩萨”开光,分明是为一位即将出席盛会的“村姑”精心梳妆。观音的圣诞,亦如乡间庆寿,众亲友向“寿星”献上“寿桃、寿礼”,并盛宴欢庆。“日出而作,日落而息”,乃农耕生活的基本节律,不食人间烟火的神仙亦不能破例,于是衍生出“封坛”“早晨叫门”之仪。同样与喜庆有关,《起架》以“这件大事完结了,再也无消耗”之句作结。不由得令人联想某农户办喜事,花了许多钱,忙了好几天,终于圆满结束,曲终人散,主人深深叹口气,说:“万事大吉,再不用花大钱了!”

再次,音乐乡土味。南宫宣卷的二十几个曲调虽然“无名”,但有源。其源流既非佛教音乐,亦非道教音乐,而是与河北的民间戏曲、民间歌谣同出一源。即便我这个“外乡人”也听出了浓浓的乡土韵味。

2. 自主性。

“过会”的组织者俗称“会首”,通常由有威望的人担任,且一旦确立便是“终身制”,甚至“世袭”。西里家庄的会首姓王,名保顺,63岁,农民,曾在承德打过工,现在本地一家民营企业当门卫。他父亲是前任会首,也是“文革”后的首任会首,或者说是恢复过会的倡导者和组织者。父亲去世后,乡亲们一致推举、拥戴他继任,可谓“子承父业”。

也许年年“过会”,与会者熟能生巧,西里家庄的观音圣会秩序井然,其娴熟的组织、默契的配合,处处彰显乡村庙会的自主性:

(1) 自主决策。西里家庄过会并无“组委会”之说,但有几个德高望重的“积极分子”,重大决策民主议定。一般遵循惯例,比如,时间、地点、会期、邀请师傅以及会众分工,既有成例,便循例实行。同时也与时俱进,比如早些年上供的人多,设三个会堂,近年外出打工的人多,只须设两个会堂,诸如此类,无需向“上级”请示报告,几位老人自主商定。

(2) 自愿出资。“架”、香烛纸马、烟火鞭炮、会众伙食以及师傅酬谢,等等,一应开支得一万多元。资金来源有四条渠道:户敛,各户随心出资;募集,企业、商铺、富户认捐;布施,各人自愿捐钱;上供,各出敬意。所有都遵重各户、各人的意愿,既不摊派,也不攀比。近年无需户敛，亦能收支平衡。经费有专人管理，会后张榜公布，由村民民主监督。

(3) 自我服务。过会三天，会众数百，别的且不论，一日三餐就够忙乎的。至少二三十人忙会务。大伙自愿参加，自我服务，各展其长，各司其职。有位老者，烧得一手好菜，全村的红白喜事均由其掌勺，他自然也是过会的"大厨"。大事明确分工，比如有位瘦高瘦高的老头，专司"以旗行令"。请神、送神、迎接外村秧歌队，都扛着"令旗"走在前面，一副"旗"到"令"行的派头。小事自觉配合，比如烧火、拣菜、洗碗、扫地之类的活儿，不用支配，见活就干。

(4) 自娱自乐。如上所述，过会的文艺演出，以本村的村民为主，且以老年妇女唱主角。她们自编、自演、自导，艺术性不高，享受的是过程，以此与神灵和乡亲共享、同乐。

3. 口传性。

"口头流传"是宝卷活态传承的基本特征，南宫过会及其宝卷的口传性主要体现以下三点：

(1) 口语表达。旧时，文盲、半文盲的村夫农妇是过会的主体。而今，从受众到演唱者，文化程度也大多不高。这就从根本上决定南宫宝卷只适宜口语表达。尽管一些文本颇为典雅、晦涩，但就审美情趣而言，南宫百姓更喜欢质朴、直白，朗朗上口的卷本。此类卷本，大多是口头记录本。仅以《上茶》(1)为例。

上茶(1)

俺把众神接到家　打扫经堂请坐下　俺给众神安下坐　请上神来先上茶
叶子尖尖住南山　龙宫取水海岸边　俺今取得龙宫水　赵州茶叶蜜蜜甜
江南茶叶开兰花　一年四季往北发　发到北方茶为贵　两手稳些来上茶
一上茶　茶叶白　里边开出鲜花来　凡人看见凡人喜　众神见了众神爱
二上茶　茶叶红　里边卧着九条龙　一龙出来玩三水　九龙登基自卫城
三上茶　茶叶黄　里边卧着是凤凰　凤凰出来抖抖翅　初一十五拜佛堂
三杯清茶都上完　把茶上在神面前　了了三灾救八难　通请众神把茶餐
今日上贵茶　众神赴荣华　会主的虔诚　跪在坛中
佛门弟子口念真经　通请众神坐坛中　众神齐安坐
两手捧纸课　炉中焚真香　齐把头来磕

开口便是"俺"，此乃河北农民的口头禅。再看"江南茶叶开兰花，一年四季往北发。发到北方茶为贵，两手稳些来上茶""凤凰出来抖抖翅""了了三灾救八难"，仿佛几个农民在拉家常。而"佛门弟子口念真经，通请众神坐坛中，众神齐安坐"句，则因口语表达而打破唱词格式的规整。

(2) 口耳相传。一个师傅在唱，身后站着一个或几个人小声地"伴唱"。这种会堂里常见的情景，便是南宫宝卷师徒相传的基本方式。虽然有文本可抄，但曲调只能现场学唱。

(3) 传承变异。耳听心记，代代相传。一方面陈陈相因，显现出高度的，甚至是超强的稳定性，一方面因记忆之误而变异。稳定也罢，变异也罢，凸现于仪式和科仪卷。上述通用流程与现场实录科仪稍有出入便是变异的例证。而科仪卷多有异文，如两种《上茶》《进花》《报恩》《封坛》《送神经》《亡灵赞》等，则是变异的结果。

4. 功利性。

"在传统中国，农业始终是经济的命脉，是国家和个人生存的基础，与农业相关的寺庙众多，便是具体体现。自远古以来，春祈秋报，人们对社神礼敬有加”。① 一年一度以庙兴会，究其实是定期祈求神灵帮助人们抵御自然灾害，保佑五谷丰登、六畜兴旺。南宫乡村过会亦以此为首要的功利取向。

乡村是中国社会的最低层，农民历来是“天灾与人祸的主要受害者，是被摧残、被压迫的众多生灵，他们无时无刻不在渴望并求助神灵，无时无刻不在关心着他们最切身的利益。”过会其实是“向各路神仙鬼怪等超人的魔力求救，向助己之神献礼，向异己之神献眉，恳请神异力量赐福禳灾，祛病降吉”。② 这就是观音圣会同时礼敬诸神及精灵的缘由。那一个个祭坛、一道道供献，“无不打上功利的烙印”。③

最能体现过会功利性的是上供。三天时间有一半用于上供，而且为满足上供，主会堂之外，增设副会堂。上供者都怀有某种愿望与祈求，求子、求财、求福、求安……所求皆为切身利益。而且是用香烛、供品、钱物，通过“许愿”“还愿”的方式，实施人与神的功利交换。

（二）价值

1. 满足心理需要。

为一个主祈之神设两个会堂，为的是充分满足村民的心理需要。

历经四十年改革开放，中国农民日益富裕，但物质生活的充裕，并不意味着精神生活的富有，而且许多精神追求亦非物质所能替代。何况，生活在底层的民众，有许多希冀、困惑，甚至痛苦、委屈，在现实生活中无法满足，于是便求助于超现实的神灵。面对川流不息的上供者，笔者发现西里家庄信众的心理诉求似乎永远得不到满足。一对小夫妻去年过会求子，今年生了个“妮子”。还愿时那位年轻的母亲一脸的虔诚，感谢菩萨的同时，祈求女儿健康聪慧。有位奶奶，求菩萨保佑孙子考上理想的高中。考取高中，顺理成章地祈求考上名牌大学，毕业后能找上好工作、娶上好媳妇……当然，更多的人并无奢望，只求平平安安。而今，外出打工、求学的愈来愈多，儿行千里母担扰，平时在心里祈祷，过会求菩萨护佑。有位中年妇女，女儿漂洋过海在加州读研，其思念、焦虑可想而知，神前别无所求，但求女儿平安。

不管何种心愿，念佛师傅都会有针对性地编词。现在几乎家家都有汽车、摩托车、电瓶车，出入平安，也是上供者普遍的心愿。于是师傅唱道：

如今社会大发展，各种车辆进家园。
还求菩萨多照应，道路之上免灾情。

念佛师傅如同心理医生，知道不同的年龄层次，有不同的心理诉求，“老年求福寿，中年求财气，青年求前程，少年求聪颖”，这样每个人都能在神前得到精神慰藉。

2. 实行自我教化。

宝卷自问世起，便高扬“劝善化俗，伦理教化”的旗帜，南宫过会及其宝卷继承弘扬这一传统，仪式、诵经、上供，每一个环节都突出“劝善”“教化”的主旨。

（1）庄严的仪式表达的是对神灵的敬畏。告诫世人，举头三尺有神灵，人在做天在看，

---

① 赵世瑜著：《狂欢与日常·明清以来的庙会与民间社会》，北京：生活·读书·新知三联书店，2002 年 4 月，第 68 页。

② 乌丙安著：《中国民间信仰》，上海：上海人民出版社，1995 年 1 月，第 7 页。

③ 乌丙安著：《中国民间信仰》，上海：上海人民出版社，1995 年 1 月，第 7 页。

善恶均有报。

（2）宝卷是人生的教科书，诵经在灌输道德说教的同时，更多是通过善果恶报的故事，启迪人们扬善抑恶，修身养性。

（3）许愿还愿者大多怀有一颗善良的心，诚心祈求，岂敢有半点邪恶之念，而师傅的唱念，则是“一对一，面对面”的开导教诲。有时旁观者也对某些行为不端、心理不健康者旁敲侧击。有位老妇，丈夫与儿子生性古怪，对神灵不敬，与邻里不睦，丈夫壮年而逝，儿子患脑瘤，媳妇离异带走孙子，求菩萨宽恕，为全家消灾祛难。师傅一面宽慰，一面教育。在场的乡亲也乘势劝导，同时在心里认为此为“报应”，话语间颇有几分怒其不争的意味。可见，“教化”贯穿过会的全过程。这种教化是自发自动的自我教化，会首、师傅、会众，都把“会堂”当“课堂”，净化心灵，淳化民风。

3. 维系情感认同。

南宫人称过会为“老少闺女会”，每逢会期，嫁出去的老闺女、少闺女们，不管多忙，都得赶回来上供、省亲。因为西里家庄不仅是“娘家”，而且是她们的“精神家园”。自打懂事起，祖母、母亲、婶婶、姑姑便给他们讲述“三皇姑”矢志修行、眷顾苍生的故事，即便是远嫁他乡，也念念不忘故土亲情、慈悲观音。会堂里上供的还真有不少远道而归的闺女，有的还把夫家女眷带回来。有位西里家庄的闺女与妯娌、姑子相伴而归，神前跪了六位年轻女子。

在市场经济发达的当下，“远嫁”者何止闺女，还有儿子、媳妇。这些外出打工者，迫于生计，平时难得回家。一年一度的过会，哪怕请假少挣钱，也争取回来上供许愿，与亲人相聚。会首告诉我，他两个在承德工作的闺女都开车回来了，一些在天津、北京工作的年轻人，能回来的都赶回来了。对于在家留守的乡亲，热热闹闹地齐心办会，亲亲热热如一家人。所以，过会所维系的是故土情怀和信仰认同。

4. 强化集体记忆。

南宫过会始于何年、源于何地，因无籍可考，谁也不敢妄断。一年又一年，一代又一代，从历史的深处走来，全凭记忆的贮存和释放。尤其可贵的是，“文革”期间，“过会”似乎在南宫的大地上消声匿迹，了无声息，但它恰如休眠的种子，深深地埋藏在许多南宫人的心里，期待春天的唤醒。二十世纪八十年代改开放的春风吹拂大地，南宫过会的种子应时萌动，发芽抽枝，迎风而长，蓬勃而兴。这是南宫人集体记忆的恢复。

而今欣逢盛世，过会摆脱“禁止”的厄运，但面临新的挑战，即年轻人外出谋生，远离了过会的文化场域。同时，时尚文化的泛滥、现代传媒的强势，传统过会的“狂欢”黯然失色，新生代远离、疏远、冷落过会的现象普遍存在。在会上帮忙的没一个后生、闺女，清一色的老弱病残，以往抬架走遍所有街巷，现如今几个年老力衰者抬架只走半条主街。尽管如此，南宫人依然信心满满地过会，年复一年地强化记忆。他们坚信，今天的后生即是明天的老人，他们衰老之时，便是接过“令旗”，继续过会之际。

六、几点思考

1. 与许多民间民俗文化现象一样，南宫民间过会及其宝卷始终处于自存自在、自生自灭的状态，“藏于深闺人不识”。它在华北是孤立的个案，还是典型的代表？它与其他庙会是同源同流，还是同源异流，还是风马牛不相及？宝卷是否在华北庙会广为流播？这些都值得进一步调查研究。

2. 细细检阅目前所搜集到的南宫宝卷，似有几分民间教派宝卷的意味，有的抄本印记还很清晰。联系明清年间，河北地区曾有多种民间教派流传的史实，历史上的南宫过会及其宝卷是否与某种民间教派有关联？“所谓民间宗教，指的是不被官方认可的、由民众组织和参与的宗教体系和组织，它们有自己的组织系统、自己的教义，在思想内容上与官方认可的佛教、道教有一定的联系，可是往往被官方视为危险的邪教和异端。而所谓民间信仰，则指普通百姓所具有的神灵信仰，包括围绕这些信仰而建立的各种仪式活动。它们往往没有组织系统、教义和特定的戒律，既是一种集体的心理活动和外在的行为表现，也是人们日常生活的一个组成部分。”①鉴于当下的南宫过会承载的是民间信仰，那么，这就留下一个学术空间，有志于此的学者，可溯流而上，探究清康熙年间以来，民间宗教宝卷在乡土社会世俗化的历程。

3. 在现代化、城镇化条件下，农民的生产、生活方式发生巨大的变化，孕育于农耕时代的南宫过会不可能一成不变的固守传统，理应与时更新，至少仪式可精简，会期可宿短。当然，“更新”是一过程，是渐变的过程，而非剧变，是在充分尊重传统和会众意愿的基础上的调适。

4. 南宫过会研究是块待开发的处女地，有许多基础性工作亟待开展，比如，宝卷文本，尤其是科仪卷的挖掘整理、音乐的记谱正名、念佛师傅的调查摸底，等等。这些若没有政府的介入与支持，民间有识之士难有大的作为。当然，学者也不可或缺。这里，念佛师傅的地位和作用不可忽视，他们不仅拥有文本资源，而且是过会的主导者，如其开明而乐于奉献，许多事儿便水到渠成。当下最大的心理障碍是，他们中的有些人视藏卷为“圣物”，秘不示人，连拍照、复印都不允许，需耐心引导，耐心等待。

初涉南宫民间过会及其宝卷，行色匆匆，浮光掠影，许多仪式、格套乃至卷本知其然，不知其所以然。叙事议论泛泛而谈，很难深入其中。

---

① 赵世瑜著：《狂欢与日常·明清以来的庙会与民间社会》，北京：生活·读书·新知三联书店，2002 年 4 月，第 13 页。

第六章

山西活宝卷调查

三 晋 遗 珍

（一）

记得2010年秋天，笔者在杭州“枫林晚书店”发现《山西介休宝卷说唱文学调查报告》（以下简称《介休报告》），眼前顿时一亮，如获至宝，只觉得心头泛起一阵阵热浪，大有他乡遇知音之感。想不到千里之外的山西介休，也有靖江宝卷的姊妹花，亲近、关切之情油然而生，并随之萌生一股冲动，一种想亲临现场一睹为快的冲动。只因忙于写作《宝卷民俗》，才迟迟不能成行。行期愈推，心情愈是急迫，竟郁积成“介休情结”……

2013年10月10日至13日，同道王青、高峰与我结伴寻访介休宝卷。

听说我们从江苏专程飞太原，千里迢迢，山高水远，只为一睹介休宝卷的芳容，同桌的三位土生土长的山西人无不愕然。不知近在咫尺的介休，竟藏着令人艳羡的国宝。

不愧是新闻工作者，席间的寒暄也能敏锐地捕捉到新闻线索。山西卫视中国黄河电视台副台长满秀彦当即表示派机组随行采访，被我婉言谢绝。

有主流媒体宣传，当然是求之不得的事儿。只是我心中无数，不知介休宝卷当下的生存状态能不能搬上视屏，或者说介休市抢救保护宝卷的举措及成果，值不值得黄河电视台这样的知名媒体报道。

常言道，耳听为虚，眼见为实。我们虽慕名而来，那“名”源自书本，而非亲耳所闻，亲眼所见。我隐隐觉得介休宝卷境况不妙，甚至了无声息，若果真如此，贸然动用媒体，岂不尴尬……

（二）

介休市位于山西省中部，地处晋中盆地南端。面积743.7平方千米，人口约为35万。历史悠久，文化积淀深厚。“国内史籍最早记载介休历史为周代鲁隐公五年（前718）。时，曲沃庄伯伐翼，晋翼侯奔随，随在今介休城东，当时为晋士大夫会食邑。公元前636年，晋文公返国赏随臣，介之推不言禄，与母隐居绵山。晋文公焚林求贤，子推竟与母抱树而死。后，介休即依介之推余休而得名。”①继介子推之后，还出了东汉时期博通典籍的郭林宗和北宋时

① 山西省介休市志编纂委员会：《介休市志》，北京：海潮出版社，1996年12月，第1页。

期出将入相五十载的文彦博。因史出三位贤士名达，故介休素有“三贤故里”之称。人文荟萃，群贤毕至。“历代国手名人蔡邕、李世民、张九龄、李商隐、赵项、顾炎武、傅山及本籍人茹伦常、宋廷魁、钮福全、田庄仪及‘绵上四山人’董、梁、王、任等为介休壮丽山河所倾倒，先后写出了许多脍炙人口的诗章绝句。”①

“介休自古‘商贾云集，民物浩穰’。明清时期，县城四条大街店铺林立，‘俨如都会’。”“历来挟资走外经商者众多”，②“皇商”、名贾遍及乡里、享誉三晋。

在这片古老的土地上，介休宝卷流播于庵堂、风行于村镇，极为兴盛。介休名贤、大学问家张颔曾撰文描述其盛况，“在抗战以前，我省的介休县的县城和农村，流传着百十来种‘宝卷’抄本。‘宝卷’中有许多动人的故事，它是一种通俗的韵文，是一种讲唱文学，广大群众乐于接受，即便是不识字的人也能听懂。念起‘卷’来，无论十几岁的孩子或是七八十岁的老太婆都会洗耳静听。我们小时也曾听过‘念卷’，并且为‘宝卷’中的故事感动得流过眼泪”。③

（三）

声名远播的介休宝卷，引起了国家有关部门和专家学者的关注。2003 年，教育部将其列为国家非物质文化遗产保护和传承项目，责成山西大学作为重大课题进行调查研究，文学院教授李豫受命主持。

2013 年 10 月 12 日，李教授全天有课，当我冒昧地电话约见，他欣然应允。

兴许有缘，笔者与李豫教授是同时代人，有着共同的命运。青春少年，求知若渴，学校停课，典籍封禁，无学可上，无书可读。我于迷茫中觅得一线希望，参军、提干、上军校。他在底层苦熬，辛劳之余，不忘求知，像蜜蜂那样，但闻花香便勤奋采蜜。开车八年，以初中学历考取硕士研究生，跻身教授、学者行列，在中国古典文献学、中国俗文学研究等领域多有建树，出版著作 10 部，代表著作有《中国鼓词总目》《清代木刻鼓词小说考略》《砚樵山房诗稿》（点校）、《吴雯先生莲洋集》（点校）等。

二十世纪九十年代，李教授时不时在张兰（介休名镇）文物市场和太原南宫文物市场“淘”得自明清至民国的宝卷抄本，其中最古旧的是一种明嘉靖经折装宝卷抄本。其卖主有张兰本地人，也有在张兰文物市场卖古玩的商贩，他们异口同声地宣称这些宝卷都来自介休民间。

当我在李教授的书斋里见到他珍藏的介休宝卷古旧珍本，不禁为他那学者特有的敏感和自觉所感动。从不期而遇到自觉搜集日久生情，渐入佳境这是一种文化宿命和人文情怀，仿佛命中注定他要为介休宝卷做点什么。

我非学人，但对宝卷一往情深，倾十年之力解读、研究。或许正是这深沉的宝卷情缘，让两个素不相识的花甲之人一见如故，敞开心扉探讨共同关心的话题。

不知是讲课劳累伤神，还是岁月的风霜浸染，李教授与书上的照片相比，脸庞上少了些许神采，多了几分憔悴，嗓音沙哑而干涩。是呵，一大把年纪，连讲几个小时，怎不疲惫呢？

---

① 山西省介休市志编纂委员会:《介休市志》，北京:海潮出版社，1996 年 12 月，第 2 页。

② 山西省介休市志编纂委员会:《介休市志》，北京:海潮出版社，1996 年 12 月，第 2 页。

③ 《火花》文艺月刊，1957 年第 3 期，第 36-40 页。

倘不是行程所迫，还真不忍心占用他的午休时间呢。尽管他说话的声音很低，低得录音笔一句都没录清，但他依然娓娓而谈、妙语连珠。这位多年从事俗文学研究的学者，不仅对靖江宝卷知之甚多，而且对其生生不息、活态传承表现出浓厚的兴趣。一边翻阅笔者的拙著《宝卷笔记》，一边询问靖江宝卷当下的生存状况，对是否原生态保留讲经仪式尤为关切。

宣演宝卷有无庄严肃穆的仪式，是以信仰为主还是以娱乐为主的根本标志，也就是说，传承仪轨、科仪的宝卷，主要承载宗教信仰和民间信仰，而宣演时仪式较为简约，甚或没有仪式，往往是为满足底层百姓的自娱自乐。对于一定地域、一定族群而言，通常不关心、不看重仪式，只知陈陈相因地从前人那里承袭固有的宣演模式，而在学者眼里，仪式可是区分宝卷类型和风格的标识。正所谓外行看热闹，内行看门道。

《山西介休宝卷说唱文学调查报告》书影

谈到介休宝卷，李教授不无遗憾地说：“明清年间，山西全省都有宝卷流传，后日趋式微。近代以来，三晋之地惟晋中得见其踪。最后是介休宝卷延续了三晋地区的宝卷文脉。如今这硕果仅存的珍稀之宝也前景堪忧，濒临灭绝。”

介休宝卷，三晋遗珍。它是中国宝卷在当下的一重要支撑点，与河西宝卷、苏浙沪宝卷等活态传承的宝卷遥相呼应。倘若有一天介休宝卷悄然隐没，三晋大地再无宝卷踪迹，中华俗文化园地必将留下巨大的缺憾。

李教授临危受命，历时五年，亲率课题组走遍介休的所有镇、村，写出长达 27 万字的调查报告。他们的艰辛付出，与其说是对介休宝卷的抢救挖掘，不如说是对行将谢幕的三晋之宝的深情挽留。

（四）

介休宝卷有两大流派：锦山地区的世俗念卷（《介休报告》称之为“空王佛宝卷宣卷”）和广为流行的尼姑念卷。前者是一种地域性很强的念卷形式，主要宣演以介休民间传说编创的《空王佛宝卷》，同时也宣演一些改编自弹词、鼓词以及话本小说的宝卷。没有专业的念卷人，凡识字的多会念卷，男女不论。念卷活动主要集中在农历正月，自年初六、七，农村小康人家便张罗念卷，家人、亲友、邻居聚坐于炕头，一人唱念，众人应和、欣赏。1997 年 6 月，著名宝卷研究专家车锡伦先生曾专程赴介休调查了此种念卷形式。

无论是形式、内容以及念卷主体、念卷模式，介休的世俗念卷都与 “河西念卷”相近相似，在甘肃河西走廊和三晋地区具有普遍传承的意味。相对而言，倒是“尼姑念卷”更具独特的社会历史意蕴，也是介休宝卷区别于其他宝卷的鲜明而强烈的地域特色。

宋元以降，宝卷宣演的主体一是僧尼或民间教派信徒，二是民间艺人或业余爱好者。清康熙年间，当宝卷由佛教宝卷、民间宗教宝卷演变为世俗宝卷，宣演者以后者为主。而在介休，直至民国还流行尼姑念卷，这在全国都鲜有其例，极具研究价值。为此，李教授的团队花费了巨大的心血。《介休报告》有许多精彩表述，现择要辑录如下：

任何宣卷活动兴盛的地区必存在浓厚的宗教风习，有足够的宗教信仰人群。山西介休正是一个这样的地方，其“崇佛”之风异常浓郁，仅尼姑庵的数目就令人惊异。……当地民国时期流传的一句顺口溜：“九楼十牌坊，二十六祠堂，一百单三寺，还有二十一座尼姑庵。”……宣卷活动正是“崇佛”的一种表现，体现了“崇佛”地区的民间宗教人员与广大民众对宗教的积极宣传和需求。可以说，介休的宣卷活动是崇佛之习的自然结果。①

介休的重商风气驱动了宣卷者追求经济利益的念头，促使她们在宣卷“业务”上积极主动迎合听卷者的需求，以获取尽可能多的“布施”。……尼姑宣卷活动之所以长盛不衰，与介休的“经商”意识是有密切关系的。②

介休的听卷者是一个独特的群体，对听卷有独特的认识与偏爱。这些听众大多是所谓“留守夫人”“留守小姐”，她们是商人家眷，是一群有着特殊家庭背景的人群。据调查，介休历来挟资走外经商的人众多，走口外、赴蒙是他们的重要经商活动。男性商人常年在外，他们的家眷寂寞孤独，难以忍受时便会设法寻找排解孤苦的方式。或许听尼姑宣卷最为适合，她们从中获得的是娱乐，是宣泄，是心理慰藉。③

尼姑宣卷活动是封建时代的产物，必然会受到那个时代的种种约束。男性商人离家远走后，留在家里的家眷多是女性，我们不难想象，她们与人交往中必然会受到很多约束与限制，不能有违封建的清规戒律，必须恪守妇道。商眷为了排解郁闷要与人交往。喜听宣卷自然就要接触宣卷人，如果宣卷人是男性，往往会引起男女间的误会和麻烦，若宣卷人是尼姑，就不会有这么多顾虑。由此可见，尼姑宣卷最初很可能就是由那些商人家眷选择的，她们的出发点无非是考虑避免节外生枝的问题。④

可见，崇佛文化、晋商文化和宝卷文化相伴相生，催生了与宝卷相关的两大群体：喜爱念卷的“留守夫人”“留守小姐”和热衷于念卷劝善的尼姑。

自二十世纪五十年代以来，由于种种政治、经济、文化的原因，尼姑还俗，庵堂破败，同时“夫人”“小姐”风光不再，尼姑宣卷的命运可想而知。与其血脉相连的世俗念卷，也日趋衰落，“文化大革命”期间，介休宝卷几近绝迹，到李教授调查时，只有极少数人在继续宣唱着。

（五）

“介休宝卷基本失传，如果不是李教授前来调查，连我都不知道还有这么个‘宝贝’。”介休市文化局局长赵晓峰见面的第一句话便是那样的坦诚。

介休宝卷介休人不甚了了，太原人一无所知便不足为怪了。

也难怪，像介休有两千多年历史的城市，“宝贝”实在太多了，已列入国家级非物质文化

① 李豫，刘娟，尚丽新，李雪梅，刘佳著：《山西介休宝卷说唱文学调查报告》，北京：社会科学文献出版社，2010年4月，第214页。

② 李豫，刘娟，尚丽新，李雪梅，刘佳著：《山西介休宝卷说唱文学调查报告》，北京：社会科学文献出版社，2010年4月，第215页。

③ 李豫，刘娟，尚丽新，李雪梅，刘佳著：《山西介休宝卷说唱文学调查报告》，北京：社会科学文献出版社，2010年4月，第215页。

④ 李豫，刘娟，尚丽新，李雪梅，刘佳著：《山西介休宝卷说唱文学调查报告》，北京：社会科学文献出版社，2010年4月，第216页。

遗产名录的有两项:琉璃瓦烧制和清明寒食习俗。一提起这些珍稀之宝,赵局长如数家珍,娓娓道来,自豪之情溢于言表。那神情,那语气,犹如笔者向客人夸耀靖江宝卷——靖江唯一的国家级非物质文化遗产。

赵局长与我同行,国字脸上架着一副眼镜,眉宇间透着书卷气,人在官场,骨子里头是个文化人。我俩素昧平生,年岁悬殊,但亲如故人,谈得十分投机,从文化遗产、文化体制以及筹建中的介休、靖江文化中心,老朋友似的无话不谈。我签名赠送《宝卷笔记》,他回赠《介休市志》《张颔传》。

一位退休干部的民间活动,文化局派一名工作人员领领路,我们就心满意足了。没想到身为“一把手”的赵局长高度重视,给予高规格礼遇,亲自接送,全程陪同。当我们顺道参观制香厂、琉璃制品厂时,他既当向导,又当解说,那份热忱让我感慨万千,悄悄地问同行的靖江广播电视台副台长王青:“你能像赵局长这样接待吗?”王青笑而不语。

赵局长打破常规,视民间活动为官方行为,固然是热情好客的性格使然,同时也因宝卷之缘。正像几年前他陪同李教授调查那样,不仅受到宝卷文化的熏陶,而且与这位学者结下了深情厚谊,落座不久便为我们牵线搭桥。

46 岁的赵局长,他出生时介休宝卷正遭遇灭顶之灾,自打记事起,既没见过,也没听过念卷,宝卷对于他以及其所有的新生代完全是个陌生的概念,以至造成代际间文化断层和文化隔膜。

岁月悠悠,历经半个多世纪,断层深似壑,隔膜厚如墙。

这种断层和隔膜首先表现在文化记忆上。1996 年版的《介休市志》,收录了《干调秧歌》《晋剧》《介休三弦书》《莲花落》等民间戏曲、曲艺条目,而只字未提同样流传于民间,且尚未消失的介休宝卷。更让人匪夷所思的是,张颔先生是当代中国向学界推介介休宝卷的第一人,2010 年出版的《张颔传》,洋洋洒洒三十五万言,未涉及介休宝卷只字片言。这是一般的遗漏吗? 不是! 这是集体失忆! 集体的文化失忆!

同时,文化的断层和隔膜,也体现在社会心理上。不论历史上的介休宝卷何等辉煌,时下的人们很难在情感上亲近、心理上认同。从今往后,恐怕鲜有年轻人乐意听念卷、学念卷,这是介休宝卷当下莫大的悲哀!

如今,渐行渐远的介休宝卷,在人们的视线里愈益模糊,愈益依稀,记忆也愈益淡漠……

弃之不忍,弘扬艰难,介休宝卷陷赵局长于两难之境。

2012 年 1 月,赵晓峰任职文化局局长。上任伊始,做出一项重大决策——恢复念卷。将这项光荣而艰巨的历史性工程交给既有念卷传统,又有念卷先生,更有乐于奉献的志士仁人的洪山镇文化站。

(六)

“洪山镇位于城东南狐岐山山麓,距县城 12 千米,为一依山傍水、历史悠久的古镇。著名的洪山泉(又名胜水、源神池)就在镇内。洪山村各条街均有水渠,居民用水十分方便。”①

山清水秀,人杰地灵,洪山村真乃风水宝地矣。

① 山西省介休市志编纂委员会:《介休市志》,北京:海潮出版社,1996 年 12 月,第 20 页。

旧时的洪山村，妇孺老幼，皆迷念卷，一个3000余人的村庄，有念卷先生一两百人。每到正月，几乎家家念卷，有的人家念长本宝卷能连念半个月。宝卷文化恰似涌动的山泉，滋润着每一个洪山人的心田。

斗转星移，物是人非。今日之洪山村，人口增至4000多人，会念卷的仅剩三位耄耋老人。其中两人体弱多病，力不从心，能念卷的只有一人。此人姓韩名如朝，其母亲是村里念卷名人，自幼耳濡目染，宝卷文化的血脉浸透骨髓，没齿难忘。现由他领衔念卷，组织了一支“洪山念卷班”，共由九人组成：

韩如朝	男	79岁	小学文化
刘庭赞	男	81岁	文盲
宋瑞恒	男	82岁	文盲
王冬梅	女	65岁	小学文化
郭书宏	男	75岁	小学文化
岳爱珍	女	58岁	初中文化
闫三牛	女	55岁	初中文化
张安政	男	60岁	初中文化
郭恒瑞	男	59岁	高中文化

一帮可亲可敬的市宝级草根人物，自觉地肩负着介休宝卷复苏回春的历史重任。

2013年10月11日下午一时许，我们有幸见到了这帮为延续介休宝卷文脉自发行动起来的老人。在洪山镇文化站排练场，老人们演示了介休念卷。

由两张课桌拼成念卷台，上覆红布。念卷先生朝门端坐，两侧围坐八个“搭佛”者。其格式与靖江讲经相仿，也是一人讲唱众人和。不同的是，既无铃具、木鱼、佛尺等道具，也无龙牌、纸马，更无香烛、供品。老先生告诉我，道具自古便无，念卷先生仅凭一本宝卷照本宣科。也有人家念卷是供佛（一般供奉天地、灶君、财神）、焚香、点烛的。

据车锡伦先生调查：

念卷开始时有简单的仪式：主人家把空王佛像供在房间正中的方桌上，点烛，焚香，叩头，念卷者净手拜佛后即开始念卷。在《空王佛宝卷》卷首“开卷仪式”也有说明：“先净坛场，离杂谈，净手，漱口吃素，整衣，燃灯，焚好香，供养佛前。礼佛三拜，正身端坐，合掌念阿弥陀佛（十声），以净三业。”接着为开卷、缘起、香赞、请佛。结束时，另焚香送神佛归位。这种开卷和结卷的形式，同江浙一带的宣卷相似。不过，一般人家念卷都较简单，只要念卷人净手、燃香供佛即可。每次念卷开始先念《空王佛宝卷》，然后再念其他宝卷。①

今天宣演的是介休经典宝卷《空王佛宝卷》，此卷据介休民间传说改编。赵局长特别强调，这是介休地区流传已久的真人真事。其内容如同靖江宝卷的圣卷，说的是一位叫田生善的书生受难、修道、成佛显灵的故事。文体风格近似河西宝卷，以唱为主、说为辅。唱词多为句式工整的七字句和十字句。唱腔有两种：“七字腔”和“十字腔”。老人们说，介休宝卷的曲调不止这两支，可惜其他的都忘了，没传下来。

现存的两种腔调旋律都很简单，或许正因为简单，无师自通的念卷人才易于记忆。

“搭佛”形同靖江的“和佛”，念卷先生唱一句或几句，搭佛者接最后一个字唱和，一和

① 车锡伦著：《中国宝研究》，桂林：广西师范大学出版社，2009年12月，第426页。

两句：

王，南无佛呼尔王。
耶，阿弥陀佛呼尔王。

（七）

民间世俗念卷以《空王佛宝卷》为主，同时也念其他故事性较强的宝卷。1957年张颔先生在《火花》杂志上发表了题为《山西民间流传的"宝卷"抄本》的文章，介绍了他所收集到的31种宝卷抄本目录：①

1.《琵琶宝卷》
2.《扇子记宝卷》
3.《洗衣宝卷》
4.《颜查散宝卷》
5.《慈云宝卷》(又名《慈云走国宝卷》)
6.《牙痕记宝卷》(又名《三元记宝卷》)
7.《金锁记宝卷》
8.《秦雪梅宝卷》
9.《玉美人宝卷》
10.《空王佛宝卷》
11.《白蛇宝卷》
12.《玉鸳鸯宝卷》
13.《水湿红袍宝卷》
14.《红灯记宝卷》(又名《爱玉挂红灯宝卷》)
15.《二度梅宝卷》
16.《滚钉板宝卷》
17.《白马宝卷》
18.《王员外休妻宝卷》
19.《蜜蜂记宝卷》
20.《白玉楼讨饭宝卷》
21.《双喜宝卷》
22.《黄氏女看经宝卷》
23.《手巾宝卷》
24.《沉香子宝卷》
25.《红罗宝卷》
26.《香罗宝卷》
27.《忠义宝卷》
28.《双钗记宝卷》
29.《八宝珠宝卷》
30.《目连救母宝卷》
31.《莲花盏宝卷》

遗憾的是，这些当年广为流传的宝卷，经过历次政治运动和"文革"，已经散失殆尽了，有的湮没于岁月的尘埃深处，有的残存于人们的记忆之中。这次在洪山座谈，老人们还能回忆起几种宝卷的名字：

1.《牙痕记》
2.《顶生扫雪》
3.《秦雪梅吊孝》
4.《王花卖胭脂》
5.《刘秀走国》
6.《慈云走国》
7.《绿牡丹》
8.《薛刚反唐》
9.《韩湘子度凌云》

倘有时间让老人们慢慢回忆，可能还会想起更多卷目。令人惊讶的是，老人所忆卷目，与张颔当年搜集的宝卷，仅重复两种：《牙痕记》和《秦雪梅吊孝》。这就意味着当年流传民间的介休宝卷相当可观。诚如张颔老先生所言，介休地区流传宝卷有"百十来种"。

谁料到，曾经繁盛的介休宝卷，如今竟落到无卷可宣的田地。洪山班除了一种《空王佛

① 《火花》文艺月刊，1957年第3期，第36-40页。

宝卷》，再无别的卷本。

卷本，卷本，宣卷之本。今天的人们，靖江人、介休人，所有有志于弘扬宝卷文化的人们，当似救火那样，竭尽全力搜集整理那些散落民间、深藏书斋(博物馆)的宝卷文本。为介休计，当务之急应两手抓，一手抓恢复，一手抓整理。如果将《介休报告》第五章《山西介休宝卷宣唱使用的主要文学卷本内容提要》所提供的《鹤归楼宝卷》等十六种宝卷先行整理出版，将是大谋划、大功德。

(八)

介休宝卷要传承、发展，亟待钟情宝卷、不计名利、埋头苦干的“宝卷达人”。值得庆幸的是，有人主动请缨，担任恢复介休宝卷的“项目负责人”，他就是洪山镇文化站站长郭恒瑞。

这位身材匀称，眉目清秀的站长不会念卷，只会搭佛，念卷时坐在左侧第一个。

能胜任乡镇文化站站长一职，吹、拉、弹、唱，书、画、影、球，不说样样精通，必是身怀一技或数技，乃一方乡土的文化能人。

这位站长之能，不仅仅是有文化，更重要的是善经营，拥有一规模不大的制香厂。

“制香业是洪山镇传统家庭手工业，据清康熙《介休县志》载：香出洪山。”“七十年代后期，洪山大队办起小型制香厂，主要品种有卫生香、益寿香、驱瘟防疫香、避秽益身香等。配料有柏、杨、桦等木料及榆皮面、高级香精以及阳草、排草、白芷、苍术、细辛、木香、沉香等20余种中草药。具有驱瘟防疫、散寒明目等功效。目前生产的益寿香，既保持了传统名产的配料，又吸收外地先进的配方，产品行销全国各地及日本、印度和东南亚等地。”①经郭站长指点，笔者大开眼界，头一次见识那么多香的品种。

年近花甲，有体面的职业、丰厚的收入，眼瞅着船到码头车到站，郭站长还自告奋勇揽件难事儿。钱且不论，文化局拨一点、自个儿掏一点，马马虎虎能应付，别的难题可比钱闹心。

头一难是听众。年轻人别指望，中老年也亟待唤起文化记忆。别无捷径，唯有面对面念卷，培养兴趣，营造氛围。这绝非一朝一夕之功，亦非一人一班之力所能奏效。眼下九个人的小队伍，作“标本”“样品”还行，但在全镇、全市培育起庞大的信众群体，则显然是心有余而力不足。

第二难是传承人。韩老先生七十有九，倘无传人，何以为继？介休的传统是念卷先生“只喝茶，不吃饭”。这种非职业、非营利的“营生”，在物欲横流的现代社会，还有多少人乐意“从业”呢？

第三难缺卷本。巧妇难为无米之炊。老人们向我求援，但靖江宝卷以说为主，许多唱词也不怎么工整，即便引进，也水土不服，最好在本土寻觅。

最后是音乐。翻来覆去唱两个曲调，难以吸引现代听众。

俗话说，病急乱投医。临别时，郭站长递上一清单，请求援助，其细目如下：

《鱼山梵呗声明集》

《鱼山梵呗·和谐之音》音乐会光盘

---

① 山西省介休市志编纂委员会：《介休市志》，北京：海潮出版社，1996年12月，第153页。

《法音清流》《音声佛事》(佛教音乐书)

《乐府诗集·杂曲歌辞》

敦煌经卷唐代佛曲：

《五更转》《十二时》《挂金锁》《豆叶黄》《望江南》《柳含烟》《金学经》《金砖落井》《破荷叶》《浪淘沙》

《空王佛宝卷》中有(有曲牌而无音乐)：

《皂罗袍》《哭五更》《功德文》《拈香赞》《山羊坡》《桂枝香》《功德宝山神咒》《一枝莲》

佛事常用：

四句偈、六句赞、八句赞

我本音盲，宝卷音乐的研究为空白。尽管如此，通过清单，我还是受到了启迪。介休世俗念卷受佛教宝卷，具体说受尼姑念卷影响很深，时隔几十年，形虽散，但魂还在。不然，郭站长开列不出这么些书目、曲目。靖江宝卷乃世俗宝卷，所保留的 7 支曲调，多为民间小调，仅部分科仪套用极少佛曲。

虽学力有限，但作为同道，我还是真诚地留下几点建议：

(1) 原汁原味地恢复介休宝卷，尤其是仪式，一项也不能落；

(2) 想方设法觅徒、授徒；

(3) 不能老在站里演练，要进村入户，特别要恢复春节念卷的传统。

音乐方面：(1)套用民间小调；(2)移植改编晋剧、三弦书音乐；(3)借鉴河西宝卷的曲调。

不知是情之所系，还是赵局长、郭站长以及老人们的精诚所至，人归江苏，仍心系介休宝卷，那可是三晋遗珍、国之瑰宝呵！

进得门来，《酒泉宝卷》扑入眼帘。此为行前网上所购，原价 260 元，开价 700 元，明知被讹，也咬牙成交。成大事者不惜小钱。打开一看，还真物有所值。五辑共收宝卷 52 种、音乐 7 支。对于了解河西宝卷的承传流转、艺术风格固然不可或缺，对恢复中的介休宝卷亦有价值，当即致短信赵局长，此书可解洪山燃眉之急。

对于介休宝卷，赵局长自信满满、雄心勃勃，怀着殷殷之情，希冀几年内能登录国家级非物质文化遗产名录。

“申遗”是为了更有效地抢救保护、挖掘弘扬宝卷文化。洪山的念卷班，犹如灰烬中觅得的火种，灼灼然宣示着生命之光……

火种在，燎原之势还会久远吗？

补记：

2016 年冬，笔者收到一包《介休宝卷》(第一辑)。这本由山西大学文学院教授李豫作序的集子，经多方筹集，搜集到了 8 种珍贵的介休地区现存宝卷。卷目如下：

《空王宝卷》

《唐王游地狱李翠莲上吊》

《五祖黄梅宝卷》

《三元宝卷》

《地藏宝卷》

《烈女宝卷》

《孟姜女宝卷》

《慈生篇宝卷》

这些宝卷与早年张颔先生所列卷目和洪山村老人所忆卷目雷同者甚少。由此表明，介休宝卷的搜集整理大有潜力可挖。

诚如介休文化局局长赵晓峰在《前言》中所说：

“介休宝卷卷本辑录”（第一辑）的出版发行是我们挖掘和保护介休宝卷征途上迈出的一小步，未来的道路还很长，衷心希望今后所有关注介休宝卷的人士能与我们并肩携手走下去，共同为介休宝卷的传承与保护添砖加瓦，愿介休宝卷之路能走得更长更远。①

《介休宝卷》第一辑书影

其实，介休人已经坚实地跨出几大步：

2012 年，组建洪山念卷队，从而使介休宝卷的表演展示常态化；

2014 年 1 月，洪山镇文化站站长郭恒瑞被命名为晋中市非物质文化遗产（宝卷）代表性传承人；

2015 年 5 月，“介休宝卷说唱文学”被列入晋中市非物质文化遗产保护名录。

……

介休人在行动，介休宝卷的未来充满希望！

① 介休市文化局编：《介休宝卷》，2015 年 1 月。

永济道情宝卷纪实

当下中国活宝卷，永济道情宝卷的形态甚为特殊，成为独树一帜的地方文化符号。

2017 年 6 月 15 日，笔者与同道杨永兵、高峰、李梦奔赴山西省永济市，实地考察永济道情宝卷。

一、 永济道情宝卷的地理分布

“永济，古称蒲坂，传为舜都。汉初建县，清代改为永济。”地处山西省西南部，运城盆地西南角。“南屏中条山，北望峨嵋，西临大河，涑水横贯”“古有通衢大道，西至长安，北达幽燕”“黄河水运上溯龙门，下抵三门，更有‘隔秦称塞，临晋名关’的蒲津渡口连接秦晋。”“境内有五老峰之奇，王官谷之幽，始建于隋唐的普救寺因《西厢记》传奇吸引着中外游人，万固寺‘石泉甘冽’、多宝佛塔、砖雕无梁殿，使游览者留连忘返。唐开元铁牛的出土，更为之锦上添花、增辉溢彩。”①

踏上永济大地，厚重的历史文化气息扑面而来。而且，“雅”与“俗”，“大雅”与“大俗”，在这片古老的土地上并行不悖，交相辉映。当世称“柳河东”的柳宗元与韩愈倡导古文运动，开一代文学风气之先，而同样孕育于唐代佛教俗讲的宝卷，历经千年传承、万里流转，在它的故土与道情这一源远流长的俗文化融为一体。

相传永济道情源于道教，古称“道曲”“悟声”。据民间传说，永济永乐（现归芮城县）人吕洞宾、永济张仙（现归临猗县）人张果老，两人修道于中条山，常带渔鼓、简板游唱各地，传播道义。道情这一民间说唱艺术由此萌芽，后经历代民间艺人的创造，逐步发展为能表述故事的道情。因无籍可考，传说权当附会，但道情在永济有着久远的历史、深厚的根基，则是不争的事实。

“历史上，永济道情分东、西两路。流行于县东曾家营、卿头、高淮、王杜一带的称东路道情；流行于韩阳、双店、辛店、盘底等县西一带的称西路道情。西路道情不带鼓板，以三才板击拍为主；而东路道情则文、武场齐备，生、旦、净、丑行当俱全。两路道情皆有渔鼓、简

① 永济县志编纂委员会编纂：《永济县志》，太原：山西人民出版社，1991 年 12 月，第 1 页。

板。"[1]西路道情接纳并吸收宝卷文化元素,故有别样的雅号,被学者命名为"永济道情宝卷",而东路道情依然我行我素。

一定地域、一定族群认同或排斥某种民俗民间文化,是一种十分正常的社会现象。江苏靖江有老岸、沙上两大区域,均由长江里的泥沙积聚而成,成陆时间相差千年,老岸大约在北宋初年,沙上在清嘉庆之后。靖江讲经流行于老岸地区,用纯正的老岸方言演唱。与老岸人热爱、痴迷讲经形成强烈反差的是,沙上人不喜欢,甚至厌恶讲经。这既有语言文化上的差异(沙上人讲沙上话,因语言隔膜而排斥讲经),也有时间和空间上的距离。两地以一条横港为界,北边的老岸地区年代久远,讲经由此登陆,世代传承,积久成习。沙上的"新移民",各自坚守从扬中、崇明等地带来的故土习俗,扎起心理和行为的藩篱,将讲经拒之门外。永济道情的东路、西路之别,是否也有地理人文背景?

据山西师范大学硕士张晓洁调查,"由于区域语言的差异,清末以后,永济说唱道情分为东、西两路。""由于西路道情艺人多在黄河两岸演出,所以多受眉户和秦腔影响。其曲目演出以文场居多。西路道情最大的特点:不带鼓板,以三才板击拍为主。""曾家营一带在历史上先后归解县、虞乡管辖,平时艺人又多在安邑、猗氏、临晋一带活动,所以它受蒲剧影响较大。""其伴奏乐器除文场所需外,还借鉴蒲剧模式,加入武场打击乐器,如马锣、战鼓、梆子、小镲、铙钹等。""东路道情最大的特点:文、武场齐备,生、旦、净、丑行当齐全,以鼓板击拍为主。"[2]

以上信息表明,影响东、西路永济道情的有三大要素:一是语言;二是地理;三是活动区域的兄弟艺术。这里还有更为深层次的原因,由语言、地理、艺术等因素构成的一定地域一定族群的审美习惯和审美情趣。至于西路道情敞开胸怀接纳宝卷,或许一是"多在黄河两岸演出",得地利之便。假定永济宝卷经蒲津渡口,由陕西传入,迎面而来的便是西路道情,且形式内容一拍即合。二是"文场"风格适宜宣演宝卷。因为,东路道情已成戏曲的雏形,且有锣鼓伴奏,显然与宝卷的宣演传统相去甚远。当然,这些仅为推测,不作定论。

二、 永济道情宝卷的基本特征

"永济道情的演唱形式一般 5 至 8 人坐唱,演唱时多为'拆唱'(为演员分配角色清唱,不化妆)。"[3]其说唱地点主要在农村,"与当地的信仰活动密切联系在一起,它的演出场合是庙会、红事、白事、老人过寿、小孩满月、立碑等正式的仪式性场合。"[4]虽以班社的形式活动,但"无固定班社,而多为'乱搭班',一般少者二三人即可表演。念卷(兼卜鱼,即南梆子)1 人,'家具'(伴奏乐器)2 人:三才板、四胡。多者则为 8 人,俗称'八仙',分别是:主唱 1 人(兼卜鱼),渔鼓、简板 1 人,三才板 1 人,笛子 1 人,四胡 1 人,板胡 1 人,二胡 1 人,踏杆 1 人。"[5]

现在的人们无法弄清何年何月何人从何处将宝卷引入永济。而作为外来文化的宝卷与本土文化的道情融为一体,犹如自然界某种植物,以枝或芽嫁接到另一种植物体上。这种嫁

---

① 永济县志编纂委员会编纂:《永济县志》,太原:山西人民出版社,1991 年 12 月,第 382 页。

② 张晓洁著:《永济道情调查与研究》,山西师范大学,硕士研究生毕业论文,2012 年。

③ 杨永兵著:《山西永济道情宝卷及音乐研究》,北京:中国社会出版社,2012 年 12 月,第 6 页。

④ 尚丽新袁野著:《山西永济宝卷与河东道情》,《文化遗产》2015 年 04 期,第 117 页。

⑤ 杨永兵著:《山西河东地区宝卷及音乐研究》,《天津音乐学院学报》2012 年 9 月,第 102 页。

接绝非偶然，有其内在的客观必然性。

从根本上说，这是由宝卷的广播性、适应性决定的。“目前所知最早的永济宝卷是康熙二十八年(1689)抄本《白马宝卷》。从北方民间宝卷的总体情况来推测，永济宝卷大约与其他山西宝卷一样，它们都是明末清初随着民间教派的传教活动进入山西的。”①明末清初正是中国宝卷最具活力、鼎盛发展的时期，它每到一地，无不迅速本土化，要么像介休宝卷那样，生根发芽，自我繁衍；要么甘为接穗，寻一株根深叶茂的大树作砧木嫁接其上。

嫁接有嫁接的规律，非得在两个亲缘相近的个体间进行。同为民俗民间文化的宝卷与道情，恰也具备诸多相亲相近的属性：(1)富有宗教或民间信仰的意味；(2)与底层民众生活相亲相融；(3)以村夫农妇为对象；(4)以庙宇、民宅为活动空间；(5)叙事“韵散相间”；(6)表演“讲唱结合”；(7)表演者轻利重义；(8)基本功能为“信仰、教化、娱乐”，等等。

宝卷嫁接于道情，培育出新的独立个体——道情宝卷。它既非原来意义上的宝卷，亦非原来意义上的道情，而是充分吸收道情、宝卷的遗传优势，更具生命活力和文化意蕴。

自古以来，宝卷的宣演是凭桌(坛)而坐，一人或两人讲唱众人和佛，形式单调而拘谨。而道情宝卷，虽然也围桌而坐，但表演异常的生动丰富，不但有渔鼓、简板、四胡、笛子、三才板等乐器伴奏，而且是一唱众和，变化多端，既渲染情节，又烘托气氛。笔者在永济文化馆观看韩阳道情班演出，虽然唱词、道白一句也听不懂，但那生动有趣的艺术魅力，足以令我这个外乡人倾倒。

永济道情宝卷表演的“道情化”，非但没有削弱宝卷，相反，大大强化了宝卷的艺术感染力。同时，作为本源之一的宝卷，永济道情宝卷也尽显优势，那就是文本和仪式的神圣性。

2016 年 11 月，山西大学文学院副教授尚丽新给我发来《白马宝卷》《佛说四德三元仁义宝卷》《善恶报宝卷》《佛说阎君宝卷》《佛说阴功宝卷》《三度杨氏宝卷》等六种永济道情宝卷。阅后的第一印象是，这些宝卷与甘肃岷县的宝卷同质，皆为民间宗教宝卷遗存。永济人虽不像岷县人那样尊宝卷为“佛爷”，享有神的敬畏和供奉。但无论是抄写、收藏、宣演，都还洋溢着神圣的气息，蕴涵着信仰的感召力。这是因为，“宝卷由于源出佛教俗讲，它的佛教母胎决定了它的文本崇拜。对宝卷文本的极度尊崇其实沿袭的是佛教的经典崇拜。”②在永济道情宝卷演出时，念卷优先、仪式庄严便是对这种崇拜的生动演绎。

总而言之，宝卷、道情优势复合是永济道情宝卷最为本质的品格特征。

三、永济道情宝卷的仪式

近年来，笔者愈益深切地体悟到，仪式关乎宝卷的生死存亡。但凡宣演仪式繁复的宝卷，其生命潜能便深厚持久；反之，仪式简单，或没有仪式的宝卷，则岌岌可危，日见衰落。因而，我每到一地都十分关注宝卷宣演的仪式。

当我拜读山西运城学院音乐系教授杨永兵的专著《山西永济道情宝卷及音乐研究》、山西大学文学院副教授尚丽新及其弟子袁野的论文《山西永济宝卷与河东道情》，得知宝卷虽与道情融为一体，但宣演时，宝卷不但内容独立，而且时序优先，安排在上午。我想，这肯定

① 尚丽新，袁野著：《山西永济宝卷与河东道情》，《文化遗产》2015 年 04 期，第 119 页。

② 尚丽新，袁野著：《山西永济宝卷与河东道情》，《文化遗产》2015 年 04 期，第 119 页。

与仪式有关。因为，一般而言，中国活态传承的宝卷，其宣演活动无不与仪式相联系。于是，仪式便成为永济考察的重点。

行前，我曾就仪式问题发短信请教杨永兵教授。在由运城驱车奔赴永济的途中，这位对晋南民间音乐研究造诣极深的学者，深有体会地说："每一个地方都有一种俗文化样式承载民间信仰，河东道情便是河东地区民间信仰活动的载体。"我赞同杨教授的观点，并由此生发开去，言及靖江讲经、青海嘛呢经等同质民俗文化。

仪式是信仰的外化和标志。作为河东道情支脉的永济道情，西路延用宝卷的仪式。东路呢？我发短信请教尚丽新老师，她热忱地推荐张晓洁的论文《永济道情的调查与研究》。特摘抄以下相关内容：

艺人开场先吟诵宝卷或念唱迎神送神曲以祭祀神灵，再唱正式曲文。迎神送神曲是曾家营道情独有的开场形式。迎神曲又名安神曲。内容如下：

安神诗：诚心沐首上信，运动八宝真祥，吾低头拜叩当阳，世间凡物供仰。祭献香茶五果，照灯宝烛一堂，诚心发愿庆吉祥，蒙神福禄早降。

徵调【耍孩儿】老先君盛晏高，为居家把心操，没后点破出官庙，诚心安排来治祭，寿茶寿果寿蟠桃。寿烛寿花神前照。寿金炉寿香饱满，蒙君神寿命天高。香在炉中烛在台，花在瓶中四季开。果在盘中随时献，奉请诸神赴宴来。

宫调【耍孩儿】五福增，寿为先。先寿差，仪尊严。板联系在，秦墙献。年年堂前生瑞草，季季岁岁永平安。在吾堂前宣，但只见，云光闪闪转来了南极大仙.（单锤马锣）寿比南山中，南山不老松。寿鹤八百岁，福禄寿三星。（白）吾，福禄寿三星，今天上神中秋花宴，你我奉了玉帝敕赐，各带寿礼来在五福堂前，各将礼物献上，大家望空一拜呵！

【勾锤】南极仙在蓬莱，跨白鹤下瑶阶，带领众仙把宴排。福禄寿三星齐来到，天官赐福也来到。十代名医宴前排，又来了，终南八仙备寿礼献将上来。汉钟离，下天界，纯阳领定铁拐李，果老身骑驴前来，采和云阳寿字开，韩湘子手提花篮拜，何仙姑手捧仙桃到晏前，万载不衰。

【乱句】祥云蔼蔼紫雾悬，千朵莲花捧金盘。年年堂前生瑞草，季季岁岁保平安。

诗：金炉焚香香结采，银台秉烛烛生花。满堂诸神庆寿宴，好仙朝云沐暮霞。

送神曲如下：

送神诗：天门开开地门开，玉帝便把仙童差。差的仙童何方去，迎接众神上天台。

【乱句】炉中香尽宝烛完，奉送神圣扎金莲。天神送往天宫去，家宅六神照位安。笙乐嘹亮归天去，礼炮连天透广寒。福门大开祸门闭，保佑年年永平安。但等久后逢吉日，再请临再复团。（白）奉送天神地神千万神灵，送的神圣各复本位。升文化表奠酒三杯，复期再请永护永护。①

"艺人开场先吟诵宝卷"，显然是指西路道情之仪式。具体状况如何？笔者特地走访知情人。

我们先在城里访问永济文化馆原副馆长肖正荣。这位 86 岁的老人，面目清癯，思路清晰。自 1952 年便在文化馆工作，起初担任扫盲班教员，后长期从事永济道情的搜集整理、排练演出工作。虽非道情艺人，可他玩三才板、拉二胡、唱道情，活脱脱一个技艺娴熟的老艺

① 张晓洁著:《永济道情调查与研究》，山西师范大学，硕士研究生毕业论文，2012 年。

人。现为运城市非物质文化遗产(道情)代表性传承人。

当笔者问及道情仪式,他肯定地回答说:“有的。”无论是庙里,还是民间,都在神前烧三炷香、点一对烛,且特别强调,三炷香及“三才板”均象征“天、地、人三才”。烧香、点烛后,民间艺人唱宝卷里的《十炷香》,是为请神,尔后念卷。

庙里在神前烧香、点烛,自不待言。家里呢?会不会像靖江那样特地供奉神的纸像纸马,或张挂画有家堂神像的圣轴呢?肖老先生说,民间无须特地供神,只要在上房祖宗神位前上香点烛即可。

我问:“设供吗?”他回答说:“在祖宗神位前供奉柿、杏、桃、苹果、核桃、枣等八样果品和香茶四杯。”

同时,肖老先生具体描述了永济民居的格局及道情班社演出的空间摆布。

永济乡间民居多为坐北朝南的四合院。正北为上房,东西是厢房,南为门房,大门或开于门房东首,或开于门房中央。

若请道情班社演出。在院心的中轴线上放一张八仙桌,桌的东、南、西三面放长椅,北面留给神明、祖宗看“戏”。主唱独坐南面,余者分坐两侧。

演出那天,艺人到主家吃早饭。上午请神、念宝卷三段。下午唱道情三回,三点左右唱送神曲,三点半走人。

有时热闹三天,白天唱一整天,晚上唱到十一点,第三天送神。

或许出于对神的敬畏,请班社唱道情是极严肃的事儿。事主得亲自登门或派人给班主下“十全大红帖”,上写“祈请××八仙道情班×临拜”,约定时间。至时艺人穿戴整齐如约而至。演出从不讲价钱,事主包的红包不管是多是少,班主都恭恭敬敬地接过来,全班均分。如今老艺人仍坚守不开价的传统。(也有年轻艺人每场要价400元,人均50元)。中午主家做啥吃啥,上酒就喝,无酒也行。通常喝农家自酿的柿子酒。

告别肖老先生,我们一行来到韩阳镇双店村四组张文华家。

这是一位84岁的老艺人,耳朵有点背,思维尚可,但常常答非所问,得耐心引导才能一点点地沙里淘金,发现重要素材。

他读过完小。十二三岁学唱道情。成年参加工作,供职于永济国税局。1992年退休后搭班唱道情,一直唱到今天。他自称“乱搭班”,固定几个骨干,其他随机延聘,场面大、多喊几个,事儿小就少喊人。他描述的仪式与肖正荣说的大致相同,补充一细节,请神、送神放炮三响。此仪几乎全国通用。

张文华育有三子一女。仅女儿传其衣钵,学唱道情。有趣的是,二儿媳仿佛抢公公“生意”似的,自任双店女子军鼓队队长,有队员12人。专为乡亲们的红白喜事服务,每年几十场,每场每人100元。

她叫薛玉珍,49岁,初中文化。见有人来访,端茶倒水,充当翻译,是个孝顺的媳妇。她不学道情而吹奏军乐,并非忤逆,而是“时尚”。傍晚,我与高峰在城郊散步,还遇一拨刚置办“家伙”在路边排练的农民。可见,“军鼓队”在永济正“火”着呢!

那位薛队长见我刨根问底打听仪式,而老爷子顾左右而言他,便主动代为作答。她说:“有的人家祝寿或贺满月,会在门房张挂观音或关公圣像,设专门的祭坛烧香、点烛、设供,事后撤坛,圣轴由主家处理,或收藏,或焚烧。”

看来,不管是否专设祭坛,永济道情宝卷的仪式主要体现在“开卷”“结卷”。

据杨永兵调查，《三度杨氏宝卷》至今仍在宣演，其特点是仪式与正文融为一体。

开卷有《请神经》：

【举香赞】观音大士，悉号圆通，三十二应，法界来临，大显神通，教化世间人，三度杨氏，赴命上天宫。

【佛宝经谒】南无救苦难，菩萨摩诃萨。

【诗曰】观音菩萨救苦经，三十二应化无穷。八十种种玄妙法，杭州城内度众生。

南无尽虚空，通遍法界，过去、现在、未来一切佛法僧，世人要敬三宝。伏愿三界之中，无常生死，六道轮回，脱胎换骨，改头换面。自从元始以来，直至如今，九转轮回，难明生死，岂能见性成佛否？人身难得，佛法难遇，道场难逢，中国难生，若人定入三涂，但能发心持斋，念佛皈依三宝，齐登彼岸，广发弘愿，救苦众生灵。

慈愍故，慈愍故，大慈愍故，敬礼常住三宝。

佛宝经三度杨氏卷□□第一分请神经 起

【诗曰】急急忙忙苦修来，寒寒冷冷度春秋。明明白白一条路，万万千千不肯修。

未开卷金炉内明香焚上。

一炷香请都天掌教玉皇。二炷香请动了三教神圣。

三炷香请神州泰山娘娘。四炷香请南海观音老母。

五炷香请幽冥地藏法王。六炷香请水府三官大帝。

七炷香请八蜡虫喃伯王。八炷香请關王伏魔大帝。

九炷香请五湖四海龙王。十炷香请本境城隍土地。

再请动马牛王水草代王。请罢了众神祇齐来赴会。

再请我本宅内香火家堂。

[要箴]奉请神祇，来赴坛场……①

结卷有《送神经》：

[诗曰]南玄如来一乘宗，玄量意刹妙真空。

回向玄上佛菩萨，受持玄来救苦经。

伏愿：经声朗朗，上彻天堂，下通幽冥地府。念佛者，脱难三涂地狱。作恶者，累刧堕落灵光。得悟者，诸佛引路，放光明，照彻十方。东西里，回光返照。南北住，亲到家乡。证玄生，漂舟到岸。小婴儿，得见亲娘。入母胎，三灾有怕。赴龙华，八十一刦，永远安康。尔是观音菩萨，三度杨氏、朱员外、金钱女，三圣归天。

[诗曰]往者所造诸恶孽，皆因玄始贪尘痴。

从身语意之所生，我今忏悔在心里。

[十报歌]

[诗曰]四生是父弥陀佛，寻声救苦观世音。

恒沙含识悟真如，菩萨有情自玄心。

一报天地盖载恩，二报日月照临恩，

三报皇王水土恩，四报父母养育恩，

① 山西运城大学音乐系教授杨永兵藏本。

五报五祖传法恩，六报空门转法轮，
七报檀那多成供，八报八方施主恩，
九报九祖生净土，十报孤魂早超生。
十方三世一切佛，文殊普贤观世音，
诸尊菩萨摩诃萨，摩诃般若波罗蜜。

［诗曰］愿以佛法妙，普及乾坤照。
我等于众生，皆共成佛道。①

有道是百闻不如一见。笔者曾在甘肃岷县现场观摩以“十炷香”“十报恩”为主要内容的请神、送神仪式，与肖正荣他们描述的多有不同。首先，没供奉经折状的画有神像的“佛头”；其次，三炷香由事主烧，而不是艺人点十炷香交事主跪在神前，艺人唱一炷香往神前上一炷；再次，念卷时没有撒“五色米”“净水”驱邪的“做作”。这些固然可理解为“十里不同风，百里不同俗”，但究其实，是民间教派宝卷在世俗化过程中的调整、变异。而东路、西路的请神、送神，内容虽异，但格套相同，证明请神送神是永济道情固有的仪式，外来的宝卷入乡随俗，舍弃了自身的某些仪轨亦未可知。

与仪式有关，尚丽新老师在永济民间发现唯一一种科仪卷《报神祭祖宝卷》：

【诗曰】每早晚一炉香，谢天谢地谢三光。使人若积阴功满，焚香净手谢苍天。
一报天地造化恩，再报南极长生恩。
二报日月照临恩，再报北斗降世恩。
三报东方大帝恩，再报水王玉礼恩。
一溜一溜莲花，莲花佛儿呀，佛儿呀，拉麻弥陀佛儿呀，佛儿呀。
四报后土补天恩，再报火光圣母恩。
五报月光大帝恩，再报太阳日光恩。
六报西方草元恩，再报雷公降世恩。
一溜一溜莲花，莲花佛儿呀，佛儿呀，拉麻弥陀佛儿呀，佛儿呀。
七报中元地官恩，再报时光天子恩。
八报纯阳祖师恩，再报五殿天君恩。
九报灶君朝天恩，再报下元圣母恩。
十报龙王井泉恩，再拜菩萨成道恩。
祭拜了毕神皆喜，年年月月无灾星。
一溜一溜莲花，莲花佛儿呀，佛儿呀，拉麻弥陀佛儿呀，佛儿呀。
佛儿的嘤哟唉呀呀哎呀哎呀瞎咳……
【诗曰】天子重英豪，文章教而标。万般皆下品，唯有读书高。②
卷终。

科仪卷独立成卷，是靖江宝卷等世俗宝卷的一大特征。不知《报神祭祖宝卷》何以在永济仅见藏卷，而不见之于活态科仪。但就其和唱“一溜一溜莲花，莲花佛儿呀，佛儿呀，拉麻弥陀佛儿呀，佛儿呀”，足以证明，它曾鲜活地流播于民间，呈现于某种民俗活动中。此卷不

① 山西运城大学音乐系教授扬永兵藏本。
② 山西大学中文系副教授尚丽新藏本。

管由外地传入，还是产生于永济本土，都是民间教派宝卷世俗化的产物，甚或是民间教派宝卷在永济进化或蜕变的佐证，其意义不可小看，值得深入探究。

四、永济道情宝卷与青海嘛呢经之比较

笔者目力所及，当下中国活态传承的宝卷，其生存方式能与永济道情宝卷相比者，唯有青海嘛呢经。

嘛呢经流播于青海东部的民和、乐都、互助等地，笔者在民和作过田野调查，故专拿民和的嘛呢经说事。

山西永济、青海民和，既无地缘之近，也无人文之亲。但永济道情宝卷、青海嘛呢经这两个与宝卷结缘的民俗民间文化，却有相近相似之处。

(1) 现存的永济道情宝卷文本及请神、送神的仪式、经文表明，它采用明清年间民间教派宝卷的形式。仅此而言，它与青海嘛呢经有某种渊源，即二者都与民间教派宝卷有关联。至于具体与何种民间教派相联系，笔者没有考证，不敢妄断。

(2) 当宝卷流传至永济、民和，它没有像流入苏浙沪吴方言区和甘肃河西走廊的宝卷那样，自立门户，自成体系，而是依附于当地的强势文化道情、嘛呢经。改头换面、隐姓埋名，以新的面目立足生根，传之于世。正是这种随缘生根、随遇而安的品性，为自己赢得生存发展的契机。

(3) 据山西大学文学院2017届硕士李梦调查，永济道情宝卷有小卷14种，可分3类：①独立成卷的科仪卷；②改编自民歌小调的小卷；③从故事型大宝卷中截取、脱落而成的小卷。这第三种类型的小卷，与嘛呢经干本(文本)中部分宝卷类卷本，至少在生成及形态上多有相似之处。

(4) 根植乡土社会、承载民间信仰，以口耳相传为主，这些堪称永济道情宝卷与青海嘛呢经的共同点。

同是相对的，异是绝对的。因为，地域文化差异甚殊，必然决定永济道情宝卷与青海嘛呢经存在着明显的差异。

(1) “江湖地位”。倘若将宝卷喻为“江湖人”，其在永济的江湖地位远胜于民和。在永济它凭借自身的实力，与道情平起平坐而略胜一筹，故曰“永济道情宝卷”。而宝卷在民和的境遇则不同，嘛呢经将其强势同化，改名易帜，以至信众只知嘛呢经而不知宝卷。

(2) 社会功能。上午念卷，下午唱道情，虽不能机械地区分为上午以信仰为主，下午以娱乐为主，但可以理解为永济道情宝卷信仰、娱乐兼顾。青海嘛呢经在神圣的氛围中将宝卷当“经”念，充分彰显其信仰功能。

(3) 活动方式。永济道情宝卷以村夫农妇为主要对象，由事主随缘邀请。青海嘛呢经的信众以老年妇女为主，且有松散自由的组织——嘛呢会，每月初一、月半集中到村庙“念嘛呢”。平时，“嘛呢其”(念嘛呢经的奶奶)每天早上在家烧香“念嘛呢”。

(4) 宣演模式。永济道情宝卷以班社的方式行走乡村，宣演宝卷像唱道情那样有乐器伴奏。青海嘛呢经以集体诵念为主，无器乐伴奏，无专职艺人。

第七章

江西活宝卷调查

于都斋公的前世今生

世间之事，异彩缤纷，奇妙无比。同是宝卷宣演的主体，不同的地域，不同的名儿，差异之大，令人啧啧称奇。江苏既有称“佛头”“讲经先生”的，也有与浙江、上海一些地区通称“宣卷先生”的。而山西介休、甘肃河西走廊则呼之为“念卷先生”……望文生义，这些都能与宝卷的宣演相联系，而甘肃岷县称为“经长”，江西于都呼之为“斋公”，就有点费解了。

“经长之说”暂且不表，本文单讲“于都斋公”。

只知罗祖　不知教派

于都县位于江西省南部，赣州地区东部，贡水中游。东连瑞金、会昌县，南接安远县，西邻赣县，北靠兴国、宁都县。

于都历史悠久。在新石器时代晚期已有人类居住。西汉高祖六年（前201）建县，以北有雩山，取名雩都（1957年6月1日起改“雩都”为“于都”）。建县时幅员辽阔，所辖地域含今宁都、石城、安远、瑞金、会昌、寻乌诸县。古时于都曾为赣南的政治、经济、文化、交通中心和军事要地，郡治设在于都近250年之久。苏区时期，先后分设于都、胜利、登贤、瑞西、兴胜、于西等县，中共赣南省委和省苏维埃政府驻于都县城。①

举世闻名的中国工农红军两万五千里长征由此出发。不仅于都人，就连我们这些自幼受红色文化熏陶的人，无不为之骄傲和自豪。而作为革命老区的于都，革命，尤其与长征有关的遗迹、建筑、园林随处可见，其中长征大桥、红军出发纪念碑、博物馆，更像磁石一样吸引着中外游人。让笔者匪夷所思的是，在这一山一水、一草一木都浸染着“红色”的土地上，居然活跃着一个特别的宗教群体“斋公”。

“斋公”，顾名思义，就是一群信仰神佛、恪守斋戒、持斋念经而设坛祈神的宗教人士。笔者在当地热心人士李勇引导下，有幸造访了三位斋公，他们有四大特点：

（1）有特定的宗教、民俗信仰；

（2）持斋甚严，常年吃斋；

（3）以庙为家，娶妻生子；

① 江西省于都县志编纂委员会编：《于都县志》，北京：新华出版社，1991年8月，第5页。

(4) 在民间设坛或在寺庙为信众主持法会，祈福禳灾。

倘若与靖江等地的宣卷艺人相比，这已经够"神"的了。靖江的佛头，如同乡间的木瓦匠那样，是凭借讲经技艺谋生糊口的"艺人"，他们应斋主之请上门做会讲经、礼敬神灵，为表示虔诚，中午尽吃素。但是，他们并非人人相信鬼神，也无严格斋戒，晚上连同斋主在内一同吃肉喝酒。他们不做会讲经的时候与普通农民无异，相融于主流社会。而于都斋公不同，他们是一个既融合又超然于主流社会的特定群体。

于都斋公虽然敬奉神佛，但崇拜的最高神，既不是佛教的释迦牟尼，又不是道教的玉皇大帝，而是民间宗教罗教的创教祖师罗清(1442—1527，字梦鸿，号思孚、无为)，他们尊之为"罗祖"。

罗梦鸿，祖籍山东莱州府即墨县，家境贫寒，世代隶军籍。他三岁丧母，七岁丧父，为叔婶培育成人。青年时到北直隶密云卫当一名戍军，从此在群山野岭的边塞萌发了对宗教的狂热追求，执着地探索着宇宙、人世、命运、生死、永恒的终极奥秘，成为名不见经传的大宗教家。[①]

罗梦鸿精心编撰的罗教经典《五部六册》，即《苦功悟道卷》《叹世无为卷》《破邪显证钥匙卷》(上、下)《正信除疑无修正自在宝卷》《巍巍不动泰山深根结果宝卷》，"虽然，它以佛教经文面貌出现，通篇充满佛教话头，实则融会佛、道、儒三教，阐明了一种新的宗教教义。它语言通俗易懂，广泛采用流行在平民口头上的俚语粗言，穿插以五言、七言和十言韵文、诗偈，因此朗朗上口，形同顺口溜，而且可唱可白，所以一经刻印出版，立即流入民间，受到群众欢迎。"[②]自明正德四年刊印以来，在民间广为流行，成为以罗教为代表的明清年间各民间教派的经典，影响甚为深远。至今仍有斋公在法会上诵念《赞五部六册真经偈》：

苦功悟道最为先，叹世为无近相连。
破邪显澄伤上下，正信除疑灭罪愆。
巍巍不动泰山卷，深根结果利人天。
五部六册行天下，普度众生出苦轮。
大乘法宝垂千古，灯灯相续到如今。
祖祖相传行佛道，代代相传不坏身[③]。

有关罗教及其经典《五部六册》，中外研究者甚众，论著迭出。笔者学识浅陋，无力也无须作深入的探讨。当笔者揭开尘封的记忆，三大史实凸现脑际：(1)明清年间，尤其是在清王朝，朝廷及正统宗教佛、道两教，将以罗教为代表的民间教派及其经典，斥之为邪教、邪经，竭尽批判、打压，甚至围剿之事，致使广泛流传于中原地区的民间教派迅速走向衰亡。(2)严重地打击迫使一些信徒将教派改头换面，或重新开山立祖、另立门户，形成众多分支，进而向偏远的山区传播，潜于深山，藏匿民间。现今流播于都的是罗教分支——斋教。"罗教南传，与浙江省等地民间食斋之风一拍即合，教势随之大兴。""大约在明代嘉靖年间，一支罗教教派出现在浙江处州一带，后蔓延"两浙"，明清之际向赣、闽两省扩张，而后又向苏、皖、鄂、湘、桂

---

① 马西沙，韩秉方著：《中国民间宗教史》，北京：中国社会科学出版社，2004年8月，第132页。

② 马西沙，韩秉方著：《中国民间宗教史》，北京：中国社会科学出版社，2004年8月，第132页。

③ 于都斋公刘宏桃口述整理。

广大农村市镇发展。"[1](3)明清两朝，民间教派揭竿起义之事屡有发生，清代后期，斋教抗清活动较前期更为活跃。

据乡村老教师王春风介绍，于都民间亦素有吃斋之风，多为中老年妇女。或吃长斋，一年、数年，甚至半生吃素；或吃花斋，每逢几个特定的日子吃斋。此乃江南斋教得以落地生根的肥田沃土。

斋教何时传入于都，历史上有无信徒造反，因无籍可考，不敢妄断。但时至今日，地方政府对其仍十分敏感。笔者此行，虽托当地朋友疏通，但于都官方仍郑重其事地要求，由靖江市委统战部、靖江市民宗局出具公函，证明考察者乃"靖江宝卷研究专家"，而非民间教派信徒，方予接洽，准予进山考察。

"于都属低山丘陵地形，四周群山环抱，东、南、北三面地势较高，逐渐向中、西部倾斜。境内东北为武夷山余脉，南为南岭山脉的九连山余脉，西北为雩山山脉，海拔1000米以上的山峰有10座。"[2]而正是在这峰峦起伏、林木繁茂的山林里，深藏着一座座斋公主持的庙宇。

2015年6月16日至17日，笔者与同行者高峰在山里走访了三座庙，访问了三位斋公。现一一简介如下：

第一位，利村乡涌来寺斋公：俗名，刘济才；法名，刘真东；皈依名，刘宏桃；45岁，小学文化，于都禾丰镇人。家有土地、山林，由乡邻代为耕种、管理，一家人主要靠做法会的收入维持生计。据他自己说，年收入四五万元。祖父、父亲均是信奉罗祖的斋公。其父五十年代便住涌来寺，"文革"期间，庙拆毁，人挨斗，被驱逐回家种地。八十年代，返故地，操旧业。他13岁便在涌来寺跟父亲学做斋公。育有一子二女。儿子现为南京某大学大四学生。大女儿今年高考(后短信获悉，分数过二本线)，小女儿读小学五年级。妻儿在庙持斋，出庙随缘开荤。

涌来寺

采访刘真东

按于都民宗局要求，刘济才皈依佛门，形同居士。念功课、做法事均着黑色"居士服"。但他依然不改初衷，笃信罗祖，悄悄地将罗祖神位供奉于佛祖左侧。寺内藏有香港版、经折装《五部六册》，时常应信众之请，宣演《五部六册》。得知我为于都斋公写文章，发短信恳切地要我多宣传罗祖的事迹：

---

① 马西沙，韩秉方著：《中国民间宗教史》，北京：中国社会科学出版社，2004年8月，第261页。

② 江西省于都县志编纂委员会编：《于都县志》，北京：新华出版社，1991年8月，第5页。

……能多提一点罗祖的事迹。罗祖一大教主创下五部六册经文，以前又那么兴旺，需要传承。

第二位，小溪乡金龙寺斋公：俗名，钟腾发，法名、皈依名因方言口音太重，没听清。于都小溪人，1955 年出生，初中文化。年轻时患有慢性肾炎，用他母亲的话说，“死了三道”。病了十年，不能干农活。听说学斋公可得菩萨保佑，32 岁拜师，先后师从的两位师傅，都信奉罗祖，现寺内还藏有《五部六册》。但是，他公然宣称自己既不信罗祖，也不信佛道，只敬神灵。只会念经做法事，从未宣演过《五部六册》。

金龙寺

采访钟腾发

他家也有山林、土地。两个儿子都在兴国收废品。有三个孙子、三个孙女。我问他，会不会让儿子学斋公。他说：“信仰自由，由他们自己选择。”母亲、老伴及一孙子与他同住金龙寺。不上门，只在寺内为信众做法事，年收入不足万元。

第三位，新陂乡盘龙岩(寺)斋公：俗名，陈根亮，法名，陈同亮，1982 年出生于新陂乡，初中文化。世代信奉罗祖，传至他已历七代。兄弟八人，他为老幺。七个哥哥都乐意种田，而不愿做斋公。18 岁那年，他秉承父亲的意愿，吃素做斋公。因政府要求统一皈依佛门，故特地去瑞金名寺雪山寺，投身名僧释界香门下，不再信奉罗祖，也不会宣演《五部六册》。因非“半途出家”，故无皈依名。家有土地、山林，自己身强力壮，经常下地干活，做法会的收入在二万元左右。

盘龙岩

采访陈同亮

出于好奇，同时也试探其持斋是否坚定，我故意问这位圆脸、微胖的年轻斋公，有没有闪过开斋吃荤的念头。他说，没有。偶尔到亲戚家吃饭，人家专门为他炒素菜，将碗筷洗了又洗。他还是觉得沾荤腥而肠胃不适。可见，他持斋日久，不仅习以为常，而且心理排异，对荤有本能的排斥反应。他有个三岁的儿子，我问将来是否让儿子继承衣钵，他笑笑说，还没考虑此事。李勇还问了一个很现实的问题，如今的女孩子乐不乐意嫁斋公。他说，不知道。他媳妇是母亲自幼抱养的"童养媳"。

三位斋公均源于斋教一脉，秉承斋教的许多传统，比如，家庙合一、常年吃斋、娶妻生子，以做法事的收入维持寺庙的正常活动和家庭生计。

有的传统，比如"娶妻生子"，与罗教渊源颇深。罗祖认为，"出家为僧尼，既不符合人道，亦无益悟道，反而障道背法。""在他看来，既然在家人，不违纲常，孝敬父母，又能自食其力，居尘不染，见性成佛，何必离乡背井，乞食着缁呢？而孝养父母，居家生子，报国忠君，不违纲常，是罗教十分重视的教义之一。"①

三位斋公最为本质的差异在信仰：

第一位是虔诚的罗祖信奉者，某种意义上，他为信仰而生存，而传承。令人匪夷所思的是，他并不知晓自己传承的是何教派。为此，笔者专门发如下短信询问过。

请教刘师傅，你的父辈有没有告诉您，世代传承的是哪个教派？(29-06-2015　星期一，6:26AM)

没有。就是教育我们存好心，积好德，一心向佛，不能半途而废。(01-07-2015　星期三，8:17 AM)

家族传承数代，笃信罗祖而不知所传何教，实在令人费解。或其祖亲历满清的残酷镇压，而对本教讳莫如深；或因与刘师傅萍水相逢，心中有难言之隐，短信非肺腑之言……

还有一种可能，"清代中叶，天地会与啯噜党分别从福建、四川两地崛起。数十年后，闽、浙、赣、湘、鄂、川诸省，会党名目已多不胜计。当斋教向鄂、湘、桂诸省渗透的同时，闽、川会党亦向湘、鄂等地扩张，两湖成为两大社会力量的交汇之地。因此，不可避免地发生教、会融会合流的历史现象。当然，教、会合流的现象首先发生在斋教、会党都十分兴旺发达的福建及赣东一带"。② 因教、会合流，确也难辨其源。于是，干脆来个只信其祖，不究其教。但事实并非如此，刘师傅是知其教而不言，特短信致歉，请我包涵。至于具体原因，笔者知其难言，不便诉诸笔端。

第二位说是信仰多元，其实是因功利而信神佛，他是为治病救命而吃斋，视念经做法事为谋生之道。

第三位弃斋教而皈依佛门，其家族信奉罗祖历七代而终。

三位斋公，三种状况，甚或堪称三种类型，表明流布于江西于都的江南斋教余脉(姑妄称之吧)，在当代的文化语境下，正在悄然变异，早已不是本来意义上的斋教，充其量也只能是民俗宗教现象罢了。

① 马西沙，韩秉方著：《中国民间宗教史》，北京：中国社会科学出版社，2004年8月，第159页。

② 马西沙，韩秉方著：《中国民间宗教史》，北京：中国社会科学出版社，2004年8月，第292页。

家庙合一　庙产非家产

于都究竟有多少像刘济才那样的名副其实的斋公，似乎谁也说不清，而在民宗局作为宗教活动场所登记的乡间庙宇，恰是有案可查：

贡江镇 30	靖石乡 14
岭背镇 18	盘古山镇 9
罗坳镇 13	利村乡 9
罗江乡 10	青陂乡 8
仙下乡 18	小溪乡 14
东溪乡 8	祁乐山镇 4
银坑镇 29	梓山镇 17
桥头乡 7	宽田乡 22
马安乡 4	沙心乡 4
葛坳乡 18	段屋乡 9
禾丰镇 27	黄麟乡 15
铁山垅镇 4	合计 311 个

刘济才说，这许多寺庙，以前有二百五十六十座由斋公主持。

从我们考察的三座庙来看，于都的寺庙或建于村头、或隐于山间，规模大小不一，格局因地制宜。但大殿的供奉相同：佛祖居中，左观音，右地藏。与观音相邻，是江西地方神许真君。殿的右后侧供有当地乡民亲人“长生牌”（亡人灵位），每位每年收费三四百元。

涌来寺建于一平阳处，殿宇、配房一字排开。三间正殿，流光溢彩，气势雄伟。两间小楼，下为斋厅，上为客房。另有两间平房为日常生活用房，刘师傅在此接待香客。

笔者采访时，大门外不时传来鞭炮声，表达信众酬神之愿，而且一拨人上香、谢菩萨后，都要来跟刘师傅打招呼，而刘则热情地倒茶、让座，遇有求签问卜者，刘师傅中断我们的谈话，立马为人解签。依据签号，喃喃自语地背诵签诗，尔后耐心地予以解释，直至来人满意而归。半日内如此者有四五人。斋公有个规矩，解签不收“香缘”，但并非毫无收益，至少可由此获得善男信女的信赖，吸引人气，赢得香火。

解签

三座寺庙，涌来寺香火最旺，收入自然最丰，门口停放的“雪弗莱”轿车便是佐证。这恐怕与刘师傅精通业务、服务热情有关。李勇从事企业经营多年，他风趣地说：“工业企业生产物质产品，而寺庙则向公众提供‘精神产品’，也有个‘质量’与‘服务’的问题。”

不难看出，刘师傅比其他两位师傅的服务要略胜一筹。别的且不论，单就斋堂里备有斋饭自助餐，欢迎香客就餐，就显得时尚而有开创性。真的，行走天下，只见城市的宾馆有自助餐，没想到山区小庙也赶时髦。而且，味道极佳，让我们几个胃口大开。李勇说，他从来没吃过这么可口的斋饭，今后隔三岔五邀三两知己进山开斋，偷得一日清静，清理酒肉肠胃……

涌来寺素斋自助餐

若论环境清幽，要数盘龙岩（寺）。大殿依山而建，右侧是六间新建的饭厅。坐落在一个远离村落的山坳里，得沿着一条简易的盘山便道才能找到。四周林木葱茏，远处白云悠悠。坳底一泓清泉，清澈见底，平添几分灵气。李勇见此地风水清灵，特捐数百元以为功德，并像兄长那样，谆谆教导那位年轻斋公，一定要精心经营寺庙，弘扬佛法，广施功德，令其气象万千，声名远播……

这位年轻人毕竟出身于"斋公世家"，略知掌故。他说，这里其实不是寺庙，而是神堂，早年不以"堂"称，而呼之为"山"。故而高悬大殿的匾额为"盘龙岩"，不像涌来寺、金龙寺那样明白无误地标榜为"寺"。

同时，李勇也说，相传最初的"堂"不在山林，而在村落。一个村若有一对夫妇信奉罗祖，且人缘好，相邻的信众会常常集聚在这家念佛修持，人集聚多了，会有人自称罗祖附体，成为罗祖的转世神童，说是罗祖会经常托梦给他。于是，他便假"罗祖"之名，号召信众。久而久之，这个人便成为一方信众推崇的斋公。他的家便自然而然地成了"神堂"。随着信众人数的增多，家容纳不了许多人念佛，便募款建造类似于庙的神堂，有的干脆冠以"寺"。斋公以此为家，且世代相传，但庙不属于斋公的"私产"，而是信众的"公产"。

旧时如何管理斋公所住的"庙产"，不得而知。现在几乎每一座庙都有一理事会。金龙寺那位斋公对理事会颇有微词，话里话外的意思，理事会筹的款没他的份，而他的收入只有两项：功德（箱）款和法会工资。在山区，捐功德钱者甚少，法会也较为清淡，经济显得拮据。按于都乡间之俗，斋公可择庙而居，此庙冷清，另选旺处，有的一生换三五座庙。其实，对某些斋公而言，换庙是徒劳的，该"冷清"还是"冷清"，与庙无关，根子在"服务"与"质量"，自然与理事会也不搭界。

那么，理事会与寺庙是何关系呢？带着这个问题，专题讨教了盘龙岩的斋公。他对理事会非但没意见，言谈间还充满感激之情。2012 年，理事会募捐 5 万元为寺里盖了六间斋房。这之前，理事会发动信众、乡亲出钱出力修路。单凭这两件实事，他心存感激很是自然。

原来，理事会属于民间组织，由热心而有威望、活力的信众组成。盘龙岩（寺）理事会有五位理事，会长是一位五十多岁的谢姓信众，是一位乡土社会德高望重的农民。理事的产生打破行政村界限，由寺庙周边的村民小组推举，或者说，在盘龙岩（寺）辐射的区域内，由民众理事会公推信得过的人担任理事。

理事会有两大职责：一是负责组织、举办大型法会。每逢佛祖、观音、地藏等神佛圣诞或地方上重大的祈祝活动，理事会自筹香缘，发动自愿祈神求功德者到庙里参加法会。自带蔬菜、粮、油，甚至台凳桌椅。本寺斋公与外寺斋公一样付酬。二是负责与寺庙有关的公益事业，比如修路、建斋堂等，而且一事一办，有独立的理事会。2011 年盘龙岩(寺)建斋堂，就有专门的“新建饭厅理事会”，由六人组成，即会计：丁则友，财务：陈亘亮，保管：华太阳(女)，成员：李启银、于安祥、郭长生。

每办一事，均有功德碑，铭刻姓名及捐款数目，有的还篆刻前言，说明缘由、意义，笔者特将盘龙岩(寺)修路功德碑前言抄录如下：

盘龙寺地处新陂乡光明村，原系一座古寺，历史悠久，神灵显赫，香客云集，络绎不绝。但通往此庵(原文如此——笔者注)原系一条崎岖羊肠小道，每逢雨天，泥泞路滑，不便通行。谢仁德等不忍熟视无睹，向四面八方发动善男信女、仁人志士，慷慨捐资，把原有窄小山路扩建为面积宽广的沙石大道。由 2004 年吉月动工，于 2005 年吉月圆满竣工，现已通畅无碍，神安民乐，庇佑八方，物阜天宝，人杰地灵，功德无量，流芳百世。

奉献 15 元以上，鸿名胪列于后。

透过这简短的文字，不难想象理事会办事的风格原则：公开、透明、自愿。

每一重大工程告竣，寺庙会举行法会庆祝、祈福，盘龙岩(寺)斋堂落成典礼，斋饭办了二十多桌。

主持法会　利己利他

寺庙的基本建设由理事会及社会公众操心，驻庙斋公自然省心，他们只需专注于功课、解签等日常事务和信众私家法会。

于都斋公称做法会的主人为东人。通常在两种情况下才上门做法会：做(盖)了新房，举行“打扫堂”仪式；亲人亡故，丧期超度。涌来寺刘师傅详细地介绍了“打扫堂”法会的全过程。

所谓“打扫堂”，其意是新盖的房子，需请斋公主持法会，将可能存在的种种邪恶打扫干净，祈祷家宅平安、人畜兴旺。其规格有两种：全堂，请九位斋公；半堂请五位斋公(三四人也行)。具体请几人，由东人定。由一庙的斋公为主，邀约相邻斋公。每人每天 100 至 200 元不等，平均分配，不分主次。

头天下午，斋公去东人家新房“建堂”(设坛)。

堂屋北墙设一条桌为神坛，供奉诸神神位：

释迦牟尼、观音、地藏、文殊、普贤、罗祖、三官、许真君、十八罗汉、二十四诸天、韦陀。

条桌前，两张八仙桌正对大门拼成法坛，随缘供奉果品，东人买什么供什么。尽素。设烛台一对、香炉一个。

晚饭后的仪式有三项：

(1) 开香(上香、点烛)、放鞭炮。旧时鞭炮齐鸣，现考虑到安全，只放鞭。

(2) 请佛(40 分钟)。

若是五个斋公，为主者拈香在桌前跪拜，领诵《请佛偈》。左右各站两人，称为“四大护法”，齐声应和。靠条桌的两人合掌而立，近台口的两位左碰磬子，右敲木鱼。

如果东人请了民间乐队，诵念《请佛偈》时，只吹唢呐，念经时方能用二胡、笛子伴奏。

请佛偈(节选)

信香一炷表虔诚　心悟真香合古今
心若虔诚香即至　佛祖龙天尽降临
香在炉中烛在台　是日拜请诸佛来
一请佛法僧三宝　二请释迦观世音
三请文殊并普贤　四请罗汉及诸天
五请韦陀并坚老　六请左右护法神
七请东南西北四天王　八请护教伽蓝八金刚
九请雾灵罗圣神　十请幽冥地藏王
满堂诸佛登宝座　高登宝座受香茶
千生百劫难遭遇　万圣千贤同赞扬
非但海山修供养　梵天无处不花香①

……

(3) 洒金(一个多小时)

取净水一碗。边念《洒金科》,边用柳枝或佛尘洒净水。洒遍所有房间。东人给红包。按旧俗,红包内的数目或33、或48、或18,各有寓意。

33——上达三十三天。

48——四十八愿度众生。

18——下打十八层地狱。

现不那么讲究,客气一点,最多包一百元。

洒遍所有房间后,用竹篮装5个素菜及黄钱、香、烛,出门向西,至有流水(多为小溪)处,向西方设供、焚化。也有按东人的生辰八字,卜生门,开门方向设供焚化。

晚十点左右,路近者回庙,远者宿东家。

第二天,天没亮东人给诸天供三碗稀饭。

旧时,斋公天不亮便到东家,现不那么严格,一般六点多到达。

(4) 上课(40分钟左右)

这时笔者问起和佛。刘师傅说:"和的。"随口哼了一句:

唱:这炷清香表虔诚。

和:(表虔诚)阿弥陀佛。

刘师傅骄傲地告诉我,他们有几十种曲调,做什么法事唱什么调。我请他说几个曲牌名,他笑着摇摇头,说:"只会唱,叫不上名。"

早课后吃早饭。(此俗与无锡、常熟相同,先生们早早到东家,一切准备就绪,做完早课用早餐)

(5) 开大经(宣演宝卷)

但凡求寿、求子、求财、求洪福,均宣演《五部六册》的第一部《苦功悟道卷》。

照本宣科,下午四时左右圆经(结束)。

(6) 谢佛报恩(送佛)。

---

① 于都斋公刘宏桃口述整理。

念《谢佛·报恩偈》：

香主一念诚心，颁通诸佛降。是日佛事圆满，举起真香一炷，报答天地君亲师。

善信礼拜诚心！

信香一炷奉虚空　满空围绕是香风
酬谢满堂诸佛祖　宗风代代永兴隆
一报天地盖载恩　二报日月照临恩
三报皇王水土恩　四报父母养育恩
五报祖师传法恩　六报护法护持恩
七报檀那多呈供　八报八方施主情
九报九祖生净土　十报孤魂早超生
要能传法度众生　无边功德总报恩
今日法事已周圆　酬谢三宝众龙天
十方三世一切佛　文殊普贤观自在
诸尊菩萨摩诃萨摩诃般若波罗蜜。

正所谓，上报四重恩，下济三途苦。若有见闻者，悉发菩提心。争此一报身，同生极乐国。无量寿佛。①

烧“钱”。放鞭。神位装箱。

若到寺庙为亡人做法事，只超度，不做冥路。

笔者还请刘师傅简要介绍了寺庙最为普遍的求寿法会。

至少请四位斋公，收费500～600元。程序如下：

东人头天自带香烛、供品来寺庙。

(1) 晚课(与佛家相同)。

第二天上午。

(2) 早课(与佛家相同)。

(3) 开忏。拜“药师忏”。

(4) 上表。供(素)饭、菜六碗。

(5) 开大经。宣演《苦功悟道卷》。

(6) 圆经。

别以为斋公主持法会就是为赚钱。至少像刘真东这样信仰坚定的斋公，法会的终极目的是度人，让东人在庄严隆重的仪式中，精神获得慰藉，心灵得到净化，人格因此升华。而斋公则以此修行悟道，积累功德。故而，利己亦利他，其文化意蕴非金钱所能赎买。

结　束　语

行色匆匆，浮光掠影，加之语言隔膜，无法对于都斋公作深入了解。尽管如此，笔者还是留下了深刻的印象。

(1) 于都斋公是一个特定的民俗宗教群体。其传承方式以父子相传为主，以异姓师徒

① 于都斋公刘宏桃口述整理。

传承为辅。拜师时，徒弟需象征性地向师傅缴“师傅钱”。涌泉寺的刘济才收 28 岁、小学文化的侄儿刘贤才为徒，亲侄子也须遵循旧规，交了 48 元的师傅钱。学徒半年，做法会与师傅一样平均分钱。斋公与斋公之间没有严密的组织关系，只是做法会时相互邀约，工资及喜钱均分。

(2) 家庙合一，居住权、管理权与财产权分开是于都斋公最具特色的生活方式。斋公可在庙内生儿育女，但只有居住权、日常管理权，不拥有产业权。产权归一定区域内信众所共有。斋公大多有自己的宅基、房屋、土地、山林，年轻力壮的斋公经常下地干活。寺庙的公共法会由地方的头面人物牵头举办。法会工资及功德钱归斋公收入。

寺庙的香火旺，斋公名气大，受当地善男信女信赖、拥戴，收入丰厚，有能力买小轿车。反之，则收入较低，勉强维持生计。斋公常年吃素，住庙的妻儿、父母亦必须吃素，但出了庙门，妻儿、父母可随缘开荤。香客可免费在庙内用素斋。

(3) 斋公以住庙为主，一人(家)一庙，也有少量不住庙的斋公，以男性为主，同时也有为数不多的女斋娘。斋公信奉罗祖，而所住之庙供奉的则是佛神、道神、俗神。通常为释迦牟尼、观音、地藏、许真君，也有偷偷供奉罗祖的，由此表明其信仰多元而驳杂。信众来庙里求神拜佛以及捐款修庙、筑路，只为祈福禳灾。在许多人心目中，只要敬菩萨、捐香缘便是功德，非为信奉罗祖。换言之，罗祖只是部分斋公信奉的最高神，而非善男信女崇拜的最高神。乡间草民往往见佛就拜，信仰多元。只因世代陈袭，某一姓氏的斋公世世代代住一庙，活动于某一区域，附近的信众才习惯将其视为“神”的代言人，而代言的非一神，而是众神。

(4) 在现代政治文化语境之下，于都斋公正在发生分化，或者说蜕变。虽然出于某种原因，斋公所住之庙均以佛教的名义登记，且统一皈依佛教，但仍有许多斋公坚守罗祖信仰，供奉罗祖塑像或神位，珍藏并宣演罗教经典《五部六册》。也有的年轻斋公真心皈依佛门，不再信奉罗祖，不会宣演宝卷。也有少数斋公，既不信罗祖，也不信佛祖，而是假斋公之名住庙、做法会，挣钱过日子。同时，就传承而言，有些斋公如刘济才，虽笃信罗祖，儿女也深受其熏陶，只因外出求学、工作，远离斋公生存、活动的社会环境，不可能子承父业，于是不得不另行它传，甚至就此中断。可以预见的是，于都斋公群体日趋式微、濒危，将来即便仍然存在，也是有其名而无其实了。

(5) 罗教及其支脉历来为主流文化、精英文化所不容，能在江西于都边远山区侥幸地存活至今已属不易，历经风雨、变迁，诸如于都斋公所信奉的教派，早已不是本来意义上的罗教或江南斋教，而是一种有着民间教派意味的历史遗存，衍生为一定地域的民俗文化现象。不过，却也保留了大量珍贵而鲜活的遗传密码和文化元素，值得搜集、整理、研究。

第八章

青海活宝卷调查

探访青海嘛呢经

这么些年考察活宝卷，青海之行非同寻常，此行不仅适逢大型纪录片《寻访活宝卷》隆重开机，而且笔者头一回见识嘛呢经——一种融汉、藏文化于一体，与宝卷有着血缘亲情，按一定仪轨诵念的民俗民间文化样式。

20 世纪 70 年代，我奉命随铁道兵某部开赴青藏铁路工地，在青海生活、战斗了 8 年，只知有藏传佛教，不知有与靖江宝卷有血缘亲情的嘛呢经。贺州学院教授刘永红的专著《青海宝卷研究》让我大开眼界，甚至震撼。我决计实地考察，行前邀刘教授陪同。

我与刘永红素昧平生，从未谋面，因宝卷结缘，引为同道。他调到贺州学院前，曾在青海师范大学学习、工作多年。这位西北汉子还真豪爽热忱，满口应承不说，还约同门师弟、青海师范大学副教授李言统全程开车随行。颇有意味的是，哥俩情同手足而观点相左，当着我这个“生人”的面，毫不掩饰在嘛呢经文化定位上的学术分歧。一个认为嘛呢经是宝卷一脉，应定位为“青海宝卷”；一个认为部分嘛呢经文本虽为宝卷的变体，但信众只知嘛呢经不知宝卷，硬是划归宝卷，不仅牵强，而且有悖底层民众的文化认同、文化情感。

两位学者，围绕同一研究客体，各执一词，激起笔者的好奇心。

一、 嘛呢经的一般特征

嘛呢经广泛流播于青海东部的互助、民和、大通、乐都、门源等县，在土族乡土社会尤为盛行。人们将信奉嘛呢经的老年妇女称之为“嘛呢其”，将民间流传的嘛呢经抄本谓之“嘛呢干本”。像许多草根文化那样，因鲜有文字记载，无法考证其存在时间。老人们说：“嘛呢经是祖祖辈辈传下来的。”有的甚至说：“土族有多长时间，嘛呢经就有多长时间。”可见，嘛呢经一直处于自发自为、自生自灭的生存状态。

2009 年，李言统随同导师赵宗福在民和乡下调查王母娘娘庙，发现很多人在庙里念嘛呢经，顺藤摸瓜，在民间发现好多抄本，其中相当一部分与宝卷有关，且非个别现象，而是广泛流行于青海东部，呈现为富有特色的地域文化形态。嘛呢经从此进入学术视野。

综合近年来的研究成果，青海嘛呢经有以下几个特征：

(一) 汉藏文化的融合与选择

“‘嘛呢’原为藏语，即六字真言，指唵、嘛、呢、叭、咪、吽六个字，又称‘六字大明咒’，在藏传佛教地区家喻户晓。“嘛呢调是藏传佛教信徒们经常吟唱的宗教祈祷歌。它用于信徒日常围绕寺院的嘛呢轮转经，朝神山、圣地磕长头，寺院举行宗教仪式活动，某些地区办丧事时也唱嘛呢调。”①

流播于土、汉地区的嘛呢经，通俗地讲，是用嘛呢调演唱宝卷，简言之，是汉族的宝卷文化与藏传佛教文化相融合的产物。

从文化地理的视角分析，这种文化交融是必然的。由东向西传的宝卷，孕育于农耕文明，而由西向东传的藏传佛教，则以游牧文明为基因，而青海东部恰恰是两种文明的结合部。那日，我站在日月山上，手指蜿蜒的盘山公路，对着镜头大声地说：

“这就是著名的唐蕃古道。当年，文成公主由此入藏。以此为界，东边是农业区，西边是牧区，宝卷西传的脚步到此止步。”

青海东部地区虽以农业为主，但因地处华夏文明的边缘，经济文化相对落后，而藏传佛教的影响十分深厚，一直处于其势力范围之内，塔尔寺等历史悠久的寺院便是有力的佐证。“当宝卷传播到青海，在所传途经和所到之处，不能不受当地藏传佛教的影响。再者，在当时清政府对民间秘密宗教和其传教文本宝卷的高压态势下，宝卷急需改变其本来的面目，从而地域化为当地的一种民间宗教，获得一种合法的身份。事实上，从现在发现的青海最早的宝卷《佛说大明六字真言》可以看得出，最迟在清嘉庆朝青海已经有了具有当地地域性文化特色的宝卷了。”②对于广大信众，这是一种明智的选择。他们虽然长期受藏传佛教熏染，由于生产、生活方式秉承农耕文明，因而与宝卷有着天然的亲近感。在慨然接纳的同时，来一番创新与改造，创造出一种既有别于藏传佛教文化，又有别于传统宝卷的新样式：嘛呢经。

李言统感慨地说：“这种融合与选择，是海东百姓生存智慧的结晶。”此乃经典之言。面对两种文化，要么融合，要么排斥，二者必居其一。倘选择后者，必然导致冲突，甚至战争。这对于只有二十万人口的土族，是极不明智的。当然，劝人修行为善，是两种文化的内核，也是中华文明的内核，质相同，形相融，此乃大善、大智。

（二）与多元的民间信仰相联系

青海嘛呢经的表现形式虽与藏传佛教的祈祷活动相类似，但所承载的信仰并非藏传佛教，而是民间信仰。以土族为例，土族的信仰是多元的，主要信奉藏传佛教中的格鲁派，同时还信奉萨满教、苯教、道教、儒教、地方神。而嘛呢经的功用是满足信众祈福禳灾的精神追求和心理需要，所信者非一教，所祈者非一神。有位 64 岁的嘛呢其告诉笔者，一年前她的腿突然行动不便，下不了地。于是入嘛呢会、念嘛呢经，求菩萨保佑。几乎所有的嘛呢其都相信，“只要虔诚地诵读并伴随以适当的禅定修持，就可以祈求观音菩萨的保佑，具备召唤并使之出现。”③同时，青海的嘛呢其与靖江许多笃诚的奶奶一样，念嘛呢经、和佛是为了积累功德。在她们看来，“转念六字真言，是积累功德的途径之一，也是消除自身各种罪孽的途径。尤其是患有身体残疾和体弱多病的老人，对神和佛的情感往往更为深沉，参加‘嘛呢会’可以唤起

① 刘永红著：《土族宝卷〈佛说大明六字真言嘛呢经〉初探》，《青海民族研究》，2012 年 03 期，第 96-100 页。

② 刘永红著：《青海宝卷研究》，北京：中国社会科学出版社，2013 年 9 月，第 39 页。

③ 殷生宝著：《“嘛呢会”在土族社区居民生活中的地位及作用》，《青海民族大学学报》（社会科学版），2010 年 7 月，第 36 卷第 3 期，47-50 页。

他们超乎寻常的勇气和力量，寻找内心的支撑，战胜疾病，祈福免灾。”①李言统调查发现，一些老年妇女参加嘛呢会、念嘛呢经，无论是精神面貌，还是健康状况，都明显好转。是否真有神护佑且不说，由信仰所产在的精神力量却是不可低估的。

(三) 组织形式松散而自由

在青海东部，念嘛呢经几乎遍及乡镇，并由此形成了一个个松散而自由的组织——嘛呢会。其特点如下：

1. 以地缘、亲缘为纽带

通常是一村一庙一会，也有两村或多村一庙多会的。这让笔者想起江南的社庙，也是一村有一座供奉保护神、祖先神的庙宇，由此产生以地缘、亲缘为纽带的信仰族群。不同的是，江南的社神各不相同，而海东乡间小庙供奉的神灵基本相同。

2. 松散而自由

虽然有组织、有领导(俗称“嘛呢头”)，但松散而自由，加入或退出无须履行任何手续，愿来就来，愿走就走。

3. 以老年妇女为主体

嘛呢会也有老汉，但极少，60 岁以上的老年妇女占主体。她们或因年老体弱干不了活，或因儿孙在外地而孤独，或因老伴过世而孤凄。她们因种种人生境遇入嘛呢会，寻找共同的精神慰藉。她们大多不识字，入会后以老带新学会念嘛呢经。

4. 公推嘛呢头

每个嘛呢会都有一个为首的嘛呢头，一般由有文化的老汉担任。若因健康原因不能继续履职，则由会众提名一个或几个入会时间长、有文化、有威望的人，由众人协商公推，接替前任。

嘛呢头职责有三：召集会众、教新会员念经、维持秩序。特权有二：念经时坐在领经的位置、解签。

每座庙的神前都备有签筒、签诗等卜具，每有求签者，均由嘛呢头解签。农历大年三十午夜，几乎全村人都会来庙里求签问卜，祈盼新年好运，尤其是家有儿女考大学的，尤为关切。嘛呢头依据所求签号，阅诗释义，求签者给 5～10 元谢仪。

5. 定期、不定期活动

每逢农历初一、月半，是嘛呢会常规活动日，“嘛呢会成员均穿着斜襟长袍，携带嘛呢念珠、黄纸和白纸、柏香等必备物品，于早晨九点左右聚集到村庄的庙宇中进行为期一天的念嘛呢活动”②平时在家，嘛呢其也自行安排念嘛呢经，一般是清晨起床后，净手、点灯、念经。此外，村中若有老人亡故，会应邀在丧期及头七、三七、五七、百日、周年，为亡人念经超度。

在庙常念的经文：

《六字真言》

《十炷香》

① 殷生宝著：《“嘛呢会”在土族社区居民生活中的地位及作用》，《青海民族大学学报》(社会科学版)，2010 年 7 月，第 36 卷第 3 期，47-50 页。

② 殷生宝著：《“嘛呢会”在土族社区居民生活中的地位及作用》，《青海民族大学学报》(社会科学版)，2010 年 7 月，第 36 卷第 3 期，47-50 页。

《太阳真经》

《地母经》

超度亡人的经文：

《亡人经》

《送亡人经》

《点灯经》

腊月廿四，嘛呢其在家念《灶王经》。

还有一类宝卷，刘永红称之为"故事宝卷"：

《观音宝卷》

《黄氏宝卷》

《金花仙姑成道卷》

《目连宝卷》

《鹦哥宝卷》

《方四娘宝卷》

通常在农闲时节，集聚某一农户听识字的人念唱。现在，此类宝卷不念了。

二、 嘛呢会活动现场见闻

现场之一：辛家庙(土族)

2015 年 8 月 8 日，我们驱车前往民和县中川乡辛家村辛家庙。是日农历初五，非嘛呢会常规活动日，因而，当日的活动视同为我等远道而来的客人祈福禳灾，青油、黄钱、香烛等由我们置办。

九时许，抵达辛家村。

这是一个土族聚居的村落，全村三个社(村民小组)，128 户。嘛呢会有二十多人，今日来了十五位嘛呢其、两位老汉，所着斜襟长衫，色泽男淡、女深，奶奶们多为黑、青色，老汉为米灰色。嘛呢头在西宁治病，一老汉替他领经、敲木鱼。

辛家庙为一四合院。因初来乍到，不辨东西，只能假定坐北朝南。庙门两侧是一排平房，正对大门的是大殿。大殿的廊上挂一口钟，门前是钢筋焊成的塔形灯架。整个殿宇的大门都用黑色遮阳帘遮着，仅在正门处开一"人"字形进出口。殿内供奉着九天圣母娘娘、海池龙王、二郎神，每一座神龛都遮以锦绣布帘，只见花卉图案，不见神灵宝相。

9:50 准备

刘教授领着我们烧香。

几个嘛呢其给青油灯添油。

10:00 开经

敲钟。鸣锣。放爆竹二响。

竖杆，升幡。

两个圆筒形的经蟠，由三张白纸圈成筒粘接而成。这让笔者想起靖江的纸扎箱库，佛头说不出长宽高的数据，但知道长宽高各用几开的彩纸糊，这就是民间机巧。三张白纸连接起来为两丈，纸筒周围贴满红、黄两色的纸马，一圈7个，共贴9圈63个。同时，白纸上还刻有“门窗”。

开经

经幡升挂于殿前。

幡基奠酒、点灯、煨桑（一种由木香、柏香、炒面混合而成的香）。

众人面向殿门、经幡站成两行念经。时不时双手平摊、合掌，躬身礼拜。一人在化纸炉里烧黄钱。

此仪式相当于靖江的请佛。因语言隔膜，一头雾水，闹不清都念了哪些经。回来查阅拍摄的经卷，方知“念经先念《请神经》”。

10:20 念《六字真言》

领经

这里所念的《六字真言》是按民间宗教教义阐释的“六字真言”，并非本来意义上的藏传佛教经典。特抄录如下：

六字真言

唵字本是天之根　为了生死发善心
一拳相开莲花池　外面观见里面身
嘛字本是坤地门　点开虚秘其中用
一声唤醒生死路　要到灵山见世尊
呢字本是真无价　了脱生死连根拔
寻着呢字是真道　走到西方路不差
叭字本是生死咒　摩诃二字在里收
睁开一对双眉眼　周围尽是大路头
咪字本是真烦恼　圣母正问圣祖家
倒生双林无影树　灵山会上好说法
吽字本是真空胎　金莲座上古佛来
三千菩萨同了道　清风明月两边排
七字真言六字念　还有一字人不见
若要找着这个字　天地乾坤都翻遍
还有一字颠倒颠　捉住清风八百年
上好头上盘金斗　昆仑顶上定乾坤
天之根源八宝山　地之根源戊己土
性之根源白云山　命之根源是灵山①

开经结束，众人来到大门东侧铺有毡垫的走廊坐下。嘛呢头背东面西坐在最东头，独享一张矮桌，桌上放一木鱼，一手敲木鱼，一手捻嘛呢珠。15 个奶奶依次朝北、朝西而坐，面前是一溜矮桌，上面放着“嘛呢干本”“黄钱”等物。有 5 个奶奶转动着碗口粗细的中型嘛呢经转轮；有 2 个奶奶转动大小如茶杯口的嘛呢经转轮。一手转嘛呢轮，一手捻嘛呢珠。随着手腕的转动，缀在嘛呢轮上的珠串如花绽放，煞是抢眼。一位嘛呢奶奶边念经边折黄钱，寺庙管理者在一盆内焚烧黄钱。据说，焚香、烧钱是为告诉佛爷，今日谁在求功德。

10:30 有位老汉搬来一形如桶的大嘛呢经筒。四方形的架顶盖着饰有红苏黑边的黄毯。四柱顶端是红色葫芦型尖角。架顶的中央有一尖顶圆柱，上系洁白的哈达。架子下方有一转动装置，以一拉杆的抽送带动经筒徐徐转动，每一转一圈，表示念经一卷……

按规矩，整个活动得持续至下午四时，因我们日程紧，不得不精简内容和仪式。

11:00 送神

刘老师领着我们与几位嘛呢奶奶点灯，余者在幡前站成两行，念《十盏灯》《十二炷香》。

按靖江风俗，点烛敬神明，至多也就四五对，而这里要点 108 盏灯，且分为五层。最顶层为一盏灯，自上而下渐次增加。笔者讨教其中的奥秘，几个人都说：“不知道。”最后是一位嘛呢奶奶为我解惑，五层敬五个级别的神，依次为：

一级(顶层)　上天
二级　二郎神、龙王
三级　土地

① 据民和县民间抄本。

四级　　　　　　　　　圣君

五级　　　　　　　　　众神

此说是否权威？难说。民间一些陈陈相因的仪轨，往往是一代传一代，常因年久日深，愈往后愈是只知其然而不知其所以然。在靖江，每每刨根问底，佛头便会说："老先生就这么传下来的。"因而，点五级 108 盏灯，也只能理解为相沿陈袭，不然，下一现场的龙泉寺，在一个平面上点 108 盏灯又作何解释呢？

最后送神。

采访嘛呢其

送神

在爆竹声中降幡。将幡送至东墙根砖砌的池内焚烧。奠酒。

嘛呢头领众人面东而立，念《回向偈》《十方三界佛》。此仪式相当于靖江的送佛。

说实话，从头至尾我没听清一句，没辨出一调。负责录音的靖江电视台外宣办主任刘卫平事后告诉我，非但不止一个调，而且还有类似于靖江的和佛。两句一和，起句为"唵嘛呢叭咪吽"，转句为"阿弥陀佛"。

现场之二：龙王庙(汉族)

下午，我们来到了李老师的故乡，民和县老堡乡台尔洼村。虽为汉族村落，但受藏传佛教的影响一点也不逊于土族。这个村有一寺：龙泉寺；一庙：龙王庙。寺、庙隔河相望。龙泉寺为佛教寺院，有和尚两名、居士若干。龙王庙为民间信仰活动场所，周边数村的嘛呢其定期集聚于此。

我们在龙王庙的时间很短，但留下的印象极深。

(一) 一庙数村(庄)

龙王庙非一村一庙，而是四村(庄)共有。台尔洼村、潭家庄、冉家庄、河西庄的嘛呢会均在此活动。初一、月半来念嘛呢经的有四五十人，最多时可达六七十人。今天来了 22 人，听说拍电视，龙泉寺的居士也来了。因而，甭说她们自己，连我这"外乡人"，都明显地听出各念各的调，一点也不齐整。

尽管来自不同的村庄，但共同遵守进庙礼敬神明的礼仪。先在庙门内侧向门神敬香、跪拜；再去门外向龙泉寺诸佛举香遥拜，同时在庙门外右侧的敖包前烧香；最后，进厨房向灶神敬香。

值得一提的是，"敖包系蒙古语，土族语叫作'加布来'，意思是堆子，用鹅卵石或沙石堆成，原为道路和境界的标志，后演变为祭祀山神、路神的场所。”①在汉族寺庙的大门外有“敖包”，足见海东地区信仰、文化多元。

（二）院内念经

龙王庙依坡而建，假二层。“在一层”仅一窄廊，供奉着鲜花果品，“二层”为正殿。附属房三间，为庙管的生活用房。因而念嘛呢经时，奶奶们只能在院内面对面站为两列，中间相隔十数米的空地上设置青油灯架、焚纸炉等。因各庄相亲相近的人站在一起，两列人数不均，右列 8 人，左列 14 人。地上无毡垫，面前无矮桌，大多站着念，也有席地而坐的。冬天亦如此。笔者领教过青海呵气成冰的隆冬，白天即便无风有太阳，野外也寒砭肌肤，连续数小时在院内念经，没有信仰还真扛不住。

念嘛呢经(一)

念嘛呢经(二)

① 范玉梅著:《土族宗教信仰述略》,《世界宗教研究》,1997 年 01 期,第 138-146 页。

（三）争先献卷

在辛家庙有位奶奶给笔者奉上用大红绸缎包的嘛呢经干本的复印本，分别为《嘛呢诵经》《六字真经》。因忙着采访，仅拍了封面、目录，未拍正文。到了龙王庙，见有奶奶捧着干本念经，赶忙借来拍照。有几位奶奶见我和刘永红就着上楼的台阶认真拍照，深感我们视经卷为宝，主动“献上”自己的抄本。卷目如下：

《蔡氏抄本》（笔记本，毛笔抄）

《十二愿》甲申年仲冬抄

《地母经》天运二零零四年仲冬时抄

《无名氏抄本》（纸质本，水笔抄，两种笔迹）

《请神经》

《土主经》

《上供养经》

《回向偈》

《烧香经》

《无名氏抄本》公元贰零零柒年正月十八日抄（纸质本，毛笔抄）

《地母经》

《十二愿》

《十二炷香》

《五更香经》

《六字真经》

《灯科经》

《韩湘子哭五更》

《莲花经》

《观音梦授经》

《无名氏抄本》（纸质本，毛笔抄）

《开卷经》

《地母经》

《点灯经》

《亡人经》

《送亡人经》

《洒净水经》

《请神经》

《交灯经》

（“无名氏”并非无名，而是未问及姓名。——笔者注）

短短个把小时，收集到这么些抄本，简直令人难以置信，奶奶们那份纯真、质朴令笔者感动。

刘永红的《青海宝卷研究》，对民间抄本有精当而全面的评述，笔者感受最深的是，这些卷本是为念诵而抄，抄写、装帧不那么讲究，能看懂就行，嘛呢其对其珍重而不神秘。既不像甘肃岷县，为避邪趋吉、积累功德而抄，显得那样神圣而庄重，也不像靖江等地的民间艺人，为挣钱糊口而抄，一旦拥有，秘不示人。

（四）庙管

龙王庙建在一面山坡上，气势雄伟、金碧辉煌。大殿神坛中央有一神轿，平时为龛，庙会为轿，可抬神巡游。轿里供奉着九天娘娘、二郎神、龙王爷。神轿两侧，左土地，右山神。

大殿的廊檐下挂一口钟，早晚敲钟乃庙管之每日“功课”。

庙管姓李，名生英，67岁，没文化，育有两子。日子过得好好的，佛爷非得让他来侍候，每天打扫卫生，早晚上香、敲钟。

他身体原本壮实，下地干活是一把好手，还能挡（放）二三十只羊。突然有一天，腰腿疼得不能走路，法拉（巫师）说，进庙侍候佛爷就会好的。于是，住庙12年，小心侍奉佛爷。想不到，还真一天比一天见好，现在能走路，能干活……

神吗？一点也不神。乡间农民，拼死拼活地干活，积劳成疾是常事。进庙侍神，不但活儿变轻松了，而且精神获得抚慰，以为佛爷必定会替他消灾祛难。在生理和心理的双重作用下健康状况逐步好转，只是民间将其神化了。

“日常生活谁管呢?”我问。他明白我的意思，为大家看庙，有没有报酬。他说：“有的，一天一斤粮。四庄共筹。”

（五）大总管

管理两个寺庙的管委会主任，村民尊之为“大总管”。

管委会由四庄公推，由六人组成，主任、会计、保管、出纳、伙食、其他各一人。

从此六人中推举一人为“总管”，最终决定权在佛爷。由法拉（巫、师、神、汉）在佛前占卜，“吉”，表示佛爷赞同；“凶”，则重新推举。

现任大总管叫李彦和，65岁，文盲，李言统的同族长辈，是位经历丰富、办事干练、德高望重的农民。

管委会除负责寺庙的日常管理外，主要职责是组织四月中旬的大型庙会。最难的是按每人5元上门筹款，百分之九十五的农户乐意缴纳，百分之五的人得磨牙费嘴地动员说服。

三、嘛呢经与宝卷

嘛呢经究竟是不是宝卷？在辛家庙我们分别采访了刘永红、李言统。为慎重起见，临别前的晚上，笔者又专访李言统。

刘永红的基本观点是，就形式而言，嘛呢经有鲜明的藏传佛教色彩，因其所持文本是宝卷，形式服从内容，嘛呢经质的规定性是宝卷，是富有青海地方特色的宝卷。

临别访问，李言统将分歧归纳为三点：(1)尽管嘛呢经有宝卷的文本和内容，但镌刻在民间记忆深处的是嘛呢经，老百姓根本不知何为宝卷；(2)学术界对嘛呢经宝卷属性的认定、界定尚有争议，轻易将其划归宝卷，牵强；(3)宝卷形成是个复杂的过程，嘛呢经同样经历这样复杂的过程。无论从形式和内容来说，嘛呢经始终保持了独特的个性，有些是宝卷所没有的。

不管是按刘永红的立论，还是按李言统的观点，嘛呢经与宝卷有关联是不争的事实。只要厘清嘛呢经与宝卷的关系，嘛呢经的文化定位会自然呈现。

“中国宝卷是在宗教（佛教和明清各民间教派）和民间信仰活动中，按照一定仪轨演唱的一种说唱文本。”①这是迄今最为权威的宝卷定义，得到学界普遍认同。此定义犹如一把尺子，让我们考量嘛呢经与宝卷的关系有了尺度。

参照上述定义，笔者发现嘛呢经与宝卷有诸多共同点：

1. 承载宗教或民间信仰。当下中国活态传承的宝卷，绝大多数充当民间信仰的载体，而在甘肃岷县、江西于都、河北南宫等少数地区，宝卷仍在一定程度上烙有民间宗教的印记。念嘛呢经与所有活宝卷一样，都作为宗教信仰或民间信仰的载体而存在。

2. 按照仪轨演唱。从东海之滨到青藏高原，虽然地域文化差异甚殊，但靖江做会讲经与嘛呢会活动，请神、送神等仪轨竟然相近相似。可见，嘛呢经也像宝卷那样，遵循一定的仪式程序演唱。

3. 以劝善为主旨。嘛呢经和宝卷主旨相同，都是劝人修行向善，消除罪孽，祈求死后赴西方极乐世界，而不是下地狱受苦。

4. 信众以中老年妇女为主。当我在青海的庙里见到那么多嘛呢其，脑海里立即浮现出百多名奶奶庚申日集聚靖江城隍庙做“庚申会”的情景。有人说，宝卷是妇女文化，在这个意义上，嘛呢经与宝卷惊人的一致。

5. 社会功能大体相同。信仰、教化、娱乐乃宝卷的三大社会功能，具体到某一地方的宝卷，或同一宝卷的不同时代，三大功能侧重点不同。比如，无锡宝卷重信仰，河西宝卷重娱乐，靖江宝卷，西片以信仰为重，中、东片原本三者兼顾，上世纪 80 年代以来，信仰逐渐演变为唯一。嘛呢经似乎无“娱乐”功能，实则不然。一个个体弱、孤单的老人聚会本身就是一件愉悦身心的事儿。据刘永红介绍，初一、月半，有专门的时间讲笑话、逗乐子。这么说，有点勉强，但嘛呢经的社会功能与宝卷大体相同是真的。

还有一点，广义讲，宝卷和嘛呢经都是“经”。为此，我专门发信息请教扬州大学副教授陆永峰，他回复内容如下：

嘛呢经我了解很少，不敢多言。我想它们的渊源可能是因为都属于佛教文化圈中，宝卷和佛教讲经、科仪关联很大，而嘛呢经也属于讲经吧。另外，宝卷之名，最初也是个泛称，和真经一样，佛教宝卷也有称宝卷的。2015-08-22　　星期六

收阅短信，笔者想起网上淘得的《西藏健身宝卷》，压根儿不是我心目中的宝卷，而是西藏传统健身密法之集成。可见，在二十一世纪的今天，仍有人将“宝卷”泛化。

“丢开闲文归经典”。陆老师的短信，蕴含三层意思：(1)嘛呢经与宝卷的源头都属佛教文化；(2)念诵嘛呢经与宣演宝卷同属讲经；(3)宝卷有广义与狭义之分。

笔者赞同陆永峰的观点，以为嘛呢经至少是广义的宝卷。为进一步求证，笔者将在民间收集到的 24 种“嘛呢经干本”的抄本发送给山西大学文学院尚丽新副教授，向她请教“宝卷与嘛呢经的联系”。她回复说：“所列几种嘛呢经应为科仪卷和小卷。《韩湘子哭五更》《三公主劝善经》《莲花经》可能是小卷，其余是科仪卷。”她特别强调：“《韩湘子哭五更》《三公主劝善经》可能是从流行的‘大卷’中摘录或剥落出来的。由于韩湘子、妙善三公主的故事极度流行，民众会把大卷中最为动人的段落裁取下来，以便在各种不同的场合演唱。”

笔者注意到，尚老师不仅明白无误地断言，“所列几种嘛呢经应为科仪卷和小卷”，而且用“摘录”“剥落”“裁取”，进一步指出宝卷与部分嘛呢经的联系。

---

① 车锡伦著：《中国宝研究》，桂林：广西师范大学出版社，2009 年 12 月，第 1 页。

然而，嘛呢经毕竟是青海嘛呢经，有些独特的个性是宝卷所没有的，必然与流播于苏浙沪、河西走廊等地的宝卷有许多相异之处。这种“异”主要表现在以下三个方面：

1. 基本文体。“韵散相间，讲唱结合”，是宝卷的基本文体，虽然内地也有“只韵不散，一唱到底”的科仪卷，但仅占少数，或者说，内地宝卷的主流是又讲又唱，或以唱为主，如河西宝卷；或以讲为主，如靖江宝卷。而笔者所见的嘛呢经，无一句道白，其文体与主流宝卷的差异显而易见。

据刘永红研究，“青海宝卷在念卷中，无论是宗教宝卷还是故事宝卷，大都省去了散说部分。在故事性宝卷念卷中，据老人们讲，以前念卷要在一天一夜念完一部宝卷，念卷的形式是用散文讲述一段，再用韵文念唱一段，和传统的宝卷一样，是典型的散韵结合方式。随着社会发展，多种娱乐方式以及现代化的收音机、电视和电影进入农村，20 世纪 70 年代后宝卷迅速衰落，念卷仪式简化为只唱不说，唱诵的韵文部分也是宝卷中最受听众喜欢的部分，其中一部分就直接用民间小调来命名，如《五更上佛堂》《十二月调》，整部宝卷的念卷已经很少见到。”①而这正是笔者所见到的“差异”。

2. 宣演主体。从江苏到甘肃，宝卷的宣演无不呈现“一人讲唱，众人和佛”的形式，宣演的主体大多为民间艺人和无师自通的爱好者。嘛呢经乃集体唱诵，其传习虽然也以老带新，但不存在师徒名分。自然，更不会像内地的民间艺人，将宣演宝卷作为技艺谋生手段，而纯粹是个人的功德积累。

3. 宣演空间。靖江城隍庙庚申会已经坚持了十多年，尽管如此，依然是少数人的行为，是现代化、城镇化条件下的一种变通。因为，成片的传统村落、民居被拆迁了，许多住进公寓的乡村老太将讲经做会的阵地转移至庙宇。但就广大信众而言，还是习惯在家做会讲经。也就是说，宣演宝卷的空间仍以民居为主。江南亦然，无锡、常熟、张家港等地，虽然陈袭庙会讲经的传统，但每年仅限于春秋社日和菩萨圣诞，平时还是以上门念佛、讲经为主。在甘肃岷县，庙宇虽是宣演宝卷的重要场所，但更多的念卷活动在民居举行。而青海嘛呢会的活动空间主要在庙宇。

同也罢，异也罢，似乎还不足以为嘛呢经的文化定位下断语。迟疑间，笔者发现在搜集的嘛呢经干本中，《炉香赞》《十二愿》《请神经》居然与靖江宝卷大同小异。

“历史上，宝卷念卷中的香赞，多为来自佛教的‘炉香赞’，《大明六字真言》中就录有‘炉香赞’。”②

炉香乍热，法界蒙熏。莲池海会悉闻。随处结祥云，诚意方殷，诸佛现金身。南无香云盖菩萨摩诃萨。（三称）③

靖江做会讲经佛头升座的第一项仪式是功课，而功课首先得唱颂《香(炉)赞》，尔后再念《大悲咒》等经文。

与青海相比，全“赞”四句，一、三、四句一字不差，第二句表述相异，而意思相同：“诸佛悉闻。”

诸佛海会悉遥闻。（靖江版）④

莲池海会悉闻。（青海版）

---

① 刘永红著：《青海宝卷研究》，北京：中国社会科学出版社，2013 年 9 月，第 111 页。

② 刘永红著：《青海宝卷研究》，北京：中国社会科学出版社，2013 年 9 月，第 166 页。

③ 刘永红著：《青海宝卷研究》，北京：中国社会科学出版社，2013 年 9 月，第 166 页。

④ 尤红主编：《中国靖江宝卷》，南京：江苏文艺出版社，2007 年 7 月，第 1589 页。

显然，这种“异”，是在千万里辗转流传过程中的变异。可见，“香炉赞”，不仅历史悠久，而且超常稳定。

如果说，嘛呢经、宝卷均与佛教有缘，“炉香赞”如同胎记，与生俱来，但也不足以证明嘛呢经与宝卷自成一脉。那么，科仪《十二愿》大同小异，绝非偶然。

在靖江，称《十二愿》为《十二大愿》。

南无本师释迦牟尼佛三称
南无大悲观世音菩萨三称
南无清净大海众菩萨三称

南无　号圆通　名自在　观音菩萨如来　广法弘誓愿
南无　一念心　无挂碍　观音菩萨如来　常住南海愿
南无　住娑婆　幽冥界　观音菩萨如来　寻声救苦愿
南无　降邪魔　除妖怪　观音菩萨如来　能除危险愿
南无　清净瓶　重杨柳　观音菩萨如来　甘露洒心愿
南无　大慈悲　能喜舍　观音菩萨如来　常行平等愿
南无　昼夜寻　无损坏　观音菩萨如来　誓灭三涂愿
南无　望南洋　勤礼拜　观音菩萨如来　枷锁得脱愿
南无　造法船　游苦海　观音菩萨如来　度尽众生愿
南无　前幢幡　后宝盖　观音菩萨如来　接引西方愿
南无　无量寿　佛境界　观音菩萨如来　弥陀受记愿
南无　端严身　无比宝　观音菩萨如来　界修十二愿①

到了青海，《十二愿》还是《十二愿》，只是每愿前多了四句释义偈文。

十二愿(青海版)

广发宏誓大愿心　度尽阎浮世上人
有缘千里来相会　无缘对面不相逢
南无　号圆通　名自在　观音如来　广法弘誓愿
大海洪波万丈深　普陀山下赴青云
诸佛菩萨常围绕　逍遥自在礼观音
南无　一念心　无挂碍　观音如来　常住南海愿
凡人得病身卧床　不请良医检药方
一心想念观世音　自然身体得安康
南无　住娑婆　幽冥界　观音如来　寻声救苦愿
五湖四海人似蜂　东南西北要相逢
若要众生离苦难　一心想念观世音
南无　降邪魔　除妖怪　观音如来　能除危险愿
火炎腾腾起黑烟　众生里面叫声冤
观音手中杨柳洒　一洒火坑化成莲
南无　清净瓶　重杨柳　观音如来　甘露洒心愿

---

① 据靖江佛头刘正坤口述整理

为人贪利要争名　不修因果不看经
眉头不展常忧虑　谁是观音平等心
南无　大慈悲　能喜舍　观音如来　常行平等愿
地狱门前苦难禁　铜蛇铁狗尽来吞
观音菩萨平等心　誓灭三途地狱门
南无　昼夜寻　无损坏　观音如来　誓灭三涂愿
犯法连刑在狱中　披枷带锁受苦辛
众生常念观世音　自然枷锁脱离身
南无　望南洋　勤礼拜　观音如来　枷锁解(得)脱愿
菩萨造下一只船　放在娑婆海岸边
观音菩萨为船主　不渡无缘渡有缘
南无　造法船　游苦海　观音如来　度尽众生愿
西方路上一座桥　幢幡宝盖好逍遥
观音菩萨来引路　接迎众生上金桥
南无　前幢幡　后宝盖　观音如来　接引西方愿
阿弥陀佛处处有　菩萨受记本无言
东土若有善男女　念佛西方皈去来
南无　无量寿　佛境界　观音如来　弥陀受记愿
每日龙王来进宝　善财童子随带身
观音菩萨坐江心　果修十二是愿因
南无　端严身　无比赛(宝)观音如来　界修十二愿
罪性本空由心造　若心灭时罪亦亡
心亡罪灭两俱空　此则名为真忏悔
南无忏悔师菩萨摩诃萨摩诃般若波罗蜜
唵嘛呢叭咪吽①

青海版的《十二愿》，每一愿中的“观音菩萨如来”变成“观音如来”，同时，每愿多了四句偈，用以强化愿心。至于最后那句“唵嘛呢叭咪吽”，则是嘛呢经的惯例和标识。因无据可考，那些偈文不知是原文，还是青海人的创造？毋庸置疑的是，两则《十二愿》一脉相承。

最有趣的是，靖江的《请佛偈》与青海的《请神经》多有相通相似之处，效力指向均为恭请神佛，而表述方式也相差无几，以频频敬香表达诚惶诚恐之心。

且看青海的《请神经》：

一炷明香一盏灯，一盏明灯接观音。
观音接在莲台上，脚踏莲花手掌经。
一炷明香一路排，一朵莲花佛前开。
手掌净水洒莲台，信善弟子拜佛来。
清水洗手尊佛法，又请家神家菩萨。
四大金刚来护身，早晚上香下苦功。

① 据民和蔡氏甲申年仲冬抄本。

两耳不听门外事，一心想念观世音。
大小事情抛尘世，诚心口念嘛呢吽。

一炷香举手中虔诚请神，请到了上方的玉皇大帝。
二炷香举手中虔诚请神，请到了冥府的救苦天尊。
三炷香举手中虔诚请神，请到了三元祖雷宝天尊。
四炷香举手中虔诚请神，请到了四海的行雨龙王。
五炷香举手中虔诚请神，请到了五方的五帝真神。
六炷香举手中虔诚请神，请到了南斗的六郎星君。
七炷香举手中虔诚请神，请到了北斗的北斗星君。
八炷香举手中虔诚请神，请到了八金刚八大尊神。
九炷香举手中虔诚请神，请到了九天的圣母元君。
十炷香举手中虔诚请神，请到了阴司的十殿阎君。
请牛王和马祖土地山神，请到了灶君娘家宅六神。
千真佛万真佛诸大万神，请全了请佛祖各安方位。
请错有念错者弟子请罪，受香灯拜佛恩消我罪孽。

念经先念请神经，拜佛先拜观世音。
十年寒窗苦受尽，菩萨度你上天庭。
大叫诸子仔细听，念经还要苦用功。
得道不炼功难成，久苦久炼心明了。

唵嘛呢叭咪吽①

靖江的《请佛偈》篇幅较长，且同时恭请三代宗亲，故节选相关内容：

一炷真香入炉焚，　焚在炉内请世尊。
南斗六星添阳寿，　北斗七星注长生。
二炷真香入炉心，　南海拜请观世音。
善才龙女同赴会，　杨枝净水免灾星。
三炷真香满炉装，　灵山上拜请法中王。
真香透开三天界，　三茅大圣进经堂。
再将真香炉内焚，　香云腾腾四路分。
上方透开天堂路，　下方熏开地狱门。

一炷香，　到东方，　迎请古佛。
二炷香，　到西天，　接引世尊。
三炷香，　三天界，　迎接玉主。
四炷香，　到冥府，　拜请阎君。

① 据民和民间抄本。

五炷香， 五台山， 迎请真武。
六炷香， 洛迦山， 拜请观音。

圆满焚起六炷香， 拜请符使土地上路行。
符使土地神智最灵， 升天入地出幽入冥。
为吾传奏不得留停， 有功之人明书上请。
符使土地便登程， 逢山开道二边分。
去时莫动江边草， 回来手带马缰绳。
将马系在梭白树， 速往灵山请世尊。
一请燃灯归下界， 二请弥陀释迦尊。
三请如来三世佛， 龙车凤辇下凡尘。
拜请玉皇张大帝， 马赵温岳下凡尘。
拜请天地及三界， 四府万灵进经堂。
东方拜请阿众佛， 南方拜请保生尊。
西方拜请弥陀佛， 北方拜请成就尊。
中央拜请毗卢佛， 五方佛祖请动身。
文殊请下金狮子， 普贤请下峨眉山。
观音请下南洋海， 地藏王请下九华山。
三官请下云台会， 三茅祖师下茅山。
拜请圣父和圣母， 泗洲大圣下狼山。
梓潼请出文昌寺， 关帝请下玉泉山。
皇母寿星把凡下， 护法韦陀进经堂。
东岳请下泰山顶， 酆都请出北阴山。
拜请冥府十王尊， 十八狱官请动身。
拜请东海老龙神， 虾兵蟹将出宫门。
拜请先王和国母， 凡王请出午朝门。
县主请出城隍庙， 土地请出庙堂门。
五方宅神同赴会， 值年太岁进经堂。
奏表将官把凡下， 接表童子进经堂。
家堂总圣迎宾客， 陈氏母请出厨房门。[①]

就在这《请神偈》里，“报祖”(请祖宗)时，要求为人当报十重恩：

一报天地盖载恩， 天高地厚治乾坤。
二报日月照临恩， 东出西入放光明。
三报皇王水土恩， 官清民乐享太平。
四报父母养育恩， 十月怀胎费千辛。
五报五祖生净土， 六报虚空过往神。
七报单那修成佛， 八报司里驾祥云。

① 尤红主编:《中国靖江宝卷》,南京:江苏文艺出版社,2007年7月,第1595-1596页。

九报灵山千尊佛，　十报诸佛作证盟。

老祖留下十重恩，　悉留东土劝善人。[①]

令人惊异的是，青海东部也传唱《十报恩》：

一报天地盖载恩，　二报日月照临恩，

三报皇王水土恩，　四报父母养育恩，

五报佛祖传法恩，　六报一切归佛门，

七报善人多供敬，　八报八方护持恩，

九报九祖超三界，　十报亡者早超生。

十方三界一切佛，　文殊菩萨观世音。

诸众菩萨摩诃萨，　摩诃般若波罗蜜[②]。

笔者无法考证两则《十报恩》哪则是原文，哪则是异文，甚或两则均为异文。倒是靖江《十报恩》的最后一句“老祖留下十重恩，悉留东土劝善人”提醒世人，此乃罗教创教祖师罗清劝化人间的警世之言。由此表明，无论是靖江，还是海东，以罗教为代表的明清民间教派的影响何等深远。对此，请神仪式亦可佐证。

同为请神仪式，靖江、无锡、常熟等地叫“请佛”，江西于都、青海民和等地叫“开经”。可别小看这“名儿”，它泄露的可是明清民间宗教的信息。因为，历史上流播于都的民间宗教乃传自罗教的江南斋教。

据刘永红考证，青海宝卷是民间宗教圆顿教西传一脉。

“关于圆顿教的渊源，是明末民间宗教最难搞清的问题之一。”[③]但有两点较为清晰，一是罗教经典《苦功悟道卷》里的“圆顿正教”之语影响了后世的圆顿教；二是和许多民间教派一样，圆顿教也以宝卷为布道书，宣传教义，吸引信众。

“圆顿教最初兴起于北直隶，时在明代末叶。其后发展到了河南、江苏、江西、湖北、四川，另一支则由山西向陕西、甘肃等省份发展，教名亦多有变化。”[④]靖江宝卷与圆顿教有何渊源，无籍可考，不敢妄加推测。但是，综合上述信息，笔者大胆猜测，尽管山高水远，关山阻隔，而靖江宝卷与青海嘛呢经等含有亲缘关系。

由于地域文化的差异，青海嘛呢经受藏传佛教浸染日久，其生存形态与各地宝卷差异甚殊，但丝毫没改变如下事实：

1. 追根溯源，部分嘛呢经的本源是宝卷。没有宝卷的传入，便没有流播于民间、多元文化复合的嘛呢经。

2. 宝卷的广播性、适应性决定了它必然入乡随俗。自踏上海东土地的那一天，便迎合、亲近当地的强势宗教——藏传佛教，主动吸收、消化其音乐、道具（法器）、仪轨等文化元素，迅速实现本土化，形式上表现为“藏传佛教化”。

3. 宝卷与地方文化的相融相亲，充分彰显了自身的活力。一方面实行自我调适，舍弃诸如故事性、道白等传统，形态上更接近诵念的“经文”，刘永红谓之“脱落”。另一方面，又悄

---

① 尤红主编：《中国靖江宝卷》，南京：江苏文艺出版社，2007年7月，第1596页。

② 刘永红著：《青海宝卷研究》，北京：中国社会科学出版社，2013年9月，第162页。

③ 马西沙，韩秉方著：《中国民间宗教史》，北京：中国社会科学出版社，2004年8月，第644页。

④ 马西沙，韩秉方著：《中国民间宗教史》，北京：中国社会科学出版社，2004年8月，第644页。

然无声地对“六字真言”等藏传佛教经典进行改造，实现“宝卷化”。

笔者无意介入刘永红、李言统两位老师的分歧，只是按李老师的建议，记述现场所见所闻，如实陈述考察体悟。

作为草根学人，我理解李老师的乡土情怀和人文情结。无论是当年那个懵懂的放羊娃，还是名动一方的学者，自幼受嘛呢经的熏陶，其文化情愫渗透骨髓，对“宝卷”这一雅号有着本能的排斥。对此，笔者感同身受。

时至今日，面对故土亲人，我研究宝卷多年，但积习难改，对靖江宝卷称“讲经”多，呼“宝卷”少。至于靖江的“讲经迷”，他们才不理会什么宝卷不宝卷的，自顾如数家珍地“讲经长，讲经短”。为此，我还曾困惑过，苦苦探寻学者、信众都能接受的说法，在《解读靖江宝卷》后记中如是说：

不知何年？何月？何人？将一粒古老的俗文化种子播进靖江这块年轻而丰饶的土地，生根发芽、抽枝长叶，将根深深地扎进草民百姓的心田，成为他们的精神文化宠儿。

按国人称谓习俗，它有两个名儿：

乳名（小名）——靖江讲经；

学名（大号）——靖江宝卷。

专家学者呼大号，正式。

乡野草民叫小名，亲昵。

诚然，嘛呢经与靖江讲经所处的历史文化语境不同，不能大而化之地简单类比。但鉴于其文化基因的复合性，宝卷学者将其置于宝卷文化视域观照，宗教民俗专家将其作为独特的地域文化现象研究，均是科学的、合理的。同时拥有“青海嘛呢经”“青海宝卷”两个名号，既合乎生活逻辑、学术逻辑，也无损当地民众的文化情感。

余 音

其实，靖江讲经也好，青海嘛呢经也好，不管给它安个什么高雅脱俗的名儿，它依然是“离离原上草”，率性而顽强地依照自身的生命节律，活泼泼地生存发展。此次青海之行，笔者最为感动的是，内地的许多宝卷日趋式微，濒危状况堪忧，嘛呢经虽偏居一隅，却蕴藏着巨大的生命潜能，传承发展的前景十分乐观。

首先，自古以来，信仰既是宝卷的灵魂，也是吸引信众的磁场。青海师范大学教授文忠祥（土族）认为，宝卷的民间宗教文化培育了土族民众的文化感情和文化归属感，嘛呢经以宝卷为中心，是土族民间信仰的重要组成部分。不难想象，对于信仰多元的土族，嘛呢经已经成为精神生活不可或缺的一部分，虔诚的信众甚至已融入生命。只要信仰没有淡化，嘛呢经就拥有不竭的生命之源。

其次，在土族乡土社会，嘛呢其永远是个变量，不断地有人“老”去，又不断地有人补充进来。因为，老人念嘛呢经已积淀为风俗习惯、人生范式，“嘛呢会”几乎成了“老年之家”的代名词。而且，一个家庭只要有一个嘛呢其，就会弥漫着嘛呢经的文化氛围，儿孙们因此受到潜移默化的浸润。在辛家社庙，有位西宁师大附中的学生引起了我的注意，我有意与之攀谈：

问：“你叫啥名儿？”

答:“×××。”
问:“今年多大?”
答:“15 岁。”
问:“你知道嘛呢经吗?”
答:“知道。我 7 岁就知道了。”
问:“7 岁?”
答:“嗯,我姥姥念嘛呢经,她带我到庙里看她们念经。”
问:“你将来会不会念嘛呢经?”
答:“不知道。”

少年的回答是诚实的。他真说不准老了会不会像姥姥那样加入嘛呢会。但有一点可以肯定,嘛呢经的种子已播入他那纯洁的心田,一旦气候适宜,比如成人后从西宁来到民和,长期工作、生活在土族的泥土院墙内,便会生根发芽、开花结果。如此后继有人,嘛呢会便永远充满生机和活力。而在别的许多地方,宝卷最大的危机是青年人疏远、冷落,信众、民间艺人后继乏人。

再次,随着我国人口老龄化,如何满足老年人的物质、精神需求,愈益受到全社会的关注。在经济相对欠发达的青海东部地区,嘛呢会为乡村老年人的精神生活提供了活动平台,在一定程度上缓解了地方政府的压力。同时,欣逢盛世,政府的开明、宽容,也为嘛呢会的传承发展营造了宽松、和谐的生态环境。

再访青海嘛呢经

青海嘛呢经是笔者见过的最为复杂的民俗民间文化现象。这种复杂性是由其独特的地缘文化语境决定的。

其一，青海东部地处多种文化的交汇地带，中原文化在这里与边陲文化相碰撞、相交融。作为地域文化的嘛呢经，必然是多元文化的复合，其本源究竟是以藏传佛教文化为标志的本土文化，还是汉文化，谁也无法秤称斗量地严格区分。

其二，宝卷乃农耕文明的产物，当它由东而西一路颠沛流离，来到游牧文明占优势的海东地区，它不可能选择拒绝，或者挑战，而必然是自觉地自我调整，主动迎合、融入，迅速实现本土化。因而，它再也不是一般意义上的宝卷，自然也无法将其置于传统宝卷文化的视域观照。

其三，海东地区多民族聚居，嘛呢经流布于土、汉地区，尤以土族为甚。土族信仰多元，嘛呢经成为民间多元信仰的载体。同时，土族有语言而无文字，嘛呢经的历史源流无籍可考。

探究如此复杂的地域文化，两天的田野调查，浮光掠影，很难深入其中。因而，写作《寻访青海嘛呢经》，总觉底气不足，不像别的文章那样自信满满。2016 年 8 月，笔者三赴河西走廊之前，再度去西宁拜会青海师大副教授李言统，就有关问题，特别是嘛呢经与宝卷的关系，与其进行深入探讨。

坦率地讲，当我一头扎进贺州学院刘永红教授的专著《青海宝卷研究》，以为嘛呢经与宝卷，犹如靖江讲经与宝卷，无非是“小名”与“大号”之别，故而在文中大段引用拙著《解读靖江宝卷》里的相关文字，“大而化之的简单类比”，颇有先入为主之嫌。此次与李老师的一番深谈，觉得事儿不那么简单，嘛呢经与宝卷，不同于同质异名的靖江讲经，而是异质融合，甚至交叉。

2009 年学者发现之前，嘛呢经一直处于自发自为、自生自灭的原生态。1993 年出版的《民和县志》，洋洋八十万言，仅在“汉传佛教”条目，用不足十个字语焉不详地记录嘛呢经，(寺庙)“逢年过节聚会‘念嘛呢’”。① 因鲜有文字记载，现在的人们很难科学而确切地考证其源流，但可以推断的是，在宝卷西传之前，它便在青海东部活泼而率性地生存发展。李言

① 民和回族土族自治县志编纂委员会编《民和县志》，西安：陕西人民出版社，1993 年 6 月，第 585 页。

统坚定地认为，嘛呢经是海东地区的本土文化，而宝卷则是由东传来的外来文化。

“青海民和是甘肃进入青海的东大门，也是宝卷流入青海的重要孔道。这一地区是多民族聚集地区，有汉、回、土族等多个世居民族。土族聚居区民和成为内地进入青海的要冲。”①“当宝卷向西进入青海，受当时严峻的生存环境所迫，受当地浓厚的藏传佛教文化的影响，地域化为貌似当地藏传佛教的一种形式而顽强地生存了下来。在这个过程中，肇始于华北大地的，产生于农耕文化土壤上的宝卷及宝卷念卷，在青海东部这个具有浓厚藏传佛教的文化氛围中‘伪装’了自己，使自己适应当时严峻的生存环境，吸收了藏传佛教文化的因子，这样青海一地的宝卷念卷就具有了多元文化——农耕文化和藏传佛教的双重文化特质。这种变形，与当时清政府对宝卷及念卷的高压态势有关，这也是不得不为之的灵活的变通之举。由于青海宝卷带有浓厚的藏传佛教的形式，其民间宗教教派的内容被成功覆盖和伪装，因此在青海东部流行的过程中，很少引起官方的注意，民众也视其为佛教的宗教活动而普遍接受，这种成功的‘身份’转变，为宗教宝卷在这一地区的流传创造了良好的生存环境，这也是为什么在清中叶以后，尽管在青海东部这一地区有民间宗教教派活动，却不被官方发现、打击的原因，至少在文献中我们很少见到这些组织宗教活动的记录。”这里，刘永红清晰地描述了宝卷西传的人文环境和地域化成因。据他推断，“最迟在清嘉庆朝青海已经有了具有当地地域性文化特色的宝卷了。”②

那么，如今以嘛呢经面目流播于民间的宝卷与民间教派有关联吗？“没有！”回答是肯定的。李言统明确指出：“嘛呢经与教派无关。‘嘛呢会’与民和地区至今仍存在于民间的，带有民间宗教社团性质的‘悄悄会’不是一路的。”这种客观存在的现实，某种程度上也合乎宝卷历史流变的必然。

清康熙以后，政府严厉镇压邪教，追索他们使用的经卷并予以销毁，各地秘密布道的教团开始刊印一些宣扬因果报应的故事宝卷或劝善文之类的宝卷，这些宝卷也一度流行到青海地区，受到当地盛兴的藏传佛教的影响，内容中加入了“六字真言”，这种依附于当代流行的嘛呢信仰的改变恰好躲避清政府的查抄，致使很多的宝卷内容得以保存，但其名称也改头换面，以嘛呢经相称了。因此，嘛呢经混同宝卷的内容比较多，同时也造成了嘛呢经在流传的过程中吸收了宝卷当中的很多内容。③

以上文字出自李言统、刘永红合作的论文《宝卷与青海嘛呢经流变的关系》。其结论是，“嘛呢经混同宝卷的内容比较多，同时也造成了嘛呢经在流传的过程中吸收了宝卷当中的很多内容。”为便于读者理解嘛呢经如何“混同”“吸收”宝卷内容的，有必要将李言统整理的《嘛呢经目录》与刘永红在《青海宝卷研究》里所列举的青海宝卷卷目作一番比较。

《嘛呢经目录》

（一）颂神经

1.《玉皇交灯真经》（《诸神香赞》）

2.《十炷香》

3.《地母真经》（《无生老母》）

4.《佛说地母真经》

5.《灶王真经》

6.《十王经》

7.《普光经》

---

① 刘永红著：《青海宝卷研究》，北京：中国社会科学出版社，2013 年 9 月，第 43 页。

② 刘永红著：《青海宝卷研究》，北京：中国社会科学出版社，2013 年 9 月，第 42 页。

③ 李言统，刘永红著：《宝卷与青海嘛尼经流变的关系》，《青海社会科学》2015 年 04 期，第 171-175 页。

8.《请奠之灵》

9.《交灯经》

10.《拜佛经》

11.《五更》

12.《三月蟠桃会经》

13.《王母五更经》

14.《观世音菩萨降经文》

15.《十炷明香》

16.《十炷烧香经》

17.《观世音菩萨经》(相同经文见《黑池龙王诰》)

18.《请神歌》(《观音老母赞词》)

19.《请家神词》

20.《万神上香摆灯经》

21.《十炷香念观音》

22.《烧香经》

23.《南海观音古佛降》

24.《土主经》

25.《拜山经》

26.《脱衣儿真经》

27.《回向偈》(一)

28.《上供养经》

(二)度亡经

29.《法桥五更赞》

30.《见亡人念》

31.《五更阴司词》

32.《亡人经》

33.《法桥大度天尊》

34.《黑池金龙大帝降》

35.《十王灯科经》

36.《往生经》

37.《奠酒经》

38.《十二愿》(一)

39.《托予经》

(三)修行经

40.《大明般若波罗六字真经》

41.《六字真言》

42.《葫芦儿经》

43.《报恩十炷香》

44.《报恩经》

45.《十报恩经》

46.《五更报恩经》

47.《十重深恩词》

48.《三奠酒》

49.《三奠茶》

50.《烧香真言》

51.《三公主训词》

52.《十渡船》

53.《金花仙姑哭五更》

54.《四修无极功》

55.《八仙谱》

56.《四关相》

57.《五更真经》

58.《怀孩童经》

59.《黎山老母经》

60.《八卦经》

61.《九天圣母经》

62.《五更上丹词儿》

63.《清阳周真人降五更仙酒词》

64.《七叹买玄妙真经》

65.《李大仙降》

66.《十王宝卷经》

67.《仙姑月儿经》

68.《黑虎灵官劝世真经》

69.《早晚讽诵烧香经》

70.《五更拜佛词》

71.《神佛恩词》

72.《清良真经》

73.《世人孝母经》

(四)闲谈经

74.《枣儿经》

75.《熬茶经》

76.《红孩菩萨十炷香》

77.《十朵莲花》

78.《织手巾经》

79.《五更仙酒经》

80.《老仙浇花经》

81.《仙家宗采花词》

82.《仙佛出家词》
83.《莲花词》
84.《张果老过金桥》
85.《十把扇子经》
86.《鹦鸽经》
87.《合家真经》

（五）其他

88.《玉皇诰·志心皈命札》
89.《二郎·志心皈命札》
90.《地藏王诰》
91.《王母诰·志心皈命札》
92.《黑池龙王·志心皈命札》
93.《皂王诰》
94.《皂王真经》
95.《地藏王诰·见亡人念》
96.《观音诰·志心皈命札》
97.《回向偈》（二）
98.《金刚经总偈》
99.《地藏》
100.《王古佛偈》
101.《金刚神咒》
102.《白衣大士神咒》
103.《十月初四申时将》
104.《拜登科》
105.《十二愿》（二）
106.《道德之家》
107.《金光神咒》

"青海地区的宝卷总计有80多部，其中保存完整的仅有十几部，其中大多是一些留存下来的宝卷片段以及类似于'佛曲'的片段"。① 刘永红在《青海宝卷研究》一书里，将这些宝卷按功能分为两类：故事宝卷、宗教宝卷。卷目如下：

（一）故事宝卷

1.《观音宝卷》（《三公主宝卷》《观音菩萨降世》《三公主词》《三公主前文词》）
2.《黄氏宝卷》（又名《三世修行黄氏宝卷》）
3.《金花仙姑成道传》
4.《目连宝卷》
5.《鹦哥宝卷》（又名《鹦鸽宝卷》《鹦哥经》《鹦哥真经》）
6.《方四娘宝卷》
7.《白马宝卷》
8.《韩湘子成道宝卷》

（二）宗教宝卷

9.《王母经》
10.《王母新诗论》
11.《王母降下佛坛经》
12.《地母经》
13.《土地宝卷》
14.《土主真经》
15.《血盆报母恩经》
16.《太阳经》
17.《无字真经》
18.《佛说大明六字真言嘛呢经》
19.《老母捎书经》
20.《十王宝卷经》
21.《灶王经》
22.《枣儿经》
23.《元极处动经文》
24.《太上因果经》
25.《端茶经》
26.《熬茶经》
27.《莲花真经》
28.《五朵金花经》
29.《酒字真解》
30.《色字真解》
31.《财字真解》
32.《气字真解》
33.《酒字详解》
34.《色字详解》
35.《财字详解》

① 刘永红著：《青海宝卷研究》，北京：中国社会科学出版社，2013年9月，第52页。

36.《气字详解》
37.《无量祖师劝善歌》
38.《渡村真经》
39.《佛说种瓜经》
40.《正气中堂经》
41.《喜乐菩萨经》
42.《观音古佛诗论》
43.《黑虎经》
44.《女儿经》
45.《男孝经》
46.《葫芦经》
47.《大道》

（以上卷目，据《青海宝卷研究》第二、三章相关内容整理，未经作者审定。——笔者注）

尽管海东的底层百姓只知嘛呢经不知宝卷，但丝毫不影响我们将两种“目录”进行比较，甚或站在宝卷的立场上展开客观理性的分析。

显然，李言统的《嘛呢经目录》排除了曾流播于海东地区，至今在民间仍有抄本的故事宝卷。“这一类宝卷被当地民众称为‘闲经’，意思是以闲暇时娱乐为主要功能，兼有教化的功能，它们与其他的宝卷相比而言，娱乐性强而宗教性弱，在调查中发现这些宝卷无论是在当地嘛呢会组织的宗教活动中，还是在当地民众的民俗化宗教活动中很少演唱，其演唱多是在农闲岁余，或节日闲暇之时演唱，演唱语境主要是在家庭或村落中进行。这一类宝卷即为故事性宝卷，类似于江苏靖江宝卷讲唱中的草卷，讲唱一般性的文学故事。”①或许，李言统认为，此类“娱乐性强而宗教性弱”的故事宝卷不应纳入“嘛呢经”。

同样，当刘永红以宝卷研究者的目光审视嘛呢经，对于大量的从形式到内容都与宝卷无任何渊源的嘛呢经干本，自然也排除在视野之外，不予录入。

现在的问题是，如何判断《嘛呢经目录》与《青海宝卷卷目》共同拥有的那部分卷本。刘永红将此类宝卷定性为“小卷”。就文体和功能而言，此类卷本相当于靖江的“科仪卷”。

小卷包括两个部分，其一是在民俗宗教活动中经常运用的仪式文。这些仪式文与民俗宗教活动的宗教仪式紧密相关，如在请神、上香、奠酒、奠茶、点灯、献饭、送亡、度亡、送神等仪式进行时，作为仪式化的经文。在青海宝卷中，这些宝卷多较为短小，在当地这类宝卷传抄较多，但因为在较为严肃的宗教场景下运用，被认为是“真经”的重要组成部分，类似于靖江宣卷中的仪式卷（主要用于做会），如《上香经》《十炷明香经》《大灯科经》《香赞》《上茶经》《奠茶经》《十王灯科》等。其二是一些从民间宝卷特别是一些民间教派宝卷中脱落下来的片段。由于民间教派宝卷相当长，在流传的过程中，有些经常念诵的片段从宝卷脱落了下来，这些片段经常用当地的某种民间小调的体式演唱，这些片段在流传的过程中就直接用这些民间小调来命名。明清时期受官府的严厉打压，流传到此地的一些民间教派宝卷消失了，但从民间宗教教派宝卷中脱落下来的、民众所熟知的那些片段，却一直传承了下来。这些宝卷在当地流传得较多，如《五更调》（包括《哭五更》《五更想娘》《五更修行》《五更月儿》等多种五更调）、《十二大愿》《枣儿经》《葫芦经》《十渡船》《十朵莲花》，等等。这些短小的宝卷在当地被称为“嘛呢小调”，也被视为“真经”的一部分。以上两类小卷与明清以来传到青海东部地区的民间教派宝卷构成地域化的宝卷念卷文本“真经”，由于这些文本多为嘛呢会流传、念唱，在当地也多称之为“嘛呢经”。②

笔者注意到，刘永红连用两个“脱落”，形象生动地描述部分“真经”与民间教派宝卷的关

① 刘永红著：《青海宝卷研究》，北京：中国社会科学出版社，2013年9月，第57页。

② 刘永红著：《青海宝卷研究》，北京：中国社会科学出版社，2013年9月，第58页。

系。而李言统则认为，此类嘛呢经是宝卷的“变体”。

行文至此，似乎本该说几句结论性言语。一想，罢了。诚如山西大学文学院副教授尚丽新所言：“宝卷的地域性很强，它会因地制宜地发生改变，也会因时代、政治等社会因素发生改变。它可以是宝卷，也可以是四不像。”李言统副教授在西宁也真诚地对我说：“黄老师，有些事想不清就随它去吧！”可不是吗，我虽竭尽全力，但对于嘛呢经与宝卷的关系，依然有许多问题不甚了了。

第九章

陕西活宝卷调查

陕北说书与宝卷

笔者原以为宝卷在陕西早已销声匿迹，谁知不但在榆林地区发现宝卷，而且发现陕北说书将宝卷作为底本。2017 年 8 月 8 日，笔者怀着极大的好奇心，与同好刘卫平一道赴陕北考察。

一、 陕北说书的一般状况

陕北说书历史悠久，意蕴深厚，笔者学识浅陋，难得个中三昧，仅作粗略描述。

“陕北说书是流行于陕西省北部榆林、延安两地及其周边区域(内蒙古、甘肃、山西部分地区)的一个民间说唱艺术种类，由盲说书人怀抱三弦(或者琵琶)独自坐场说唱或多人组合表演，主要演出场所是乡村庙会和村民家中，分别称作‘会书’和‘家书’。”①

延安大学孙鸿亮教授的专著《陕北说书研究》，以极其简练的笔墨，开宗明义地道出了陕北说书的人文要素：

(1) 流行地域：陕北及其周边地区。(2) 文化定位：民间说唱。(3) 艺人主体：盲人。(4) 艺术流派：三弦说书、琵琶说书。(5) 表现形态：一人坐唱或多人组合表演。(6) 活动空间：庙宇、民居。(7) 基本类型：会书、家书。

短暂的走访、交流，陕北说书给笔者留下了深刻的印象。

(1) 盲人为生存而学艺。

旧时陕北地广人稀、干旱贫瘠，健全人生活尚且不易，双目失明者讨生活更是艰难。于是，学唱陕北说书，便成为盲人谋生之道。为生存计，他们必然潜心钻研艺术，令陕北说书在长期的艺术实践中日臻完善，并由此形成鲜明的地域特色和艺术风格。

(2) 与生活相亲相融。

庙会演出一年难得几场，而走村串户说书才是陕北说书的常态。而且，听众大多是乡村的平民百姓。他们与盲艺人有着同样的人生际遇和审美情趣。因而，与乡土社会的生活相亲相融便成为陕北说书最为本质的艺术特征。

(3) 内容丰富、形式多样。

陕北说书的书文，既有千锤百炼的传统书目，也有应时而编的现代书目；既有连本长篇，

① 孙鸿亮著：《陕北说书研究》，天津：天津人民出版社，2011 年 9 月，第 1 页。

也有短小精美的短篇。一人、两人、多人，庙会、民居、舞台都可表演，甚至街头撂地摊卖唱。演出不拘一格，灵活机动。

(4) 社会功能多元。

看似以娱乐为主，其实，陕北说书无论“会书”“家书”，设坛、供献以及请神、参神、送神等仪式，都承载着厚重而驳杂的民间信仰。同时，“站在一定宗教、政治的立场上，在书文的主题方面渗入了劝世、诫人的成分”。①

二、陕北说书与宝卷相似之处

“宝卷与其他民间讲唱文学的不同之处在于，宝卷首先是一种具有宗教特色的文本，其次才是它的文学性。宝卷不等于宝卷文学，即使是作为讲唱文学的宝卷也不是‘纯文学’，而是信仰、教化、娱乐的混合体。”②这虽是从“文学性”的视角考量宝卷与其他民间讲唱文学，却也道出了二者最为本质的区别：“宗教特色”。将此概念稍稍扩展，宝卷与陕北说书分属两个文化类型：具有宗教特色的宝卷和民间说唱的陕北说书。然而，世间的事儿并非简单地非此即彼，而是普遍联系的。透过历史的烟云，发现在陕北的大地上，宝卷不仅留下了踪迹，而且与陕北说书有某种亲缘般的联系。

历史上的陕北，曾是民间教派势力炽盛的地区。时至今日，榆林市子洲县王家焉村仍有名为“混元会”的民间组织。追溯源流，此乃明清年间“混元教”的遗脉。

“‘混元’一词来自道家”“乃是天地未立，二仪未分，万物未生前的一种状态”“从两宋始，修炼内丹风习渐染及民间宗教，并形成多种流派与教系，其中就有混元一门。明代冠以混元名目的宝卷颇多，一类为明万历年间兴起的弘阳教经典，诸如《混元弘阳叹世真经》《混元弘阳飘高临凡经》《混元弘阳大法祖明经》《混元弘阳苦功悟道经》《混元弘阳显性结果经》《混元弘阳明心忏》，等等。”③此类宝卷，今日之“混元会”有无收藏，有待调查。而陕北地区曾有民间教派宝卷流传则是不争的事实。继孙鸿亮在王家焉“四月初二庙会”上发现《双林宝卷》后，西安美术学院博士呼延胜调查“陕北土地上的水陆画艺术”时，分别在横山县和子长县发现民间教派宝卷。

佛道两教世俗化以后进入民间，俗讲是它们在下层民众中宣传的有效手段，这些活动所用的文籍叫“宝卷”。这是僧侣教化大众的说唱词的载体，相当于通俗教材的形式。笔者在调查陕北水陆画的过程中也发现大量类似宝卷的经文，这些类似宝卷的经文与混元教在陕北的活动有关，如横山县杨定浦家保存的几十本宝卷，内容中有多处描述了明清时期这一地区的社会灾难和一些家庭的不幸，这也是混元教在陕北地区活动有力证明，这些证明有《叹世无为卷》《苦功悟道卷》《巍巍不动泰山深根结果宝卷》等。在子长县姬乃明家还发现了一本《王母宝卷》。这些宝卷的文字以忏悔、感叹希望救赎为主要内容。这些混元教文本在该地区的出现说明在当时的社会背景下，不仅是水陆画在该地区极为兴盛，既有寺庙规模较大的水陆法会的法事，还有很多偏远乡村混元教举办的小型打醮活动。陕北水陆壁画庙

① 曹伯植著：《陕北说书概论》，西安：陕西人民出版社，2010 年 4 月，第 44 页。

② 盛志梅著：《中国说唱文学发展流变》，北京：中国社会科学出版社，2013 年 7 月，第 315 页。

③ 马西沙，韩秉方著：《中国民间宗教史》，北京：中国社会科学出版社，2004 年 8 月，第 939 页。

宇群生成的历史空间就在明成化年间至清代末期，几乎与混元教的兴起与发展为同一时期。①

以上信息表明，时至今日，陕北多地仍有混元教的遗脉。与此相对应，有相当数量的民间教派宝卷，尤其是罗教经典《五部六册》藏于民间。

据孙鸿亮研究，“至今仍流传于甘肃的民间说唱艺术贤孝以及陕北的民间说书，明显受到了民间教派宣卷风气的影响，甚至出现了融合的趋势。不仅民间教派宝卷的信仰特征和教化模式为民间说唱文学所汲取，陕北说书‘会书’和‘家书’的演唱形态与宝卷十分相似，并且请神、参神、送神的仪式也受宝卷的影响，演变成一种在民俗宗教信仰活动中演唱，并具有宗教属性的民间说唱形式。”②

当笔者顺着孙鸿亮的思路思考、体悟，发现陕北说书与宝卷的相似之处主要在四个方面：

（一）信仰特征

仪式是民间信仰区别于民间说唱活动的显著标志。民间说唱艺术的陕北说书，无论是缘起为许愿、还愿，还是“请神、参神、送神”仪式，都与宝卷宣演相似，具有“宗教属性”。

那天，笔者有幸亲耳听盲艺人王殿亮讲述“家书”仪式。

说书那天，不论是上午还是下午，书匠到主家先坐下抽烟、喝茶。吩咐主家准备香、烛、白纸、黄纸。白纸折成上尖下方的长条，请明眼人写“×××三代宗亲之位”。黄纸由书匠剪成长条条用秫秸夹住象征菩萨的神位。

将一小方桌置于窑洞最里面，以为祭坛。上面放装满谷子或大米的大、小斗各一个。大斗放上首，插“菩萨神位”；小斗放下首，插祖宗牌位。斗前供奉馒头、水果、酒等。焚香三炷，点烛一枝。

诸事停当，放炮三声请神。

主家跪在坛前叩拜。书匠怀抱琵琶站在主家身后唱书请神。（“三弦说书”得跪着唱）

上香上香快上香，
唤过事主快上香。
请动×××神来得紧，
来在×县×乡×村×××家中领愿心。
上请玉帝凌霄殿，
童男童女在两边。
王母娘娘请出斗牛宫，
九天玄女随后跟。
古佛请出雷音寺，
释迦牟尼佛莲花洞。
请动南海观世音，
药王菩萨也请动。
请上八百沙弥子，
千千诸佛受香灯。
上八洞神仙东西坐，
中八洞神仙坐东西。
真武祖师请出威虎帐，
天尊祖师请出赛虎蓬。
下八洞神仙东西坐，
哼哈二将绕殿门。
巡天大帅请出南天门，
再请巡山五道神。
关圣帝君我请动，
关平周仓绕殿门。
五海龙王请出水晶宫，
巡河夜叉紧伺应。

① 呼延胜著：《陕北土地上的水陆画艺术》，博士研究生论文，西安美术学院，2017年4月9日。

② 孙鸿亮著：《陕北说书研究》，天津：天津人民出版社，2011年9月，第81页。

清风细雨洒青苗，
牛王菩萨请出金斗架，
马王菩萨请出抱厦厅。
文昌帝君请出王府门，
黑煞显神请出黑煞洞。
山神请上卧虎岭，
土神请上八卦厅。
本宅土神也请动，
青龙白虎左右分。
财神爷请上聚宝盆，
喜神贵神请出宫。
门上请起二门神，
锅台上请起李灶君。
灶火请起火焰龙，
炕上请起亢金龙。
前灶上请起风火神，
烟洞上请起玄乌龙。
窗子上请起姜太公，
脑畔上请起太岁神。
十方万里诸神都请动，
来在坛中受香灯。①

请神书文大同小异，结尾处王殿亮自编一段：

我不说你各位诸神老爷，
吃酒用茶拉呱笑盈盈。
事主家跪在神堂前，
烧起的表文灰风吹散，
奠下的酒被风刮干。
活人难免死人意，
谁知亡魂在哪里？
我不说你各位诸神老爷，
吃酒用茶拉呱笑盈盈。
打开前朝论古人。②

请神后书匠坐到窑洞的窗前。开本。先唱“书帽”：

人留儿女草留根，
天留日月佛留经。
天留日月出东头，
佛留真经度众生。
草留须根等来生，
人留儿女防后老。③

陕北民俗，说书结束当天不送神。而是将神灵留家住一宿。第二天早上，书匠在祭坛前唱送神书文：

天门开，天门开，
我送各位诸神归位来。
送天神，送地神，
事主家主土地神。
千里路上开庙门，
万里路上墓墓开。
天门开了送神灵，
墓门开了送孤魂。
老家老亲送起身，
送你各人把各的坟墓附。
××人家平安说书一晚上，
收愿灵童收得清，
报愿灵童报分明。
请保佑施主大吉大利，
万年四季保平安。
放炮三声送神灵。④

事主跪送。放炮三声。

当笔者将上述仪式与江苏靖江、常熟讲经以及山西永济道情宝卷的“请佛”“送佛”相比较，虽然有些符号不同，比如，江苏用几十个纸马，陕北用若干纸条象征神佛，但文化意蕴和

① 主编曹伯植，副主编孙鸿亮、曹彬：《陕北说书传统曲目选编·短篇集》，西安：陕西人民出版社，2010 年 4 月，第 285-286 页。

② 据延长县陕北说书盲艺人王殿亮口述整理。

③ 据延长县陕北说书盲艺人王殿亮口述整理。

④ 据延长县陕北说书盲艺人王殿亮口述整理。

效力指向极其相似：

首先，各地的仪式均为满足诸如“许愿”“还愿”“祈祷”等心意民俗的需要。

其次，但凡佛神、道神、鬼神、俗神，一并恭请、敬奉。同时拜请三代宗亲一厢作陪。

再次，庄严的仪式渲染肃穆的氛围，令讲经、说书具有仪式感，敬神的同时娱人。

靖江等地的仪式是民间教派宝卷世俗化的产物，而且烙有民间教派宝卷科仪的印记，而陕北说书的仪式也受当地民间教派宝卷世俗化的影响。

（二）教化模式

宋元以降，宝卷始终高扬“劝善化俗，伦理教化”的旗帜，“教化”是其主要的社会功能。而陕北说书以娱乐为主，“教化”仅表现为“善恶果报倾向”和“劝世倾向”。[①] 尽管如此，为实现、表达此类“倾向”，其方法、途径与宝卷的“教化模式”颇为相似：

（1）道德说教。宝卷的开卷，大多有连篇累牍的道德说教，尔后才“收起闲文归经典”，是为“开卷偈”。与之相似的是，陕北说书开正场前得唱“书帽”。“开卷偈”无一例外地告诫信众要信奉、遵守以儒家思想为主导的伦理道德。而“书帽”的内容远比“开卷偈”丰富，有“喜庆套话、古代英雄事迹串联、朝代歌”“带有劝世意味”[②]的诗赞仅占一小部分。《陕北说书传统曲目选编》辑录“书帽”55 则，“劝世”的仅 14 则。其中有一则《酒色财气》，靖江宝卷有与其相类似的内容。现抄录如下：

酒色财气

酒色财气四堵墙，
人人都在墙内藏。
有人跳出墙儿外，
不是神仙也寿长。
酒是杜康造传留，
能和万事解千愁。
成败破坏皆酒过，
洞宾醉倒岳阳楼。
李白吃酒把命丧，
刘伶大醉卧荒郊。
盘古至今留于世，
酒醉真心不回头。
色是妇女的八宝装，
贪恋娇娥不久长。
纣王贪色把江山丧，
武王伐纣动刀枪。
董卓好色长安死，
吕布戏蝉阶下亡。
劝人别把美色爱，
笑里藏刀把人伤。
财是世上养命根，
白银买转黑人心。
邓通贪财在荒郊死，
石崇富豪范丹贫。
朋友为财结下仇，
父子兄弟也无情。
挣下黄金堆山厚，
跟死不带半分文。
气是心头火一盆，
为人都把闲气生。
动怒官司皆因气，
卖尽田园不能饶人。
霸王争气在乌江死，
韩信斩在未央宫。
劝人莫把闲气生，
争名夺利一场空。

---

① 曹伯植著：《陕北说书概论》，西安：陕西人民出版社，2010 年 4 月，第 42-44 页。

② 孙鸿亮著：《陕北说书研究》，天津：天津人民出版社，2011 年 9 月，第 26 页。

酒不醉人人自醉，
色不迷人人自迷。
酒色财气不可贪，
省得你伤身又花钱。
吃酒不醉最为高，
贪色不乱是英豪，
无义钱财君莫取，
忍气让人祸自消。
急忙改邪归正转，
增福增寿又增安。①

靖江宝卷的“酒色财气”无标题，与其他开卷偈融为一体。

酒字三点水，色字刀在头。
为了酒共色，世人结冤仇。
酒是穿肠毒药，色是削骨钢刀。
财是下山猛虎，气是惹祸根苗。
见酒不醉最为高，见色不贪是英豪。
见财不爱真君子，忍气吞声祸自消。②

两相比较，同为“教化”，内容相去甚远。

(2) 故事演绎。枯燥而生硬的说教，远不如生动曲折的故事引人入胜。无论是演唱者，还是接受者，都更乐意从那些个性鲜明的人物、跌宕起伏的故事情节中领悟处世之道。这一点，陕北说书与宝卷亦相似。所异者，陕北说书所蕴含的“善恶果报”，不像宝卷那样着力演绎佛家的“因果报应”，而是站在世俗的立场上，颂扬善良，批判邪恶。更多的时候“是从生活中的人和事出发，以劝人勤劳、本分、善良为目的，从而对生活中那种好吃懒做、恃强凌弱、酗酒赌博等不良现象进行批评和鞭挞，对当地农民群众的生活具有鲜明的积极意义。那些萌生于农民群众中的生活哲理，通过书文故事的演绎，说唱艺人的加工渲染后又形象生动地传达给听众，从而产生更大更广泛更深刻的影响”。③

(3) 大结局升华。大结局、大团圆乃中国人传统的审美心理和审美情趣。作为民间传统文化的陕北说书与宝卷，此点自然相似。主人翁历经磨难，终于报仇雪恨、建功立业、合家团聚。由此彰显“善果恶报”的人生理念。听众因此受到教育，并收获审美愉悦。为强化主题，许多宝卷讲完大结局意犹未尽，编几句“收卷偈”或“诗赞”点题。

这正是：
贵人多有难，害人终害己。
从事多行善，善恶神明知。④

此类“点睛之语”，陕北说书亦偶尔为之，往往与故事的结尾融为一体。

说了说，弹了弹，
转靴记这本咋说完。
今似古，古似今，
今古相连到如今，
人人都要存好心，

① 主编曹伯植，副主编孙鸿亮、曹彬：《陕北说书传统曲目选编·短篇集》，西安：陕西人民出版社，2010 年 4 月，第 65-66 页。

② 尤红主编：《中国靖江宝卷》，南京：江苏文艺出版社，2007 年 7 月，第 1195 页。

③ 曹伯植著：《陕北说书概论》，西安：陕西人民出版社，2010 年 4 月，第 45 页。

④ 酒泉市肃州区文化馆编：《酒泉宝卷》(第三辑)，兰州：甘肃文化出版社，2012 年 9 月，第 19 页。

不怕半夜鬼叫门，
有人敢把良心卖，
叫谁受害谁受苦。
书名就叫《转靴记》，
十个人听见九个下泪。[①]

此外，陕北说书也好，宝卷也好，仪式也是“教化”，令人在庄严肃穆的氛围之中，对神灵和祖宗心生敬畏，从而激发人们向善戒恶。

（三）演唱形态

同为讲唱结合的民间口头艺术，陕北说书与宝卷的演唱形态十分相似。

（1）对象。以乡土社会文盲、半文盲的贫苦百姓为主。

（2）表演。讲唱结合。或以唱为主；或以说为主。

（3）空间。以庙宇、民居为活动空间。民居为主。

（4）艺人。以技艺谋生。一人讲唱为主。山西介休、甘肃河西走廊的念卷先生非职业化，不以赚钱为目的，一人讲唱，众人和佛。

（5）语言。用流行地域的方言俚语说唱。

（6）音乐。既吸收民间音乐元素，又保持鲜明的个性特征。

（7）伴奏。艺人集演唱、伴奏于一身。有的宝卷宣演如江南宣卷，除宣卷先生用铃具、木鱼自我伴奏外，还有二胡、笛子、琵琶等丝弦乐器伴奏。

（四）叙事体制

单就文本而言，陕北说书的书文与宝卷卷本，其叙事体制不是相似，而是相同，均秉承“韵散相间，讲唱结合”的传统，与此相联系，则是“有头有尾，套化叙事”的口承叙事传统。此点至关紧要，实为文本同一性的重要表现，也是陕北说书采借宝卷卷本的重要条件。

必须指出，陕北说书与宝卷毕竟是两个文化类型，其本质区别在信仰。宝卷源于佛教俗讲，宋元以降，先后成为佛教、民间教派以及民俗信仰的载体。“陕北说书起源于上古巫瞽，形成于明清时期。它是由盲人行乞辅助和谋生手段发展而来的一种民间说唱艺术形式。”“明清时期，陕北成为民间教派活动和传播的主要区域，受民间教派‘宣卷’风气和北方鼓词影响，陕北说书演变为一种民俗宗教信仰活动中的文艺表演。”[②]因而，尽管陕北说书在民间教派的“影响”下，至今具有“宗教属性”的“请神”“参神”“送神”等通行仪式，但改变不了“民间说唱艺术”质的规定性。其系统结构以篇幅规模分为“长篇”“中篇”“短篇”，即便是具有宗教意味的“仪式小段”，也划归“短篇”，而不是像靖江等地的宝卷按功用和内容分为“圣卷”“草卷”“科仪卷”。同时，与相邻山西、甘肃河西走廊的宝卷比，最明显的区别是，陕北说书没有演绎神佛本生故事的书文。而此类为菩萨立言的卷本，乃宝卷文本的主体，虔诚的信众视之为“佛经”，自古有“宝卷者，宝者法宝，卷者经卷”之说。[③]

① 主编曹伯植，副主编孙鸿亮、曹彬：《陕北说书传统曲目选编・长篇集》（中），西安：陕西人民出版社，2010 年 4 月，第 94 页。

② 孙鸿亮著：《陕北说书研究》，天津：天津人民出版社，2011 年 9 月，第 1 页。

③ 尤红主编：《中国靖江宝卷》，南京：江苏文艺出版社，2007 年 7 月，第 1 页。

三、宝卷在流转中成为陕北说书的“底本”

正因为陕北说书无“圣卷”类书文，它采借的宝卷文本自然是反映民间爱恨情仇的“草卷”。

“明清民间宝卷大量吸收俗文学传统故事，改编鼓词、弹词书目；而传统说唱文学作品被改编为宝卷后，凭借信仰的力量，得到广泛的传抄而流行，一些俗文学宝卷甚至流入说书人手中，成为说书的‘底本’。”①令人惊异的是，作为“底本”的宝卷数量可观。据孙鸿亮搜集整理，仅与靖江宝卷同名的陕北说书书目就多达13种：

1.《薛刚反唐》
2.《粉妆楼》
3.《回龙传》
4.《九美图》
5.《狸猫换太子》
6.《刘公案》
7.《绿牡丹》
8.《罗通扫北》
9.《五女兴唐》
10.《薛丁山征西》
11.《杨家将》
12.《小八义》
13.《张四姐下凡》

除《刘公案》内容相异外，其他12种卷名、人物、情节基本相同。仅以《九美图》为例。

(1) 卷名。《九美图》，一字不差。

(2) 人名。头一位美人的芳名两种文本都叫“狄美云”。因语言的差异，其他人名相当一部分表现为字异而音同。以胡氏父6人为例：

靖江宝卷	陕北说书
胡镇岳	胡正月
胡毕泰	胡碧太
胡毕华	胡碧华
胡毕衡	胡碧衡
胡毕恒	胡碧相
胡毕嵩	胡碧松

(3) 情节。主要故事情节基本不变。个别有所变动，乃民间口头文学变异的必然现象。有一推动全书故事发展的关键情节，即胡夫人贺生日后，胡毕嵩想出去散心。两种文本的叙述差异甚殊。

靖江宝卷如是说：

那天胡福跟五公子来到小书房，胡福说奉承话了哇：“五少爷，你年纪轻轻，文武全才，盖世无双，可算天下第一。少爷，天下第一名哦，应该要到天下第一格地方去玩耍玩耍，上有天堂，下有苏杭，杭州景色好了，杭州西湖有十八景，飞来峰、雷峰塔、断桥、灵隐寺、三潭印月，四时不谢之花，八节常春之草，那景色就不晓得多好。少爷，陪你杭州散散心啊，千中意来万称心。”②

---

① 孙鸿亮著：《陕北说书研究》，天津：天津人民出版社，2011年9月，第81页。

② 尤红主编：《中国靖江宝卷》，南京：江苏文艺出版社，2007年7月，第1198页。

而陕北说书说，四个哥哥在朝为官，胡碧松一人在家奉母。见四哥回来贺生日，有心让他陪母亲，自己出门散散心。

胡碧松，便开言，

连把四哥叫几声。

趁这时你给娘尽孝道回来了，

目前你把娘看照。

我在门外散一散心，

散心几天咱再理论。

散心几天回来了，

哥哥再回北京城。①

据车锡伦先生考证，《九美图》改编自弹词，"靖江讲经艺人不可能通过与弹词艺人的交流引进这些书目，他们改编的依据是唱本，而这些弹词唱本基本都是清同治、光绪以后，特别民国年间才大量流通的。"②显然，远在陕北的说书艺人也不可能直接与弹词艺人交流，而只能得益于"依靠信仰的力量被广泛传抄而流行"③的宝卷。陕北与广泛流传宝卷的山西和甘肃河西走廊地缘相近，且陕北亦有宝卷流播。这就为陕北说书以宝卷为"底本"提供了良好的人文地理环境。为此，孙鸿亮在《陕北说书研究》一书中，用专门的章节论述"明清民间宝卷与陕北说书"。列举"山西流传宝卷与陕北说书书目"同名者 16 种、"甘肃河西地区流传抄本宝卷与陕北说书书目"同名者 25 种。④

陕北说书将宝卷作为"底本"，不是简单地照搬照抄，而是"二度创作"的改编、移植，甚至是同化。

首先表现在语言上。《九美图》宝卷在靖江得用纯正的靖江主流方言"老岸话"讲唱，而到了陕北，自然用当地普遍流行的陕北方言演唱。

其次是文体。尽管陕北说书也有以说见长的艺术家和书目，但将两种《九美图》文本作比较，文体差异显而易见。陕北说书的《九美图》以唱为主，道白的分量极轻；靖江宝卷的《九美图》，以说为主，唱得很少。

再次是叙事方式。虽然靖江宝卷与陕北说书都有程式化叙事的艺术传统，但具体的叙事套路和语言风格则大相径庭。且看两种《九美图》的开头：

笑呵呵，问弥陀。因何笑，恶人多。——圣谕

佛在西天笑呵呵，五百尊罗汉问弥陀。

问你佛祖因何笑，笑则笑东土里善少恶人多。⑤

此为靖江宝卷的开卷套路，"圣谕"，意为代"圣"（神灵或皇帝）宣演、说教。即便像《九美图》这种纯娱乐的卷本，也无法摆脱数段道德说教，尔后才转入"有头有尾"的叙事套路：

话说忠孝节义落难宝卷，一部劝善。小学生开读，先还朝代帝主，后还贤人出世根由。

---

① 主编曹伯植，副主编孙鸿亮、曹彬：《陕北说书传统曲目选编·长篇集》（中），西安：陕西人民出版社，2010 年 4 月，第 7 页。

② 陆永峰，车锡伦著：《靖江宝卷研究》，北京：社会科学出版社，2008 年 9 月，第 442 页。

③ 孙鸿亮著：《陕北说书研究》，天津：天津人民出版社，2011 年 9 月，第 81 页（与 17-2 同）。

④ 孙鸿亮著：《陕北说书研究》，天津：天津人民出版社，2011 年 9 月，第 89-91 页。

⑤ 尤红主编：《中国靖江宝卷》，南京：江苏文艺出版社，2007 年 7 月，第 1195 页。

总要先还哪朝天子登皇位，哪省州府出贤人。①

陕北说书的《九美图》的开头则完全是另一种方式：

大明一统震乾坤，
成化皇爷坐北京。②

直接切入正题，交待“大明成化”年间，奸党阎直平残害忠良，害了一家又一家。

满朝的大臣都害尽，
他要害胡家实苦情。
要知胡家怎么害，
明公你不知另外听。③

再看套化叙事的内容和方式。同样是小奸党眼中的“美女”，而且都是“套化叙事”，但语言和表述各有其趣：

靖江宝卷如此这般描述：

小奸党一望呀，王巧女长了体面了，太体面了，只生得淡淡梨花面，弯弯细眉毛，明明秋波目，点点小樱桃，尖尖描花手，纤纤杨柳腰，窄窄金莲小，走路踏琼瑶，个子长了不高又不矮，而且不大又不小，长了瓜子脸，越看越相越体面(方言，漂亮)。

樱桃口，杨柳腰，千娇百媚，
伸出双，描花手，嫩如葱根，
又不高，又不矮，真正好看，
又不胖，又不瘦，美貌千金。④

到了陕北说书，则是另一番景象：

阎士雄，抬头看，
前边坐个美天仙。
上看不过十七八，
下看不过二八春。
看看头上金丝黑得赛乌云，
两耳的金环发黄光耀眼明。
看她哟，棱棱算子箭杆端，
张开满口的白牙赛过雪山。
好女子——
看她樱桃小口朱红染，
看她白格生生眉眼赛过天仙。
看她两手十指细又尖，
看她苗条身子实好看。

---

① 尤红主编:《中国靖江宝卷》，南京：江苏文艺出版社，2007年7月，第1195页。

② 主编曹伯植，副主编孙鸿亮、曹彬:《陕北说书传统曲目选编·长篇集》(中)，西安：陕西人民出版社，2010年4月，第1页。

③ 主编曹伯植，副主编孙鸿亮、曹彬:《陕北说书传统曲目选编·长篇集》(中)，西安：陕西人民出版社，2010年4月，第1页。

④ 尤红主编:《中国靖江宝卷》，南京：江苏文艺出版社，2007年7月，第1201页。

说她好，果真好，
说话好像莺鸽叫。
看她俊，果真俊，
一十三省人顶顶。①

以上仅为文本差异，倘进一步比较表演模式、审美特征等，其相异性就更为明显。可见，同名同卷，“同”是相对的，“异”是绝对的。这是由靖江、陕北的语言文化、人文历史决定的。

同也罢，异也罢，宝卷一旦以书文的面目呈现于陕北民众面前，或者说，作为“底本”的宝卷一旦进入表演状态，它再也不是本来意义上的宝卷，而是货真价实的书文。笔者着眼于宝卷的活态传承，故而将其置于宝卷文化范畴予以考察、研究。毕竟，这也是宝卷的一种存在方式。

四、一个不知宝卷的盲艺人

2017 年 8 月 10 日，孙教授陪笔者来到延长县杨家沟敬老院访问盲艺人王殿亮。

“老人家，您知道宝卷吗?”我满怀期待地发问。

“宝卷?”老人听不清似地，侧脸反问:“是人名吗?”接着便肯定地回答:“不知道。”

宝卷由“底本”演变为“书文”，许多艺人只知书文不知宝卷，纯属正常。

王殿亮，1957 年生，家住延长县张家滩马家窑科。兄妹 9 人，其他都好好儿的，就他先天性失明。不学说书，咋活人哩。有趣的是，他不记年份，单记岁数。18、25、48、51 四个年龄，如同四道印记，深深地镌刻在他的心坎上。

18 岁那年，他在县文化馆拜陕北说书名师白旭章为师，学琵琶说书，每天缴学费 2.5 元。师傅一句一句对口教，先教词，后教调，教了 37 天。师傅让徒弟刘君福又教了他 20 天。接着排练 7 天，将一本《精忠记》熟记、会唱，经考试合格，文化馆开介绍信到各村去演出。

开头，他主要在公窑为集体演出，是为说“队书”。由大队派饭，每晚唱三段，每段一个多小时，收费 2.5 元。唱得好加小段，加段不加钱。有时也应邀上门唱“家书”。

唱到 25 岁，他“红”了，擅唱传统书目 12 本:

1.《精忠记》
2.《双头马》
3.《金刀入鞘》
4.《玉镯记》
5.《戴忠还愿》
6.《巧姻缘》
7.《蚁虫生》
8.《还魂记》
9.《杨广断案》
10.《狸猫告状》
11.《汗巾记》
12.《青铜记》

有时也演唱《翻身记》《雷锋参军》《砸孔庙》《王窑水库》《大会战》等新编现代书目。

我问他，不识字咋学新书。他笑着说:“知法不知窍，惹得神鬼笑。”怕我不懂，又补充道:“只要会三四本书，学新书就不难了。明眼人讲个故事，就能编本书出来。”说着，他摸索着往右小腿上戴由小木片制的蚂蚱蚱，怀抱师傅传给他、有着 70 年历史的土琵琶，为我们演唱

① 主编曹伯植，副主编孙鸿亮、曹彬:《陕北说书传统曲目选编·长篇集》(中)，西安:陕西人民出版社，2010 年 4 月，第 27 页。

《玉镯记》选段。

他唱得十分投入，时而高亢激越；时而悲怆凄凉；时而如诉如泣……倏然间，他找到了久违的艺术感觉。

他得意地说，最红火的那几年，一个月要唱 28 天。记不清是 1991 年，还是 1992 年，有一回连唱 8 天 8 夜。常常是唱完“队书”，大队干部发话：“谁家明儿唱‘家书’就接回。没有，先生要送走哩。”所谓送，派人牵头毛驴，驴背上驾两大筐，盲书匠坐在筐内……

有道是，“花无百日红，人无千日好”。唱到 48 岁，他艺术生命跌入低谷。其时应是 2005 年，一批年轻而有天赋的青年人跻身陕北说书艺人行列。他们自备摩托车，再不用毛驴接送；他们不拘一格地引进二胡、板胡、竹笛，再也不满足于一人或两人表演，而是三五人搭班演出，且有“倩女”加盟。最要命的是，他们用现代音响，不光唱陕北说书，也唱秦腔、陕北民歌，甚至唱流行歌曲。可悲的是，他们花里呼哨地“胡闹”，居然被许多人当作“时尚”追捧。有的“名人”“大腕”，一场庙会“说书”收入上万元。

传统的陕北说书遭遇致命的冲击，王殿亮的“业务”一落千丈。49 至 50 岁两年，他几乎被人们遗忘，孤身一人饥一顿饱一顿地挨日子……

51 岁，他住进敬老院安度晚年。每当夜深人静时，他会轻轻地抚摸左小腿，悄然回味逝去的艺术人生。

原来，最“火”的那些年，连续高强度的演出，绑在左小腿上的甩板将腿都打烂了，诱发骨髓炎，差点截肢……如今，那累累伤痕无言地诉说着他昔日的“辉煌”，同时也见证着一个盲艺人的命运。

艺人是陕北说书传承的主体，王殿亮的命运折射出陕北说书的兴衰与变迁。

五、 几点思考

陕北说书艺人，不管是盲人，还是明眼人，他们看重书文的内容，不关心、不追究一些优秀的传统书目的出处。然而，相当一部分陕北说书书目与宝卷同名。对于这一独特的社会文化现象，民间艺人可以不闻不问，而有志于此的专家学者，则值得深入思考、探究。

(1) 民间教派及其宝卷，何时由何地传入陕北？曾对延安、榆林地区的社会生活产生何种影响？其衰落是由于明清两朝朝廷和正统宗教的围剿，还是由于 20 世纪 30 年代以来“革命浪潮”的荡涤？

(2) 现今仍零星存在的“混元会”是 20 世纪 80 年代以来复苏的产物，还是自明清延续至今？各地“混元会”之间有无联系？

(3) “混元会”此类的民间组织在主持庙会和其他民间法会时，除了宣演具有宗教意味的宝卷，宣不宣演《九美图》《五女兴唐》之类的娱乐性宝卷？

(4) 现存几十种与宝卷同名的陕北说书书目，它们的母本，何时由何地传入？至少，《九美图》的母本不会来自千里之外的靖江。同时，有没有这种可能，这些书文，既有改编自同名宝卷的，又有直接改编自同名的弹词、鼓词？

第十章

云南活宝卷调查

巍 山 觅 踪

巍山之行酝酿已久，神往已久。

数年前，当我得知云南巍山有宝卷的信息，仿佛发现“新大陆”似的，兴奋得彻夜难眠。几年的寻觅，最南在江西于都发现活宝卷，没想到宝卷的脚步走那么远，在云南的崇山峻岭中也有其踪影，恨不得插翅南飞，一睹为快。苦于无人穿针引线，迟迟不能成行。不得已求助于江苏省文化厅非遗保护中心冯锦文副处长。领导慨然允诺，力促此行。

2016 年 3 月 22 日，靖江宝卷研究会会长高峰与我结伴而行。出人意料的是，扑面而来的信息似乎与宝卷无关，且显得那样地模糊而不确定。本文有闻必录，尽可能多地罗列素材，以期专家学者关注、研究。

一、青岛、巍山往来信函

世上的事儿就那么奇特，青岛、巍山，天南地北，关山阻隔，可巍山有宝卷的信息，竟来自青岛。

此事说起来有点绕，得先介绍三位老先生。

虞永良，江苏省张家港市凤凰镇河阳村人，1944 年生。二十世纪六十年代的回乡知青，七十年代自学大学中文课程，结业于华东师范大学中国古代汉语硕士研究生班。长期热衷于河阳山歌、河阳宝卷的田野调查，从文献资料到实地的文化自然背景、纵向与横向、时间与空间上进行全面研究，为《河阳山歌集》《河阳宝卷》出版积累了 300 余万字的资料，撰写了 30 余万字的学术论文，荣获张家港市历史文化特别贡献奖，2009 年被中央电视台《乡约》栏目评为年度人物。

王春溥，山东青岛人，1937 年生。在青岛理工大学长期从事工会工作，1997 年退休。酷爱木版画艺术，热衷于年画、神像纸马和民间玩具的收集与研究。关注各地与纸马有关的民俗事象，通过函电了解、实地考察，结识了众多同好艺友，经常联系，共享信息。孜孜以求，不知老之将致，默默无闻地为民族传统文化作奉献。

陈维鼎，云南巍山县人。1937 年生，卒于 2013 年。1960 年四川大学历史系考古专业(5 年制)4 年级休业。离校后，先后当过农民、工人、中小学教师、新华书店山区发行员、文化馆分管文物人员。80 年代中期，落实政策，组建巍山文物管理所，主持文物工作，1997 年退休。大理州南诏历史研究学会会员,致力于甲马及民间信仰、民俗和文物调查研究工作。

2013 年底,虞永良先生寄来有关宝卷的论文一篇,附信推荐青岛“研究宝卷与纸马”的王春溥先生。既为同道,自然亲热,随即奉上拙著就教。王先生大喜过望,热忱地举荐陈维鼎先生,并将他俩往来的信函及两本“巍山宝卷”复印本《典礼要则》《救命船》、巍山说善书照片悉数寄我。

捧读信函、卷本,深为两位老人的赤诚所感动。2013 年 11 月,陈先生驾鹤西去,我见到的这些文字,成为他研究“巍山宝卷”的“绝唱”,弥足珍贵。特将有关宝卷的内容摘录如下:

(一) 陈维鼎致王春溥的信

春溥仁兄:您好!

在昆钢所寄信未寄达,只好另写,好在此信内容为回复兄信所提问题,现照来信回复如下:

……我县佛、道、伊斯兰皆各有协会分别管理。洞经会即圣谕坛,有督讲、宣讲、助讲等工职位,自行管理,会首多为女性,专习办各种佛、道会,修庙宇化功德。当然,大的寺、观自有协会管理。巫师,即神医、仙人、瞧秀、走阴等人无组织,皆单干户。我问过民宗局的人,说是他们只管国家承认的宗教,不管民间这些巫婆、神汉,如出问题,自有公安部门去管。至于村委会,有的不管,有的也支持圣谕坛活动。至于巫师,他们不管。只要有人愿请这些人来家中跳神,也不干涉。有的村委会的人,自己父母信这些,做儿女的虽是当村干部,也不好干涉。

圣谕坛或洞经会势力大,因相信的群众多,其经费为功德、香火及做法事收入等。有严格的规章制度。一般在庙中活动,为三教杂糅。劝人为善,宣讲因果报应。自己出书籍,如《救命船》《大收缘》《八宝海针》之类。现仍搞扶乩活动,假借神仙临凡以劝化大众。我县佛、道寺观多,据统计有二百座寺观。一些小庙,如山神庙、火塘神,还不在内,这些也有近百座之多。府志(蒙化府)云,此“蒙(南诏)段(大理国)余习”,与“他郡不同”。

圣谕坛我县有四十五个,大村一村一坛,小村数村或十多村一坛。因叫人行善,故对一些世风日下、道德败坏现象有一定的教育作用,很受中老年人,尤其是老年人欢迎。故有的有钱人多资助坛中金钱,有的可一次给数万到数十万。……所以办事还是离不开它,如许多公益事业,就要靠其来号召。例如,巍宝山十三公里公路,就是大半靠其化功德修成的。我原来管理的巍宝山寺庙(有廿四座,皆古建筑),因年久失修,加以“文革”破坏,已破烂,有的仅余遗址。从八十年代到九十年代,就是靠这些会首、圣谕坛等人化缘修好的,约化了二三百万(还不包括化来的实物,如粮、油、木材、砖、瓦、石灰及一些无偿劳动力),政府仅给了近三十万元。

……

我祖母法名妙缘(受居士戒于鸡足山),是当地办会的会首。家有佛堂,每早念经。故初一、十五全家吃素。现在每月还能吃一两回素。对现在人大吃大喝(鸡、鱼、猪、牛、羊等)持反对态度。我现在以杂粮、蔬菜、水果为主。当然,肉还是要吃的。过去,生活困难,一月难得吃一回肉,故有条件者,初二、十六打牙祭。打牙祭要先献神,烧财神马子、牙祭马子。现在很少有此习俗。牙祭是宗教和经济二者形成的。

云南自明初汉族大量入滇后,形成汉多夷少局面。二者,尤其少数民族大量接受汉族文化,而汉族也受少数民族影响,故所用马子、过节、宗教等习俗,彝族同我们大致相同。当然,他们有些节日我们是不过的，如二月八日彝族年节等。

……

（或许熟不拘礼，信戛然而止，无结尾俗套。——笔者注）

近日下乡拍了一张讲善书人照片。据其人云，讲善书要对其先预订才行，因各村青苗会会期甚多，皆讲善书之故，所以需预订。照片地点为老年协会，故张贴毛主席像。善书种类多，过去各坛（洞经会、圣谕坛）都自己出书（木刻、石印），恐有近百种之多。你前寄来的《财神宝卷》（由靖江佛头王国良提供——笔者注），我拿到做会讲经处，大家都很高兴，要复印。此书已借她们（因听讲者皆为女性）去复印了。

……

2012.7.17

（二）巍山说善书简介

2012年7月26日，陈维鼎致王春溥信中说："我所学虽为文物考古，涉及面广，只能博闻而不能精。宝卷一事知外省情况，对我启发很大，此亦为民间文学之一。""现附上巍山宝卷简介。只能简略地说一下，许多东西，有待于深入了解。"

现将《巍山说善书简介》全文抄录如下：

说善书也叫讲闲书，所谓善，是教人为善，所谓闲，是为休闲，都离不开忠、孝、节、义等传统道德，是在休闲中灌输传统道德、佛家因果报应。总之是教化为善的。此类书大多可分为三类：

1. 宣扬佛教，当然也宣扬传统道德，如《香山宝卷》《弥陀宝卷》《目连宝卷》，等等。此类书不多，应为最早出现的善书。此书多为木刻本。

2. 为宣传忠、孝、节、义旧道德的，如《金钗记》《梅花簪》《二度梅》《香囊袋》《白扇记》《白鹰哥行孝记》《柳荫记》《珍珠塔》等，此类出书年代较宝卷较晚，有的已近乎小说之流。但此书最多，多为手抄本，木板印的较少。

3. 名为洞经会、圣谕坛、同善社自己编印的，多为糅合儒、释、道在一起，宣扬传统道德、教人为善、因果报应之类，且多借仙佛降乩说法，又多因果报应，如某人不孝遭雷击，某人行善有好报的实例来劝善。此类书出书晚，且善于结合当前社会情况来编书。我曾见过劝人不要抽鸦片烟的书，也曾见过反对洋教（天主教、基督教）的书。

解放前，讲善书最流行。解放后，这些书遭烧毁，人员被批斗、劳教甚至劳改。……目前比过去更为流行，幸存的书得以复抄（早期）或复印，估计大约有好几十种，有待于搜集。

说善书的时间，过去正月初一至十五，私人家多在说，有的仅一家人说，有的数家人请人来说，听众除本家外，还有街坊邻里。因我地过年要过半个月至一个月，听书也是一种休闲。现在，家家电视、影碟机，正月说书基本消失了。现时说善书以各庙会为主，释道两教以及各地民间信仰的会很多。不但每月有会，农闲时会更多，做会时，多有说善书的，即找清静一点的地方，放一张桌子，上放香炉、烛台、供果等物，但不张挂神、佛之像。听众多为中老年妇女，男人很少。来听者先上香磕头后，坐一旁听讲，听讲时毕恭毕敬，鸦雀无声。

说善书流行于坝子内的汉族，半山区有的街坊，汉族多的地方也讲。彝族中老年妇女亦来听。说书人皆为汉人，无其他民族。由于各村都有寺庙，会期又大致相同，故说善书要先预订才行。大一点的村子都有会说善书的人，有的已成为专业说善书者。

宝卷（说善书）由来已久，敦煌发现的唐代宝卷，几同现代的善书差不多，都是说一段唱一段。唱词多为七言，少有五言。只是唐代宝卷宣扬佛法的多，而现在的善书已世俗化，有的几近小说了。

善书实为说唱文学，为民间文学之一，理应研究，但个人精力有限，且涉猎的东西多。年富力强之时为政治风云所误，大好时光，不得从事极有价值的工作，闻外面此项工作为政府所重视，并有组织，万分高兴。

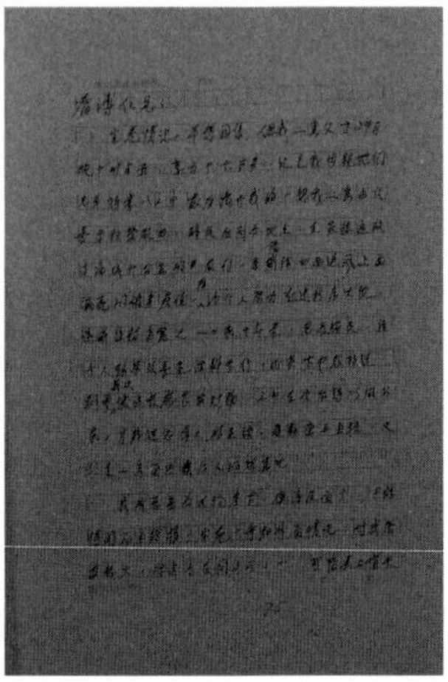

陈维鼎先生手迹

个人才疏学浅，能力有限，仅就一管之见备述于上，不妥之处善乞指教。

又，云南宝卷之类，当自中原流入。明洪武十四年大军征南，后留下一批部队屯垦是为军屯，以后又有民屯、商屯，大量汉民入滇，除带来先进的生产技术外，必然将中原的风俗习惯、文化艺术带来。至今，云南汉人都占多数，宝卷等说唱文学也就流入云南来。

现在云南汉人的风俗习惯、节庆等都与内地一样，有的内地已消失，我们仍保留。且入滇汉民多江苏、浙江、安徽、江西、两湖人，少数为山东、山西、河南、河北、陕西人，各地不同的风俗等集中云南，故云南有其地方特色。夫子云，礼失而求诸野矣？正好说明云南风俗文化的多样性。

二、 街头随机采访

按陈维鼎先生的描述，“说善书”应是巍山县汉族居住区普遍存在的社会文化现象。接待我们的县文化馆馆长忽亚平（回族）、副馆长兼非遗保护中心主任李涛（白族）居然知之甚少。就在我们到达的当天早上，李涛还在网上百度“说善书”。我想，可能是民族文化的差异，他俩对汉族的某些风俗习惯、文化传统不甚了了。加之巍山的非物质文化遗产太丰富，他们的注意力集中在民间扎染、彝族打歌等声名远播的项目上。不过，他俩到底是巍山人，听说过“说目连”，并在潜意识里将“说目连”等同于“说善书”，迅即确定调查方向，领着我们沿着南诏古镇的老街——北街一路行走，一路寻访。

“巍山从唐代开始到新中国成立初期，一直是滇西南政治、经济和文化的中心。唐代为南诏国的发祥地，明清为蒙化府治所所在地。”[1]如今的县城南诏镇，始建于明洪武二十三年(1390)，古称“蒙化城”。古朴、恬静，格局极其简洁，以钟楼为中心，东西南北四条大街。北街有多爿宗教用品商店和文物古玩店。那些老板对民俗文化不说个个精通，至少也是“业内人士”。果然，当我跨进北街106号一家宗教用品商店，与店里人攀谈几句便见端倪。

这是家父子（翁婿）店，一间屋的门面。老屋低矮而仄逼。八十开外的老岳父鼻梁上架着老花镜，坐在左侧的柜台后书写佛、道法会“疏文”，格式与我在其他地方见到的差不多，内容因法会而异，每套20元。我买一套，既搜集材料，又体现亲和。清早开门见利，店主对我这位外乡人顿生好感，交谈显得亲近、随和。老爷子忙，我便捉住坐在右侧的赘婿采访。

① 监修字国顺，编纂薛林：《巍山彝族回族自治县民族宗教志》，昆明：云南人民出版社，1992年6月，第2页。

他姓衡,50岁,初中文化,北街人。十多岁时,跟在大人身后听过“念目连”。时隔几十年,还能记得当时的情景。

在一家人家,堂屋中间放张桌子,桌上有香烛、果品。有位吃素的老奶奶凭桌而坐,照本宣科,唱着说着。晚上七八点钟开始,念到十点多。

巍山人称吃素的老年人,男为“斋公”,女为“斋奶”。吃斋分长斋、短斋、花斋。一年四季持斋为长斋;一、五、九月吃斋为短斋;每月初一、十五吃斋为花斋。

我问衡老板,斋奶讲念时和不和佛。他不知所云,“翻译”李涛也闹不清咋回事。我将靖江和佛的调儿唱给他们听,问旁边有没有随声应和“南无阿弥陀佛”的?他肯定地回答:“没有。”他强调说,后来又听过一两回,也都不和佛。现在年年都有人念,至于问谁能念,他不知道。他还说,只有汉族地区念,彝族地区不念。

就在我专心采访之际,忽亚平不知从哪里觅来两本书,神秘兮兮地递给我,问:

“这是宝卷吗?”

这是两本印刷、装帧都十分粗糙的蓝皮简装书,书名为《地狱游记》《天堂游记》,封面标名“非卖品”。属章回体的“善书”,而非宝卷。《地狱游记》卷首的《玉诏》,可佐证我的判断,现原文抄录:

玉　诏

本堂主席　　关　　登台

圣示:现刻玉旨到,命城隍五里外,福神十里外迎接。

诸生肃静,排班候驾

金阙内相　　　徐降

诗曰:维皇切切念原灵,圣佛声声救苦经。

玉旨中秋颁直辖,一轮明月照幽冥。

圣示:吾今夜带旨宣读,神人府伏

钦奉

玉皇大天尊,玄灵高上帝诏曰:

朕居灵霄,心怀世道。观红尘黄沙弥天,人间伦常堕地,男不忠孝,女不静节,言仙佛为空说,视鬼神若虚物,以致社会风气衰败,人情义理沦亡,朕心大悲,不忍坐视苍生堕落幽冥而不救。查尔南天直辖鸾堂台中圣贤堂开堂阐教至今,费尽人神之力,普化有成。今又借“圣贤杂志”广度迷津,鸾务日进,圣业辉煌,朕特赐旨开著宝典,书名曰:《地狱游记》。敕命,济公活佛带引正乩“圣华”,杨生灵游十殿,将地狱情形泄漏于世,使人观之知阴间罪魂惨境,以收劝化之功。此书非凡,因感圣贤诸子圣诚无间,大命方赋于此,希诸子抱定信心,代天宣化。并敕命幽冥各关口,如系圣贤堂游生驾到,开门迎接,协著金篇,如有违旨,一律严罚不赦。旨到之日,每逢鸾期游冥著书,著成为止。诸子体天效命,书成之日,论功行赏,忽违朕命。

钦哉勿忽,叩首谢恩

天运丙辰年八月十五日

读此《玉诏》,可得些许“善书”信息:

(1)《地狱游记》是一个叫“圣贤堂”的民间组织编写、刊印的“善书”。

(2)编印、宣讲的目的,“将地狱情形泄漏于世,使人观之知阴间罪魂惨境,以收劝化之功”。

(3) 编印、宣讲的缘由,“人间伦常堕地,男不忠孝,女不静节,言仙佛为空说,视鬼神若虚物,以致社会风气衰败,人情义理沦亡”。

(4) 为显示“此书非凡”,特以“玉皇大帝”的名义颁发《玉诏》,“敕命幽冥各关口,如系圣贤堂游生驾到,开门迎接,协著金篇”。宣谕“圣示”:“带旨宣读,神人府伏”。

令笔者惊异的是,说话间便觅来两书,足见善书的民间根基何等深广。问及来路,忽笑而不答。再问能否赠或买,婉言相拒,安慰道:“去古玩店看看,说不定能淘到。”

我们逐店探问,古旧书不少,鲜见宝卷、善书。当来到“刘启古董店”,老板说,他家有我们要的书。

这位老板姓陈,46岁,小学文化。其父82岁,识文断字,能写对联,会念目连。家藏一套清光绪年间的善本《目连大孝记》,老父视为至宝,供奉于神龛,传之于长子。见我一再打听,以为想买,连忙郑重声明:“要卖,得父亲点头。”其实,我无心买书,倒是对他父亲会念目连感兴趣,想登门拜访。上午老板爽快地答应带路。下午,可能真的怕我买走他家的祖传之宝,怎么说也不应允。

没去陈家虽为遗憾,但却给我莫大的启示:目连信仰在巍山有着深厚的文化传统,目连在许多人心目中有着神圣的地位。因而,有位老者听说我们是寻找念目连的人,便热情地为我们带路。

他50岁开外,矮小结实。那朴素的穿着让人联想起走街串巷的人力车夫。他将我们带到一家铺子,门开着,不见人,打“老板”的手机,不通,联络其女儿,说是在某处做法事……

民间有言:“跑掉的都是大鱼。”殊不知,后面大鱼多着哩!

北街采访半日,由漫无目标到渐有头绪,忽亚平、李涛凭借广泛的人脉,很快便锁定访问的主体:当地称为“经先生”的火居道士。

三、进家入庙调查

“道教根植于中国传统文化的土壤,是中国文化的重要组成部分。它与民间信仰和大众文化有着血肉般的密切联系,能体现中华民族,特别是汉民族思想信仰、民众性格和生活习俗的特质。”云南与“五斗米道”的发源地四川毗邻,“道教在云南的传播发展,形成了独具地域性和民族性的特色。”①正因为云南道教历史悠久、根基深厚,加之一些地方山高路险、封闭阻塞,许多古老的道教文化元素得以陈陈相因、世代传承。比如始于隋唐、盛于明的洞经会,至今仍活跃于巍山民间。那日,我与高峰晚饭后漫步街头,只听得从一幢小楼里传来典雅高古的音乐,一问,是演奏洞经古乐。循声上楼,但见十位老人在演奏。他们是一社区的老年洞经爱好者,每周四晚七点至八点,自带乐器在这儿练习,其构成:

大鼓、大钹1人;竹笛1人;二胡3人(有一老太太);中阮3人;秦琴1人。

我们说明来意,老人们友善地演奏了两支南诏古曲。我虽不通音律,但还是被那悠扬、古朴的旋律所感染、所征服。于是,乘兴采访。老人们说,像这样的乐队在巍山有三十多支,平常自娱自乐,每有庙会便去演奏。

① 肃霁虹、董允著:《云南道教史》,昆明:云南大学出版社,2007年11月,第1页。

不知是由于道教文化在巍山的土地上根深叶茂，还是三教合流的文化传统的催生，源自佛教的目连信仰在这儿与道教相融相亲。每年的七月初一至十四，几乎全巍山的经先生都在寺庙宫观或汉民家里念目连。我们有幸从苏福安、谢春洪两位经先生那儿了解到许多巍山念目连的民俗知识。

苏福安家住南街，紧挨钟楼。今年 61 岁，高中文化，曾任巍山道教协会副会长，是位颇负盛名的经先生。我们两次登门求教。他热忱地拨冗陪同，造访了三座庙宇、一个家庭。

据苏(经)先生介绍，巍山七月念目连过程如下：

巍山民间俗信，农历七月初一至十五，地府放假，大开地狱之门，鬼魂蜂拥而出，有家者回家奉享祭祀、超度，无家可归的孤魂野鬼，四野游荡，祈善人斋孤。

家有门神，鬼魂不得擅入。七月初一早上，各家在门外烧黄钱 5 张、金银锞锭 1 对、香 3 炷，祈求门神放祖先进门。

早饭后，在庙或家设坛念目连。若坛设于家，则设在房屋的最高处。

巍山民居，多为二层木结构楼房。平时二楼北墙正中处供奉“天地国(或君)亲师 位”，左墙中央供灶君，右墙中央供先人。法坛设于二楼中央，供奉(设置)依次为：

(1) 三茶(三杯茶)；

(2) 三酒(三杯酒)；

(3) 供果(供单不供双，三、五或七)；

(4) 供饭菜(荤素不论)；

(5) 香、花、灯、水果；

(6) 香案、香炉、烛台。

三位斋奶或道士坛前行三跪(上香三炷)、九叩(磕头九个)礼。开始念《利幽科》经文三至四小时，尔后念《目连大孝记》，昼夜不停轮班念。全本念完得四天四夜。从前，听众每人手拈一炷香跪在斋奶(经先生)身后，念完方能起身。现在上炷香、磕个头就行。

原先念目连不收钱，而今最少每人每天由斋主向唱念者支付 70 元工钱。

若是经先生主持，最后得向地府上申文一道。

兴许天神、地祇有别，上奏天庭的为“疏文”，向地府申述事由的文书称“申文”。原文为繁体、竖排，文辞古雅、恳切，祈东狱、丰都、十王“慈允”，行圣旨命各地狱放行本坛的超度者，“落灭恶根出离地狱睹见光明”“玄坛领功脱化”，速速超升。

七月十五日，全县的汉族人家，将积聚的为亡故亲人烧化的纸钱(衣物)灰，送至南诏镇西关的阳瓜江(红河的上游，俗称“西河”)的桥上撒入河中，顺水而流，表示给祖宗带走了，是为“别祖”。

那日，笔者专程来到西关。平时这里杂草丛生，七月十五辟为街市，俗称“阴阳街”。水流丰沛的阳瓜江，由北向南潺潺而流，跨越国境，流向越南。从前，每逢盛夏，西河两岸是连片的南瓜地，每遇洪水泛滥，南瓜漂满江面，故称之为“阳瓜江”。悬挂于南诏古镇中心星拱楼西侧的牌匾“玉环瓜浦”，即指此景。每年的七月十五，桥上人满为患，通往西关的道路也为之阻塞。苏道长站在桥上说：“河东地势低洼，易遭洪水。河西有‘阴阳街’，故民间有言‘东边怕水，西边怕鬼’”。

苏(经)先生为向导，我们来到庙街镇谢旗厂谢春洪家。

在云南，但凡“××厂”的地名，均为明代军屯文化遗存。这位谢姓经先生，正是大明征南战士的后裔，家藏《谢姓北支宗族重编族谱》，其序言写道：

明洪武十五年(1382)，我祖镇远将军谢继嗣随明将木真、傅文德入云南至蒙化。明朝在蒙化设卫屯田，有事打仗，平时垦荒种植，实现军粮自给。留此中原官兵，遂入蒙定居。镇远将军守卫屯田之地盘在坝子中央的西山脚下，以谢字将军旗为号，取名谢旗厂，与合坝子八大旗厂齐名。祖先们拓地盖房，建设村庄，挖埂修堰，开荒垦田。种植庄稼，饲养家畜，举办各种农副业……祖先们从中原带来了先进的文化和先进的生产技术，和当地土著民族互相交流，共同发展。

这支来自南京江宁府的谢姓子弟，随军移居蒙化(今巍山)六百多年，发展到 22 代。62 岁的谢春洪，虽为大明将军的一脉，但举手投足并无将军叱咤风云的勇武之气，而是透着温文尔雅的书卷气，大门上那笔力遒劲的对联，一点也看不出他只有初中文化，而是一位乡间学究。现为谢旗厂圣谕坛坛主。

圣谕坛是在民间道教洞经会基础上发展起来的儒、释、道三教合流的民间宗教信仰组织，出现在清代早期。明亡清兴，顺治、康熙、雍正三位皇帝受中国传统思想的影响，仍信奉道教。……清初，世祖顺治福临皇帝登基，颁布了《世祖章皇帝圣谕六训》；圣祖康熙玄烨继位后，颁布了《圣祖仁皇帝圣谕十六条》，被洞经会接受，于是洞经会改为圣谕坛。以后圣谕坛每遇会期，先向皇帝的万岁牌位行大礼，宣讲圣谕，然后念经。"圣谕"即代皇帝传授圣旨，以后成了广义，代圣人传授圣旨。圣人可以是宗教的祖师爷，也可以是古时的皇帝，"圣谕"成了民间宗教组织的名称。①

据谢坛主介绍，圣谕坛不在家里活动，也不为某家某人做法事，而是依托庙宇，为全村(坛)人祈福禳灾。谢旗厂的圣谕坛为一村一坛，全村三千人，有圣谕坛信众千余人，大多为吃斋的老太太，也有不吃斋的老汉。坛主由信众公推，实行终身制，但不世袭。坛主以下，有财务(保管现金、实物)1 人、会计 1 人、管理人员 7—8 人。村里的文昌庙归圣谕坛掌管。

文昌庙坐落在村头的半坡上，规模不大，三间正殿、两间配屋，略显破旧。所幸文昌帝君、观音菩萨的宝相十分圣洁。每年在此举办五个庙会：

二月十九　观音会
六月初一　南斗会
七月初一　目连会
九月初一　北斗会
冬月十八　太阳会

每逢会期，文昌庙内立幡杆挂红布、洒净水，谢春洪身着道教法衣，主持法会。有时忙不过来，还请客师，每人每天获酬 70 元。上会的斋奶、香客三块、五块地捐功德钱。所捐之款若不够会务开支，由坛主补贴，若有余，则攒起来修缮庙宇。

庙会在大殿举行。神前设坛。坛前沿供奉香、花、水果，坛中央供圣斗。圣斗的中央供奉庙会主神的牌位。牌位的后面，中间是一盏灯，宝剑、令旗插于两侧。牌位的前面是两个香炉。香炉的前面是"五宝"(分别包着糖、茶、金、银、玉的红包，若带六，再加一包钱)。五宝前是一盏灯。法会科仪循道教例。

笔者的道教知识几乎为零，初次接触，还真云山雾罩拎不清。尽管苏、谢两位经先生

① 监修字国顺，薛林编纂：《巍山彝族回族自治县民族宗教志》，昆明：云南人民出版社，1992 年 6 月，第 317 页。

一边讲解，一边用瓜子在地上摆示意图，还是不那么清楚。之所以对圣斗感兴趣，是因为无锡、常熟、靖江的宝卷宣演，祭坛上设有“星斗牌位”，故而详加询问、记录。

谢氏家藏《目连大孝记》书影

谢家最让我惊喜的是，亲眼看见了善本《目连大孝记》。

这是一套十卷本的木刻本，原版为光绪十二年刻印，重印于中华民国三十年(1941)。原版叙曰：

此书显言地狱森严，如顶门一针，针针见血。详言人间傀儡如董狐下豸，豸豸寒心。确言天堂快乐，乐如新妍花朵，朵朵移情。言简意赅，采蒭荛而成佳话，铭心刻骨。播诗调以续无音，俾愚夫愚妇无漆室之忧，志士仁人有夜珠之照。同发恻隐于方寸，共挽既倒于狂澜，慈舟济渡，砥柱中流。捐资付梓，刊布化愚。推期各举孝心，潜修孝道，孝尽生前，四海群师。

叙言明白无误地告诉世人，无论是前人刊布还是今人诵念此书，旨在四字：“化愚”“举孝”。在追思、超度先人的同时，“劝善化俗”，弘扬以“孝”为基石的传统道德。

家访大受裨益，观庙亦有所得。苏(经)先生陪同我们访问了南诏土主庙和三官殿。

这南诏土主庙大有来历。

唐代，由巍山“乌蛮别种”蒙氏所建立的南诏国家政权经 14 主，传王位 13 代。在南诏兴盛时和灭亡之后，南诏蒙氏家族和其后裔先后在巍山建立过十多座土主庙，分别祀南诏 13 代王土主神。①

我们所访的土主庙位于县城东山，“初建于南诏晚期，内祀南诏第 12 代王隆舜”，名为“嵯耶土主庙”。屡经兴废，古风犹存。到达时，4 位经先生正为一中年妇女“度关”。因靖江的佛头亦为人“度关”，笔者饶有兴趣地观看。

但见一位经先生站在殿中央的法坛前，边敲大鼓边念经，左侧有两位经先生拉二胡、敲钹，一吹笛的小经先生领着手执旗幡的斋主绕坛转圈……已近尾声，很快便在庙门口化纸钱送神。据小经先生说，斋主来自邻近的洋濞县，花费得 2000 元，他的工资是 70 元，其他两位给多少不知道，剩余的都归为首的经先生。

笔者在大殿的走廊采访那为首的经先生，他不怎么配合，不愿告诉人姓名，只说是“王先生”，正说着，有老妇求签，他赶忙进殿，老半天不出来……

三官殿位于阳瓜江畔，与西河桥相邻。大殿的东山墙有一长廊，廊前是一能容纳上千人的广场。每年七月都会在这儿念目连。可为一家一户念，亦可为某族某村念。山墙正中挂观音圣相，圣相前的祭坛上供奉某家亡故亲人的牌位。山墙的右下方写有孤魂野鬼的牌位。如此，念目连超度先人的同时，那些无家可归的亡灵也享受“同等待遇”，此亦为“善”。

四、“地方学者”专访

他叫江荣敏，1971 年 9 月生于南诏镇，大学文化。巍山县文化体育广播电视局副局长、

① 监修字国顺，薛林编纂：《巍山彝族回族自治县民族宗教志》，昆明：云南人民出版社，1992 年 6 月，第 214 页。

县体育总会副主席。出身于一个医道家庭，自幼受传统文化的熏陶，国学底蕴深厚，谈吐不俗，举止儒雅，浑身上下散发着浓郁的文化学术气息。象棋国家级裁判员、国家级社会体育指导员、棋协大师、非物质文化遗产传承人，是位专业精湛颇有成就的领导干部，名为“领导”，实为“学者”。

拜访前我们有过简短的会晤，因而，不用客套，直奔主题。他从中国古老的“君权神授”观念切入，有条不紊地讲述李唐崇道、唐代南诏国崛起、明初全真教入云南、明清云南道教的兴盛，而讲得最为详细的是至今仍活跃于民间的洞经会，并郑重地向我推荐地方典籍——《巍山彝族回族自治县民族宗教志》。

洞经会始于隋唐，明代为鼎盛时期，是一个崇奉道教的群众性宗教组织。云南的洞经会主要由四川传入。洞经会的创始人是文昌帝君，名张亚，字恶子，四川梓潼县人，故又称梓潼帝君，是玉帝金阙四本中的左相。隋文帝开皇年间，流行瘟疫，张亚的父亲和亲属都死于此疫，张亚立志为民行善惩恶，传下钧天妙乐，教群众谈演大洞仙经，仙乐铿锵，经韵悠扬，使万灵效顺，凶煞慑服，瘟疫鬼神远避千里。从此张亚的妙乐洞经在民间相传，民间即成立以张亚传教的《太上玉清无极总真文昌大洞仙经》（简称《文昌洞经》）取名的洞经会。唐代高祖李渊自认是李耳之后，封老子（李耳）为太上老君玄元皇帝，在长安立玄元皇帝庙，以后唐代各位皇帝都崇道，在家中供奉老君、张果老等道教神仙。并命道士制作各类道教神仙洞经，让民间洞经会谈演，弘扬道教。……明代是洞经会大发展时期，随着明朝在云南省设卫屯田，派驻屯兵，洞经从四川等地入云南，同时传入巍山。清代，巍山乡间的洞经会改名为圣谕坛，并和儒、佛二教合流。纯道教的洞经会只有城区继续存留、发展。①

千百年来，洞经会在巍山的大地上生生不息，文脉绵绵，成为极其宝贵的文化传统和珍稀的文化资源。“参加洞经会的人员多为信奉道教的地方绅士、文人学士和退出官场的地方官吏以及部分有文化知识的人民群众。主要活动是在各道教神灵的会期，集会在有关的道观殿宇中，谈演各类洞经，祈求道教神灵赐福，禳灾除恶，保境安民，风调雨顺，六畜兴旺，五谷丰收。平时洞经会劝人行阴功积善德，规过做好事；洞经会成员则修身养性，求吉庆平安，延年益寿。在本乡本境逢有人家做寿和为死者满年超度亡灵办会时，受人之请，洞经会则集众到该户庭院设坛谈演洞经，祈求道教神灵降福保佑，以求生者延年益寿，死者飞升成仙。参加洞经会的成员一般都是40岁以上有文化有知识的中老年男女。”②旧时，只有有名望的乡绅才会被信众公推为“会头”。

现今流传于世的《洞经》有十余种：

1.《文昌洞经》
2.《救苦洞经》
3.《十方救苦洞经》
4.《武洞经》
5.《民圣洞经》
6.《报恩洞经》
7.《观音洞经》
8.《三官洞经》
9.《龙王洞经》
10.《地母洞经》
11.《玉皇洞经》
12.《八仙庆寿洞经》
13.《孔子洞经》
14.《文昌大洞圣经》

① 监修字国顺，编纂薛林：《巍山彝族回族自治县民族宗教志》，昆明：云南人民出版社，1992年6月，第313页。
② 监修字国顺，编纂薛林：《巍山彝族回族自治县民族宗教志》，昆明：云南人民出版社，1992年6月，第314页。

（以上为民间口语简称。以《文昌洞经》为例，其全称为《太上玉清总真文昌大洞谈经》。——笔者注）

经文与音乐相结合是洞经的基本特点。经文是以诗、文、谱、赞、咒等多种体裁敷衍规范有序的科仪。音乐按祭祀的秩序编排词牌、曲谱。谈演洞经时，各种乐器吹、拉、打、弹，配之以唱、诵，优美动听，引人入胜。在传承发展过程中，吸收巍山民间流传的南诏宫廷音乐，使之既洋溢道教神韵，又彰显巍山特色。

洞经的谈演有两种方式：一是唱诵结合；二是纯音乐演奏。其艺术元素构成古韵悠悠的唱腔、奏腔、和声腔。江荣敏特别强调，念目连也好，谈演洞经也好，音乐的本源为道教音乐。巍山的洞经古乐，在周边地区，尤其在丽江流传甚广。

提起念目连，他说，小时候听过念目连，并给我讲了一个民间传说。

目连的母亲修行持戒不严，吃肉喝酒，罪孽深重，死后打入地狱受苦。

下地狱救母的目连一路追寻，他寻到一殿地狱，母亲已押至二殿地狱，他寻到二殿地狱，母亲已押至三殿地狱……一路寻找，总是晚了一步。一直追出十殿地狱，母亲已投胎变成一条狗。

目连一心带着母亲去西天佛国，求佛祖为其脱尽罪孽。找来一条扁担、两个筐，想挑着母亲和经书西行。可是，经书在前，于母不孝；母亲在前，于经不敬，思来想去，便将扁担横在肩上朝前走。

目连的孝心感动山川草木，花草树木纷纷给他让路。独紫薇树不让，生生地挡住去路。目连救母心切，不愿绕道费时，便用熬了充饥的米汤浇它，紫薇树被烫得瑟瑟发抖，乖乖让路。从此，紫薇树怕痒，挠到哪儿，哪儿的枝叶便抖动起来……

讲罢，江副局长又乘兴讲了些地方风情掌故，透露书写“天地君亲师 位”的秘诀。

民间供奉“天地君亲师”牌位之俗，清初便流行于云、贵、川。而今，四川、贵州仅少数地区保留此俗，云南依旧普遍供奉。现代社会，以“国”代“君”，写成“天地国亲师 位”。旧时，牌位写法有严格的要求：

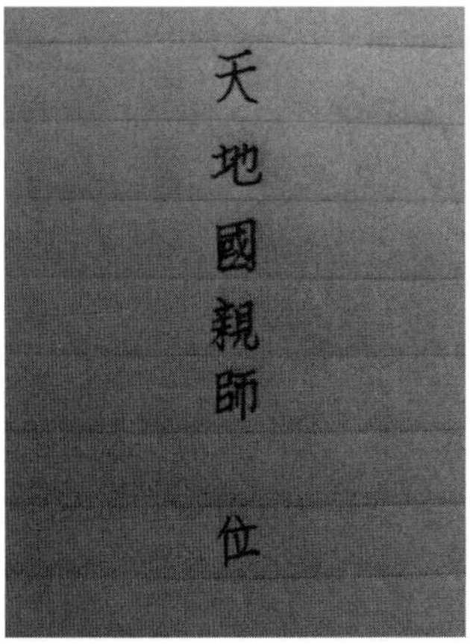

“天地國亲师 位”（江荣敏书）

1. “天”不连二。天的“人”与“天”字第一横断开。
2. “地”不离土。地的“也”与“土”写成连笔，要相连。
3. “國”不开口。國的两个“口”字必须封严，不能留口。
4. “親”不闭目。親的“目”字不能封严，上角应留有缺口。
5. “師”不当撇。師字不写左边上方之短撇，谓师不带刀。
6. “位”不离人。位的“人”与“立”要相连，形端正稳固。

并注重堪字，以“生”“老”“病”“死”“苦”依序来对应牌位的字数，堪字对序，末字落在“生”字，寓意“升”，忌讳字数不符合。

说着，在我的笔记本上亲笔演示，一笔一画地写下：

天地君亲师　位

那份真挚、笃诚，让笔者动容。

五、几点思考

1．“念目连”乃巍山地区汉民族相沿成俗的现象，主事的为经先生，活动的场所以寺庙宫观为主。但由于其缘起民间三大“鬼节”的“中元节”（俗称“七月半”），且有世俗人等参与其中，在一定场合，比如“家庭设坛”，多由“斋奶”唱主角。笔者就此请教云南省社科院宗教所所长萧霁虹，她明确指出：“目连信仰在云南比较普遍，有善书先生在佛寺、道观宣讲，也有民间道士在法会上宣讲。”因而，文化定位不应是纯宗教（道教）活动，而是具有浓郁宗教意味的民间俗信活动，其社会功能应是以超度亡灵为名，行弘扬孝道、劝人为善之实。

2．《目连大孝记》现存最早版本为清光绪年间的木刻本，其最初的母本源于何时何地有待考证。笔者就此请教两位学者。扬州大学文学院副教授陆永峰认为，“云南那边道教音乐保存得较好，有唐代的影响。可能和唐代的目连变文有关联。”“目连信仰在古代大为流行，目连戏属于非常庞大的系统，估计您说的也属于此系统。”山西大学文学院副教授尚丽新回复说：“关于《目连大孝记》的源出，我没有查到资料。我感觉念《目连大孝记》不一定是念卷。《目连大孝记》我在孔夫子旧书网上看到云南的一个书商在拍卖。有光绪年间的刻本，也有抄本。每卷开头都有一首[西江月]，然后是白文和韵文，不一定是宝卷。《目连大孝记》的篇幅很大，应该是目连故事的后期演绎本。具体出于哪种目连故事，还需要再研究了。肯定不是我所知道的宝卷里的三种目连故事（《目连救母出离地狱生天宝卷》《目连三世宝卷》《幽冥宝卷》）。”我赞同两位学者的推断：(1)念目连源于古老的目连信仰。(2)念目连不是念卷。最明显的区别是不和佛。几位演奏洞经古乐的老人证明，念目连一人唱念，不和“南无阿弥陀佛”的佛号。苏（经）先生也说：“念目连一人念唱，两人在旁击鼓、敲钹伴奏。”(3)《目连大孝记》不属于宝卷，应归于“善书”。

3．“宋代以后，中国佛教发展的一个趋势是，佛教本着立足社会、发展自身的需要，日益突出劝善化俗、伦理教化的社会功能，朝着世俗化方向发展。其中一个突出的表现是佛教劝善书广泛流行。佛教劝善书是佛教经论之外的劝善化俗形式，如感应书、志怪小说、变文、宝卷等，其面向的对象主要是普通大众，多采用大众喜闻乐见的文学形式。佛教劝善书的思想基础主要是佛教的善果恶报理论，对传统儒家、道教的伦理思想也有广泛的吸收。佛教劝善书一方面向广大民众宣传佛教思想；另一方面又充分发挥佛教劝善化俗、扶助王化的作用。佛教劝善书自佛传入中土始，从最初的感应书，六朝志怪小说，到隋唐时期的俗讲、俗唱、变文，再到宋元以来的‘宝卷’、功过格，这本身经历了一个发展流行的过程。”①可见，历史上的宝卷与善书同出一源。某种意义上，宝卷乃广义的“善书”。事实上，巍山人将“宝卷”视同善书，确切地说，宝卷是巍山说善书的脚本之一。于是，《大香山》《二度梅》《珍珠塔》等经典宝卷在巍山也广为流传。江荣敏发微信说，儿时他还听人念过《大香山》。直至20世纪20年代，“注意到‘宝卷’的文人极少。他们都把宝卷归到劝善书的一堆去了，没有人将它看作文学作品。且印售宝卷的，也都是善书铺。”②

近代以来，以郑振铎为代表的“文人”将宝卷作为相对独立的客体加以研究，但在某些地

① 洪修平，陈红兵著：《中国佛学之精神》，上海：复旦大学出版社，2009年8月，第309-310页。

② 郑振铎著：《中国俗文学史》，北京：北京工业大学出版社，2009年6月，第392页。

方，比如巍山，率性而为的底层百姓自觉不自觉地将宝卷视为善书，成为他们劝善化俗的一种文本。经分析比较，发现二者恰有相通相似之处：

(1) 历史缘由：佛教立足社会、发展自身的需要；

(2) 理论基础：佛教为主，三教合一；

(3) 社会功能：劝善化俗，伦理教化；

(4) 教化对象：普通大众；

(5) 基本文体：韵散相间、讲唱结合。

但是，宝卷无论是作为广义的"劝善书"，还是自成体系的民间民俗文化样式，在长期的传承发展过程中，必然形成鲜明的文化个性，尤其是宣演主体和宣演模式，宝卷与说善书有着明显的区别。宝卷的宣演者由早期的僧尼、民间教派信徒，世俗化为民间艺人为主。巍山说善书的主体为圣谕坛会众，有的是受过戒的居士，有的是崇佛的群众，有的是常斋教的道青，还有一部分是道教的火居道士，成分比较杂。宣演模式的差异既表现为科仪大相径庭，也体现于有无"和佛"。

4.《珍珠塔》在苏浙沪广为流传，被改编为锡剧经典，历久不衰，而巍山将其作为"善书"说唱。从江南到巍山，山高水远，何以流播同名宝卷？这与当年南征的江南将士是否有某种联系？由此推及《大香山》《二度梅》等在全国许多地方被奉为经典的宝卷，又是通过何种渠道流转至巍山？这些均有待考证、研究。

5.《典礼则要》《救命船》是善书不是宝卷。前者"天水开化坛藏板(版)""光绪乙亥年(1875)重刊"，全书分序、设坛图形、仪典、条规。后者为"民国四年岁次乙卯(1915)重镌""板(版)存蒙化树龙村王宅内"，以神仙的名义刊布谕文，劝化世人，是部典型的"善书"。

两书给笔者留下深刻印象：

(1) 两书的印行者为洞经会、圣谕坛。

(2) "光绪乙亥年重刊"的《典礼则要》，由天水流转至云南，洞经会之盛可见一斑。

(3) 以神仙的名义劝化世人。《典礼则要》原版"文昌帝君序"，开宗明义，"适闻诸生刊刻典礼则要，书成叩请降序，吾神披阅其书，实乃纲纪神道之大经，扶持名教至大用也，爰为序"。《典礼则要》因此而神圣。《救命船》收"谕文"十八篇，假托王母娘娘、观音大士、三丰老祖、乾坤老仙等神仙之名，劝谕各色人等，以期"唤醒众迷人"。且看《阳一道人劝父子谕文》：

奉劝家中年老人，人老少管闲事情。
你若过于来见尽，儿媳将你当仇人。
任你会把银钱挣，任你俭省会调停。
反转说你把她恨，说你待人心不平。
有肉不把你来敬，拿进卧房自己吞。
劳神费力不打紧，反惹儿媳恨你身。
倘若一旦把命丧，赤手空拳见阎君。
他们分家喜不尽，何曾感你半点情。
不如听劝早些醒，半由天子半由臣。
过点清闲好日子，逍遥快乐耍几春。
今生衣禄前生挣，多做善事修来生。
不要执迷不知醒，人老能活几多春。

或是修桥把路补，或是施舍贫困人。
或印善书劝众信，或是拜佛诵经文。
或是持斋惜物命，或是宣讲劝愚人。
在生为善少疾病，死后一定去为神。
大小罪过齐免尽，后辈儿孙也昌荣。
转言又劝为子等，父母养儿费尽心。
三年哺乳难表尽，千苦万磨才抚成。
望你长大能孝顺，望你立志强过人。
劳心劳力朝日奔，都是为的儿女身。
父母若是肯教训，不可抱怨怒生憎。
千急不可忘根本，忘了亲恩枉为人。
不孝之人老天恨，死后难逃地狱门。
孝顺还生孝顺子，忤逆还生忤逆人。
那时加倍来还你，才叫忧人真忧人。
不如主意早拿稳，留个好样训儿孙。
父母纵然把你恨，总是你不顺他心。
常言猛虎恶毒狠，它也不肯把儿吞。
一尺五寸把你引，恨你你又怎长成。
天下无不是父母，杀身难报是亲恩。
各人要报各人本，莫听妻言不孝亲。
妻是女流最愚蠢，晓得什以孝为真。
你若顺妻逆亲命，暗中折福罪不轻。
天大洪福折得尽，早早送你枉死城。
莫等临头遭报应，那时受苦有谁怜。
弟兄不可来争论，莫因小事两相争。
凡事要看父母面，切莫吵闹忧双亲。
弟兄若是不和顺，父母定然忧在心。
不孝子弟鬼神恨，就该发财也要贫。
能孝能弟神仙悯，命该贫穷家自兴。
明明将你来提醒，快报父母大洪恩。
唯愿人人谨记定，父慈子孝一家春。
为子之道表不尽，总是要顺爹娘心。
望君传于世人听，唤醒世上迷昧人。
劝得一人改心性，便救一人出狱门。
劝得十人把孝尽，三代亡魂也超升。
能劝百人来报本，仙籍簿上来注名。
口中阴德不费本，唯愿人人大众行。
有能刻送普诫训，百事如意功早成。

劝化的同时，辅之以符咒、仙方，驱邪治病，保佑安康。

(4) 洞经会祭祀、宣讲，仪礼规范、隆重，世代传承。书中所载"神前供养"的格套，苏(经)先生所言与其一致。

(5) 洞经会、圣谕坛对会众要求甚高、规矩甚严，仅《经会规诫》便有十六条。特列举两条："入会人等平时不敦伦常，奸淫邪逆，必互相规劝，如规劝不改，公议逐出。""入会作辍，相乘会期推故，一两次不到，传至罚跪香一炷，三四次不到则除其名。"

社会在前进，世事在变迁，不知巍山民间还藏有多少诸如《典礼则要》《救命船》的善书，更无法知晓此类书还能产生多大效应，对当下的社会生活影响如何？

洞经会、圣谕坛、说善书、念目连，是一个庞杂而深奥的民俗文化系统，孤立的个案研究固然不可或缺，但想深入挖掘其文化意蕴，应重视整体调查，从历史源流、构成要素、组织形态、会众群体、社会功能、人文价值、文化生态诸领域开展全面系统的研究。

保 山 纪 行

几年来，笔者寻访活宝卷，可谓“闻风而至”。凡有信息，不辨真伪，不论远近，背上行装便出发。

一日，云南省保山市文广新局艾怀森局长发来短信，说当地的唱书中有活态传承的宝卷，邀我前往考察。随后寄来五本《民间唱书选辑》，其中确有一种类似广为流传的《张四姐大闹东京宝卷》的异文《张四姐下凡》。线索如此清晰，岂有不去之理。

2017 年 10 月 23 日，笔者与同道周俊伟、高峰飞抵保山。调查的结论是，流播于保山地区的民间口头说唱，尽管有宝卷文本揉杂其间，但就整体而言，应界定为唱书。而采借自宝卷的文本，一旦进入演唱形态，亦应如此界定。

奔宝卷而去，面对的却是唱书，顿时激起莫大的兴趣。本文即是对保山之行的描述。

一、 保山民间唱书流行的历史文化背景

说来惭愧，此前笔者竟不知“唱书”为何物。开笔为文前，急觅相关书籍，恶补相关知识。在淘得的几本文献资料中，太原师范大学文学院副教授于红的博士论文《清代南方唱书研究》，令我茅塞顿开。现将其有关唱书源流的论述摘录如下：

“唱书”是一种在清代流传于南方沿江流域的曲艺表演形式，亦指其所使用的长篇叙事诗说唱文本（唱句的组成具有固定结构、押韵规范）。

“唱书”也被称为“清代说唱词话”，其传承自宋代“词文”、元明“说唱词话”，在南方影响深远，与清代北方最大的曲艺曲种“鼓词”遥相对应。

“南方唱书”是出现在清代南方的一种曲艺表演形式及其唱本的合称，主要流传在长江流域的云南、贵州、四川、湖南、湖北、安徽、浙江、江苏、上海以及广西等地。

保山民间唱书乃“南方唱书”一脉。

保山市位于云南省西南部，外与缅甸山水相连，内与大理、临沧、怒江、德宏四州毗邻，辖隆阳区、高黎贡山度假旅游区、腾冲市、施甸县、龙陵县、昌宁县。唱书流播于腾冲市、龙陵县，尤以腾冲为盛，故笔者专赴腾冲考察。

腾冲县（今腾冲市）位于云南西部边陲，高黎贡山西麓，为古“西南丝绸之路”的咽喉，祖国西南国防的重镇，又是著名的侨乡和历史文化名城。……东邻保山（原保山县——笔者

注)，南接龙陵，西南与梁河、盈江相连，东北与泸水县接壤，北部和西北部与缅甸毗邻，国境线长148.075公里，呈北高南低、东高西低、山坝相间的地势。

腾冲是祖国西南边防重镇，为历代兵家必争之地。……元、明两朝400多年，都有重兵驻守。元至元十四年(1277)始行军屯，军人"七分耕种，三分差操"，守卫着祖国的大门。明正统年间，明王朝为维护国家统一，曾派王骥先后率15万大军三征麓川，均以腾冲为战略基地。正统十年(1445)，为防御外敌入侵，在腾冲建造了一座雄伟壮丽的石城，号称"极边第一城"。①

在这历史悠久、爱国尚武的土地上，最让人津津乐道、引为自豪的是，明正统元年的三征麓川。那些来自江浙一带的15万大军，成了许多腾冲人的先祖，一些人因此以"南京人"自诩。陪同我们的腾冲文化馆党支部书记陆国民，今年42岁，祖籍河南，先祖由南京随军南征，大明正六品百户，世袭至清，在腾冲已传至23代。界头镇副镇长何晓晓声称，她家也来自南京。最有趣的是，腾冲市文化馆馆长段应宗，向民间歌手介绍我们一行，干脆说："南京老乡来了!"这位大理段氏的子孙，内心深处也埋着一个硕大的"南京"情结。他如数家珍地介绍，从民居到饮食，乃至一些风物、习俗，许多都承袭江南传统。

可见，南征大军带给边陲的不仅仅是大明王朝的天威，同时也带来以儒家文化为主导的汉文化、先进的物质生产技术、精细的生活理念和生活方式，且世代相传，绵延不断。因而，当乡土学者李光信论及腾冲文化特征时，坚定地认为"首先是汉文化的纯正性"。因为，"腾冲的汉族，绝大多数直接来自内地"。而且，"自明成化七年(1471)设司以来的五个多世纪中，腾冲——腾越一直是滇西边地汉文化的中心。"并且，"作为雅文化的对应，俗文化同样显示出古代汉族的浓郁韵味，许多在中国腹地早已绝迹或濒于消亡的民间文艺品种，如茶灯、仙灯、鱼灯、小背龙、清戏、皮影戏、歌舞说唱《大舜耕田》(后演化为傣族歌舞《使春牛》)等，均在腾冲——腾越延续保存。"②不知为啥，这位生于斯、长于斯的饱学之士，只字未提民间唱书。

不提不等于不存在，也丝毫不影响民间唱书与雅文化相对应的地位。而且，正因为腾冲有着纯正而久远的汉文化传统，孕育于中原的民间唱书一经传入，便迅即获得文化认同，生根、发芽、开花、结果。

民间唱书何时由何种途径传入腾冲？有人说在明代大军南征时便带来了，作为推测，未尝不可。因为，"南方唱书"雅称"长江流域长篇叙事诗"，历史渊源颇深，"一头连系着屈原开辟的'楚辞'长篇叙事诗、汉代乐府南北朝五言长篇叙事诗、唐宋变文之'词文'长篇叙事诗以及元明说唱词话长篇叙事诗，另一头则连着近现代以及当代的长篇叙事诗。"③这里，至少有两点可供参考，一是唱书曾盛行于长江流域；二是元明时代便有长篇说唱词话，南征大军中或许确有喜欢甚或擅长演唱唱书者。当然，这仅是假设而已。

假设有待考证，而保山唱书与汉文化渊源深厚是不争的史实。在历史的大舞台上，南方唱书和南征大军如同两块熠熠生辉的镜片，映衬着今日之保山民间唱书。

弥漫着历史的尘烟，唱书由内地辗转而来，在祖国的西南边陲落脚生根，繁衍生息，早已演化为保山人生活的艺术和艺术的生活。

---

① 腾冲县志编纂委员会编纂：《腾冲县志》，北京：中华书局出版，1995年3月，第1-2页。

② 李光信著：《寻觅集》，昆明：云南人民出版社，2009年7月，第274页。

③ 于红著：《清代南方唱书研究》，博士研究生毕业论文，山西大学，2018年5月。

二、保山民间唱书的基本形态

唱书除演唱外，亦供人阅读，其基本形态有两种：文本形态和演唱形态。

“‘唱书’文本现存约600余种，多为清代或民国时期的木刻、石印、手抄形式。”[①]历史上究竟有多少种唱书流入保山，已不得而知。目前搜集的文本有52种，目录如下：

1.《汉相辞朝》
2.《水打拦桥》
3.《唐天子归师》
4.《血染衣》
5.《红带记》
6.《南海进香记》
7.《八仙过海》
8.《大破天门阵》(上卷)
9.《凤凰记》
10.《救命船》
11.《柳英记》
12.《买花》
13.《弥陀宝卷·四十八愿》
14.《女儿经》
15.《释迦因果经》
16.《万莲归宗》
17.《玉堂春》
18.《知世录》
19.《金钗记》
20.《小乔哭夫》
21.《红灯记》
22.《智耻先声》
23.《百忍全书》
24.《滴水珠》
25.《韩仙传》
26.《坤道芳规》
27.《轮回宝传》(上本)
28.《梅花金义记》
29.《目连传》
30.《劝世贤文》
31.《王玉连征西》
32.《卧隐山房》
33.《血盆经真解》
34.《元龙口国》
35.《南楼梦》
36.《孝歌》
37.《三孝记》
38.《双抱记》
39.《两本大书》(1)
40.《两本大书》(2)
41.《大破天门》
42.《二十四孝案证》
43.《黄氏女金刚经》
44.《梁山伯与祝英台》
45.《马冶龙鸣哥记》
46.《孟姜女》
47.《上高桥姚成舜》
48.《卧隐草堂》
49.《牙牌记》
50.《张四姐下凡》
51.《青年宝鉴》
52.《白鹤传》[②]

以上卷名显示，藏于保山民间的文本，以唱书为主，同时杂以宝卷如《弥陀宝卷·四十八愿》、善书如《救命船》。但在民间唱书流行地的保山，宝卷、善书一经传入，且用于演唱，均一律变身为“唱书”。此乃民间说唱文学之间相互采借、移植、改编。因而，当腾冲市固东镇爱同村农民黄正芳展示家藏卷本时，将好几种宝卷、善书都说成“唱书”。卷目如下：

---

① 于红著：《清代南方唱书研究》，博士研究生毕业论文，山西大学，2018年5月。

② 据保山市“非遗中心”搜集整理。

1.《修真宝卷》光绪三十一年刻本
2.《目连救母》
3.《十二园觉》
4.《韩湘子度妻》
5.《八仙图全传》
6.《轮回宝卷全卷》
7.《马潜龙鹦哥记》
8.《金铃记》
9.《黄氏女念金刚》
10.《王玉连西京记》
11.《游冥宝传》
12.《张四姐下凡》
13.《孟姜女》
14.《清官图·劝世人》
15.《清官图·谋夫报》
16.《白莺哥传奇》(《莺哥行孝记》)
17.《大圣五公经》
18.《蟒蛇记》

近年来,保山文广新局对搜集的文本进行整理,已刊印7种:

《八仙图》
《滴水珠》
《白鹤图》
《梁山伯与祝英台》
《凤凰记》
《牙牌记》
《张四姐下凡》

整理而未刊印的有两种:

《王玉连西征记》
《青年宝鉴》

现就以上九种唱书,做文本形态分析。

1. 主旨

在中国这个重教化的国度,子曰诗云是教化,民间唱书也是教化。腾冲市界头中心医院退休医生艾如明深有体会地说:"民间唱书劝化人们孝悌忠信、礼义廉耻、社会和谐、向善戒恶。"可见,保山民间唱书的主旨是劝善。

何为"善"?或者说保山民间唱书所宣扬的"善"的内涵是什么?笔者研读文本,深切地体悟到,渗透于保山民间唱书的"善",既遵循儒家仁爱为核心的纲常伦理,也听命于民间社会底层百姓古朴的人生理念,其基本内容可归纳为:忠君爱国、礼敬神明、孝敬父母、家庭和睦、惩治邪恶、积德行善、修身养性。这些善的观念生动地体现于主人翁的命运。同时,开篇和结尾的诗词也予以强化。以《牙牌记》为例,永乐皇帝听信胡妃"妖言",害得沈家家破人亡。公子沈平玉隐姓埋名,亡命天涯。但当他起兵报仇时,依旧忠君爱国、丹心可鉴:

帅旗扯在云端里,字字行行写得真。
不夺江山与社稷,只要胡妃献出城。

同时,结尾处一再强调:

奉劝世人心要正,为君为臣莫奸心。
为君休听奸臣言,为臣须要报国恩。
君正臣欢民安乐,父慈子孝子孙兴。
为父须教子学礼,为婆教媳早殷勤。
若然不把父母孝,儿孙照样不差分。
为臣进忠为子孝,苍天不昧忠孝人。
莫说眼前不见报,远在儿孙近在身。
善恶到头终有报,来早来迟不差分。

这么一大段说教,是为"劝善"。君、臣、父、子、婆、媳,全都被列入劝化对象。

2. 文体

保山民间唱书以唱为主，间以道白。唱词多为七字句、十字句。

木匠接单用目看，这些器物有何难。
开山斧头只见砍，镔镔梆梆闹喧天。
八仙桌子真好看，紫檀印心乌木板。
椅儿做得真体面，雕得刘海戏金蟾。
洗脸架儿盘龙现，沐浴盆中百虎眠。
衣柜凤凰牡丹站，厢上白鹤戏彩莲。
……

——《白鹤图》

此为一韵到底的七字句。以下为三三四式、一韵到底的十字句：

奴今日白白的上了此当，在人前丢大丑四海名扬。
有何颜站立在罗府门上，到不如想一个巧计良方。
……

——《八仙图》

作为一种民间俗文化样式，因其以唱为主，自然会吸纳、融和民歌民谣的文化元素。比如《四季调》《哭五更》《十二月》等。此现象集中体现于《白鹤图》。

且看韩夫人的《十二月叹侄儿》：

正月里是新春万物发笋，叹侄儿在那是悟道修行。
二月里是花朝万物出梗，叹侄儿抛别了年老双亲。
三月里是清明万物娇嫩，叹侄儿抛别下娇妻林英。
四月里是立夏万物齐整，叹侄儿抛下了家族诸亲。
五月里是端阳万物茂盛，叹侄儿舍家园田庄金银。
六月里是三伏万物花喷，叹侄儿舍口腹三厌五荤。
七月里是立秋万物结定，叹侄儿舍荣华富贵功名。
八月里是中秋万物凋损，叹侄儿别恩爱断了后人。
九月里是重阳万物渐冷，叹侄儿别烦恼独自单身。
十月里小阳春万物归隐，叹侄儿别牵缠冷冷清清。
冬月里一阳生万物养性，叹侄儿别拖累洁净身轻。
腊月里要过年万物动信，叹侄儿别牵挂不肯回程。

再看林英，只因"闷坐书房里，想起夫君，又恼又喜欢。恼者不归家，喜成神仙位，夫君成天仙，奴家成地鬼""昼夜守孤单，掉尽伤心泪"。由丫鬟陪着到花园散心，触景生情，"我把这四季花比叹夫君"：

到春来桃花香百花齐整，望奴夫不回来好不伤心。
到夏来荷花香百花茂盛，望奴夫未见信望泪洒襟。
到秋来菊花香百花子正，望奴夫无影踪坐卧不安。
到冬来梅花香百花谢尽，望奴夫一场空茶饭懒吞。
正月里是立春阳和美景，我只想同夫君早晚相亲。
二月里是惊蛰万物发笋，我只想同夫君和气一生。

三月里是清明花叶俱嫩，我只想同夫君生死同心。
四月里是立夏枝叶渐硬，我只想同夫君共孝双亲。
五月里是芒种万物茂盛，我只想同夫君一路修行。
六月里是小暑万花吐喷，我只想同夫君养性存心。
七月里是立秋百实结定，我只想同夫君收回六神。
八月里是白露秋风渐冷，我只想同夫君扫去七情。
九月里是寒露叶落光梗，我只想同夫君火降水升。
十月里是立冬万物归隐，我只想同夫君运转乾坤。
冬月里是大雪一阳渐逞，我只想同夫君文炼武烹。
腊月里是小寒雪花飞纷，我只想同夫君共赴瑶京。

唱完四季十二月，情未了，意犹浓，继续含泪低吟《十不贪》：

一不贪为奶好高官大任，奴爱的与韩仙守定黄庭
二不贪穿美衣龙凤绣锦，奴爱的与韩仙筑基保精。
三不贪食美味山珍海笋，奴爱的与韩仙炼己存神。
四不贪金银广在世充恨，奴爱的与韩仙采取五灵。
五不贪好丫环喊叫随应，奴爱的与韩仙去浊留清。
六不贪美华屋明窗如镜，奴爱的与韩仙常转法轮。
七不贪有儿女精气耗尽，奴爱的与韩仙火候炼烹。
八不贪身体强天灾少病，奴爱的与韩仙沐浴法身。
九不贪长生诀寿同混沌，奴爱的与韩仙脱壳飞升。
十不贪傍门法行怪索隐，奴爱的与韩仙法不二门。

这么一连串情浓意蜜、催人泪下的唱段，运用人们耳熟能详的民谣表现手法，极具艺术感染力。

就文本体例而言，保山民间唱书不拘一格，而是依内容的体量选择适当的文体。篇幅短小则一气呵成，如《凤凰记》《张四姐下凡》。情节复杂、规模宏大，则分卷，如《八仙图》分上、中、下三卷，或像《白鹤图》，以重大情节为单元，全书分为二十四回。还有如《滴水珠》，既不分回，也不分卷，而是划分若干段落，冠以标题。

3. 套语

保山民间唱书像其兄弟口头艺术弹词、鼓词以及宝卷一样，在长期的艺术实践过程中，形成了一套既适应听众欣赏习惯，又确保叙事流畅的套语，陈陈相因，超常稳定。常用套语有以下几种：

(1) 开篇语

常见的开篇语是从盘古开天辟地说起，说至故事发生的朝代，由此展开情节。《八仙图》《张四姐下凡》《滴水珠》《王玉连西京记》《青年宝鉴》等5种均如此，只是表述略有不同。

自从盘古分天地
先定山河后定人
几朝君王多有道
几朝无道帝王君
前朝后汉都不唱
专说湖广行孝人

自从三皇并五帝
风调雨顺乐雍熙
禹疏九河开水利
位传夏桀扶宏基
……
前朝后汉我难记

——《凤凰记》　　　　　　　　　　　转来又把新闻提

——《八仙图》

有的如《白鹤传》，则以“诗曰”的形式开篇，亦有异曲同工之妙。

混沌初开不计年，国王有道镇山川。
风调雨顺民安乐，阴功浩大降神仙。

《牙牌记》的开篇语，又是一种方式。

日月如梭历代更，才逢春夏又秋冬。
记得少年骑竹马，看见又是白头翁。
几朝君王多有道，几朝无道损黎民。
也有立国安邦将，也有亡家败国臣。
说起明朝朱太祖，他是真主紫微星。

凡此种种开篇，无不将书中主人翁的命运置于中华民族兴衰的历史大背景下展开，无论是叙事者，还是接受者，均因此深切感受世事沧桑、人生无常。同时，在切入正题前唱一大段，也有利于静场和渲染氛围。

（2）转换语

当唱词句式变换，通常用一两句转换语。

且将七字来丢放，
又把十字说几行。

——《八仙图》

保山民间唱书使用频率最高的转换语是“话说”“却说”，往往用于“唱词”与“道白”的转换，引出道白及下文。

（3）过渡语

无论是单线结构，一人一事的叙述，还是复式结构，多人多线的铺叙，都存在因时间、地点、人物的变换而出现情节的交替、重叠，如不适时交代，甭说听书人，就连唱念者也易混淆。于是，运用过渡语承上启下。有时，在很短的时间内，同时说几件事、几个人，尽管头绪繁多，因适时、恰当用过渡语，照样有条不紊。

不唱月英唐小姐，再表彰河李三春。
自从那日不见儿，终朝哭得闷沉沉。
丈夫一去无音信，思夫思子闷沉沉。
不言小姐思儿子，把话分开别有因。
说起当日沈玉平，原有随从三百人。
散在山中为草寇，自立为王也散心。
招聚人马有几万，三百头目就为尊。
只等沈爷兵马到，一齐都要立功名。
官兵拿他不在意，出阵之时个个赢。
不表山寨人和马，再表玉平腹中情。

——《牙牌记》

十四行之内，连续出现三个人、三件事，只因有“不唱”“再表”“不言”“把话分开”不表”“再表”等过渡语，有条有理，娓娓道来。

(4) 结尾语

大多由全书大结局引申出劝化世人的道德说教。

只因王二娘心狠手辣，想独吞家产，一而再再而三地设计陷害王玉连母子、婆媳，终遭恶报。于是，《王玉连西京记》结尾如是说：

劝化世间妯娌们，侄儿当做亲生子，

妯娌犹如共母生。

半夜莫告枕头状，刁唆丈夫把家分。

勤夫总经锄耕读，和气自然家业兴。

你存好心天有眼，暗赐富贵与儿孙。

《白鹤传》以韩湘子修行成圣，合家成仙为结局，结尾语则是另一种说词。

劝世人也学我红尘看透，位证在大觉仙逍遥永秋。

超九玄拔七祖天福享受，也不枉出世来走了一头。

此乃韩湘子有感而发。意犹未尽，进而以"诗曰"总结全书。

满堂父母脱凡垢，门里真人门外游。

升天在堂受职位，仙家本是凡人修。

4. 套路

细读九种保山民间唱书，发现其叙事方式有规律可循，人物、情节往往是同中有异、异中有同，形成程式化的模式、套路。

(1) 人物命运。

倘主人翁(公子)命中注定建功立业，其命运走势大致如此：

天星下凡——童年幸福——青年困厄——颠沛流离而有奇遇——金榜题名——平寇除奸——拜相封侯

若公子以修行成圣为归宿，其人生历程则另一番景况：

天星下凡——童年幸福——青年矢志修行——亲人竭力反对——道心坚定——成道后化度亲人——一波三折合家成仙

(2) 情节结构。

唱书的演唱者和接受者文化程度大多不高，接受者尤甚，基本群体为目不识丁的农民。他们习惯于或者说喜欢那种有头有尾、一一道来的叙事方式。因而，几乎所有的唱书，不管是一人一事单线展开，还是一人为主多线交织的复式结构，都是从主人翁出生讲起，顺时按序，步步推进，或功成名就，或登山显圣。是为序时结构，此其一。

其二、两极对立。忠、奸、善、恶历来是民间评判人物的基本标准。唱书往往以"两极对立"的套路来结构故事。凡大忠、大善之人，或因妖孽作祟；或因权臣陷害；或因恶人计算，惨遭迫害。且邪恶势力必将其恶推致极限。经殊死搏斗，善恶之势此消彼长，善有善果、恶有恶报，且为极报。

其三、神仙给力。民间俗信，人间之外，还有天庭、地狱，"三界"一统，玉皇大帝为最高主宰。举头三尺有神灵，神无处不在，无所不能。恶人必遭天谴，善人必有神助。至于那些下凡的"天星"，更是时时处处都有神照拂着。唱书因此衍生出几种套路：首先是送子。在保山民间唱书里此善多由太白金星充任。其次是点化。公子刻苦攻读"四书五经"，期望龙门高跳，经神明点化，弃功名而修行，改读佛道经文。再次是授赠。授予兵书战策、奇门遁甲、十八般武艺以及克敌制胜的法宝。一个手无缚鸡之力的青年书生，顿成勇冠三军的将帅。最后是救劫。最常见的路径是，幼子被“掠”上仙山学法，学成之时，恰逢其父兵败受困，奉命下山救父。

(3) 演唱形态。

唱书只有演唱才能充分彰显其艺术魅力和人文价值。由于受地域文化的影响，同一种唱书，在不同地域、不同族群那里，会显现不同的演唱形态。保山民间唱书，既秉承唱书的一般特征，也呈现出鲜明的地方特色。

① 演唱主体。

当我问及演唱唱书的人，在保山民间有无特定的称谓和身份，得到的回答是“没有。”那天，我们在腾冲市固东镇罗平村二组一生态养鸡场见到了7位唱书爱好者：

黄正芳　女50岁　初中
黄枝尧　男59岁　小学
胡定上　男65岁　小学
黄正文　男70岁　初小
黄小会　女55岁　文盲
郭云祝　男45岁　小学
张纬艳　女48岁　小学

他们是清一色的农民。鸡场主人黄枝尧，承包了100亩荒山，栽树养鸡，常年存栏5000～8000只鸡，每年出栏2.8万只，年收入3万多元。他自幼爱唱唱书，闻名乡里，如今深居山沟，常有“粉丝”慕名上山听他的唱书。黄正芳说：“只要喜欢、嗓子好、识字、没得拦路虎(指不认得的字)，哪个都可以唱。”

因喜欢而唱，而不是为谋利而唱。此乃保山唱书爱好者最显著的特点。他们纯粹出于丰富精神文化的需要，娱己娱人、共享共乐。即使应邀上门为乡邻演唱，也分文不取，甚至连饭都不吃一口。联想到靖江的佛头以艺谋生，工钱之外还要讨喜钱。高峰感慨地说：“保山人凭兴趣爱好唱唱书，有一种为艺术奉献的精神！”

② 接受群体。

“在民间叙事的表演空间中，与讲述者相对的另一重要的构成因素就是听众。听众是民间叙事赖以存在的基础，听众使叙事的功能成为可能。”[①]换言之，民间唱书拥有的听众愈广泛，愈有生命活力。保山民间唱书之所以生生不息、文脉绵绵，是因为保山人世代挚爱，为它提供不竭的生命之源。腾冲的同志告诉我，腾冲男女老少都爱听唱书。陪同的段应宗随口哼了一段《王玉连西京记》选段。说是儿时常听母亲唱，不知不觉便记住了。正是这种自幼耳濡目染，唱书文化之根才深深地扎在腾冲人的心灵深处。

③ 活动空间。

唱书流播民间，活动空间自然是乡土社会，具体演唱地点主要是民居。

腾冲的民居，多为徽派建筑，通常坐北朝南、“三房一照”，即一幢正房，两侧厢房，正对正房有一照壁。正房堂屋的北墙设“三堂”，右为“流芳堂”，供奉祖宗神位；左为“奏善堂”，供奉灶君神位(分两行竖写：“东厨司命奏善灶君瑞庆夫人”“中宫土地福德正神玉地太后位”)；中

---

① 江帆著：《民间口承叙事论》，哈尔滨：黑龙江人民出版社，2003年2月，第141页。

为“五福堂”，供奉“天地君亲师位”。堂屋左侧有火塘，靠西墙有一块火碑石，神圣，不可坐人。唱唱书时，唱书人和听众围坐火塘边。长者坐在火塘北面。唱书人随意坐。妇女只能坐火塘东面，不可背朝“三堂”而坐。

若遇庙会，唱书爱好者择空地或坐、或站唱唱书，听众来去自由。遇有盛大庙会，几个人同时唱唱书，听者如云，蔚为大观。因而，庙宇也是唱书活动的重要空间。

④ 演唱时机。

无一定之规，视农事与心境定。农闲季节唱得多。平时闲暇有兴致，三两同好凑到一起便开唱。家有喜事或来客人，想听唱书，或自唱，或请人唱。遇有庙会，喜唱的、爱听的结伴而去。

艾如明老先生说：“唱书很随便，不像唱山歌那样有禁忌。”

腾冲的山歌分“花花山歌”（情歌）和“擂台山歌”。所忌者主要指表达男女之情的山歌。一忌在家唱；二忌同姓宗族成员间唱；三忌在长辈前唱；四忌在儿女前唱；五忌在兄妹间唱。

唱书无忌，想唱就唱，想听就听。

⑤ 演唱风格。

“无伴奏、照本唱”，乃保山民间唱书演唱的基本风格。

那日，腾冲市界头镇民间唱书皮影队为我们演唱，有一人独唱，也有二人对唱。所选唱段，均为耳熟能详的经典选段，演唱时照样手捧本本，一字一句看着唱。近年尝试用二胡伴奏，唱了两段，效果不如清唱。究其因，无伴奏演唱时演唱者凭借各自的嗓音条件、艺术素养，尽情地发挥自己的才情。且习惯于自由自在地演唱，如果有个乐手甚至乐队坐在身边，会有点儿不适应。再说，伴奏演唱，只有歌手与乐手配合默契，才出效果。得排练、磨合，否则便生硬、不和。此外，记忆中的演唱乃无伴奏的天籁之音，多一件或几件乐器，会让人觉得不是那回事而产生排斥心理。

⑥ 演唱曲调。

保山民间唱书的唱词以七字句、十字句为主，与之相对应，常用曲调为［七字调］［十字调］，同时还有［五字调］［六字调］。一般是四句一调，也有两句一调的。当问及唱书曲调与民歌民谣的关系，得到的回答是“唱书调就是唱书调，与民歌民谣无关。”但谁也说不清保山民间唱书曲调的源流，究竟是外来的，还是本土的；是古曲牌的遗存、变异，还是近现代的产物。

三、保山民间唱书传承保护状况

因鲜有文字记载，无法厘清保山民间唱书传承发展的历史，只能重点考察当下生存发展的状态。

（一）传承路线

唱书自传入保山的那天起，便按照自身的生命节律和生存方式，率性发展、世代传承。像许多民间口承叙事艺术那样，其传承路线主要是“家族传承和社会传承”。

“民间叙事作品具有集体流传的特点。在传承的实态上，却是通过具体的、个别化的、有时甚至是通过单线传承来体现的。民间叙事作品在日常生活中的传承，多数都是在家庭中进行的，是由长辈传述给子女或晚辈，带有祖承、家传的性质。”[①]黄正芳是位名动乡里的唱书爱好者，其祖父黄友亲、父亲黄礼同都爱唱唱书。她和姐姐黄正焕从小就听他们唱，听多了自然而然地喜欢唱唱书，不用教便学会了。座谈会上有位“红衣奶奶”，背着三岁的孙女为我们唱唱书，唱着唱着，女娃娃居然也煞有介事地跟着唱。她说，小娃儿还记得几句唱词哩！可见，只要一个家庭、家族有人热爱唱书，这个家庭、家族便有了相应的文化氛围和文化传统，乃至文化血脉和文化基因。儿孙会从父辈那里承袭唱唱书的爱好。

同样，一个村寨有一个或几个热心而出名的唱书爱好者，他们在为邻里乡亲唱唱书的同时，不经意间会激活某人潜在的演唱天赋。古稀老人黄正文少年时特爱听唱书，日久成瘾，也想唱唱书。17岁那年，借来《王玉连西京记》，一个字一个字地认，一句一句地学唱。这便是社会传承。这种“家族传承之外”的传承活动，“是在一定的社会生活范围内”进行的。[②]

那天，黄正文正在山里剥核桃，赶了十多里的山路来参加座谈、演唱。望着那双被核桃汁染得紫黑的双手，我想，他对唱书的痴迷之情会不会传染给儿孙。如有可能，横向的社会传承便会演变为纵向的家族传承。

可见，保山民间唱书的传承路线不是呆板的、单一的，而是灵活的、多元的，恰似阡陌纵横。

(二) 生存境地

自发而多元的传承，赋予保山民间唱书以充沛的活力，直至20世纪80年代，仍活泼地流播于乡土社会，村村寨寨都有热衷于唱唱书的人，有时饭后无事，左邻右舍相互串门，有人提议：“唱唱书吧！”一人提议，众人附和，捧着书就唱。

时代的发展，社会的变迁，保山民间唱书的生态环境随之发生变化，突出表现在日益丰富的文化生活对传统唱书构成危机。人们普遍反映，以前农村不通电，文化生活枯燥单调，唱书是人们精神文化生活的首选。直至20世纪80年代，尽管普及了电影、电视，但唱书之红火仍不减当年。唱书的日见式微，缘于歌厅、舞厅的兴盛和网络走红，时尚文化潮水般泛滥，青年人为之倾倒、迷醉，冷落、疏远、排斥唱书等传统文化。坚守唱书阵地的多为50岁以上的人。界头镇一拨志同道合的老人为弘扬乡土传统文化，自发组建“界头镇民间唱书皮影队”，全队33人，最大的85岁，最小的65岁。固东镇参加座谈的唱书爱好者年纪相对较轻，平均也达56岁。如此，传承便会出现断层。传承三代的黄正芳有一双大学毕业的儿女。我问她：“儿女会不会像她那样痴迷唱书。”她说：“要求别那么高，能听我唱，不反感就不错啰！”“那你不往下传啦?”我指着她带来的卷本不甘心地问道：“还有这些宝贝，传给谁?”她有几分无奈地说：“尽力啦！哪个喜欢就传给哪个。”

“文化消解是人类文化生态中永远存在的现象和规律，任何民族国家、地方族群的文化系统，文化特质都会经历一个从产生到消解的变迁过程。”[③]在现代文化环境之下，保山民间唱书面临诸多挑战，一步步陷入“消解”的境遇。

现实是严峻的。所幸保山民间唱书根基深厚、文脉久远，许多人对其心怀眷恋，在固守传统阵地的同时，开辟新的活动空间和展示平台。面对咄咄逼人的时尚文化，聪明的腾冲人

① 江帆著：《民间口承叙事论》，哈尔滨：黑龙江人民出版社，2003年2月，第16页。

② 江帆著：《民间口承叙事论》，哈尔滨：黑龙江人民出版社，2003年2月，第16页。

③ 唐婷婷，甘代军，李银兵，曹月如著：《文化变迁的逻辑》，昆明：云南大学出版社，2014年6月，第61页。

以其之矛攻其之盾，充分利用自媒体的传播优势，为唱书、民歌等传统文化造势。黄正芳以“孤灯姐”的昵称，发起建立“腾北文化传承文明交流山歌群”，吸引了102名山歌、唱书爱好者。平均每日交流山歌、唱书选段二百多条，其“疯狂”的程度，丝毫不逊于新生代。同时，一些钟情唱书而久不闻其音的人，闷得慌、想得慌，会满世界找心仪的唱书爱好者“解馋”“过瘾”。

可见，保山民间唱书并非“山穷水尽”，而是还有相当的“市场”。当问及其前途命运，被访者异口同声地说：“说不准，如果国家重视，就传得下去，不然就传不下去。”这质朴的话语，道出了当下非物质文化遗产保护传承的重大命题：“文化、权力、国家”。

（三）抢救保护

诚如百姓们所期望的那样，“国家”，具体是保山市各级政府十分重视唱书的濒危状况，正以救火的精神抢救保护民间唱书。

长期以来，保山人只知村村寨寨唱唱书，许多人、许多家庭热衷于买唱书、抄唱书、藏唱书，也知道散落民间的唱书数目可观，但究竟有多少？谁也说不准。因此，抢救保护的第一步，也是基础性工作，由政府有关部门与民间热心人士通力合作，深入村寨调查摸底，登门拜访爱唱、喜藏唱书者，本着自愿的原则，动员其或捐、或借（复印后返还）、或卖民间藏本给文化主管单位。

民间搜集的唱书文本，大多为抄本，辗转传抄，抄写者文化参差不齐、个人好恶不一，错漏、增删难免，有的抄本错别字比比皆是。一些珍稀的古本、善本，也都残缺破旧。整理便成为抢救保护的重要环节。

对几十种不同年代、不同版本的唱书进行整理，其难度可想而知。它要求整理者不仅具有较高的文化修养，而且要爱唱书、懂唱书，甘于寂寞，乐于奉献。开头，他们寄希望于一位退休语文教师，老先生满腔热忱地面对一种种残缺、破损的文本却顿生老虎吃天，无从下口（手）之感。保山市文化局局长艾怀森深知其难，亲自“操刀”，常常把一个人关在办公室里逐字逐句地推敲、琢磨唱书文本。

艾怀森是位土生土长的腾冲人，长期受唱书文化的熏陶，血管里流淌着唱书文化的血脉。其父艾如明，毕业于昆明医学院，一辈子工作在乡村卫生院，对皮影戏、唱书等乡土文化怀有深厚的情感，并深谙其道。退休后致力于弘扬皮影、唱书文化，发起组建“界头镇民间唱书皮影队”，发动乡间同好搜集整理唱书文本。

目前，保山市文广新局已将精心整理的第一批7种唱书文本竖排线装印行，标志着保山民间唱书的抢救保护迈出了坚实的一步。

四、保山本土唱书《青年宝鉴》

保山的同志向我推荐两本有关本土的唱书：《牙牌记》《青年宝鉴》。

所谓本土唱书，并非指那些由外地传入，吸收融合当地方言、民俗，与人民生活相亲相融的“本土化”唱书，而是取材于当地社会生活、由当地人用当地方言俚语编创出来的独具特色的唱书。据此推断，《青年宝鉴》是货真价实的保山本土唱书，而《牙牌记》则有待鉴定。

《牙牌记》的故事发生在明永乐年间。江南巨富沈万三之子沈香保被妖妃陷害，全家103口死于非命，仅逃脱公子沈平玉。历经磨难、奇遇，公子兴兵除妖保国，立功受封，沉冤昭雪。

“明正统四年麓川之战，沈万三之孙沈铨随王尚书安边到了腾冲。”(《牙牌记》)此次整理刊印《牙牌记》，现居于腾冲市界头镇贡山村牌坊村民小组的沈万山之二十一代孙沈德聪、二十三代孙沈兴堂作后记。虽然记述了沈氏子孙与腾冲的渊源，但并未认定《牙牌记》为腾冲人所编。笔者细阅全卷，也没发现明显的腾冲印记，请教于红副教授，她回答说：

《牙牌记》国家图书馆也有，大概是清代晚期的版本。本唱书中云南特色很少，但是不能否定其不是本土之作。因为在明朝就有汉族屯兵至此，大量的汉族人民在此居住，所以将唱书这一形式也带了过去。《牙牌记》北方流传很少，多在南方。根据今天流传地及沈氏后裔，是云南作品的可能性非常大。但具体到是腾冲人或者是沈氏后裔所作，却因为证据不足，暂时不能断定。

《牙牌记》的本土认定，有待于发现新的实证。《青年宝鉴》以腾冲人去缅甸做生意为题材，通篇充斥着方言、民俗等乡土元素，足以证明为本土之作。但是否列入唱书，笔者颇为疑惑。因为，唱书有“长篇叙事诗”之说，通俗讲唱书是用说唱的形式讲故事。《青年宝鉴》没有人物和故事，仅有典型的事儿，一唱到底，无一句道白。当地人视其为“民谣”，整理的打印本特地标明“云南腾冲和顺民间歌谣”。为此，我向于老师讨教，她回复说：

《青年宝鉴》明显借鉴了唱书的体式，结合实际内容进行了改编，里面很多本地词语，例如，“老缅婆”“吾腾冲”，等等，是唱书地方化的表现。

就体式而言，《青年宝鉴》恰有唱书的特征。

第一，卷首的《西江月》，实为唱书常见的“诗曰”，用于点明主题，灌输道德教化。

《西江月》

百岁月光有几，何须苦苦营求；
莫与儿孙做牛马，以免东驰西走。
世态更迁不古，出门不肯回头；
几句俚言欢众俦，但愿乡人莫诟。

第二，开篇也是唱书常用的格式，从“盘古王”说起，逐步引入正题：“父母恩，好一似，天高地厚/在一日，孝一日，岂可远游。”

第三，全书1042行，除一首《叹五更》外，余者均为“三三四”的句式，“收韵”一韵到底，其句式亦为标准的“唱书范”。

以上三点仅为一般性特征。当笔者反复研读这本产生于中华民国年间的保山本土唱书，发现其本体特征竟是那样的独特：

（一）鲜明的地域特质

无论是阅读，还是听人吟唱，也无论是腾冲人，还是外地人，随着《青年宝鉴》的展开，那种“极地边城”特有的气息扑面而来。

“腾冲位于滇西边境，与缅甸接壤，腾人赴缅甸经商已有数百年之历史，因而产生所谓侨乡。和顺、绮罗等乡是也。”①而标榜为“和顺民间歌谣”的《青年宝鉴》，正是取材于“我中华，开缅甸，汉夷授受/冬月去，到春月，即早回头/办棉花，买珠宝，回家销售/此乃是，吾腾冲，衣食计谋”的特定的社会生活，诘问、批判那种“为什么，到今日，不回故旧/出门去，把亲恩，付之东流”的不良现象。由此生发开去，洋洋万言，酣畅淋漓。

① 腾冲县志编纂委员会编纂：《腾冲县志》，北京：中华书局出版，1995年3月，第1页。

取材于本土生活，编创者、演唱者、欣赏者又都是本土人，那么，从文本到演唱必然大量运用方言俚语。于是，反复出现“吾腾冲”“住瓦城”（缅甸故都，现称为“曼德勒，也译作“曼德里”），“再把那，焦心处，细细搜求”，一连出现十个“焦”（担心、忧愁）。

但就语言而言，因写作者是位读书人，惯用半文半白的“官话”作文，所以地方特色还不够突出。《青年宝鉴》真正凸现地域特质的是风土人情。

旧时，腾冲人视幼儿出花出痘为“铁门槛”，父母忧心如焚，祈上苍保佑，“许供花，许换水，许朝北斗/愿行善，愿补路，愿把桥修/早烧香，晚拜佛，不住叩首/供斋食，烧钱币，常磕勤头”。由此生动演绎了当地的心意民俗。再比如，儿子成年后，为“选亲择偶”，从托媒说亲“买糖食，和乳膳，带礼要周”到“请先生，合八字”“合得婚，才办备，耳圈宝扣”，直至迎娶，腾冲婚俗如在眼前。且看迎亲之俗：

择定了，好日子，良辰吉宿；
请媒人，到女家，去把亲求；
到迎亲，只得是，苦苦哀求；
过财礼，莫奈何，告借亲友；
钱不就，方动了，祖根遗留；
典房屋，卖地基，或典园圃；
抑或是，卖山地，或卖田丘；
前几月，订碗盏，又订吹手；
雇轿子，还要雇，抬轿班头；
买柴米，买菜蔬，油盐茶酒；
少一样，也不得，买办要周；
到如今，风俗变，不同古旧；
闹门面，爱的是，牌子虚浮；
八大碗，平头席，还不合口；
还要加，二三盘，山珍海头；
说不尽，迎亲时，难以讲透；

题材、语言、民俗，此乃《青年宝鉴》地域特质的三大要素。

（二）深刻的警世价值

《青年宝鉴》绝非泛泛之作，而是高举“百善孝为先”的旗帜，对一些“住瓦城，似登那，凤阁龙楼，舍家乡，如敝履”的人开展循循善诱的规劝和入木三分的批判。同时编创者也清醒地认识到，“吾腾冲，出门人，十有八九/任你说，任他讲，难以深留”。于是，苦口婆心地劝那些“出门人”，不论是滞留异国，还是富归桑梓，均须警惕“九件事”：

第一件，最坏事，柳巷花楼。
第二件，为安家，重把婚媾。
第三件，吹鸦片，普遍宇宙。
第四件，为赌钱，人人所有。
第五件，为懒惰，东游西走。
第六件，为吃穿，本分不守。
第七件，回家去，不惜所有。
第八件，变风俗，仍去古旧。
第九件，妇女们，亦当积手。

前六件，告诫“出门人”，桩桩件件，切不可沾染，堕入其中，人毁家败。比如“吹鸦片”，“明明的，是火坑，偏要去就”。

不数年，改形象，好似活猴；
嘴皮儿，好一似，黑漆染透；
项子儿，敢一似，铁打秤钩；
头发儿，一并毡，好似扫帚；
脊背儿，似驼子，常把头勾；
脚上的，肮脏儿，一寸多厚；
衣服上，挂招牌，烟屎常流；
白日里，不起床，似有疾疢；

到晚来，点起灯，雄气赳赳；
任随你，家富豪，钱银广有；
不数年，吹尽了，父母遗留；
你一口，吹尽了，良田百亩；
你一口，吹尽了，大厦高楼；
你一口，吹尽了，房屋园囿；
你一口，吹尽了，妇人衫袖；
你一口，吹尽了，坟地山丘；
你一口，吹尽了，父母狐裘；
你一口，吹尽了，猪羊鸡狗；
你一口，吹尽了，骑马耕牛。

第七件，批评有的“归家人”，送礼、请客铺张浪费，“也不想，出门时，苦辛尝透”。

第八件，针砭时弊，劝乡亲“或嫁女，或娶媳，莫要虚浮”。

第九件，告诫妇女要牢记古训：“男人找，女人积留。”一针见血地指出乡风不纯，陋俗不堪，“别寨的，妇人家，纺织为首/吾乡人，爱的是，粉面油头/走东家，到西家，花麻料口/巧梳妆，怪打扮，全不知羞/钱用完，又请人，修书问候/望夫君，早汇来，不可停留”。

九件事，件件与去缅甸经商有关，件件都足以让腾冲富有的、贫穷的、滞留的、归来的“出门人”引以为鉴，尤其是即将出门的年轻人，听一听，读一读，“将这些，粗俗语，申明重究”，如洪钟大吕，长鸣耳畔。

（三）凝重的人伦之情

腾冲的“出门人”，不乏富家之后，更多的是寒门子弟，作为一个为人子、为人夫、为人父的男人，最能打动他们的是父子情、母子情、夫妻情。而《青年宝鉴》的成功之处，或者说艺术成就，就在于说教的分量极轻，大量的是用凝重的人伦之情感召人，从而激活“不归人”未泯的良知，回归人性之大爱：人伦之爱。

全书从经典的《二十四孝》切入，苦口婆心地规劝人们，“父母恩，好一似，天高地厚/在一日，孝一日，岂可远游”。然而，理是这么个理，但人不能成天靠“理”生活，开门“七件事”，件件得操心，件件得花钱。对此，编创者感同身受，无奈地说道：“吾腾冲，田地少，而且薄瘦”，“不得已，为家贫，不得不走”。

倘若每个出门人都“游有方，急早回，以解亲忧”，皆大欢喜。用不着严肃地诘问：“为什么，到今日，不回故旧/出门去，把亲恩，付之东流”。由此发端，一唱三叹，劝说“不归人”早日回头。

“劝”，固然得晓之以理，更应动之以情。最能打动人的当数父母之恩。于是，从十月怀胎说起，直说至成人娶妻，生育、养育、教育，无不浸透父母的辛劳与疼爱。现抄录一段：

襁褓时，不过是，常抱在手；
到会说，到会走，一喜一忧。
喜的是，会说话，渐可引诱；
喜的是，会走路，母得行游。
忧的是，怕出门，独自行走；
忧的是，无人领，闯遇马牛；
忧的是，爬高处，跌破手头；
忧的是，爬矮处，跌下阴沟；
忧的是，怕着寒，伤风咳嗽；
忧的是，遇歹人，拐往他州。
更忧者，铁门槛，出花出痘；
此乃是，小人的，生死关头。
若遇着，年时好，出得清秀；
儿轻减，父母心，可以无忧。
倘若是，年时恶，出得密厚；
父母心，好一似，打破故舟。
儿身旁，那一时，敢离左右；
父母心，那一时，不费思筹；
许供花，许换水，许朝北斗；
愿行善，愿补路，愿把桥修；
早烧香，晚拜佛，不住叩首；
供斋食，烧钱币，常磕勤头。

所忧者，怕的是，眼中出痘；　　真果是，过一年，如过三秋。
更忧者，怕的是，出在咽喉；　　求天地，拜神灵，暗中保佑；
求名医，开丹方，无处不走；　　痘痊愈，买三牲，报答恩酬；
买药草，买果品，脚不停留；　　要等到，脱了壳，净澡之后；
日不眠，夜不睡，通宵达昼；　　出了花，又才得，丢心一头。

一个人从呱呱坠地到长大成人，尤其是"若生在，贫寒家，米无升斗"，父母为之"忧"，为之"愁"，呕心沥血，"苦辛尝透"。为人子者，倘有良心，读到此，听到此，岂能无动于衷，麻木不仁？怎不迷途知返，浪子回头？

如果说，父母恩着重正面启迪，而夫妻情则从正反两方面入手告诫"不归人"。"你的妻，望与你，百年相守/谁知道，似孤寡，独卧孤愁""自古道，一夜恩，夫妻情厚/百夜恩，好一似，海样深由/说不尽，结发情，夫妻分手/念及此，亦当要，及早回头"。可有人不念结发情，在缅甸"重把婚媾"。针对此，用反面典型警醒"梦中人"，陈说利害，敲响警钟：一是外人勾引。"老缅婆，果真是，害人妖精/传烟筒，传芦叶，甜言哄透"；二是骗钱养家。"有丈人，有丈母，要你承受/有舅子，姨老太，供养要周"；三是无钱翻脸。"无钱时，万奎谬，奎缪得由（华人狗）/一家人，一前来，一齐动手/用帕拿（拖鞋），打嘴巴，跨上馒头"，甚至"去官家，用些钱，把你来丢（赶出家门，驱逐出境）"；四是客死他乡。"到晚来，他魂魄，变猫变狗/用特们（裙子），盖着汉子之头"。最后，真情奉劝：

劝列翁，第二件，莫安家口；　　父母欢，妻子喜，团圆聚首；
惜省下，几个钱，早回故州；　　这才是，一家人，无虑无忧。

普天之下，无论贫富贵贱，谁不盼"父母欢，妻子喜，团圆聚首"。腾冲的许多人、许多家庭为此经历多少辛酸坎坷，甚至血泪。正因为如此，《青年宝鉴》字里行间才流淌着凝重的人伦之情。

（四）正统的人生观念

我本是，道中人，苦辛尝透；　　才把这，俗言语，劝劝众俦。

这两句词表明，编创者也曾是备受艰辛的"出门人"，甚至也曾为"歹人"勾引、蛊惑，干了几件"坏事"，幡然悔悟，将自己的彻骨之痛诉诸笔端，希冀人们，尤其是青年人引以为鉴，"学一个，完全人，世代名流"。

怎样"学一个完全人"呢？或者说，怎样的人才是"完全人"呢？书中没明言，仅发了一番感叹：

想人生，存天理，忠孝为首；　　家发达，子孙贤，快乐无忧；
戒邪念，存正道，何等悠游；　　行善事，善相报，古言不谬。

此是否是"完全人"的人生写照姑且不论，而"天理""忠孝""本份""子孙贤""善相报"等，蕴含着以儒家思想为指导的传统价值观，由此表明，编创者的人生观念乃正统的儒家观念。

正是在正统的人生观念支配下，面对腾冲毗邻缅甸，田少地薄的现实，想恪守"父母在不远游"的古训而不可行，一些"出门人"一去不归，沾染恶习，编创者痛心疾首、怒其不争，给予无情的鞭挞、斥责，当然，更多的是泣血苦劝。

一位曾经的生意人，是什么力量令其荡涤满身的"铜臭"，洗心革面重新做人，堂堂正正批判种种"坏事"，完成人性的自我蜕变？毫无疑问，是用"仁爱"为核心的儒家思想。正是在正统的思想烛照之下，令其洞若观火，清醒地看到繁华的商贸经济掩盖下的种种陋习流弊，为自己、为他人指明人生正道：

读书人，肯用心，将书读透；
自古道，黄金贵，书中搜求。
种田人，勤耕种，功夫用够；
到秋来，自然得，加倍丰收。
手艺人，用苦心，不停脚手；
手技高，自然得，名传九州。
生意人，能勤俭，赶街跑走；
早晨去，晚间来，有何忧愁。
在家中，能如此，勤脚快手；
石头山，割茅草，也是门头。

也许，干啥都得“勤脚快手”，便是“学一个完全人”最起码的人生态度和生存方式。可久久归一，还是得“早晨去，晚间来”“父母在不远游”。再次体现编创者正统的人生观念。

毫无疑问，这种正统的观念源于“汉文化的纯正性”和“儒家思想的主导性”。“这种主导性，不仅体现在历史上的士大夫阶层意识中，而且成了整个社会的伦理道德规范，即使在被人认为充满了‘尔虞我诈’、浸透了‘铜臭’的商界，腾越——腾冲的名商巨贾依然有谦谦君子之德，翩翩文士之风，不少人对‘国学’都有精深的研究，并有个人著述。”①

展读《青年宝鉴》，跃然纸上的俨然是一位方正饱学的儒士，而此书便是其运用“儒学”研究腾冲社会的代表作。

五、 宝卷与保山民间唱书

保山之行，预定的考察对象是宝卷，而吸引眼球的是唱书。而且，保山人将适宜讲唱的宝卷亦视同“唱书”。

民间认同往往是直观的、表层的，只有将宝卷、唱书这两种口头说唱形式作理性的分析比较，才能深刻把握其内在的文化内涵。

（一）宝卷与唱书的联系

倘若将宝卷、唱书置于民间口头说唱文学的视域观照，二者之间确有相通相似之处。

1. 文体。“韵散相间，讲唱结合”，讲的部分用散文，唱的部分用韵文。这是口头说唱文学的传统，唱书、宝卷均承袭了这一传统。

2. 功能。唱书以娱乐的形式实行教化，而宝卷也具备教化、娱乐的功能。就本质而言，唱唱书和宣演宝卷，都是底层百姓精神文化生活的一种方式。

3. 格套。为适应讲唱者和接受者的文化素养和审美情趣，在长期的艺术实践中，唱书和宝卷都逐渐形成相对稳定的格式和套路。比如，文本开头和结尾有诗词、偈语，用以道德说教和引申主题；遵循有头有尾、顺时叙述的结构体例以及奸党终遭恶报、忠良必定昭雪、落难公子遇佳人、神仙援手解厄等桥段、套路。既便于记忆、传播，又跌宕起伏、引人入胜。从而突出和深化惩恶扬善的主旨。

（二）宝卷与唱书的区别

“宝卷系由唐代‘佛教俗讲’演化而来。”“明代王源静补注《巍巍不动太山深根结果宝卷》曰：‘宝卷者，宝者法宝，卷者经卷。’一语道破其具有宗教信仰的意味”。② 某种意义上讲，

① 李光信著：《寻觅集》，昆明：云南人民出版社，2009 年 7 月，第 274、275-276 页。
② 黄靖著：《解读靖江宝卷》，南京：江苏人民出版社，2016 年 1 月，第 61 页。

"宗教意味"乃宝卷与唱书最为本质的区别。具体表现如下：

1. 文体。主要表现在开头、结尾。唱书的开头、结尾缀以诗词，而宝卷则以《开卷偈》《收卷偈》开卷、收卷。佛经的唱词谓之"偈"，宝卷与佛经血脉相连，故将卷首、卷尾的唱词称为"偈"。

2. 内容。宝卷与宗教有缘，它不像唱书那样，所述故事以民间的悲欢离合、爱恨情仇为主，而是以演绎神佛在凡间的本生故事为主，靖江宝卷称其为"圣卷"，颇为神圣。内容与唱书相类似的宝卷称为"草卷"。此外，宝卷还有专供仪式用的"科仪卷"。

3. 演唱。宝卷宣演与唱书演唱最大的不同是，唱唱书随意性较大，而宝卷宣演则极其严肃。择吉、布置经堂、供奉神佛、焚香、点烛、设供，按一定的仪轨有序进行。而且，宝卷与佛有缘，"和佛"如同胎记，通常是一人或两人讲唱，众人应和"南无阿弥陀佛"之类的佛号，以为功德。

4. 功能。信仰、教化、娱乐，乃宝卷的三大社会功能，其中尤以承载信仰为重点，乃宝卷的灵魂。而唱书虽然也有《八仙图》这样的宣扬民间信仰、劝人修行成圣的卷本，但并非专为信仰，而是为娱乐、教化。

于红在《清代南方唱书研究》中，也分析了"南方唱书与宝卷的区别"，要言不烦，摘录如下：

宝卷全文虽然也是攀用严格的七字句或十字句("三三四"格)加散文说白的形式，和"唱书"七字句或十字句("三三四"格)加散文说白的形式完全一样，但是宝卷往往开头和结尾出现一些涉及宗教(道教、佛教、民间宗教，尤其是佛教)系统的仪式和流行话语的语言句子，且叙述故事中也往往和宗教相联系；而"唱书"开头、结尾、正文均不与宗教相联系，内容中所涉及的则是民间本土神灵系统，这种民间本土神灵系统和宗教系统两者有着截然不同的内容语言文字和意识形态思想。即使清代末年至"民国"时期所创作的宝卷，其宗教色彩虽已逐渐淡化，但从宝卷名称和自称为"卷本"等内容的词语中，还是可以很容易分辨出两者的不同。

为便于读者理解，现将两种同题材卷本《张四姐下凡》《张四姐大闹东京宝卷》作比较分析。

话说，宋仁宗年间，河南东京书生崔文瑞乃老君殿仙童、其母为金星老母转世。崔父早亡，家道败落，崔文瑞乞讨奉母。玉帝的四仙女怜悯公子，托梦"张四姐"下凡与之成婚。因张四姐的宝贝，崔家由穷变富。恶霸"王半城"垂涎张四姐的美色和宝贝，设计陷害崔文瑞。官府受贿，将崔文瑞屈打成招，打入大牢。为救夫，张四姐大闹东京，惊动仁宗皇帝、包公、杨家将、呼家将及天兵天将。包公上天入地，查得张四姐乃四仙女下凡，允诺秉公断案。王母娘娘亲率六仙女劝四姐回宫。崔母、公子各归本位。

这是一种典型的人、仙缘故事，流传甚广，仅宝卷就有多种版本。因保山唱书的《张四姐下凡》(以下称为"保山版")的内容与《张四姐大闹东京宝卷》(以下简称"山丹版")较为接近，故而仅与"山丹版"作比较。

如上所述，宝卷与唱书因社会功能之异，表现形式差别甚殊，也同样呈现"保山版"与"山丹版"，无须赘言。现着重于文本比较。

令人惊异的是，山丹、保山相隔千山万水，而两种版本的基本故事元素：时间、地点、主人翁、矛盾纠葛、大结局基本相同，结尾处诗、偈的内容也大体相同：

东京城内王半城，
起心不良谋害人，
一心要害崔文瑞，
想夺四姐作夫人。
为非作歹天不佑，
报应招彰丧残生。

——保山版

劝世上男和女仔细相听，
那王钦贪财色不得好死。
张知县也死在五花朝门。
听在耳记在心莫做坏事，
万不可当闲言丢在一边。
害别人恰害了自己之身，
到头来无好报灾祸临身。①

——山丹版

两种版本均以唱为主，保山版唱词1274行12740字，道白14处2215字，总计14955字。山丹版唱词696行6744字，道白26处5496字，总计12240字。篇幅相差无几，形式差异十分明显：

1. 唱词句式。保山版全书都是"七字句"唱词，而山丹版的唱词共28段，其中有"十字句"25段、"七字句"2段，间以一段《哭五更》。

2. 叙事方式。仅以张四姐与崔文瑞相遇为例，这是全书的关键情节，两种版本的叙事方式大相径庭。山丹版是讲唱结合，保山版一唱到底。先看山丹版：

张四姐便开言又叫相公，家住哪何处人细说分明。
姓什么叫何名说与我听，遭遇了什么事讨要为生。
崔文瑞听了言叫声小姐，我给你细细儿诉说详情。
家住在东京城崔家小巷，上无兄下无弟就我一人。
想当年父亲在家豪富大，父去世天火烧一片灰烬。
丢下我母子俩难度光阴，我上街讨饭吃奉养母亲。

却说，四姐听后，两眼落泪，问道："文瑞，你有妻子没有？"文瑞说："家庭如此贫寒，哪里能娶得起妻子？又有谁能肯跟我？"四姐说："我有一言，说与你听，成与不成请你不要烦恼。你既无妻，若不嫌我脚大面丑，奴家愿与你为妻，不知相公意下如何？"文瑞听言，便说："小姐，我田无一垄，房无一间，母子二人讨饭为生，哪能养活得起妻子？这事万万不能，小姐请走吧。"四姐开言道："我对你一片好心，看你对我如此薄情，真是我怕就叫你天昏地暗，不辨东南西北。"说话间，只见四姐用手一指，崔文瑞便昏迷过去了。文瑞醒来后，不见张四姐了，便摸出城去找母亲。不知怎的，浑身疼痛，四肢无力，难以行走。只见前面有一破窑洞，便爬了进去，将就安身。忽然想起老母一天了米未沾牙，不知现在怎样？不觉两眼落泪，好不伤心。②

上述情节在保山版里，不但全是唱词，而且作了较为合理的调整，文瑞不是昏迷不回家，而是无奈地带四姐去见母亲。同时，有的细节也不尽相同。比如，文瑞不允，四姐生气。山丹版是"四姐用手一指，崔文瑞便昏迷过去了"。而保山版则成了"就把金钗吹口气/天昏地暗不分明"。请看保山版的"相遇"：

四姐上前忙便问，秀才你是哪里人？看你身上多褴褛，家中还有什么人？
文瑞当时回言道，尊声姐姐听我云。祖居东京城一座，家贫寒苦难做人。
只因先父亡故早，还有堂上老母亲，上无兄来下无弟，单单只有我一人。

---

① 张旭主编：《山丹宝卷》，兰州：甘肃文化出版社，2007年7月，第290页。
② 张旭主编：《山丹宝卷》，兰州：甘肃文化出版社，2007年7月，第274-275页。

四姐听说微微笑，你我真是有缘人，你我不如成婚配，结为夫妇过光阴。
文瑞听说回言道，姐姐说话不可听。身在洪门知礼仪，岂做违条犯法人。
你今请往别去处，另选一个丈夫身。家有老母难孝养，哪有闲饭养妻身。
四姐听说回言道，秀才你好不聪明。世间只有藤缠树，今日可算树缠藤。
我今有心来配你，如何满口不应承。就把金钗吹口气，天昏地暗不分明。
好好今日依了我，万事该休不理论。若还半声言不肯，叫你一命丧残生。
文瑞听说如此话，今朝实在害死人。进城来讨茶和饭，出城又遇这事情。
老母窑中日日望，那知出城遇难星。前后看来没有路，叫我哪里去逃生。
转身又把姐姐叫，还有下情要禀明。非是小生不应许，说起我家笑坏人。
无有床铺来安睡，又无被盖来遮身。四姐听说回言道，相公你且放宽心。
只要你今依了我，诸凡世事我应承。文瑞无奈往前走，四姐随后一路行。

其实，句式也罢，情节也罢，其差别均属流转变异。标志性差异仅突出于一点：开篇与开卷。

四姐宝卷才展开，王母娘娘降临来。天龙八部神欢喜，保佑大众永无灾。
善男信女两边排，听在耳中记在怀。各位若依此卷行，多做好事少行凶。
做了好事人人爱，做了坏事火焚身。做了一本开颜卷，留于世上众人听。①

以上是山丹版的开卷偈，也是河西宝卷经典开卷。再看保山版的开篇：

自从盘古分天地，三皇五帝定乾坤。几朝君王多有道，几朝无道帝王君。
多少先贫后来富，多少先富后来贫。也有行凶不到老，也有行善到终身。
也有烈女不改嫁，也有义男不重婚。也有为色把身丧，也有为财害好人。
也有吃酒忘了国，也有为气把命倾。义男孝子天下少，老臣节女有几人。
自古至今贤良将，那个肯来济贫人。孝心感动天和地，皇天不昧苦心人。
说起大宋赵皇帝，他是上界火龙星。红尘打出花世界，鞋尖踢破锦乾坤。
太平江山他不坐，让与哥哥柴荣身。后来世宗归天去，太宗立位把基登。
二帝真宗登龙位，位传四帝仁宗身。在位风调又雨顺，国泰民安享太平。
再表河南东京府，本城有一姓崔人。

显然，保山版开篇是典型的唱书开篇，其功用是道德说教、导入正题。而山丹版的开卷偈，固然有伦理教化之功用，但更重要的是承载民间信仰。笔者在河西走廊考察时，永昌县念卷先生范积忠说，别小看开卷那几句，只要一开唱，一个个都严肃得很，用心听，用心记。当然，为营造庄严肃穆的氛围，开卷前念卷人还有净面、洗手、漱口、焚香、跪拜等仪式。

这差别，那差别，保山人压根儿不理会。老百姓信奉实用、实惠的人生哲学。只要本本儿可唱、好听就行。何况，不论是宝卷还是善书，也不管流传转至何地，在本土化过程中，必然会依据当地民众的欣赏口味进行改编，有的甚至脱胎换骨。山丹版讲唱结合、唱词以"十字句"为主，而保山版"七字句"一唱到底，便是佐证。可见，有差异乃情理之中，合乎民间口头文学流转变异的一般规律。

总之，宝卷结缘保山民间唱书，纯属同类采借，相近相似而变异，实乃品性使然。

保山民间唱书藏于边陲，外界知之甚少。笔者有缘得见芳容，怎奈行色匆匆，学识浅陋，难有大作为。本文若能抛砖引玉，激起学术界对保山民间唱书的关注，也算不虚此行。

---

① 张旭主编：《山丹宝卷》，兰州：甘肃文化出版社，2007年7月，第274页。

第十一章

靖江讲经个案调查

陈玉珍“观音会”纪实
——靖江讲经个案之一

这些年，笔者下乡考察做会讲经，大多来去匆匆，蜻蜓点水，没有沉下去与佛头们摸爬滚打在一起，所采用的写作素材要么来自宝卷文本；要么来自佛头口述；要么来自民间风俗，很少来自讲经现场的第一手材料，这实在是笔者研究、写作的一大缺憾。

笔者深知，能零距离接触佛头和信众是自己最大的优势，只有充分利用此优势，才能扬长避短，有所建树。同时，为更深入地研究靖江宝卷，也理应开展扎扎实实的田野调查。因而，拙著《宝卷笔记》面世后，将个案调查列入重要日程。

那日下午，佛头张东海来电，说第二天有会，就在渔婆菜场旁边，问我有没有时间到会指导。我说，看情况。这并非打官腔，而是有篇文章正写到要紧处，倘中途搁笔，文思、文气都会受挫。而且，一旦进入调查，非得一气呵成，写出文章，这就不是三五天的事儿了。但在家门口做会，不去真可惜。于是，当即中断写作，去实地踏勘。

出门向西，穿越人民路，经解放南路，跨过新建路，沿新西路前行。经人指点，地点就在渔婆菜场南面的一条马路边。这里是居民区，一栋栋排列整齐的三底三层的传统楼房，其底层的堂屋最适宜设讲经堂。心想，就这儿了。谁知，错了。张先生说的地点位于解放南路和新建路交汇处向北百米处。我又从新西路找到渔婆路，从渔婆路拐进烈帝庙街，重新回到新建路、解放南路，整整绕了一大圈，走得满头是汗。

这天是 2011 年 10 月 8 日，农历九月十二，寒露。距九月十九观音菩萨出家日七天。

经堂设在闹市

从没想到，在这高楼林立的市中心，居然隐藏着一个酷似棚户区的大杂院。要不是张先生在路边等我，再转几圈也找不着地儿。

这里是靖江第二纺织厂（简称“二纺”）的宿舍区，两幢东西相向的平房，中间是一块南北长几十米、东西宽十几米的空地。不知是统一行动，还是各家各户心照不宣，每一户都在前檐搭出一间厨房、杂屋，从而使空地显得愈发杂乱、仄逼。连同南北各一座小楼，这儿共有 58 户二纺退休职工，门牌号为：新建北路 164 号。

20 世纪 70 年代，笔者曾在靖江玻璃厂的家属院生活过。倏然间，时光顿时倒退了三十多年，那屋、那人、那景况……一切的一切都似曾相识、倍感亲切。

在这儿考察做会讲经，会让人心头充溢着怀旧的思绪。

经堂设在一位名叫耿素珍，人称耿奶奶的家里。

耿奶奶今年 71 岁，小学文化。圆圆的、胖胖的脸上透着和善、慈祥，腿脚似乎不那么爽，支撑、挪动那肥胖的身躯有点儿费劲。

在大院里，耿奶奶可是个一呼百应的人物。这不是因为她有啥头衔、职权，而是因为她有一颗善良的爱心。她以点点滴滴的善举，润物无声地感召着工友、邻居和社区的人们。多少年了，无论谁，到吃饭的时候找到耿奶奶，她会热情招待，家常便饭，吃饱为算。因而，那些乡下进城踏三轮车、买菜的，大人外出孩子午饭没着落的，甚至素不相识的路人，不方便时会常常叨扰耿奶奶。别看她年老眼花，每年还为社区的孤寡老人做棉鞋，去年做了 115 双，今年已做 100 双……

一位古稀老人，尽其所能，为他人、为社会做一点力所能及的事儿，这些事儿看似不起眼，平凡、渺小，但情真、意重，不求闻达，不图回报，故而赢得普遍的爱戴和尊敬。当笔者看到老人拖着一双病腿，吃力地跑里跑外、忙这忙那，尤其是艰难地跪拜菩萨的时候，情不自禁地想起母亲，一位同样善良、博爱的母亲，不觉心头一阵阵发热，眼眶里盈满泪水。

耿奶奶其实是个“穷人”。一名退休职工，每月 1260 元的退休金，能“富”到哪里去呢？要是“富”，她还坚守在大杂院吗？

耿奶奶的家在东侧靠南的两间屋里。进门是小厨房，再往里是由一间正屋隔出的客厅。最引人注目的是正中墙上挂着大幅的毛主席、周总理的丝织像。这是当今中国许多老年人崇拜的两位伟人、两个偶像。耿奶奶敬奉的不仅有伟人，还有观音、八仙，每天清晨，她老洗漱后的头一件事便是将三炷清香敬献给佛神、道神和人“神”。正因为她心灵深处有神灵，所以才力主做观音会。

做会的经堂设在客厅的北面。

这里原为卧室，挨着隔墙的床掀掉了，沿北墙用门板搭了一临时“香案”，供奉纸马、星斗牌位等，由西至东，挨挨挤挤地排列着 21 张条状纸马。佛头坐在东墙的窗下，背朝东，面朝西，面前是两张活动小桌拼成的讲经台，台上有龙牌、供品、香炉、烛台及两束插在啤酒瓶里的塑料花，显得特“满”、特“闹”。讲经台的南北两侧各坐三位和佛奶奶，其中有两位奶奶很胖，从而坐得挤上加挤。南墙边的一溜凳子延伸至客厅，可供十几人坐着听经。好在人员是流动的，不然可真是爆满。

千万别小看了这简陋的经堂，其地理位置可是非同寻常。自明成化七年(1471)建县，五百年来，这儿一直是县城的中心区域，其东、西、南方向分别是人民公园、步行街、渔婆菜场(靖江最大的农贸市场)，而且相距均不足 500 米。

透过地理因素，经堂设在闹市，更具文化内涵。它昭示人们，做会不只是传统农村、农民的特权，城镇、居民也可争得一席之地。尤其是随着现代化、城镇化的迅猛推进，成片成片传统村落和民居消失在地平线上，代之而起的是一个个现代小区、一幢幢高耸入云的楼寓。无形之中，做会讲经的空间受到严重挤压，处境濒危。装潢得如同星级宾馆的套间、别墅显然不宜设经堂，而小区的会所、文化活动室又不允许带有“迷信”色彩的讲经进驻，这就难坏了广大信众。但精诚所至，金石为开，借用一句套话，办法总比困难多。倘真想做会，此处不行，另觅他处，只要是平房，哪怕低矮、阴暗，因陋就简，能做会就行。眼前这闹市中的经堂，让笔者大为感动，为耿奶奶，也为斋主陈奶奶。

不为别的，只为信仰

当笔者走进大杂院，只见二三十位老年妇女进进出出、忙忙碌碌，以为是“公会”，一问，是“私会”，斋主姓陈名玉珍。

陈奶奶虽是斋主，但不主事，大伙都在忙，她没事似的站在院子里。这里的灵魂人物是耿奶奶，凡事只要她吩咐，便有人应声而行。有些事连说都不用说，便有人料理得妥妥帖帖，只有多年的亲密相处，才有如此的自觉、默契。由此，笔者又产生一错觉，陈奶奶也是二纺职工，老姐妹们风雨同舟几十年，情深谊厚，亲如一家。

其实，陈奶奶和大伙既非工友，亦非亲戚，仅是街坊邻居，大伙这么热情相助，正应了一句老话，远亲不如近邻。

陈奶奶育有一子二女。儿子 43 岁、媳妇 44 岁。小女儿和兄、嫂都在江阴华西打工，大女儿在靖江工作。

下午，儿子、媳妇、女儿都赶到经堂。上茶时，儿子在神前跪拜，两个女儿托着茶盘（抽屉）立在其后，三人均神情肃穆，以三颗赤诚之心为母亲祈祷。

今日之靖江，像陈奶奶儿子这辈人喜欢听讲经的已寥寥无几，因而，当佛头绘声绘色地讲《香山观世音宝卷》，我等老人听得如痴如醉之时，兄妹三人很少走进经堂。但是，不爱听经，不等于不信神灵。不然，他就不会每年掏三千元替母亲做会，去年头一年，今年第二年，明年还做一年，三三见九，实际花费过万元。这固然源于孝心，同时也出于信仰。当我问及做会的缘由，陈奶奶说：

“不为别的，只为信仰。”

原来，去年陈奶奶查出患有肺癌，手术后确诊早、中期。面对恶疾，人们往往是求医又求神。耿奶奶劝她一方面安心静养，一方面诚心敬佛做“观音会”，祈求大慈大悲的观世音菩萨消灾祛难。可套间没法做会，下乡又不便当，求助于耿奶奶，请她全权操办。去年如此，今年也如此，明年同样如此。那些帮忙的都是耿奶奶的老姊妹，一个个如同“上会”的亲戚，都不空手，或拎水果、或买香烛、或送折好的锡箔，中午四桌吃素，晚上五桌开荤。晚饭实际近六桌，因为，耿奶奶的儿媳、孙子都回来了，整个院子像年节那样热闹。

那么多年轻人回来，并非为了凑热闹，而是也想在神前祈福。

真的让人难以想象，跪在香案前解结的不只是陈奶奶及其家人，几乎所有在场的人，尤其是那些受过现代高等教育的 80 后、90 后的娃娃们都庄重地向神灵跪拜、解结，接受佛头的祝福，并按规矩交“解结钱”（往抽屉里扔硬币或小额纸币）。

这或许便是信仰吧。

为此，我特地问陈奶奶，做会后身体是否好一点。她说，好多了。笔者是唯物主义者，相信这是老太太心理调适的结果，俗称“心上事”。至于她本人认为这是观音菩萨在保佑她，也未尝不可，信仰自由。自我调适也好，相信菩萨也好，反正都是借助精神的力量来缓解甚至消除病痛。

信仰，说到底是一种精神。

“搭车”渡关

民间迷信，经算命先生根据生辰八字推算，某人（多为小孩，也有体弱多病的成人）有所谓关煞，比如，深水关（可能掉水里）、将军箭（长大眼睛有问题）、阎王关（活不长或多病多灾磨难重）。可通过做观音会或梓潼会，举行渡关仪式，祈求神灵消灾祛难，破除关煞。

按说，“渡关”是人生的重要仪式，事关渡关人的前途命运，理应专题做会。不知是谁的主意，居然有三个幼儿搭陈奶奶做会的“顺风车”渡关。我请教耿奶奶，这三家要不要分摊费用。答，不用。只需要给佛头喜钱，每渡一个，约50～150元不等。

这无疑是陈奶奶的一件功德。她出钱做会，三个宝宝借机祈神消灾，且与她同步，连做三年，三家可各省万元。同时，一堂会多三人渡关，佛头可多得三份喜钱。更重要的是，那三家都是“城里人”，套间里没法做会，如此一会帮三家，一举多得，皆大欢喜。

佛头备有制式“渡关文疏”，填上渡关者的姓名、年龄、生辰八字供于祭坛。

渡关祭坛由一张小桌设于经堂中央。

笔者曾听佛头刘正坤口述渡关祭坛的布置，真正亲眼所睹用米画桥、鸡、鱼、替身郎以及写繁体“关”字还是头一回。字、画布局合理，有模有样，颇有艺术意味。

渡关的仪式、内容与拙著《宝卷笔记》所述大致相同。佛头面南而站，宝宝或家人面西而跪。

整个仪式半小时左右。因甲乙去年已举行过一次，所以合并为一场，丙今年初次渡关，故单独一场，每场均须重新设祭坛。

依照先来后到，甲乙应放第一场。两家都住在附近，上午便在院子里候着。丙住新城区，渡关祭坛布置停当还不见人影，急得耿奶奶一个劲地用电话催。令人费解的是，急归急，还非得让丙开头场。笔者不解其意，待听到几位奶奶与佛头耳语，方知其故。如此“优待”，只因丙的父母富有，且初来乍到不知行情，佛头可多要点“喜钱”。

当丙匆匆赶到，仪式即刻开始。家长果然按佛头之意在“桥”上铺了不少“打桩钱”，说是钱愈多，桩愈牢，寿愈长。穿着入时的妈妈跪着，奶奶抱宝宝站着，随着仪式的进行，不停地揖拜神灵……

两场渡关，只有一位母亲到场，而且毫无经验而手足无措。

真正关注渡关的不是年轻的父母，而是隔代的祖父母，唱主角的不是宝宝，而是爷爷、奶奶。乙的奶奶特有意思，一脸的凝重、神秘。她的跪拜最虔诚，每一拜都一拜到底，前额抵地。还有甲的爷爷，可谓最“敬业”，从早上到下午，把孙子一直抱在怀里，儿子、媳妇、老伴都忙，忙得既顾不上他这个老的，也想不到小的，渡关成了他一个人的事儿，连孙子都不配合，渡关时不像其他两个宝宝那么听话。原来宝宝甲的家挨近菜场，每天下午一觉睡醒，爷爷便领着他逛市场——买菜。日复一日，习惯成自然。今日没过午睡瘾不说，还偏偏带他来这烟气呛人的屋里“做游戏”。任你怎么哄，怎么骗，小家伙就是进入不了角色，委屈得什么似的，眼泪巴巴、可怜兮兮地喃喃自语：“买菜、买菜、买菜”爷爷一点儿也不生气，一边象征性地弯腰拜菩萨，一边用手轻轻地拍宝宝，轻言细语地安慰：“乖，快了，快了。”其情其景，观者无不为之动容。

渡关，渡关，渡的不是小孩，而是大人，尤其是祖父辈的老人……

父子佛头

佛头张东海也是位爷爷，孙子正读初中。

今天与张东海搭档的是他的儿子张卫国。

按常规，一堂会需一天一夜、三个佛头。因斋主、会众都是老人，不坐夜，只做白天。少一项工程：扎库。买了一库两箱送佛用，而给斋主祖宗亡人的箱库都免了。省两项仪式：一是破血湖。按俗信，斋主是生有儿女的女性，得破血湖，但得熬到凌晨两三点。既然不熬夜，自然免了。二是念《解结科》。上茶结束直接用红头绳解结。在省略的同时，增加了两场度关。

这增增减减，正反映了草根文化的特点。按斋主的意愿行事，一天一夜是一天一夜的做法，一天是一天的安排，表现出极大的灵活性和自由度。

且看一天的日程：

上　午

8:00　折纸马（老张）
　　　写疏（小张）
9:15　供纸马、设星斗牌位
9:25　拜愿（小张）
9:40　请佛（小张）
10:20　开卷（老张讲《香山观世音宝卷》）
11:30　午饭（饭后老张回家午休）
12:20　续讲《香山观世音宝卷》（小张）

下　午

3:00　填写《渡关文疏》（小张）
　　　布置渡关祭坛（老张）
3:20　第一场渡关（等人误时）
4:20　第二场渡关（两场均是老张）
4:40　续讲《香山观世音宝卷》（老张）
6:15　休卷
6:20　上茶（小张）
6:35　解结（小张）
6:55　安宅（老张）
7:00　念疏（小张）
7:05　送佛（老张及会众）
7:15　晚饭
8:00　散会

综观全天，还真是快节奏、高效率。记得有位哲人说过，要想知道梨子的滋味，只有亲口尝一尝。身临现场，全程跟踪，用心感受，真让笔者受益匪浅。

以往，笔者只知电视明星张东海讲经生动感人，到经堂才知这位佛头先生最大的优点是放松。首先，整部《香山观世音宝卷》讲得收放自如。常用“经中言语省一省”，不露痕迹地省去一些枝枝蔓蔓的情节。其次，不时地与和佛的奶奶互动。一会儿说：“这位胖奶奶要说了……”一会儿问：“体面奶奶，你说是不是呀？”整个现场轻松愉快，笑声阵阵。再次，确切地将今比古。说到“太医官”，不但说清是专为皇上治病的医生，还说学问大了，比现在的医学博士本事都大。说古代民间医生就好比农村的赤脚医生。说枉死城里的鬼魂，都是些阳寿未到的屈死鬼，在阴间没“户口”，连“暂住证”都没得……如此这般，将圣卷也讲得极富娱乐性。

虎父无犬子，小张得乃父真传。上茶是给菩萨敬献香茶，本当庄严，那样势必刻板。小张能亦庄亦谐，既一本正经地念《上茶偈》，又不失时机地“插播”自编的偈子，诙谐风趣地讨喜钱，逗得斋主的儿子、女儿欢欢喜喜地不断掏口袋。解结更有趣，机智灵活地视不同对象说不同的吉利话，说得人人喜笑颜开，自动自觉摸解结钱。可惜的是，小张说得太快，一则完整的偈子都没记住，但有两句听得清清楚楚、明明白白：

我靠菩萨寻饭吃，
菩萨靠我享香火。

说得入情入理，妙趣横生，大伙都夸老张带出了一个好儿子，嘴巴子真是好得不得了。

功德圆满

解结结束，小张将红头绳挂在斋主的脖子上，陈奶奶神采奕奕，心满意足。

小张上茶解结时，耿奶奶将老张拉至房里，塞给他一沓百元大钞。老张客气一番，如数收下。笔者估算，衬钱、喜钱，半对半，父子俩一天收入800多元。

几十人解结，耗时甚多。看看天色已暗，老张征求耿奶奶意见，要不要安宅。耿奶奶说，要。布置安宅祭坛时，老张向陈奶奶要两个红包，一归己，一给耿奶奶。

老张安宅接近尾声，小张面对“香几台”念疏。

最后由老张边走边摇铃送佛，众人紧随其后，将代表各路神仙的纸马恭恭敬敬地送至新建路的人行道上。一时间，鞭炮齐鸣，火光熊熊。

送走神灵，会众开荤。笔者被盛情地邀请入席。菜是八个家常菜，酒是大众化的双沟大曲。席间，老张给小张300元。这是行规，无论是父子档、师徒档，还是朋友档，衬钱、喜钱，当场分拆，决不拖欠。

晚八时许，当我和张氏父子告别时，耿奶奶给每人送了一袋糕粽、水果，以示同喜。

临行前，老张与耿奶奶、陈奶奶“准会”，即敲定明年的日子。奶奶们要求农历九月十九观音菩萨出家那天，老张说不行，已“准”人家了，反复商讨，还是定在九月十二，因为去年也是这一天。

诚心斋主连续三年九月十二做观音会，热心会众协力办观音会，各尽本心，功德圆满！

黄庆华“观音会”纪实
——靖江讲经个案调查之二

同中有异

在靖江,恐怕没有一个会是完全相同的。同是“观音会”,同是张氏父子执事,同是在城区做会,会上同样有三个孩子度关,但黄庆华家做的“观音会”,与此前陈玉珍家的“观音会”就多有不同。

(1) 缘起不同。陈玉珍为消灾解难,黄庆华为许愿还愿。

(2) 斋主身份不同。一个是乡镇企业退休职工,一个是民营企业老板。

(3) 渡关的对象不同。一个是他人之孙“搭车渡关”,一个是为自己的子侄度关。

(4) 和佛者不同。一个是帮忙的街坊邻里,一个是佛头代请的“客师”。

(5) 经堂设置地不同。一个设在简陋的职工宿舍,一个设在豪华的宾馆大堂。

(6) 招待不同。一家是自卖自烧,一家是进饭店。

(7) 氛围不同。一家因经堂设在大杂院,听经的、帮忙的,人来人往,热闹如年节。一家纯粹为做会,有点儿肃穆、冷清。

宾馆也能设经堂

泰州电视台要为靖江宝卷拍摄专题,向我要讲经现场。要么“现造”,要么“现找”。前者得花 3000 元左右,后者得凭机缘。记者说,不花钱,找吧。欲知山中事,须问打柴人。找到佛头张东海,他说,有会。十月初十(公历 11 月 5 日),在靖江汽车站的东海宾馆,并特别强调,主家是老板,有钱人。

那日八时许,我陪记者来到现场。

这是一家私人旅馆,位于靖江汽车站出口的左侧,是主家花 600 多万元购买的一栋坐南朝北、三底四层的连排楼房。底层中间是大厅,当门靠墙是一套专门从广州买回的立柜式神龛,里面供奉着一尊观音。神龛前是一硕大的瓷质、镂空金元宝。西面一间是办公室,东面一间是会客室。楼梯沿东山墙盘旋而上。总服务台置于楼梯与神龛之间。

经堂设在会客室。两张八仙桌东西相连。佛头坐东面西,南北两侧坐着 8 个和佛奶奶。讲经台龙牌前的供品与神龛相同：糕粽、团圆、水面、五色果。因神龛较窄，三代宗亲神位供奉在总服务台。应斋主要求，佛头用红纸画“平安符”贴在小筛子上，置于星斗牌位之上。

宾馆经堂(一)

宾馆经堂(二)

平安符

今天做的是“观音会”，只做白天不坐夜，下午为自家三个小孩度关。因泰州电视台记者来靖江采访笔者，故而只观摩了一上午，其程序如下：

8:00 准备。(老张折纸马。小张写疏、扎库。)

9:45 功课。(老张)

9:50 拜愿。主家儿子在神龛前跪拜。佛头(一人摇铃一人敲木鱼)率和佛奶奶(每人拈一炷香)站着，不时地躬身拜佛。

10:05 请佛。(小张及众人)

11:10 老张为记者表演《三茅宝卷·陈金定吊孝》、即兴演唱“莲花落”。

11:30 念饭经。菩萨与宗亲的经文不同，由小张分别念。

宾馆也能做经堂，足见靖江讲经的适应性有多强。

烧香不穷　赖债不富

说来你不相信，这户人家已连续做了十五年的观音会。以往多为例行敬奉神灵之礼，这次不同。因女儿女婿曾向观音菩萨许愿，若保佑他俩生儿子，定做会还愿。所以，今天的会是为得子还愿而做。

男主人陆南松，62 岁，初中文化。1969 年冬季入伍，在武汉空军航空修理厂服役 9 年，退伍后在靖江公安局新港派出所当民警。

二十世纪八十年代，下海经商成为时尚。陆南松先是在胜利街经营一爿五金店，后转而从事警用器材的生产、销售，生意愈做愈大，客户遍布海内外，儿子刚从国内外考察回来。做会的那天，女婿正忙着和俄罗斯客人谈生意。

这个会的名义斋主是大女婿黄庆华、大女儿陆东梅，实际操持的是老爷子。这位衣着朴素的陆老板，随着生意的发达，房产也不断增加，每置一处房产，都连做三年会。据其子陆东海介绍，他家在胜利街五金店、景馨花园套间、合兴桥套间、渔婆桥套间、汤家花园别墅都做过会。这儿去年已做了一次，明年还有一次。每三年中，请亲戚朋友上一次会，最多一年来了八桌。去年中午休息时还邀请了一支几十人的老年腰鼓队表演了一场，每人发喜钱 100 元。

我问陆南松，做一堂会花多少钱？他说，不一定。反正给佛头的衬钱、喜钱大约 800 元，其他开支看情况。我说，你连做 15 年，得用大几万吧。他淡然一笑，说："烧香不穷，赖债不富。"

陆老板说得不错。我俩正聊着，张东海乘机插话："他愈做会愈发，生意红火，儿女出息。"

据笔者观察，这家做会，重功德轻欣赏，或者说，完全为满足心意民俗的诉求，而不在乎听经所产生的审美愉悦。因而，经堂里除了陆老爷子忙着上香、跪拜，儿女及孙辈很少光顾，更谈不上侧耳聆听靖江一流佛头的讲唱。

和佛奶奶

乡村做会，和佛的不请自来，因为，那些老头、老太相信，和佛也是功德。城里不同，很少像二纺宿舍那样，有那么多老年妇女聚集在一起，于是，只好委托佛头请。每个著名的佛头都有和佛班底，今天来的是张东海的固定班底，清一色的老奶奶，她们是：

刘汉珍，70 岁，半文盲；

徐美芳，71 岁，半文盲；

侯玉英，70 岁，小学；

朱翠英，73 岁，半文盲；

邵永芳，65 岁，初中（张东海的老伴）；

陈二美，67 岁，小学；

刘秀珍，60 岁，小学；

姚美珍，66 岁，小学。

既然是“请工”，就得有酬劳，一天 30 元（一天一夜 50 元）、一包烟（一般不超过 10 元）。陆老板出手大方，烟是 20 元一包的“金南京”。

这些奶奶有的住城里、有的在乡下，一旦有会，个个风雨无阻地准时赴会。

“你们出来和佛，不做家务，儿子、媳妇没意见呀？”我玩笑地问奶奶们。她们异口同声地说：“没意见，没意见。”有位奶奶还一本正经地说：“我们出来又不是闲逛，而是有正事。再说，像我们这把年纪，孙子都大了，在家也闲着。”我问，一年能和多少场。她们说，不多，也就二三十场。有一位奶奶最多，约有五十场左右，因为她还有一档佛头的邀约。

不难看出，这些奶奶均非泛泛之辈，不仅能说会道，而且有主见、有信仰。她们告诉我，和佛不是为钱，是为了受教育、积功德。这话我信。

在八个奶奶中，刘汉珍资格最老，电视台首轮录制《靖江讲经》，她就报名应聘和佛，且“阵阵不少穆桂英”，一直留用至第四轮。她还是个“福奶奶”，大儿子在扬州市公安局工作，小儿子是靖江一派出所的所长。老伴儿烧得一手好菜，买菜、做饭她连手都插不上。甩手脱脚，想上哪上哪。可有一条，儿子、媳妇都不让她熬夜。

兴许经常在一起和佛，八个老太太和得十分整齐和谐，听上去非常悦耳动听，要是能掺杂两三个老大爷，效果会更佳。

城隍庙“庚申会”纪实
——靖江讲经个案调查之三

春寒料峭，细雨蒙蒙。

壬辰年在连日阴雨中迎来第一个庚申日——农历二月初八(2012年2月29日)。

清晨，我骑车直奔城隍庙，风虽然有点儿冷，冷得有点儿扎手、划脸，但心里却怀着热切的期待，希望今日的“庚申会”能让我开眼界、有收获。

一

听说城隍庙每逢庚申日都做“庚申会”，笔者第一反应是，那算不算“庙会”呢？

“靖江民间做的‘会’是一带有宗教性的信仰活动。按其组织形式有庙会、公会、私会。”旧时，县内的寺庙宫观每年都有定期的“香期”(多为庙里菩萨的“圣诞”)。“每逢香期，由地方上的头面人物或庙中僧道出面组织‘庙会’，出会敬神，并请佛头讲经，善男信女带香烛钱米去‘上会’拜菩萨，同时听讲经。”①

车先生是研究靖江讲经的权威，按他的观点，传统的庙会至少有五个特点：

(1) 性质为带有宗教性的信仰活动；

(2) 缘起于寺庙宫观的“香期”；

(3) 主要是出会敬神，讲经是活动之一；

(4) 由地方上的头面人物或庙中僧道出面组织；

(5) 善男信女带香烛钱米去“上会”拜菩萨，同时听讲经。

上述各点如同一把尺子，让笔者考察当下庙会有了一个标准。

城隍庙的“庚申会”一年六“做”，已坚持了四五年。仅此，足以让我兴奋、激动。不为别的，只因随着城镇化进程的加快，许多传统的村落、民居在迅速消失，做会讲经迫切寻觅新的空间，而分布全市的庙宇倘若都能像城隍庙那样成为佛头们新的活动平台，这对于靖江讲经无疑是个福音。因而，明明知道佛头一般八点左右才到经堂，而我七点一刻便迫不及待地赶到了目的地。

莫道君行早，更有早行人。让我吃惊的是，庙门口卖香烛纸马的摊贩，竟然早早便开市

① 车锡伦著：《中国宝研究》，桂林：广西师范大学出版社，2009年12月，第285页。

营业了。也难怪，有几个来“上会”的奶奶早已在各殿烧香拜菩萨，有一位还用手在华佗塑像的脚面上摸摸，再在自己的脸上摸摸，祈求神灵保佑她百病不侵、身体健康。

据笔者观察，城隍庙“庚申会”与传统庙会既有联系，又有区别。

联系有三：

(1) 同属“带有宗教性的信仰活动”(其实质是“民俗信仰活动”)；

(2) 佛头讲经，信众听经；

(3) 信众带“香烛钱米”上会。

区别有四：

(1) 缘起非“香期”，而是“庚申日”；

(2) 讲经是主要活动；

(3) 信众上“庚申会”，同时烧香拜菩萨；

(4) 庙里的道士是名义上的主办者，实际组织者是佛头，是佛头应庙里的居士奶奶之邀，将原本在民间做的“庚申会”，连同信众一并由民间移至城隍庙。

城隍庙“庚申会”经堂

同中有异，异中有同，乃民俗文化的基本特征。因而，尽管城隍庙的“庚申会”与传统“庙会”有诸多不同，但笔者依然认定其为“庙会”，或者说是现代版的庙会。因为它至少具备以下几个特征：

(1) 由庙里的僧道主办；

(2) 定期在庙里举行；

(3) 信众为信仰而来；

(4) 佛头唱主角。

二

在城隍庙做“庚申会”的佛头是一对夫妻，用业内行话说，他们是“夫妻档”。

丈夫(师傅)杨汉松，57岁，初中文化，祖籍长安乡(现季市镇)石榴村，现住靖城镇渔婆北路。1976 年入伍，1986 年退伍，被分配至国营靖江葡萄糖厂工作。也就是退伍那年的六月份，他在岳父家第一次见识做会讲经，特别感兴趣，在与佛头陈梓轩交谈时流露出入行的念头，陈当即答应将其收为门徒。交 300 元“压板金”，三年满师如数退还，否则，分文不还。于是，杨汉松白天上班，晚上学艺。

在靖江近代佛头谱系中，陈梓轩师承名门，乃第一号陈良生系的第二代传人钱如山之徒。陈良生技艺如何，笔者无从知晓。钱如山之名可是如雷贯耳，常常从前辈王国良、吴根元口中得知其名其艺。20 世纪 60 年代在当时的县委书记蒋逸成的倡导下，试用二胡伴奏代替和佛，当时唯一能在县广播站录制《大圣宝卷 · 张员外收租》的便是鼎鼎大名的钱如山。

杨汉松是钱如山的隔代弟子，其讲经的风格(台面)，颇得乃祖之遗风，属于重讲唱，不重表演的文台面。但囿于文化、嗓音、悟性等因素的制约，在当下靖江的佛头当中至多属二三流。对此，他颇有自知之明。靖江电视台四轮录制宝卷，他一轮都没报名应聘。我问为何连名都不报。他说他名气不够大。其时，我是挑选佛头的评委之一。因此，见面时他不知我是谁。我当即开玩笑地说：“先生，你连我都不认识，说明你没名气。”真的，当今靖江著名的佛头没有一个不认识“黄部长”的，都是我的朋友。尽管缺乏超群出众的技艺，但由于师门的名头太响，他仍然拥有自己的经堂和信众，不然，何以牢牢地占据城隍庙这一香火兴旺之地呢。

相比之下，倒是徒弟(妻子)的讲唱技艺略胜一筹，不说青出于蓝胜于蓝，至少沾了嗓音的光，清脆、动听、悦耳。她叫邵荷英，52 岁，高中文化。用她自己的话说，因为有文化，因而对经典的理解、把握要比别人更深刻一点。此话有理，有点“文化”味儿。可惜我在庙门口等市文化馆摄像师瞿汉坤，并未认真欣赏她的讲唱，不然会有更为深入细致的评论。

女佛头讲经

邵佛头原本是家庭妇女，一门心思种好责任田、侍候丈夫和女儿。20 世纪 90 年代葡萄糖厂破产，丈夫以讲经为生，她常跟出去和佛，一班和佛的同伴发现其具备讲经的潜质(嗓音好、口齿清)，便鼓动她跟丈夫学艺。夫妇朝夕相处，耳濡目染，乃不学之学，真的学起来，只不过是变不自觉为自觉，很快便登堂入室，升座开讲。女儿考大学后，她更是全身心地随丈夫出入经堂，甚至能独当一面，这不，今天应季市青龙寺之邀，由她独立主持一堂“庚申会”（仅花百元请了一位写写弄弄的助手）。

夫妇俩同一天在两座寺庙主持“庚申会”，说句时髦话，真够“集约”的。不知是出于对师傅的尊重，还是对丈夫的疼爱，这女弟子在青龙寺紧赶慢赶地忙乎了一场，马不停蹄地赶到城里，又是讲经，又是率众转庚申，一点儿也不显累，到底比丈夫师傅年轻 5 岁呵！

和靖江的许多佛头一样，只知从师傅那里口耳相传地学讲经，至于其中的学问则不预深究，常常是知其然，不知其所以然。我问杨师傅，为什么要做庚申会？他笑笑说，不晓得。

三

庚申会可是大有讲究。

道家认为，每个人身上都附有“三尸神”。宋叶梦得《避暑录话》卷下：“道家有言三屍（尸，下同），或谓之三彭，以为人身中皆有是虫，能记人过失，至庚申日，乘人睡去，而谗之上帝。故学道者至庚申日，辄不睡，谓之守庚申……”《太上三屍中经》谓上屍名彭倨，在人头中；中屍名彭质，在人腹中；下尸名彭矫，在人足中。《玉柜经法》《酉阳杂俎》谓上屍名青姑，中屍名白姑，下屍名血姑。《金丹大成·金丹问答》引《中黄经》语：一者上虫居脑中；二者中虫，居明堂；三者下虫，居腹中。所有这些，均反复强调人的身体内住有三尸神，人的善恶瞒不过三尸神，每逢庚申日，也就是天神决断人间善恶的这一天，三尸神趁人睡着了上天去打小报告，使人受到种种惩罚。

按干支记日法，每六十天一个“庚申日”，这一天只要不睡觉，三尸神便无法离开人而上天。于是，每逢庚申日人们便做庚申会，昼夜不睡守庚申，以此阻止三尸神上天。

庚申会通常做一天一夜。也有做三天三夜的，前一天，接庚申；后一天，送庚申；当日，坐庚申。连做三年。颇有意味的是，佛头和信众都知道，庚申会不做则已，要做便是一天一夜，不然何以阻“三尸神”上天进谗呢？因坐通宵实在“熬”人，尤其是七老八十的人更不吃“熬”。故而逐步改为只做白天，这或许也是一种“改革”吧。如此，庚申会的主旨便悄然转移，更突出礼敬神明之功德。

做庚申会大多是中老年妇女。倘是私会，前后几个埭的妇女都会赶去上会。来城隍庙上会的是清一色的老奶奶，有两位老爷子，那是替奶奶来交香火钱的。有位奶奶亲戚家今天也做会，非邀她和佛，而这里又是今年第一个庚申会，要是错过了，年底功德就不圆满了，于是请“老头子”来代替。像这种本人没空，请他人带钱上会的还有好几个，反正一年六个庚申会一个也不能落。有位老太太刚刚做了大手术，脸色苍白，十分虚弱，背上的虚汗将羽绒衫都湿透了。开始我以为她是驼背，谁知是为吸汗衬的毛巾。她硬挺着坐了一上午，饭后媳妇用电瓶车来接，她还不肯走，经大家横劝竖劝才恋恋不舍地离开。还有一位穿红衣戴红帽的老太，早上小儿子用小车送至庙门口，下午大儿子用车接她去看病。我问：“底搞病呀？”她说：“胃子有毛病。前两天吐了两口血，鲜红鲜崭的。”再一问，她不是去医院看医生，而去朱大路看“活菩萨”（巫医）。我忍不住批评她：“奶奶，你有病不能只信神不信医呀！”旁边有位奶奶也说：“对咯，信神也要信医。”她不服气，跟我强词夺理：“我没病，我身体好好的。”是的，她面色红润，85 岁的人，看上去也就是六七十岁的样子。

兴许是人民生活富裕了，奶奶们个个都显得年轻而有活力。据笔者观察，大凡能出来上会的奶奶，大多家境宽裕、儿女孝顺、生活舒心，不少人还有手机呢。笔者随机采访了几位奶奶，其共同点是高龄、低文化。

陈秀英，76岁，63岁做的“明路会”。家住靖城东兴街。小学三年级文化。上“庚申会”已坚持了十多年，到城隍庙来上会也有四五年了。

仇玉芳，83岁，69岁做的“明路会”。家住靖城康宁路。早上是儿子用小汽车送来的，从家里带了一股香、两对二两头蜡烛、锡箔、黄钱纸等。

时成女，86岁，50岁做的“明路会”，文盲。家住孤山镇永进村。四个儿子，两个在乡下，两个在城里。轮到乡下儿子家，就在乡下上会，轮到城里儿子家，就来城隍庙上会，一年六个庚申会，一个都不落。

张美珍，62岁，小学文化。家住斜桥镇友谊二组，现住靖城东门虹桥头的康宁明珠小区。自己骑电瓶车来的。只要走得开都争取来，实在走不开就请亲家母带钱上会。

在众多奶奶中，笔者只认识刘汉珍奶奶。在《黄庆华〈观音会〉纪实》一文中对她已作记述，不再赘言。老人今天将女儿也带来上会了。

值得一提的是，笔者采访时并未问及“明路会”，是奶奶们主动说的。这表明，在老人心目中，“明路会”与“庚申会”同等重要，甚至“明路会”的分量更重，因为那是买通去“西方”的路，事关百年后，岂能不看重。时成女50岁就做了“明路会”，心无挂碍地活了36年，耳聪目明、腿脚灵便，兴许这就是信仰的力量！

不难看出，每一个来上会的奶奶都虔诚地笃信神佛，其表现：

其一，上会的同时，敬城隍庙里所有的菩萨，整个庙区都弥漫着浓烈的香烛味，由此也带来庙门口香烛纸马生意十分红火。傍晚时我问摊主：“今朝赚了多少钱？”她笑笑，说：“一百多块。”具体多少，她没说，那是“商业机密”。

其二，在做会的过程中，不时地有奶奶在经堂里烧香、点烛、拜菩萨。有不少奶奶往茶碗里搀香灰，变开水为“仙水”，祈求喝了能消灾解难。

其三，下午城隍庙分发供菩萨的糖果，每人六粒。奶奶们无一不宝贝似地藏起来，有的说带回去给父母，有的说带给孙男孙女。有位奶奶见我不要非得抓了塞进我的口袋，神秘地对我说：“这是敬过菩萨的呀！”言外之意，此非凡品，乃神“赐”之物，吃了能赐福禳灾，祛病降吉。

凡此种种，自然不能用科学的眼光来审视，那必定被斥之为“愚昧”。但按民间信仰或社会心理学观点，则显得再正常不过了。

“中国民间信仰空间是一个广阔无限、上下莫测的自然宇宙和一个光怪陆离、奇异神秘的幻想世界。人们在这个空间中世世代代传承着‘万物有灵’‘万灵有神’的信仰观念，传播着形形色色对万种神灵无限崇拜的行为方式，直至今日。”靖江的讲经做会其实质是对神灵崇拜的一种行为方式，信众“不属于任何一个宗教的信徒，但却虔诚信奉着不止一个神灵。”①做会、上会非为某教某神，而是众神。他们深信，只要自己一心向神，各种各样的神灵就会以种种方式护佑自己及家人乃至牲畜、庄稼。旧时的妇女家庭、社会地位最低，面对饱尝苦难的现实生活，她们无时无刻不在渴望并寻求超人的神的救助。眼前这一个又一个识字不多而又饱经沧桑的老年妇女，她们不仅自幼受母亲、祖母、外婆的教育熏陶，自觉传承有事无事都礼敬神明的传统，而且自己艰辛的人生体验也不断强化“心诚则灵”“有求必应”的

① 乌丙安著：《中国民间信仰》，上海：上海人民出版社，1995年1月，第4页。

社会民俗心理，各路神仙便成为她们心目中的救星。如今，她们垂垂老矣，除了以功德向助己之神献礼甚至献媚，祈求神灵为其免去今生的罪孽、苦难，引领其遂心如愿地抵达美好幸福的彼岸。奶奶们这种自发、自然、自在的心理诉求，其实质是一种理想追求、一种心灵慰藉、一种精神享受。此外，就宝卷文化而言，唐宋以降，乡村目不识丁的妇女历来是信众的主体。为此，圣卷、草卷均编创了大量与妇女有关的悲欢离合的故事，塑造了众多女性形象。试问，倘没有历代妇女对神灵的"迷信""崇拜"，讲经做会还能传承千年吗？

不知是老人们专为神、为功德而来，还是因为同一个佛头，讲同一种宝卷，重复同一套科仪，从而产生了审美疲劳，经堂里认真听经的奶奶不足三分之一（至少上午如此），少数几个奶奶一直交头接耳、窃窃私语，以至庙里的一位身着黑色道袍、头戴紫红色绒线帽的香火奶奶不断地打躬作揖，连连招呼："请奶奶们不要说话。""祝奶奶们身体健康。"坐我身后的一位奶奶也小声嘀咕："来就是听经的，有话不好家去说呀！"而多数奶奶话倒是不说，但并不专心听经，而是忙着折锡箔、黄钱纸和下午转庚申抓手里的带棒纸花。有位奶奶将灯芯草卷在黄钱纸里，每卷一根便在上面写一行文字："忏悔文""心经""阿弥陀佛经""金刚经""佛经长寿减罪陀罗尼经"……见我对这些"经卷"感兴趣，奶奶忍不住要解释，固然，三言两语不得其要，更重要的是会影响经堂秩序。于是装聋作哑，不予回应。卷经奶奶见我缄默不语，便自顾自地一边卷经，一边和佛。

我敢断言，集体和佛是城隍庙庚申会的一大特色。尤其是下午摄像时，百多名老年妇女神情肃穆地听经，声情并茂地和佛，那低沉、舒缓、整齐的佛号，出自口，发自心，只有身临其境，方能体悟其诚。

四

城隍是传说中的城池保护神，为道教所信奉。"因城隍是人们心目中阴间长官，故各处的城隍通常以人鬼充任，即去世的英雄或名臣，把他们立为当地的城隍，希冀他们的英灵能同生前一样，护佑百姓，打击邪恶。"①

相传，靖江的城隍生前是靖江的第一任知县。

明成化七年（1471）靖江建县，第一任知县张汝华（民间传为姓"兆"，可能将第七任知县晁尽孝讹传为第一任）在任的第三年因带领百姓治水不幸溺水而亡，年仅 28 岁，尚未婚配。靖江三面环江，水患频仍，百姓感念其功德，希望他在天之灵能保佑靖江年年风调雨顺，岁岁国泰民安，特奉为城隍祭祀，奏请朝廷封为"灵应侯"。

靖江原有一座城隍庙，坐落于县衙向东数百米的四眼井西侧。从明成化八年（1472）至清道光年间不停地扩建、改建，庄严古朴，气势恢宏。20 世纪 50 年代拆毁后建了人民大会堂。

现在的城隍庙位于靖城西郊的杨家园，由道士杨网根发起，在民间募集资金，于 2002 年 8 月 15 日动工修建。租地六亩，每年租金 2.4 万元。建有城隍殿、玉皇殿各一座，东西厢房各一栋。常年有主持一人、会计一人、居士四人（忙时可多达十人），均为"义工""志愿者"。由于纯属民间行为，经费十分困难。邀佛头来庙里做庚申会，一是为吸引人气，每个庚申日

① 马书田著：《中国鬼神》，北京：团结出版社，2007 年 1 月，第 129 页。

都有百多人汇集于此。二是可筹措一点香火钱，不无小补。因而，会上的费用由庙里统一收支，每人每次由 10 元、15 元，逐步涨至今年的 20 元。

上午自 8 时至 11 时，共收到香火钱 104 份。下午 1 时 30 分又收到 4 份，共计 108 份。最多可收 130 份。

笔者一直坐在会计的对面，亲眼看见了生动有趣的收费场景。

"收多少?"

"20。"

"好咯，好咯。"

"20 啦!"

"涨了。"

"不好，我就带了 15 块。"有个奶奶按去年的老皇历行事，少带了 5 元。旁边有位奶奶要替她交。她不同意。会计也不允许，说："算了，算了。"奶奶说："不，我下午带来。"

由 10 元变 15 元，再变为 20 元，奶奶们大多能理解，说是米呀、菜呀、油呀都在涨，佛头的工资也由 200 元涨至 300 元，庙里多收几块理所当然。据我所知，佛头夫妇忙一天收 300 元不多，如是私会，通常是 400 元左右。

当然，佛头有佛头的小九九，奶奶有奶奶们的肚皮经。佛头能将城隍庙作为固定的经堂，既是名气，又有功德，收入多少不必斤斤计较。奶奶们为功德而来，多收三五块也无所谓，但必须把全家人都写到上奏玉皇大帝的"疏"上。按常规是谁上会写谁的名字，而有的奶奶写的是"老头子"(丈夫)的名字，有的写儿子的名字，也有的写女婿的名字，亦即谁当家就写谁的名儿。在乡间做私会或公会，每户每个家庭成员的姓名、出生年月、属相都写到疏上，庙会倘照此办理，太烦琐，于是简化，仅写一人姓名，同时在旁边注明"全家"，且简化成"道士体"(佛头体)，竖写成"全"字下面加"家"字的下半截。

会计的账簿就是疏的主体，收完费交佛头写疏头、疏尾，加盖"三宝证盟"的印信。

有权利就有义务。佛头只主持做会，其他事宜统由庙里负责，不仅提供场地、茶水，而且为大伙办伙食，早上供应早饭(米粥、咸菜)，中午素菜饭及一道素汤。十桌一起开，煞是热闹，让人想起公社化时期的大食堂。笔者入乡随俗，不搞"特殊"，也交 20 元(不上疏)，中午与会众一起进餐。同桌的一个奶奶对我说："黄部长别客气，要添三趟饭。添饭就是添寿。"做饭的居士告诉我："有的奶奶恨不得隔夜就不吃，中午好多添几次饭，不是小气，是为添寿。"中午煮了 41 斤米的饭，吃到最后还剩浅浅两面盆。散会时有的奶奶会带点饭回去给孙男孙女吃，说是吃了能消灾。有个现象特有意思，开饭时每人从经堂里端一张方凳进饭厅，吃完饭依旧是一人一张端回经堂。居士说，大家习惯了，不然，我们几个忙不过来。

按当天 108 份算，共收到香火钱 2016 元，剔除佛头工资、伙食费、茶水费，还结余一千多元作为庙里的纯收入。每一位上会的奶奶，连同香烛纸马费(有的还办了水果等供品)，人均开支约 50 元。这相当于乡间公会通行的每户收 50 元左右的习惯标准。而做私会，一天约需 3000 元，三天差不多上万元。有位奶奶说，前年她家做了一堂三天三夜的庚申会，花了一万多呢。

50 元与 10000 元，就功德而言，在奶奶们心灵的天平上大体相等，能做私会的斋主奶奶，无非脸上有光，更体面一点。

可见，只要心中有神，随缘、尽心、尽力，花钱多少都是功德。无论是公会、私会，还是庙会，只要有会，奶奶们都会相约着上会，有的奶奶一年要上十几、二十个会呢。论热闹还是城隍庙的这个庚申会,这也是许多孤寂的老人热衷于此会的重要缘由。

五

城隍庙庚申会的经堂设在东厢房的两间空屋里,这里也是道士们为斋主举行法事的场所。祭坛(菩萨台)紧靠北墙,墙上贴着太清道德天尊、玉清元始天尊、上清灵宝天尊等道教诸神之像。祭坛上方挂着一面红底黑线的刺绣挂络。房顶中央固定着两行与桌同宽的竹竿,以备平时做法事挂挂落。

佛头非僧非道,凡做会,佛神、道神、鬼神、俗神一并供奉。因而,尽管祭坛上方有众多道神之像,但佛头仍按本行规矩,重新供奉包括道神在内的各路神灵,进经堂的头一件事便是折纸马。

由两张八仙桌拼成的讲经台置于经堂中央。佛头坐南朝北。奶奶们既有秩又无秩地坐在讲经台四周。有秩,指围绕讲经台留有一环形通道;无秩,所有人员均呈不规则分布。奶奶们虽然都是来上会的,但相互间还是分彼此的。既论资历,凡资格老的奶奶都坐在讲经台的两侧(请佛站前排),也讲亲疏,相亲相识者坐在一块,自然而然地形成若干群落。讲经台、祭坛前,各有一拜垫供信众拜菩萨。门在西南侧,东侧有两个大窗户,南窗下有一张四相台供会计收款用。

祭坛和讲经台上各用两个插满纸花的十响鞭炮壳点缀,供奉着同样的供品:苹果、香蕉、团圆、面,较之私会,供奉显得极为简朴。但看上去都十分的悦目、热闹。

庚申会自上午八时至下午五时半,其程序如下:

上　午

8:30	功课
8:45	拜愿
9:00	请佛
9:15	开卷　讲《香山观世音宝卷》
11:30	休息
11:35	念饭经
	午饭

下　午

12:40	续讲《香山观世音宝卷》
12:35	《香山观世音宝卷》收卷
14:45	讲《庚申宝卷》
15:20	徒弟(进城)续讲《庚申宝卷》,师傅写疏
16:00	《庚申宝卷》收卷
16:15	徒弟率众转庚申
17:00	转庚申结束(洒净水)
17:00	送佛(没念《送佛偈》)

杨道士将纸马捧至庙门口连同箱库一起烧化，众人将各自带来的黄钱、锡箔投入火中，两个佛头齐念《送圣赞》

庚申会的高潮在“转庚申”。瞿汉坤说，他曾拍过私会转庚申，那只是二三十个人在堂屋里转，其规模、气势远不如这百多人的庚申会。

一百多位奶奶坐在两间屋里已经很是拥挤，这转庚申只能在室外举行。

在西厢房与大殿之间有一天井，东西宽数米，南北长几十米，其空间足够百多人转庚申。大伙搬来两张八仙桌，两桌相距约三米。南桌为辅，上面放着佛头的铃具、木鱼、不锈钢水杯。北桌为祭坛，北侧有一填满黄钱、锡箔的库，库的背面靠着一纸马，纸马前焚香、点烛、设供(供品与讲经台相同)。桌的中央有一杯净水。

转庚申时，女佛头手捧《庚申经》走在最前头边走边念，手提“庚申灯笼”的居士及双手捧着纸花的信众紧随其后，以两桌为界，逆时针方向转。一个装有 53 个锡箔“银锞”的红背包袋置于北桌的东北角，每转一圈由提灯笼的居士拿一个“锞子”放到库内。

转庚申(一)

一口气转 53 圈，每圈几十米，这对年老体弱的老太太来说真够累的。当转至 16:30 分，有几位实在走不动了，便在廊下找凳子坐下来，余者继续坚持转、转、转……一圈又一圈，挨挨挤挤，密密层层，仿佛一股热流滚滚流动，那场面着实壮观。

转完最后一圈，佛头端起净水杯，用手指将净水洒向众人，嘴里念念有词:“转转庚申，不请医生。”“一年上六个庚申会，会众个个都没罪。”许多站在外围的奶奶吵着让佛头向她们洒净水，因为，众人无不相信，净水能消灾免难、减罪增福。

从“功课”到“送佛”，一直阴而无雨，谁知散会时下雨了，不一会儿便淋湿了我的衣服，凉丝丝地有些许寒气。

转庚申(二)

行走于薄暮冷雨中,甭说那些奶奶们,就连我这个“旁观者”,心里都似乎揣着一盏灯、一盆火……

或许,奶奶们人还没到家,心里已殷切地期盼着下一个庚申会。

孤山镇《靖江讲经》演唱活动纪实
——靖江讲经个案调查之四

一

三月初三(2012 年 3 月 24 日),阳光灿烂,和风拂煦,郁积人们心头的阴霾为之一扫,每个人的脸上都洋溢着无限的春光。

今年有点儿反常,过了年似乎没见一个好天,天像漏了似的,老是浙浙沥沥下个不停,好不容易盼到雨停了,老天爷也不给个好脸色,阴沉沉地让人心里不爽。

久阴初晴,分外爽人。适逢一年一度的孤山庙会,因而倍加珍惜。大清早人们便从四乡八里、大江南北涌向孤山。

清晨六时许,笔者还没用早餐,一位邻居已穿戴一新,背着包路经门前。

"这么早背包上哪去呀?"

"上孤山。"

"三月三,上孤山。"经数百年积淀,这谚语已化为靖江人共同的心理和行为。

每逢农历三月初三,乡亲们,尤其是那些虔诚的善男信女会成群结队地上孤山进香、拜菩萨。不少人还争着"烧头香"呢! 说是谁烧到头香,表明谁的心最诚,功德最圆满,菩萨会格外眷顾,保佑其诸事顺达、阖家安康。因而,初二夜幕刚刚降临,不少人便往山上挤。午夜,上山道挨挨挤挤站满了人,急不可耐地翘首以待零时钟声响、山门开……其实,真正烧到头香的人极少,为求得心理平衡,人们将午夜 11 时至凌晨 1 时烧的香都视为"头香""头功"。这也只能满足少数香客的心愿,就大多数香客而言,从初一到初六,只要能上山烧香就心满意足了。

当然,初三是"正日",人们特别看重。"由于当天正逢周末,又是连续多日阴雨后迎来的大晴天,前来进香、游玩、赶集的游客比往年都多。""从北环到孤山脚下,记者足足花了 40 分钟时间。下午 1:30,孤山四周、上山口、下山口,处处都是拥挤的人群。""根据孤山寺售票的情况和指挥部的统计,当天孤山共迎来逾 5 万名游客,而往年一般 2 万至 3 万名,创下了历年来之最。"①

在这比往年多许多的人中,笔者算一个。从不轧闹忙的我,平生头一回赶庙会,既不进

---

① 《靖江日报》2012 年 3 月 26 日。

香、敬神，也不赶集、游玩，专奔庙会讲经。

二

8:30，笔者整装出发。原计划2元钱乘坐从靖江车站至季市的35路公交车，因带20本《宝卷笔记》赠孤山镇领导，拎着走路有点儿沉，便拦了一辆的士，上车后司机说："对不起，今朝20元。"平时10元，因庙会立马翻番，真会抢抓机遇。

一路之上，但见汽车、摩托车、电瓶车、自行车，一辆接一辆，一辆挨一辆，川流不息，浩浩荡荡，直奔孤山而去……过了孤山桥，人流、车流汇成一股汹涌的洪流，翻滚着、奔涌着、裹挟着，车与人同步，举步维艰，好不容易才挤到了孤山文化站。

说起来，笔者与孤山文化站还有一段缘分呢。

1995年，文化站开工建设。其时，笔者还在位，官不大，只是市委宣传部副部长，由于经常做政治理论辅导报告，从市委书记到支部书记都曾是我的学员，在一些人心目中，我是位学识渊博之人。或许就在文化站基建的过程中，我到孤山镇讲课，镇领导说到建设中的文化站，我不失时机地郑重建议，新建的文化站得设"讲经堂"，使之与孤山寺相配套、相呼应，以利老百姓"上山烧香，下山听经"，成为弧山旅游文化的一个亮点。说者有意，听者留心，没想到镇领导真的当"指示"来贯彻落实，不但在文化站辟出两间屋作"讲经堂"，而且2001年秋天落成典礼时还特地邀请我"亲临指导"。

说实话，当我第一眼看到"讲经堂"，真有点大失所望。空荡荡的两间大房子，一张八仙桌，几十张小方凳。佛头倒是全市有名的大师——陆爱华，但除了几个和佛的老头儿，再无其他听众。讲的没精神，和的不起劲，显得特冷清。我想，今日尚且如此，往后还会"热闹"吗？在其后的许多日子里，我不止一次地反思。文化站设"讲经堂"，全市首创。创意是好的、积极的，富有开创性。但实践证明，这是官僚主义的凭空想象，不切实际。多少年后，当我一门心思地研究讲经，才找到问题的症结所在。千百年来，宝卷生存于民间、流布于民间，由老百姓自觉自为。何时何地因何事做会讲经，由老百姓自己选择。文化站设"讲经堂"好是好，但老百姓未必欢迎，一是在"街上"，有远离百姓的味道；二是讲经的日子不相对固定，不知哪天讲哪天不讲；三是不烧香点烛供奉纸马，不像正宗的传统讲经。信仰是讲经的灵魂，缺了这第三点，很难被老百姓认同，有声有色地办下去就难了。

难能可贵的是，"讲经堂"不但坚持了十多年，而且还有所发展。文化站两位站长功不可没，前任站长郑爱群贵在坚守阵地，留住了房子、牌子，后任站长常灿松锐意拓展。

三

常灿松今年51岁，个儿不高，生得敦敦实实。调文化站前，曾任团结镇、孤山镇党委秘书，仅此足见其行政能力和文字功底。

常站长虽非"科班"，但工作颇有开创性，用他的话说："不懂行不要紧，只要用心去做，就能打开局面，做出成绩。"他2009年任站长，2010全市便在弧山镇召开创文化先进市现场会，同时被评为靖江市宣传文化战线先进个人。时任文化局长的季灿华不无感慨地说："一个外行能这么快进入角色，干得这么出色，值得学习。"2011年，全市又在孤山召开农家书屋现场会。这些看似闲笔，其实不闲，它让人悟出一个道理，从事文化工作要紧的是悟性和自觉性。

话题仍回到讲经堂上来。常灿松到任后，在继续坚守的同时，进一步将其规范化，从而使“讲经堂”与整个文化站的工作有机地融为一体。

文化站门厅的墙上有张全站工作一览表，分“文化”“体育”两大项，而“文化”又分为六个组：创作组、演出组、书画组、摄影组、讲经组、舞蹈组。

讲经组的成员：

组长　刘正坤

组员　宋福芹　秦忠银

　　　张东海　赵松群

斜桥镇的佛头刘正坤担任起了孤山文化站讲经组的组长，这也体现出站长常灿松的过人之处。他想让“讲经堂”活跃起来，但不认识佛头，于是便翻检《江苏省非物质文化遗产普查·靖江资料汇编》，发现“江苏省非物质文化遗产调查表”（曲艺）一栏里，名列《靖江讲经》第一的是刘正坤。心想，“第一名”肯定是最优秀的佛头，决定诚邀刘先生主持讲经堂。而且他“疑人不用，用人不疑”。当听说孤山的张东海乃刘正坤的同门师兄，名气相当，他依然坚持舍近求远。这或许便是缘，讲经之缘。两人真的很投缘，成了知心朋友。

笔者也有幸因讲经与刘正坤、常灿松结缘。

2010 年，我在孤山镇冬训班讲课，一方面充分肯定“讲经堂”的坚守精神，一方面鼓动“三月三”在山前广场讲经，以此回归传统，充实庙会的文化元素。

四

“旧时，各地兴庙会（香期）。每逢香期，庙内必有道士设坛诵经拜忏，或有‘佛头’讲经，善男信女烧香还愿，求签问卦。”[①]孤山庙会兴于明清年间，有数百年历史。20 世纪 50 年代后（1957—1992）一度中断，1993 年恢复，愈办愈红火，集信仰、商贸、娱乐、休闲于一体。

孤山庙会讲经

① 靖江县志编纂办公室编著：《靖江县志》，南京：江苏人民出版社，1992 年 11 月，第 769 页。

讲经是传统庙会的重要内容，通常香期是那位菩萨的圣诞，便讲哪种圣卷，比如，倘庙会的正日是大圣菩萨的生日，那就讲《大圣宝卷》。因而，庙会期间在山前广场讲经，其实是一种回归，一种现代意义上的回归。

十多年来，由于种种原因，恢复后的孤山庙会并无讲经的一席之地。2011 年，常灿松在筹备会上竭力主张将讲经纳入庙会。怕自己人微言轻，特援引“黄部长”冬训班上的“高论”。此时的“黄部长”早已赋闲为“民”，所有言论均非“官意”，但在公众心目中，还是个“靖江资深理论工作者”，所持观点仍有一定“权威”。其实，镇领导也有所考虑，当常灿松提出先“弄”(讲)一场试试，领导说，要讲就讲两场，并且，开讲时分管文化的副镇长卢新初到场致辞，以示隆重。

如果说传统庙会讲经属“民办”，那么，现今的庙会讲经为“官办”。

首先，名儿脱俗。讲经台上方像开会那样挂“会标”，上面赫然写着：“孤山镇《靖江讲经》演唱活动”。注意，是“演唱活动”，而不是“做会讲经”，这就不拘泥旧俗。

其次，台面素净。讲经台由六张课桌拼接而成，复有红丝绒台毯。因不设象征菩萨的龙牌，故无须烧香、点烛、设供、缀鲜花。佛头面前只有铃具、木鱼。话筒佛头单独一只，和佛的两人合用一只，简洁而不铺排。

再次，删略科仪。省去从“功课”到“送佛”的所有科仪，直接开卷、休卷。下午两点至五点半，全部用于演唱宝卷。

最后也是最重要的一点是政府主办。一切具体事宜均由常站长操办：向小学借桌、椅；每天百元向民间剧团租音响；支付佛头每天 300 元、和佛者每人每天 50 元。

兴许笔者近年来沉醉于宝卷文化之中，且是个顽固的传统派，总以为只有古老的原生态，才是本来意义上的靖江讲经，当看到讲经台那样的“素净”，心里还真有点不落忍。心想，这哪是讲经啊，分明是“蜕变”，或者说“异化”为“演唱”了。长此以往，讲经会随之变味，老百姓的认同感也因此而下降。最根本的是讲经的文化内涵会日渐寡淡。于是，晚上在饭桌上闲聊时，我对佛头和领导说，明年是不是考虑像民间做会一样，讲经台上设龙牌，广场点烛有难度，可烧香、设供，甚至也可写疏，听凭自愿，每写一人(一家)收 10 元……没等我说完，佛头抢过话头，说：“他想写疏求功德，不如上山烧香，弄不成。”领导沉吟半晌，说：“政府出面办，烧香合适吗?”常灿松笑而不语，态度不言自明，对我这位“专家”的意见不敢苟同。想想也是，民间有民间的传统，政府有政府的做派，大可不必古板、教条。何况，因时因地因人变异乃宝卷这一草根文化的规律性特征，应时更新是其生存发展的内在潜质。这么“素面朝天”的演唱，不失为一种形式，说不定还能演变为一种风格和流派呢。再说，官办也好，民办也好，能办就好。今年是第三年，倘孤山镇能如此这般地连办六年、九年、十二年，且积久成习，蔚然成风，带动其他庙会也讲经，那就是运气上上，功德无量。有鉴于此，笔者再次向镇主要领导谏言，庙会讲经既彰显文化特色，又能劝善化俗，长期办下去可打造成一个文化品牌。领导赞同我的观点，表示将尽力而为。

五

笔者坚信，因占天时、地利、人和之利，孤山庙会的讲经演唱能办下去，并能办得好。欣逢开放、宽容、富裕之盛世，此乃天时；领导开明、重视，百姓喜爱、拥护，是为人和。至于地利，可谓得天独厚，比如，孤山寺是目前靖江香火最旺的寺庙，“三月三，上孤山”已成为靖江的民风民俗，山前广场可容纳成千上万的香客、游人……这些都是成功举办讲经演唱不可或缺的人文地理因素。

讲经演唱活动在山前广场东侧举行，这里有一个市民早晚跳舞的小广场，人们称之为“文化广场”，由一月牙型的文化廊将其与西侧的大广场主体相隔断，形成了一个相对独立的空间。

讲经台东西向摆放。佛头坐西朝东，背靠文化廊。廊上挂“会标”，廊内有28块制作精致、内容丰富，以展示孤山非物质文化遗产为主题的展牌。听经的同时，人们还可浏览展牌，汲取多种乡土文化的营养。

讲经台前摆放着三排共45张座椅。听众虽说是流动的，但据笔者观察，一步不跑的基本听众约有三十多名，他们大多是白发老人，神情是那样的专注，时不时随着故事情节的展开露出会心的微笑。

三月三虽非大圣菩萨圣诞，但两场讲的都是《大圣宝卷》。因为，南通狼山的大圣菩萨靖江人最为崇信。民间有言：“狼山菩萨，显远不显近。”这“远”，主要指靖江。虔诚的靖江人专门为大圣菩萨编造了有别于佛教经典的凡间身世和得道成仙的故事，即《大圣宝卷》。这一最具代表性的靖江宝卷，世代传唱，耳熟能详，依旧魅力无限，百听不厌，不但听众席上座无虚席，远远近近还有许多或站或坐的“散客”，其中不乏80后、90后的小年轻。一位来自柏木的小伙子说：“仔细听蛮有意思，这样可了解靖江的历史文化知识。”有位靖江第一中学的高二女学生和妈妈并肩坐在广场前的草坪上，像听课那样专心。我问：“能听懂吗？”她回答说：“有些话能懂，有些听不懂。”我知道，这些说普通话长大的孩子，对方言有点隔膜，能坐下来听，便令我辈欣慰。

听众里，有位穿红衣、戴红帽、坐轮椅的老太让我感动。她自幼无名，按旧俗，随夫姓，叫方钱氏。老伴“走”了39年，她一直健康而坚强地活到百岁，89、99岁做了两次“明路会”。育有三子一女，二儿子已去世，今天是小女婿用电瓶三轮车将她从北土桥的钱家埭接来听经的。老人耳朵有点“背(聋)”，让女儿将轮椅推得紧挨着佛头。我大声地问：“能听到吗？”她大声地回答：“我欢喜听经，二十多岁就出去和佛。”虽然所答非所问，恰让我平添几分惊喜，几分尊敬。让我情不自禁地想起母亲，一位同样笃信做会讲经、南埭北埭赶会和佛的女善人……

这位百岁老人，再一次让我深切地感受到讲经的历史命运。

讲经怎么说都代表着历史、传统、老人。

听众最忠实的是老人，和佛最热心的也是老人。

因是广场演唱，刘正坤组织了八个老头和佛：

刘淦成，76岁，初中文化；

刘志荣，74岁，初中文化；

周明德，72岁，初中文化；

祈福兴，69岁，初中文化；

刘汉文，69岁，初中文化；

刘　庆，66岁，完小文化；

印付宏，65岁，初中文化；

印福林,62岁,初中文化。

八人中,孤山镇5个、斜桥镇2个、季市镇1个。他们也有为首的“头”,哪里有会、需几个和佛的,佛头刘正坤打电话给“头头”,由他再通知其他人。我对刘正坤说,你不能找年纪稍轻一点的呀。六七十岁的人,起早贪黑地骑车赶路,万一有个闪失咋办?刘说,农村中六十岁以下的人都在外面做小工,一天挣百十块呐。哪高兴和佛?接着他又说,其实和佛也不错,一个白天50元、两包烟,坐夜再加30元、一包烟,这么连钱带烟,也有百十块,人还不吃力。所以,有的老头很乐意和佛,不但主动承头,而且走村串户劝人家做会。假如这家有人生病,他会热情地上门,真诚地说:“像你家这情况,做做会就好了,要是做,佛头、和佛的我帮你家喊(请)。”有句话刘正坤没说,那就是倘这个人劝说成功,佛头会给30至50元“喜钱”(酬劳)。

看看,做会也有“经纪人”呢。

盛广"大圣会"纪实
——靖江讲经个案调查之五

那日,记者叶冬梅、顾楠在新一轮靖江宝卷影像录制现场找到我,说是制作纪录片《寻访活态宝卷》需靖江讲经的资料。我问佛头刘正坤:"最近有会吗?"他回答说:"有。就这两天。"于是,有缘见识一场典型的私会。

一

靖江人将按一定的仪轨宣演宝卷称之为"做会讲经"。倘在寺庙宫观做会则为"庙会"。在乡间民宅做会,一族一组联合做会叫"公会",一家一户独立做会叫"私会"。

我们所要采访的这堂会,恰恰符合私会的两个基本特征:

(1) 在乡间民宅举行;

(2) 农户独自举办。

时间:2016 年 11 月 17 日。农历十月十八。地母娘娘(又称后土娘娘)圣诞。

地点:靖江市斜桥镇红旗村盛家埭 40 号。

斋主:盛广。

缘起:儿子寄名大圣菩萨,还愿酬神。

佛头:马国林(醮首)、刘正坤(客师)。

盛家之宅是靖江常见的农家院落。正屋坐北朝南,三间两层半。东侧为院墙,西侧有两间作为厨房的厢房。正对着大门有简朴门楼和漆成银灰色的大铁门。院门外是东西向的村级水泥路,路外是农田。

这是个四世同堂之家。男主人盛广,31 岁,高中文化,供职于上海中钢集团,从事销售工作,年收入 30 万～50 万元。其妻孙甜甜,28 岁,幼师毕业,在靖江实验幼儿园工作。父亲亡故多年。平时,母亲在城里照看孩子,只有奶奶一人留守老宅。

三年前,盛广夫妇喜得贵子,合家欢庆。请算命先生"排八字",算命先生神秘兮兮地说,宝宝命硬,肖属与父母绞过(相克),且有关煞,须寄名方能消灾祛难。并特别强调,凡夫俗子"镇"不住,得寄名给大圣菩萨。于是,依计而行,将宝宝寄名在大圣菩萨名下为"子"(俗称"干儿子"),许下宏誓大愿,连做三年"大圣会",酬神谢恩。故而,当日虽为地母娘娘圣诞,而做的却是"大圣会"。今年是第三年,每年的会期都在同一日期。

靖江人称做会讲经的场所为“经堂”。今日之经堂设在盛家堂屋，布置如常规：

靖江农村的民居一般是坐北朝南三间，中间一间称为“明间家”，经堂就设在中间这一间。靠北的墙上平时挂“家主轴子”（菩萨像），有的人家还同时挂“福禄寿”中堂。下面是一长条形“香几台”（菩萨台）。做会时台上设对烛（大的每对重达三斤）、香炉、拜烛（小红烛）、供品（果品）等。香几台的右边设斋主三代宗亲神位，左边设星斗牌（料桶），斗内插一杆秤，秤杆上顶一块青丝巾。青色丝巾表示青天，秤杆上的星表示天空中的星辰。同时在斗上点一盏油灯，放一面圆镜，分别表示月亮和太阳。再用红纸做一封套式的星斗牌位，上写“普天星斗奉佛了愿集福迎祥延生信人×××（盛广）合门本命”。以此表明做会的宗旨。香几台前设“拜垫”拜菩萨用。

经堂中央设讲经台，由两张八仙桌拼成。一般是偏东或偏西放，佛头靠墙坐，左、右两边坐和佛的人。

佛头讲经时面前设龙牌。龙牌前也设香、烛、供品。

讲经堂供奉的纸马，那是神的纸相。这些纸马由佛头折成长条筒状，依次摆在家主轴子下。

佛居中央。

上首：观音、天地、三茅、三官、大圣、梓潼、关帝、东厨、总圣、寿星

下首：地藏、东岳、丰都、十王、城隍、符使、土地、宅神、太岁、寿星

讲经台的龙牌前靠着韦驮。①

笔者如此大段摘录旧作，无非证明其典型性。为便于读者理解，特绘经堂平面示意图。

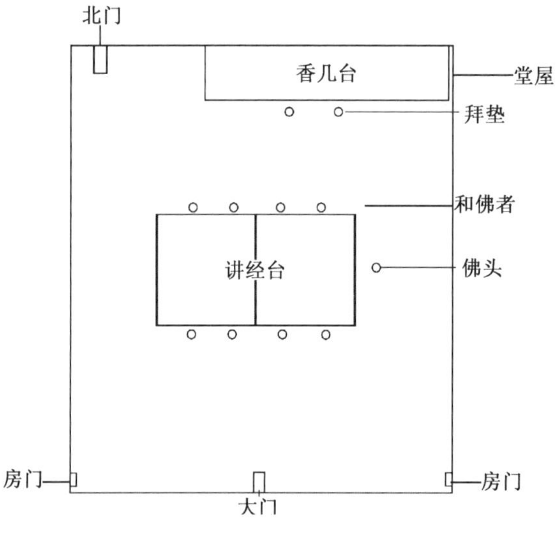

靖江讲经堂平面示意图

此会的“业务”由马国林所接，按“行规”，他为“醮首”。刘正坤虽然年纪比他大，且为靖江著名佛头，但既为“客师”，只能“屈居人下”“打下手”，当配角。当然，倘若是刘请马，角色自然互换。

---

① 黄靖著：《宝卷笔记》，南京：江苏人民出版社，2011年6月，第317页。

二

七时许，我们一行来到经堂。

（7:30 马国林进场。8:30 和佛奶奶进场。）

刘正坤比我们先到，正在折纸马，说是要注意三点：

（1）眼线（菩萨的眼睛）要居中、对齐；

（2）寿星纸马上的“寿”字不能折，否则，隐含“折寿”之意，忌讳；

（3）所有折好的纸马要上下一般齐，“站”在香几台上要一般高。

折纸马

写疏

马国林进门便写疏。做扎箱、库的准备。

靖江人将“疏”读成“素”。疏，相当于旧时人间的奏章，由佛头用红、黄纸书写，以斋主和会众的名义“申奏天庭”。写明×省×县（市）×镇×村×组，斋主和会众性别、生肖、生辰以及因何事做何会宣讲何种宝卷。疏表写好后供奉在香几台上，最后送佛时烧化，上达天庭。

库，名为“请圣宝库”，形同“神龛”，内装“金银锞锭”，送佛时焚化，馈赠神明。逢会必扎库一座。

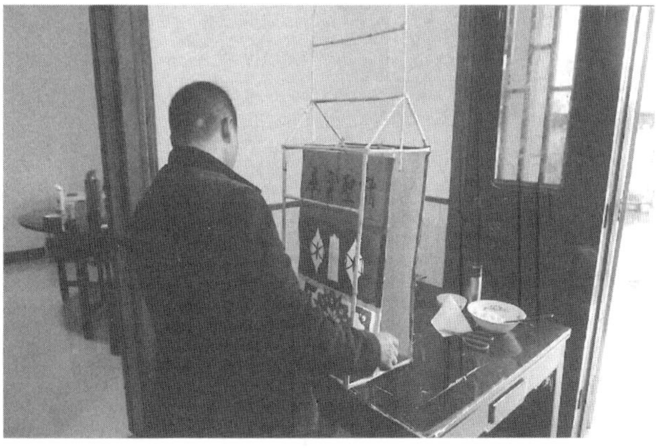

扎库

箱、库

箱，形制如家用木箱，长方形，装填纸钱、锡箔，送佛时烧化给祖宗亡人。有的人家三代亡故亲人一人一箱，盛家仅给爷爷、父亲各扎一个。贴有写着姓名的封条。并用彩纸剪了一把“锁”。

箱、库均以芦苇秆为骨架，糊彩纸，剪纸(花)缀饰。长、宽、高无具体尺寸，以一张纸几折为尺度，其工艺充分体现民间智慧。

填箱、库的锡箔、元宝(黄钱纸折成)，不用斋主事先准备，由和佛奶奶边和佛边折。

三

诸事停当，进入仪式程序。

上 午

(1) 10:03 功课。

与佛家的早功课内容相同。点燃香烛、灯火后，佛头升座，念《大悲咒》《十小咒》等，表明做会正式开始。

(2) 10:20 拜愿。

功课结束，斋主夫妇和宝宝跪在香前几台前。两个佛头，一摇铃，一敲木鱼站在斋主身后面对圣轴念《拜愿偈》。和佛奶奶每人手拈三炷香站在佛头身后。在佛头的带领下，时不时躬身礼拜。《拜愿偈》开头四句是：“容颜尊其妙，光明照十方。我的尊供养，清福还清静，圣主天中王，迦陵并伽声，爱民众生者，我等敬顶礼。”表达了斋主和会众礼敬神明的心愿。

拜愿

(3) 10:35 请佛。

斋主夫妇和宝宝跪在香前几台前。佛头身披袈裟站在斋主身后面对圣轴唱《请佛偈》，报出纸马上各位菩萨的名号、灵地；斋主一一叩请；佛头也虔诚跪请。和佛者每人手执一炷清香站在佛头身后躬身拜请。然后焚化当方土地纸马，让当方土地去接菩萨。因是私会，请佛后还要“报祖”，告诉斋主的三代宗亲，今日做会，恭请赴会享受香火、供奉。斋主拜请。

请佛

(4) 10:58 开卷。

开宣《大圣宝卷》。

宣演《大圣宝卷》

11:20 午饭(尽素)。

开饭前,佛头在香几台前念《饭经》。

下　午

13:20 续宣《大圣宝卷》。

四

下午有两阙“重头戏”：敬菩萨和渡关，凝聚着所有长辈对宝宝的殷殷之情。

(5) 14:20 敬菩萨。

为祈求神佛保佑外孙健康成长、诸事顺达，外婆特在会上设坛敬神。一应供奉均由家里“挑”来，俗称“上会”。

祭坛设在讲经台前。一般正对大门，摆在中间，可偏上首(东)，不作兴偏下首(西)。由外向里，祭坛的供奉(设置)依次为：

肋条肉两根　高升(爆竹)　鲤鱼两条
寿星纸马　　净水一杯(也可供天地纸马)
糕粽　鸡蛋　苹果　　豌豆
面　　团圆　　茶叶米
烛台　　香炉
元辰　寿　本命(用米写成，寿字上面放百元大钞)

敬菩萨的祭坛

祭坛的摆设寄托长辈对宝宝的祝福和期望。“高升”，寓意宝宝“路路发”“步步高”，长大后会挣钱、能高升。借“苹果”“豌豆”的谐音，祝宝宝一生“平平安安”。“寿”上百元大钞，预示宝宝“百年长寿”。“茶叶米”避邪，为宝宝祈福禳灾。

祭坛北侧设有拜垫。

夫妇俩和宝宝一起在坛前跪拜。

佛头念《拜本命经》。反复称念：

顶礼恭敬：冲天北斗解厄延生元辰本命星君

亲人拜菩萨，往“寿”字上放钱，意为“添寿”。(这些钱和“解结”的“喜钱”均归佛头)

15:00 送菩萨。

黄钱一被、锡箔若干、手工扎的“莲花”49 朵，连同寿星纸马、净水送至院门外上首焚烧。

鞭炮齐鸣。

15:15 度关。

渡关是父母为儿女举行的一种消灾祛难的仪式。民间俗信，做会举行渡关仪式，可消灾祛难，破除关煞。因而，渡关是今日必不可少的仪式。

撤除敬菩萨的供奉，改设渡关祭坛。桌面的右上角放一把斧头，中央用米画一弧形的桥，桥面用手指划三条等距离的线条，上下两侧的线条上缀满不规则的圆点。桥的正上方用米写一大大的“関”(关)字，“関”字上面画一如意。在如意与“関”字之间放着外婆给宝宝买的衣服，衣服的中间放一小凳，凳前面向门内供奉观音、梓潼、寿星、关帝四张纸马。凳旁放一杯净水、一根桂花枝。净水杯旁放 5 个苹果、几粒豌豆。“関”字的左侧画一只鸡，同时摆糕粽、寿面。“関”字的右侧摆一茶盘，盘内有茶叶米及长辈包的百岁钱、一把铁锁和外婆买的渡关人的挂锁。茶盘的内侧是五色果，外侧画一替身郎。桥的正下方画一条鱼，鱼的下方画许多象征水的波浪。(按旧俗，渡关敬菩萨应用活公鸡、活黑鱼，若如此，渡关人从此忌食鸡、鱼。改用米画的鸡鱼供奉，无忌。)鱼前设香炉、烛台。香炉下压一张写有渡关人庄往途夹(家庭住址)、姓名、年龄、生辰八字及渡关日期的“心关图”。

佛头布置度关祭坛

斋主夫妇和宝宝跪在度关坛后。

佛头站在渡关坛前主持度关仪式。先念《渡关科》，尔后依次念以下几个偈口令：

(1) 说净水。

此水不是凡间水，
观音老母净水瓶中杨枝净水。
此水洒天，天无晦气；
此水洒地，地绝尘埃；
此水洒到枯木，生枝发叶；
此水洒到百草，一齐排芽；

此水洒到度关延生信人盛裕沣，悉令清净。

三称（下同）：南无清净地菩萨摩诃萨。

（2）过桥。桌子的左上角放五枚硬币。桌前放一块长一米左右的木板象征一座桥。度关人每过一趟桥，从桌子的左上角拿一枚硬币放到桌子的右上角。

佛头念过桥偈：

造起桥，造起桥，造起东方木成大仙桥。
桥上自有金砖砌，桥下自有铁桥梁。（下同）
四大天王镇四角，八大神仙安八方。（下同）

造起桥，造起桥，东方阿初古佛把手招。
招到盛裕沣桥上过，春季关煞一齐消。

佛头：渡关信人宝宝自从今朝渡过这重关，春季关煞可曾过来啰？

众：过来啰！（反复四次）

造起桥，造起桥，造起南方火成大仙桥。
……
造起桥，造起桥，南方宝生佛把手招。
招到盛裕沣桥上过，夏季关煞一齐消。

造起桥，造起桥，造起西方金成大仙桥。
……
造起桥，造起桥，西方阿弥陀佛把手招。
招到盛裕沣桥上过，秋季关煞一齐消。

造起桥，造起桥，造起北方水成大仙桥。
……
造起桥，造起桥，北方石空成就古佛把手招。
招到盛裕沣桥上过，冬季关煞一齐消。

造起桥，造起桥，造起中央土成大仙桥。
……
造起桥，造起桥，中央毗卢古佛把手招。
招到盛裕丰桥上过，所有关煞一齐消。

佛头：盛裕沣自从今朝渡过这重关以后，三六九岁关可曾过来？

众：过来啰！

佛头：十二、十五岁关可曾过来？

众：过来啰！

佛头：九九八十一、一百二十岁关可曾过来？

众：都过来啰！

（3）说斧。（一边用净水洒斧，一边念咒语："急急如律令，勅！"以下说桥、鱼、鸡等均如此。）

此斧不是凡间斧，老君炉内宣花斧。
此斧砍天天崩，砍地地裂，砍关关破。
（用斧划“関”字）
随我月斧化灰尘。
打开无缝关，永保盛裕沣寿延长。
打开无缝锁，盛裕丰跳出鬼门关。
（开铁锁）

三称：南无开关使菩萨摩诃萨。

(4) 说桥。

此桥不是凡间桥，通往虚空过往桥。
观音菩萨桥上过，盛裕沣也从桥上跑。
今朝桥上跑一跑，千年关煞一齐消。
（用斧划桥）

三称：南无长寿王菩萨摩诃萨。

(5) 说鱼。

此鱼不是凡间鱼，西方八宝池内鱼。
观音菩萨亲手养，斋主又将玉篮提。
今日斋主将钱买，作为盛裕沣渡关鱼。

三称：南无添延寿菩萨摩诃萨。

(6) 说鸡。

此鸡不是凡间鸡，昆仑山孵成鸡。
一窝孵了三只鸡。
一只飞到天空里，作为王母宫中报晓鸡，
一只飞到凡间里，作为凡间草鸡啼，
一只飞到经堂里，斋主今日将钱买，
作为盛裕沣渡关鸡。

三称：南无消灾难菩萨摩诃萨。

(7) 说替身郎。

替身郎替身郎，根生土长在何方？
你在东土多作怪，行者带你往西方，
今日斋主将你买，作为盛裕沣的替身郎。
（用斧划替身郎）

连称：南无长寿王菩萨摩诃萨。南无添延寿菩萨摩诃萨。南无消灾难菩萨摩诃萨。

(8) 说锁。（渡关人至少要挂三天）

寿线滔滔不可量，结成华盖在中央，
菩萨面前来戴起，锁住盛裕沣过万年。

以上每说一项均从台上抓几粒米放进渡关人的口袋里。

(9) 结语。

佛头：

父母养你当金和宝，生灾作难添烦恼。

今日渡了这重关，千年关煞一齐消。

恭喜宝宝，福寿无疆！

最后，先用衣服包住锁、斧、百岁钱置于渡关人里床，斧口向外避邪（至少三天），再念《心关图》，待送佛时一起烧化。

（五）

15:25 续宣《大圣宝卷》。

(7) 16:00 收卷。收卷表示有头有尾，功德圆满。

佛头："《大圣宝卷》讲到此处，弟子讲技不高，但也可算有始有终。"念《收卷偈》：

经到头来卷到梢，斋主佛前请香烧。

圆满师菩萨摩诃萨，宝卷圆满注长生。

(8) 16:10 通疏。佛头站在香几台前，摇铃、念疏。

(9) 16:13 上茶。

斋主跪在香几台前，两个和佛奶奶托着装有 18 个茶杯的茶盘。杯内装有水果糖、红枣、花生。

佛头一边唱《上茶偈》，一面将茶盘上的茶杯递给一和佛奶奶，敬奉给每位菩萨。《上茶偈》首先表明斋主祈祝的心愿，"斋主发诚心，备茶敬世尊。诸佛同享惠，降福又延生。"同时，对每位菩萨的身世都略作说明，"香茶一杯奉上献，观音大士请香茶。大悲观音心慈祥，父是当年妙庄王。只因不愿招驸马，三灾六难受煎熬。"

通疏

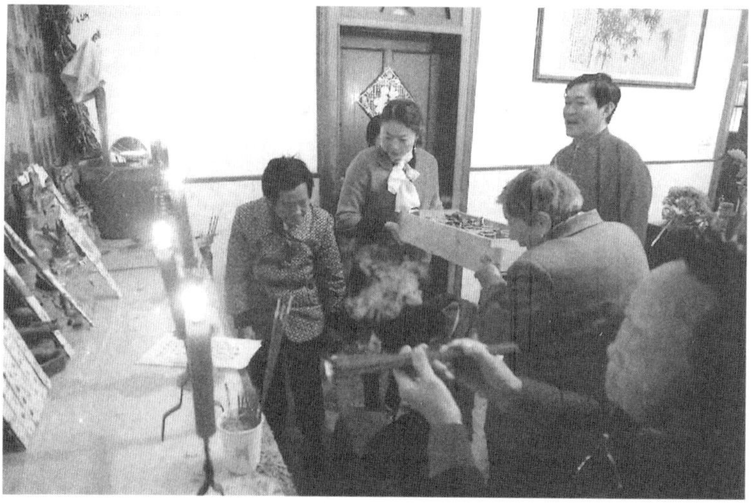

上茶

(10) 16:20 解结。

做会是为了祈福禳灾，因而，无论做什么会都有"解结"这一仪式。通常是上茶结束后，佛头手拿打好活结的红头绳，念《解结科》。第一句便是："解冤结，解冤结，解冤释结天尊！"开宗明义，表明"斋主从今结善缘，广结良缘解前冤"。接着以"十解"祈祷众神灵增福延寿，解除一切冤结。

因时间关系，不念《解结科》直接解结。斋主一家轮流跪拜神佛，抽解佛头手中的头绳活结，随抽随打结，每人"解"三回。佛头视不同对象，风趣地现编偈语祝福，讨要喜钱。

(11) 16:25 安宅。

为求家宅平安，解结后进行安宅。

在堂屋中央设祭坛，供奉东厨、总圣、宅神、太岁、土地五张纸马。置烛台、香炉焚香点烛。供品为两根猪肋条、两个猪脚爪（俗称招财）、五条活鲫鱼（撤供放生）、五色果品、苹果、豌豆、糕粽、茶叶米。

佛头背朝大门、面向祭坛念《宅神太岁经》。斋主向东南西北中方跪拜，最后拜东南方。每拜一方，烧化一沓（3～5 张）黄钱、一张团花纸马、一朵由五色纸锡箔扎成的莲花、一个内装锡箔的弥陀箱及五个锡箔、一对拜烛、三炷香。结束时佛头念《安宅偈》：

左青龙，右白虎。
前朱雀，后玄武。
东方甲乙木，春季保平安。
南方丙丁火，夏季保太平。
西方庚辛金，秋季保太平。
北方壬癸水，冬季保太平。
中央方戊己土，一年四季保太平。

一边捋茶叶米一边念：

天高不忌，地厚无忌，
阴阳不忌，日月无忌。
上天登堂，百无禁忌。
安宅之后，大吉大利。
一年四季发大财，就像长江涨潮来。

(12)16:35 送佛。做会的最后一道仪式。

佛头在香几台前唱《送佛偈》。《送佛偈》与《请佛偈》相同，只是将"请"改为"送"。尔后，一边将折好的纸马散开，一边念偈语：

台上灯消烛尽。
难留古佛圣相。
上午烧香奉请，
下午排班送圣。
南无阿弥陀佛。

佛头取出星斗里的秤、巾、镜，若灯里还有油，放在一边待油尽自灭，不可吹熄。不然，"你若吹熄佛前灯，佛祖罚你瞎眼睛。"

佛头边念偈边抄星斗。（由东向西抄，由西向东抄。由南向北抄，由北向南抄。）

送佛(一)

是东是西,是南是北。
请菩萨消灾,请菩萨降福。
送过菩萨,大家安乐。
多谢大家,难为大家。

斋主(一家三口)手捧纸马、疏、星斗牌位等在前,和佛奶奶每人手拈三炷香念诵"南无阿弥陀佛"相送。两佛头摇铃、敲木鱼念《送佛赞》紧随其后。

送佛(二)

库放在院门东(上首),纸马、疏、星斗牌位及和佛奶奶手中的香放在库的东侧一起焚化。

箱在院门外下首焚化。同时,在下首化纸,倒饭菜斋孤,让那些孤魂野鬼也同享供奉。

鞭炮齐鸣。

送佛(三)

送佛(四)

(六)

同中有异乃靖江讲经的一般规律,同一种会,同一个佛头做同样的会,不可能"一个模子刻出来",会出现种种差异。尤其当笔者用研究的目光观察体验,"新鲜感"更强,总能敏锐地发现什么。以下所述,便是那天的所见所闻所思。

1. 笔者愈来愈深刻地体验到,信仰是当下靖江讲经的原动力。盛家倘不是为宝宝祈福禳灾,可能不会做会。难能可贵的是,男女主人均为80后,而他们对做会敬神的笃信,一点也不逊于其母亲和奶奶。盛广告诉笔者,家住上海、常州的同事听说他请假回来做会,莫名其妙,茫然无知。他也解释不清,只说是地方风俗。他说,他生于农村长于农村,自幼多次亲历做会讲经,非但不陌生,而且有亲切感。当记者征求意见,可否在字幕上打他的名字。他爽朗地说:“可以。没关系。”可见,深厚的民俗文化传统,留住了做会讲经的民俗文化根脉。这正是靖江讲经的活力之源。

2. 适应农村生产、生活方式的转变,做会由传统的一天一夜,改为只做白天不熬夜。晚上专供娱乐的草卷悄然隐退,重信仰轻娱乐成为靖江讲经不可逆转的趋势。而为满足斋主心意民俗的需要,在白天有限的时间内,必要的仪式,尤其像“敬菩萨”“度关”这样的重点仪式,必须一丝不苟、庄严肃穆地完成,这样势必缩短宣演宝卷的时间。《大圣宝卷》全本通讲得二十四个小时,而那天满打满算不足两小时(117 分钟)。《大圣宝卷》如此,其他圣卷也不例外。于是,靖江讲经出现另一倾向:重仪式轻圣卷。由此产生三大危机:(1)草卷因荒废日久而湮没;(2)圣卷因压缩、精简而失真;(3)年轻佛头不学草卷,圣卷只讲“缩微版”。

3. 经堂大门外左侧廊内用骨牌櫈设一小祭坛,供奉着糕粽、果品,燃香三炷、拜烛一对。上方墙上贴一团花纸马。民间有言:“团花纸马处处供”。意为团花纸马可代表各类神明,因而可随处供奉。但在信众心里,应有具体指代。我请教两位佛头,团花纸马此处代表何方神圣?马国林说:“做会应敬天、敬地,代表天、地。”刘正坤说:“诸神赴会,得烦劳檐神放行,故在门外敬之。”两说相异,是非莫辩。说明师徒口耳相传,师傅往往只教怎么做,不讲为什么这么做。而信众也不刨根问底,只管烧香、点烛、设供,所谓知其然,不知其所以然。

廊下小祭坛

4. 至亲上会、邻里听经(帮忙)乃靖江做会讲经的传统。那天,上会仅外婆一人。邻居来了一老者,坐一会儿便走了。这有几种可能:(1)连做三年,头一年热闹邀约亲友。为不让人“破费”,后两年“不热闹”。(2)那天是工作日,村里的年轻人上班,老人在城里带孩子,自发上门听经者寥寥。(3)会期仅限白天,仪式多,讲经少,听不到啥名堂。不管何种原因,经堂里冷冷清清,听众日渐凋零是严峻的现实。

5. 有一老年妇女原本来听经的,被笔者拦在院门口采访。她叫王桂娣,盛家的东邻。60 岁,小学文化。四五年前,她家为双胞孙子做“观音会”,也是寄名还愿,花了两三千元。她说,埭上六十多户,做会的人家不多。原因是人工费太贵。有钱才做,没钱不做。她又说,现在的人不喜欢讲经,做会就少。太贵、不喜欢,恰是实情,严重制约着靖江的做会讲经。

6. 衬钱(工钱)、喜钱是做会的主要开支。盛家三年前便与马国林讲定,衬钱 900 元、喜钱 200 多元。统由马分配,6 个和佛奶奶每人 60 元,余者他与刘正坤均分。连同纸马、香烛、供品、酒菜,一场会总支出得两千多元,三年得花七八千元,这对普通农户确实是一种负担。

7. 盛家埭向东千米是斜桥镇,也是靖江东片最大的拆迁安置区港埠社区。望着一幢幢高耸入云的高楼,笔者感慨系之。不久的将来,盛家埭将被小区取代,人们到哪里去做会讲经呢?刘正坤因附近一个村拆迁,每年少收入三四万元。虑及全市,眼瞅着一个个传统村落、传统民居消失,做会讲经的空间成片成片地被挤占……

参考文献

[1] 白化文.汉化佛教与寺庙[M].北京:北京出版社,2009年3月
[2] 包立本,韦中权.常州宝卷[M].珠海:珠海出版社,2010年6月
[3] 包孝祖,季绪才.岷县花儿[M].兰州:甘肃文化出版社,2013年11月
[4] [美]保罗·康纳顿.社会如何记忆[M].纳日碧力戈译.上海:上海人民出版社,2000年12月
[5] 弁延林,谭宏,刘壮.非物质文化遗产概论[M].北京:北京师范大学出版社,2010年1月
[6] 曹伯植,孙鸿亮,曹彬.陕北说书传统曲目选编[M].西安:陕西人民出版社,2010年9月
[7] 曹伯植.陕北说书概论[M].西安:陕西人民出版社,2010年4月
[8] 常熟市文化广电新闻出版局编.中国常熟宝卷[M].苏州:古吴轩出版社,2015年8月
[9] 车锡伦.中国宝卷研究[M].桂林:广西师范大学出版社,2009年12月
[10] 车锡伦.中国宝卷研究论集[M].台北:学海出版社,1996年10月
[11] 车锡伦主编,钱铁民分卷主编.中国民间宝卷文献集成·江苏无锡卷[M].北京:商务印书馆,2014年10月
[12] 陈桥驿,颜越虎.绍兴简史[M].北京:中华书局,2004年9月
[13] 陈勤建.中国民俗学[M].上海:华东师范大学出版社,2007年8月
[14] 程民生.宋代地域文化史[M].合肥:安徽文艺出版社,2017年1月
[15] 崔志远.中国地缘文化诗学——以新时期小说为例[M].北京:人民出版社,2015年4月
[16] 端木赐香.中国传统文的陷阱[M].北京:长征出版社,2005年9月
[17] 段宝林.民间文化与立体思维——兼及艺术规律的探索[M].北京:大众文艺出版社,2010年5月
[18] 段宝林.民间文学教程(第二版)[M].北京:高等教育出版社,2013年7月
[19] 段宝林.中国民间文学概要[M].北京:北京大学出版社,2009年4月
[20] 段平.河西宝卷的调查研究[M].兰州:兰州大学出版社,1992年10月
[21] 段平.河西宝卷选[M]台北:新文丰出版公司,2011年10月

[22] 方步和. 河西宝卷真本校注研究[M]. 兰州:兰州大学出版社,1992 年 7 月
[23] 冯锦文. 中国宝卷生态化保护与传承交流研究会论文集[M]. 南京:河海大学出版社,2015 年 2 月
[24] 高丙中. 中国民俗概论[M]. 北京:北京大学出版社,2009 年 10 月
[25] 高有鹏. 民间庙会[M]. 郑州:海燕出版社,1997 年 5 月
[26] 古浪县志编纂委员会. 古浪县志[M]. 兰州:甘肃文化出版社,1996 年 12 月
[27] 顾伟列. 中国文化通论[M]. 上海:华东师范大学出版社,2005 年 10 月
[28] 郭齐勇. 中国儒学之精神[M]. 上海:复旦大学出版社,2009 年 1 月
[29] 何登焕. 永昌宝卷(内部印刷). 2003 年 5 月
[30] 河北省南宫市地方志编纂委员会. 南宫市志[M]. 石家庄:河北人民出版社,1995 年 7 月
[31] 洪修平,陈红兵. 中国佛学之精神[M]. 上海:复旦大学出版社,2009 年 8 月
[32] 胡杨. 中国河西走廊[M]. 王金摄影. 兰州:甘肃人民美术出版社,2010 年 1 月
[33] 华智亚,曹荣. 民间庙会[M]. 北京:中国社会出版社,2006 年 9 月
[34] 黄楚林. 江浙沪宣卷的保护和实践[M]. 北京:中国电影出版社,2013 年 12 月
[35] 黄靖. 宝卷笔记[M]. 南京:江苏人民出版社,2011 年 6 月
[36] 黄靖. 宝卷民俗[M]. 苏州:古吴轩出版社,2013 年 9 月
[37] 黄靖. 解读靖江宝卷[M]. 南京:江苏人民出版社,2016 年 1 月
[38] 黄靖. 善化人生:靖江民间讲经[M]. 南京:凤凰出版社,2015 年 5 月
[39] 季绪才. 岷州花儿选集[M]. 兰州:甘肃文化出版社,2013 年 11 月
[40] 江帆. 民间口承叙事论[M]. 哈尔滨:黑龙江人民出版社,2003 年 2 月
[41] 介休文化局. 介休宝卷(内部印刷). 2015 年 1 月
[42] 锦溪镇志编纂委员会. 锦溪镇志(1988—2006)[M]. 南京:江苏人民出版社,2014 年 4 月
[43] 靖江宝卷研究会. 靖江宝卷研究文献资料(内部印刷). 2008 年 11 月
[44] 靖江市地方志办公室. 清光绪五年靖江县志今译(内部印刷). 1994 年 12 月
[45] 靖江市文化局. 江苏省非物质文化遗产普查 · 靖江市资料汇编(内部印刷). 2009 年 9 月
[46] 靖江县民间文学集成办公室. 中国民间文学集成 · 靖江县资料本(内部印刷). 1989 年 4 月
[47] [日]酒井忠夫. 中国善书研究(增补版)[M]. 南京:江苏人民出版社,2010 年 8 月
[48] 酒泉市肃州区文化馆. 酒泉宝卷[M]. 兰州:甘肃文化出版社,2011 年 12 月
[49] 剧艺澧溪编委会. 剧艺澧溪[M]. 上海:文汇出版社,2012 年 10 月
[50] 孔庆茂. 中国民间宗教艺术无生老母神象研究[M]. 南京:南京大学出版社,2012 年 11 月
[51] 赖永海. 宗教学概论[M]. 南京:南京大学出版社,2008 年 7 月
[52] 李光信. 寻觅集[M]. 昆明:云南人民出版社,2009 年 7 月
[53] 李武莲. 凉州贤孝精选[M]. 北京:中国文联出版社,2011 年 9 月
[54] 李雪梅,于红,霍耀中,尹变英,李豫. 中国鼓词文学发展史[M]. 上海:上海人民出版

社，2012 年 10 月
[55] 李永平. 禳灾与记忆：宝卷的社会功能研究[M]. 北京：中国社会科学出版社，2016 年 5 月
[56] 李豫，李雪梅，孙英芳，李巍. 中国鼓词总目[M]. 太原：山西古籍出版社，2006 年 4 月
[57] 李豫，刘娟，尚丽新，李雪梅，刘佳. 山西介休宝卷说唱文学调查报告[M]. 北京：社会科学文献出版社，2004 年 4 月
[58] 李忠. 昆山民族民间文化精粹・文艺卷——玉连环・锦溪宣卷[M]. 上海：上海人民出版社，2007 年 10 月
[59] 廖小东. 传统的力量——民族特色仪式功能的研究[M]. 北京：中国社会科学出版社，2015 年 10 月
[60] 刘永红. 歌与生活——多元文化中的口头传统[M]. 北京：民族出版社，2017 年 3 月
[61] 刘永红. 青海宝卷研究[M]. 北京：中国社会科学出版社，2013 年 9 月
[62] 刘永红. 西北宝卷研究[M]. 北京：民族出版社，2013 年 10 月
[63] 刘正. 玉蝉女十二美[M]. 苏州：古吴轩出版社，2014 年 9 月
[64] 陆永峰，车锡伦. 靖江宝卷研究[M]. 北京：社会科学文献出版社，2008 年 9 月
[65] 陆永峰，车锡伦. 吴方言区宝卷研究[M]. 北京：社会科学文献出版社，2010 年 12 月
[66] 罗萍. 绍兴戏曲史[M]. 北京：中华书局，2004 年 9 月
[67] 马书田. 中国道神[M]. 北京：团结出版社，2006 年 1 月
[68] 马书田. 中国佛神[M]. 北京：团结出版社，2006 年 1 月
[69] 马书田. 中国鬼神[M]. 北京：团结出版社，2006 年 1 月
[70] 马书田. 中国俗神[M]. 北京：团结出版社，2006 年 1 月
[71] 马西沙，韩秉方. 中国民间宗教史[M]. 北京：中国社会科学出版社，2004 年 8 月
[72] 马西沙. 当代中国宗教研究精选丛书・民间宗教卷[M]. 北京：民族出版社，2008 年 1 月
[73] 民和回族土族自治县志编纂委员会. 民和县志[M]. 西安：陕西人民出版社，1993 年 5 月
[74] 牟钟鉴，张践. 中国宗教通史(修订本)[M]. 北京：社会科学文献出版社，2003 年 2 月
[75] [美]欧大年. 宝卷：十六至七世纪中国宗教经卷导论[M]. 马睿译. 北京：中央编译出版社，2012 年 1 月
[76] 彭兆荣. 人类学仪式的理论与实践[M]. 北京：民族出版社，2007 年 6 月
[77] 濮文起. 河北民间宗教史[M]. 北京：宗教文化出版社，2016 年 6 月
[78] 齐心. 中国庙会[M]. 沈阳：辽宁人民出版社，2014 年 1 月
[79] 庆振轩. 河西宝卷与敦煌文学研究[M]. 北京：人民出版社，2012 年 7 月
[80] 山西省介休市志编纂委员会. 介休市志[M]. 北京：海潮出版社，1996 年 12 月
[81] 商榻志编纂委员会. 商榻志(内部印刷). 2003 年 3 月
[82] 尚丽新，车锡伦. 北方民间宝卷研究[M]. 北京：商务印书馆，2015 年 11 月
[83] 盛志梅. 中国说唱文学发展流变[M]. 北京：中国社会科学出版社，2013 年 7 月
[84] 史琳. 苏州胜浦宣卷[M]. 苏州：古吴轩出版社，2010 年 12 月
[85] 史孝进. 威仪庄严——道教科仪及其社会功能[M]. 上海：上海辞书出版社，2012 年 4 月

[86] 孙鸿亮. 陕北说书研究[M]. 天津:天津人民出版社,2011 年 9 月
[87] 孙跃. 活着的传统:中国靖江做会讲经研究[M]. 南京:南京大学出版社,2016 年 7 月
[88] 唐婷婷,甘代军,李银兵,雷月如. 文化变迁的逻辑[M]. 昆明:云南大学出版社,2014 年 6 月
[89] 陶立璠. 民俗学概论[M]. 北京:中央民族学院出版社,1987 年 8 月
[90] 腾冲县志编纂委员会. 腾冲县志[M]. 北京:中华书局,1995 年 3 月
[91] 同里镇志编纂委员会. 同里镇志[M]. 扬州:广陵书社,2007 年 12 月
[92] 万建中. 民间文学引论[M]. 北京:北京大学出版社,2007 年 4 月
[93] 汪宁生. 文化人类学调查——正确认识社会的方法[M]. 北京:学苑出版社,2015 年 1 月
[94] 罗小令,马志友,王雷,沈莹. 绍兴宣卷[M]. 杭州:浙江摄影出版社,2015 年 5 月
[95] 王国良. 火龙王升天记[M]. 南京:江苏人民出版社,2013 年 3 月
[96] 王吉孝. 宝卷古浪(内部印刷). 2011 年 10 月
[97] 卫凌. 河东民间说唱研究[M]. 北京:中国社会出版社,2009 年 4 月
[98] 乌丙安. 中国民间信仰[M]. 上海:上海人民出版社,1995 年 1 月
[99] 无锡市地方志编纂委员会. 无锡市志[M]. 南京:江苏人民出版社,1995 年 10 月
[100] 吴同瑞,王文宝,段保林. 中国俗文学概论[M]. 北京:北京大学出版社,2000 年 5 月
[101] 武威市志编纂委员会. 武威市志[M]. 兰州:兰州大学出版社,1998 年 1 月
[102] 向云驹. 人类口头和非物质文化遗产[M]. 银川:宁夏人民教育出版社,2004 年 11 月
[103] 萧霁虹,董允. 云南道教史[M]. 昆明:云南大学出版社,2007 年 11 月
[104] 徐冰若,阮庆祥,杨乃浚. 绍兴民俗文化. 北京:中华书局,2004 年 9 月
[105] 徐永成,崔德斌. 金张掖民间宝卷[M]. 兰州:甘肃人民出版社,2007 年 8 月
[106] 薛艺兵. 神圣的娱乐:中国民间祭祀及其音乐的人类学研究[M]. 北京:宗教文化出版社,2002 年 12 月
[107] 杨民康. 中国民歌与乡土社会[M]. 长春:吉林教育出版社,1992 年 6 月
[108] 杨永兵. 晋南传统音乐概论[M]. 北京:中国社会出版社,2008 年 10 月
[109] 杨永兵. 山西永济道情宝卷及音乐研究[M]. 北京:中国社会出版社,2012 年 12 月
[110] 永昌县志编纂委员会. 永昌县志(1991—2005)[M]. 北京:方志出版社,2009 年 9 月
[111] 永济县志编纂委员会. 永济县志[M]. 太原:山西人民出版社,1991 年 11 月
[112] 尤红. 中国靖江宝卷[M]. 南京:江苏文艺出版社,2007 年 7 月
[113] 于都县志编纂委员会. 于都县志[M]. 北京:新华出版社,1991 年 8 月
[114] 云南省保山市文广新局. 民间唱书选辑(内部印刷). 2017 年 5 月
[115] 云南省保山市志编纂委员会. 保山市志[M]. 昆明:云南民族出版社,1993 年 11 月
[116] 詹石窗,谢清果. 中国道学之精神[M]. 上海:复旦大学出版社,2009 年 9 月
[117] 张舫澜,许佳明. 中国芦墟山歌续集[M]. 上海:上海文艺出版社,2014 年 1 月
[118] 张福宏. 岷县史话[M]. 兰州:甘肃文化出版社,2009 年 12 月
[119] 张润平. 岷县历史文化与民俗散论[M]. 兰州:甘肃文化出版社,2012 年 6 月
[120] 张双林. 中国庙会大观[M]. 北京:工商出版社,1995 年 8 月
[121] 张旭. 山丹宝卷[M]. 兰州:甘肃人民出版社,2007 年 7 月

[122] 赵朴初. 佛教常识问答[M]. 北京:北京出版社,2009 年 3 月
[123] 赵世瑜. 狂欢与日常·明清以来的庙会与民间社会[M]. 北京:生活·读书·新知三联书店,2002 年 4 月
[124] 赵旭锋. 凉州宝卷[M]. 兰州:甘肃人民美术出版社,2014 年 8 月
[125] 郑振铎. 中国俗文学史[M]. 北京:北京工业大学出版社,2009 年 6 月
[126] 政协巍山彝族回族自治县委员会. 南诏古乐[M]. 昆明:云南人民出版社,2013 年 12 月
[127] 中共吴江市委宣传部,同里镇人民政府,吴江市文学艺术界联合会,吴江市文化广电新闻出版局. 中国同里宣卷集[M]. 南京:凤凰出版传媒集团凤凰出版社,2010 年 7 月
[128] 中共张家港市委宣传部,张家港市文学艺术界联合会,张家港市文化广播电视管理局. 河阳宝卷. 上海:上海文化出版社,2007 年 10 月
[129] 中国曲艺音乐集成(上海卷)编辑委员会. 中国曲艺音乐集成(上海卷)[M]. 北京:中国 ISBN 中心出版,1997 年 9 月
[130] 钟敬文. 民俗学概论[M]. 上海:上海文艺出版社,2009 年 9 月
[131] 钟小安. 绍兴宣卷研究[M]. 北京:中国社会科学出版社,2014 年 6 月
[132] 周浦镇志编纂委员会. 周浦镇志[M]. 北京:方志出版社,2005 年 5 月
[133] 周宪. 文化表征与文化研究[M]. 北京:北京大学出版社,2007 年 12 月
[134] 朱耀廷. 中国传统文化通论[M]. 北京:北京大学出版社,2005 年 1 月
[135] 字国顺,薛琳. 巍山彝族回族自治县民族宗教志[M]. 昆明:云南人民出版社,1992 年 6 月

后 记

本书付梓之时，恰逢七十寿诞。

或许生性愚钝，年届古稀，宝卷研究才刚刚找到感觉。

想我赋闲之初，虽移情宝卷，倾心而为，但并不知究竟做什么，怎么做。仿佛秋日出游，信马由缰地行走在故乡的原野上，兴致所至地随手拾几棵稻穗。一天，手摸鼓鼓囊囊的口袋，瞬间顿悟。原来，漫无目的地且行且走，竟然为寻找一块属于自己的土地，耕耘、播种、收获……于是，自觉地将中国宝卷活态传承作为调查、读书、思考的出发点和归宿。而且，策马扬鞭，走出靖江，将探究的目光投向更为广阔的天地。

七年寻访十省(市)，哪儿有活态传承的宝卷，便风尘仆仆地赶往那儿。行走于大江南北，奔波于大河上下。甘肃一省，先后跑了六趟。2016年8月30日，在一则微信里描述了三赴河西走廊的境况。

草根文化，非得在民间才能找到真谛。浮光掠影，经不住历史的检验。但很辛苦。上午9点从永昌出发，11点到武威。中午12点出发，下午1点抵古浪。简单吃点东西，下乡三十五公里。晚5点才回城，采访一草根学人，6点晚餐。

然而，艰辛付出，并不意味着高效回报。因语言、风俗隔膜，且行色匆匆，依然无法作深入调查。本书并未达到预期的效果，充其量为读者粗略地勾勒了一幅中国活宝卷地图。

此时此刻，面对清样，胸腔里涌动着感恩之情。北京大学段宝林教授褒扬后学，欣然作序；北京大学教授陈泳超、南京艺术学院教授孔庆茂向国家出版基金委热忱推荐；山西大学教授李豫、兰州大学教授庆振轩、贺州学院教授刘永红、韩山师范学院教授李言统、陕西师范大学教授李永平、山西大学副教授尚丽新、江汉大学副教授李萍等学者有求必应，有问必答。延安大学孙鸿亮教授；江苏、甘肃、云南省文化厅的冯锦文、刘卫华、蔡永辉先生；当下宝卷流播地的相关领导、乡土学者、民间艺人热情配合调查，慷慨提供文献。靖江同道王青、周俊伟、高峰、陆进、刘卫平、鞠东平、陈晓明先生与我同甘共苦、奔走四方。河海大学出版社总编辑吴劭文、编辑易彬彬全程跟踪，精心服务。还有一贯关心支持我的靖江市委、市政府及市委宣传部和有关部门的领导都给予了大力支持。总而言之，对所有有恩于本书的“贤人”和